野呂邦暢

文遊社

野呂邦暢 小説集成 9

夜の

船

目次

野呂邦暢 小説集成 9

監修　豊田健次

地峡の町にて

一

ぼくはふたたび帰って来た。

改札口に立っている駅員は顔馴染の中年男だ。向うはぼくを知らない。毎日、ここを乗降する客の手許をしらべるありきたりの目付でぼくの切符を確かめるともう次の客がさし出した手を見ている。彼にしてみればぼくがほぼ一年この土地を留守にしたことも一日留守にしたこともまるで同じことなのである。

二昼夜も列車にゆられ続けた腰が痛んだ。伸びをしながらぼくは目の前に拡がっている街を見回した。広場正面にある県営と私営のバス営業所、その向うに川を隔てて丘が見える。丘の頂にある学校と教会のたたずまいは一年前と同じだ。しかし六月の空の下に横たわる街は違っていた。

屋根にも壁にも泥のこびりついた痕がある。昨年夏、街は洪水に襲われたのである。倒壊した家があり、倒壊しかかった家があり、倒壊しない家がある。どれも一様にさまざまな角度に傾き、薄い茶褐色の膜で覆われているかに見える。

街は嵐の朝、渚に漂着した難破船といった感じだ。なぜ、この街にぼくは帰って来たのだろう。自分の家がここにあったからか。それは昔の話だ。洪水で押し流されてしまったのだから。この土地で生きてゆくのはぼく一人だ。帰るにしても何もI市を選ばなくてもよかった。T市でもN市でもそのほか日本の都市ならどこへ行ってもよかった。結局、I市を選んだのは生まれ故郷であるN市の近郊であり、ここに十数年暮したことがあるからという単純な理由しかない。

（ぼくは帰って来た……）

これをぼくは自分に何度もいいきかせた。これからどうする？　ぼくは失業者で、体を少しいためており、身寄りもこれといった友人も、就職のあても持たない。（しばらくじっと考えてみよう……）そうだ、I市を帰郷地に選んだのはここにぼくが子供の頃から馴れ親しんだ丘や林や河口があるからだ。それらはT市にもS市にもある何の変哲もない丘や林だが、十数年ものあいだ、朝な夕なぼくがそれらと共に生きて来た自然であってみれば、既に只の丘や林ではなくなっている。

それらはもはやぼくの人生と、またぼくの肉体とも切り離すことのできない世界の一部になっている。これからの生活を支えるにはちょっぴりではあるけれど退職手当があり失業保険がある。

ぼくは働くまい。パンと塩のために自分の時間を労働に裂くのはもうまっぴらというものだ。おっつけ二十一歳になろうとする青年のくせに、ぼくは七十歳の老人のような疲れを自覚している。ぼくはT市で働き、S市で働き、C町で働いた。これからは犬のように生きようと思う。

わが国のずっと北にあるC町で仕事をやめたのはつい一週間前だ。九州へ帰るには二つの海峡を渡らなければならなかった。どちらもそこを過ぎるときは夜だった。甲板に立って見るともなく海を見ていると、黒い水に船の明りが映ってゆらめくのが見えた。一年前だったらそんな光景にも旅情を感じたに違いないが、今はまるで無感覚だ。何を見ても早く田舎へ帰りたいとしか思わなかった。

雲が動くのを見れば田舎の空へ流れて行くのかと思い、船の汽笛は帰郷を促す声に聞え、鳥を見ても自分に翼があればと思った。今、ぼくは何もしたくない。ひたすら眠りたい。冬眠する獣のようにまるまる一つの季節を地中の穴底で過せたらどんなに幸福だろうと思う。

街に人影はまばらだ。人夫たちは日陰で休んでいる。泥の匂いがする。日光にあぶられて乾く泥の匂いである。一年たったというのにこの街はきのう洪水がひいたばかりというように見える。石や木材が道路に投げだされたままになっている。路面は深く水でえぐられてひどく歩きにくい。車が一台でも通ればもうもうと砂埃がたちこめて息がつまりそうになる。街には至るところ荒廃のしるしが刻みつけられている。瀕死の獣といった風情だ。通りすがりに商店をのぞきこめば埃だらけの陳列ケースの向うに年老いた女が光のない目をしてうずくまっている。

ここで出会うのは女子供か老人ばかりだ。若い男は荒れた街を見棄てて出て行ってしまったのだろう。街を貫流する川にかかった橋は洪水の夜、あらかた流失するかこわれるかした。川床に崩れ落ちたままになっている橋の残骸が水に洗われている。化石した爬虫類の鰭にその破片は似ている。

橋の跡には木造の仮橋が架けてあった。街は干潟の色をしている。干潟といえばあれはどの辺りだったか、列車がさっきI湾沿いに走っているときだった。ぼくは眠りから醒めた。駅でもない所で列車がとまってしまったのだ。左手は海、右手は崖が車窓に迫っていて、そこに密生した萱が列車の側面をこすりそうである。崖が前方路床で崩れたらしい。

通路にすててある瓜の皮や枇杷の実が甘い匂いを漂わせた。ぼくは海に面した窓を開けた。潮はひいている。濡れた泥の匂いが海風と一緒に吹きこんで来た。暖かく湿った風である。魚のはらわたも匂った。軟かい泥が沖の水平線まで拡がっている。六月の灰色の空を映して泥は海獣の肌のように艶やかに光っている。自分の土地に帰って来たと思ったのはそのときだ。

ぼくは座席に後頭部をもたせかけ、うすめをあけて海を見ていた。干潟の奥にある街がこれから帰って行こうとするI市なのである。そこを何度か立ち去って都会へ出てまた戻るのだ。異郷でI市を思うとき、ぼくはいつも街のたたずまいより干潟の色を脳裡に思い浮べていた。故郷といえばそれはぼくの場合、茶褐色の水と泥が溶け合う遠浅の水を意味するのだった。

魚ではあるまいし、海を想像すると慰めが得られるというのは自分でも訳がわからない。確かなことはこの海もI市のなだらかな丘や林と同じようにぼくの一部であり、ぼくのものであるということだ。

沖から水を踏んで人影が近づいてくる。魚籠を下げた漁師である。水の上を……そんなはずはない。滑り板はわきにかかえている。ぼくは窓から身をのり出して目を凝らした。彼はうつむいて足もとに注意を払いつつ歩いているように見えた。干潟の底に岩脈のようなものがあるらしい。その上を選んで歩けば泥に沈下することはないわけだ。

少年の声がした。

十歳くらいの男の子が両手を上げて海岸から男に呼びかけると同時に干潟の方へ駆け出した。父親も魚籠をさし上げてこれに応えた。少年はまっすぐ父親の方へ向わないで、一旦、父親の数メートル横の方へ泥の上を移動し、足場を選びながら遠まわりに迂回して父親のもとへ辿りついた。

（あんな接近の仕方もあるものだな。近づくためにはまず遠回りしなければならない）とぼくは列車の窓辺で思った。やがて列車は動き出した。

二

I市は地峡の街である。

北にそびえる標高千メートルほどのT岳がS県との県境をなし、T岳の尾根が流れ落ちて海に入る平地にI市が拡がっている。尾根はT岳のそれだけではなくて、東と西にそれぞれ別の山系に属する丘陵がつながっているので、I市はそれらの尾根で囲まれた盆地に存在することになる。

三つの尾根と三つの海がI市の境界である。干潟のあるI湾は有明海の一部分である。袋状の内海であるO湾、外海から新鮮な潮流を迎え入れるC湾、それぞれ水の性質を異にする三つの海がI市を取り囲む。だからぼくの土地に吹く風は同じ潮の香りにしても三つの匂いを孕むわけである。

終日ぼくは外を歩きまわっている。憑かれたように。洪水が水の爪でかきむしった低地の街は一変して見知らぬ街並であるかの如くだが、丘の住宅地を歩けばそこには洪水前の世界があり、ぼくをほっとさせる。丘から低地へ、低地から丘へ、上流から下流へ、林から海辺へ、毎日ぼくはうろついている。

何を探すというあてがあるわけでもない。ただ世界を見るためにとでもいおうか。見ることは至高の悦楽だ。至るところでぼくは子供の頃から眺め親しんだ物に出会う。丘の三本杉が、地蔵仏が、古井戸、溜池、水門、運河、堰堤、祠、石橋、崖、森の中の沼がぼくの前に立ち現われる。ぼくはそれらを目で貪る。そうではなくてぼくの肉体でもってそれらを受けとめる。堀割や船大工の家や農事試験場や干してある漁網や刑務所の赤煉瓦塀や繭市場の廃屋や城跡の山腹に掘られた横穴防空壕や澱粉工場の残滓処理槽や農機具倉庫や仁王像のある寺院やその境内にそびえる銀杏やがぼくに何事かを語りかける。そう感じられる。ぼくは彼らがぼくに囁く言葉を解読しなければならない。暗号のすべてに意味があるともいえるし、ないともいえる。

これらは十年前そこに存在したように今も存在する。そのことにぼくは妙に感動している自分に気づく。ぼくがこの町を留守にしている間も、丘の三本杉は夕陽を浴びて輝いていたのだ。地蔵仏は緑に苔蒸して雨に濡れていたのだ。そうだ、今ぼくを動かすのはいかなる政体の誕生でも殺人兵器の開発でもない。誰も何とも思わない当り前の事柄ばかりがぼくを引きとめ、ぼくを立ちどまらせる。ぼくはこの土地を知りたいと思う。

一人の漁色家が女の体を飽くなき情熱でもってすみずみまできわめつくすように、ぼくは西九州の地峡に拡がる城下町を知りたいと思う。川の屈曲点にある小山に城があった。対岸は武家屋敷と職人たちの町であった。そこにぼくは暮していた。洪水は傘屋と石工、仏具師、豆腐屋、車大工の家を押し流した。街のすべてに限らず、街の外にある物もすべて知りたい。一本の樹や軒の傾いた祠や一個の石くれに至るまで理解し、自分のものにしたいと思う。夜明けから日没までぼくが彷徨するのはそのためだ。

思えば地上は何と素晴しい物で満ち満ちていることだろう。

アスファルトの路上には得体の知れない物の破片がころがっている。指にすっぽりとはまる黄金色の環がある。まだ錆びない白銀色のボルト、ナット類、大小のコイルから獣の耳に似ている革製品の断片は一体なんの一部分だったのだろう。たったいま事故があった道路上には無数のガラスが散らばっている。手にのせるとそれらは羽毛のように重さを感じさせない。七月の光をはじいて虹色に輝く。この多彩な煌きと病院で血をしたたらせている傷者とは、ぼくの内部で決してつながらない。

路上に落ちている物が見すごすのに惜しいほど魅力のある形であれば拾ってポケットに入れる。ぼくのポケットはだから一週間もしないうちに一杯になる。きのうは杉の鉋屑を手に入れた。見事に削られた一様の薄さ。日に透かすと滲む琥珀色の光も、くるくると巻きあがった形も魅惑的だった。ことにその鉋屑に感じられるある種の脆さがぼくの気に入った。しかし六日か七日ごとにぼくはポケットを裏返す。足もとにくつがえしたかつての収穫が何の変哲もないがらくたに変っている。それでいて道を歩くときは目がひとりでに片隅でひっそりと輝く物のかけらを探している。道ばたにはまったくさまざまな断片がころがっているものなのだ。

三

I駅に降りた日のことだ。今も時どきあの瞬間を思い出す。こうして昼間測候所跡の廃屋に寝そべっていると、あの奇妙な経験を反芻することになってしまう。

時間というものをぼくが「見た」と思ったのはあのときだ。駅前円形広場の中央には四本ずつ二列になって合計八本のポプラが並んでいる。ぎっしりと重そうな葉をつけた枝があるかないかの風に煽られてかすかに慄えていた。葉にはどれもセメント色の土埃がうっすらとまぶされていた。広場を突き切ってバス停へ辿りつくには並木の間を抜けるのが近道だ。車の往来は少なかった。沼底のような静寂があたりに澱んでいた。太陽は空の一角で静止したかのようで、濁った灰色の光を広場に溢れさせていた。

ぼくはそのとき不意に「時間」が水の流れのように自分の皮膚をかすめて過ぎるのを感じた。冷水を浴びせかけられたようにぼくはぎくりとした。思わず立ちどまってあたりを見回したほどである。何事も起りはしなかった。

列車の汽笛が聞え、埃っぽい広場に埃だらけのポプラが立って風に梢をゆすっているだけだ。それでいて秒一秒と確実に「時間」が経つのがぼくにはわかるのだった。

ちょうど砂時計をひっくりかえしたとき、壜の底にひとすじの糸となって砂粒が落下しみるみる小さな円錐を築くのを見るように。そして砂はぼくの住居であるこの建物の内部にも時間とはかかわりなく侵入して来る。海が近くなのだ。乾いた細かい砂粒である。

それは髪の間にしのびこみ、衣服の合せ目に這入りこみ、目も耳も砂でざらつくことになる。柔らかい土埃のように肌にべたべたとまつわりつきはしないし、払えば下に落ちるから、それほど気にはならない。ぜいたくをいってはいられないのだ。この建物に家賃は要らない。人家から充分に遠く、誰からも干渉されない空間をぼくは一人で占拠していることになる。半世紀前に海洋気象測候所の分所として建てられた家である。中身は洪水前にS市へ移転して今は空っぽになっていた。

壁には穴があき、物かげはどこもネズミの巣になっていて屋根は雨漏りがする。二階の一角に比較的しっかりした部屋があった。窓ガラスは割れていたが別の窓に残っていたガラスを取り外してはめこんだ。壁と天井の穴を塞ぎ床の板を補強した。扉の蝶番いをとりかえた。住めるようにするまでぼくは大いに働いたのだ。三日かかった。

そのとき気づいたのだが、建物は白蟻の巣窟と化しているのだ。大風が吹けばひとたまりもないだろう。さいわい小さな砂丘のかげになっているので、もろに風にさらされないからどうやらもちこたえて来たのだ。風がない日も建物はきしむ。深夜ネズミが疾駆すればさながら家鳴り鳴動する。台風の夜は今にも屋根が剝がれ、壁も抜けてしまいそうだ。嵐の海を航海する箱舟に乗りこんでいる気持だ。ぼくは水夫であり火夫であり舵取りであり水先案内人でありそして船長なのだ。

おかしなことに建物が今にも崩壊しそうにきしっているとき、ぼくはちっとも怯えていない自分を発見する。つぶれた建物の下敷になればロクなことにはならないと常識がぼくに告げはしても、いささかも怖れはしない。勇気があるのかといえば違う。気が小さいくせに、死そのものを今すぐに受入れることが出来るような気がするだけだ。死……なま暖かい湿り気のある仄暗い廊下。母の胎内にも比すべき。死にたいと思っていない。まだ百年も生きるつもりでいながら五分後に死が訪れることを易々諾々と認めることができるのだ。

砂丘の外は海である。遠浅ではあるが干潟の西に位置するO湾の一部で、海とはいいながら内陸へ深く入りこんだ水が砂を洗っている。馬蹄形をした砂丘に抱かれるようにして測候所の廃屋があり、その建物はまた草の生い茂った湿地で陸地とへだてられている。建てられた当時、そこは乾燥した草原であったらしいが、歳月とともに海にそそぐ川の流れが変化し蛇行した跡を沼沢に変えてしまった。したがって建物は海に対しては砂丘で、陸に対しては湿地で囲まれていることになる。

沼沢といっても大部分は草が生え、その間に身も没するほどの水溜りがあるかと思えば足首がぬかるむ程度の泥湿地にすぎない所もある。葉肉の分厚い水生植物が黒っぽいどろりとした水を覆っている。湿地の向うはやや地面が高くなって低い丘陵を形成し、赤松、クヌギ、椎、クリなどのまばらな群生が見られる。林の向うに国道があり、国道の向うにI市の住宅地がはじまる。

ぼくの窓辺には渚を往復する波の音が届いて来る。沼沢から湧く昆虫類が群れつどう。カエルが咽喉をならす。ざわめく松林のきしみが聞える。ぼくの周囲に充満しているのは海と土の声である。

四

神父は死者のための祈りをとなえ、最後に、
「主よ、永遠の安息をかれに与えたまえ」といった。
そのときぼくも参列者と声を揃えて、

「主よ、絶えざる光をかれの上に照らしたまえ」と唱和した。

神父はいった。

「かれの安らかに憩わんことを」

「アーメン」と一同はとなえた。

墓穴は二メートルほどの深さに掘ってあった。鉄分を含んだ暗赤色の土がかたわらに盛りあがっており、よく肥えた芋虫が一匹、土くれの中から出たり入ったりしていた。神父が主禱文をとなえ終ってからぼくらは聖水を死者にふりかけた。神父もそうした。棺の蓋に釘を打ち、五人でロープをすべらせて棺を穴底におろした。参列者はひと握りずつ土くれを穴に投げこんだ。

スコップは二本しかなかった。ぼくらはかわるがわるそれを使ってゆっくりと土を落し穴を埋めにかかった。湿ったねばり気のある土がスコップにからみついて柄が重かった。急いで埋めるのは何となく死者に対する冒瀆であるような気がした。そうではなくて、七月の炎天下でスコップを振り回して土と取りくんだら流れる汗で目もあけていられないのだ。ただでさえ暑いのに汗を出すのはたまらない。五分で埋葬しても一時間で埋葬しても死者が生き返らないことに変りはない。

十字架をたて、その前に棺にのせていた花束をさすと埋葬は終った。

墓地は海のように静かだ。すべてが終ったとき風がにわかに涼しく感じられた。参列者は帰って行った。ぼくは椎の木かげに腰をおろしてハンケチで汗を拭った。空は青く雲が白く輝き、生きて汗をかいていることが素晴しいことであるように思われた。棺は黒布で覆ってあった。死者が十歳以下であれば白布をかけるのがきまりであるそうだ。小児は罪が無いからである。二十三歳のＪはすでに罪びとであったわけだ。

ぼくはそれを否定しない。われわれはみな罪人なのだ。ところでどんな罪をＪの場合犯したことになるのだろう。彼は画家であった。より正確にいえば彼は画家になろうとした。定職を持たずに絵ばかり描いていた。泥色の汚ならしいキャンバスが「絵」と呼べるならだが。まったくJの作品には誰しも当惑させられたものだ。

ふつう絵といえば美しく描かれた薔薇とか林檎とか花瓶とか人形とかを期待するにきまっている。世には抽象画というものもあることだから訳のわからない三角四角に見参するとしてもそれはすくなくともある程度美しいはずである。ところがJの絵ときたらどれも塗りたての泥壁と変らない。黄土色、麦藁色といった鮮明な彩色ならまだしも、灰色の地全部に濁った灰色の膜がかかっているから見る者はとまどうのだ。

これではJの描こうとする自然そのものより醜いではないか。そうなのだ。Jの絵はどれも自然を美しく模写するのではなくて思うさま不純に汚ならしく変形させてしまう。いや対象の変形ではなくて描写どころか再現ですらなくて新しい一つの世界を創造するのだ。そしてJの絵は見る者をちっとも感動させないのである。
一、二回、個展を開いたことがあるという。ぼくは行ったことがない。一点も売れなかったそうだ。売れるわけがない。褐色とも黄とも灰色ともつかないしみのようなものに誰が金を支払って壁に飾ろうとするだろう。
「Jは一体なにを描こうとしたのだろう」と参列者の一人が葬儀の前に呟いていた。ぼくは知っている。彼は干潟を描きたかったのだ。潮がひいた後に現われるココア色の軟かい泥をキャンバスにとらえたかったのである。いつものように大酔した晩、彼は潟の色さえその質感さえ捉えることができたらいつ死んでもいいと口走っていた。

学校を出て普通人のように家業をついだり会社に勤めたりせずに、毎日酒をのんではキャンバスにとりくんでいた彼の願いは干潟であったわけだ。Jは死んだ。干潟はどうなったろうか。願いはかなってキャンバスに移すことができたろうか。ぼくは深夜の晩にアトリエで残された作品をしらべてみた。一点もなかった。

油絵具で描いた作品は大同小異であった。絵具を洗い落して貧乏な画家に画布としてくれてやったら喜ぶだろう。そう思って何気なく壁に目をやったとき、ぼくは一枚の紙片にひきつけられた。八号ほどのケント紙に木炭でスケッチした干潟の風景である。数本の黒い線と面で彼は干潟を他のあらゆる厚塗りの油絵より的確につかんで描いていた。黒白の二色が干潟の陰影を見事に現わしていた。棺の中に絵筆とパレットを入れた家族はまちがえていた。

一本の木炭をこそ死者とともに葬るべきだったのだ。

五

映画を見て来た。

I市の人々はナイターと呼んでいる。夜十時に興業を終えてから古いフィルムを安い料金で上映する。ここから歩いて国道沿いの食堂へ夕食を食べに行って町の書店で本や雑誌を立ち読みし、喫茶店でコーヒーをのみ終る頃その時刻になる。これがぼくの夜の日課である。ナイターが終るのは十二時すぎだ。バスはとうに出ている。歩いて帰ってくる。国道から林へ折れて湿地の中を細々と通っている狭い道を辿って傾きかけた木造家屋に辿りつく。その時分になるといい加減腹がへっているので、二度目の夕食をとることにする。飯盒に水を入れて石でこしらえた手製のかまどにかけ木片をくべて火をつける。肉の罐詰を水に入れる。あったまったところで取り出して中身をアルマイトの皿にあけて食べる。さっき見たばかりの西部劇の中で騎兵隊の兵士たちもこうやって金属の皿から食べていたことを思い出す。

缶詰を一個たいらげてしまってから飯盒に紅茶の葉をほうりこみ煮立ててすすった。それから窓によりかかり古ぼけた陶器の皿のような月を見ながらタバコをふかした。これがぼくの生活だ。彼らはどうしているだろう。製鉄会社の下請工であったG、島の漁師であったD、映写技師の助手であったF、会社員であったS、百姓であったT、彼らはぼくの同僚であった。今も草色の服を着て北の方にある荒地で生活しているはずだ。

彼らは兵士なのである。

現在、ぼくは何者でもない。一人の失業者である。今夜見物した西部劇に登場した一人の兵士の言葉が気になった。映画館を出てからもそのせりふを考えていた。砦がインディアンに襲われて焼けおち、生き残った少数の守備兵が砂漠をにげのびる途中の場面である。その間も追跡するインディアンたちが、どこからともなく現われ、岩かげで泉の傍で谷間で一人また一人と兵士を倒していくのだった。

五、六人の疲れきった男たちがとある岩山の中腹で休む。その中の一人が話し出す。

「お前はどうして兵隊になったんだ」という問いに答えるかたちでせりふははじまる。

「そうだな、学校を出るまでは何になろうかと考えたことはなかった。なんとなく料理人になりたくなって町の食堂で働いたら、なんとそこの親爺がギタスとかマキスとかいうギリシア人でよ、朝から晩まで山羊の脂だらけの料理をつくらせるもんだから厭になっちまってよ、本当の話、そこでミシシッピー河下りの蒸気船に乗ったんだ。一年間かかってためこんだ有り金を懐にして。そしたらお前、博打のうまい黒ん坊にごっそりまきあげられちまって頭に来るじゃねえか。その船で石炭のつみこみに雇われて黒ん坊からイカサマのやりかたをじっくりと教わったさ。つきあってみれば気のいい野郎よ、それからシカゴでホテルのボーイやったり、ニューヨークで新聞記者やったり、いろいろしましたよ。どうしておれが軍隊に這入ったかって？　そうさな、つまり世界をあちこち見て回りたかったんだ。どんな理由があるにしてもせんじつめればそういうところじゃないかなあ」

岩棚の下に横たわっていたもう一人の兵士が口を開いた。肩を射たれていて息も絶え絶えといった様子である。

「大尉は死んだ、軍曹も死んだ、書記も死んだ、おれたちももうじき死ぬ、みんな殺される」

「おいおい」と最初の男がいう。負傷兵は「助かるもんか、明日になればインディアンどもがおれたちを包囲して一人のこらず頭の皮を剝ぐにきまってるんだ、ああ、兵隊なんぞになるんじゃなかった」とぼやいた。

「うるせえな」と別の男が唾を吐いた。呻いている兵士の包帯をとりかえているのはあどけない顔をした少年兵である。負傷兵が眠りこんでから、わきにうずくまっている初老の伍長に少年兵は話しかけた。

「隊長、死ぬってどういうことでしょうね」

「死にはしないよ、坊や」

「こんな夢を見ましたよ、隊長、煉瓦造りの建物があって、とてもでかい建物なんです、教会みたいな、教会よりでかい壊れた家で屋根も落っこちてて、われわれは銃をかついで崩れたその壁に沿ってぐるぐる歩いてるんです、ねえ、ぐるぐると果てしなくいつまでも。なぜそうやって歩いてるんだか、ただそうするより他にすることがないから黙って汗を流していつまでも歩いてる。それで人間が死ぬってこういうことかなって思ったんです、隊長、つまりぼくは地獄におちた兵隊の夢をみてたわけなんです」と少年兵はいった。

「誰でもそんな夢を一度か二度はみるもんだよ」

と老いた下士官はいった。

古いフィルムだから映写幕には銀色の縞が走った。目が酸を浴びたように痛んだ。ぼくは目をとじて自分の物思いにふけった。映画の進行からは置き去りにされてしまった。スクリーンはそれからも鮮かな音と光を発し続けたが、ぼくの思考を妨げはしなかった。

エンドマークが映りフィルムが巻き取られ明りがついた。座席に残っているのは二十人といなかった。そのときぼくは気づいた。映画館の灰色の壁に床と平行に茶色の線がくっきりと走っている。洪水の水位である。それは立ちあがった人間の頭より高い所にあった。

六

ぼくはN市へ行った。

バスに乗って一時間もすればN市に着く。半島の一角にある港市である。ぼくは起重機のある岸壁をぶらつき、港に停泊している大小の貨物船を眺めた。海面に浮いた油は五色に光っていた。対岸には造船所があり、ドックのあたりで熔接の火花が明滅するのが見えた。ランチが貨物船や外国客船や遊覧船の間をぬって忙しく往来していた。

そうした世界と向いあっているのと、この世界で何もしないで生きているのはぼく一人になったような気がした。ぼくは倉庫の立ち並ぶ波止場を二、三回行ったり来たりした。サマードレスを着た白人の女たちが岸壁に横付けした客船から降りて市街地へ向った。そういう情景を見ても異国への憬れを覚えることはない。ぼくは石のように鈍感だ。浮き栈橋に腰をおろしてぼんやりと海を眺めた。

栈橋はゆっくりと波に上下していた。

海の重々しい律動がぼくの体にしみ入るかのようである。水は日をうけてまぶしく、陽光で暖められて滑らかに輝き、栈橋を優しく愛撫し続けた。そこで二時間ほど時間をつぶしてから街へ向った。川沿いに歩いた。黒い廃油を漂わせた川面は鼻をつく臭気を放った。とある路次でぼくは立ちどまった。そこは初めて通る道である。

両側は煉瓦塀で片方の塀の内側に灰緑色のペンキも剝げ落ちた古い二階建の木造洋館がある。その建物に見覚えがある。洋館の屋根に小さな尖塔があり、庭に面した中央正面の屋上に時計塔がある。昔は時計の針がついていたかもしれないが今は針が欠け、うすぼんやりと文字盤の痕が判読できる程度だ。

洋館には誰も住んでいないらしい。庭はアレチノギクが生い茂るにまかせてある。この情景に見憶えがある。くすんだ鮭の身色の赤煉瓦塀、錆びた門柱の鉄柵を飾る唐草模様、灰褐色をした石畳に落ちる合歓木のまだらな木洩れ陽……。

どこでこれらを見たのだろう、いつここを通ったのだろう、とぼくは考え続けた。しかし、十五分後にはこの疑問を忘れてしまった。ひどく空腹だったので通りすがりの店でパンを買って食べるうちにどうでも良くなったのだ。腹が一杯になってから街を縦横に歩きまわった。居留地跡にある天主堂の丘へ登りそこから丘の斜面にぎっしりと立ち並んだ家の間を抜けておりた。

迷宮というものがあるとすればそれは天主堂周辺の家並のことだ。港の南側に隆起した丘は全部マッチ箱ほどの民家で覆われている。家々の間を人々がやっとすれちがえる程の幅を持った石畳道が葉脈状に走っている。すれちがうときは一人が片側に寄らなければならない。体を斜めにして。

通路はジグザグに走り、下りかと思えば上りにかかる。石段があり煉瓦道があり、アスファルトの道もある。軒下には濃い陽かげの闇がひっそりと溜っている。家々はどこも窓をあけ放しているから道路から屋内をのぞきこむことができる。ぼくはどこへ行くというあてもなしに迷宮の地理を楽しむだけのために気ままに坂を上り降りし、角を好きな方角へ折れた。

ぼくはにぎやかな街で雑踏に自分自身を沈めているときに覚える仄かな快感をここでも覚えた。その快感は周囲が知らない人間ばかりという認識にもとづいている。この町が未知の町であることはまさしく雑踏の中を歩くことと同じなのだ。かすかな酔いのようなものを覚えた。

そのとき、さっきの疑問がまた返って来た。洋館は昔の神学校である。一部はかつて病院に使われていた。あの時計塔を煉瓦塀ごしに見たとすれば子供のときのはずだ。そうでなければ話が合わない。N市からI市へぼくは七歳のとき引っ越して来た。十八歳になるまで稀にしかぼくはN市を訪れていない。子供のとき……霧に包まれたような記憶の世界にあの時計塔が影を投げている。

ところでさし当って今は街の人間のことを書きとめておこうと思う。

一人で歩いている通行人というものはなんと感情を露わにむき出しているものだろう。苦悩の影でどす黒く頬をかげらせた初老の男、快楽の名残りを目もとに翳らせた中年女、髪をふり乱し怒りの呪詛をぶつぶつ呟きながら視線を宙にさまよわせる老女、痴呆めいた笑いをうかべる若い女、たえずしのび笑いを洩らす少年、だらしなく口もとをゆるめて歩く青年、らんらんと怒りに目を輝かせて歩く中年紳士。一人として仮面のような無表情を保つ人間はいない。

彼らは皆、無防禦だ。

だからぼくにはこう思える。街というものは一つの檻でぼくがすれちがう通行人は檻にとじこめられた兇暴な獣であるかも知れないのだと。

……………………………

ぼくは砂丘の家に帰ってから思い出した。時計塔を見た子供の頃のことを。父が大陸の海市へ渡るとき、ぼくは母に連れられて岸壁へ見送りに行った。「上海丸」という六千屯あまりの船が横付けしていた。銅羅が鳴りテープが張られ……いや銅羅も鳴らずテープも張られはしなかった。

白麻の上衣にパナマ帽をかぶった父がデッキに立っていた。父についての記憶はそこで途切れている。船が港外に出て行く影像は記憶のスクリーンから脱落している。次の記憶は母とあの煉瓦塀にはさまれた狭い石畳道を歩いている情景だ。つたのからまる洋館、旧外国領事館の壁にこだまする子供たちの声、しんとした路次に淡い砂色の光が射している。そのときぼくは木造洋館の時計塔を塀の向うに認めた。

しかし、果たしてそうだろうか。

ぼくはここで立ちどまる。記憶と現実とを重ねあわせるのに必要なあの決定的な確信が湧いてこない。そうであったとしても、そうでなかったとしても実際はどうでもいいことだ。他人の人生もぼくの人生も別に変りはしない。あくまで記憶の正確さの問題にすぎない。

ところで父があのあと幾時間か航海して大陸の海市へ上陸してからどうしたかぼくは知っている。父はその地でホテルを経営している友人に迎えられ、欧州人の租界を見物してから、その年の数年前に戦われた戦いの跡へ足をのばしたのだ。

分厚いベトンのトーチカはどれも矩形の細長い銃眼と大小無数の弾痕を持っていた。父はトーチカの前で横で、胸を反らして友人のカメラにおさまっていた。それらの写真が父の大陸旅行から持ち帰った唯一の記念品であった。わが家には一冊のアルバムがあった。ひと昔前のセピア色に褪色した写真が貼ってあった。これは洪水で押し流されるわが家から取り出すことの出来た少数の家財の一つだ。ところどころ泥がこびりついたページをめくった。欠けおちた写真が多くてほとんどのページは黒いままだ。

父の写真はあった。

トーチカがあり、クリークや租界があり、港の荷揚場にうずくまる苦力たちが写っていた。あるページでぼくの目は釘付けになった。大陸の海市でホテルを経営している友人一家が家族写真を撮影している。背景にフランスの税関吏が描いたような雲が浮んでいる。木の葉を一枚ずつ刻明に描いた合歓木が立っている。ぼくの目を惹いたのは彼らが背景にしている時計塔だ。場所は写真館のスタジオで、背景は絵を描いた幕である。

きょうN市で見た光景と同じ場面がアルバムにあろうとは思わなかった。事実はつまりこういう事だったかも知れない。子供の頃ぼくはアルバムをめくってみるのが好きだった。S市にいる父の友人一家とは親しかった。彼らの写真は折りにふれてよく見たものだ。煉瓦塀と時計塔の絵はN市の港近くにあるそれといくらか違っている。いくらかというより細部の形状は全くといっていいほど違っている。しかし、絵のかもし出す雰囲気は似ている。やはり旧神学校をきょうあの角度から見たのは初めてだったのだ。記憶の底にある絵をぼくは煉瓦塀にはさまれた道で木造洋館の上に重ね合せていただけだ。

それにしても一枚の家族写真がそれも背景が、どうしてぼくの記憶の乾板にあんなに鮮明に焼き付けられることになったのだろう。つまりはこうだ。いってみれば大陸における彼らの存在と生活はぼくにとって西欧を意味したのだ。列島の西端にあるN市で生まれ、そこで少年時代をすごしたぼくに、東京は単なる政治の中心地にすぎなかった。若い頃、上京した父は、〝関東大震災復興記念大博覧会〟と題した記念写真帖を買い求めていた。そこには地震で壊滅した首都のありさまが詳細に写っていた。焼死者のピラミッドと廃墟とトタン屋根の集落が首都のイメージであった。なんたる貧弱な、なんと荒涼たる。ぼくはこの国の首都にいささかも惹かれなかった。

そのかわりぼくは大陸の街々に惹かれた。S市の一家は夏と冬の休暇に帰国するのがきまりだった。N港に上陸した夜はわが家に宿泊した。ぼくは彼らがもたらす土産を楽しんだ。香りがきつい英国製のチョコレート、フランスの絵本とビスケット、砂糖漬けにしたロシアの果実、美しい印刷をほどこした包み紙の一枚一枚が異国のものであり、異国のものであるゆえに高貴な匂いを発した。

大陸のさらに北にある古い港市には叔父一家が住んでいた。彼らがよこす絵葉書はぼくの大事なコレクションだった。石と鉄とコンクリートと煉瓦で築かれた市街のなんという堅固な美しさ、これでこそ人間の都会というものだ。

石でかためられた広場から放射状に街路が走り、それはみなアカシアの並木で縁取られている。そこをロシア人が歩く。満人が歩く。中国人と日本人が歩く。絵葉書の中のD市はまぎれもなくぼくの内なる共和国における首都であった。敗戦の日までは。

やがて大陸の親戚たちと友人はすべてを失って細長い母国へ帰って来た。名前だけはD市もS市も存在するけれど、植民都市としての街は地上から永久に消え去ったのである。D市で生まれたぼくの従兄にしてみれば、父の国へ引き揚げるのは帰国でなく異郷への配流であったことになる。D市こそ彼の故郷なのである。しかも決定的に。

彼は二度と生誕の地に帰れない。

亡命者ならば故国の政体が変るとき、帰国することができる。彼の街そのものは変らないのだから。従兄の場合は亡命者より惨めだ。わが国と大陸で交通が始っても昔の街へ戻れはしない。ところでぼくについてもそれはいえる。N市の東北郊にあったU町がぼくの故郷だ。ある夏の日の午前、一個の黒い紡錘形をしたものが、飛行する物から投下されて街と人と森を焼き払った。U町は今もある。

しかし、ぼくが七年間を過したU町は地上のどこにもありはしない。それは原子の火の中で燃えつくしてしまった。

七

そのときぼくはI市の街路を歩いていた。公園へ蟬とりに行く途中であった。学校は夏休みで、ぼくは七歳だった。白い光が閃いた。おかしなものが彼方の空に浮んだ。ぼくは目をみはった。西南の方、ちょうどこれから行こうとしている公園の上空にまばゆく白い光球が一つ輝いている。太陽は真上にかかっている。一時に二つの太陽が天空に位置したかのようだった。一、二分後に鈍い爆音が地を圧して轟いて来た。

それから夜までの記憶が途切れている。そうではなくて、夜がいつもより早く訪れたのだ。黒煙が天を覆い光は失せた。太陽は輝きが褪せて腐った卵の黄身の色で黒煙の上にぼんやりと透けて見えた。N市の方から風に乗って灰が流れて来た。紙の燃え滓、布切れ、樹皮のようなものがあとからあとから漂って来るのだった。

夕焼けが空を染めた。血のように赤い壮大な光がN市上空にひろがった。後にも先にもぼくはあのように濃い夕映えを見たことがない。I市の人々は声もなくうずくまってN市上空の火と血の色をした空に見入った。それはぼくの故郷が燃える色であり一つの帝国が炎上し崩壊する色でもあった。火の下で逃げまどっている級友たちのことをぼくは思った。いや思わなかった。何も考えなかった。ただ呆然として壮麗な夕焼と向いあっていたというのが正しい。

一つの世界の終末をこうしてぼくは目撃したわけである。夕刻、N市からの列車が傷ついた人々を運んで来た。途中で息を引き取った人間も多かった。彼らはI市の海軍病院を初めとして各病院に分けて収容されることになったが、受入れ準備が整うまで駅前広場に並べたままにしておかれた。

ぼくは見た。傷者を運ぶために担架が来て上半身をかかえあげられた者の背中がそっくり剝がれて席に残るのを。軽傷者は立ち上って水を求めた。彼らはみな一様に両手を肘で曲げて胸の前で何かを拝むように持ち上げているのだった。傷口を心臓より高く支えておかなければ出血がとまらないからである。

死者たちは火葬場で処理するには多すぎるので、丘のあちこちに穴を掘り薪を積んでその上で焼かれた。丘の火は数日間燃えつづけた。八月九日から十五日に至るぼくの一週間はこうして無数の火と煙で彩られたことになる。これが終りの日の記憶である。

八

朝、海岸におりて行く。

波打際にうち上げられている物のなかから薪になる燃料を拾い集めるのがぼくの日課だ。流木、櫂の片方、こわれた船材の破片、桶、のりひび、漁網の切れはし、浮木などが渚に漂い着いている。それらを砂丘の内側に運んで来て日で乾かしてから細かく裂いて薪にする。

朝のお茶を沸かす薪は流木である。冬になればそれでぼくは体を暖めなければならないだろう。この数日、風が激しく、海岸は高波で洗われ、うず高く積もっていた漂着物を押し流してしまった。燃えそうな物は何もない。で、ぼくは方針を変えて、湿地の向うにひろがる林へ足をのばした。枯れ落ちた松の枝はいい燃料になる。二時間もろつくと三日分の薪をぼくは採集することができた。

地面に分厚くつもった松葉の層が刺戟的な匂いを放った。ぼくは松脂の鋭く乾いた香気に酔った。こういうときだ。忘れてしまったつもりの〝あのとき〟が息を吹き返すのは。過去といってもほんの二年くらいしか経っていないから、自分自身に忘れろと命じるのが無理な話というものかも知れない。

きょう午後、Aがぼくのかたわらに居た。ぼくと肩を並べ、ぼくの手をとり、ぼくの胸に頬をすり寄せていた。Aはぼくに何度も囁いた。学校で授業中にノートに黒板の文字を写しとるふりをして、ぼくの名前ばかりを何十行も書き続けたといった。

林の中でそのような午後を幾度すごしたことだろう。松脂の匂いをかいでAのことを思い出したのはI市の城址公園ちかくの丘で、その頃しばしば長い午後をすごしたことがあるからだ。そこにも椎や栗にまじって赤松や黒松が生えていた。正午から夕方まで、夕方から真夜半まで、ぼくらは丘の林をぶらつき、必ず現在となる未来について同じことを何べんも話しながら抱きあったものだ。

柔らかい心臓に熱い吐息でもって刻みこまれた言葉がどうしてやすやすと消えてしまうことがあるだろう。Aは去った。学校を出ると同時に心変りし、ぼくを冷笑し、新しい恋人を手に入れた。ぞっとするほど退屈で月並な一件だ。ぼくはすべてを忘れようとした。

手紙を焼き贈り物を日記を焼き、記憶の中からAに関するすべての細部を引き出して棄てた。それはうまくいったつもりだった。時が経った。ぼくは忘れたと思いこんでいた。ところがどうだ。きょう、松林の中で落ちている枯れ枝を拾い上げようと手を伸ばしかけたとき、あの午後のことが甦えりぼくを占領してしまった。ぼくはあまりに生なましいAの思い出に直面して呆然自失し、なすところを知らなかった。Aはやはりぼくのなかで生きていたのだ。「見たい?」とAはいった。

そういってワンピースの胸をくつろげた。ぼくらは椎の木の下に立っていた。仄白く柔らかい二つのふくらみが薄い布地の奥に息づいていた。椎の若葉で漉された青い透明な光が乳房の上に射していた。そして、それから……さまざまな影像がぼくのなかでひしめく。まるでこわれた水道管から勢い良く水がほとばしるように記憶の断片が噴出し、ぼくを息づまらせる。

九

I市を午前七時五十分の列車で発ってI湾沿いに北上し、S市で乗りかえて南下し、Y市に着いたのは午すぎであった。海沿いの水都である。Y市に用事があったわけではない。初めて訪れる土地である。なんとなく出かけたくなっただけのことだ。Y市は有明海を間にはさんでI市と向いあう土地に位置する。昔、この町に生まれた詩人は、郷里を、「水にうかぶ灰色の柩」と形容した。縦横に運河が町を仕切っているからである。

Y市はI市より楠の老樹が多く、造りの旧い家も目立つ。崩れ落ちた白壁の築地塀をめぐらした屋敷町の一画もある。通りはどこもせまかった。公園の森では日射しは絵巻物の剝落した金泥色に似ている。道みち人にきいて辿りついた公園である。川はそこを貫いて市街地を経て海へそそぐ。

舟着場は公園の一隅にあって、午後の日射しが櫛の歯状に繁みの底へ落ちている。ここから小舟に乗って川下へ一時間下るのである。待つほどもなく水面すれすれに垂れた柳をかき分けて平底舟のとがった舳が現われ、金箔を浮べたような水を乱して舟着場にとまった。四、五人の客が乗り移った。船頭は老人である。小舟にはまだ数人分の席があったが老人は、「もう来んやろう」と呟いて、吸いさしの煙草を耳の後ろにはさんだ。これがきょう最後の川下りらしい。水は澄んでいた。緑色の水藻がゆらめき、その間に散らばる瀬戸物の破片が光った。ぼくは船尾に座を占めて右手を舟べりの外に垂らした。指先で水に触れた。水は夏の日を吸って充分に暖かく、それが指の間をくすぐって過ぎるのは官能的な快さがあった。

川の両岸は苔蒸した石垣である。舟は幾度か屈曲して旧い屋敷町の間を流れる水路にすべりこんだ。ぼくらが崩れかけた土塀に沿い軒の傾いた武家屋敷の裏庭へさしかかったとき、水ぎわで洗濯していた老婆が洗い物をやめ顔を上げて舟を見守った。

小舟が通過するとき波が高くあがり、老婆の足もとを洗った。朽ちかけた水門をいくつかくぐったようだ。醬油工場の裏で、水面をかすめた鳥があった。黒い翼を持ち、腹だけが白い。ぼくは船頭にたずねた。

「あれは何?」

「高麗鳥」

川下りの終点にはバスが待っていた。O港までそれを利用した。フェリイで有明海を横断するのである。海が青黒く暮れかかる頃、フェリイはO港を離れた。すしづめの船室は人いきれが息苦しい。上甲板は風があった。空は白い光点をちりばめた巨大な円蓋だった。航海の途中でフェリイは向うから来る同じ型の船とすれちがった。黒い海の上であかあかと灯をともした船はまばゆく感じられた。接近して離れるとき船はお互いに長い汽笛を鳴らした。

午後十時、ぼくはI駅のプラットフォームを歩いていた。ぼくが乗って来たディーゼルカーと入れちがいに貨物列車が出て行くと駅は沈黙に包まれた。ぼくは旅客の最後の一人になって改札口から出た。背後でふいに甲高い金属音がした。ふりかえってみると角燈を下げた駅員がハンマーのようなもので、停車している列車の車輪を叩いているのだった。Iの街は寝しずまっている。車輪を叩く音は駅をかなり離れてからも耳に届いた。たった一日この土地を留守にしていたのに一ケ月も不在にしたような懐しさを自分の町に覚えた。ぼくは旅をしたのだ。

十

ぼくはほうりだされている。

ぼくは宙ぶらりんだ。たった今、測候所跡の廃屋で、心臓麻痺かなにかで冷たくなっても誰も気づきはしない。じっさい人里離れた所で他人にみとられずに息を引きとって何日か経ってから発見されるのはよくあることだ。どちらかといえばそれがはたの人々に迷惑をかけない理想的な死に方だといえよう。ところがぼくの場合、プロレスラーのように健康ではないにしても急に衰弱して息が止まるほど体を悪くしているわけではない。ぼくの内臓諸器官はぼくの意志にかかわらずまだあと何十年かはもつだろう。

これから何十年もつにせよそれをどう生きるかはぼくの自由だ。犯罪者になることもできる。商人になることも公務員になることも学者になることも政治家になることも軍人に（いやもうこれはまっぴらだ）なることも、つまり、あらゆる可能性がぼくの前には存在するということだ。

選択さえすれば人生は地図を持った探検者のためのものだという考え方がある。多少の危険が何だろう。しかし、それは裏を返せばあらゆる可能性がとざされているということでもある。犯罪者も商人も学者も、かりに才能があったとしても歌手や俳優になることもぼくは気がすすまない。

どれも五十歩百歩という気がする。

一ダースの幼児を殺して死刑になることと一ダースの幼児を救って聖人にまつられることは結局同じことなのだ。両者は一枚のコインの表と裏なのである。正直どちらにもぼくは魅力を感じない。聖者にも犯罪人にもなれないとしたら後にはどんな道があるか。何もない。いや、聖者と死刑囚を二つながら包括するようなある者の存在をぼくは予感しているといわなければならない。ありていにいえば、それは

「表現する者」

である。

ぼくが死刑囚になることは罪である。同じく聖者になることも罪である。なぜならぼくは両者になる必然性を内部に持たないから。ぼくは自分自身に近づくのは表現の世界においてのみである。

たとえば干潟を外側から見るだけではそれは名状し難く重苦しい存在にすぎない。干潟はぼくの外部に充満し、ぼくを押しつぶそうとする。その中にぼくの存在をのみこもうとする。しかし一度ペンをとってインクに浸し、「海獣の濡れた肌のような」と書くとき、ぼくは干潟をのりこえ自分のものにしたことを感じる。虚無と沈黙の領域に属する日月星辰も、表現の世界では机上の消しゴムほどの価値しかもたない。

ぼくは前にAのことを書いた。あのとき、ぼくは生乾きの色恋沙汰を持てあつかいかねている自分に悩んでいたのだろうか。それはうそだ。松林の中で薪を拾っているときは確かにそうだった。苦しかった。こなれにくい食物で胸やけしているようなものだった。ところが一旦、Aは……と書き、「椎の木の青葉を漉して透明な……」と書くとき、ぼくは不思議に気持が安らぐのを覚えたものだ。

そうすると表現というのは精神安定剤なのか、もしくはアスピリンなのか。ただそれだけのためなら何も苦しむことはない。すべての表現者が失恋しているわけではない。しかし、このことを問うのはやめよう。答えは「書くこと」のなかにおのずから現われるだろう。

夕暮れだ。

火がぼくの部屋を明るくする。湯がたぎる音がする。これからコーヒーを淹れてぼくはすることにする。一杯のコーヒーをのみ終るまでに日は完全に没してしまうだろう。夕日は今、海に接している。啼きかわす海鳥の声が黒い水をわたってくる。風がやみ、波はおだやかになった。何物にもかえがたいひとときである。

十一

きょう、ぼくは市立図書館へ行った。

これで一週間かよいつめたことになる。図書館は公園の森に抱かれた閑静な一角にある。館長と司書とその助手の三人しかいない。閲覧者もまた少数だ。いつ行っても馴染みの顔触れである。年金生活者の退職官吏、受験勉強中の学生、病気療養中の会社員は常連だ。ぼくは裏庭に面した机に陣取って本を拡げる。

本であれば何でもいいのだ。朝はタンガニイカ湖探検記、昼は高名な舞台女優の回想記と並行して蜜蜂の生態記、夜はぼくの住居で楽しむために中世フランスのゴシック美術についての研究書と、ブラッドベリの『火星年代記』を借り出して帰る。一人二冊が限度なのである。

この七日間、読んだ本をあげてみよう。まずキャプテン・クックの航海記がある。その次に西欧刑罰史と題して拷問の責め道具の銅版画がふんだんにのっている分厚い本、登場人物がほとんど射殺されてしまうアメリカのギャング小説、英国の風変りな数学者が子供のために書いた奇妙な童話、ドイツの哲学者が書いた第二次大戦回想録、二十代で自殺した詩人のエッセイ、……

よってぼくの読書がいかに無意味な選択にもとづいているかわかろうというものだ。ぼくは本を読むことで何かを自分の中にたくわえようとはこれっぽちも考えていない。乾いた砂が本を吸いこむようにぼくは活字をのみこむ。何を読んでも面白くて仕様がないのだ。こうして何冊の本を読んだことだろう。司書はぼくが閲覧カードに書名を書いて提出するつど、首をひねる。何の勉強をするんですか、と訊いたこともあった。

ぼくはあいまいに返事をぼかした。

アフリカ旅行記を耽読するからといってアフリカへ行くのではない。女優の回想記にしても演劇史を研究しようというのではない。蜜蜂の生態を知るのは養蜂業でひと儲けしたいからではない。フランスのゴシック美術と同じようにこれらはみなぼくのささやかな暇つぶしのたねなのだ。

正午のサイレンが鳴るとぼくは図書館の近くにある小食堂でパンと牛乳の昼食をとる。裏庭の池端に腰をかけて食べることもある。パン屑を池の鯉に撒いてやりながら。

しばらく前からぼくと同年輩の男が常連に加わった。青白い瘦せぎすの青年である。彼の読む物がぼくの注意を惹いた。普通の市民が読まない印刷物を手にとるのである。I市立図書館にはN市にある日米文化センターからアメリカの書籍雑誌が月々配られる。それらは一括して閲覧室の一隅にある特別のコーナーに飾られる。彼が読むのはそればかりだ。LIFE, TIME, NEWSWEEK, LOOK, ATLANTIC MONTHLY, BETTER HOMES, POST, HOLYDAY, NEWYORKER, SEVENTEEN, など上質のすべすべした紙に印刷された雑誌が主である。インクの匂いまでが変っている。外国の匂いがする。

彼は夢中になって読み耽る。

ときどき、手許の紙片に何やらメモしている。彼は何者だろう。何のためにあんなアメリカの雑誌を読むのだろう。粗末ではあるが洗い晒しのズボンもシャツも一応清潔だ。話しかけようと試みたことはあった。正午には彼も昼食をとる。きょう図書館ちかくの喫茶店でトーストをかじりながらぼくは声をかけた。いつも変った本を読んでいるようだが……。彼は司書補の若い女性と何か熱心に話し合っていた。ぼくの声が聞えなかったようだったのでもう一度声をかけた。

彼はふり返ってぼくと向い合った。その表情を見て、最初の声が聞えなかったのではなくて実は無視したのだということがわかった。他人と余計な話をしたくはない、とその目は語っていた。暗い情熱をたたえた目の色はかたくなに人を拒む雰囲気があった。ぼくは二人の会話を聞くともなく聞いていた。彼はN市の文化センターへ行けば、収蔵してあるアメリカの図書を見せてくれるだろうかと司書補に訊いていたのである。

司書補は多分、閲覧を許可するだろうとうけあい、伝票の裏にセンターの地図を描いて説明していた。青年はそそくさとサンドイッチを食べコーヒーをすすって出て行った。ぼくは司書補と話した。青年のことを訊いた。子供の頃からの顔見知りという。学校を出てしばらくの間、消息をきかないと思ったら、この夏、不意に帰って来てI市の農機具店に勤め、その倉庫二階にくらしながら仕事の暇を見ては図書館へ通いつめているのだそうだ。

青年はアメリカの新聞雑誌にのった朝鮮戦争の記事ばかりをメモするのだという。なぜ、とぼくはきいた。なぜかわからない。六、七年前に終った戦争のはずである。あの青年に何のかかわりがあるのだろう。実は……と若い司書補はいいにくそうに口を開いた。あの人はその戦争に参加したと思いこんでいるんです。棚に置いてある雑誌だけでは足りなくて、書庫の隅に山積みされている廃棄処分寸前の昔の雑誌や、はては天井裏に格納されている新聞縮刷版まであさっているのだそうだ。つまり青年は紙の中に残っている戦争のあとをしつこく克明に辿ることで戦争を追体験しようとしているのである。

そうとしか考えられない。

ぼくはぼくに向けられたあの青年の目に宿った暗鬱な光を思いうかべる。青年の追い求めるものが何であるにせよ彼は自分の世界で生きているのだ。

十二

一人の医師のことを書こうと思う。

かりにRと名付けることにする。I市の中央繁華街で開業する内科医である。R家は先祖代々I市で医院を営んでいる。

夕方、街で犬をつれて散歩しているRの姿をよく見かける。雨の日も風の日もその時刻になるとRは犬をつれて街に出る。子供はない。年齢は五十をいくらか出たところだろうか。やや小肥りの体を仕立ての良い背広で包み、青白い顔に縁無し眼鏡をかけてゆっくりと町を見回しつつ一周する。

途中必ず一軒だけ喫茶店に立ち寄ってお茶をのむ。多くの死者を生き返らせ、多くの生者を葬むった指でカップを支えおもむろに口へ運ぶのをぼくは興味深く見守った。片手の指には煙草をはさんでいる。そうだ、医師という職業もこの世にはあったのだった。人生と一定の距離を保ち、つねにシニシズムをまじえて滅亡する生を見送る生活。

ぼくはRの物憂い倦怠感をのぞかせた頬に目をやった。少し皮肉に歪んだ唇、嘲るような光をおびた目もと、栄養のまわった艶々とした皮膚、Rは人生に満足しているのだ。Rはロータリークラブの一員である。I市の都市計画審議委員会の委員長である。文化協会の名誉会員である。猟友会の代表である。史談会の幹事である。

R医師の死に方は奇妙であった。口にコードをくわえ、一端を肛門にさしこんだ。電線はセルフタイマーを経てコンセントに接続してあった。Rはそうやってベッドに横たわり睡眠薬を定量の二倍のんだ。かたわらに遺書があったが、自殺の理由を記したものではなかった。

のんだ薬の量と時間が一行だけあったきりだ。それにRのサイン。計画はうまくいった。死体は一昨日の午後おそく発見された。仕事は順調に行っており、唯一の家族である細君との仲も問題はなく、R氏自身も申し分なく健康であった。結局、医師は一人の妻と莫大な銀行預金を残して自殺したわけだった。

ゴシップに飢えている市民はたちまち事件にとびついた。N市のキャバレーに働いている女がRの情婦であったとまことしやかに話す者がいた。今の細君と別れてI市のEという医師の娘と結婚することになっていたという者もいた。Rは実は癌にかかっていたのだともっともらしく述べる者もいた。これはしかし新聞に検屍報告の一部がのって否定された。

ぼくはIの住民がR医師の死の動機を理解できないのがいかにも不思議である。健康で金もあり仕事がうまくいっていても人間は死ぬことがある。ぼくはRの倦怠と絶望が自分のもののようにわかる。Rは自分が所有しているすべての物にうんざりしたのだ。冥界でさぞRはI市のわからず屋どもを嘲笑していることだろう。（俗物め……）。あの特徴ある唇を歪めて、私の気持がお前たちには分るものかと呟いているにきまっている。

人は自分の中で何かが絶ち切れたとき、死ぬ。あの日、Rの内部で一本のばねが切れたのだ。Rは自分の世界がなんと脆い基礎の上に築かれているものか自覚したにちがいない。田舎町でのささやかな名声、銀行預金と土地家屋と健康……ある人々には至上のものである富がRの場合その早すぎた死を押しとどめるだけの力は持たなかったのである。Rは間もなくIの人々から忘れ去られるだろう。

十三

一人の教師のことを書こう。

Kという名前である。塾を経営している。小中学校の生徒を集めて受験勉強のこつを伝授しているのである。数年前、I市の中学校をやめて、繁華街の裏通り、かつてはソロバン塾であった建物を改造して塾にあてた。

四十二、三歳だろうか。額が禿げ上っているので年より老けて見える。
　ぼくは行きつけの喫茶店でKとよく一緒になる。バセドー氏病に似たとび出し気味の目で人をじっと見る。きけば優秀な教師だそうで、入塾を希望する者はひきもきらないという。Kは才能があって恵まれない子供のために収入の一部をさいて育英資金を用意した。かつて勤めていたいくつかの中学校に体育器材や図書を寄付した。教育功労者として市から表彰されたことも一度ではない。Kは青少年問題協議会の特別顧問でもある。

　Kは今もって独身である。

「わたしは女嫌いです」というのが口癖だ。午後九時すぎ、塾の子供たちが帰ってから酒場に現われる。髪を七三に分けてポマードでかため、この暑いのにネクタイをきちんと結んで金のカフスボタンをのぞかせている。「純金ですよ、これ」。カウンターに若い女がいると、必ずネクタイをどこで買うかしゃべる。それからおもむろに女性一般の批評を始める。

「女流詩人はいても女流数学者はいません、キュリー夫人？　あれは物理学者であって数学者ではありません」

　Kはしゃべるほどにアルコールの勢いもあって段々昂奮してくる。Kは女が憎いのだ。二六時ちゅう念頭から女が去らないほど女のことに気をとられているのである。Kはヴァイオリンをひく。夜ふけ、周囲の家がねしずまってから音楽の慰めにひたる。道路をへだてて向う側に若い女が住んでいた。下町のキャバレーにつとめるホステスである。午前二時すぎに帰って来て着替えをする。暑いから窓をあけ放って寝るのは当人の勝手というものだ。

　Kは女に窓をしめろと要求した。裸体を人目にさらすのはふしだらきわまるというのである。女はしぶしぶ窓をしめた。Kはそれでも抗議をやめなかった。窓をしめてもカーテンを引かなかったらまる見えというのだ。酒場のカウンターでKはホステスをつとめる女がいかに自惰落な生活をしているかしきりになげいたことだった。「男を毎晩引き入れるんだよ、毎晩」とKはいかにも見下げはてたといったように顔をしかめてみせた。

「恥というものを知らないのかねえ」そういって指先でネクタイの結び目を直した。「下着をだね、これ見よがしに干すのはどうかと思うな」と続ける。「まったくですな」バーテンダーが如才なく合槌を打った。グラスをみがきながら。

ぼくはN市でKと出くわしたことがある。場末の古本屋で均一本を漁っていると、せかせかと這入って来たのがKであった。彼はぼくを知らない。棚につまれた雑誌を熱心にしらべ始めた。がんじがらめにロープで縛られた裸の女が表紙に使われている雑誌である。Kは一冊をとりあげてじっくりと表紙を鑑賞し、細長い指でページを繰って中身を点検し欲しいものはわきにとりのけ、気に入らないものは元の棚に返した。七、八冊はあったようだ。

Kはそれを風呂敷に包んで小わきにしっかりとかかえ、道路に出るとき軒下で左右を見まわし、人通りが絶えたときを見はからって素早く店からとび出した。そういうことがあった。数日前、Kは公民館の便所で十二歳の女の子にある種の行為を強いて、悲鳴で駆けつけた館員に捕えられた。Kはそうした振舞いを初めてしたわけではなかった。

公園で女子中学生が襲われたことがあった。高校体育館の更衣室でのぞき見をしたのもKであった。塾でも一人残されて宿題を解いていた九歳の女の子が同じ目にあっていた。

夜ごと、窓から洩れていたヴァイオリンの音はやんだ。ほどなく釈放されたKは塾をたたんでどこかへ立ち去った。Kが蒐集していたあの種の雑誌は莫大な数であったにちがいない。あれはどうなったろう。事件はいずれの場合も未遂であったから、実刑を課されることはなかった。

賭けてもいい。Kは大事なコレクションを厳重に梱包して次なる隠れ処に運んで行ったとぼくは信じる。紐や縄でかたく縛り上げられた女たちの姿はそのままKの歪んだ欲望のかたちであったわけだ。

Kは一部ぼくの内部にも棲んでいる。ぼくだけではなくて誰しも少しずつはKに似ているのである。

十四

ぼくは医師と教師のエピソードを書いた。

次にFという男のことを書くつもりだが、彼の職業はなんと書こう。定職を持たないのである。

Fは年のころ三十前後、どこといって特色のない目鼻立ちである。Fは大学を出てしばらくの間、I市の私立高に勤め、N市の水産会社に移り、一年でやめてS市の市役所に変り、電電公社につとめ、結局そこも半年くらいでやめて今は遊んでいるらしい。

図書館ちかくの食堂で話しかけて来た。「失礼ですがお邪魔ではありませんか」どうぞ、とぼくはロシアの小説にしおりをはさんで顔を上げた。

「ゴーゴリですな、ゴーゴリをお好きで?」とFはいう。面白いとぼくは答えた。

「どうやら私はあなたがせっかく読書を楽しんでおられた所を妨げたようですな」Fのいい方はこのようにまわりくどいのだ。そんなことはない、とぼくはいった。

「ゴーゴリは私も好きです、ロシアの小説はいい、なんというかじんと胸にくるものがありますな、しかし何といってもロシア文学はチューホフに限ります、〝三人姉妹〟、〝桜の園〟、それに〝ワーニャ叔父さん〟。私は先日、モスクワ芸術座の公演を東京まで見に行きましたよ。東京まで……」

Fは咳払いした。東京までですって、とぼくはおどろいたふりを装った。

「会社に休暇届けを出しましてね、その頃は勤めを持っていたもんですから。会社は休暇を許可しないいんで結局、病気ということにして飛行機で、ええ、芸術を解さない俗物を上司にもてば苦労しますとも」

そうだろう、とぼくは合槌を打った。

「あなたは芸術がおわかりになる」とFはきっぱり断定した。「隠さなくともよろしい、そうにらんだわたしの目に狂いはないんだから」

よくわからない、とぼくがいいかけると、Fは慌てて手を振った。「司書のTさんに実は内緒に頼んであなたの図書貸出カードを見せてもらったんです。いやどうしてどうして、なかなか高級な本ばかりをお読みのようですな、感心しました。アフリカ問題にも関心がおありのようで。I市にいる六万の住民で、高尚な趣味を持っている若い人はあなたくらいなものですよ。この土地でボードレールといっても洗剤の名前だとしか思わない。バレイショの造り方しか知らない田吾作ぞろいです。詩というものがどんなに深遠な精神の営みによって創り出されるか考えてみたこともない。音楽といえば低俗な歌謡曲しか知らない。いいですか、サンサーンスの名前を知らない高校教師がいるんですよ、信じられますか、あなた」

Fはウェイトレスに、「コーヒーをもう一杯」といいつけた。「砂糖をどうぞお先に、ミルクをお入れになりますか、あ、要らない、じゃあわたしが……」

Fはしきりに周囲を見まわしながらコーヒーをすすった。まるで現政府を転覆しようと企てる革命家同士がひっそりと密談を交しでもするように声を低めてぼくの耳もとに囁きかけるのだ。「私は前からあなたと話をしたいと願ってたんですよ。劇や詩や音楽や小説のことでまっとうな話ができるのはあなたの他には誰もいない。あなたなら私がどんなに淋しい思いをしているかわかってもらえると予想してたんです、ええ、私は今じつに嬉しい」

Fはいきなりぼくの手をとって自分の胸に押しつけた。「こんなにどきどきしてるんです」という。鼓動が速いというのだ。「そうです、願ってたことが実現して、私はね、あなたにあれも話そう、これも話そう、とメモをしといたんですよ。ところがいざこうなったら、ああ、何から話していいものか、あんまり話が沢山あるんで、ご免なさい、水を」

Fはコップの水を一息で飲んだ。「そうだ」指を鳴らして、「あのことを話しましょう、英国の最高裁で、D・H・

ロレンスの〝チャタレー夫人の恋人〟が文学として認められたという記事が先日の新聞にのっていたのをご覧になったでしょう。まさに画期的な判決です。そう思いませんか」とFはいった。そういうことは初耳だった。新聞はとっていないのである。ロレンスの本がわいせつかどうかで争われていることすら知らなかったのだ。

「私は早速、丸善から原書を取りよせて無削除版を読んでみました。いや立派なものです。D・H・ロレンスは性というものを人間の生命の発現として美しく描いています。そう思いませんか」とFはいう。ぼくは〝チャタレー夫人の恋人〟を読んでいない。

「そうですか、それは残念、何でしたら貸してあげましょうか」

それには及ばないとぼくはいった。アルベール・カミュ、とFは叫んだ。「フランスのある批評家はですな、ええと名前は何というかど忘れしてしまって、つい咽喉のあたりまで出かかっているんだが、ええとチボーデでもない、クロード・シモンでもない、O・E・マニイでもない、モーリス・ブランショでもない、アルベレスでもない……」Fは苦しそうに目をとじて思い出そうと焦った。「ご免なさい、この次までに調べておきますから、で、その批評家が面白いことをいっています。アルジェリアにおけるカミュにアラビア的なもの、つまり一種の汎神論的な思想が影響して、カミュの文体を論じるには北アフリカ海岸の宗教的背景を考慮せずには意味がないというんです。どうです、面白い考察だとは思いませんか」といいさらに続けて、

「シェーンベルクはお聴きになりますか、ウェーベルンの無調音階。あれはきわめて新しい実験的創造として私は高く評価したいと思います。十二音階は一つの進歩です」とFはいった。「しかしあなた、クラシックばかりが音楽じゃありませんよね、この町ではいっぱしの音楽通を気取っているのがシェーンベルクを知らないいんだから笑わせますよ、まったく」Fはそういって毒々しく笑った。

次の日、いつもよりおそく図書館へ出かけると、Fは先に来ていて待ちかねた顔でいそいそと近づいて来るのだった。「よかった、きょうは見えないのかと思ってましたよ、いえね、夕べ面白い発見をしましてね、キリスト

教における異教的なものの存在に対して、われわれ日本人はあまりに知らなさすぎる、とまあこう気づいたわけで、それは何かといえばグノシス派という言葉をあなた聞いたことがありますか？　ない、そうですか、こういうことなんです」

Ｆはしゃべり続けた。ぼくはその間、窓の外、裏庭に咲いているカンナの花を見ていた。暑苦しい花だ、と思いながら。カンナは厚化粧した水商売の女を思わせる。

「ハーバード・リードはかの名著〝イコンとイデア〟のなかで、神という概念の発生を小アジアの砂漠における天幕の形に見出しています。すなわちいと高きものへの憬れがテントのふくらみに照応するわけです。アーチという形体も……」

Ｆはこの次にアトランティス伝説について、プラトンの失われた対話篇について、線文字Ｂについて、西洋造園術と小堀遠州について、黒ミサについて、卍の起源について、イディッシュ語について、サド侯爵の秘められた生涯について語った。ぼくはＦが何でもよく知っていることに感心した。Ｆは本を読めばまるまる暗記してしまうのかも知れない。ぼくはとてもＦのように記憶力が良くない。

Ｆはぼくが図書館へ通うのをやめると街の喫茶店へ現われた。公園のベンチを探しまわった。ぼくは砂丘の家を教えなかった。Ｆに住居をつきとめられでもしたら、この部屋で夜っぴて百科事典的知識を開陳されることだろう。それだけはご免こうむりたかった。ぼくはその日、図書館で借りた本を持って墓地のある丘へのぼった。

丘はＴ岳からＩ市へ流れ落ちる屋根の一つであって、Ｉ平野の向うにＩ湾の灰褐色の干潟を見わたすことができる。蟬がなき、杉の梢に風が音を立てた。静寂は死者の沈黙を思わせ、石塔のかげに腰をおろしていると風も涼しく感じられた。

「やっぱりここだった。私が思った通りだった」

とつぜん陽気な声が背後でした。ぼくは振り返った。Ｆにきまっている。

「何を読んでるんです、ちょいと拝見、ほう〝シベリア俘虜記〟か、なるほど、いや私はこんなものをちっとも軽蔑しませんよ、監禁状態における人間の研究ね、そういう概念でこの種の本は総括できるでしょう。そういえば大岡昇平の〝俘虜記〟読みましたか、読んでいないんですって、ならぜひお読みなさい、傑作です。その本の扉にたしか、一つの監禁状態を別の監禁状態であらわしてもいいわけだ、とかいうエピグラムがありましたな、デフォーかな、スウィフトかな、なんかそんな人物の言葉でしたが……ところでそれはそうと」Fはおもむろに咳払いをした。「私は今、ジョルジュ・バタイユが提出した人間における悪の問題というものに惹かれているんです。これは看過するにはあまりに重大な問題のように思われるんですが、まあ私の考えを聞いて下さい」

十五

夕方から夜にかけて、ぼくはI駅で時をすごす。

木の長椅子に体をゆだねて夕刊を読んだり何も読まずに列車時刻表を見ながらタバコをふかしたりする。Fもここまで追いかけて来ない。一度か二度、待合室入口にたたずんで内部をのぞきこむFの姿があったが、人ごみに紛れてぼくがいることを気づくには至らなかったようだ。

I駅では四つの鉄道が交叉している。乗降客も多いし、狭い待合室はいつも旅客で溢れている。隠れるにはうってつけの場所なのである。ぼくは砂丘の家を除いて、I市に帰ってから初めて心の底からくつろぐ空間を手に入れたように思った。出入りする列車が吐き出す蒸気の音、するどい汽笛、重々しい車輌のきしり、発着のアナウンス、せわしない靴音、それらがどんな音楽よりも優しくぼくを慰めるのだ。

ぼくは思い出す。一年前の八月の終りを。S駅の待合室でぼくはI行きの列車を待っていた。S市郊外にある海辺の草原で、ぼくは八週間、兵士としての教育訓練を受けたところだった。新しい任地へおもむく前に休暇が与えられた。その休暇をI市ですごすのがぼくの目的だった。

いつの間に来たのか一人の青年がわきに腰をおろしていた。油気のない髪を伸ばし、素足にサンダルをつっかけている。「配属先はきまりましたか」というのが最初の質問だった。ぼくはC町の名をあげた。

「C町ね」

男は感慨深げに遠くの方を見た。「そうですか、あなたもC町の基地へね、自分も今年あそこで満期除隊したんですよ」

「今は何をしてるんですか」とぼくはきいた。青年は読物雑誌を手で丸めながら、

「何もしちゃいない。失業保険で食べながらこうして毎日ぶらぶら」青年は薄く笑った。初めて見たときに感じたより年齢はかなり若いようだった。

「C町はつぶれた鉱山町のように淋しい所です。火山灰がつもった黒い砂ばかりの荒地が拡がっていて、秋が短くて冬が長くて、雪がこんなに」と青年は手で積雪の深さを示した。ぼくはC町で一冬をすごした。あれから一年後、ぼくは青年とまったく寸分変るところのない自分をI駅のベンチに発見したことになる。読物雑誌のかわりに夕刊を、サンダルのかわりに下駄というだけのちがいである。あのとき、深夜の駅で、ぼくは自分が正確に一年後、青年とそっくりの境遇になろうとは夢にも思わなかった。

ぼくは自分を未知の海めざして錨をあげる一艘の船にたとえていた。海図もコンパスも寄港地のあてもなく船出する船、なんのために？　ぼくは自分以外の人間になりたかったのだ。鉄を鍛えるとき、高熱で焼き、槌でたたき、水でひやし、さらに熱を加えるようにぼく自身も自分を何か激烈な刺戟のなかにさらそうと思った。そして実際にぼくは荒々しい血みどろのものに立ち向ったと思う。

ぼくは変ったか？

答えはしかしながら否である。

ぼくは変らなかったのか？

その答えも否である。一部分は変り、一部分は旧態依然だと思う。どこが？　それを今いうことができない。列車が駅へすべりこむ。出て行く列車もある。待合室には絶えず人の渦がある。ぼくはベンチから動かない。どこへ行こうとも思わない。夏の草原でべたべたする潮風に吹かれながら汗みずくになって戦う者としての訓練をうけ、北へ旅し、そこで春を迎えた一年というのはそもそも何だったのだろう。その経験の意味がわかるのはいつのことだろう。

十六

夜、遠い水平線が仄かに明るい
火の粉が舞いあがる
一艘の船が燃えている
陸地では誰も知らない
船は燃えながら傾いて沈みかけている
人影は甲板に見えない
とうに船を見すててボートをおろし
燃える船から
脱出してしまった
今、炎に群れつどうのは
かまびすしく啼きかわす夜の海鳥ばかり

マストが焔のなかに倒れる
船首楼の窓はみな火を噴き出す
黒煙を闇がのみこむ、風のない海で焔は高くあがる、塔のように
船は船首をあげて水面下に没しかける
海の中に燃える船の影が映っている
さかさまになって

誰も気づかない
沖では船が燃えている

十七

いつの頃からかぼくは彼らのことが気になり始めた。

きょう、ぼくは山伏を見た。黒い冠のようなものをかぶり、紐で顎に結んで、古風な白装束の背中につづらのようなものを負い、手には鈴のついた長い杖を待っていた。そいつは石くれと穴ぼこだらけの道を一本足駄で歩きにくそうに歩いていた。どんなに険阻な山道よりも洪水の退いたI市の大通りが歩きにくそうだった。

彼は一軒ずつ立ちどまって度胆を抜くようなホラ貝を吹き鳴らすのだが、彼に喜捨しようとする奇特な心掛けの持主はいないようだった。何物も与えない家の前から荒々しい身振りで立ち去りながら彼は口の中で何か呪文のようなものをとなえ、貧しい町の貧しい人間たちに神の怒りが下ることを願ってでもいるようだった。

深編笠をかぶった黒衣の僧が尺八を吹いた。菅笠をかぶった手甲脚絆の遍路が歌をうたい鈴を打ち鳴らした。乞

食する者はめいめい意匠をこらした扮装をまとっている。あたかも彼らが異様ないでたちをして、おのがじし持つところの生の目的のために道中するにおいては、端た銭はもらってももらわなくてもどうでもいいような無意味なものであるかのように。

ガマの油売りが来る。

猿まわしが来る。ナイフ投げが来る。泥と川に落ちた橋と腐った畳しかない街から何を求めようというのだろう。鋳掛屋、手品師、人形つかい。ちょうど海底にもう一つの見えない海流があるように、定住者の住む空間とは別の世界に彼らだけの世界があるのだ。彼らはどこからI市にやって来るのだろう。この人たちは絶えず移り歩く。漂泊者たちのための天地をぼくは想像する。一管の尺八を手に、一本の呑みこむべきナイフを懐に、一匹の猿を道づれに彼らは街から街へ旅をする。

十八

きょう、ぼくは一人の女とすれちがった。

夕方の街で、女はぼくのわきをすりぬけ、たちまち人ごみにまぎれて消えた。

それからずっと今までぼくは名状しがたい幸福感に包まれていた。何があったのかといえば何もありはしないのだ。見知らぬ女とすれちがっただけの話だ。今後その人と会う機会はないだろう。名前も知らない。それでもぼくは何の不満もない。この世界のどこかにあの女が生きていることを思えばそれで充分なのだ。

女はまっすぐ前方を見て歩いていた。白いブラウスに紺のスカートという身なりだった。靴は？　そんなものは覚えていない。そして果してブラウスも本当に白かったのだろうか。なにもかも一瞬のことだった。

十九

山奥の渓流
杉木立の間から射しこむ光
そこだけ草の緑が鮮かに輝く
小鳥が水辺に舞いおりる
青草の根方に横たわる男一人
男は二つの目をあいて空を見ている
その目に白い雲が映っている
鳥が舞いおりる　草むらめがけて
鳥が舞いあがる
その爪につかまれた腸
くちばしにくわえられた眼球
男の腹は裂かれている
眼窩は黒いうろになっている
野犬がたかる
男の腕をくわえて走り去る、鳥がそれを奪おうとする　男の両腕は川の底
犬たちは男の肋骨を喰い破る
犬たちは男の下腹を嚙み破る

雨が降る
渓流の水かさが増す
男は水中にすべりこむ

雨はやんだ
水はひいた
乾いた砂の上にまぶしく輝く白骨一体
杉木立の間から日光一すじ
草むらはそこだけ明るい

砂の上に真鍮のボタン一箇

二十

ぼくは思い出す、O町の人々を。

灰の下に埋もれてしまった死者の町。思い出すきっかけになったのはきょうの午後のことだ。墓地で夏の日に照らされて二時間あまりぼんやりしていた。初めは日かげであった所が太陽の位置が変ってそこは熱いフライパンのようになっていた。

ぼくは骨の髄まで日光に浸っていた。血も肉も太陽の黄金色の光に刺しつらぬかれて体の内部が熱く煮えてくる気がした。ぼくは立ちあがった。そのとき、軽いめまいを覚えた。記憶が一時に噴出したのはそのときである。何かまぶしい光が目の底で閃いた。まぶしいのは冬日に照らされて輝く雪の色であった。ぼくは雪の中にいた。北の町であるCの郊外で、雪原に穴を掘っていた一刻のことがありありと甦って来た。雪に日が照り、まぶしくて泪が出るほどであった。ぼくは雪の中にいた。ぼくは夏の墓地にいた。そうではなくてぼくは雪の平原に……たまらなくなってぼくは石の上にうずくまった。

記憶がほどかれる包帯のように際限なくぼくの前にくりのべられて来るのだった。一年前の冬の情景だけではなかった。二年前、五年前、十年前のことがつながりもなく断片的に次から次へとぼくに落ちかかり、ぼくの中で入りまじった。

ぼくは木蔭にはいって涼しい風に当り、シャツを脱いでしばらく草の上に横たわって自分自身をひやした。日射病の手当にはそうするのが一番いいのだ。しばらくするうち混乱はおさまった。脈搏は正常に戻り、めまいもやんだ。ぼくは砂丘の家に帰り昼寝を一時間し、夕食をすませてから机の上にノートを拡げてこれを書き始めた。

順序よく思い出すことにする。手初めにU町のことから記すことにする。

……………………

大陸の海市でホテル業を営む父の友人のことは前に書いた。彼が内地と大陸を往復するときによくぼくの家に泊った。朝、ぼくが旅人の部屋へ彼をおこしに行くと、

「きょうは雨ですかな」というのだった。戸外の噪音を雨と聞きまちがえたのだった。家の横を鉄道が走りその向うに兵器工場が広い区画を占めていた。機械の音にぼくは馴れっこになっていたが、客には珍しかったのだ。爆弾はこの工場をねじれた鉄の塊に変えてしまった。

U町は灰の町に変った。

町の人々は灰の底から永遠に息を吹き返さない。生きているとすればそれはぼくの記憶の中だ。K子という女の子

がまずぼくの目にうかんでくる。父親は兵器工場で働く職工であった。向う隣の家からぼくの家へ毎日あそびに来た。

ぼくより二、三歳年上であったと思う。「見せてあげようか」とK子は囁く。二階の押入れに這いこんでぼくの目をのぞきこみながらいう。ぼくはうなずく。「内緒よ、誰にもいわないでね」ぼくは誓う。K子は指切りを迫る。儀式が終るとK子は腰をおろす。ぼくはその間に目を向ける。

どうしたことかK子が秘かに見せたsexそのもののイメージはぼくの中に残っていない。いくら思い出そうとしても思い出せない。覚えているのはK子の「これは内緒よ」という押し殺した囁きだけである。ぼくは本当に見たのだろうか。「お医者様ごっこしよう」とK子はぼくを誘った。

K子の母親が家をあけるとき、そういってぼくを呼びに来た。K子は居間の襖を閉めきり裁縫台を置いて着ている物を全部ぬいでその上にあおむけになるのだった。「お医者さま、ここが痛い」とK子はふだんの声とはちがう声を出してぼくの手を腹にみちびく。

ぼくはK子が聴診器に見立てた玩具の電話器を首につるしてかたわらに控えている。K子はうつぶせになることもあった。ぼくはK子の裸体をおぼえていない。ただK子がうつぶせになったとき目に映った両つの白いふくらみ、つまり丸い尻の形だけは記憶の網膜にしるしている。

その頃、ぼくのちっぽけな好奇心が蒐集したのはその程度のイメージでしかなかったわけである。K子の家の隣にPという少年がいた。Pは当時、外科病院を退院したばかりだった。「見せてやろう」と誇らしげにいって近所の子供を集め防火用水のかげでシャツをまくって虫垂手術の痕をひろうした。Pの下腹に赤く引きつった肉の筋が見えた。これは鮮明におぼえている。六歳のぼくにはK子のsexよりP少年の傷痕の方がはるかに大きな関心事であったのだろう。

N巡査はわが家の右隣に住んでいた。相撲狂である。勤め帰りにサーベルをがちゃつかせてわが家に立ち寄り、取り組みをきくのがきまりだった。五十過ぎの老巡査はラジオを持っていなかった。N市の水上警察に勤めていた。

平服で港周辺を歩いているとき、憲兵に訊問されて、「水上のNだ」と威丈高にどなりつけたというのが自慢だった。N港は戦前要塞地帯に指定されていた。水上警察をあたかも一人で背負っているかの如き態度である。憲兵は腰のまがりかけた一巡査の反撥にどんな顔をしたことだろう。

わが家の左隣には土建業を営むAさんが住んでいた。娘が二人居た。A夫人はたいてい裏口から醤油などを借りに来た。防火訓練の後、わが家に寄って声をひそめて、「奥さん、直接弾は怖しかですねえ」というのだった。N市が壊滅した日、A氏は二人の娘を探して焼土の丘々を歩きまわった。U町の人々が避難するように定められた防空壕に死体は見当らなかった。

三日目、A氏は爆心地に近いとある丘の裾でそれらしい年かっこう体つきの死体を見つけ、抱きかかえて去ろうとしたら、同じく娘を探していた男が自分の子だといいはり、A氏はその頭を、男は体を持って引っ張り合って、とうとう死体は二つに分れてしまったという。A家で生き残ったのは主人一人であった。U町の人々はK子もP少年もN巡査もN夫人も敗戦を知らなかった。

しかしぼくが本当に書きたかったのはK子でもP少年でもなくて実はG写真館なのである。U町の一角、路次の突当りにそれはあった。チョーヘイキヒの家というようにぼくらは呼んでいた。木造二階建の小さな洋館である。入口の横にガラス張りのショーウィンドーがあった。写真と絵がその中に飾ってあった。G家には病身の一人息子がいた。女のような肌をした青白い痩せた青年の姿を見たことがある。白い顔に唇だけが血のように赤かった。二十歳をすぎても兵隊にとられないのは胸の病いのせいであったろうが、誰がいいふらしたものか仮病を装って徴兵を忌避していることになってしまった。噂のもとはショーウィンドーの絵である。そうだ。あれは疑いなく絵であったのだろう。

全裸の若い男が木材に縛りつけられていて、その体には矢が五、六本突き刺さっており、傷口からは血が流れ出し皮膚を伝ってしたたっている。男は顔をのけぞらせ、苦悶のあまり半ば唇を開いている。十号ほどの大きさの絵であった。彩色はほどこされていない。黒白の陰影を鉛筆でつけただけであったが、なまなましい迫真力は見る者の目をとらえてはなさなかった。

G写真館は「聖セバスティアンの殉教」をなぜあの時分れいれいしく飾窓に陳列していたのだろう。G家が焼失している今これは永久に謎である。なんのために？

飾窓には軍服を着て旗を持った青年の記念写真が多かった。出征前にとったものである。そういう写真の横に飾られているだけにいっそう「傷ついた男」の絵は異様だった。ぼくは遊び仲間からはなれてこっそりとG写真館のウィンドーを眺めに行った。あの怪奇な絵を見ているところを仲間に知られたくなかったのだ。

若い男は体を弓なりにしなわせていた。両手は後ろで縛られ、そのために余計上半身を反らせることになってい た。傷ついた男は眉を寄せ視線は天の一角にさまようているかに見えた。そうではなくて目がうつろになっているのは苦痛のあまりかも知れなかった。しかし、それは果して苦痛のためであったろうか。弓なりに反り返っている体にはさまざまな角度から矢が深々と喰いこんでいる。

痛くないはずはない。そのくせに男のうかべた表情には苦悶と同時にえもいえない快楽の色もうかがえるのだった。苦しみながらそれを愉しんでいる――ぼくにはそう見えた。これこそG写真館の飾窓がぼくを惹きつけた理由だった。

それは大っぴらに見てはならないものだった。何者かに禁じられたものである。このいかがわしい絵によってぼくはおののきのようなものを皮膚の内側に覚えるのだが、それを他人に口外してはならないことは自明のことのように思われた。

ただ一人、ぼくの秘密を見抜いた男がいた。ある日のこと、例によってこっそりとぼくがG写真館にしのびより、ガラスに額をおしつけて飾窓の中の「苦悶する男」に見入っていると、なんとなく誰からか見られている感じがし、体がむずがゆくなるのを覚えた。他人の視線は皮膚でわかるものだ。

ぼくは肩ごしに後ろをふり返った。まわりを落着きなく探した。誰もいなかった。彼は飾窓の奥にいた。絵を飾ってある正面の壁は色彩を塗った厚いガラス板で、その絵具の隙間から二つの目がじっとぼくにそそがれているのだった。

彼はゆっくりと戸口に姿を現わしてぼくの顔をまともにのぞきこんだ。その顔にあいまいな薄笑いがうかんでいた。(俺にはわかっているぞ、隠しても無駄だ、お前が実はこの絵が気に入って毎日こっそり眺めに来るわけが……)とその奇妙な微笑は語りかけていた。ぼくは一目散ににげ帰った。G家の人々も皆死んでしまった。

二十一

夜、そこを通りかかるとき、ぼくはいつも体がふわりとうきあがるような感じにおそわれる。パチンコ店の前である。バイクと車が並んでいる他は何もない。

通りすぎてしまえばめまいのようなものは消える。その店の前にさしかかると別世界へ一歩ふみ入った気がする。パチンコ店の前は銀行である。その隣は医院と郵便局である。

昼間は何も感じない。店は派手なイルミネーションをともした正面看板の横の軒下に大きな水銀灯をつけて、駐車場に並んだ車の列を照らしている。銀行は閉店後同じくらいの明りで車寄せのあたりを照明している。それにイルミネーションの明滅が加わる。だからパチンコ店の前にひろがる暗闇は二つの違った角度から投射される光が交錯して溶けあい、一種異様な明るみを産みだしている。

夜の闇になれた目で、一歩その空間へ踏みこむと、全身がその光にさらされ、まばゆさと共にめまいに似た意識の動揺を覚えることになる。

昼の日光が持つ尋常な光線とはまるで趣きが異なるのだ。そして、ぼくが求める世界の光はまさしくこのような光なのだった。

二十二

沼沢地を抜けて松林を出るとN市とI市を結ぶ国道が横たわっている。

その食堂は松林を背にして国道に面している。トラック運転手や、O湾に釣りに来た客が寄る。洪水の後に店開きした小さな食堂で十人も這入れば満員になる。おでんとうどん、そばなどが主な献立である。十七、八くらいの女の子が働いている。E子という。本名は知らない。客の誰かがEちゃんと呼んでいるのを聞いただけだ。

調理場にいるのは両親らしい。どこのスーパーにも山積みされてあるような安物のブラウスで豊かな胸を包んでいる。ブラジャーの紐がずれるのか、時々、肩のあたりに指をつっこんで具合を直そうとする。むっつりとした表情で注文された料理を運ぶ。食堂は西日がじかに当る。

午後おそい時刻になると、すだれを通して赤茶けた夕日が射しこむ。じっとしていても肌が汗ばむ。湯気の立つ皿を持って調理室と店の間を忙しく立ち働くE子は客よりも暑いにちがいない。白い肌が上気しておびただしい汗の粒をつけている。

E子は腕を上げて肘で額を拭う。髪が一すじ二すじこめかみにはりついている。ぼくは三日に一度のわりで食堂に出かける。毎日食堂の前には赤と黄に塗り分けたバイクがとまる。N市から来るのだ。ある日ぼくがうどんを食べているとき、バイクの主を見たことがあった。

彼は食堂の前ですぐに停車しないで、けたたましくエンジンをふかして、一回二回、店の前で旋回した。それからおもむろに食堂に足を入れるのである。紫色のTシャツに黒い竜の縫いとりをしている。陰気な目がのっぺりとした二枚目面についていて、その頬には傷痕がある。彼はE子に目もくれず、食堂の隅っこに腰をすえ、やたらおでんを注文し、一口ずつまずそうにかじってはタバコばかりふかしている。吸いさしはおでんの皿にすてる。立ち去るときは千円札を二、三枚置いて出る。「つりはいらんぞ」。

外へ出て自分のバイクにまたがり、エンジンをかけっぱなしにしておいてE子を目で追う。薄いブラウスの下で揺れる乳房を見ている。汗ばんだ背中にブラウスが濡れてぴたりとくっついているのがわかる。バイクの男は首を振り、いまいましげに唾を吐く。E子がなぜ一緒について来ないのかわからないといいたいように。彼はひときわ高い爆音をとどろかせて行ってしまう。

運転手たちが冗談をいってもE子はにこりともしない。客というものは飢えた乞食で、自分はお情けで彼らにいやいやながら食物を恵んでやっているのだ、とでもいいたげな感じである。運転手たちがみだらな軽口をたたくと、E子はあらわに軽蔑の色を目にたたえてそっぽを向く。汗ばんだ髪がまつわりつくとうるさそうにかきあげて直すふりをする。

E子を目あてにして食堂へ来る男は多かった。夜ふけまで営業している店をのぞくと、I市の河川修復工事現場で働いている土工たちが、険悪な目付でテーブルを囲んでおり、のれんをかき分けて店に這入ったぼくの方へいっせいにとがめるような視線を向けたことがあった。E子は無表情な顔で調理場にいた。そこでぼくの注文をきいた。

客には指が一本足りないのもいた。これ見よがしに刺青をしたのもいた。E子は早く彼らに出てもらいたがっているように見えた。なんでも人の噂では、E子にはいいあわせた婚約者がいて、彼は都会の大学で勉強しているとのことだった。卒業したら結婚するのである。サラリーマンの奥さんになる女が土方風情とつきあういわれはないわけだ。

してみるとE子の不愛想な顔つきも、彼らに対する優越感のあらわれかも知れない、とぼくは考えてみた。

この間、ぼくは海へ行った。

入江の端、鳥のくちばし状に海へ突き出ている岩鼻の先端へ行って腰をおろし、長いこと海を見ていた。ぼくの位置は頭に覆いかぶさると松とついたてのようにそそり立つ平らな岩盤のかげになって、反対側からは見通しがきかず、それでいてぼくの居る所からは少しばかり体の向きを変えると自由に何でも見晴しがきくのだった。

ぼくはぬるい水に浸って泳いでみたが、すぐに這いあがった。夏も終りに近いこの頃は水母が繁殖して泳ぐ人間の体を刺すのだ。ぼくの他に海で泳ぐのはいないようだった。ぼくは岩鼻の平らな所に腹這って少し眠った。

日に灼けた岩のぬくもりが快かった。どのくらいそうしていたろう。人の気配を感じて目醒めた。岩鼻の向う側に誰かがいるらしかった。しのび笑いとつぶやきと秘かに喘ぐ声とが聞えて来た。

ぼくは服を身につけてそろそろと立ち去りにかかった。それにはいったん岩鼻の頂上へのぼらなければならない。岩かげにモーターバイクがあった。赤と黄に塗った大型のバイクが。そこから少し離れた漁船のかげにブラウスがスカートと一緒に脱ぎ棄ててあった。男も女も布切れを身につけていなかった。

男の体の下敷になっている女の顔が肩のあたりに見えた。女は苦しそうに顔を歪め、何かをこらえている表情をしていた。その顔がE子であることに気づいたのはずいぶん長くたってからのことだ。白い砂の上に髪が黒い海藻のように乱れてひろがっていた。

女は口をあけた。何か切れ切れに叫んでいるようであった。男は心得きった動作で体を動かした。女は理不尽な暴力に耐えている表情になった。眉根に皺を寄せたその顔は十歳も年をとったように見えた。波が寄せて来て岩で砕け、二人の体にふりかかった。二人はしぶきを気にとめず、このときしていることに熱中した。

ぼくは靴を手に持ち、犬のように四つん這いに近い恰好で岩鼻を離れた。かなり遠くまで来ても二人の喘ぎが耳について離れなかった。それから何日か経った夜、ナイターの帰りにぼくは食堂へ寄った。いつものように客は多かった。いつものようにE子はむっつりとして料理を運んでいた。ぼくは白日夢を見たような気がした。あれはぼくの幻覚にすぎなかったのだろうか。昼寝の続きだったのかも知れない。

E子はだるそうな身振りで客の去ったテーブルを片付けナプキンで拭っている。そうしながら肘をあげて額の汗をふいた。そのときブラウスのわき腹に小さくあいたかぎ裂きが見えた。そこから蟹の肉のような白い肌がのぞいていた。

二十三

朝から風があった。

目醒めたとき、ぼくは肌に外気のひややかさを感じた。泳いだあと、脂気の失せた肌で乾いたシーツのつめたさを味わうのは良かった。

一夜のうちに暑気が去り、冴え冴えとした涼気がおりて来たようだ。（秋か……）ぼくはきのうより透明度を増したかに思われる窓ガラスをみつめた。ガラスの向うに青黒い海がどっしりと拡がっている。

夏から秋へ移る数日間の刺戟的な光がいつもぼくを昂奮させる。熱を伴わない明るい日射し、かっきりとした日向の影、静電気の火花がたえず皮膚の表面にとびかっているような緊張した感覚。

二十四

それはほんの一瞬の情景だった。

ぼくは映画を見ていた。考古学の教授が悪者に追われて車でロンドンを逃げ回るシーンである。夕方であった。車がある角を折れたとき、カメラの位置は運転席の背後にあった（と思う）。バックミラーに夕焼けが映り、その中に小さく豆電球のように赤い夕日がとらえられていた。車はその状態でしばらく徐行した。（ああ、彼らは夕日を小さな鏡で受けとめて走っている）とぼくは考えた。映画の進行はどうでも良かった。ガラスに受けとめられた赤い夕日がいつまでも目に残った。

二十五

そいつは川端公園の入口に居た。

初めは黒人のように思われた。袋のようなものを肩にかけて入口にたたずみ、公園のなかを見まわしている。それからベンチに歩み寄って、赤い縞入りシャツを脱いだ。黒人ではなかったが異国の人間であることは確かであるように思われた。インドネシアかフィリピンか、どこか東南アジアの人間に似ていた。

男は公園の一隅にある水道の所へ行って、上半身裸体になって体を拭っている。たくましい体である。男の肌は黒紫色の艶を帯びている。その肌に無数の赤いあざがあった。よく見るとそれはあざではなくて傷痕なのだった。ぼくは何かしら胸がときめいた。蛮人と兇暴な肉食獣が棲む熱帯の地を連想したのである。

男は水道に口をよせて水を飲んだ。長いこと体を折り曲げてそうしていた。やおら半身をおこしたところを見ると、男の胸一面に水滴が銀色に光って付着していた。男はベンチに戻ってシャツを着こんだ。袋の中をごそごそと探って新聞紙で包んだものを取り出した。手がつかんでいるのはトマトである。男はそれを頬張った。唇の端からトマトの汁をしたたらせながら、男は飢えを露わに見せて手の中の物を平らげた。

しばらくして男は顔を上げた。口を動かしながらぼくをみつめた。ぼくがそのベンチに腰をおろして自分を注視しているのを初めから知っていたといわんばかりに平然とひややかに挑むようにぼくの顔を見返した。分厚い唇が開き、尖った歯の間にちらちらと桃色の舌が動いている。

そのときぼくは男を公園入口に発見したとき自分の心の中で動いた感情をつきとめることができた。異郷への刺すような憬れである。それは今や強い酒のようにぼくを酔わせた。ぼくは唇をトマトの種子だらけにして濡らしている男の視線を受けとめながら、この町から出て行こうと思った。どこへというあてがなくても出て行くほかはないのだった。

詩集　夜の船

青春

野呂邦暢

中国大陸東北平原の
河北省北西かに
大いなる
（と地質学者は報告する）
大いなる
地下湖が発見された
渤海より広い　という
友よ
君が胸の裡なる海
その深さを
　測れ

不知火

野呂邦暢

不知火を見るために
ありったけの蔵書を売り払って
夜行列車に乗った　という青年
の話を昔きいたことがある
私は歩いて海沿いに旅をした
売るべき書物はあまりに
とぼしかった
青年は果してその晩　海の火
を見ることができたかどうか

干魚と牡蠣の匂いがする淋しい
漁村で　私は熱い足を水に浸し
沖を見ていた　空に
星はなく　海も
暗かった
村は眠っていた

不知火は古語に白縫火というがごとく
海に白く映える　という
またある漁師は語る
その火はかたまっている
鎖のようにつながっている
虫のようにとびはねる
陽炎のようにゆらめく　と

物見櫓のかげで膝を抱いて
私は夜通し墨色の海を見ていた
颪の吹きつける砂が
唇に痛かった

もうひとつの火が自分の内に
あるとも知らずに

若い日　ある夏　肥前の海村で

赤毛の女

野呂邦暢

タクシーには若い女がひとり
座席の隅にうずくまって前を見ている
十一月
夜明け前
霧の濃い川辺である
車はふいに現われて去った
私が目撃したのは束の間のことであった
一台のタクシー
ひとりの乗客　ただ
それだけのことである

女は手ぶらであった
花模様のうすいワンピースきり
赤く染めた髪と同じほどに目も
赤く血走っていた
お白粉の剝げた頰が

朝の光にやつれていた
早朝の散歩
悲劇の断片（と思われるもの）との
一瞬の邂逅

女は乳色の霧から現われて
乳色の霧に没した　私は
すべてを見てしまった　今
赤毛の女が確実に何かを失ったことを
何かを奪われたことを
血走った目をした女のなかで　生命が
ひび割れたことを

女は迅速に走る
十一月
夜明け前
霧の水辺を自身の
宿命へ向って

陸橋

野呂邦暢

《靴を履いて木橋を歩む淋しさ》
と人はいう
陸橋を下駄で歩く
これもまたわびしいものだ
夕暮
氷雨がコンクリートをぬらす
雨は酸のように男の皮膚を
いためつける
男は帰郷者である
肩をすぼめて陸橋から自分の町を
見ている

いくたび男は
魂の都邑に架かる　あまた
選択の橋を渡ったことだろう
町があり

町はずれには駅があり
血の色に乾いたアレチノギクが
そよぐ崖に
陸橋は架かっている

雨は死の光を放つ
雨は運命の形をした棘の草に降る
雨は失意の形に曲ったレールに降る
雨は蒸気機関車に降る

雨は
帰郷者の灰の心に
降る

帰る所は故郷である
帰る所は異郷である

覚醒

野呂邦暢

眠りから醒める
八月
蟬の声のみ高い午さがり
短い午睡のなかで何を
見ていたのか　私は
無益に夢の痕を追い求める
すでに影像は夏の光に色褪せ
消えてしまった　ただ
胸がせわしない動悸を伝えている

怖しいものを見た気がする
それが何　ということはできないが
眠りの淵で
畏怖すべきものと出会った
と思う

犯しもしない罪を夢のなかで
私は喜々として……
私は捕えられ裁かれようとしていた

あまりにもまぶしい空
蜂どもの羽音
向日葵はうなだれ動かない影を
土に落している
なまぬるい風が泥の匂いを
運んでくる

私は今も囚人である
手で胸を覆う
夢のかけらがガラスのように
心臓に刺さっている

しずまれ
心よ

兵士の門出

野呂邦暢

あけがた
祖父は息絶えた
一族集合
孫は若い叔父と死者の枕許に
つらなった
永い戦いが終ろうとする
年のきさらぎ
通夜の明りも黒布で覆われた

祖父は少年に
かつて祖父がおしえた土地の伝説を
語った

大亀にまたがった領主
楠の老樹がもたらした災い
古沼の予兆……

やがて朝
少年は眠った

告別の午後
七歳の少年は祖父が
胎児の姿勢で座棺に
おさめられるのを見た

旬日を経ずして、叔父は
白絹の日章旗をたすきがけにして
兵営へ
藁屋根の家を出て行って
還らなかった

十月の朝は……

野呂邦暢

十月の朝は
しぶく
海辺だ　魂は
素足で
歩く

皮を剝がれた獣
の心で　青年は
不眠の床から
起きあがる

すべての敵と友に
優しい書物に
恋人に
別れをつげるのは
いま

死刑宣告

野呂邦暢

前触れもなくそいつは来る

戸口に立っている男は
〇〇開発不動産の名刺を出して
分譲宅地の値段を説明する
今がお買いどく　このご時勢では
三年で五倍の値あがり　ローンを利用すれ
ば……
折角だが　とことわると
書類を鞄にしまって穏やかに
ほほえみつつ　話はこれから
という

——お前は死ななければならぬ

新造成宅地を案内する口調で

平然と宣言する

人間だもの　いつかは　と
たじろぎつつもあるじは答える

いつかは　でなく
もうすぐ　という

仕立ての良い三つ揃いに光る靴
はやりのネクタイ
冥府の使者はのんびりと煙草を
くゆらす　支度するには及ばない
という

救いはどこに

免除はない
猶予はない　延期はない

突然の召喚

女へ（一）

野呂邦暢

女に
もう何もいうことがない
女に
まだ何もいっていない
夏が終るとき
澄んだ日
公園のベンチで　私は
夜来の嵐に枝をちぎられた木を見ている
私たちが会うことは二度とないだろう
どんなに狭い町に住んでいても

女よ
きみは美しかった
女よ
きみは醜かった

きみは私の領主であり　私の
徴税吏であり
死刑執行人

女よ
もう何もいうことがない
まだ
何もいっていない

私が守るのは空虚な
私自身の城である

女へ（二）

野呂邦暢

もう何もいうことが
ないのだから
女よ
きみは
立ち去るがいい
まだ何もいっていないのだから
しばらくここに
とどまっていてくれ　女よ

きみは力を加え、私を
分解した　きみは熱を与え私を
結合した　きみは私をかき回し
坩堝で熔解した　私は新しい
合金となった

七月

私たちは海辺で地図を開いた
四月
私たちは橋を渡った
九月
私たちはバスの上から未知の道標を
確かめた
二月
私たちはアパートで一つの通信を
解読した
三月
私たちは……

共有した時間の砂を篩にかけても
女の目には何ものこらない

女は公園を出てゆく
高い天に
煙のような雲が
ひとすじ流れる

夜の船

野呂邦暢

夜
遠い水平線が仄かに明るい
たちのぼる火の粉
一艘の船が燃えている

陸地ではだれも知らない
船は傾き沈みかけている
甲板に人影は見えない船乗りたちは
とうにボートをおろし
脱出してしまった
いま
炎にむれつどうのは
かまびすしく啼きかわす海鳥
ばかり

マストが焔の渦に没し

またひとしきり赤い点が
夜空に奔騰する
船橋の窓はみな火を噴く
獣の充血した眼さながら

風のない海で
焔は垂直にあがる
塔のように

船は船首を高く上げて沈みかける
そのとき私はきいた
ひとつの叫び声が海を渡って私に届くのを
焔の底から呼びかける何者かの声

海面に燃える船の影が映る
さかさまになって……
誰も気づかない
沖では船が燃えている

詩　海と河口

海と河口

野呂邦暢

諫早の本明川、佐賀の六角川、福岡の筑後川、熊本の白川と緑川など、それぞれの河口を、私は経めぐったことがある。

川の表情は土地によってことなる。

しかし、河口はどれも同じだ。

水と土と草、潮汐が日夜、河口を浸し水位を上下させる。

海と陸の鳥が啼きながら羽搏く。

川の情緒が直線的、あるいは二次元的だとすれば、河口の雰囲気は垂直という要素が加わって三次元的である。

巨きな空間を感じさせる。

淡水と海水がまざりあうというだけではなくて、人の営みもそこでは活発である。

村があり、船がもやわれ、海の魚介が集積される。

河口にはつねにドラマがある。

広い外海に面した河口と、有明海に面した河口はまたおもむきがちがってくる。

干満の差が大きいことによって、河口は朝夕、せまくなったり広くなったりする。

水はせりあがり、また遠くしりぞく。

濡れた泥が光る。

魚介は干潟に浮き沈みする。波はけっして荒くない。

多くの河口で演じられる「自然」のドラマで、人間はつつましいワキ役にすぎなかった。

潮と風と水の力にくらべたら人間の労働などタカのしれたものだ。

思いあがらないのが身のためである。

有明海は黙っている。陸地に深く入りこんだ内海ゆえに、波が立ちさわぐことはない。

水深も浅い。干潟の面積は年々ひろがる。

湾口をせきとめて諫早湾を陸にしようと人間が考えるのはもっともだ。

有明海が抗議するはずはないのだから。

しかし、彼女は言葉でなく目に見える「自然」という形で、理不尽な人為の暴力に応えるはずである。

海流と大気の温度、湿度、風向が農作物に影響するだろう。

海の再生力と浄化力もおとろえる。

大古さながら河口の眺めは変りがない。

今のところは。

車窓に海が見え、川が見えるとき、私はなんとなく河口に目を凝らす。

いつまで河口が河口であるか。

いつまで有明海が神話的な源初の相貌を保ちつづけることか。

旅をするとき私は有明海に不在を告げる。

帰郷のあいさつをまっ先にするのは、うす茶色の泥海に対してである。

有明海は私の故郷の象徴なのだから。

詩　夕暮れ

夕暮れ

野呂邦暢

夕がた、島の渚で、
水着の若い女がすわって海を
見ている。砂浜には誰も
いない。
みち潮どき、
はるか沖あいにしぶきが立つ。
黒い頭が水面に現われ、女に手を
振ってまたもぐった。
女は身じろぎしない。
火の消えた煙草を指にはさんだまま
ぼんやりと波を見ている。

田原坂

・本作は『活性』一九八〇年三月号から五月号まで、三回にわたり連載されたが、著者の急逝により未完となった。

一　遭遇

一

納富恒太郎は草むらにしゃがんで前方をうかがった。

後ろからついて来たしのびやかな足音も停止した。

月が明るい。

左はなだらかな丘陵である。

右もゆるい起伏をなした丘陵が拡がっている。狭い一本道が丘と丘との間を東南へ走っている。道の両側はいちめんの麦畑である。

「少尉どの」

片倉軍曹が低い声で呼びかけた。

納富少尉はふり返った。スナイドル銃を持った三人の部下が、草むらから肩から上をのぞかせて自分をみつめている。蒼白い月光に浮かびあがった顔は異様な影に隈どられ、昼間見なれた顔とは別人のようである。初陣の興奮で緊張しているのだ。目が吊りあがり、頬がけいれんしているのがわかった。

「少尉どの、あの丘の上に人影らしいものが動きました。栗の木が二、三本かたまっている所です。敵の哨所ではありませんか」

片倉軍曹があの丘といって指さしたのは左手の段々畑である。納富少尉はいった。

「おれもあそこはさっきから気になっていた」

「少尉どの、一軒家のかげにも薩の見張りがひそんでいるようです」

飯田伍長が右手の小丘をさした。丘のふもとに灯火のない掘立小屋が見える。寺坂軍曹も飯田伍長のいうことを肯定した。丘と麦畑にはまばらに雑木が立ちならび、萱の草むらが点在している。月の光をあびて、萱は銀色の炎のように輝いた。地上はひっそりとしている。すくなくとも五百人はくだらない薩軍が充満しているとは思えない静かさである。

「片倉軍曹と寺坂軍曹は栗の木かげにいる敵の方へ進め。飯田伍長はおれがつれてゆく。一軒家を偵察してくる。くり返しいっとくがやむをえない場合を除いて発砲するなよ。われわれに与えられた任務は敵情を探ることなのだから」

「少尉どの、落ちあう場所は」

「ここだ。もし敵が追撃して来たら、まっすぐ中隊へ戻れ」

「わかりました」

片倉軍曹はスナイドル銃に銃剣を装着した。寺坂軍曹もとりつけた。手つきがまだなれていない。エンフィールド銃と交換したのは小倉の営所を出発した直後だったのである。エンフィールド銃を彼らはエンヒールと呼んでいた。元亀天正年間に用いられた種子島銃と原理は変らない。火薬と弾丸を銃口から槲杖で押しこめて一発ずつ発射する。雨が降ると火薬が湿るので発火しにくい。

スナイドル銃は元ごめ式のライフルである。弾丸は火薬と一体になっており、遊底を操作するだけで装塡が可能である。エンフィールド銃の一発に対して五発以上の発射速度がある。銃剣をしっかりと取りつけることができる。エンフィールドも銃剣装着は不可能ではないが、銃口から弾薬をこめなければならないので、不便である。剣をつけたまま装塡しようとすれば自分が負傷する怖れがある。

二

納富少尉は、木かげから草むらへ、草むらから木かげへと進んだ。

明るすぎる月光が、この夜ばかりは恨めしかった。一軒家の近くに小川が流れている。水はほとんど涸れており、両岸は厚い萱の草むらで覆われている。納富少尉はその小川に身をすべりこませた。飯田伍長も続いた。萱の間から一軒家をのぞいた。依然として動く人影はない。

遠くで犬が吠えた。

植木町の南に到着して守備線を形成しているのは、第十四連隊第三大隊の一部で、およそ二百余名という少数であった。それに対して南に展開している薩軍は五百とも六百ともいう。夕方、伝えられた情報である。納富少尉は将校斥候として偵察を命ぜられ、三人の下士官を率いて中隊を離れたのだ。

明治十年二月二十二日、月は十三夜である。針を含んだような寒気が、納富少尉の肌を凍えさせた。

突然、背後でもののはじける音が響いた。

納富少尉は立ちすくんだ。音の原因はすぐにわかった。飯田伍長が川底に落ちていた枯れ枝を踏み折ったのだ。片倉軍曹たちの姿は見えない。三人の部下の命運が自分の肩にかかっていると、納富少尉は思った。彼に与えられた命令は「敵情ヲ把握シ、若シ出来得ベクンバ薩兵ヲ捕ヘヨ」である。

敵情はともかく、捕虜を手に入れるのはむずかしい。おめおめと無抵抗でつかまる薩兵がいようとは思えなかった。前哨に一人か二人ひそんでいるのならば、気づかれないようにしてしのびより、捕獲することができるかもしれないが、敵本営の近くであったら、包囲されて逆に捕えられるだろう。すでに一軒家までの距離は五十メートルほどにちぢまっていた。あらゆる草むらに、すべての木かげに、薩兵がうずくまって自分たちの一挙一動を見まもっているような気がした。

「少尉どの」

飯田伍長が小声でささやきかけた。一軒家の裏手にちらと動いた人影があるというのである。納富少尉は川岸の萱をすかして見た。一人二人……三人。三人の黒い人影が揺れている。かん高い声が初めて耳に入った。早口の鹿児島弁である。何といっているかはわからない。一軒家の内部から湧きだすように人影が現われた。五人六人……十人。捕虜はとてもむりだと、納富少尉は判断した。

もしかすると、敵が配置した前哨の間を知らずに通りぬけたのではないか、あの一軒家は薩軍の中隊指揮所にあてられているのではなかろうか。納富少尉は一軒家のまわりに目をこらした。道路上に隊列が出現した。小銃と槍で武装している。槍の穂先が月光にきらめいた。小銃は旧式のエンフィールドのようだ。薩軍にスナイドル銃がゆきわたっていないことを、納富少尉は知っていた。

隊列は一軒家の前で止まった。

「飯田、おまえはここにおれ。おれはもう少し近づいてみる」

「少尉どの、危険です。引き返しましょう」

飯田伍長の制止をふりきって納富少尉は麦畑の上を這い始めた。一軒家の裏手で放尿していた大柄な男が、隊列の前にやって来て何やらしゃべっている。その男に見覚えがあったのだ。

(もしや……)

畦道沿いに納富少尉はにじり寄った。さいわい萱の草むらが姿を隠してくれる。火照った手に土の冷たさが快かった。右肩を心もちそびやかすようにしてしゃべる体つきは、従兄の納富弥平次に似ている。しかし、他人の空似ということがあった。弥平次は納富恒太郎の伯父の子である。五歳年長であった。

(やあどん……)

恒太郎は子供のときからそう呼んでいる。

藩校弘道館の生徒となった折りは、弥平次からオランダ語と算術を学んだ。明治七年、佐賀の乱において、この弘道館が征韓党の本拠になった。納富弥平次は征韓党の一員であった。のち彼らは本拠を与賀町の延命院に移している。当時、恒太郎は小倉におり、しきりに佐賀からもたらされる情報に気をもんでいた。第十四連隊を脱走して、征韓党に加われと弥平次からすすめられたのは、一度や二度のことではなかった。

恒太郎は手紙をそのつど握りつぶした。

弥平次の気持はわかる。

――政府横暴、

――有司（官僚）専制、

――第二の御維新を、

弥平次の手紙には必ずこの文言があった。無位無官の士族であったら、自分はあるいは動かされたかも知れないと、恒太郎は思う。しかし、陸軍少尉として五十余名の部下を持つ身で、かるがるしく連隊をすてる気にはなれなかった。動かなくてよかったと、今は思っている。佐賀城の鎮台兵を追っぱらった征韓党の旗色がよかったのはそのときだけで、政府軍が反攻を開始するや、あっけなく制圧されてしまった。

乱の首謀者、江藤新平は高知で捕えられ、ほどなく斬首されている。斬られた者は江藤の他に十二名、懲役刑を宣告された者百五十九名、士族の籍を奪われた者二百三十九名に及んだ。納富弥平次は佐賀から姿をくらまして行方が知れなくなった。鹿児島におちのびて、桐野利秋の庇護をうけているらしいと風の便りに聞いたことがある。乱にやぶれた征韓党や憂国党の連中が鹿児島方面へ逃げたという噂はもっぱらであった。

三

（やあどんが……）

納富少尉は地蔵仏のかげに身を寄せて、一軒家の前に立っている人影を注視した。月光に浮きあがった顔、頬骨が高く鼻も大きい男の容貌は、まぎれもなく弥平次である。納富少尉は愕然とした。桐野利秋にかくまわれていたのなら、薩軍の一人として戦いに参加するのは理の当然である。しかし兄のように慕った従兄と銃火をまじえることになろうとは。そこが納富少尉にはまだ納得できなかった。敵意はまったくなかった。白い月光に照らされた顔を認めた瞬間、まっ先に感じたのは懐しさである。思わず（やあどん）と声をかけたくなったくらいだ。

「誰かっ」

横あいから鋭い声があびせかけられた。

ぎくりとしてわきを見ると、二十メートルほど離れた所に柏の木があり、その木かげに人影がある。前方に気をとられて、今までその方角には注意を払うゆとりがなかったのだ。納富少尉はころがるように駆けだした。今は姿勢を低くする必要はなかった。

銃弾がまぢかをかすめた。

足音が後ろから追いせまってくる。小川にたどりつき、頭から萱の奥へとびこんだ。全身を川底に叩きつけられ、息ができなくなった。飯田伍長が彼をたすけあげた。

「少尉どの、早く」

薩兵は不意に草むらに没した納富少尉を見失ってうろたえている模様だ。かまびすしく叫びかわしながら小川の方へ近づいてくる。二人は川底を伝って走った。

「あっちだ、川の中を逃げちょる」

薩兵の声がすると同時に銃声が起った。銃弾で切り裂かれた萱の葉が二人の上に落ちた。（わらじをはいてくるのだった）納富少尉はくやんだ。四人の斥候のうち、靴をはいているのは彼だけであった。もともと連隊の将兵には全員、靴が支給されていたのだが、営所を出発して以来、連日の強行軍で、靴になれない下士官兵はほとんどはきなれたわらじを足につけていた。将校としての体面から、恒太郎はマメの苦痛を我慢して靴をはき続けたのである。ところが、石ころの多い川底を走ると、靴音が高く響く。薩兵が恒太郎のありかを探りあてたのはその音である。

薩兵はますます近くまで追いすがった。荒い息づかいが聞えるほどである。納富少尉はふり返った。抜刀した男が「待て、この野郎」と叫んだ。刀身が光った。あと数歩で追いつかれる。一人だけを相手にするのはかまわないが、その背後から五、六人の追手が駆けよりつつある。納富少尉はいつのまにか軍刀の鞘をはらっていた。

激痛が脚に走った。

大きな石ころにつまずいて彼は倒れた。はずみに軍刀が手から離れた。薩兵は立ちどまり、刀をふりかぶった。月光を背にあびたその男は、仁王像のように大きく見えた。大の字に横たわった納富少尉は呆然と薩兵を見上げた。影になった薩兵の顔に表情はなかった。銃声がした。その男の上体がぐらりと傾いた。刀が手から落ちた。

前を走っていた飯田伍長が、少尉の急を知って狙撃したのだ。

恒太郎は自分の軍刀を拾いあげ、よろめきながら立って走りだした。

追手は撃たれた同僚の所でかたまり、もはや二人を追おうとはしなかった。

片倉軍曹たちと別れた草むらにようやくたどりつくと、地面にうつ伏せになって納富少尉は喘いだ。飯田伍長も肩で息をした。全身から汗がふきだした。嘔きけすら感じた。早く本部へ帰って、敵の襲撃が近いことを報告しなければ、と思いながら体がいうことをきかないのである。

「片倉と寺坂は、まだの、ようだな」

「いや少尉どの、われわれが遅いので先に帰隊しているかもしれません」

飯田伍長は苦しい息の下からいった。動く影はさっきまで一つとして認められなかった前方の麦畑に、点々と人影がならんだ。密集した横隊である。道路も黒い影で埋められた。薩軍が攻撃を始めようとしている。二人は顔を見あわせ、いっさんに本部めがけて駆けだした。

四

片倉と寺坂の両軍曹は、捕虜を捕えるのには失敗していたが、薩軍の兵力を大まかにつかんで帰っていた。およそ五百という。われの二倍以上にあたる。

納富少尉は第三大隊長吉松少佐に敵情を報告した。

「ご苦労、命令があるまで兵には撃たせるな」

第十四連隊長は乃木希典少佐である。そばに連隊旗手河原林少尉が控えていた。

「納富少尉、薩兵は砲を持っておったか」

乃木少佐にたずねられて恒太郎は答えた。敵は刀槍と小銃で武装しており、砲は装備していないようだと。答えるなり身をひるがえして自分の部下が散兵線をしいている林の縁へ駆け戻った。吉松少佐が、命令をくだすまで発砲を禁じたわけを、彼は知っていた。友軍は少数である。弾薬を消費してはならない。月が照っているとはいえ、夜間の戦いは兵の恐怖心を倍加させる。恐怖は伝染する。一人が発砲すれば全員がめくら撃ちに撃ちまくることになる。兵卒の訓練はまだ充分ではなかった。味方撃ちをするおそれさえあった。

「いいか、引きよせてから撃つ。敵を確認するまでは発砲してはならんぞ。わかったな」

納富少尉は散兵線を小走りに往復して各個の兵にいい含めた。兵たちは既に着剣していた。前方は麦畑である。薩兵は二百メートルほど接近してから停止した。銃声がとどろいた。案の定、エンフィールド銃の音である。林の縁に散開した第十四連隊はまだ撃たない。恒太郎の頭上に銃弾で砕かれた木枝が降ってきた。むやみに咽喉が渇いた。こめかみのあたりで血が脈打つのがわかった。薩兵はひたひたと近づいてくる。林の縁は草がしげっており、暗い影をはらんでいる。草むらに伏せた連隊の将兵を彼らが視認しているはずはないが、ここに抵抗線を形成しているとは察しているらしい。

「少尉どの、まだですか」

上ずった声で飯田伍長がたずねた。

恒太郎が「撃てっ」と命令するのと、前方の薩兵が喊声をあげるのとは同時だった。距離は百メートルそこそこに縮まっている。敵はいっせいに麦畑をけって林の方へ殺到した。スナイドル銃が火をふいた。

「照準が高すぎる、敵の脚をねらえ」

恒太郎は大声で命令した。夜間は弾道が高くなる。脚をねらってようやく上体に弾丸は命中する。薩兵は倒れた。横一列にならんで突撃してきた男たちの半数が麦畑に横たわった。その体をのりこえて次の列が喊声をあげて接近する。いっせい射撃が彼らを包んだ。数名がまた地上にころがった。恒太郎は飯田伍長のわきで射撃していた自分の部下が、小銃をすてて、ふらりと立ちあがったのを見た。その男は両手をだらんと下げて敵兵の方へ一歩二歩、歩いて行こうとしている。

「おい、貴様、どこへ行く」

恒太郎は軍刀の峰で彼の肩を叩いた。戦闘ちゅう呆然自失して奇妙な行動をとる兵があるということを聞いていた。これがそうかも知れないと、恒太郎は思った。自分で自分のしていることがわからないのである。

スナイドル銃の連射に撃ちすくめられた薩兵は、負傷者をかついでいったん前線からしりぞいた。

銃声がやんだ戦場に、負傷者の呻き声が満ちた。

「各隊、損害を報告せよ。手負いの者は後方にさがれ」

伝令が駆けまわって大隊長の命令を伝えた。看護卒は負傷者を林の奥へ集めた。ひとまず薩軍の襲撃をしりぞけはしたものの、態勢をたて直して再び彼らがおし寄せるのは必至であった。ま昼のような月光が、道路と麦畑を照らした。恒太郎は小隊の負傷者と死者の数を調べた。五十余名のうち、三名がこと切れ、七名が傷ついていた。二割に達する損害である。死傷者の小銃はその場に残させた。

恒太郎は水筒に口をあてがって、一滴もあまさず飲みほした。

飲んでも飲んでも咽喉が渇いた。恒太郎だけではなく、戦った下士官兵はみな水筒を空にしており、死者の水筒さえ奪いあって中身を飲んでいた。恒太郎は南の空を眺めた。きょう午後、植木に連隊が着いたとき、南方の空が黒い煙で覆われているのを認めた。熊本の上空である。熊本城は薩軍に包囲されているという。天も暗くするほどのおびただしい煙であった。燃えているのは市街なのか、熊本城なのかは知るすべがない。月光がゆきわたった刃金色の夜空に、今も煙は黒々と立ちのぼっている。熊本まではあと数里という地点で薩軍に行く手をさえぎられてしまったのだ。

五

納富恒太郎は嘉永五年（一八五二）のうまれ、このとき二十五歳である。

父親の納富弥八は佐賀鍋島藩の御火術方目付として百五十石を支給されていた。弥八は若い頃、長崎の海軍伝習所に学び、砲術、測量術、オランダ語を習得した。鍋島藩は代々、長崎港の警備を担当し、藩士はほとんど長崎に駐屯した経験を持っていた。出島のオランダ商館を経て移入される西洋事情にもごく自然に通じてくるようになる。弥八もその一人であった。伝習生の内訳は、幕臣三十一名の他に、佐賀藩四十八名、薩摩藩十六名、熊本藩五名、福岡藩二十八名、萩藩十五名、津藩十二名、福山藩四名、掛川藩一名である。佐賀の藩士がもっとも多い。オランダ人教官は、航海術、造船学、運用術、地理、船具学、機関学も教えた。弥八は火術方として心得ていなければならない学科の他にそれらの科目も熱心に学んだ。

維新は恒太郎が元服した年すなわち十五歳になった秋であった。

弥八は自分が習得した外国の新知識を恒太郎に教えた。幕府が倒れ、年が明治と改まっても藩士たちは来たるべき時代に身の処し方を知らず途方にくれていた。弥八だけは確信があった。自分が血のにじむような思いで獲得した西洋の技術がこれからは役立つことになる。それを一人息子に伝えないでは、死んでも死にきれない……。

弥八の考えは正しかった。

徴兵令の公布は明治六年である。士族納富恒太郎は、入営した年に軍曹の階級を得、数回の試験に合格して二年後、少尉に任命された。父から教わった知識を恒太郎が活用したのはいうまでもない。

（いよいよ、おまえも物頭《ものがしら》格にとりたてられたか）

老いた弥八は将校姿で帰省した恒太郎を見て満足そうにつぶやいた。翌年、弥八は死んだ。物頭とは旧藩時代の職制名で、組頭《くみがしら》の長にあたる。弓組、鉄砲組の単位は藩によってまちまちであるが、佐賀藩の場合は一組およそ三十名内外であった。したがって、物頭は弓、槍、鉄砲組百名の長ゆえに、一コ小隊五十余名を率いる少尉の分際より格が上になるけれども、恒太郎は喜色満面の老父に訂正する気にはなれなかった。百五十石取りの下級武士であった弥八にしてみれば、息子があっぱれ侍大将に出世したと思われたのだ。

六

黒い影が近づいてくる。

銃声がはじけた。連隊は撃たない。恒太郎はスナイドル銃をかまえて待った。死者の小銃である。将校たちもすべて銃をとるように命令があった。薩軍の射撃は初めの攻撃時より激しかった。一隊を畦道に展開させて掩護射撃させ、一隊が白刃をふるって突入しようとする作戦らしい。狙いはさっきより正確になっていた。

恒太郎が守備する線の前面だけでも、ざっと数えて百名あまりの敵である。こちらは四十名そこそこに減っている。ふせぎきれるかどうか。

「少尉どの、まだですか」

寺坂軍曹の声がした。射撃命令を催促しているのだ。

「まだまだ」と恒太郎は大声で禁じた。その間も死傷者が続出した。声もなく銃をおとして突っ伏す兵があり、「やられた」と呻く兵があった。「看護卒、こっちだ、早く来てくれ」「水を」「目が、目が見えん」「少尉どの、撃たせて下さい」呻き声と叫び声が入りまじって恒太郎の耳に届いた。ようやく彼は命令した。

「撃てっ」

薩兵との距離はとうに百メートルを割っていた。つづけざまに銃声がとどろいた。前方の集団に動揺が生じた。しかし彼らは死傷者をものともせずひたむきに駆けてくる。撃たれて倒れた敵が、むくむくと上体を起して突進する。少々の傷はこたえないようだ。畦道を防塁にした敵の掩護射撃が連隊の将兵を苦しめた。

二回の攻撃で、薩軍は官軍の兵力が意外に少数であると察したらしい。守備線の範囲も火力の密度でつかんだらしかった。依然として濃密な射撃を連隊に加えながら右翼の方へまわろうとしている。

「片倉軍曹、大隊長どのに伝令」

恒太郎は小銃をおいて叫んだ。前方の敵の動きから目をはなさずに命令を伝えた。片倉軍曹は佐賀県藤津郡の百姓あがりである。部下の下士官でも日頃おちつきがあり、恒太郎はたよりにしていたのだ。「片倉、参りました」草をかきわけ、四つん這いになって来た軍曹の頰は血で染まっていた。

「このままでは包囲される。わが右翼に敵がまわろうとしている。大隊長どのに報告しろ」

片倉軍曹は命令を復誦して去った。

恒太郎は小銃をすてて軍刀を抜いた。一団の人影が目の前に出現した。彼らは口々に叫んでいた。「チェストゆけえ」「この野郎」着剣した小銃で立ちむかった兵があっけなく斬り伏せられた。恒太郎は自分に向ってくる薩兵に身がまえた。白い光が顔をかすめた。恒太郎は渾身の力をふるって軍刀で斬り返した。

二　敗走

一

手ごたえがあったような気がする。

　なかったようでもある。

　いずれにせよ体を斬られなかったのだから恒太郎は薩兵を仆したのだと思う。軍刀で斬り返した所までは覚えているが、以後およそ十分か二十分かは記憶がとぎれたままだ。無我夢中のうちに時間がたった。樹木が敵兵に見え、敵兵が樹木に見えた。硝煙が鼻を刺し、咽喉を咳込ませた。黒い人影が目の前でふくれあがり、月光をあびた刀身が閃き、叫び声がおこり、銃声が恒太郎の耳をつんざいた。負傷兵が呻き、水をくれと叫んだ。

恒太郎が我に返ったとき、薩兵は後退していた。

血の臭いがたちこめた。

「やつらはすぐにまた突撃してくるぞ。油断するな」

中隊長の声がした。恒太郎は軍刀を杖に身を起こそうとした。膝に力が入らない。月明りにすかしてみると、刀身に血がこびりついていた。やみくもに振りまわしていた間、薩兵を斬ったらしい。立木にすがってようやく立ちあがったとき、恒太郎は激しく肩をどやされた。

「納富少尉、いくさは始まったばかりだ。そんなざまでどうする」

振りむくと中隊長の顔があった。返り血をあびたのか、顔が黒く汚れている。近づいて来て小声でささやいた。

「連隊は今、後退準備をしている。薩の連中が次に突撃して来たら、何が何でも撃退しておいてその隙に退却する。いいか、もう少しの辛抱だ。がんばってくれ」

中隊長は軍刀を杖によろめきながら去った。恒太郎はかたわらに倒れている薩兵の死体をあおむけにして顔をあらためた。弥平次が突入して来た一群の中にいたはずだ。死体は十七、八歳で顔にまだ少年の面影をとどめていた。恒太郎はそこかしこに倒れている薩兵の死体を調べた。連隊の守備線全面に遺棄された死体を調査するゆとりはなかった。（やあどんは無事のようだ）恒太郎は何がなしほっとした。親しかった従兄を相手に立ちまわりすることは厭であった。しかし万一、彼が突っこんで来たら、その可能性はあるのだ。

「小隊長どの」

片倉軍曹のしわがれた声が聞えた。

「連隊が退却するちゅうのは本当ですか」

答えようとして恒太郎は咽喉が痛み声が出なくなっているのに気づいた。さっきの乱戦で、声を限りに叫び、咽喉がかれてしまっていたのだ。老人のようにぜいぜい喘ぐばかりである。手まねで草むらにころがっている水筒を指した。片倉軍曹が拾ってさしだしたのをひったくり、わずかに残っていた水を一気に飲みほした。

「退却を誰から聞いたのだ」

「連隊本部が各中隊に余分の弾薬と糧食を焼けという命令を出しました。なかなか火がつかんので、民家の障子や襖をたきつけにして燃やそうとしとります。木葉《このは》までさがるという話です。本部にいるわたしの友達から聞きました」

「小隊の負傷者は何名か」

「あわせて二十三名です。行方不明の兵が三人おります。戦死者が七名」

「もう一度、敵は突撃して来る。それを撃退した上でさがる方針らしい。苦しかろうががんばってくれ」

「戦える兵は半分以下です。ふせぎきれるでしょうか」

「ふせぐのだ。命令だからな」

片倉軍曹は敬礼して去った。行方をくらました三名は薩兵の白刃突撃に怖れをなしたのだろうと、恒太郎は思った。百姓あがりの鎮台兵である。逃亡兵が出たのはやむをえない。三名ですんだのはひろいものだ。かん高い声をあげて守備線に突っこんで来る薩兵の殺気をはらんだ気迫には、恒太郎でさえ圧倒されたのだ。よくぞ支えきれたと思わないわけにはゆかない。連隊とは名のみ、わずか三コ中隊で五百名余（と恒太郎は信じていた）の薩兵をはね返した。部下たちは上ずった声で戦闘の模様をおたがいにしゃべりあった。冴えた月が麦畑の上に点々と横たわった死体を照らした。

恒太郎は小隊の守備線をひとわたり往復して部下を励ました。

軍刀を鞘におさめようとしたが、刀身が曲がっていて、鞘に入らない。そのまま手に持って歩いた。銃声と同時に傍の栗の木が折れた。恒太郎は伏せた。狙撃されたのだ。明るい月光の下で軍刀を手にして歩いている姿は恰好の目標である。弾丸が空気を引き裂く鋭い音を聞いたように思った。つづけざまに銃声が起った。恒太郎は地上をすかして見た。黒い人影が前方三百メートルほどの畦にうずくまり、ひたひたと寄せて来る。さっきより兵力は少なくなったようだ。この敵は連隊の注意をひきつけておくだけの陽動部隊にすぎなくて、主力は右翼と左翼に展開し、連隊を側面から襲撃しようとはかっているらしい。恒太郎はそう判断した。彼が薩軍の指揮官だったら同じように行動しただろうから。この場合、側面攻撃は作戦の常道である。

弾道がしだいに低くなった。

砕かれて頭上に落ちてくる栗の木の梢が、次は枝になり幹になり、やがて萱の葉になった。恒太郎は負傷兵が置き去りにしたスナイドル銃をかまえて撃った。前面の盛り土に敵弾のめり込む厭な音がした。（今度はやられるかな）ふしぎに冷静な気持で恒太郎は考えた。きょうが初陣なのに百回も戦闘をしたような気がした。落着いている自分を認めて嬉しかった。

弾薬は豊富にある。

敵の手にゆだねるよりここで消費する方がいい。恒太郎は装塡するのももどかしく撃ち続けた。いがらっぽい硝煙が顔を包んだ。たちこめた黒煙に薩兵の姿が見えなくなる瞬間さえあった。いったん体を起こして突撃しようとしかけた敵は、連隊の激しい銃火に撃ちすくめられて再び地面に這いつくばった。右翼に銃声が起った。左翼からも弾丸が飛んで来た。

「小隊長どの、千本桜まで後退せよとの命令です」

飯田伍長が駆けて来て伝えた。

林の一角に赤い火焔がゆらめいた。そのまわりで右往左往する人影が見える。前方の敵は損害の多さに耐えかねてかじりじりと退却している気配である。しかし燃える火を見てまた攻撃して来るのは時間の問題であった。恒太郎はポケットから懐中時計を出した。九時四十分という時刻に驚いた。最初の攻撃から二時間四十分しかたっていない。二十四時間は戦い続けたような気がしていた。

恒太郎は半数に減った小隊をまとめて林から脱出した。後ろで弾薬のはぜる音がした。銃声が連隊の兵を追った。疲れきった足は木の根や畦道にとられてつまずき、あっけなく倒れた。恒太郎は草むらに落ちていた軍刀を拾って自分のひん曲がった軍刀と換えた。右からも左からも薩兵の喊声が迫った。小隊はひたすら北へ急いだ。本道を避けたのは賢明だった。ここを突破しようとした河原林少尉の一団は強力な敵と衝突したらしかった。千本桜へたどり着いたとき、さらに命令が出た。木葉までさがれというのである。

恒太郎の傍には十名たらずの部下しか残っていなかった。泥と血と硝煙にまみれた顔に目だけが鋭く光っている。軍帽を失った兵もいた。銃声が依然として彼らを追った。兵はほとんど駆けるようにして木葉を目ざした。とちゅう、田原坂を越えた。熊本城を目前にしてあと数里という所で薩軍の強力な阻止にあったわけだ。きょうじゅうに連隊は熊本城へ入るつもりだったのである。恒太郎にしてみれば思いがけない退却であった。

木葉に着いたのは十一時をすぎていた。

兵は倒れるように眠った。強行軍につぐ強行軍のあげく薩兵と激戦をまじえ、反転してのがれたのだから疲労しているのは当然といえる。恒太郎はしかし眠れなかった。落伍した部下が二人三人と追及して来る。彼らを小隊に収容しなければならなかった。空腹が気にならないのは戦闘の昂奮が続いているからかもしれない。兵のようにその場に横たわって眠ることができたらと思った。医官が負傷兵の間を忙しく往来し傷の手当をした。将校たちは下士卒に命じて夜食を配った。

恒太郎は木葉川の堤防にたたずんで南の方を眺めた。

近づいて来る一群の人影があった。

「納富少尉ではないか」

その一人が立ちどまって声をかけた。恒太郎は蒼白い月光に浮かんだ相手の顔に目をこらした。

「おお、有田少尉、生きていたのか」

二人は手を握った。

「ひどいいくさだったな」

有田少尉は第一中隊の小隊長である。崩れるように腰をおろした。小倉連隊で少尉に任官したのは恒太郎と同じ年月日であった。出身も佐賀である。恒太郎は今しがた片倉軍曹が持って来た焼酎と餅を有田少尉に与えた。有田少尉は餅をむさぼり、水筒の焼酎を咽喉に流しこんだ。やっと人心地がついたようだ。

「河原林少尉がやられたらしい。姿が見えんのだ。本道を突破しようとしたんだが」

「河原林が？　軍旗はどうなった」

驚いて恒太郎はきき返した。有田少尉は沈痛な表情で首を横に振った。

「軍旗は巻いて河原林が背につけた。万一のために十数名の兵が少尉を護衛して本道を走った。それがどうやらいけなかったようだ。目立ったのだな。薩の者どもに包囲され、乱戦になった。最期を見とどけた者はいない。千本桜でいくら待っても少尉が姿を見せん。連隊本部は大騒ぎだ。連隊長どのは引き返して河原林を救出するから我に続けといわれる。軍旗を奪われては面目が立たんからな。連隊長どのに従う者は半数、連隊長どのを制止する者も半分だった。是が非でも救出するという連隊長どのを村松軍曹と櫟木軍曹が泣いて抱きとめてようやく思いとどまらせた。とまあそういうわけだ。納富よ、まけいくさはつらいのう」

有田少尉はごろりと枯草の上に身を倒し長い吐息をついた。

乃木少佐の一行を恒太郎はさっき見送っている。馬上で背中を丸め肩を落としている連隊長は七十歳の老人のように見えた。

二

二月二十三日午前、津森大尉が二十余名の兵を率いて植木方面へ出発した。昨夜、木葉に到着してまだ戦闘をしていない新鋭の第三中隊から選抜した一隊である。連隊は木葉駅を中心に左右の山や堤防に散開した。津森隊の任務は、敵情をさぐりあわせて薩兵を誘致することであった。

今にも降りだしそうな雨雲が空を覆った。

ひるすぎ、津森隊の兵がばらばらになって逃げて来た。その後からおよそ三百名あまりの薩兵が追いすがってくるのが認められた。恒太郎は小隊を堤防に配置していた。冷たい地面に腹を接していると、骨の髄まで凍えるようである。焚火は許されていない。連隊には久留米から南下して来た後続部隊が加わり、八百名以上に増えていた。きょうこそ昨日の恥をそそがなければならない。吉松少佐は中小隊長を集合させて朝がたきびしく申し渡した。

植木の緒戦において官軍を破った薩軍は士気があがっているだろう。勢いに乗って突っこんで来るのを、わが十四連隊は木葉で喰いとめ、撃破しようとしているのだ。

それができるかどうか、恒太郎は不安だった。連発式のスナイドル銃がこちらにあるとはいえ、薩兵の白刃突撃には兵たちがおじけづいている。麦畑の上に現われた薩兵の集団を見まもる部下の目は緊張のためつりあがっていた。恒太郎は耳をそばだてた。薩兵が撃つ銃声にスナイドル銃の音がまざっている。おそらく植木連隊の負傷兵がすてて逃げた小銃を分捕って使用しているらしい。

津森大尉の部下たちは十名そこそこにへっていた。

彼らは応射しながら連隊の守備位置に駆けこんだ。昼の光で見る薩兵の服装はまちまちである。黒ズボンに筒袖の兵もおれば、野袴に陣笠という身なりの隊長らしい侍がまざっている。距離が三百メートルになった所で、恒太郎は「撃ち方始め」と令した。

一斉射撃が薩兵を包んだ。

山腹と堤防から撃ちすくめられた薩兵はあわてて退却した。

「照準が高いぞ、どこを狙って撃ちよるか、弾丸を無駄にするな」

恒太郎は左右の兵を叱りつけた。

「敵はどんどん増えよります」

飯田伍長が心細そうな表情になって前方を指した。本道の左右は低い丘である。その丘を埋めつくすかのように薩兵がむらがっている。昨夜の敵より多い。熊本城を包囲していた薩軍が増派した兵であろうと恒太郎は推測した。味方を上まわる数のようである。征討第一旅団と第二旅団が博多に上陸するのは昨日の予定だと恒太郎は聞いていた。不利な戦いではあるが、きょう一日、薩軍の進出をさえぎらなければならないのは連隊に要請された急務なのである。時を稼ぐのだと、吉松少佐がいったのを恒太郎は思いだした。

「納富、ここにおったのか」

有田少尉が姿勢を低くして駆けより、恒太郎の横に伏せた。本部に連絡に行った帰りだという。敵の方に目をやったまま話した。

「密偵の報告では私学党の奴らは一万三千くらいらしい。それに熊本隊、協同隊をあわせておおむね二万、今われわれの前におしよせて来た連中は熊本城の包囲に三千を当てた残り全部ということだ」

「じゃあ一万七千ということになる」

恒太郎は背筋の冷える思いであった。前面の山野を埋めているのは目算して千百か二百とふんでいた。味方が八百であればどうにか支えられると考えたのだ。少数ながらわが方には地の利がある。有田少尉は「まあな」といって平然としている。二十倍の敵を迎えてどうして平気でいられるのか不思議だった。

「おろおろしたって仕方があるまいよ納富、二月は日暮れが早い。暗くなるまでふせいだらあとは何とかなるんじゃないかな。それにわれわれが相手にするのは一万七千の先鋒だけだ。落着くんだな。これをやる」

有田少尉は恒太郎の手に紙包みの黒砂糖を握らせて体を起こした。

「じゃあ武運を祈るよ」

「ああ、貴様もな」

有田少尉は敏捷な足どりで一中隊の方へ駆けて行った。

薩兵が接近して来た。銃火をものともせずに突撃して来る。スナイドル銃の急射撃が彼らを仆した。撃たれても撃たれても薩兵は肉迫した。死傷を意に介さないようであった。ついに五、六人の敵が堤防にたどり着き守備線内におどりこんだ。恒太郎は銃をすて軍刀の鞘をはらった。下士と兵卒が銃剣で立ちむかった。薩兵はみな傷ついていた。堤防に到達するまでに気力を使い果たしてしまったらしかった。二人が銃殺され、一人が刺殺され、二人が這うようにして逃げた。その二人は背中を撃たれて麦畑の上で動かなくなった。

薩兵は息もつかせぬ勢いで攻撃した。

黒い硝煙が地面にたなびいた。風が黒煙を吹きはらった後に、傷ついてうごめく薩兵がおびただしく横たわっていた。恒太郎はスナイドル銃の銃身が灼熱して手で持てなくなったので、川の水を口に含んで吹きかけた。銃身をいためひびの入ることがわかっていても、そうやって冷やさなければ射撃が続けられないのだ。今はすべての将校が銃を手に戦っていた。恒太郎は薩兵の突撃を四回めまで覚えている。守備線に敵が突入してあやうく潰乱状態におちいろうとしたときがあった。部下は昨日よりやや冷静になったようで、抜刀した薩兵を二、三人で取り囲み、銃殺したり刺殺したりした。しかし小隊の死傷者も少なくなかった。

薩軍は植木で手に入れた官軍の武器弾薬を使用した。死傷者のうち七割が銃弾によるものであった。

味方の弾丸で死傷した兵もいた。装塡を焦って暴発したのである。白兵戦のあいまに恒太郎は黒砂糖のかけらを口に入れた。石ころをしゃぶっているような気がした。唾液が一滴も出ないのだ。やけつくような渇きが恒太郎を苦しめた。飲んだ水がすぐ汗に変り肌着を濡らした。じっとりと皮膚にはりつく布地の感触が気味わるかった。

ようやくあたりが薄暗くなり始めた。

吉松少佐が渡辺中尉以下二十余名を率いて突撃した。連隊は防戦に終始している。少数の兵力でもここで一度は反撃して連隊の士気をふるい立たせようと意図したのだった。吉松少佐はやがて重傷を負って後退して来た。有田少尉が十四、五名の部下をしたがえて走って来た。

「右翼がやられている。救援に行くのだ。達者でな」

有田少尉は白い歯を見せて恒太郎に笑いかけ、夕闇に姿を没した。恒太郎は黙って挙手の礼をした。それが有田少尉の見おさめになった。彼らが向った方角に激しい銃声が湧いた。

雲の上にぼんやりと光っていた日が西の山際に没した。地上はすみやかに暗くなった。前方で発射される銃火の赤い火が鮮明に見えた。連隊はその火光めがけて応射した。闇が両軍の上に降りた。薩兵の射撃がまばらになった。

目標が見えなくなり、加えて射撃すれば撃ち返されるとわかって控えたらしく思われた。中隊長の声がした。

「納富少尉はどこだ」

「ここにおります」

「おお、無事だったか」

「どうにかもちこたえました」

「よくやった。ご苦労。連隊は繃帯所を稲佐《いなさ》にさげた。炊さん場と衛兵も下げている。大宮中尉がしんがりの指揮をとる。われわれは命令がありしだい迫間《さこま》川まで下がることになっている。今のうちに準備しておけ」

中隊長は白い息を吐きながら口早にいい渡し、堤防伝いに立ち去った。小隊は二十名を割っていた。無傷の兵は三割にみたなかった。恒太郎は片倉と寺坂の両軍曹を呼んで、中隊長の言葉を伝えた。負傷兵の小銃と弾薬は必ず携帯するようにと命令した。無傷の兵としても疲れているが、薩兵の手に渡してはならないのだった。

混乱は半時間後に起った。

荷馬車がけたたましい音をたてて小隊のまん中を駆けぬけた。銃声が闇の奥でとどろいた。

「何だ。何があったのだ。しずまれ」

動揺した部下を恒太郎は叱りつけた。

食糧弾薬の運搬に使っていた軍夫が七、八名かたまって逃げて来た。恒太郎は抜刀して彼らの前に立ちふさがった。

玉名付近の百姓である。逃げたら斬るぞと、彼はおどした。軍夫のうち比較的おちついていた年配の男が答えた。

「稲佐の後ろに薩摩が来とりますげな。あっちの方には行かれまっせん。隊長さんもはよう逃げんな。薩摩は大軍ですばい」

「わかった、行け」

後拒は稲佐におかれるはずであった。その背後をつかれたのだ。おおかた木葉山を迂回したのだろうと恒太郎は思った。退路を絶たれたことになる。密集したままで、敵ちゅうを突破するのはむずかしい。

「少尉どの、どうします」

片倉軍曹が心配そうな顔をしてたずねた。

「あわてるな。今夜は闇夜だ。何とかなる。これをやろう」

恒太郎は黒砂糖の残りを片倉軍曹に与えた。雨が降りだした。銃声は前後左右に起った。部下たちが恒太郎のまわりをとり囲んだ。主を失った裸馬が彼らの前を走り去った。遠くで喊声があがった。

「みな聞け、きょう、お前たちはよく戦った。多勢に無勢ながら敵をふせぐことができたのも、お前たちの手柄だ。しかし敵はわれわれの背後にまわった。そこで只今からここを脱出する。半里ほど北に石貫《いしぬき》がある。ひとまず石貫を目標とし、万一そこが敵にとられていた場合はさらに北へ下がれ。二人もしくは三人で一組となる。わかったな。薩兵を発見しても撃たずにやりすごすのだ」

「小隊長どの、自分がついて行きます」

「いや片倉軍曹、お前は負傷兵を引率しろ、おれは飯田伍長をつれてゆく」

小隊は二人三人と組になって闇の中へ姿を消した。町はずれの農家に火がついた。降りそそぐ雨の下で火は炎々と燃えさかり退却する将兵を照らした。ひっきりなしに銃弾が空気を切り裂いた。恒太郎は最後の一組に「石貫で会おう」と声をかけた。自信はなかった。石貫まで占領されていたら南関《なんかん》に後退するハメになる。

「そろそろ行くか、伍長」

「少尉どの、たった二日しかいくさをしとらんのに、生まれてからずっと鉄砲を撃っとるような気がします」

実はおれもそうなのだと、恒太郎はいいたかったが黙っていた。本道を避け、麦畑の畦道を小走りに駆けた。軍刀が脚にからみつくので、はずして腰のベルトにさした。（また、まけいくさだ）にがにがしい思いが恒太郎の胸にこみあげた。（緒戦からこのありさまでは士気にかかわる。軍旗を奪われ、吉松少佐が重傷を負い、まったく

十四連隊はついてない）

飯田伍長が恒太郎の腕をつかんだ。

「敵らしい人影が見えます」

耳に口をよせてささやいた。前方にこんもりとした叢林がある。そのかげにたたずんでいる数人の黒い影は身なりが官軍のものではない。二人はじりじりとあとずさりし、向きを変えて走りだした。樹木も堆肥小屋も地蔵仏もことごとく敵兵の姿に見えた。（これはまるで関ヶ原の落武者じゃないか）といまいましく思うほどのゆとりは恒太郎にあった。

小高い丘の上に二人は這いあがった。

「稲佐はあちらの方角だな」

恒太郎は丘の東をさした。かすかに銃声が断続した。民家が数軒、焔を天に噴きあげているのが見えた。ともに稲佐の方角である。雨が二人を濡らした。

「少尉どの、これにはき換えて下さい」

飯田伍長は恒太郎にわらじをさしだした。恒太郎は靴をぬいでわらじをつけた。靴は紐で結んで首にかけた。二人はこのときまで稲佐の三叉路を見ていながら何が起ったのか知らなかった。乗馬した乃木少佐が薩兵に包囲され、もう少しの所で刺殺される所だった。連隊と薩軍がぶつかりあい、白刃と銃剣の戦いになった。素手で格闘する兵もいたのである。雨は恒太郎と伍長の上に、そして稲佐の三叉路でもみあう将兵の上に降った。

三　反転

一

（将校というのは忙しいものだ）

恒太郎はかじかんだ両手に息を吹きかけた。二月二十五日、深夜である。部下の兵卒は不寝番を残して眠りこんでいる。高瀬の町はずれにある農家の納屋で、恒太郎は戦闘詳報を整理していた。ともすれば目蓋がくっつきそうになる。兵卒であれば戦闘がない場合は小銃の手入れをし、夜ははやばやと眠ることができる。将校はそうはいかない。

小銃弾薬の現在量を調べ、行方不明になった部下を探させ、戦死者がいつどこでどのように死んだか、一人ずつ報告しなければならない。部下の健康状態にも通じる必要がある。激戦のあげく二度も敗走したので、戦闘詳報を書くひまがなかった。

指が落ちるほどの寒さである。

隙間風が恒太郎の肌を切りさいなむようであった。ローソクの炎がしきりにゆらいだ。恒太郎はその炎に両手をかざし、わずかに暖をとった。連隊の将兵は高瀬の民家に宿営しているが、死傷者を運ぶために雨戸はとり払われているので、屋内は風の吹きさらしで戸外と変らない。それでも土の上に横たわるよりましなので民家を利用している。町民は高瀬が戦場になると知って、ほとんど避難し、町はからであった。

動哨する兵卒の足音が納屋の外に聞えた。

昨二十四日あけがた、恒太郎と飯田伍長は南関にたどりついた。薩軍はどういうわけか追撃しなかった。もし彼らが執拗に追及していたら、支離滅裂となっていた十四連隊は、南関で全滅していただろう。その日、薩軍が勝ちに乗じて南関を襲うという情報がもたらされたことがあり、後刻、風聞の域を出ないことがわかった。薩軍にしても体勢をたて直す必要があったのだろう。

少将野津鎮雄の率いる征討第一旅団と、少将三好重臣の第二旅団の先鋒が、久留米に達したのは二十三日である。十四連隊は南関でこの援軍を迎え、不足していた弾薬の補給をうけた。植木の敗戦で、数万発の弾薬を薩軍に奪われたのは痛かった。調査してみると、小銃をすてて逃げて来た兵卒が少なくない。およそ百六十余挺のスナイドル銃が薩軍の手に渡ったらしく思われた。薩軍は新式の小銃をすでに実戦で有効に活用した。

(どんなことがあっても小銃を手ばなしてはならぬ。失った兵卒は厳罰に処す)

という命令が将兵に達せられたのは二十四日の朝である。弾薬の補充は容易であるが、スナイドル銃はおいそれと充足できないのだ。南関に集結した十四連隊の将兵は士気が衰えていた。軍旗の行方は依然としてつかめない。捜索に行った津森大尉はむなしく引きあげて来た。

河原林少尉の姿を見た者もいない。

河原林雄太はこのとき三十二歳、乃木少佐より三歳年長で、元小倉藩士であった。連隊最古参の少尉である。熊本城との電信連絡は開戦いらい途絶えたままになっている。薩軍の猛攻にあっているはずの熊本城がどんな防戦をしているか皆目つかめない。ただ、城下から逃げて来た市民の話で、城外が焼け野原となっているのがわかっただけだ。熊本城も出火したという。植木で南の方に望見した天に沖する黒煙は今も目に鮮やかである。薩軍は一部を城攻めに当て、一部を北上させて官軍を迎撃している。

二回の戦闘で、恒太郎は薩軍の高い士気を思い知らされた。

恒太郎だけではない。連隊のいわゆる百姓兵は、薩兵の抜刀突撃に怖れをなしている。撃たれても撃たれても、味方の屍をのりこえ、奇声を発して突撃して来る薩兵の気迫にたじろがない者はいなかったようだ。緒戦でやぶれてもいるので、連隊の士気は阻喪していた。兵卒たちを元気づける道は一つしかない。勝つことである。一度でもいい。薩兵の突撃を喰いとめ、敗走させることである。それができるかどうか。などと思い迷ってはならない。部下を統率し、薩兵なにする者ぞと意気を高めさせるのが自分のつとめだと、彼はみずからにいい聞かせた。

官軍将校としての誇りなら、ある。それは自信がある。（しかし……）恒太郎は再び橙色をおびたローソクの炎を見つめた。つい先日、味方の前線でこと切れた若い薩兵の顔がちらついた。まだ少年の面影を宿したあの男はちゃんと埋葬されただろうか。鹿児島には親兄弟がいるだろう。十七、八歳にしか見えなかった少年が、なぜ死ななければならなかったか。殺さなければ殺される。いくさの論理というものだ。敵味方すべての将兵を支配する論理でもある。

（それにしても、なぜ日本人同士が殺しあわなければならないのか）

薩軍は朝敵である。官軍に対する賊軍である。そのことは自明の理として心得ていながら恒太郎は心にいきどおりを覚えないわけにはゆかない。薩軍が熊本鎮台を陥落させれば九州を征覇することになる。各地の不平士族がぞくぞくと起って薩軍に呼応するだろう。成立してわずか十年にしかならない新政府の基礎はまだゆるい。九州の火が本州に移ればどういうことになるか。隙あらばつけこもうとしている英米仏国が、内乱状態の日本に得たりと介入してくるだろう。なにがなんでも薩軍を九州の中部以北に進出させてはならない。

恒太郎は最後の一行を書き終えて筆を置いた。

藁の中にもぐりこんで目をとじた。

二十四日、南関で休息した十四連隊は、死傷者の補充をうけ、武器弾薬を交付されて部隊を再編成した。酒も与えられ、疲れ果てた将兵は生色をとり戻した。翌二十五日早朝、連隊は南下して戦闘をまじえることなく高瀬を奪い返した。ふしぎなことに薩軍は高瀬を占領していなかった。ひるすぎ、薩軍の小部隊と小ぜりあいがあっただけだ。官軍の戦死は三名、同数の戦傷者が生じたにすぎない。

恒太郎は藁の隙間からしのびこむ寒気に眠れなかった。明日の出発は早い。二、三時間でも眠りをとっておかなければ、行軍にさしつかえる。出発は午前五時のはずである。恒太郎は藁の中から脱けだし、納屋の外に出た。衛兵司令所は高瀬川のほとりで、あかあかと焚火をたいている。

「少尉どの、まだ起きておられたんですか」

「異状ないか」

「異状ありません」

と答えた飯田伍長に恒太郎は酒の残りがないかとたずねた。衛兵たちは寒そうに足踏みしていた。飯田伍長は水筒の焼酎を恒太郎にさしだした。

「少尉どの、明日のいくさは激戦になりそうですか」

「わからん、薩がどこまで来ているかによるだろう」

恒太郎は納屋に戻り、再び藁の中にもぐりこんだ。酔いが快くまわった。きょう午後の戦闘は薩軍の威力偵察だと思われた。官軍がどれだけ兵力を補充したか知るための小手しらべだったのだろう。明日になれば本格的な戦闘になろうという予測はついていたが、部下には黙っている方が良さそうだった。眠りがすみやかに来た。

二

熊本に至るには三つの道がある。

木留からの山道は狭くてけわしい。山鹿から植木を経て熊本へ至る道も狭い。砲車が通れる道路は田原坂をこえる本道しかなかった。十四連隊は二月二十六日、午前四時、行動をおこした。出発にあたり、乃木少佐は連隊の将兵に訓示した。

「他隊の援助をうけて勝ったところで、わが隊の手柄にならんぞ。奮戦せよ」

他隊とは士族ばかりで構成された近衛兵である。俗に赤帽と呼ばれた。この日、十四連隊は三好少将の指揮下に入った。前衛が十四連隊の四コ中隊、本隊は歩兵第一連隊の二コ中隊、後衛が近衛第一連隊の二コ中隊である。近衛兵は各鎮台兵の中から成績優秀な者をえりすぐって編成された。赤帽とは軍帽の横腹に巻かれた兵種識別色である。ふつうの鎮台兵は黄色、将官のみ白色であった。近衛兵は全将兵が赤帽に統一されていた。

十四連隊を主力とする乃木少佐の第一陣に続いて、長谷川好道中佐の率いる第二陣が出発した。両軍は昼までに植木をおとしいれて合流する手はずになっていた。

まる一日休息した十四連隊は、やや元気を回復していた。とちゅう、川部田、安楽寺山に拠る薩軍から撃たれたていどで、正午前に木葉に着いた。納富恒太郎の小隊は、このときすでに田原坂を登っていた。予定通りの快進撃である。植木はもはや手のとどく所にあった。高瀬まで二里、植木まで二里と少しの位置にあり、標高八十メートルほどの小丘にすぎないが、別名「腹切り坂」とも呼ばれる。加藤清正が筑前の黒田に対する防禦の第一線とした地形で、ここを突破されれば熊本までさえぎるものがない。

田原坂でやぶれた守将は、責をとって腹を切らなければならないゆえにこの異称がうまれた。恒太郎は小倉の連隊屯所で、肥後出身の将校からこの話を聞いたことがある。

坂道の幅は三メートルそこそこ、勾配はかなり急で、車を曳くには後押しが要るほどだ。連隊の先鋒はラッパを吹奏しながら田原坂を登った。

中隊長は上機嫌であった。

「なあ、納富よ。この分では植木で昼飯が食べられそうだな。連隊長どのにもその旨、伝令をやって伝えたところだ」

「敵がこの丘を固めていないのが解せませんね。気味が悪い」

「わが軍に怖れをなして逃亡したのだろうよ。薩の芋侍どもはたった今までここに居たのだ。見ろ、その証拠にあちこち焚火の跡が残っている。わが軍の兵力がふえたのを見て退却したのだろう」

伝令の声がした。若い軍曹が息せききって駆けて来た。連隊本部からの命令を伝えられた中隊長は、「そうか」と短く答えたが、表情が曇った。両中隊は田原坂にて進撃を停止せよとの命令である。乃木少佐は先鋒と本隊との距離が開きすぎ、その間隙を薩軍につかれることを心配したらしかった。

まもなく軍夫がもっこに入れた握り飯をかついで坂を登って来た。中隊はその場に腰をおろして握り飯をほおばった。恒太郎はいらいらしながら進撃命令を待った。坂の上でのんびりとすごしている間に、薩軍は部隊を植木周辺で再編成するだろう。たとえ二コ中隊でも植木に突入し、薩軍を潰乱させるのが作戦の常道ではあるまいかと、恒太郎は思うのだ。二人の中隊長も同じ考えらしく、うろうろと台地を歩きまわりながら本隊の方を眺めている。

「来た、伝令が来た」

午後三時、待ちかねていた伝令が来てもたらした命令は意外であった。

「なんだと?　田原坂を撤収するだって。まちがいないな」

中隊長は愕然とした。恒太郎は自分の耳を疑った。田原坂を降りるとなれば、なんのために十四連隊は植木で戦ったのか。二十二日に戦死した者は無意味に戦って死んだことになる。

「一応は連隊長どのの命令になっていますが、後方の三好閣下の意志であります。連隊長どのも閣下の命令には反対されたそうですが、閣下の決意は固く、撤退になったわけであります」

今度の伝令は本部付の若い少尉であった。

二人の中隊長はしばらく呆然として口をきかなかった。乃木少佐は田原坂の重要性を知っているけれども三好少将は知らない。「仕方があるまい、命令だからな」と中隊長はためいきまじりにつぶやいた。恒太郎は重い足どりで坂道を下った。坂道は切り通しになっており、左右に低い崖がある。まっすぐではなくて、うねうねと折れ曲がった道である。一つ一つの曲がり角が死角になる。少数の兵を死角に配置するだけで道を遮断できるのである。

三好少将が田原坂を見ておれば、けっして撤収の命令を出さなかっただろうと、恒太郎は考えた。

部隊はこの日、田原坂の北西二里ほどにある石貫まで後退した。前線にいる下級指揮官に上級司令部の考えはわからない。要地をすてて、後退するには後退するだけの理由があるのだと想像しなければならなかった。

三

二月二十五日、あけがた、恒太郎は肌着をとりかえた。褌もかえた。昨夜、菊池川で洗濯したものだ。当番兵の西岡伍長が洗うといい張ったのだが、褌だけは自分の手で汚れをおとしたかった。農家の軒下に干していた褌は一夜のうちに凍り、板のようにかたくなっていた。シャツと股引は西岡伍長が洗ってくれた。身を切る寒さにふるえながら恒太郎は新しい褌をつけ、肌着を着こんだ。

斥候の偵察によれば、薩軍は大兵を集め、本格的な攻勢を企んでいるもののようである。その数は四千ともいい、五千ともいう。植木を発し、田原坂をこえて木葉をつく薩軍がどうやら本隊のようだ。その右翼は山鹿まで北進してから西に迂回し、高瀬を狙おうとしている。左翼を形成する薩軍は吉次峠をこえて伊倉に入り、さらに北進するかまえという。緒戦でつづけざまに官軍をやぶった薩軍の士気は高いはずであった。

部下の沈滞している意気をふるい立たせなければならない。

朝食がすんだとき、恒太郎は小隊を菊池川の堤防に整列させた。白い川霧がたちこめている。兵卒たちも白い息を吐いて恒太郎に注目した。黒い軍服は泥と血にまみれている。

「みなよく聞け。きょうのいくさはこれまでにない激戦になる。その前にいっておきたいことがある。お前らは薩の抜刀突撃をよく喰い止めた。われわれは官軍である。このことを忘れてはならん。スナイドル銃というすぐれた小銃をいただいておる。薩の芋侍に怖れをなして小銃をすてて逃げる者は、このおれが許さん。その場で斬るぞ」

恒太郎は「斬る」というくだりに力をこめて一人ずつ兵卒の顔をのぞきこんだ。列の前を大股にゆき戻りした。

「薩摩の者どもとて鬼神ではない。弾があたれば血を流す。怖れることはない。お前らに嬉しいしらせがある。わが軍には増援部隊が大砲を四門も曳いてやって来た。四門もだ。わが斥候の報告によれば、きょう来襲する敵がわに大砲はない。味方の兵力は充分といえないが、千万人の味方を得たも同然ではないか」

小隊の兵卒たちは、恒太郎の言葉に感銘を覚えたらしく口々に「大砲」とささやきかわした。

「しずまれ。黙って聞け。大砲の弾丸には二種類がある。着発弾と榴弾である。着発弾は地上で破裂する。榴弾は薩兵の頭上で破裂してその破片を飛散させ、敵を仆す。これらの大砲がわが軍にあるかぎり、勝利は疑いない。心強く思え」

兵卒たちの顔色は晴れやかになった。恒太郎はさらにこまごまと注意を与えた。戦闘ちゅう、銃に装塡するときは銃口を敵に向けておくように。過早に射撃して味方の位置をばくろしないように。負傷した場合、出血によって咽喉が渇くものであるが、水を飲むのは禁じられているなどと、噛んで含めるようにいい渡した。

(この中できょうの戦闘を生きぬいて残るのは何人だろう)

兵卒たちはかつての五十数名が三十一名に減っていた。無精髭を剃るひまはなかった。どれも山賊のように髭を生やし、目だけが鋭く光っている。きょう死ぬ、と思っているのは一人もいないようであった。覚悟を定めたものの恒太郎とて例外ではない。たとえ小隊が全滅しても、自分だけは生き残るような気がした。

戦闘はまもなく始まった。

迫間の方から砲声が聞えて来た。太鼓を連打するようなその音は、東京第一連隊の砲兵の射撃音である。砲声の合間に豆を煎るような小銃の銃声が聞えた。

「あれは何だ。敵か味方か」

乃木少佐が不審そうにつぶやいた。菊池川の堤防上に人影が見える。赤い旗を振っているのが霧をすかして見えるけれども友軍の斥候か敵兵か見分けがつかない。第二大隊長の青山大尉が部下に命じて信号旗で応答させた。赤旗を持った人影は信号を返してよこさなかった。

「もう一回やってみろ。こちらの合図を読みとれなかったのかもしれん」

下士がまた信号旗を打ち振った。堤防の人影は萱の草むらにひそんだ。

「あんな所にわが軍は斥候を出しとりませんが」

青山大尉は望遠鏡を目からはずして答えた。濃い乳色の霧にさえぎられて、堤防の怪しい人影を見さだめられないのである。乾少尉が命じられて偵察に出発した。流れ弾がぶきみな音を発してときどき飛来した。乃木少佐に率いられた二中隊の将兵は姿勢を低くして本道を進んだが、乃木少佐は流弾をまったく気にしていないようであった。（死ぬ気でいるのではないか）と恒太郎は思ったほどだ。

乾少尉が草むらをかき分けて帰隊して来た。

「あいつらは敵であります。軍服がちがっております。私服の者もいました」

堤防の人影は今や数十人にふえていた。向うも初めは乃木隊を味方と思って赤旗をふったのだろう。官軍と察してか堤防上の人影は戦闘体形に散開した。このとき乃木隊は平らな麦畑の中にいた。地形は明らかに高い堤防に陣どる薩軍の方が有利である。

乃木少佐は軍刀を抜いて川の西側斜面にある小さな神社を指した。そこを占拠すれば銃撃戦に分がある。

「納富少尉、あの神社をとれ」

恒太郎は体が小きざみにふるえた。連隊長にならって軍刀の鞘をはらい、上手の神社を指した。

「小隊はあの神社を占拠する。駆け足に前へ」

堤防上に伏せた薩軍は激しく撃って来た。

乃木隊も応射した。

恒太郎は先頭に立って田圃を駆けた。やわらかい土に足をとられ、寒天を踏むような感じである。弾丸が足もとをかすめた。今、当たるか、次は当たるかと思いながらけんめいに走った。すべての弾丸が自分に向かって飛んで来るような気がした。走りながらふり返った。小隊はばらばらになってはいたが、彼にしたがってついて来ている。

「おくれるな、急げ」

ちらりと堤防へ目をやると、薩軍も一団の兵が神社めざして駆けている。距離は薩軍の方が近いのである。堤防上の銃火は二つに分けられた。一隊は乃木隊を撃ちすくめ、一隊は恒太郎の小隊に猛火をあびせた。たまりかねた兵が麦畑に伏せた。

「伏せるな、立て」

恒太郎は駆け戻り軍刀の峰で伏せた兵の肩を叩いた。

「隊長どの、もう遅かです。敵は神社に入りました」

飯田伍長が叫んだ。恒太郎はへたへたとすわりこんだ。本隊から伝令が這うようにしてやって来た。脚を撃たれている。

「連隊長どのの命令です。納富隊はただちに神社裏の高地を占領すべし」

乃木隊とそこで合流するという。恒太郎は田圃の畦に隠れている部下を叱咤して立ちあがらせ、いったん薩軍の射程外に迂回して神社の後ろにある山に登った。弾丸は斜め前からも横からも飛んで来た。急坂を駆けあがるとき足がもつれて幾度も倒れそうになった。恒太郎の前を走っていた西岡伍長が、何かにつまずきでもしたように倒れた。思わず抱きおこした伍長の頭がぐらりとのけぞった。首筋から赤いものがふき出した。西岡伍長の目はすでに光を喪っていた。首を貫通されたのである。

まぢかに死者を見たせつな、恐怖が恒太郎をとらえた。彼は言葉にならない叫び声をあげて前より速く駆けだした。心臓がふくれあがり、咽喉の奥を圧迫しているように感じられた。冷たい汗が全身に滲み、体が急激に冷えたかと思うと、熱湯をあびたかのように火照ったりした。

ようやく山頂にたどりついた。

今度は薩軍より早かった。「撃て、撃て」恒太郎は大声で叫んだつもりだったが、声はうわずってほとんど悲鳴に近かった。山頂を占拠した小隊の兵は、眼下に迫った薩兵を撃った。

「よくやった、気が気ではなかったぞ、納富」

藤井大尉が肩で喘ぎながら登って来た。乃木少佐も来た。

「連隊長どの、姿勢が高い。敵の目標になります。伏せて下さい」

恒太郎は乃木少佐の袖口をひっぱった。少佐は平然として突っ立ち、神社の方を見ながら藤井大尉と相談している。話がまとまると乃木少佐は数名の兵を率いて山を降りて行った。山頂の部隊は藤井大尉が指揮をとることになった。恒太郎はほっとした。一時的でも指揮官の責任から解放されたのである。乃木少佐は乾少尉以下二十余名を率いて、斜面の下がわに拡がる樹林をひそかに潜行し、神社を襲撃するという。山頂と山ぎわの両方から挟みうちにする手はずなのだ。今のところ神社にこもった薩軍は山頂の藤井隊にのみ気をとられている。

恒太郎は急射撃を命じた。

山頂に敵の注意を引きつけておかねばならない。連射できるスナイドル銃が役に立った。神社に拠る薩軍は、乃木隊がまぢかに近づくまで気がつかなかった。あわてふためいて一部が乃木隊を反撃するために走りまわるのが見えた。薩軍はぞくぞくと新手をくりだした。川の上流をひそかに渡った連中であろう。草むらや岩かげに隠れながらじりじりと接近してくる。

この増援部隊の出現で、神社の敵を挟みうちにするという策は失敗した。

乃木隊は樹林の中に孤立して包囲された。

たすけに行こうにも山頂の藤井隊も薩軍の大部隊で囲まれている。恒太郎は部下に弾丸の節約を命じた。山頂の岩かげに伏せている藤井大尉のもとへにじりよった。大尉の表情はこわばっている。薩兵の放った弾丸が岩を砕いた。

恒太郎は「どうしますか」と大尉に声をかけた。山の上からは菊池川畔の光景が手にとるように見える。孤立した友軍を救おうとして、わが三コ中隊が駆けつけようとしていたのが、薩軍にはばまれ田圃に伏せたままでいる。

「形勢はどうやら我に不利のようだな」

藤井大尉はのんびりとした口調で答えた。恒太郎をおちつかせるためか微笑さえうかべてみせた。その瞬間、大尉は叫び声をあげてのけぞった。肩から血が溢れた。

「少尉どの、残弾は十五発です」

飯田伍長の声が聞えた。

（未完）

丘の家

・本作は自筆原稿より収録した未発表小説である。
・明らかな誤字・脱字とみなされる部分は編集部の判断により修正をおこなった。

若い男は、コッフェルについた脂を砂で洗い、まだ燠がくすぶっている焚火に、水筒の水をそそいだ。煙草に火をつけて、茶色のルックサックから、この先の徒歩旅行に必要なものだけをえりわけ始める。まず数冊の本、これは捨てることにする。固形燃料の罐、これは要る。二枚の着ふるした肌着、タオル、汚れた靴下は捨てる本の上に重ねる。ビニールカヴァーをかけた地図は捨てられない。石油ランプ、小さい手斧、ナイフ、アメリカ軍払下げ専門店で買った雨外被、捨てようと決心するまでにしばらくかかった。みちみち通過した部落や湖沼を写生したスケッチブックも、書きこんだ五六枚を裂きとってほうりだす。六分目ほどあるウィスキーの丸壜、これは夜の冷気を防ぐのになくてはかなわぬものだ。五個の罐詰と米の袋はとっておく。ルックの底をさぐる男の手に紙の束が触れた。それは湿気を吸ってやや重くなっている。煙草をくわえたまま、煙に眉をしかめて青年は、たばねたゴム輪をはずし、手紙を一通ずつあらため、細かく裂いて焚火の跡に捨てた。

最後に一枚の葉書が残った。それも無造作に破ろうとしかけて、文面にちらと目を走らせると、唇をかすかに動かして終りまで読みかえし、少しためらったあと二つに折ってポケットにおさめた。男の父が与えた葉書である。残しておく物はひとまとめにつみ重ね、浅い穴を掘りはじめる。地面は黒っぽい砂鉄まじりの火山灰土で、素手をつかってもたやすく崩れた。掘った穴の中に、要らなくなった物を入れ、砂をかぶせる。その上をキャラバンシューズで踏みかためると、軽くなったルックを背負った。

寝袋は、林や川辺で野宿を続けるうち、夜露を吸ってもう充分おもかった。若い男はルックサックを二三度ゆすりあげて、歩きながら空を見上げた。光を喪った雲が乱れている。一昨日のように、真夜中、轟雨に襲われたときの空模様と似ている。

乾いた寝床と暖い部屋。青年は自分が道に迷っているのを知っていたので、願いがかなえられるかどうか心もとなかった。朝から歩きつづけて、大学の演習林を抜け、山の尾根を一つ越えている。からまつの淡緑、うす紅をおびた桂の芽、槐樹の梢に輝いている銀鼠色の若葉、白樺の甘酸っぱい匂いなどにも、実のところ飽きあきしていた。最初の二日あまりは、辛夷の花を林の中に発見しても胸をおどらせたものだが、その林の単調な静けさに徒歩旅行者はうんざりしている。

彼は基地のある町で買ったアメリカ軍用の小型磁石を、地図にあてがって何度か自分の現在位置を確認しようとした。たけの低い柏がまばらにはえている砂丘の稜線に彼はたたずんでいる。地図を読むのにこの男はいくらか慣れていた。

歩いた時間を考えると、地図にしるされた国道から十キロ以内の範囲にいることは確かだ。近道のつもりで林へわけ入るまでは予定通りはかどっていたのだが、遠くからゆるやかに見えた起伏が、登りにかかると意外にけわしく脚を疲れさせるのだった。

若い男は痛む足を励まして砂丘の高みを目指した。自分がどこにいるのか、見晴しの利く地点まで出なくてはならない。丘の頂きに立って彼は、まわりの丘陵がはや夜の色を濃くし始めているのに気づいた。一望したところ人家の灯は見えないようだ。

彼は道に迷った者の厳しい目で、自分の周囲を念入りに観察した。地平を限っている山際から何ひとつ見おとさないように、ゆっくりと点検してきた顔が、西南の方、林をへだてた小高い台地を向いたとき動かなくなった。そこに小さな橙色の明りがまたたいている。直線距離にして一キロもないくらい、ここから砂丘をくだって途中の林で迷わなければ十五分とかからないだろう。

丘をすべりおりる前に彼は台地の家へたどりつくまでの目印しを選んでいた。夕明りにぼんやりと光っている泥炭地の水たまりと林の外縁部を結ぶ線上を進めばいい。平地は夕闇が漂っているから、そうしなければ目指す台地を見失うこともありうる。

若い男は目標を見定めた者のしっかりとした足どりで明りの方へ向った。


……………………………………


「それじゃあ、これで」

「元気でな」

「ありがとう」

「新品の上衣が似合うじゃないか」

「なんだか晴がましいみたいだ」

同僚はどうせ補給係陸曹に返納するなら彼の防寒靴を自分の靴ととりかえてくれと頼んだ。「いいよ」と除隊者は答えた。ウサギの毛皮で裏打ちした防寒外套も、指揮班の仲間が、かぎ裂きをつけた自分の外套と交換を頼んだ。飯盒もショベルも夏冬の制服や編上靴や弾帯もそうやって仲間は自分の支給品ととりかえた。

「帰ったら葉書でもよこせな」

彼と同じ日に入隊した者が、かわるがわる握手をした。

「札幌に着いたら一日やすむのもいいな」

「そうするつもりだ」

「おれもやめて帰りたくなったよ、ちくしょう」

測量手がくやしそうに叫んだ。

「函館もいいとこらしいよ。港町の女は情が深いというからね」

十九才の射撃管制手がわけ知り顔にほのめかした。海が見たい、いなかに帰りたい、と測量手がつぶやいた。九州はすぐに夏だな……その言葉は誰が言ったのか除隊者にはわからない。新しい靴紐を結び直しながら彼は故郷の赤土の丘や眩しいばかりに輝く緑の森が、みるみる自分の内にひろがってくるのを感じた。

「おまえが抜けると不寝番の回数がはやくまわってくる」

「すまん」

「警備だって同じことさ」

「これ以上やっていけないんだ」

「うらんでるわけじゃないよ、ただそうなるって言いたいだけさ」

「札幌か函館から絵葉書を出すよ」

「おれたちは死ぬまで顔をあわせる機会はないだろうな」

「まさか」

「そうさ、おれは来年ここをやめたら、くにへ帰ってダンプカーの運転手さ。こいつらもうまくいってどうせそんなところだ」

　ＦＤＣが測量手のあとをつづけた。

「一年間いっしょに暮しても、あとはてんでちりぢりばらばらになっちまって、そのうち忘れてしまうに決ってる」

「おれは忘れない」

「そうかい」

「そのうち九州へ来たら寄ってくれ」

「そんなに気やすく言えるのも今のうちだけだ」

「ひねくれるもんじゃない」

「ひねくれてると思うかね」

二十一才の無線手と二十歳の除隊者は握手をした。同期生たち二輛の車《キャリヤ》に分乗して、駐屯地の町はずれまで送ってきた。これらのことは四日前のことなのだが今はもう四十日も以前のことのように思える。若者は疲れていた。

……………………………………

道を登りきると、そこに部落があった。柵は倒れ、多くの家は壁板がはぎとられて骨組だけになっている。部落の中央に傾いたサイロがある。給水塔の樋がはずれて、風にきしんでいる。夜気がにわかにつめたく感じられた。

青年はおびえたようにあたりを見まわした。家の造りが似ているところを見れば、開拓者の部落であるようだ。空気にはある荒廃したものの味がする。彼は地面にとり散らされた皿の破片をいぶかしげに眺めた。

とつぜん、犬が吠えた。声のするあたりに一軒の家があり、その窓からだけ明りが洩れている。犬を叱る男の声がきこえた。

「――か?」

ふたたび、ある名前をしわがれた声がくりかえした。若い男はその声の方へ足を踏みだした。「旅行者です」と彼は答えた。扉が開いていて、ランプを高くかざした男が立っており、しばらく徒歩旅行者を眺めた。

「入りなさい」

ストーヴが部屋の中央で燃えている。板張りの部屋である。老人は青年を家の裏手に案内して足を洗わせた。悪い道を歩いた男の足には、水が氷ほどにもつめたく感じられた。家は外から見ると、ありふれた開拓者のバラックのようでいて、その実、室内で仔細に眺めると、飾りけの木の壁も二重窓の造りも堅固な感じがあり、彼がこれまで通りすぎたどの部落の家にも似ていないように思われた。

雨洩りの痕ひとつない天井、充分にふきこんだ床が彼を安心させた。壁板は分厚く、手造りらしい食卓もがっしりとして、見るからに丈夫そうだ。

「学生かね」

老人はパイプを片手に青年の身なりをしらべる目になってたずねた。

「いや、僕は………」

国へ帰る者だ、と説明した。余計な口はきかない方が身のためだろう。昨日、エゾマツの伐採場で、木樵たちと昼食を共にしたとき、問われぬままに前職を答えたとたん、変に座が白けた。（おまえさんは何をする人だ）ときかれたので、ありのままを話しただけだ。それから旅行者は用心深くなっている。

青年は脱いだアノラックの内ポケットから煙草をとりだしてマッチをすった。

「国はどこだい」

「九州です」

「九州まで歩いて帰るのかね」

表情は重かないが、垂れさがった目蓋の内側にのぞく目が、やや面白がっているように青年を見つめた。そのつもりで準備万端ととのえて出発したのだ。そして、まだ海峡を渡る前に、はやくもこんなていたらくである。

「去年の夏、やって来てとめてくれと頼んだのは学生だった。東京の者だと言ってたがね。このあたりで道に迷うとたいていうちに来る」

老人はストーヴをはさんで青年と向いあう位置に坐っている。若い人があちこち歩きまわるのはいいことだ、と言って、

「若くなければできないことだからな。ところが妻子をつれてうろつく者もいる。この部落を見ただろう」

パイプの柄で漠然と窓の外をさし、

「ひとつ所にじっと我慢できなくて、土地と家を見棄てた連中だ。どこへ行っても五年や十年で楽な暮しができるわけがない」

老人は首を振った。それは去った人々を非難するより、とつぜん激した自分の口調に気づいて恥じたふうだ。

「で、あんた何年うまれだね」

「はたちです」

ある表情が老人の顔に動き、あらためて見直すという目つきになった。老人は青年のうまれた年を即座にあてて、ストーヴの鍋に手をのばした。蓋をとり、中身をゆっくりかきまぜる。あたたかい肉の匂いが立ちのぼって徒歩旅行者の食欲を刺戟した。

若い男には家のあるじの乏しい食物を減らすのはためらわれたから、ルックサックの中から自分のいわしを出した。その罐詰をしまうように命じ、

「たっぷりこさえてある、あんた一人が来たからといって不足しはしない」

と言った。老人は戸棚から皿と布をとりだしてテーブルに並べ、低声でひとり言のようにつぶやいた。「いつも二人分は用意するんだよ」

主人が野菜と肉を煮こんだ料理を深皿によそっているあいだ、青年はルックのポケットから自分の匙をとりだした。

「あんたは客だから何もしなくてよろしい」

戸棚の抽出しに大きなスプーンがおさめてあった。老人はこれを先に出しておかなかったのが悪かった、と言ってその大匙を客の前においた。（あんたは客だから………）というあるじの言葉が彼をうった。そのようにあたりまえの習慣が意味を持つ世界とは異質のところに、ずいぶんながく暮したような気がするので、老人の言葉はうれしかった。あるじは鍋をさげて戸外へ犬に食物を与えに出た。

「味がものたりなければつかいなさい」

ちかごろの若い人の好みはわからない、そう言って老人は食卓に塩や胡椒などの罎をおいた。香辛料をつかうまでもなく料理は良かった。あながち罐詰料理に飽きたからでもないようだ。

てやりながら、

「どうかね、サーディンよりましだろう」

サーディンよりサンマよりどんな罐詰よりいい、と旅行者は答えた。たちまち空になった皿に鍋のものをよそっ

「どこの駐屯地を除隊したんだ、旭川?」

「どうしてわかりました?」

髭の顔を皿に伏せたまま相手はだるそうに答えた。

「北の方から歩いてくる者は、まず沼の近くで道に迷うのがおきまりでね、ふたまた道があってひとつは広く、ひとつはせまい。林を突っきりたい者はためらわずに広い道をえらぶ。工事中止になった道路とも知らずにね。ここに部落ができたころ予定された工事だったんだ。いつだったか今頃やはりあんたに似た男が迷いこんだ。足はまめだらけでひどいなりだったよ。その男が煙草を捨てるときに必ず巻紙をほぐしてしまう。面白い癖だと思ったら自衛隊員はそうするのが習慣なんだそうだ。あんたも見ているとそうやった。彼がくつろぐ前にしたのは靴の手入れだ。それも念入りにしおったよ。アメリカ軍の躾けかな、千歳の部隊だと言ってたな」

部屋の隅においた青年の靴をあごでさし、手入れが良いから徒歩旅行にしてはいたんでいないと指摘した。

「でも僕が自衛隊をやめた者だとどうしてわかったんですか」

「なにそんなことか、ただの休暇だったら、九州まで歩いて帰るほどの時間があるわけないだろう」

老人は汚れた皿とスプーンを台所へ運んだ。そのあいだに客は食卓を清め、椅子をストーヴの前へ戻しておく。火勢が弱くなったので石炭をつごうとしていると、彼の手から火かき棒をとりあげて自分にまかせるようにと主人は言った。

二つのバケツに石炭と泥炭の塊りが盛ってある。老人は泥炭を火かき棒で割って石炭をまぜ、かわるがわるストーヴにくべた。あるじの顔を焔が明るくした。泥炭は燃えないものだと思いこんでいたことを白状すると、やり

方によっては燃える種類があることを教え、

「空家の床をひっぺがして燃やすのは造作もないが、お役人がうるさいからな。石炭は高いから泥炭で長もちさせるのさ」

石炭が燃える音だけがしばらくつづいた。二人は黙って焰のもらすつぶやきに耳を傾けた。

「部落を逃げだした連中はとうとう泥炭を燃やすことができなかったな。根本的にものの考え方が違うのだ。燃えやしないと思って燃やすのと、きっと燃えると信じて燃やすのとでは結果が異るのはあたりまえだ」

犬の声をきいて老人はあたふたと扉をあけた。ちょうど青年を迎えたときのように、ランプを高くかざし、まじまじと戸外の闇をすかしみている。外はすっかり暗くなっていたから見えるものは何もないはずである。けれども老人のその姿は、ランプの明りでもってわたしはここにいる、と見えない誰かへ告げてでもいるようだ。食卓とストーヴを持つ者がここにいる、とでもいうように。老人は扉をとじ、深いため息をついて言った。

「あの犬もこのごろモーロクして、とんでもないときに吠えたりする。わたしが年をとるより犬の方がもっとはやく年をとるのだから無理もないが」

青年はルックサックからウィスキーの壜をとりだした。老人がグラスを用意した。

「部落の人はなぜここを見棄ててしまったんですか」

老人の大きな手に握られては、グラスも盃のようにしか見えない。一息で中身をのどにあけ、空のグラスをテーブルにおいた。

「馬鹿な奴らだ」

客はあるじのグラスを満たす。

「荒地を耕して収穫を得ようとするのは、なまやさしいことじゃない。そもそもわたしに言わせれば、道庁や開発庁の木っ端役人が甘い見通しばかり吹きこんだのもいけなかったんだ。初めっから……」

犬がまた吠えた。さっと窓の方をふりむいて主人は立ちあがった。あるものの気配を聴きとろうとする姿勢で身構えている。壁にかけた大型の懐中電燈をとり、あるじは外を見まわってくる、と言った。

「僕も出てみましょう」

「いや、ここにいなさい。すぐに戻ってくるから」

上衣に太い腕を通し扉をあけた。老人の犬を呼ぶ声がきこえた。部屋の一隅に机があり楕円形の額縁におさめられた写真があって青年の目を惹きつけた。彼は近寄って茶色に褪せた写真をのぞきこんだ。

顎や眉のかたちから一人はこの家の主人の若い頃とわかる。妻らしい和服の女性とその膝に抱かれた男の子がこちらを見ている。

戸外の重い足音に青年は写真を離れた。老人は黙って上衣をぬぎ、電燈を壁の釘にかけた。犬がうなされただけらしい。

「どうするね、あんたが暖い部屋で寝たければストーヴの横に眠っていい。一人が良ければ隣りに物置がある。もっとも雨がひどくなると洩ってくるけれど」

「もう降りだしていますか」

「ああ、すぐにはやみそうにない」

ストーヴの傍がありがたい、と彼は言った。湿った寝袋もここでは気持良く乾くだろう。

「ねむたいかね」

「いいえ、まだ」

「わたしもさっぱりねむくない」

老人は自分でウィスキーをついだ。

「パイチュウといって高粱《コウリャン》からつくる酒があった」

「中国の酒ですか」

「満洲の地酒だ。ホワンチュウというのもあってそれは粟からつくる。赤味がかった色でなかなかきつい味だよ」

火かき棒の先でストーヴ台に、白酒、黄酒、と書いてみせた。

「満洲にいた頃とくらべたら、このあたりの苦労なぞ物の数じゃない。まだまだと自分に言いきかせたものだ」

厚い目蓋がやや垂れさがり、過去をふりかえる色がうかんだ。煙草は?とたずねると、

「イェンツァオ、酒も煙草も躰がくらくらするほどこたえるのでないと、のんだ気がしなくなった。大陸にながく暮すとそうなる」

「パイチュウというしろものはどんな味だろうな」

「うん、そうだな、焼酎をうんと強くしたものだと思えばいい」

「ウォッカは」

ヴォトカ、と老人は訂正して、ロシア人の飲みものだと説明した。

「ロシア人といえば吉林の山中で盛大に蜜蜂を飼いおった。拓務省の連中とわたしも見学に行ったがね。カーニオラン種を輸入してうまくいってたようだ。あのあたりに蜜源植物が多いのに目をつけたんだ。さすがに白系のやることは抜けめがない」

「蜜源植物というと?」

「アカシア、エンジュ、シナノキ、ヤナギ、そんなものだ。日本人なら俳句のひとつもひねるひまに連中は金儲けの算段をする。たくましいもんだよ」

百姓の経験は?と老人はたずねる。子供のころ、郷里の家で耕したことがある、と青年が答えると、うなずいて
土地を自分で耕作した者でないとわかるまい、と前置きした。

「チャムスという町を知ってるかね」

知らない、と若い男は答えた。すると松花江は？　名前だけならば。そうだろう、無理もないな…………

「むかし大陸の北に満洲という土地があった、そういうことにしておこう、今の若い人にはお伽ばなしみたいな話だが、そうだ、十何年か前は本当に地図にはっきりのっていたんだ、そう思ってくれ」

老人はうなだれてストーヴの湯わかしがたてる湯気をみるともなくみつめた。

「三江省の大体まんなかにチャムスという町があった。今もある、あるはずだ。松花江に沿ったごくきれいな所だ。その町の六十キロほど東にわたしたちの部落があった」

「するとこの部落は満洲で同じ土地の人々とつくったのですか」

「ちがう、われわれはちりぢりになって、ここで引揚者はわたし一人だ。満洲の話を聴きたいのかね、それとも引揚げてからの話かね」

満洲の話だとあわてて青年は頼んだ。

「初めから何もありはしない。藍がかった黒土地帯でやけにアルカリ塩の強い土だった。ところであんた、九頭引の馬をつかったことがあるかね」

とんでもない、と青年は頭を振る。

「三頭ずつ縦に三列ならべて、でかいプラオを引かせたもんだ。いいかね、まったいらの原野をだあっと馬ですくのは内地にいて味わえない気持だったよ。その頃はわたしだって若かったせいもあるがな」

「トラクターは」

「うん、あとでぼちぼち入れおった。能率と言えばあの方がいい、それは認めるし、わたしも部落共同のものをつかいはした。油さえくれれば上に乗っかっているだけで楽なものだが、あのじぶんのトラクターはやけに故障したな。内心わたしは馬の方が好きだった」

青年は広い荒地で九頭立の馬を駆っている自分を好ましく想像した。黒みがかった土をどっしりとした鍬《プラオ》で掘りおこす手応えはどんなものだろうか。そのように自分の肩に、いま仕事をしているのだな、と歓ばしく自覚できる確実な重みを感じたい。

「開墾用にはパーツ、溝つくりにはホワイパー」

老人はそれを漢字で書いた。「鋤もいろいろ豊富だった。トンシェン、ハォトウ、リーチャン」

火かき棒がストーヴ台に印す文字を若い客は目で追う。老人はうつろな目で自分のグラスを眺めた。上半身が少し揺れている。

「ああ、今夜はまるで一年分ほどしゃべったようだ。あんたを退屈させるつもりはなかったんだが」

「話して下さい、満洲のことをもっと。中国語の発音だってとても珍しいですよ。初めてきく言葉だけれど」

「そうかね、面白いかね」

パイプをつめかえながら主人はランプを見ている。その目の中に小さなランプが二つ映っている。映っているのはしかしランプではなくて、彼が耕した大陸の荒地だ、と青年は想像する。

「良いことずくめではなかったさ。松花江の氾濫、ひでり、蟲の発生、それに匪族の襲撃………。気が弱いのは入植そうそう引返すしまつだ。三年めには移住者のうち四割が、しっぽをまいて帰っちまった。わりあての二十町歩もある土地を見棄てて。もっとも連中には帰る所があったから、めどが立たなければどうでも良かったのだ」

「二十町歩といえばちょっとした広さですね」

青年は射撃演習場の測量に馴れている。

「ああ、ちょっとした広さだ。わたしには帰るところがなかったから、とまあそう言うより気に入っていたんだな。なにもかも日本にいては想像できない程ひろい土地だから…………あんた、野火を見たことがあるかね」

「野焼きの火なら、春の初めごろ」

老人は上体をゆすって腕を振った。青年の持っている野火の影像をかき消すように、大きな手でぐるりと円を描いた。

「野焼きの火なんかとくらべものになりはしない。あんなちっぽけなものじゃない。ある日、地平線がなんだか、こう、うっすらと青っぽく煙っているのが見える。夜になると煙の下に走っているひと筋の火がわかる。それがあんた、毎日毎晩燃えつづけて二ヶ月も消えない。二ヶ月……」

「原因は何ですか」

「原因？　ふっ」

主人は馬鹿にしたように鼻を鳴らした。

「こせこせした日本人は、何かあるとすぐ原因がどうの結果がどうのと、ことのほかうるさい。大陸ではすべてあるがまま受入れるのだ。匪族が襲う、よろしい、銃でもって戦う。ひでり、よろしい、井戸を掘る。野火が見える、おおかた汽車の吐いた火の粉が枯草に燃えうつったのだろうが、何はともあれいい眺めだ。この世界にはいつも何かが起る。戦う前にそれをよしと肯定するのだ」

青年はやや昂奮した小屋のあるじをみつめた。戦う相手が匪族のように目に見えるものだけならずいぶん楽だ、と彼は考えている。

「汚れているから悪く匂いはしないかな」

と彼がためらうと、かまわない、湿った寝袋に寝られるものか、と老人は言って彼のスリーピングバッグをストーヴわきの椅子にひろげさせた。すぐにうすい湯気が立ちのぼりはじめる。若い客は、あるじのグラスにウィスキーをついで次の言葉を待った。

「戦争にまけて内地へ引揚げるとき、満人どもが狼のようにはしゃいで、われわれに石を投げた。そのことでぶつぶつ言う奴がいるが、つまらんこったよ。強い者が弱い者をやっつけた。せんじつめればそれだけの事じゃないか。愚痴をこぼす筋合はどこにもない。わしはただ、家内の骨を持って帰れないのが心残りだった」

老人はテーブルをこぶしで打った。

「わたしだけの感じか、それとも大陸から引揚げた者はみなそう感じたのか、内地の水田がわたしには恐ろしかった」

聴き手は顔を上げていぶかしげに老人の紅潮した表情をみつめた。「恐ろしい?」

「そうだ、恐ろしかった。そう言えばわたしの感じをぴたり表わしたことになる。つまりこういうことがあったんだ。倅と千葉にある兄の実家、百姓なんだがね、そこへ引揚げてぶらぶらしておった。七月の蒸し暑い晩、畦道を歩いていると、何か得体の知れぬものがじわりとわたしを包むみたいだ。………

あたりいちめん蛙がないていて水田には生ぬるい水がたまっている。わたしは立ちどまって見まわした。蛍が飛んでいる。牧歌的な風景だと思うかい。そのときはそうじゃなかった。水田の泥のように生嗅くてぬるぬるしたもの、どろどろしたものが、今にもわたしにかぶさって窒息させられるようだった。ああ、自分は今、日本に帰ったな、とそのとき思ったよ。恐怖という感情をしたたか味わったのはあの晩こっきりだ。そう、恐怖といっても変に懐しいようなうら悲しいような気分もまざっていて胸をしめつけられるようで…………」

青年は新しい煙草に火をつけて頼んだ。

「中国語を教えて下さい」

「どうしてだね」

「ただ何となく珍しいから、というより、聞けば耳に爽かで気持がいいんです。どんな言葉でもかまいません。好きになりそうだ」

「そう言ったってあんた、わたしは百姓のつから言葉しか知らないよ」

「けっこうです」

手帖と鉛筆をとりだして書きつける用意をすると、不機嫌なしわを寄せて、メモをとるなら教えない、と老人は言う。客は慌てて手帖をしまった。手の平を上向きに物を軽く投げる身ぶりをし、「うしろ向きにやる、満人の種子蒔きは。シュアイチュン、こんな言葉が面白いのだろうか」

「シュアイチュン」

客はくり返した。

「種子蒔きのあと水をやる、如露のようなかたちでフェンシュイホウといって墳水壷と書く。ルールはつるべで、シュイチョーツは水車のことだ」

「フェンシュイホウ、ルール、シュイチョーツ」

「耕作をクンティというがね、畦はたてない。こんな点も内地とちがう。日本からわんさと来る前にわたしは満人と働いとったから、言葉も少しばかり憶えたよ。肥料には豚の血や沼の泥や穀物の絞り粕をやる。それを扱うのがティエチーパーツやアルチーハオといって、まあ熊手みたいなものと思いなさい。いろいろ苦労もあったけれど、入植三年めにはカナダ産より上等の小麦ができた。それを刈りとるのに、タオタオ、チャイリン、ツァオリェン、と用途に応じて異った道具があった。これくらいでいいだろう」

「ティエチーパーツ、アルチーハオ、タオタオ、チャイリン、ツァオリェン」

青年はその言葉を口の中で転がし、酒のように味わった。「もともと百姓ではなかったから……」と疲れた口調でつぶやくので、

「何をしておられたんです」

それが聞えなかったふりで、まだかね?と老人は言う。

「よければ作物の名前をもう少し」

ウォチュイ（ちしゃ）ホーローポ（人参）ローポ（大根）トートゥツ（かぼちゃ）ファンツィアオ（山椒）スワン（蒜）、と老人はつづけた。若い男はそれを鸚鵡のように唱えた。

「もう良かろう」

「ありがとうございました」

「なに、朝になってここを出ると十歩も歩かないうちに忘れてしまうだろうさ。わたしの話も、わたしの家に泊ったことも。さあ、寝るとしようか」

老人は大儀そうに立ちあがった。若い男は夕食のときから考えていたことを思いきって口にした。

「あす一日、さしつかえなかったらもう二三日、ここで何か仕事をさせてもらえませんか」

伸びをした姿勢のまま、かつての開拓者は鋭い目で二十歳の男をみつめた。

「それはまたどうして。わたしの土地が荒れ放題なのがそんなに気になるのかね」

「そういうわけじゃないんですが、薪を割ったり、柵をたて直したり、僕にもできることがありそうですよ」

「やめとけ、国へ帰ったら厭になるほどあんたの畠が汗を流させるだろうさ」

「僕の家に土地はもうありません」

「すると一宿一飯の恩義というわけか。いや結構、わたしは一人でやってゆけるんでね。はやく国へ帰りなさい。さっき白老《シラオイ》のアイヌ部落と支笏湖を見に寄るとか言ったな」

「札幌にも函館にも」

「しいてまわり道をするなと言いはしないが、なるたけはやくおやじさんの所へ帰るがいい」

おやじさんと聞いて旅行者は自分のポケットにおさめた父の葉書をおもいだした。古風な候体の文章で、息子の無事な帰郷を祈願するという意味の内容である。曇りがちな北海道の空にくらべて、はや眩しいまでに輝きを孕んだ九州の青空が一瞬、若い男の内に拡がった。紺青の空が光を放つ地上にはみずみずしい楠の梢がそよいでいる。

…………

テーブルをまわって壁ぎわの寝台へ歩きかけた老人は低い呻き声をあげて躰を傾けた。客はかけ寄ってその腕をとらえ、重い躰を支えようとした。彼は強い力で老人からはねのけられた。

「その手を離せ。わたしに構うな」

嫌悪に満ちた表情で元開拓者は助けをこばんだ。荒い息を吐きながらテーブルに両手をつく。

「ちょっと、ただ、めまいがしただけだ」

旅行者は主人が出してくれた藁のマットレスをストーヴの横にひろげ、その上に気持良く乾燥した自分のスリーピングバッグをのべた。戸外の石炭をバケツに盛って運びこむ。老人はランプの芯を細くしている。客はストーヴに石炭をくべておいて自分の寝床にもぐりこんだ。やがて老人が言った。

「おやすみ」

強い語気が柔かい調子に戻っている。

「おやすみなさい」

若い男は自分の声がそのとき少し弾みすぎると感じた。ストーヴの中には小さな嵐がおこっているようだ。あおむけの姿勢から右へ寝返りをうって彼は快い眠りにおちた。


…………………………………………………………

…………………………………………………………


まばゆいものがちらちらする。それで青年は目醒めた。その前に何かけわしく言い争う気配があった。犬の声も聞いたと思う。

「おきろ、おい」

泥のこびりついた靴が彼の肩をこづいた。老人の声がした。

「寝せておきなさい。この人はわれわれとは関係がない」

「誰なんだよ、こいつは」

若い男の声である。客は寝床をぬけだして自分の服をつけた。短い眠りには慣れていたが、熟睡の期待を破られたのは不快だ。とつぜんの侵入者は椅子に浅くかけている。あごをやや突きだし、伏目の視線で客の動きを追っている。眠りを中断された青年はストーヴの蓋をとって石炭をくべた。

「おまえ、唖か、でなきゃあ何とか挨拶したらどうなんだ」

「道に迷ってきのうから厄介になったものだ」

何かが青年の中で危険を囁いた。

「へえ、学生さんか、夏休みでもないのに暇を持てあましてご旅行かね」

黒褐色の泥炭をこまかく砕いて石炭にまぜる。衰えていた火勢がまた強まり、ストーヴはふいごのような響きをたてる。のろのろと立ちあがった闖入者は青年と年齢も背丈もかわらないようだ。

壁ぎわにおいた彼のルックサックをつかんでいきなり逆さに振った。老人が何か叫んだ。青年は火かき棒をかたく握った。侵入者は床にこぼれたルックの中身を一つずつ蹴とばした。

「これは鮭、これはいわしの罐詰だな、地図と磁石と、米の袋に救急薬品とセットと、おや、ちょいと拝見」

ランプにスケッチブックのきれはしを近づけて眺める。

「なんだ図画か、けっこうなご身分だよ」

青年はその男から目を離さずに遠く離れた隅にしりぞいた。老人が口を開いた。

「今ごろ何しに来た」

「何しに来た、とは驚くよ。それが実の息子に向って言うせりふですかねえ」

不意の客が着ている上衣は高価な生地のように見えたが、泥まみれの靴と同じくらい汚れている。罐詰を蹴とばすときも、スケッチの一片を改めるときも、彼の顔には人を馬鹿にしたようなうす笑いが漂っている。唇のまくれあがったあたりでのぞく犬歯のせいかもしれない、と青年は思おうとした。

「学生さんよ」

若い男はスケッチの紙をゆるゆると裂きながら語りかける。

「きいたろ、半年ぶりで我家へ帰ってみたら何しに来ただとさ。札幌のホテルで、どぶねずみみたいにこきつかわれて、息抜きにはるばる親もとへ帰ってみたら、おとっつあんは怖い顔をして何しに来たとおっしゃる」

「ちゃんとした休みをとったのか」

老人がいらだたしげに口をはさんだ。

「ああ、ちゃんとした休みですとも」

青年は寝袋を巻きこみ、藁のマットレスを折りたたんだ。自分は通りすぎる者だ、この場には余計な旅行者だ、と考えた。雨さえあがったら、それはまだ窓の外に音をたてて降っているが、自分はすぐ出発するのだが。朝まで歩いて疲れたら小さな駅の待合室で眠ることもできる。

「うちのホテルで学生を皿洗いに雇うけどよ、洗う皿より割る皿の数が多いくらいだ。そのくせ威張りくさって、メイドを口説くだんになったら一人前だ。これには呆れるよ、いささかね、おまえも北大か」

青年は首を振った。訂正もしない。若い男のだらしなくあけた上衣の内側、派手なシャツの胸に黒っぽいしみとかぎ裂きがある。いつのまにかそれに目をとられて離すことができない。ランプの明りでは明瞭に見定めることができないが、どう見ても模様の一部ではない。気がつくと老人もじっと目を細めてその汚点をみつめている。

「心配するな、少しばかり貸してくれればすぐ出て行くよ」

「出て行く？　どこへ」

「どこへだっていいだろ、もうはたちなんだから、いちいちがきみたいに行先を言うこともないだろう」

「金はない、おまえも知ってるはずだ」

「なあんだ、まだ決心がついてないのかい。開発庁のお役人があんなにしつこくすすめたのに。こんな痩地をひっかくのはいい加減やめにしなよ」

「それはわたしの勝手だ」

「へっ、そう思ってるのはおやじだけだよ。部落の連中はさっさと見切りをつけて転業資金をもらったのに」

「おまえはわたしにここを見棄てて、道庁がくれるはした金でもって札幌あたりにけちなラーメン屋を開店しろと言うのかね」

「ずばりその通り、ただ、おれはその金をラーメン屋よりもっと有効につかえるのさ」

「何につかうつもりだ」

「何につかったっておれの勝手だろ、おやじだって若いときは誰のさしずもうけなかったたって自慢したじゃないか」

「無駄づかいにきまってる」

「おれだって先の見通しは持ってるとも、そうさ、ぶらっと出て行って野垂れ死にするつもりなんかねえや、どこかで店をやるつもりだ、おれはホテルで考えた。人間は飲みたいから飲むんじゃない、金をつかいたいから飲むんだと。ときには話せる奴だと人に思われるためにも飲むんだ。つまりこういうことさ。必要のためにつかう金より見栄のために他人を感心させるためにもつかうこともあるってことよ。バーテンにきいてみな、みな同じことを言うから」

息子はランプの芯をいじった。そのたびに焰が伸び縮みし、壁に揺れうごく不確かな影を映した。ランプのかげに浮んだ男の表情は旅行者のウィスキーを口にしたせいもあってか、どすぐろい隈を帯びている。

ボーイは背を伸ばし、今にも椅子からずり落ちそうな姿勢で頭をうしろにもたせかけ、天井をみつめた。かと思うと急に椅子から立ちあがり、雨の窓をのぞきこんで舌打ちする。ストーヴのまわりを青年のいることも無視して乱暴に歩きまわり、また元の椅子にかけた。

「実を言えば、こうしちゃあいられないんだ。転業資金はおやじの手にはいる。いや何のかのと言ってもいずれそうなるさ、だから当座の金は貸してくれてもいいだろ、くれとは言わないよ、りっぱに利子は払います」

「馬鹿者」

息子は笑った。終始一貫、傲然とした顔つきは変らない。その顔に笑いがうかび、のどの奥から短く切った息を洩らした。この男は笑うときさえ他人を嘲るような印象を与えることを忘れない。

「親子のあいだがらで利子の話なぞ水臭いかね。お客の泊っている所で金を貸してくれと頼むのがいけないかね、これは失礼」

ボーイはまた笑った。

「おい学生、金、金とぎゃあぎゃあ言うから、ホテルボーイはさぞ懐がさびしいと思うだろう、そりゃあ給料はすずめの涙だとも、だがね、おまえらの知らないヨロクってものがあるのを教えてやろうか」

侵入者は父親の動きを目で追っている。老人は寝台から離れ、さっき息子がしたように、しかし、それよりながく窓の外を眺めた。闇の奥にあるものを何ひとつ見おとさないように目を凝らしている。

「おもてむきはチップなんかとらないことになってるけどよ、外人は習慣になってるからルームサーヴィスをちょっちょっとやると小銭をよこす、ノーチップサーとことわるまねをしても、ウィンクして、まあいいじゃないか、ということになる。これが馬鹿にならないね、それからおまえ、アメリカ人はしまり屋だけど、オーストラリア人は鷹揚なもんだよ」

ボーイはわきを向いてまた嘲るような蔑むようなうす笑いをうかべた。

「外人の女を抱いたことがあるかね。あいつらはベイビーと言うよ、おおっぴらにわれわれを誘惑するのがざらにいるよ、本気にできない顔をしてるな」

青年は東京で働いていたころ、このボーイの話に似たものを何度も聞いたことがあった。奇妙だったのはそれが明白な嘘だと思えたのにこの男が自分の話をまったく信じきっているように見えたことだ。

「この世は全部ペテンだ。嘘とごまかしだ、覚えておけ、これはおれがこの手でつかんだ真理だ。ダイヤみたいにキラキラする発見だった。善人は何もできないから仕方なしに善人のふりをしているだけだ。そんないくじなしのくせに、他人が金を握ると女みたいにやきもちをやくのさ。人間みんな一皮むけばけだものより劣るしろものだ、なめくじを踏みつぶしても誰がなめくじに同情する？ 眉ひとつ動かしやしない、そうだろ」

窓から寝台へ戻った父親が、斎藤はどうしている、とたずねた。

「サブ・マネージャーかい」

息子は不安そうに自分の乾いた唇をなめた。老人と視線をあわせずにテーブルのウィスキーへ手を伸ばす。

「そうか、支配人になったのだったな」

「あいつはアメリカのホテル視察から帰って来て、経営をみなアメリカ式能率ってもので統一するんだって……………」

「で、今どうしているかときいてるんだ」

「どうもしやしないさ。相変らずボーイを犬みたいに追いまわしているよ」

「おまえが正式に休みをとって帰ったのか、ちゃんと申しでて退職したのか、もしそうならあの男はわたしあてに前もって知らせてくれるはずだった」

「また、こうだからな。血をわけた息子の言うことを信じないで、おやじの友達の手紙なら信じようと言うのかい、利子だってつけてやりたくならあな」

「いくら要る？」

「え？」

「いくら要るかときいてるんだ」

「ぎりぎりのところでこれだけ」

若い息子は片手の平を開いて五本の指をさした。

「そのうち借金はいくらある」

「借りなんかないよ」

息子は勢いよく言い返したが、さっきの嘲るようなうす笑いは影をひそめている。上目づかいに父をうかがい、媚びる口調で、

「三年待ってくれよ、配当をつけて返すから。よかったらもう少し色をつけてくれないかなあ、そうしてくれると有難いんだがな」

「金はない、さっきも言った」

ボーイは動かなくなった。小刻みにゆすっていた椅子が音をたてなくなった。紫色に変った唇が慄えている。

「なら、どうしていくら要るかってきいたんだ。そうだ、もともと貸してくれるって思いやしなかったんだ。たとえ金があっても、がっちり握って放さないもんな、おれはなんて阿呆だ、帰るんじゃなかった」

息子は自分の椅子を蹴り、ストーヴわきに積んである薪をつかんだ。二度、三度、それをテーブルの上に打ちおろす。

「おれは帰るんじゃなかった、時間を無駄にしただけだ」

薪をあらあらしく放りだし、壁のレインコートをとる。躰をくねらせて身悶えするように袖を通しながら窓の外をのぞいている。雨は小降りになりかけたようだ。ふりむいた彼の顔は既にさっきの嘲るような蔑むようなうす笑いをとり戻している。

「言っとくがね、おれは二度とこんな所に戻らないよ、死んでも帰ってくるもんか、がきの時分からさんざん汚い土をこねまわして手に入ったものはといえば何もありはしない。痩せて冷えて暗くて湿っぽくて、人が一人減り二人減りして、犬とバラックだけの部落になって、こんな所にこびりついて暮すのはまっぴらだ。おれはもっと豪勢

で、なにもかもふんだんにあって、いつも熱いシャワーを我慢して浴びてるような生活でなきあ厭なんだ。がきの頃からあんたは何て言った。今に良い暮しができるようになるって。さあ、今がそうだよ、おれはもう大人さ、その良い暮しを見せてくれ、見せられないだろう、それはいい、誰だって失敗はある、それは許せる。だがね、満洲の生活はどうだった、チャムスの開拓地におちつくまでロシア人や中国人と馬賊はだしの暮しをしていたって小樽のおばさんに聞いたけど、それを一度でもおれに話してくれたことはあったかい。おふくろが匪族に殺されたときの模様にしろ詳しく教えてくれたかい、どうなんだ。おれはあんたの息子だそうだ、その息子に一言でも昔のいい暮しをじっくりと話したことがあるかい。現在だけが大事だ、とあんたは言った。過去は仕様がない、満洲におっぽりだしてきた土地や家や家畜や林は仕様がないって、言われてみればその通りだけれど、おれは今になってわかったよ、あんたが何ひとつおれに語ってくれたものは無いって。なくしたものは取りもどしが利かないというのは嘘さ。こんな物もあった、こんな生活だった、と話してくれるだけで良かったんだ、つまり世間なみの親子みたいに、あれこれととりとめのない話でもってあんたのなくした財産をうけ継ぐことができたんだ」

「昔は良かったとおまえに話して何になる」

「気持のうえで張りがでるってことさ。根っからの水吞み百姓でないとわかればどんな苦労だって我慢できる。二年半だよ、二年半というのは三十ヶ月のことだ、ざっと一千日、おれはでくの棒みたいなホテルの客のご機嫌とりだ。人よりほんの少しだけずるく立ちまわったおかげで金を握った連中から、これをしろ、あれをやれと言われるのをこらえるのにはプライドってものが要るんだよ」

「おまえはホテルづとめを自分から志願した」

「いかにもそうさ、マネージャーが、あんたの親友が成功を吹聴するもんだから、ついその気になったまでだ。きくと見るとでは大違いだ。皿洗いは死ぬまで皿洗いだ。鞄持ちはそれが厭だったらやめるほかはないのさ。社長の馬鹿息子ならせいぜいアラビア数字と自分のサインさえ書けたらチーフがつとまるのさ。ま、それについては今さらとやかく言わないよ、世の中はそんなもんだからな、それより出て行く前にこれだけは言っときたいんだ。あんたは自分ではどう思ってるか知らんが、人に好かれてやしなかったよ、この部落をいちばんめに出て行った隣りのおっさんがね、川向うでおれに言った。おまえのおやじは手がつけられないほど頑固な石頭で困ったものだって」

老人の唇が動いて何か言おうとした。

「たとえば泥炭地の排水溝だって、開発庁の技師が設計した通りに造れば三ヶ月で完成したのに、おやじがあれこれと難癖をつけて自分の主張をまげないもんだから初年度の作付がおくれちまったって。それから共同牧草地の問題でも、いちいちあんたが自分の主張を通そうとするから、きまって意見が分裂してしまったって、これはあんたが口癖に好い人だと言ってた隣のおやじの言いぐさなんだ。少しは思いあたることがあるかね……

まだある、うちの乳牛が首を折って死んだことがあったろ、毎日、二斗ちかく絞った自慢の牛だったっけ、あの死因は丘の傾斜地につないだから滑って倒れたはずみにロープが首をしめて頭が体の下敷きになったということに一応なったんだ、そうだろう、あれだって実はね、東台の紫崎が、排水溝のおくれたのを根にもって牛の脚を蹴とばしたんだってよ、殺すつもりはなかったんだが牛がぶっ倒れて変なふうに頭が曲ったもんだから泡喰ってまわりで草を刈ってる連中に口をあわせてくれって頼んだのさ。そいつらにしてみてもあんたを良く思っていないんだから内心せいせいしたろうよ。まだあるけどやめておくよ。だけどおふくろのことは面白い話をしてあげようか、小樽のおばさんにおふくろの古い写真をもらいに行ったら、学生の頃さ、こんなことを言った。向うは何気なく話したつもりなんだ、きっと。おふくろはね、あんたと結婚したことを後悔してたそうだ。生きてたころ何度もあんたを冷たい人だと恨んでたんだって。つまりあんたは人から好かれない頑固なエゴイストで、吹けば飛ぶよな掘立小屋でパイプをくわえて一人で暮すわけだ。じゃ、あばよ」

「――――」

父親はレインコートの男を呼んだ。立ちあがって戸棚の奥を探している。

「おまえの要るという分には足りないが、あるだけやろう、つかいなさい、あとはどうにかなるだろう」

「へっ、今になってほどこしかい、厭なこった」

老人は財布ごと手渡そうとした。若い男は魅入られたように父の手をみつめながら後ずさりし、また一歩、老人が近よったとき何か意味もなく叫んでそれを叩きおとした。

「――――」

老人は息子の名を呼んだ。雨はやんでおり、ランプの光が弱々しい。青年は窓に寄って、空からおりてくる白い明りを見た。ストーヴの中で石炭が崩れた。それは大きく響いた。夜明けの光が老人の顔を蒼白にしている。

旅行者はひざまずいて自分の寝袋を巻直しにかかる。しっかりと力をこめて。老人は彼がそこにいるのに初めて気がついたように振りむいて注目した。おまえは誰だ、どうしてここにいるのだとでも言いたげに、しかし、どことなくその目はうつろだ。

「まだ外は暗い、日も昇っていない」

若い男は床に放りだされたルックサックの中身をひとつずつ拾ってつめこむ。

「歩いているうちに明るくなりますよ」

「朝飯をすませてから出かけたらどうだ」

「どうも」

「じゃがでも煮よう」

「いや、結構です、本当に。行かなくっちゃ」

「そうか、やっぱり出かけるか、それもいいだろう、道はわかってるかい」

「南の方へまっすぐ歩いて海岸へ出るつもりです、地図はあるし、……きょうじゅうには船にのりたいので」

老人は寝台へ戻り大儀そうに横たわった。毛布を顎のところまで引きあげながら若者に、さっぱり眠れなかったんだから、野宿した方がましだったな、と話しかける。

「いや、僕はそう思いません」

寝袋をかたく巻いてルックサックに取りつけようとし、思い直してルックの中から鮭とコンビーフの罐を四個、蜜柑と桃の罐詰を全部をテーブルにおいた。

「それを残してゆくつもりなら余計なことだ」

いつ見ていたのか青年の方を向いている老人の目はきつい光を放っている。

「僕にはもう要らないから、よかったら」

「わたしにも要らないよ、持って行きなさい」

「でも」

「棄てたかったら道ばたにでもどぶの中にでも棄てるんだ。ここに食べ物は不自由しておらん」

青年はテーブルに並べた物を再びルックにしまった。扉のきわで立ちどまり老人に話しかけようとした。彼がふりむくと同時に、寝台の人物は毛布をかむって壁の方へ寝返りをうった。

「さようなら」

旅行者はその広い背中へ呼びかけた。不機嫌な呻き声が返ってきただけである。青年は扉を開き、それを閉じた。台地を足早におりながら、二度とこの部落を訪れることはないだろうと考えている。

(この家を出て十歩と歩かぬうちに忘れてしまうだろう)と老人は言った。そうかも知れない。さっきのこともなんだか夢を見ていたような、本当に起ったこととは思えない気がしてきた。

雨あがりの大気は爽かにつめたかった。ぬかるんだ道路にあの若い男、彼と同じ年の人間が印した足痕があった。彼はその歩幅を自分のそれとくらべてみた。ドアを叩きつけてとびだした勢いにしてはせまい間隔である。その足痕に水がたまって夜明けの空を映している。

旅行者は深く呼吸して雨に濡れた土と草の匂いを味わった。眠りたりない気持はすっかり消えて、朝の新鮮な空気を吸うことしか念頭にない。青年は大股で歩いた。

支笏湖のカルデラも白老のアイヌ部落も、もはや彼を惹かない。若い男は寄り道をせずに港へ急ごうと考えている。港……。かもめの啼き声と連絡船のこもった汽笛を、夜までには聴くつもりだ。

その海峡ともう一つの海峡をこえ、長い汽車旅行の終るところに彼の郷里がある。赤い庭土。夏の風が激しく吹く国。真昼、屋根に肉の厚い柿の葉が濃い影をおとす。

何気なくポケットに入れた手が、ある紙片に触れた。ためらわずに手はそれを引きだす。一枚の葉書である。除隊の決心を告げた彼に父が与えた返事である。古風な候体の文章で彼の言葉を認め、文面の末尾は彼の帰宅を待ちのぞむという文句で結んであった。彼はふり返らない。

名医

・本作は自筆原稿より収録した未発表小説である。
・明らかな誤字・脱字とみなされる部分は編集部の判断により修正をおこなった。

「ここか……」

「もうちょい、右」と私はいった。

「ここかな、ここだろう痛むのは」多々良医師《せんせい》の指が私の背中を動きまわった。私はベッドにうつ伏せになっている。医師の指は動きながら皮膚のあちこちを強く押した。

「そこからもうちょい左……」といいかけて私は呻いた。肩甲骨の下あたりに鋭い痛みが走った。あまりの痛さに錐で突かれたかと思った。「やっぱりな」と多々良医師は呟き指でさらに強くそこを圧迫した。

「せ、せんせい」私は喘いだ。目の前がまっくらになり、闇のなかでちかちかと火花のようなものが乱れとぶのだ。頭のてっぺんから足のつま先まで痛みがかけめぐった。すんでのところで息がとまりそうだった。痛みも度をこすと息がつけなくなるものだ。私はぜいぜいと咽をならし肺の奥に空気を吸いこんだ。目の前がしだいに明るくなった。背中の一部分はしびれたままだったが、痛みは薄らぎつつあった。私と並行して一人の男がベッドに横たわり胸を喘がせている。白衣の男が彼を見おろしている。壁の鏡に私の姿が映っているのだった。

「ふうむ、かなり凝っておるな」多々良医師の声を背中できいた。「そう、でしょう」私はきれぎれに答えた。傍から見れば息も絶え絶えといった風情だろう。小一時間、私はベッドに横たわって老人の指で押され、掌でさすられ、こぶしで叩かれ続けて来たのだった。なでられたり叩かれたりするのはいい気持だったが、枯竹のような指で要所々々を押されるのには参った。全身の力を指先にこめて体の一番やわらかな所をぐいぐいと押す。押されたところで何も感じない箇所もある。むしろその方が多い。しかし敏感に反応する部分もなかにはあって、多々良医師がするように遮二無二押して押しまくると、私は悲鳴をこらえるのが精いっぱいだ。

「どうかな、気分は」多々良医師はデスクの椅子にかけてきいた。「ええ、まあ」私は頭を前後左右に傾けてみた。

そのつど首の骨がきしむのを耳で聞いたように思った。首に限らず脊椎も手足の関節もはずれてしまったかのように頼りない。

「服を着てよろしい」と医師はいった。私はゆっくりベッドをおりた。左足が床についたのを確かめ、その足がスリッパーをはくのを見届けておいて体重の半分を託し、次に右足をおろして残りの体重を支えさせた。私は脱衣籠によたよたと近づいてズボンをはきシャツに腕を通した。ふと気がつくと、多々良医師は身支度をする私の一挙一動をつぶさにみつめている。どこか外国から渡来した珍奇な獣でも見るような目で喰い入るように視線を注いでいる。

「それではどうも」と上衣を着こんでから一礼し診療室のドアに手をかけた。「待ちなさい」多々良医師は手で私をさし招いて椅子にかけるように促した。「きょうの患者はあんたでおしまいだ。おおい」と声をはりあげて壁ごしに「お茶」と命じた。

「いかがなもんでしょうか」私はうかがいをたてた。「というと」医師はカルテをのぞきこみながら生返事をする。

「つまりその私の病気のことですが」というと、「ああ、あんたの病気ね」「はあ」「病《やまい》は気からといいますな」

カルテに目をやったままぼんやりと呟く。私は気を悪くした。病は気からとは何事であるか。そんな決り文句をきくためにはるばる二時間半もかけてバスと電車を乗りつぎN町くんだりまで来はしなかった。

「まあ落着いて、焦ってはいけない」多々良医師は心得きった微笑をうかべた。そのときドアがあいて看護婦がはいって来た。きょう、受付で私と応待した若い女である。

「家内です」多々良医師はいった。

「は、これは、どうも」私は腰をうかして挨拶した。少しばかりうろたえたのは事の意外に驚いたからである。

多々良医師は骨太のがっちりした体格で、厚い肩にのっかった顔のつくりは目も鼻も口も大きい。初めて会ったとき私は学生時代につきあった柔道教師を思い出した。精悍な感じではあるが寄る年波は隠せない。細君はせいぜい二十代の終り、多く見積っても三十歳をいくつも過ぎているとは考えられない。多々良医師はぶっきらぼうに、

「三になります。今年で。後妻です」

「はあ、それはまた……」

私は返事に窮し、なんということもなくデスクに置かれたばかりの茶碗を手にとった。空であった。つと白い手がわきから伸びて私が戻した茶碗の蓋をとった。白い指は蓋を盆の上に置き、急須を傾けて濃い緑色の液体をついだ。なみなみとついだ。白いふっくらとした肉付の良い指が急須を支えている。その指が私の視界からひっこんだ。数秒後に後ろの方でドアがしまる音がした。つがれた液体は黒っぽい緑である。どろりと澱んだものをおそるおそる口に運んだ。多々良医師は旨そうにすすっている。青臭い匂いが鼻をついた。草いきれに似ている。

私は思いきって一口のみこんだ。危く吐き出しそうになった。生キャベツの汁を連用したことのある私には青臭さは気にならないが苦いような渋いような生臭いような奇妙な味には目を白黒させられる。「初めての人にはちょっとのみにくいかもしれんが、体にはいい」多々良医師はそこで言葉を切って目を宙に泳がせ思い出し笑いのような妙な薄笑いをうかべたがそれはすぐに消えた。「薬と思ってのんでもらいたい」とつけ加えた。漢方医というものは一風変ったお茶をのませるものだと思った。「ところで鍼と灸もしていただけるはずでしたが」と私がいうと、「第一日は凝りをほぐすだけだ。この次にしてさし上げよう」という。「来週は何時にうかがえばよろしいでしょう」ときいた。

多々良医師は評判の名医である。一日に五、六人しか患者は診《み》ないという。ちゃんとした紹介者がなければ、また前もって予約《アポイントメント》をとっておかなければ診てもらえない。私は多々良医師の噂を放送局の制作課長からきき、彼の口添えによって治療に浴する光栄を得たわけである。きょうは午後二時に来た。電話で打ち合せた時刻だが、今にして思えば応答した女性は多々良夫人であった。待合室は今からっぽで医院はひっそりとして、看護婦らしい人物の気配はどこにも感じられない。一日に五、六人しか診ないのなら看護婦もいらないわけだと考えながら私は死ぬ思いで緑色の液体をちびちびとのみこんだ。

「熊笹の葉を粉末にしたものだ」と医師はいった。「それだけですか」と私はきいた。「他に朝鮮人蔘とか小柴胡湯とか荊芥連翹湯とかのエキスも調合してある。しかし肝腎の成分は教えられない」と多々良医師は重々しく答えた。もったいをつけやがって、と思ったが私はさりげなく「変った味ですな」といった。

「お茶といえばわしはこれしかのまん」

「どんな病気にも利くんですか」

「万病に利くが連用しておればある種の効果がある」多々良医師はちらと私に流し目をくれた。気のせいだったかもしれない。はっとして彼の視線をとらえようとしたときはもう目は壁の鏡あたりに向いていた。

「来週、来週は……と。げっかあすい、水曜日はつまっておるから木曜日の午後三時に来てもらおうか」

「木曜日、午後三時ですね」私は手帖にしるしをつけた。「お勤めではなさそうだ」と多々良医師はペン軸でカルテを叩いて、「自由業とおっしゃるが……」といった。私は自分の仕事を説明しようとした。「わかる、あんたがいわんでもわしにはわかる。あてってみよう。急いで帰らなければならない用事でもあるかね」

私は頭を振った。

「あんたは肩の凝りがひどい。とくに首の付根に悪い血が溜っとる。それだけなら普通のサラリーマンと違わんが神経がかなり疲れとる。ものを書く仕事だろう、あんたは。小説家だとわしは思う」

少し違った。小説らしいものを書いたことはあるのだが。「ラジオ関係の仕事をしています」と私は答えた。「なるほど、面白い」

「体にさわってみて職業がわかるとは驚きましたな」私はお世辞をいった。治りたい一心である。多々良医師はまたうっすらと笑った。私のお世辞に気を良くしたのか、見えすいた愛想をいう哀れな病人をせせら笑ったのか、そのところはわからない。

「なあに、体の凝りでわかるのは五割だな、決め手は口のきき方、声の質、これが一番だ。わしは目が悪いからその分だけ耳が敏感になった。なんせ四十年近くも患者を診ておると大抵のことはわかるようになるもんだ。とにかく良く来た」医師は深々とうなずいた。

「よく来た？」

「わしを訪ねて来たことは良かったといっておるのだよ。西洋医学ではまずあんたの病は治る見込みがない。今まででさんざ新薬をためしただろう。そして効かなかった。あちこちのヘボ医者にもかかっただろう。肩凝りはひどくなるばかり」

その通り、と私は答えた。「で、先生。なんにちぐらい通えばよろしいんでしょうか」「あんた次第だな」「それは……」「何を妙な顔をしとる。病は気からとさっきもいうたろう。人体には病気にかかっても自然に治癒する力が備わっておる。医師たる者はその手助けをするだけだとわしは思う。だからあんたが治りたいと思うならきっと治る。思わなければどんな名医にかかっても治らん」

「おっしゃることが良くわかりません」

「試験の直前になると決って腹痛をおこす学生がいた。税金の申告期に必ず入院する不動産業者がいた。彼等は現実から病気の中に逃げこむのだ」

「私は治りたいと思っていますよ、本当の話です」

「あんたの仕事はうまくはかどっているのかな」

「どうにか」私は弱々しく呟いた。

「あんたが嘘をついてもわしにはわかる」探るような目で私をのぞきこんだ。いくらかとび出し加減のこの目が苦手だ。いかにも私の仕事は行きづまっていた。通称「帯ドラ」という連続ラジオドラマの担当からおろされたばかりなのだ。単発ものにかかわってはいるがディレクターの評価は香しくなかった。ディレクターはともかくスポンサーがいい顔をしていない。かろうじて番組に買い手がついたのは私が去年ラジオドラマ部門で最高といわれる金賞をもらっていたからであった。今年に入って急にアイデアが乏しくなった。何を書いてもいつか誰かが書いた素材であることをディレクターに指摘されるのだった。誰にでも訪れるスランプというものだが、それが病気のせいなのか、スランプのために病気がひどくなったのか自分では分りかねた。

「なんにせよ仕事が順調だったら体に変調をきたすことはない。あんたが訴えるところの偏頭痛、目まい、肩凝り、腰痛、慢性消化不良、それからええと」多々良医師はカルテに目を落した。後を私が続けた。「微熱、便秘、盗汗《ねあせ》、関節痛、食欲不振、じんましん、心悸昂進、下痢、耳鳴り、神経痛」

「ふむふむ、それから」多々良医師は促した。「それだけです」溜息まじりに私はいった。これだけでも持てあましているのにもっと病気をかかえていたらたまったものではない。「本当にそれだけかね」「ええ」「たいしたことはない」と多々良医師はいった。

次の木曜日、N町近くの工場に取材に行って早目に用がすみ他に行く所もなかったので約束の時刻より一時間早く多々良医院を訪れた。薄暗い待合室でつくねんと膝をかかえて待つのは好きではないけれど、埃っぽい工場街には喫茶店とて無く酒場らしいものはあっても日の高いうちから酒をのむ気にはなれないのだ。しかし若しかしたら私の心の奥底には多々良夫人の顔を見たいというぼんやりとした願望がひそんでいたのかもしれない。玄関に入って上り框わきにある細長い窓をのぞきこんだとき、女の白い顔が現われ上目づかいに私を見上げた。その顔はかすかに微笑んだようであったがこれまた私の早合点といわれても仕方がない。背筋がむずがゆいような、みぞおちに固い物がつかえたような曰く言い難い感じがした。

予約は三時のはずではなかったかと受付の女はいった。早く来すぎたことは承知している。近くまで来たついでに寄ったまでで、待たせてもらいたいと私はいった。そう答える私の顔を窓の内側の女は面白そうに眺めているように感じられた。私の顔に何かおかしなものがくっついているのだろうか。それともへどもどしたあまり変な言葉づかいになったのだろうかと考えた。多々良夫人をまぢかに見るのは初めてではないが、こうして話をかわすのはきょうが最初だ。眼と眼の間が普通より稍ひらいていてその目蓋は寝不足のように少しふくらんでいる。目蓋の下には潤んだ眼があった。

浅黒い皮膚をした中年男が先客で、その男は皮椅子の上に片膝を立てそこに顎をのせて両眼を閉じ口をかたく結んでいる。何かを懸命にこらえている表情である。せつなげな顔を見ていると何という病気か知らないがあたかも一個の病そのものが椅子にうずくまっているように思われた。私もひどい体をもてあましているが、先客は私とはくらべものにならないほど重い病気に苦しんでいることが知れた。

奇妙にも彼を見ていると私はつかのま自分の苦しみを忘れてしまった。赤い包みは食前に白い包みは食後に、という声がした。思いがけない近さでそれを聞いて私はびくりとした。いつの間にやって来たのか多々良夫人は待合室に姿を見せて先客に薬の入った紙袋を渡し、それを服用するについての細かな注意を与えている。先客は目を閉じたまま小刻みに顎を動かして指示にうなずいている。してみると彼は診療を終えてこれから帰るところなのだ。この声、と私は思った。絹のように柔らかでなめらかな声。初めて電話で話したときから耳に残っているのは、この甲高くもなく細すぎもしない絶妙きわまりない声である。またとなく甘美な音楽のような一度きいたら二度と忘れない声である。放送作家という職業がら私は人間の声に耳ざとい。とくに女性の声に。自分が書いたドラマの主演女優を指定したこともある。とはいえそれも昔の話で、私が前途を属望された花形作家であった昔のことであったが。多々良夫人の声を背後にきいたとき私は気がついた。先日、多々良医院で次週の予約をとったときから私はこの日が来るのを待ちかねていたのだ。

先客があぶなっかしい足取りで外へ消えてしばらくたったかと思うと、すいと目の前に例の茶碗がさし出された。私はそれを受取った。多々良夫人はこの前と同じ濃緑色の液体をついで、それから私と向い合う位置に置かれた椅子にかけた。こうして患者が茶碗の中身をのみ干すのを見届けないとこっそり捨ててしまうことがあるから、と夫人は低いがよく透る声でいった。私は観念してのんだ。息をつめて一気に咽の奥へほうりこむのみかたをした。そうしたせいか意外にもこの前のような生臭い味は感じなくて苦いことに変りはなくてもそれ程のみ難いとは思われなかった。夫人はドアをあけて這入るように促した。多々良医師は私に会うのを楽しみにしていたそうだ。夫人はそう告げた。「楽しみにしていた?」ぼんやりと私はきき返した。なぜだろう。口の中にはのんだばかりの液体の味が残っていた。苦いような渋いようなそれでいて甘いような味が残っていた。その不思議な味を舌に感じてしばらくすると、絶えず二日酔いにかかっているような頭の中でもやがはれるような気が一瞬した。

「具合はどうかね」

多々良医師の声で私は我に返った。とび出し加減の目が正面から私をみつめている。

「それがあまり……」私は服を脱いでベッドに腹這いになりながら調子が良くないことを報告した。

「ぱっとしないというのだな」背中の上で多々良医師の声がする。「ええ、なんだか日ましに悪くなるような、あいたっ……」背骨が折れたかと思った。すさまじい力で医師の指がそこを押したのだ。「通じの方はどうかな」「三日ばかり詰ったら四日目にはひどい下痢をしたりして、あっ……」腰のあたりをえぐられたように感じた。何にしても凄い指の力だ。「今、押した所は大腸兪という、便秘に利くつぼだよ」

「腹を下してもいるといったでしょう」

「便秘も腹下しも同じことだ、大腸の働きを整えたら治る」

多々良医師は私の体を節くれ立った指で押しに押した。私は痛みのあまり窒息寸前になり、もうやめてくれと何度いいかけたかわからない。しかし口をきこうにもぐいぐいと押しまくられては胸を喘がせるのが関の山で、ものをいうことが出来ない。私はただ枕にしがみついて呻くだけだ。そうしていると自分が重罪を冒した罪人で警察につかまって罪を白状させられるためにとてつもない拷問をうけているような気になった。

多々良医師の指は私の皮膚を突き破り神経を引きちぎり骨をも砕かんばかりだ。私は全身を苦痛にゆだねてとめどなく泪をこぼしていた。こんなに大粒の泪を流すのは大人になって初めてのことである。理不尽な暴力にひたすら耐えているのも、ながの病苦からおさらばしたいからである。私がかかえこんでいる一ダース以上の持病さえなければ、人生はなんと楽しいものであろう。元気になったら行き詰った仕事も打開のメドがたつだろう。偏頭痛と消化不良の二つだけでも治ってくれたら良いドラマが書けそうな気がする。

　私は背中の痛みをこらえた。歯を喰いしばって耐え続けた。どれくらい時間がたったか。いつのまにか痛みを感じなくなり、体がふわりと宙に浮かびあがったかのようだ。目を閉じていたからそれまではまっくらであったのは当り前だとしても、体が雲にでも乗ったような状態になってからはあたりに薄桃色のかすみのようなものがたちこめている。そしてかすみの向うにひらひらと動いているのは多々良夫人の白い指である。それを認めたとたん私はベッドの上で我に返った。

「相変らず凝りがひどいな」と医師はいった。「前より悪くなったみたいだ」私は恨みがましく答えた。大枚の治療費を支払っている。漢方医に保険はきかないのである。持ち前のけちな性分から、支払った分は良くなりたいと願った。

「悪くなったって？　それはいいことだよ」

「まさか、そんな」私はおずおずと抗議した。医師と名のつく手合にはヤブも良医も含めて沢山会って来たけれど、悪化したのが良いことだという医師はこれが初めてだ。

「あんたの体がわしの治療に反応しておるしるしだよ。刺戟を加えて体が何ともなかったらもう見込みがない。せんだって……」と多々良医師は話し出した。もともと往診はしないたてまえであったが是非にと乞われてある町の患家を訪れた。肝臓を病んで回復期にある実業家で、仕事の都合上一日でも早く会社に戻らなければならない。病院の医師はあと二週間、自宅療養を命じていた。退院したばかりなのだ。当人は出社をせめて一週間早めてはくれまいか、というのである。金はいくらでも出す。

「わしは顔を見て即座にダメだと思った。死相が現われとる。しかし念のためその人の足裏、土踏まずの所をきつく押してみた。ぐっときつく。反応なしだ。目をぱちりともさせん。常人なら痛がるもんだがな」

「病院からは回復しかけたのだから退院したんでしょう」

「一時的に良くなることがあるものだよ、ローソクが燃え尽きる前に明るく輝くように人間も冷たくなる前に一度は元気になるのだ。きょうは鍼をやろう」

鍼のことで実は私はおびえていた。大の注射恐怖症なのだ。一回でも痛いのに十数回、金属の針で刺しつらぬかれるとは。しかし怖れた程のことはなかった。羽毛で撫でられているように感じても突かれる痛みはまったく無かった。かりにあったとしてもさっきのように多々良医師のかたい指で突いて突きまくられ半死半生の思いを味わった後は、糸のように細い針で突かれても体は痛みを感じなくなってしまっているらしかった。

「小説は書き終えましたか」多々良医師はきいた。私はぎくりとして答えた。「私のはドラマですよ、ラジオドラマ」「これ、困るじゃないか、そんなに体を緊張させたら鍼が折れてしまう」

不意に仕事のことを思い出させられて私の体がこわばったのだ。

「わしの鍼はきみ、鼻息でもたわむほどにしなやかな黄金製なんだから」

「すみません」と私はいった。

「ラジオドラマといっても小説と同じようなもんだろう」

「ええ、まあそんなもんです」そろそろうんざりして来た。

「小説家の生活というのは面白いだろうな、わしも若い頃は小説家に憧れたものだ」多々良医師は夢みるような口調になった。小説家の生活は面白いかも知れないが、落ち目になったラジオドラマの書き手の生活なんかこれっぽちも面白くない。ディレクターの顔色をたえず気にしながらご機嫌をそこねないようにこれつとめる生活のどこが面白いだろう。盆暮のつけ届けはいうに及ばず、みいりの良い仕事をまわしてもらったら報酬の少なくとも一割はそれとなくディレクターのポケットにしのびこませなければならない。民放で食べさせてもらっている放送作家は当のドラマに注ぐ配慮と同じ量の気づかいを対人関係にも払うことになる。

「持ちつ持たれつだよな、――ちゃん」と酒場において私の金で酔っ払ったディレクターはいって私の肩をどやすのだ。そのつど私はまったくその通りだとでもいうような曖昧なうす笑いをうかべてうなずくのである。何が持ちつ持たれつだ。

「医師という仕事はどたん場に追いつめられた人間と交わることだから四十年もするうちに小説の材料になる話もどっさりあるでしょうね」と私はいった。

「小説の材料になる話はともかく人間を見る目が出来る」

鍼は終った。灸がすえられることになった。多々良医院を訪れてのっけに背中を焼かれていたらとびあがって逃げ出していたろうが、強力無比な指圧という責苦を味わったからには水火の苦しみも我慢できる心境になっていた。どちらかといえばいい匂いでくすぶるもぐさの熱さが次第に快く感じられて来たのだ。背骨に沿って両側に十個あまり灸が煙をあげている。カチカチ山のタヌキを連想する。私は鏡に映る自分の姿を眺めた。熱さは点であったのがじわじわと周囲に拡がり始め、背中全部に蒸しタオルがかぶせられたようなぬくもりを覚えた。その暖かみは腹にまで及び、やがて全身にゆきわたった。私は目を閉じてうっとりともぐさの熱さに酔っていた。

「わしはバスに乗るとき一番うしろの席にかけることにしておる。そうやって前にいる乗客の姿勢を見るのだ。天井の棒に右手でつかまる人は胃が悪い。左手でつかまる人は肝臓が悪い。一目でわかる」

私はといえば両手でつかまるのが普通だ。多々良医師は話し続けた。

「待合室で順番を待っておる患者にしてもそうだ。容態をきかないでもあてられる。胃が悪いのはたいてい腕を胃のあたりにやってかばうようにしておる。立膝をしているのもいる。しかし何といっても確かなのは目だな。病気はまず目に来る」

「黄疸になると白目が黄ばむそうですね」私だってその程度のことを知らぬわけではない。「ふむ」多々良医師は人を小馬鹿にするように鼻を鳴らした。

「大腸が弱っても目は黄色くなる。素人だってそれくらいはわきまえておる。わしがいうのは男が男でなくなるときの目をいっておるのだ」

「あっつ……」私は呻いた。もぐさの塊は回数に応じてだんだんふとくなるようだ。初めは米粒ほどの大きさが小豆ほどになり今は大豆よりも大きくなっている。背中が燃えあがったように思われた。医師は私の背中に油を塗って点火したのだ。きっとそうだ。私は枕に噛みついて苦痛の声を洩らすまいとした。そのとき多々良医師が何かいった。本当に何かいったのだろうか。熱さと闘っている私の耳に聞えた幻聴にすぎないのだろうか。

（わしは三年前に高血圧で倒れて以来、男ではなくなったのだ。不憫でならん。あれが不憫でならん）

私はうつ伏せの姿勢で首をねじまげて多々良医師を見上げようとした。もうもうと部屋にたちこめた薄青い灸の煙にさえぎられて多々良医師の顔はかすんでいる。それにはっきりと見えたところでどうしようもないのだ。男が男でなくなった場合、その目がどう変るのかは聞きもらした。赤くなるのだろうか、青くなるのだろうか。しかしそれをあらためて訊くのはためらわれた。


一カ月後、私は多々良医院で治療をうけたことを悔んでいた。偏頭痛はかえってひどくなるばかり、足腰の痛みときたら言語に絶した。私はアパートの一室で毛布をかぶって終日、唸っていた。手洗いにさえ四つん這いで行く始末だ。食欲は減退する一方、動悸と目まいは激しくなり、不眠は昂じて夜は目が冴えに冴えるかと思えば、昼間は半醒半睡の状態でうつらうつらしている。ようやくありついたラジオドラマの締切りは二日後に迫っているというのに一行も書いていない。

多々良医院に通うまでは持病に悩みながらもどうやら締切りには間に合せていたのに、治療をうけるようになってから仕事が出来なくなるというのはこれは一体どうしたことだ。私は週に一回の割であれからも律儀に多々良医院へ通ったのだ。今更くやんでみても始らないが、こんな状態が続けば考えものである。仕事にさしつかえる。原稿を渡さなければビタ一文収入はありはしない。身よりとてない私は寝こんだところで誰も看病してくれない。食物を買いに外出することもかなわぬままじっとしていると、そのうち毛布をかぶった一体のミイラが出来あがることだろう。

痩せさらばえた放送作家のミイラなんてアフタヌーン・ショーのトピックス（広告と広告の合間に三分間ばかり登場する）にはなっても誰の同情もかいはしない。せんだって多々良医院で指圧と鍼灸の治療をうけたとき一時的にでも活力がみなぎるのを覚えたのがまるで嘘のようだ。例のお茶は今ものみにくいのを目をつぶってのんで来たが、もろもろの病からは解放されない。何日間かは元気になったような気がした。そういうことがあった。見込みのない患者にも死の直前に一時的な回復がある、と多々良医師はいった。あれは私のことではあるまいか。肝臓を病んだどこかの社長のことではなくて。

私は事態をことごとく悪い方へと解釈した。自分に才能のないことに絶望し、これといった財産を親が残してくれなかったことは仕方がないとしても、健康な体に産んでくれなかったことを悲しみ、私から去っていった女たちを恨み、私が棄てた女を憐れみ、ついでに自分自身をも憐れんだ。十月も半ばを過ぎると夕方は部屋が冷えた。戸外は曇っていて明りをつけない室内は海底のように仄暗く、そこを時折かすめるのはゴキブリである。こいつらも空腹に違いないと私は思った。空っぽの冷蔵庫と空っぽの財布と白紙のままの原稿を枕もとにおいて私は自己憐憫にふけった。生ぬるい泪が目尻をつたって落ちた。そのうち私は深い眠りにおちこんでいた。

翌朝、目が醒めてアパートの新聞受けに二部ずつ朝刊と夕刊を発見したとき、私はあっけにとられた。気が狂っかでも不眠症だけは治ったことになる。

しかし夜までに書き上げなければならない。私は押入れの中をひっかきまわした。段ボール箱につめこんでいた古雑誌を床にぶちまけた。学生時代の習作をのせた同人誌をすてずに保存しておいたのだ。五、六年前に書いて雑誌社に持ちこみ、没になった長篇小説のコピーもある。放送局で今、私を担当しているディレクターは比較的、私に厚意を持ってくれる男である。いろいろと立ちまわって私に書かせるようにしたのだ。これをふいにしたら彼の折角の尽力も水の泡になる。その後は完全に失業してしまうのは目に見えている。私は同人誌にかつて発表した作品を一つ一つ検討して使えそうな素材やストーリイを拾い出しにかかった。

てみると私はまる二日間ぐっすりと眠りこんでしまったわけだ。未だかつてなかったことである。数ある持病のな

たのではないかと思った。二日分の新聞がいっぺんに配達されるなどということがあり得るだろうか。同じ日付の新聞が二部ではない。きょうと明日の分である。私は牛乳箱をのぞきこんだ。そこにも二本の罎が並んでいた。し

私は牛乳をのみ、二日分の新聞に目を通してから愕然とした。熟睡したのはよかったが、締切りはきょうではないか。四十五分の長丁場をもたせられるストーリイのアイデアは一つもありはしなかった。新しく思いつきそうにもなかった。四百字詰原稿で五十枚は書かなければならない。私のペースではどんなに根をつめても三日はかかる。

こんなことは今までしたことがないけれども、せっぱつまればやむを得ない。日本海の離島を舞台にある伝説にまつわる殺人事件、月並である。万年係長の公金拐帯、古臭い。婚期を逸した会社勤めの女がパリで恋におちいる。五秒でスイッチが切られるに決っている。パチンコのプロ、そうそうこれならいける。私はぢかに本人から取材したことがあった。とっておきの題材だったので小説に仕立てて、ある雑誌の懸賞に応募し、最終予選にまでは入ったと思う。落ちたあまりがっかりして新しく書き直すことは忘れていた。

これだ。私は黄ばんだ原稿を大切に拡げて読みかけた。ディレクターも喜ぶに違いない。スポンサーとしても

……しかしたちまち私は失望した。スポンサーは遊技場組合のはずだった。パチンコ機械をいじくっていかにうまく玉を流し出すかというあの手この手をこと細かく紹介する物語にパチンコ店側がいい顔するとは思われない。私は原稿を段ボール箱に叩きこんだ。書き屋はディレクターの顔色をうかがい、ディレクターはスポンサーの顔色をうかがう。誰の顔色もうかがわなくてもいい商売が羨ましかった。例えば医師である。

私は三ダース以上の病院をめぐり歩いた。どこでも患者は高い治療費を払いながら医師にとり入ろうと必死だった。生命が助かるかどうかの瀬戸際である。医師のご機嫌をそこねてはあの世行きになる。長生きしたければぺこぺこするのは当然だ。医師というのはそもそも……アイデアがひらめいた。

ラジオドラマを聴く層は五割以上が二十代とディレクターはいったのだ。若い人にはSFつまり空想科学小説のファンが多い。SFといっても光速ロケットや十六本の脚を持ったタコさながらの火星人を書くつもりはなかった。あらゆる人間に通じる永生への願い、すなわち不老不死をテーマにすればいいわけだ。不老不死の妙薬を発明して服用した男がくだらない人生にうんざりして何度も自殺を試みては失敗する。今度は死ぬことが出来る薬をつくり出そうとする。私はこのドラマをきいているパチンコ店の親爺たちを想像した。渋い顔をしそうには思えない。決った。これで行こう。私は主人公とわき役の大体の年齢性別を決めてダイアルを回した。ドラマ制作者側としてはタレントをかかえている事務所に連絡して早目に役者を確保しておく必要がある。手配をすませたあとで私は万年筆にたっぷりとインクを吸いこませ、原稿用紙の上にうっすらとつもった埃を払って一気に書き始めた。

十二時間後に私はスタジオからふらつく足を踏みしめて出て来た。ディレクターは台本を読んでOKといってくれた。代理店から来た男もアイデアをほめてくれた。録音は終った。夜であった。街燈が闇の中で踊っているように見えた。私はガードレールにつかまりながら歩いた。考えてみれば二日間のまず喰わず眠りこけて、朝から牛乳を二本のんだきりである。そのくせ食欲はなかった。胃が痛かった。めまいも覚えた。一歩あるくごとにふくらはぎが引き吊った。背筋をつたって冷や汗が流れた。嘔き気さえした。

　不老不死をまぬがれた男が何とかして死のうと四苦八苦するドラマを書いたばかりなのに、当の作者は病苦に喘いで、不老とまではゆかないまでも平凡な人生を楽しめる程度の健康を手に入れたいと切なく願っているのだ。私は這うようにしてアパートに帰り、明日こそは多々良医院ではなくもっとまともな医院を訪ねてみようと思った。かつては嫌ったところの現代的医療器具や機械、ぴかぴかしたレントゲン撮影機や光電トランジスター脈波計や脳波を測定する機械といったしろものが今は懐しくてならなかった。いってみれば私は多々良医院に見切りをつけて、○○クリニックとかいう名のつく当世風医院にまたぞろはかない望みを託す気になったのだ。

「どうぞ」と女の声がいった。私は診療室のドアをあけた。予期した人物の姿は見えない。五日後、私は多々良医院を訪れていた。デスクに向っているのは多々良夫人である。

「先生は?」私はきいた。予約は前日にとっていた。急患があってたった今でかけたそうだ。多々良夫人が代りに治療をするという。(どこからか見られている)診療室には私と多々良夫人しかいないのにそんな気がして仕方がない。あたりを見回して納得した。壁にかかっているあの大きな鏡に私自身が映っているのだ。私たちをみつめているのは私の目であった。

　命じられるままに上衣をとりシャツを脱いでベッドに横たわった。ラジオドラマを書き上げた日は多々良医院と縁を切るつもりだった。二日目は新しいクリニックを探していた。三日目に迷いが生じた。頑固な不眠症が治ったのならば神経痛その他の持病も辛抱強く通ううちに治ることがあるかも知れない。四日目に私は手帖をめくり多々良医院の番号を回していた。そのとき電話に出たのは多々良医師であった。予約時刻を私は本人の口からきいたのだ。

　柔らかい女の手が私の背中を撫でさすっている。凝った所を手のひらで軽く圧迫するやりかたが多々良医師とは違った。手のひらを使わずに押しあてたまま手首と肘をゆするようにするのだ。その方が何倍も良かった。私は多々良医師の荒っぽい治療にいささかたじろいでいたから、いかにも女らしくこまやかなきょうの治療はひとしお有り難く感じられた。

白い指は背中の筋肉をつまみあげ、優しく揉んでから凝りを解きほぐすように摩擦する。丹念にそれをくり返しておいて指圧にかかった。私は思わず声をあげそうになった。痛かったからではない。多々良夫人の指は私が漠然と感じている凝りの中心をぴたりと押さえていた。私を押しまくった多々良医師の指が一度として触れたことのないつぼを初めからその指は探しあてていた。

多々良医師に優るとも劣らぬ強い力だ。そこを弾力のあるゴムのような指で押されると、熱したフライパンにのせられたバターのように、凝りに凝った痛みがあとかたもなく解け去るかと思われるのだった。私は顎をのせた枕を両腕でかかえこむようにして目を細めていた。そのときまた何者かから監視されているような気がした。横目をつかうと目と鼻の近さに壁の鏡があり、ベッドに腹這っている私自身と私にかぶさるようにして手を動かしている多々良夫人の姿が映っていた。

うつむいている多々良夫人の額に前髪がかぶさっていた。びんのほつれ毛が頰にはりついていた。多々良夫人は汗をかいている。顔が上気してほんのりと赤くなっているのがわかった。夫人は鏡に映っている自分の姿には気がつかないでいるようだ。その方には一度も目をやらないから。目を向けたらその中で私の視線とかち合うことになる。私は夫人の額に点々と光っている汗のしずくを認めたとき、見てはならないものを見てしまったような気がして顔を反対側に向けようとした。しかしそうすると鏡をのぞきこんでいたことがばれてしまう。目を閉じたらわけはないが閉じることが出来ない。私は魅入られたように鏡の中の女をみつめ続けた。

数分後に指圧は終った。いつものように私はあのお茶をのませられた。濃い緑色の液体を一口すすって私はびっくりした。これがあれ程のみ難かったしろものと同じ液体だろうか。苦くはあったが上質の玉露の苦さで、私を閉口させた生臭い味は消えていた。渋くもなかった。私は一口ずつ惜しみ惜しみすすった。それは五臓六腑にしみ渡り、たちまち活力の源となるようだ。良くなる。ほとんど天啓のようにそう思った。三分の二ほど茶碗の中身をのみ干してからおかわりが出来るかどうかきいてみた。出来ないという。夫人はかすかな笑みを口もとに含んで首を左右に振った。私はだから残りの液体を大事にのんだ。地上に残された最後の酒を味わうアル中患者のように味わった。茶碗の底に溜った一滴をもなめてとりたいほどであった。私の耳には先日、多々良医師が告白したあの囁きが甦えって来た。それは次第に大きくなるばかりだ。私はベッドに横たわっていた。得体の知れないもやのようなものに包まれて空中に漂っているような感じである。ひどく眠かった。起きあがろうと何度も試みてはみたが、自分の体が他人のものになったような気がした。夢うつつに私はある声をきいたように思った。多々良夫人の声である。さっき診療室の内側から呼びかけた声と同じだ。「どうぞ」と女の声はいうのである。

私の話はこれでおしまいだ。病気についていえばおかげさまで……。

みながみな良くなったわけではないが偏頭痛も神経痛もたいしたことはない。毎晩ぐっすり眠れるし、朝飯も旨い。仕事はどんどんはかどっている。原稿も売れるようになった。あのラジオドラマが好評だったからね。多々良医院に今も通っているかって？　通うわけないじゃないか、元気になったんだもの。

君も診てもらいたいなら紹介しよう。地図を書いてあげるよ。

解纜のとき

・本作は自筆原稿より収録した未発表小説である。現存するのは八五〇枚の原稿であり、最終部分が欠落している。
・明らかな誤字・脱字とみなされる部分は編集部の判断により修正をおこなった。表記の統一をおこなった部分や、不明な箇所については省略した部分がある。
・明らかな矛盾と思われるところや、文が途切れているところで、原稿のままとした部分がある。
・章番号は「第一章」のみ記載があり、節番号は「十七」までのみ記載があるが、原稿のままとした。
・今日の人権意識に照らして不適切と思われる語句や表現については、時代的背景と作品の価値をかんがみ、そのままとした。

第一章

一

吉野高志は船の汽笛で目ざめた。

夢うつつの境でも汽笛は鳴っていたようである。部屋は明るくなっている。

彼はベッドにあおむけになったまま深く息を吸って吐いた。二、三度それをくり返した。舌先で頬の内側と歯茎を押してみた。異状のないことを確かめた。

勢いよく毛布をはねのけ、板張りの床に足をおろす。ひやりとした木の感触がはだしに快い。カップ一杯分の水を薬罐に注ぎ、ガス焜炉にかけた。

窓は港に面している。カーテンが風を受けてふくれ、斜めに揺れている。流れこむ風はかすかに重油と鉄の匂いがする。彼は窓ぎわに椅子をすえて腰をおろし、カーテンに頬をなぶらせながら港を眺めた。このアパートは港を見おろす丘の中腹にある。窓のすぐ近くまで枝を伸ばした楠の木の間から港と対岸にひろがった造船所が見える。

一万屯級の客船が岸壁に着こうとしている。白く塗られた船尾に赤い国旗が認められる。上甲板にはおびただしい人影がハンドレール添いにたたずんで繋留作業を見守っている。薬罐から蒸気の音がひびいた。彼はガスをとめ、カップの粉末コーヒーに湯をついだ。そうしながらも目は窓の外、岸壁の船へ時どき注がれている。カップを匙でかきまわしながら再び椅子にもどった。

砂糖なしのコーヒーは苦く、唇が焼けるほど熱い。彼はポケットを探った。まだパジャマを着ていることに思い当り、壁にかけた上衣からタバコをとり出した。接岸した外国船の艫《とも》に掲げられている旗は、この窓から確かめることはできないが、赤地に鎌と槌をかたどったもののはずである。きのう、夕刊で彼はこの船に関する短い記事を読んでいた。

港には乳白色のもやが漂っていた。東側の倉庫と埠頭一帯はまだ朝日が射さず、それらの屋根は薄青い影のなかに沈んでいる。吉野高志はタバコの煙を深々と胸の奥まで吸いこんだ。強い香りがじわりと咽喉の皮膚を刺戟し、一瞬かるいめまいを覚えた。椅子の男はそのまま目を閉じて、窓から吹きこむ五月の風に身をさらした。いつになく爽やかな目ざめである。

（自分は回復しかけている。だんだん良くなりつつある。朝、このようにいい気持で目がさめるのは珍しいことだ。自分はもしかしたら普通の人間のように生きられるかもしれない…………。）

彼は赤い鉄骨の林におおわれた建造ちゅうのタンカーに目をやった。その船腹に蒼白い熔接の火花がこやみなく散っている。火花はまばゆい朝の光よりもいっそう明るく彼の目に映る。ガントリー・クレーンのかげで明滅している閃光は、あたかも彼自身の生命の輝きであるかのように思われた。

彼は安全剃刀の台に両刃の替刃をはさんだ。細心の注意を払って顔をあたるのは彼の習慣になっていた。たっぷりと髭剃りクリームを塗った顔に蒸しタオルをあて、充分に毛を柔らかくしたあと、静かに剃刀の刃をあてる。剃りあとを左手の指でなぞりながら彼は時間をかけて剃刀を動かした。ぬるま湯で顔を洗い、ローションをすりこんで洗面は終った。鏡をのぞきこんで、切り傷がどこにもないかを調べた。

艶をおびた顔がほんのりと紅く、目の色も生き生きとしているようである。剃りあとの肌に指で触れてみると、弾力が感じられる。彼は安全剃刀の替刃を水で洗い、棚にもどした。吉野高志の指は剃刀の柄を棚に置いて離そうとした。

そのままの姿勢で彼はつかのま化石したように体の動きを止めた。ある感覚が全身をつらぬきすぐに消えた。彼は安全剃刀の柄を離し、棚から手をおろした。歓びに似た感覚はたちまち消えはしたものの、あとに快い愉悦が残った。彼は薄暗い鏡のなかにぼんやりと浮びあがっている男の顔を見返した。かすかな笑いを湛えた表情は見慣れた顔とはあまりに異るのでしばらくの間、他人の顔のように見えた。

彼は机の上に拡げたままになっている地図を畳んだ。絵筆とポスターカラーの罎をかたづけ、トースターとバターを置いた。パンを食べながら机の端に置いてあるノートのことを考えた。始末しなければ、と胸のなかでつぶやいた。牛乳を飲んでから、きょうが市のゴミ収集日であることを思い出した。ビニール袋に野菜の屑や魚の骨をつめこみ、ノートもいっしょにほうりこもうとして考えこんだ。すててもかまわないものだが、すててしまうのが何となくためらわれた。彼はノートを台所の流し台にのせ、ビニール袋の口をゴム輪で結んだ。鉄の階段に靴音を高くひびかせて道路へおりた。思いのほか陽射しは強い。彼は上衣を脱いで手に持った。十歩ほど歩いて思い直し、階段を上って上衣を部屋に置いた。上衣のポケットにしまった財布をズボンに移すとき、中をあらためて診察券がはいっていることを見とどけた。

吉野高志はゆるい勾配をおびて港の方へ下っている石畳道を歩いた。きょうは中津弓子に会える、そう思うと自然に歩幅が大きくなった。

二

午前十時、三宅鉄郎は長崎市中央アーケード街の一角にたたずんでいた。

その建物はデパートなみに十時開店と思いこんでいたのだが、「浜ビル」としるされた灰青色のシャッターには十一時開店という文字が見える。あと一時間をどこかでつぶさなければならない。彼は肩にかけた鞄がにわかに重さを増したような気がした。カレーの匂いが流れて来た。「浜ビル」の前から岡政デパートの方へ歩きながら片手で胃のあたりを押えてみた。昨夜、ラーメンを食べてから何も口にしていないのである。

彼はちょうど扉をあけた岡政デパートの地階へおりた。階段を踏む足もとがおぼつかなく感じられる。すれちがう人間と体が触れあうたびに安定を失ってよろけそうになる。地階食料品売り場の奥に、軽食コーナーがあった。ズボンのポケットに手をつっこんで、有り金を確かめてからストールに腰をおろした。白い作業衣を着た女子店員が彼の前に水を置いた。

「お握りできる?」

「ライスものは十一時からです」

「スパゲティーは?」

「すこし時間がかかりますが……」

「どのくらい」

「十分か十五分」

「いいよ」

どうせ一時間あるのだ、と三宅鉄郎は思った。腕時計を見ようとして自分がつけていないのを思い出した。陽灼けした手首に白い輪が残っている。時計のベルトがしるした痕である。二週間前、質に入れたのだ。彼は所持品のなかで質ぐさになりそうな物を考えた。ストールに置いた鞄に外から手でさわってみて何がはいっているかをしらべた。洗面具と着換えと原稿用紙、ノートのたぐいの他は何もなかった。何度しらべても同じなのだ。

鞄はどうか。

一年前に東京は六本木のある洋品店で買ったイタリア製の革鞄である。月刊誌に売れた一回分の原稿料をまるまる支払って手に入れたものだ。取材のつど持ち歩いている。カメラ、テープレコーダーとつぎつぎ手ばなしたものの、さすがにこの革鞄だけは人手に渡す気にはなれない。もし処分すれば数日分の旅館代にはなるだろうが、きょうの会見がうまくゆけば、これから雨露をしのぐ場所について思案しなくてもいいことになる。

彼は鞄のなかから三枚の原稿用紙を取りだし、カウンターの上に拡げた。昨夜、駅前旅館の暗い燈火の下で書いた文字を読み返した。スパゲティーが目の前にさし出された。彼はざっと目を通した原稿を畳んで鞄にしまい、スパゲティーに手をつけた。左手で頰づえをついている。その手のひらに頰の無精髭がいかにもむさくるしく感じられる。

三宅鉄郎はフォークにスパゲティーを巻きつけながら、ポケットに残っている所持金を計算した。五千円札が一枚、いや、それは昨夜、宿の支払いにあててくずしたから、千円札が三枚、百円硬貨が五、六枚、五十円十円とりまぜて七、八枚という現状である。彼は調理場の壁にかかっている時計が、六時を指したまま止っているのに気づいた。

「いま何時だい」

ときくと、空の皿を受けとった女子店員はいま？と尻あがりにきき返して、「また止ってるわ、このボロ時計」といい、自分の腕時計と見くらべながらスパゲティーをいためる長い箸で、時計の針を十時二十五分のところに合せた。

三宅鉄郎は金を払って地階を出た。ガラス扉を押して外へ足を踏み出そうとした彼は、ぎくりとして体をこわばらせた。十字路に面したデパート前の街路は通行人で混みあっている。三宅が立っている所から交叉点を斜めに渡った位置に背の高い男がたたずんで、行きかう人々を眺めている。薄茶色の眼鏡で隠された目の表情はうかがうすべもないが、かたく結んだ唇の感じはどう見ても屈託のない観光客のそれではない。

三宅鉄郎はその男を知っていた。彼はくるりと回れ右をして一階装身具売り場の混雑にもぐりこんだ。十字路とは反対側の電車通りに面した売り場には男物の衣料品が並べてあって、その一隅に洗面所があった。三宅は洗面所へ這入って、鞄から長い柄のついた片刃の剃刀をとり出した。昨夜、泊った旅館の洗面所から持ち出してきたものだ。

一本五円の安物であるが、無いよりはましである。

（まずいことになった……）

水道の栓をひねる。冷たい水を手にうけてぴたぴたと頬を濡らし、剃刀を無精髭にあてた。鏡をのぞきこんでいる男は何度も顔をしかめた。それは必ずしも切れ味の鈍い安物剃刀のせいだけではない。たった今、きびしい顔付で雑踏を見まもっていた男のことが気にかかるのである。

（あいつ、東京からいつやって来たのだろう……）

剃り終るまでに彼はいくつかの切り傷を顎にこしらえてしまった。伸びすぎた髭はかたく、水ぐらいでは柔らかにならない。（広い街だから用心しておればあいつにつかまることもあるまい。かりにつかまったとしても俺に何が出来る……）

結局、「浜ビル」の開店より一時間はやく来て、ゆっくり身支度を整える暇が出来たというものだ、と彼は考えた。昨夜、眠りについたのは午前二時をすぎていて、宿の者に起されたときは九時をまわっていた。顔も洗わずに宿をとび出したのだ。用をすませた客が、鏡の前で髪に櫛を入れている三宅をうさん臭い目付で見ながら通りすぎて行った。古いシャツを脱ぎ、この日のためにとっておいた新しいシャツを鞄から出して着換えた。ズボンはややくたびれているが、宿の布団で下に敷いて折り目をつけたから、見られない程ではない。

髪を整え、新しいシャツを着ると、気分的にもすがすがしくなり、鏡に映っている姿もさっきよりはましに見える。彼は鏡のなかの男に歯をむき出して見せた。（さて、行くか）。デパートを出て大通りを避け、電車通りに並行した裏通りへまわった。彼は「S東美」のわきから狭い小路へ折れ、東宝劇場の横に抜けた。通行人でこみ合う通りは目立たずに行動するのに都合が良かった。

注意ぶかく目を左右に配って、いざとなったら素早く逃げられるような道筋を考えながら歩いた。東宝の斜め前が「浜ビル」である。さっき、薄茶眼鏡の男がたたずんでいた十字路までは百メートルと離れていない。それとなく伸びあがって調べてみたが、人ごみに紛れて男の姿は見えない。「浜ビル」のシャッターはちょうど上ったところだった。三宅はエスカレーターで二階へのぼった。売り場の一角に目ざす店があった。紳士服の専門店である。若い店員にきいた。

「専務いますか」

「どなた」

三宅は名乗った。

「うちの専務とお約束でも」

「そう」

「大阪の問屋から客が見えて店を離れてます。電話してみますから」

店員は三宅の風体に無遠慮な視線を注ぎながら電話の相手と話し合っていたが、「約束は覚えてるが明日にしてもらえないか、ということです」といった。「急用ができたんで」とつけ加える。

「それは困る、明日は僕も予定がある、そう伝えて下さい」

三宅は答えた。店員は電話の相手に彼の言葉をくり返し、送受話器を置いてから、「三十分、待っていただけますか」といった。三宅鉄郎はうなずいた。

三

吉野高志は長大医学部付属病院を出て長い坂道をゆっくりと下った。

陽射しはまぶしいくらいだが、プラタナスの木かげに入ると風が涼しく、かすかに汗ばんだ肌が爽やかである。ふだんなら十二時近くまでかかる診療が、この日は一時間足らずで終った。彼は交叉点に降りてから電車通りへ出ずに左へ折れて目覚町の方へ歩いた。朝おきてからずっと続いている歓ばしい感情の波に依然として彼は浸っている。

やや意外だったのは、いつになく快適な心身の状態を担当の佐々木医師に説明したとき、相手が思ったほどには驚きもせず、喜びもしなかったことである。

診察台に横たわった彼の腹に手を当てて、佐々木医師はきいた。

「ここのところの痛みは消えましたか」

「ええ、かなり」

「ここは?」

医師は手の位置をあちこちと移して吉野高志の腹を調べた。

「あのこわばったような感じがすっかり消えたというんじゃないんです。でも、ひところにくらべたら全然無いといっていいくらいに薄らいで来て、それがだんだんやわらいでくるんです」

「よく眠れる?」

「それはもう、とくに腹の痛みが薄らぎかけてからは睡眠薬なしでぐっすり眠れます」

「仕事をすると疲れやすいといってたね」

「以前はそうでした。きのうは三時間ほど残業したんですが別にどういうこともありません。徹夜だって……」

吉野高志はシャツを着た。

「徹夜はいけません」医師はきびしくいった。

「徹夜も気にならない程度に元気になった気がします」と彼はいった。

「それは大いに結構なことだが、なにぶん特殊な病気ですからね、良くなったと思っても無理は避けることだ、症状がまたひどくなったら徹夜どころの騒ぎじゃないよ」

そこで初めて佐々木医師は微笑をうかべ、「とにかく良かった」といった。頰笑みはすぐに消えた。医師の目に気づかわしげな色が感じられる。吉野高志は微笑を返した。相手の懸念をそれで打ち消しでもするように。

「体に何か変ったことがあったら、診察日以外の日でもすぐに来るように。ここ当分用心しなくては……きみ」と看護婦に呼びかけて、「吉野さん、採血」と命じた。

「いずれにせよ、疲労も倦怠感も覚えなくなったのはさし当りいいことだ。……三年になるね」

「三年?」と吉野はきき返した。「きみの病気、自覚症状があってからだ」

医師は眉根を寄せてカルテに細かな文字を書きこみ始めた。吉野高志は小さな試験管に入れた自分の血液を検査室へ運んでから玄関へ向った。暗い廊下の両側に長椅子が置いてあり、それぞれ沈みこんだ表情の患者たちが口をつぐんで腰をおろしている。庭に面して開いた窓から午前の光がさしこんで、つややかに拭きこまれた床に楠の影がさかさに映っていた。

付属病院の原研内科へ、吉野はこれまで数えきれないほど通ったのだが、この日、診察室を出て仰ぎ見る庭の楠は初めて見るもののような気がした。

(三年にもなっていたのか……)

子供の頃、夢のなかで得体の知れない怖しいものに何度も追われたことがある。これは夢だ、夢なのだからいつかは必ず醒める、と心のなかで叫んでいると、その通り夢から醒めて、ああ良かった、と胸を撫でおろすことになる。慢性骨髄性白血病というこの病名を初めて知らされたときもそう考えた。自分は悪い夢を見ているのに違いない。ある日、目が醒めたら実は医師の宣告も、いまわしい全身のけだるさも消えてしまっていて、ただの夢にすぎなかったことがわかるのだ、と。

しかし、それは彼のはかない空頼みで、夜から朝へ、朝から昼を通じて短い眠りへ入る夜へと、いつまでも吉野を苦しめるのだった。そのけだるさ、上腹部のこわばったしこりと痛み、胸の不吉な動悸といった症状が、嘘のようにやわらいで、そのかわり今は雲ひとつない五月の青空のように冴え冴えとした気力が全身に漲っている。

吉野は考えた。
世界はもともと自分が見上げているこの空のようにいつも青く澄みわたり、涼しいそよ風が溢れている初夏の午前のようなものだったのだ、と。自分は長い間そこからしめ出されていた。自分はまた明るい所へ帰ってゆくことができたわけだ。……………………

電車通りを右に見て歩くと、坂本町と目覚町の中間あたりに左手の丘へ登る坂道がある。傾斜の急な坂道である。彼は急がずに一歩一歩を踏みしめるようにして登った。道は丘の腹を巻いて上へと続いている。坂道の右手、丘の中腹に拡がっているのが異人墓地である。しばらく見ないうちに、墓地と道路境界に生えている桜が青々とした繁みで枝を包んでいた。

鉄の門は半開きになっていた。墓地は立木が多く、かなりの高みに位置しているので、街路よりも冷たい風が感じられる。彼はいつもここを訪れては休む場所、墓地中央の椎の木かげに腰をおろした。彼と入れちがいに明るい髪の男が鉄の門を出て行った。ハンカチで額と首筋を拭う。かすかに汗ばんでいた肌が丘をわたる風にたちまち乾く。

案じていたような胸苦しさや疲労は、急勾配の坂道を登った今となっても感じない。これまでは坂の途中で三、四回、休まなければ登れなかった高台である。吉野高志は、自分が回復したという自信を深めた。

墓地に人影はまばらだ。

白い皮膚の男たちがアラビア人の墓で立ちどまり何か話し合っている。風に乗って伝わってくるのは耳慣れない言葉である。彼等はアメリカ人でもイギリス人でもないようだ。言葉には濁りの多い子音がまざっている。ふと耳にはさんだ「ニェット」という言葉で、吉野高志は彼等をロシア人と推測した。そういえば今朝、埠頭に接岸したソヴィエト連邦の客船があった。彼等はアラビア人の墓を背景に写真をとりあってから墓地を出て行った。

吉野高志は墓石の碑銘を拾い読みながら日かげを歩いた。土を踏む軽い足音がしたかと思うと肩をたたかれた。

「待った?」と中津弓子はいった。

「今きたばかりだ」

「きょうはスケッチブックなしで」

「もうたいがい憶えちまったよ、ここに通い始めてかれこれ三ヵ月になるから」

急いで歩いて来たので暑い、と弓子はいった。吉野はほんのりと上気した女の顔に目をやって慌てて視線をそらせた。小さな汗の粒を浮べた顔が何となくまぶしく感じられた。

SACRED TO THE MEMORY OF RICARD PHILIPS, DIED 31, AUGUST 1894 AGED 49……

白い大理石の表面はまだらに青緑色の苔でおおわれている。椎の若葉を洩れた陽光が黄金色の斑点を墓碑におとし、それは風で枝が揺れるにつれて墓碑の上でもせわしなく動いた。吉野高志は中津弓子に碑銘を読みきかせながら墓石の間を歩きまわった。墓地には二人の他に人影はなかった。彼方、鉄道の向う側を大きく占める工場地帯から、機械の噪音が鈍いこもり音となって、この丘にものぼってくる。まぢかでは耳をおおいたい程の音も丘に届くまでに森の空気に漉されて、獣の物憂い唸り声のように聞えるだけである。

「この十字架、なんだか変ね、それに文字だって」

中津弓子はひびわれたかまぼこ形の墓石を指していった。

「ロシア人の墓なんだ。あの男だったら読めるかもしれない」

「あの男というと、三宅さん?」

吉野はうなずいた。

「あの人、まだ長崎にいるの」

「当分、東京には戻らないっていってるから。どこで何してるんだろうな、きょうあたり奴のアパートを訪ねてみようかと思ってる」

「それがね、きのう西小島町のアパートに行ってみたら、三宅さんアパート追い出されたみたいなの、こわい小母さんが出て来て、あたしがいろいろ訊いてみたら十日以上も前に部屋を締め出された様子なの、あたしを三宅さんが寄越したと思いこんだのか、未払いの間代を払わなければ金輪際、荷物は渡せない、なんていうの」

「…………このあいだ会社へ電話をくれたときはあいつそんなことはいわなかったがな、アパートを追い出されたといっても今に始ったことじゃなし、どこかにもぐりこんでいるだろう、ＹＭＣＡかな、ユースホステルかな、……」

吉野は笑った。なにがおかしいのか、と弓子はきいた。

「いや、なんとなくおかしくなって、冬眠の最中に起された熊みたいにあいつがのっそりと長崎の街をうろついている恰好を想像すると……、タフな男だから寝る所くらいはみつけてるだろう」

「そうかしら、高志さんの所へ行けばいいのに、管理人がうるさいの？」

「べつに、あいつ遠慮してるんだろう」

「何を遠慮してるの」

吉野は口をつぐんだ。いつか三宅鉄郎が夜おそく南山手町にある彼のアパートへやって来たことがあった。ちょうど弓子が居合せていた。帰ろうとするのを無理に引っぱり上げて話をしたが、半時間もするとそそくさと帰って行った。そういうことがあった。

「GONE BUT NOT FORGOTTEN……これどう訳せばいいの」

灰褐色の石碑は上端が木の葉形にとがっていて、表面に薄く浮き彫りされた十字架を薔薇の花と葉で囲んである。

「GUSTAV SWAINSEN……か、北欧系の人らしいな、ええと、君去りしかど忘らるることなし、とでも訳すか」

吉野は石碑の前にしゃがんで薄れかかったのみの痕を目でたどった。GUSTAV SWAINSEN, WHO DIED AT NAGASAKI ON THE 4TH DECEMBER, 1903 AGE 68 YEARS, A NATIVE OF の次が欠け落ちて最後に

SWEDENという文字がかすかに読みとれた。

「グスタフ　スワインセン。一九〇三年、十二月四日長崎にてみまかりし、享年六十八歳にしてスエーデンの〇〇に生れし人、スエーデンのどこなのかがわからない」

「いろんな国の人がいるのね」

「オランダ人、イギリス人の他にインド人、安南人、ロシア人、それから……」

「十五歳、まあ、これ見て高志さん、ここに埋葬された人は十五歳でなくなってるようよ」

弓子は椎の根元にひっそりと立っている小さな墓を指した。

「よく見るんだよ、十五歳のチーフ・オフィサーなんているもんか、S・S横浜丸の一等航海士だと刻んである。四十五歳の4の字の斜めに引く線が浅かったんで薄れてるんだよ。石工のみがつぶれかけていたんだろう、おまけに苔もついてるし」

　彼は指の爪で数字を引っかいた。そうすると苔の下から4という数字が浮びあがった。弓子は芝生の上に膝まずいて、墓碑銘を声に出してたどたどしく読んだ。吉野はそれを日本語に直した。

「アーサー・C・アレン、一八八九年四月二十八日、海にて死す、享年四十五歳、彼が友達により建立、死なず、ただ去りしのみ、か。航海ちゅうに病気で死んだのか、それとも船が遭難したのか、これだけではわからない。四十五歳といえば働き盛りだな、死したるに非ず、逝きしのみ……。うまいことをいうもんだ」

「逝くというとどこへ」

「きまってるじゃないか、あの世だよ」

「あたしねえ……」

　中津弓子は灰色の石碑から離れて墓碑の南端へ歩いた。「そこへ去る、というでしょう、また、あの世ともいうわね、人間が息を引きとった後に現れる世界のことを。そうするとこの世の外に何かもう一つ世界があるみたい、みんなそう思ってるけれど高志さんどう思う?」

「ぼくに訊いてどうする」

「幼稚園の絵本に描いてあるような天国がもしあれば退屈だろうと思うの。地獄へおちるのはこわいけれど、そんな天国なんか行きたいとは思わない」

吉野は今朝がたゴミ袋に入れようとしたノートのことを考えていた。

「さっき大学病院に行って佐々木先生と会って来たの、あなたが出たちょうど後だったわ」

「先生に何か」

「高志さんのこと訊いたの、患者の診察が全部すんでから医局へ行く途中の廊下で、歩きながら」

「それで……」

「それで……」中津弓子は口ごもった。手に触れた草の葉をちぎって歯で嚙んだ。蜜蜂が墓碑のまわりをかすかな羽音をひびかせて飛んだ。

「疲れずに仕事ができるようになったのはいいことだって、しかしこれで安心をして全治したと思いこんではいけないんですって」

「僕は全治しかけてると思う、医者としては軽がるしくいえない事情もあると思うけれど、本人の自覚がいちばん確かじゃないか」

「そう、ならいいけれど」

「石工たちはすくなくとも一ダース以上はいたようだよ、墓碑に文字を刻みつけた職人たちはね」

吉野は話題をかえた。薄肉浮彫の唐草模様で飾られたイギリス人の平べったい墓碑が立っている。そこに刻みこまれた碑銘を指先でなぞりながら説明した。

「文字と文字との間隔のとり方、メモリイのOという字はどの碑銘にも共通しているからくらべやすい、Eという文字の縦横の線の配分、それから各文字の大小の比例を見くらべると、大体この墓地を造った隠れた芸術家の数は十二、三人、多くても二十人は越えないね」

「稲佐の外人墓地と比較したらどちらがふるいの」

「稲佐がふるいだろう、あそこの墓地は慶長年間に造られたそうだから十六世紀の終り頃になる。こちらはせいぜい遡っても幕末だもの、つまり十九世紀の終り頃。しかし墓地としてはこっちの方が僕は好きだ」

「変だ、お墓が好きだなんて」

二人は墓地を出た。吉野は自分が登って来た坂道を下らずに、丘の上へ続いている方角をえらんだ。桜並木が頭上にアーチ形に張り出している。真昼の日光は濶葉樹の若葉を明るく彩って、その木かげを歩く男女の顔を緑に染めた。

「どうしてこちらへまわるの、近道でもないのに」急勾配に喘ぎながら弓子はたずねた。吉野は歩調をおとしておくれがちな女友達の足が追いつくのを待った。一年前の五月、二年前の五月、彼は医大からの帰りにこの坂道を歩かなければならなかった。住居が今の南山手町に移るまではこの坂道の上にある銭座町に住んでいたのである。

その頃、五月の太陽はきょうと同じように明るく輝いていたが、吉野高志はその輝きを感じなかった。不規則な動悸、息切れ、全身の倦怠感が初夏の緑さえも遠く隔たったものに感じさせた。定期的に診療をうけに通う医大からの帰りに坂本町の異人墓地へ寄るのはついこの頃の習慣である。ある日、なんとなく惹かれるものを覚えて立ち寄ってからやみつきになった。吉野がきょう、弓子のいぶかるように坂道を上へ向ったのは、これまで暗い気持ばかりで歩いた道筋を快い回復感を覚えている今、たどり直してみたいと思ったからだった。

花は散り尽していて、青い柔らかそうな葉桜が道路におおいかぶさり、空を隠していた。わずかに息を弾ませながら、吉野高志はこの道からの眺めを初めて素晴しいと思った。

四

三十分待っても〝noa《ノア》〟の専務は現われなかった。三宅鉄郎は「浜ビル」を出て、そこから二百メートルほど離れた同じアーケード街にある古書店文陸堂で時間をすごすことにした。店員に文陸堂の名を告げて店を去った。

三宅が東京を去ったのは昨年の十二月である。去るというよりあわただしく脱出するといった方が正しい。この五月で長崎滞在は半年になろうとしている。この街は三宅が少年時代の大部分を送った土地である。高校を卒業してから上京し、その後ほとんど帰らなかったから、去年およそ十年ぶりで舞いもどったときは街のたたずまいが一変していることに途惑ってしまったが、半年ちかく暮すうちに昔の土地感覚を取りもどすことができた。中央繁華街に四通八達する大小の路次と抜け道にもくわしくなっていた。

だからアーケード内の通りをまっすぐ文陸堂へ向わずに、三宅は「浜ビル」の角を左へ折れて万屋町の通りへ出、そこを鍛冶屋町の方へ歩いた。文陸堂へ行くのに例えば三角形の二辺を迂回するやり方でまわり道したのである。それというのも朝の十字路で、岡政デパートのガラス扉ごしに見た薄茶眼鏡の男と出くわしたくなかったからだった。

（いずれあの問題は片づけなければならないとしても、今は気がすすまない）

三宅はそう自分にいいきかせた。

長崎は人口四十万の中都市であるが、古書店は二軒しかない。一軒は鍛冶屋町の大昭堂で、一軒は浜町の文陸堂である。東京で暮していた頃、三宅は高円寺、荻窪、戸塚界隈の古書店に、しばしば読んだあとの書物を売り払った。どちらかといえば彼のような原稿生活者は、読みふるしといえども手許に置いておく方が、資料としていつ必要になるかわからないので役立つことが多い。

それが思うようにいかないのはまずアパートの六畳間に本の置き場がないこと、読んだ本を売って金に換えなければ次の本が買えないこと、その次にこれが最大の理由なのだが書物を身のまわりにうず高く積んでおくと、良書悪書のいずれを問わず本の山から毒気のようなものが発散して来て次第に息苦しくなってくるのである。そういうわけで三宅鉄郎は机のわきに積みあげた本を定期的にもよりの古書店へ運んだ。古本屋とのつきあいはしたがって高校時代から通算するとそろそろ二十年になろうとしている。経験によって学んだことは、売り払うに当ってはこれという店を決めておいた方が得だということである。払い下げた本がそのうち要るようになることもある。売った所を覚えておけばそこへ駆けこんで買い戻すことができる。場合によってはその本を売ったのが三宅であると店主が覚えていて売価より安い値段で戻してくれることもある。それに古書店というのは三宅のような売り手なしには成り立たない商売であるから、顔を覚えられれば売買にもかけ引きを用いず、妥当な値段で取り引きしてくれるものなのだ。

三宅鉄郎は東京を引きあげる折り、日用品は歯ブラシ一本たずさえていなかった。カメラとテープレコーダーは取材のために持ち出していたから良かった。それにイタリア製のショルダーバッグである。手ぶらで取材に出ていたら裸一貫で都落ちすることになるはずだった。今でも時どきあの晩のことを思いだすことがある。本郷のアパートへ帰り着いたのは九時ごろであったと思う。カメラの他に重いレコーダーを下げていたのでタクシーを利用したのだが、下水工事のためにアパートから百メートルほど手前で車を降りなければならなかった。そういうことは朝、部屋を出るときに目にしていたのだが、頭は由利子とのことで一杯だった。

彼はタクシーを降り、器材が肩に喰いこむのを覚えながらアパートの方へ歩き出した。数歩あるいたときに人影が目に入った。アパートの軒燈が明るくした路上からやや離れた場所にそいつはたたずんでいて左右を見張っているようである。反射的に三宅は電柱のかげに体を寄せた。

二階の端、道路に面した部屋の一角に明りがともっている。由利子が帰っているはずはないから、そこで三宅の帰りを待っているのは別人のはずである。彼はそれが誰であるか見当がついていた。さいわい玄関前の見張りは三宅の姿に気づいていない。彼は塀にそって後退した。道路工事用の木枠が塀際に積んであったので気づかれないように逃げるのには都合が良かった。アパート前にタクシーを乗りつけていたら、待ち構えていた男たちの手でたちまち部屋に引きずりこまれ、先だって同業の猪木が受けたような仕返しを受けただろう。彼らは——組の連中で、三宅は——組の内情についてルポルタージュ記事を書き、週刊東京にのせたばかりだった。彼等は組長襲名の際に生じた事情が事実とはちがう、と週刊誌編集部に抗議したのだが、記事を書いたのは編集部員でなく、自由契約のライターである三宅である。結局、もめごとを嫌う出版社としては強いられるままに若干の金を——組に慰謝料として支払って問題を処理しようとしたが、組の方は三宅に対して、情報提供者の名前を明かすように迫った。

三宅はそれを拒んだ。あくまで取材源を隠し通すことを条件に手に入れた話である。いちいち脅迫に応じていたらフリーのルポライターは飯の喰いあげになってしまう。週刊東京編集部は三宅の住所を明かにしたらしい。問題を組と三宅との交渉にゆだねるつもりなのであろう。このような面倒が起ることを予想して、三宅は細心の注意を払って記事を書いたつもりだった。数ヵ月前、別の芸能週刊誌にやはりフリーのルポライターである猪木が映画スターと暴力団との腐れ縁を書いて、こっぴどい目にあっている。猪木は新宿の裏通りで袋叩きにあい、右手の指を折られたのだった。袋叩きはともかく指が使えなくなるのは考えものである。三宅は極力逃げまわることにした。そうしておればほとぼりもさめるだろうと考えたのだが、アパートに押しかけられてはおしまいである。

三宅はその翌日、こっそりと本郷に舞いもどってアパートを偵察してみた。見張りは同じ場所にいた。管理人に電話を入れてみるとやはり友人と名乗る男が二人、部屋に這入りこんでいるとのことである。「警察に訴えなさいよ」管理人のおかみはすすめた。呼び出して近くのバス停で会ったときにそういった。三宅は留守ちゅうに配達された郵便物を管理人から受け取り、その日支払うことになっていた先月分の間代を払った。警察に行く気にはどうしてもなれなかった。問題の解決にはならないのである。彼は考えに沈みながらお茶の水まで歩いた。夕方であった。三宅のまわりを人の渦が流れた。彼は何度も後から突きのけられ前から押された。けたたましくクラクションを鳴らしてわきをかすめる車があった。十字路の赤い光を無視してふらふらと向う側へ渡ろうとしたことがあったからだ。

三宅鉄郎は聖橋の欄杆にもたれて灰色の都会を見渡した。この街が自分に与えたものを考えた。大気は冷たく、欄杆についた手はすぐにかじかんでしまった。下から吹き上げてくるいがらっぽい風が胸を苦しくした。風はある種の酸のようなものを含んでいるようで露出した皮膚にしみた。三宅は慄えながら欄杆のきわに身を寄せていた。大学卒業以来、十年以上たっている。この街に自分が与えたものは何だろう。何もない。十年の生活で、自分が首都から得たものは何だろう。何もない。三宅は刺すような風に目を潤ませた。自分が無力な幼児になり、服もつけずに高い橋の上にほうり出されたような気になった。大学を出てからの生活を振り返った。彼の後ろを駅から溢れ出した群衆が通りすぎた。一様に灰色の衣裳をまとい不機嫌な表情をして歩いた。灰色の橋を渡る灰色の群衆、と三宅は考えた。

卒業してすぐに就職したのはある教科書会社である。そこでは一年とたたないうちに労働争議がこじれて、組合が分裂し、執行部の一人である三宅がやめることでけりがついた。業界新聞の記者、予備校教師、精神病院の看護人と三宅の経てきた職業をあげてゆけばキリがなくなるようである。どれも長くて一年と続かなかった。精神病院に勤める気になったのは、予備校教師よりましな給料の他にまとめて自分のものになる時間があったからである。もっともまる二日分の休日は徹夜勤務を三回続けなければならなかったのだが、体に関しては三宅は自信があった。学生時代の生活費と学費は奨学資金と肉体労働で賄っていたのである。

精神病院を一ヵ月でやめたのは猪木と知り合ったせいといってもいい。大学時代は同じ学部だったが口をきく機会も少なく、卒業してからは疎遠になって街なかで出くわすこともなかった。再会したのは猪木がルポルタージュと称して三宅が勤めている精神病院を訪問したときである。猪木はある三流週刊誌の編集者として暮していた。乞われるままにいくつかの情報を提供し、それからひんぱんに会って話をするようになった。週に二日間、気楽にすごせる時間を持つようになると、三宅は学生時代から念願の「ものを書く仕事」にまたぞろ惹かれる自分を意識した。猪木は三宅ならそれが出来ると請けあった。卒業して四年目の春である。

病院が休みの日に、三宅は一山の本をかかえてアパートの一室にとじこもった。三度の食事に近くの店へ出向く他は朝から晩まで本を読み耽った。対象はおもに近代史と小説である。もしそれが週に二日間だけでなく毎日許されるのだったらどんなにいいだろう、と考えないわけにはゆかなかった。猪木の囁きは悪魔の誘惑のごときものだった。その当時、売れ行きを伸ばした週刊誌は編集部の外に筆の立つ書き手を求めていた。猪木はそういった。週に一本、あるいは少なくとも月に三本自分の原稿を出版社に売りこむことができれば食べてゆける、と昔の級友は保障した。

三宅は精神病院をやめて筆一本で立つ決心をした。猪木の口添えもあり、こと細かな助言を頼りにいくつかのルポルタージュ記事を書いてみたが一本しか売れなかった。それさえ猪木との合作のようなもので、猪木が編集する週刊誌に掲載されたものである。持ちこんだ原稿が断わられたのはどれもカタすぎる、という理由であった。平たくいえば面白くないということだ、とある週刊誌の編集者は三宅に面と向って不採用の理由を説明した。田舎の中学校を出て美容院で働いている女の子でも興味を持って金を払いたがるような記事でなければ困る、というのである。「第一、おたく自身がこのルポを面白がっちゃいないよ、そんなことで読者が面白がるわけはない」そういって編集者は席を立った。

その通り、と三宅は肚のなかでつぶやいた。女優の離婚にまつわる裏話など何が面白いものか。もともと猪木にすすめられて初めは金になり易い柔かい記事を書いて名前を編集者に印象づける必要があるということで、気はすすまぬながらもまとめた文章だった。戦略は失敗したわけである。

三宅は心機一転、ある有名私立高の入学試験にちなむスキャンダルをまとめた。政党総裁選の裏面を書いた。東北から出稼ぎに来る農夫たちの生活を追跡調査した。高速道路建設に際して受注する企業と公団間の闇取り引きを暴露する記事を書いた。どれも採用にならなかったが、猪木の口添えで名の知れたルポライターに資料を渡して、調査費という名目でいくばくかの金をもらい当座の生活費にあてた。そのルポライターは間もなく数社の週刊誌に三宅の原稿に手を入れたものを自分の名前で発表した。

うまいものだ、三宅は活字になった自分の原稿を喫茶店で読みながら感心した。手を入れてあるのは冒頭と末尾だけのようである。思わず引きこまれて読みたくなるような巧妙な書き出しが工夫してあり、終りには問題の重要性をほのめかすもっともらしいコメントがつけ加えられていた。

やはり自分はルポルタージュには向いていないのかもしれない、と三宅は考えた。本職の作業には感心したが、だからといって即座に真似る気にはなれなかった。「第一、おたく自身がこのルポを面白がっちゃいないよ」という編集者の言葉が頭の中でしつこくこだましていた。何を書いても本当に自分が心の底から面白がっていないことがわかるのである。それでは我を忘れて熱中できることがまったくないかといえばそうでもなくて、三宅には長年、気にかかっている事がひとつあった。学生時代から念頭を去らなかったある記憶である。少年時代に中国大陸で死亡した父に関連した事柄なのだが、事情はあまりに漠然としているうえにこみ入ってもいるのでどこからどう手をつけていいかわからなかった。

それをルポルタージュの形式で書くべきかそれ以外の例えば小説のような形で書くべきかは決心がつきかねたが、年を経るごとに父のことを詳しく知りたいという思いはつのる一方である。考えてみれば父が南満洲鉄道の調査部に採用されて大陸へ渡った当時の年齢と三宅のそれはあまりかわらなくなっていた。三宅鉄郎はその後しばらくルポライターをやめた。その日暮しで良ければ半端なアルバイトには事欠かないのが東京である。彼は総理府統計局の臨時職に雇われて数ヵ月、調査員という資格で働いたあと、医薬品のセールスや、あやしげな不動産会社の営業部員をつとめた。給料は少なくても失業保険のつく仕事を選んだ。保険金受給資格が生じる十ヵ月まで勤めてからアパートに引きこもり、小説めいたものを書くのに没頭した。保険金が切れる頃にようやく七十枚ほどのものを一篇、書きあげて文芸誌が募集している新人賞係に送った。三番目の作品がA誌の選外佳作にはいった。自動車部品のセールスをした後で書いた作品である。学生時代のある事件を推理風に書いた短篇であった。最初の作品も二番目も実は同じ素材を書いていたのだった。そのつどさまざまな角度から見方を変えて書き直しては異った雑誌へ送りつけていた。

「なかなか変った素材ではあるんだが、整理が行きとどかないといううらみがある」

選考者の共通した感想はこの程度であった。入賞した作品は〝給料生活者の平凡な日常生活にひそむ深淵〟というサブタイトルが目次の横に振ってあるものだった。掲載されたのは入賞作の他に〝青年の孤独と倦怠〟を描いた百枚の作品二本で、三宅の原稿はロクに〝批評〟の対象にもならなかった。

「ルポをやってみませんか……」

A社の応接間でひと通り作品の欠陥を指摘した後、編集次長と名乗る男が三宅に提案した。小説も結構だがお前ならルポが書ける、というのである。不定期のアルバイトにもそろそろ飽いた頃だった。岡村由利子と知り合って一緒に暮すようになってから間もない頃であった。小さな出版社に勤める由利子の給料だけに頼って小説を書き続けることが出来るとは思えなかったので、三宅はこの提案にとびついた。A社がちょうど週刊誌を創刊して筆の立つ書き手を物色ちゅうであったことも三宅に幸いした。二年間の小説修業で、文章のこつもおぼろげながらつかめたような気がする。小説は小説として気長に勉強すればよい、今は由利子との生活の基礎を固めるためにちゃんとした仕事を継続的に確保する必要がある。三宅はそう考えた。

最初の十本ほどは編集部が大幅に手を入れなければ雑誌にのらなかったが、だんだんにその度合もへり、ほぼ三宅が書いたままの形で採用されて、一年後にはA誌の他にも売れる原稿が増えた。仕事が軌道に乗れば不動産会社の営業部員より、医薬品のセールスよりルポライターの方が良かった。決った時間に起きてタイムレコーダーを押すために満員電車につめこまれることはなかった。三宅は首をネクタイで締め上げ、バッジを背広の襟につけなくてもいいならばどんなことでもする気でいた。教科書会社や業界紙をクビになったのはもともと自分に律儀なサラリーマン生活を送る気がなかったからではないか、とその頃、考えてみたことがあった。彼は何でも書いた。スキャンダルといえるものなら女優のゴシップも政治家のそれも見さかいがなかった。

それが旨くいかなくなりだしたのはいつ頃からだろう、と三宅は橋の上で慄えながら考えた。埃のようなものが視界に舞っていた。足の下にはひっきりなしに出入りする電車があった。彼の背をこするようにして学生や勤め人が通りすぎた。明るい窓を輝かせて小さくなる電車を見下していると自分の貧しさが身にしみて感じられた。

いつ頃から仕事が順調に行かなくなったかといえば、大体、去年の秋頃からのようでもあるし、それよりもっと後からのような気もする。編集会議に呼ばれて意見を求められる機会が少なくなった。三宅が出した取材企画が通りにくくなった。無条件で採用されていた記事が訂正を求められたり、没になる回数がふえた。もっとも没原稿に対しても昔とはちがって、編集部からは取材費が支払われはしたが。由利子は出版社をやめていたから、収入は三宅のそれしかなかった。初めはタカをくくっていたが、不採用がたて続けに四、五回続くと焦りを覚えないわけにはゆかなかった。無理算段をして手に入れた代官山のマンションも頭金を納入しただけである。毎月かなりの金を返却しなければならない。焦れば焦るほどロクな原稿も書けなかった。しかし焦燥という点では三宅自身よりも由利子の度合が大きかっただろう。かつて出版社に勤めて、小説家の文章にも通じていたので、妻は三宅の書くものを点検してどこに欠陥があるのか調べようとした。「折角、手に入れたマンションじゃないの、あたし、安アパート住まいなんて二度と御免だわ」

三宅の文章に対する由利子の指摘はいちいちうなずけるものだった。具体的なデータによりかかってそれを面白くふくらませる工夫に乏しい、というのである。いわれなくてもそういうことは三宅にしてみれば先刻承知なのである。その工夫を凝らしたから売れるようになったのだし、それが厭になったから雑誌社側は渋い顔をするようになったのだ。なぜ厭になったのかを三宅は妻に説明する気になれなかった。それでも原稿の買い手をえり好みしなければどうにか暮してゆけるだけの収入は確保することができた。

トルコ風呂探訪記、全国の穴場温泉めぐり、テレビタレントのゴシップとスキャンダルの材料は尽きなかった。三宅は代官山のマンションを引き払い、本郷の木造アパートに移った。由利子はまた勤めを持った。出版社で働いていた頃の友人が、銀座の画廊に仕事を見つけてくれた。初めは軽い事務ということだったがよくきいてみると体のいいセールスである。給料は歩合で支払われるかわりに、持ち回った絵が売れた場合の収入は大きかった。絵が利殖の対象として騒がれ始めた時代である。性格がそういう仕事に向いていたらしく、由利子の売り上げは月ごとに伸び、三宅の稿料を上回るほどになった。地方旅行が多い三宅と、夜おそくまで絵を持って出歩くことが多い由利子との生活はすれちがいになることが多くなり、一ヵ月のうちにアパートで一緒に暮すのは四、五日しかないほどであった。その方が三宅には有り難かった。書きかけの原稿にあれこれと口をさしはさまれるといい気持ではなかった。夜を共にするのは稀だった。

ある晩、予定より一日早く仕事を切り上げて、東京駅で同行の編集者と別れ、本郷のアパートに帰ったことがあった。三宅はアパートの窓ぎわに椅子を置いて、ひと仕事すませた後いつもそうするようにくつろいだ気分で旅先で買った地酒を飲んでいた。その車が目の下に止ったのは十二時をすぎた頃だった。珍しい型の外国車である。タクシーではなかった。三宅はぼうとした目で道路を見下していた。フロントグラスの内側に由利子の顔が見え、運転席の男が片手で由利子の下半身に触れたのがわかった。

一分後、車は動き出した。由利子は赤い尾燈が角を折れるまでアパートの前にたたずんでいた。それから階段を登る足音が聞えた。三宅の背後でドアが開き、「あら、帰ってたの」と由利子はいった。画商の――さんに送ってもらったのだ、とつけ加えた。スケジュールを無理に消化して疲れた、と三宅は答えた。

乾いた埃のような雪が降った。雪は橋の手摺りに落ちてもすぐに溶けず、風に煽られてふわふわと動きまわった。

雪の細かな粒がめまぐるしく飛びかうのを目で追いながら、三宅は長崎へ帰ろうと思った。以前から長崎へは旅行してみたいと考えていたのだが、仕事にかまけて今年こそと思いながらも延期することをくり返していた。由利子は数日前から画商の家に泊ったまま帰らず、友人と称する男が荷物を取りに来た。自分の部屋には頰に傷痕のある男たちが居る。ある雑誌からは取材費を前借しているのに約束の原稿を渡していない。

三宅は薄墨色の空の一角に長崎の海を見た。夏の陽光に照り映える青緑色の海である。野母崎、浪之平、立神、西泊、稲佐岳、そういう地名はすっかり忘れていたつもりがふいに口をついて出た。（ここいらであのことをまとめてもいい頃だ、それには長崎にしばらく腰をすえることが一番だ……）と流行らなくなったルポライターは考えた。彼はその足で駿河台のホテルへ戻り、カメラとテープレコーダーを持って東京駅へ急いだ。寝台車の狭苦しいベッドに体を押しこんで、三宅は胸がときめくのを覚えた。同時に甘い解放感に浸った。そういうことはここ数年間なかったことである。

五

吉野高志と中津弓子は〃公会堂前〃で電車をおりた。魚町にある会社の入り口で、吉野は、競走しようと提案した。〃長崎アート企画〃は三階にある。エレベーターであがるのと、階段をかけあがるのとはどちらが早いか、というのである。

「あたしが早いにきまってる、でも……」

ためらっている弓子の前でエレベーターの扉が開いた。吉野は自分でボタンを押し、弓子を押しこんで扉がしまると同時に階段を三段ずつ駆けあがった。胸が苦しくめまいさえ覚えたが、彼は立ちどまらなかった。磨硝子に社名を金文字で印したドアの前に弓子は怯えた表情をして立っていた。

「顔がまっ蒼よ、だいじょうぶ?」

「一度、やって……みたかったんだ、でも、やっぱり機械にはかなわない」

「いけない人ねえ」

蒼白な吉野の顔が、事務室に入ったときには真赤になっていた。

「おや、中津君もいっしょだったのかい」

社長は羽根ぼうきでケント紙の消しゴム屑を払いながらいった。「どうだった、診察の結果は、君の予想どおり明日から本格的に仕事やれそうかい」

「長い間どうも」

「ばかに血色いいじゃないか」社長は吉野の顔から弓子の方へ目をやった。弓子が吉野の健康を保障したとでもいうように。「ま、一度に何から何まで手をつけるわけにもゆくまいから、ぼちぼちと元の仕事にかかってもらいたいな、あんたが昔のように働いてくれるとうちも助かる」

事務室の内部は三つの机とスティール製キャビネット大小一組と電話が一台あるきりである。

「出島町の制作場はどうなっていますか、たしか臨時の職人を入れてたはずでしたね、僕が復職したからにはやめさせていいでしょう」

「とうせつ、手が足りないからねえ吉野君、制作場と外まわりとをかけ持ちにしてくれたらうちは有り難いんだが、どうだろう」

「ここの仕事はどうなります」

「ここでも以前のように手のこんだレタリングになると君にやってもらいたい、イラストの注文もぐんと増えたよ、君が休んでる間に仕事がたまっちゃってねえ」

吉野高志は自分の仕事机にうず高く積み重ねられたちらしの束を床におろした。よく洗って乾かしたつもりの筆の穂先が黒く汚れている。抽出しをあけて、製図用具のケースをしらべてみると烏口が一本足りない。抽出しそのものも休む前にきちんと整理しておいた中身がかきまわされ、他人の机の抽出しのようである。吉野は二つ目の抽出しをあけて、ポスターカラーの空箱に自分が入れたのではないコンドームを半ダース見出した。

吉野は自分の机を誰が使ったのか、と社長に訊いた。

「デザインスクールにアルバイトの学生を一人紹介してもらったんだ、こまかい仕事が山ほどあってねえ、で、何かい、なくなっているものでもあるのかい」

「制作場に寄ってみてから帰ります。出社は明日からということに」

「食事はどうする、全快祝いに焼きビーフンでも取ろう」

「外でやりますから」

「吉野君、ちょっと」

社長は椅子からすべりおりて、吉野の前に歩み寄った。子供のようにまるっこい手で吉野の手を握りしめた。二人して並ぶと社長の頭は部下の肩までしかない。

「今度、制作場に入れた職人だがねえ、吉野君のことは話してるんだがやめさせるわけにはゆかないんだ、で、これまで通り仕事をさせるについては、これから君といっしょにやることになるしするから、制作場の事実上の主人というか先任者というか、それは勿論、君にきまってるが、相手にしてみれば君は後から来た新入りに変らないわけだ、そこの所をなんとか旨くやってみてくれないか、気まずくならないように柔らかあく、ね、それとなく君が制作場の責任者で、彼が職人にすぎないことを知らせるわけだ、角が立たんように」

ほうっておけば社長はこの調子でいつまでもくどくどとしゃべり続けただろう。折良く電話が鳴った。中津弓子が答えた。

「長崎アート企画でございます、は？　ＮＨＫ、毎度どうも、スタジオの方に？」弓子は送話器に手で蓋をして社長を見た。「城島をやってる、もう着く頃だ」と社長はいった。弓子は同じ言葉をくり返した。「え？　セットの件ではないんですか。はあ……こちらに三宅という人が来ていないかって」

「ぼくが出よう」吉野がかわった。聞き憶えのある声が耳に響いて来た。相手はいった。「三宅鉄郎という男はあなたの知合いだそうですな」

「ええ、それが何か」

「居場所がわからないのでおたくにたずねてみたわけなんだが」

「僕もこの所だいぶ会っていません。もし会えたらそちらへ連絡するように伝えましょう」

「至急といって下さい、われわれも探してみるけれど」そこで切れた。

「三宅というのはいつかここにやって来たヒッピーみたいな奴かね」社長が自分の椅子から声をかけた。

「友達です、子供のときからの」吉野は答えた。

「商売は何やってるんだい」

「ものを書いてるんです」

「レタリング旨いようならうちで使ってやってもいいぞ」

「いや、本を書く男ですよ」

社長はそこで興味を失った。「中津君も出て行くのか」と困りきった声を出す。

「ＮＨＫにセットを運んだのは坊やと運転手さんだけでしょう、あたしも手伝わなくちゃ、三時から録画どりっていってたから」

「あんたには住吉の印刷工場へ行ってもらうつもりだった」

「スタジオが早く済んだらまわってみます。それとも何ですか、スタジオは二人だけにまかせておいてまっすぐ印刷工場へ行った方が？」

「いや、そういうつもりはないんだよ」

二人はエレベーターで地上におりた。

「僕が休んでるあいだ、社長はいつもあの調子だったのかい」

「こせこせとうるさいの、あたしたちが五分とのんびりしてるように見えたら、ちゃんと給料払ってるんだから何かさせてやろうと必死に考えこんでいるみたい」

「NHKの仕事をするようになったとは知らなかった」

「単価は安いけれど払いが確実で早いからどうかした仕事より割がいいの、去年の暮までは〝サン長崎工芸〟がやってたのを社長が工作してうちで引受けるようになったの、録画より一時間くらい前までに行けば間に合うと思うわ」

「番組はいつもの〝現代史〟シリーズかね」

「そう」

「なら担当は則光さんのはずだ、さっきの電話、彼がかけてきたんだ、三宅を探してるそうだが一体、何をやらかしたんだろう」

「あの人、奥さんとはどうなったの」

「別れたらしいんだがよくわからない、その話をしたがらないから」

電車は窓を開放していた。進行方向から吹きこむ風に陽で暖められた路面敷石の仄かなぬくもりが感じられた。

「お互いに好きになって一緒になった男と女でも、別れることがあるのね」と弓子はいった。「何度か新しくやり直そうとしてみたような口振りだったけれど、フリーランサーのもの書きというのは生活が不安定だから、女の人には負担がかさむんじゃないだろうか」と吉野はいった。

「このまえ、東京から遊びに来た友だちがね、その子、学生時代のクラスメイトなの、帰ってから手紙をよこして長崎で一番おもいでに残ってるのは、グラバー邸やオランダ坂より市街電車だって」

「その電車なぞに吊り広告をとってまわるのが僕らの仕事なんだ」

「五月になったらいつも思い出すことがあるの、何年か前に東京で体を悪くして入院してる頃、病院で寝てるのが厭になってこっそり脱け出して町を散歩してみたことがあったの、そのときすれちがった中年の女の人たちが話してたのが聞えたの、五月になれば急にアイクリームがおいしくなるって、それで、そんな人生もこの世にはあったんだなって、ほっとするような気持になったわ」

「じゃあ駅前でアイスクリームでも食べて別れようか」

「今夜の映画どうする？　珍しいフィルムだそうよ」弓子はいった。

「どうしようかな、あまり気がすすまない、映画だけならどうということはないけれど、こうるさい演説や何かがあるんだったら願い下げだな」

「県会議員は来ないそうよ、予定では講演もあることになっていたけれど、主催者が関係者に限定するんですって」

関係者と聞いて吉野は苦笑した。昭和二十年八月九日に傷ついた人間たちが、〝関係者〟などという無味無臭の言葉で一括されると、ある種の職能団体のような雰囲気を持つように感じられた。歯科技工士の定期総会とでもいうように。

「あたし行くつもりよ、カラー版なんですって、高志さんも一度見ておいたら」

吉野は、行く、と答えた。三宅に会えるかもしれない、と思ったからである。あの男はこのような記録フィルムを見のがすはずはない。中津弓子は窓から外に目をやったままいった。

「さっきみたいなこと二度としては駄目よ」

「ああ、でも」

弓子が何のことをいっているのか吉野にはわかった。階段を一気に駆けあがったことをさしているのだ。「あれが僕の全快祝いみたいなもんだ」

「全快、祝い」弓子はいい慣れない外国語を発音するように一語ずつ区切っていった。

「その顔はまだ早いといってるみたいだ」と吉野はいった。弓子は考え深い口調で話し出した。

「あたしねえ、子供のとき、とても欲しいと思ってたお人形を買ってもらったことがあるの、嬉しくてたまらずに誰にも渡すまいとしっかり握りしめたの、そしたらやっぱりそれは夢で、目が醒めたらあたし自分の手をこうやってつかんでただけなの、だからそれ以来どんなに嬉しいことがあっても、これはすぐに醒めてしまう夢じゃないかしらって疑うことにしてるの」

二人は交通センタービル二階でアイクリームを食べて別れた。


吉野高志が初めて体の異状を自覚したのは三年前である。当時は〝長崎コピーセンター〟という会社に勤めていた。高等学校を卒業してすぐに這入ったのは市の中央繁華街にある大きな文房具店である。次は、市庁の臨時職員に採用され、期限一杯つとめた後、ホテルボーイ、船具店店員、ガソリンスタンド従業員、など平均して二年に一回の割で職業を変えた。コピーセンターのセールス業務を担当していた期間がいちばん長い。ここは五年続いた。発病しなかったら今もここに勤めていただろう。疲れがひどくて外まわりができなくなった。病欠をとる日も増えた。やめさせられたのは半年後であったから、会社はむしろ寛容であったといえるだろう。売り上げの少ない社員が週のうち半分は休むのに黙って給与を支給したのだが、これはそれまでの成績に対する賞与の意味もあったようだ。四年あまり、彼は〝コピーセンター〟のセールス要員としては優秀な方だったのである。

会社が設立された当時はオフセット印刷と各種印刷が営業内容だったが、昭和四十年代に入る頃から急速にコピーの仕事が増加した。吉野が採用されたのは会社が大幅に業務を拡張し始めた時期と一致する。会社はゼロックスやオザリットを引受けるかたわら、それらの器械を売りさばくのにも力を入れた。吉野の成績はいつも上位から五番を下らなかった。だから会社は退職金を支払うにあたって体が元通りになったらいつでも戻って来るようにといった。その額は思ったより多く、半年間は何もせずに療養に専念することができた。

彼は町の開業医から開業医をたずね歩いた。疲労がただの疲労とたちが違うもののように思われた。朝、起きたときから病的にだるいのである。医師は尿をとり血液を調べ、胸と胃をレントゲンで撮影した。異状はなかった。ただ仕事に疲れただけだろう、といい、ビタミン注射をうってくれるだけである。別の医師は消化薬を処方した。ある医師にいたっては精神安定剤をくれさえした。

吉野自身、自分は本当に病気なのだろうかと疑うことがあった。疲労がはげしくてじっと立っていることすら出来ない日があるかと思えば、その翌日は山登りしても何ともないのである。それがかわるがわる吉野の上に訪れた。彼が体の異状を原子爆弾と結びつけて考えるようになったのはかなり後である。敗戦の年、八月九日の午前、吉野は岩川町にある家から八千代町へ使いに出された。浦上駅前まで来たときに白いものが閃き体が持ち上げられた。それから後のことはよく覚えていない。明るい夏の朝が一瞬、夜になったように思われた。どのくらい気を失っていたものかそれも覚えていない。後で記憶を整理してみると、彼は爆発の刹那、吹きとばされ駅前広場に積んであった木箱の山に叩きつけられたらしい。炎が迫ったとき意識を回復して反射的に岩川町へとって返そうとした。燃えさかる火が眼前にあった。父と母がいるはずの家は焔の幕で覆われていた。彼はその中へ戻ろうとした。誰かが彼を抱きかかえ、体を低くして這うようにして長崎駅の方へ逃げた。被爆した日のことは記憶が混乱して他人の手記で読んだ情景と自分の経験とに夢で現われる火が入りまじって果してどこからどこまでが本当にあったことなのか二十年以上も経つうちに判然としなくなっている。

そのとき、吉野高志は銭座小学校の二年生であった。当時の同級生は今一人も生き残っていない。戦後まもなく五、六人の生存を人づてに聞いたが、他県へ移ったり交通事故でなくなったりして最後に一人だけが、昭和三十八年ごろ吉野のもとへ消息をよこしたが、造船所に勤めているというその男と落合うにはお互いに時間のやりくりが旨くゆかず、たまに電話で近況を話し合うくらいだった。それに改めて会ったとしても、途方もない災難をのがれた級友同士という以外にこれという話題もないのだった。

コピーセンターを退職して医師めぐりをしているとき、ふと思い立ってその男を訪ねてみる気になった。飽の浦の住所は教えられて知っていた。なんとなく気にかかったのである。Kというその級友は原子爆弾が投下された日に坂本町にいたといった。燃えて倒れた木の枝で顔を払われて軽い火傷を負っただけで特別な症状はないが、三十を過ぎてから疲れがひどくなった、と語ったことがあった。市営フェリーで港を横切って対岸へ渡り、三菱造船を左に見て、目印に聞いた寺を探した。峰厳寺というその寺はすぐに見つかった。わきに狭い小路があり、路次の奥にある石段を登ればKの家があるはずである。セールスマンという職業がら知らない町で目指す家を探し当てることには慣れていた。

吉野は小路の向うからやって来る行列を通すために軒下に身を寄せた。彼等は揃って黒い衣装を身にまとっていた。中ほどの列に白布をかけた長方形の箱がかつがれていた。そういえば小路の入り口に飾りが多い自動車が停っていた、あれがそうか、と吉野は思って振り返ったとき不吉な胸騒ぎを覚えた。Kはそのとき白布で覆われた棺におさめられていた。束の間日が翳ったような気がした。三ヵ月前に電話で話したときは、きついとこぼしながらも月に五十時間、残業をこなすくらいは平気だといっていたのだ。

吉野は隣近所のかみさんに話をきいた。「寝こんでから一週間にもならんとよ、あげんがっちりとした良か体格やったとにねえ」「子供さんはまだ小さかとに奥さんが可哀そか」と別の女がいった。吉野は病名をきいた。

「そいが何かむずかしか病気のごたる、一度きいたばってん、よう覚えられんと、ええと、コーツー性カッケツ病とか」

「白血病よ、急性骨髄性白血病」と乳飲み児を抱いた若い女が口をはさんだ。「きつくてたまらんけんいうて奥さんは朝鮮人参やらローヤルゼリーやら毎日のませてみなったげな、お医者ば呼んだとは三日前よ、ひと目みて、こりゃいかん、すぐ入院といったときはもう遅かったと、口からも鼻からも血を出しなってねえ、ほんとにあっというまのことやった」

その日から一ヵ月間、吉野は医院へ通わなかった。自分は別だと思おうとした。六人の医師がそれぞれただの仕事疲れだといったのである。それに疲れを自覚してからかなり経つというのにどこからも出血するような兆しはない。彼はKを訪ねたことを少し後悔した。それまでの不規則な生活をやめ、会社へ勤めていた日と同じように朝早くきまった時間に起きて散歩をし、夜は早く寝た。そうすれば自分が胃潰瘍か肝臓病などというごく当り前の病気で休んでいる平凡な人間のように思われるからだった。被爆したからといって皆が皆、白血病になるとは限らない。げんにコピーセンターの社長は爆心地である松山町であの白い光を浴びているのに何の異状もない。そういう人間は割に多いのである。被爆しなかった人間でも白血病をわずらうことがある。あまり神経質にならないことだ、吉野はそう考えた。白血病というのはそうざらにかかる病気ではない……。

しばらくはそれで良かった。彼は山陰へ短い旅行をし、卓上用の小型ステレオを買い、月賦で背広上下を一揃いあつらえた。ごく普通の給料生活者なら誰でもするようなことをした。被爆者手帳を持っていたから医療費を気にする必要はなかった。酒は飲むと気分が悪くなるので、過度にぜいたくをしなければ、〝コピーセンター〟の退職金と失業保険で貯金をへらさずにここしばらくはやってゆけそうだった。元気になったら、そろそろ結婚しよう、これという相手がいるわけでもないのに吉野は考えることがあった。あり余る程の時間を当てて彼はアパートを隅から隅まで清掃し、食後の皿小鉢を洗い、窓を拭き清めた。鼡とりとゴキブリ駆除剤を買って来て、台所に仕掛けた。そんなことに熱中していると、一時的にでも体の不快さを忘れることができ、病気そのものも遠ざかるように思われた。

ある朝、吉野高志は顔を洗った後、流し台の縁に両手をついて長い間うつむいていた。銀色のステンレスに薄茶色のしみがうかんでいる。寝る前にのんだ煙草の葉が唇にくっついていて、それが流されたものかと考えた。この前もそれでびっくりして、よく調べてみてから煙草の葉とわかり、ほっとするやら自分の小心さに肚を立てるやらしたのだ。しかし、今度はどうやら本物らしかった。彼は舌の先で口の内部をなめまわした。頬の内側を押し、歯茎をこすった。うがいをして吐いてみた。

出血はわずかな量だった。もしかしたら魚の骨がどこかに刺さっていてそこから滲み出てくるのかもしれない、とか、親不知が生えてくる前兆かもしれない、とか考えながら、銀色の金属の上にうっすらと拡がった赤い斑点を眺めた。いつもこのことを考えて暮して来たので、意外に動揺は感じなかった。かえって肩の重荷をおろしたように、ほっとした気持さえ味わったほどであった。

吉野は朝食後、医院を訪問した。初めての医師である。診察をうけて三日後にまた来るようにいわれた。その日出かけると医師は彼に大学付属病院の原研内科にあてた紹介状を渡した。

六

三宅鉄郎は文陸堂古書店にはいっていって奥にある机のわきの椅子に腰をおろした。主人はいなかった。段ボール箱のロープを解いていた息子が顔を上げて、やあ、といった。

「おやじさん、きょうは古本市にでも出かけたのかい」

「二階に居ますよ、何でしたら呼びましょうか」

「いいよ、ちょいと寄ってみただけなんだから」

後ろにある辞書の棚から露和辞典を抜き出した。黄色い皮表紙の上製本である。彼が去年、本郷のアパートに置き去りにして来た版と同じものだ。胸が痛んだ。彼は手のひらでけば立った露和辞典の表紙をいつくしむように撫でさすった。古本屋の息子は百円均一と書いた陳列台に荷造りを解いた段ボール箱の中身をあけて並べた。「物理・

傾向と対策」という背文字が見える。三宅は首を斜めにねじって題名を読んだ。

表紙のとれかけた文庫本、五年前にベストセラーであった新書版、展覧会の目録、料理、囲碁の手引、「百歳まで長生きするには」の隣に「谷間の百合」があり、その次に「悲劇の大統領ケネディ」がある。「そんなのどう？売れるかい」と三宅は訊いた。

「売れますよ、安いからね」

「どこかの屑屋と契約して本の形をしているのは何でも並べるのじゃないかい、ここに見当らないのは去年の列車時刻表ぐらいなもんだ」

「三宅さんはこうだから」

雑本の山に埋れた一冊の本が三宅の目をとらえた。黒っぽい表紙で装幀された薄っぺらな小型本である。彼はそれが本当に自分の知っている本であるかどうか自信を持てなかったが、目をそらすことができず、まさかとは思いながらも手を伸ばして引き抜いた。

「百円均一なんだろ、これもらうよ」

手に取ってみると紛れもなくあの本だ。

「何か掘り出し物でもありましたか」

「いや、何でもない」

「詩集ですな、さし上げますよ、そんなもの、どうせ並べて置いても売れないんだから」

「払うよ、悪いから、これは只でもらうわけにはゆかない」

三宅は硬貨を渡した。古本屋はうろたえ気味の三宅の顔と彼が手に持った小型本とを怪訝そうに見くらべてから、硬貨を抽出しにすくいこんだ。三宅は肩かけ鞄の中に本をしまって素早くジッパーを引いた。

「その古本はどこから送られて来たの」と三宅は訊いた。

「五個口ですな、東京からです、うちからもいろいろ取りまとめて、長崎でさばききれなかった品を送ってます、古本屋同士の商売ですよ」

「この時計、正確なんだろ」と三宅は訊いて立ちあがろうとした。「三宅さん、ちょっと……」息子は机の下からハトロン紙に包んだ四角な物を出した。客が机から遠ざかったときを見はからって包みをあけた。

「何だい、それ」

「何だと思いますか」

ハトロン紙をとると桐箱が現われ、蓋の下には和本仕立ての画集がはいっていた。『出島遊女歓楽之図』という題が表紙に読みとれた。ふるいものなのか、と三宅はたずねた。リプリントものですよ、と息子はいった。「かなりのもんでしょう」ちらとページを開いて見せた。極彩色の絵が目に映った。「先で値あがりしますよ、どうですか一冊」と三宅にすすめる。「考えとくよ」といってルポライターは文陸堂を出た。からみ合った男女の姿態が目に残った。長崎に来て以来、自分があのような構図によってそそのかされる欲望をほとんど失っていることに気づいた。

今度は裏通りへ抜けず、まっすぐアーケード街を「浜ビル」の方へ向った。薄茶眼鏡の男を忘れたわけではない。その男とぶつかるのが前のように気づまりには感じられなくなったのである。

雑本の山から抜き取ったのは三宅が学生時代に自費出版した詩集であった。B六版五十ページの中身は新潟出身の友人の世話で上質の局紙をつかった。三百部を刷って知合いに配った。二十一歳までに書き溜めた詩とも散文ともつかない文章を集めたものである。無名詩人の印刷物を売り場に置いてくれる奇特な書店はなかったので、彼はルックザックに詰めた二百数十冊の詩集を背負って主に戸塚、本郷、中央線沿線の古書店を歴訪し、本棚のすみに置いてもらうように頼みこんだ。

それが売れたというしらせはついぞ聞いたことがない。どだい売ろうという心づもりで刷った詩集ではなかったから、売れなくても良かったのだが、四、五年もたたないうちに古書店の片隅で埃をかぶっていたそれらが洗い流されたように消失してしまったのを知ったときは、あの詩集たちはどこへ行ったのだろうか、と奇妙な感慨にふけったものである。

仕事が仕事だから、まめに古書店には寄る方だったが、東京で暮しているうちに古書店で自分の詩集にひょっこりめぐり合うということは一度もなかった。それが十年以上という時間と、東京、長崎という空間をこえてここに突然あらわれた。偶然ということはあるものだ、と三宅は考えた。鞄の上からあの本を撫でてみた。(〃さし上げますよ〃は良かったな……)彼は苦い笑いを浮べて、「浜ビル」のエスカレーターに足をのせた。

〃noa〃の専務はすでに店で待っていた。

「冬物の仕入れについて打合せする用件があったものだから、失礼しました」

紳士洋服店の若主人らしく仕立ての良い三つ揃いを着ている。三宅はいささかくたびれた自分の身なりが気になった。専務は同じ階の道路に面した喫茶室に彼を案内した。席につくなり専務は、きのう西小島町のアパートへ電話を入れたのだが、といった。

「家主のかみさんというのが出て来て、剣もほろろの挨拶でしたな」

「僕はコーヒー」と三宅はウェイトレスに答えた。専務は煙草をすすめながら、

「間代を滞らせただけにしては只ならぬ悪口雑言のように聞えましたよ」

「口の達者な婆さんだから」

「三宅さんがどこに居るか知りたいのは自分の方だ、といって大層な剣幕で、何ですかあのおかみさんが家財を差し押えているらしいですな」

「家財といえるほどの物はありやせんのですよ」

「これは違法ですよ、しかるべき筋へ訴えるといい、間代が溜っているとしても、家主にそんな権限はない。ま、

それはそれとして例のものを拝見しましょう」

三宅は肩かけ鞄のなかから原稿用紙を三枚引き出して専務に手渡した。短い顎髭をたくわえた専務は老けて見えるけれど、実際は二十代の半ばであろう。若い男向きの洋服店主にふさわしい敏捷な身ごなしと鋭い目を持っていた。

「これ全部うちでいただいてよろしいですか」専務は念を押した。

三宅はうなずいた。原稿は〝noa〟が契約している民放局のラジオとTV用CMなのである。「ところで、謝礼についてはどうですか、いいセーターがあるんですがねえ、三宅さんには似合うと思うんだが」

CMの作者は蒼くなった。今年の一月、Bという洋菓子店の広告文案を書いたことがある。報酬は洋菓子店の製品であった。三宅は一ヵ月間、朝昼晩と続けて配達されたクロアサンを食べ、それ以来、パンは見るのも厭になっている。これから夏へ向う折りも折り、セーターなぞ着こんでどうなるというのだろう。三宅が現金の方が有り難い、と仄めかすと、専務は俊敏な商人の目で三宅をまともから見つめて、「いかほど」と訊いた。

「一枚、千円」

「三千円ということですね」

専務は胸の内ポケットから財布を出し、三宅の見ている前で三枚の紙幣を引き抜いて彼のコーヒーカップのわきに並べた。三宅はそれを自分のポケットにおさめた。さっき、文陸堂で均一本のなかから拾い出した三宅自身の詩集が目に浮んだ。十年の歳月ですっかり色褪せた濃紺の表紙が今は鮮かに彼の目を刺すようである。あれらの詩を原稿用紙に刻みこむように書きつけた十代終り頃の自分を振り返った。それが今は派手な花模様の傘で飾られたテーブルごしに安っぽいコマーシャル・メッセイジを売りつけようとしている。胸の痛みはしかし瞬間的なもので、三宅をつかのま動揺させて消えた。

「もう来る頃ですよ、さっき電話で確かめておいたんだから、ほら来た来た、噂をすれば何とやらだ」専務はいった。

喫茶室の入り口から茶色の背広を着た色白の青年がアタッシェケースを抱えてのぞきこんでいる。洋服店主は手を上げて招いた。

「こちらが前に話した三宅さん、この方は長崎光電社の営業係長で……」

「お名前はうかがっています、よろしく」三宅は立ちあがって一礼した。


「ひでえ野郎だ」

〝noa〟の専務は活発な足どりで喫茶室を出て行く長崎光電社の係長を見送ったあとで、撫然としてつぶやいた。

「わたしが三宅さん、あなたのことを先方に紹介すると乗り気だったんですよ、そうですか、そういうことなら是非、うちとしてもお目にかかって条件その他ご相談してみたい、なあんてね、それがどうだ、迷惑そうな顔をしてここへ来てお茶をのんで、あなたの身上調査をしてから、当方もいろいろ社内に事情がありまして、これから部長とも協議したうえで、なんてぬかしやがる、人を馬鹿にしてる」

三宅は腕組をして喫茶室の天井を見上げていた。テーブルの上に吊り下げられた花模様入りの天蓋が、窓から吹きこむ風に揺れている。

「まだがっかりするには早い、三宅さん、あんなぺいぺいの平係長に馬鹿にされる手はないよ、わたしにはちゃんとしたあてがあるから、あなたをきっとどこかに売りこんでみせる」

「無理することはないんですよ」

気色ばんだ顔は十年前に死んだ店主の兄とそっくりだった。三宅とその兄とは学生時代の同級生である。考えてみれば専務はすでに兄よりも年長になっていた。無理することはない、と三宅がいうと、

「だってあなた、食べてゆかなくちゃならんでしょう、それに聞くところではまとまった金も要るそうじゃないですか。行きましょう、会わせたい人がいるから」

友人の弟はカウンターで三人分を支払った。三宅は重い腰を上げた。今思えば長崎光電社の男は気味が悪いほど慇懃だった。

——ほう、東京で十年以上も文章を書いておられた。これは見事なキャリアですな。どういうわけで長崎へ来られたんですか。

——郷里のようなものですから長崎は。

——ようなもの、とは。

——生れたのは満洲の大連なんです。長崎は父の郷里でして。昭和二十年に引き揚げて来て高校を出るまで暮しました。

——引き揚げね、わたしは北鮮からですがお互いに大変な苦労をしたもんですな。

話がここまで進んだときに三宅は、いけない、と思った。見込みがない。自分は二十年三月に引き揚げたから敗戦の混乱は知らない、といった。

——最近、本をお出しになったとか。

——『長崎の二つの丘』というタイトルで、今年二月に。しかしその原稿は東京で書いたものですからどうしても突っこみが足りない。やはり現地でないとつかめない事情はあるもんです。というわけで長崎に腰を落着けたら新しい原稿を書こうと思って。

——写真も撮せる、イラストも書ける、コピーも書き馴れてる、まとまった文章も書ける、ということでしたね。ずっと週刊誌のライターをやってこられた、これは強みです、ええ。

係長はしきりに感心してみせた。

……………………………………

「もう長光にはうちの仕事をまわしてやらない」専務はアーケードを出るまでぶつぶついった。

「われわれはこれからどこへ行くんです」

「黙ってついてらっしゃい。県庁の近くにあるとこですがね、規模は小さいがそこの社長は気のおけない人物で、万一の場合を考えてそこにも話をしておいたんです、長光が駄目なら長宣があるさ、ということですな」

「チョウセン？」

「長崎宣伝社というのをそう呼ぶんですよ、ここでは古顔です」

二人は中島川を渡って官庁が密集した丘の方へ向った。五月の太陽は真上にさしかかって、上衣を着ていると汗ばむほどである。広い坂道を登りつめると、目の下に細長く入りこんだ港の一部が見えた。県庁の建物と保険会社の建物で左右を仕切られた狭い海である。にもかかわらず三宅は、陽光に照り映えている藍青色の海を見て心が一瞬あかるくなるのを覚えた。

港に向って坂道を十数メートル下ると、専務は右側の白っぽい建物に勝手知った顔ではいって行く。「長崎宣伝社」という文字が浮きあがって見える二階のドアをあけて、「社長いる？」と専務はいった。

「や、これは、ようこそ」老人の声が返って来た。内部は十畳ほどの広さで、五、六個のスティールデスクがあり、それぞれ二十代の女が書き物をしている。衝立の陰に男が一人だけいて、それが、ようこそ、といった老人だった。そそくさと二人に椅子をすすめた。「社長は今ちょっと歯医者へ行くとかで席をはずしているんですが」

「歯医者だって、われわれが来ることは前もって連絡しといたはずだ、用件も」

「わたしがうかがいましょう」

（肝臓だな……）三宅は老人の黄色い光を帯びた目を見た。専務は三宅を紹介した。黄色い目がぼんやりと三宅に向けられ、また専務に戻った。

「なるほど、なるほど、面白い方のようですな、社長が帰ったらこのことは伝えておきましょう」

「伝えておきましょう、だって？　おたくの社長はついきのう、コピーのヴェテランを至急入れたいとわたしに約束したんだぜ、どこの歯医者なんだい、電話でかけあってみるから」

老人はのろのろとデスクの紙片をかきまわし始めた。

「松尾さん、出よう、僕はもういい」

「そうだな、どいつもこいつもいい加減なことばかりぬかしやがって」

専務は自分の店に戻るまで黙りこくっていた。三宅は「浜ビル」前で今までの厚意に礼をいって立ち去ろうとすると、「あなた、これからどうするんです」といった。

「なんとかなるでしょう」三宅は答えた。

「わたしはあなたに仕事の口を約束し、それが全部ふいになったわけだ、その当事者というのにやけに楽観的ですな」

「生まれつきでしてね」

「三宅さん、実はこのビルね、楽器店とか洋品店とかが出している宣伝費が年間で九千万くらいあるんです。各店舗の代表としてうちが宣伝一切を担当してるわけですけれどね、なんならそれを手伝ってくれませんか、これがとって置きの切り札だったんだ」

「せっかくだが松尾さん、その気持だけで結構です、喰えなければ港湾労務者でも道路工夫でもやってみますよ」

「三宅さんはいい体してるからなあ、いつでも店に寄って下さい、お茶でも飲みましょう」

専務は「浜ビル」宣伝を手伝うことについてたってとはいわなかった。かりに是非と頼まれても三宅はやる気をなくしていた。初めのうちは専務があまりに気安くうけあったので、あるいはCMで生活費が稼げるかと思いこんだのだが、そうは問屋がおろさなかった。三宅は肩かけ鞄をゆすり上げて大股に歩き出した。そのとき彼の腕がつかまれた。振り返ってみると、薄茶眼鏡をかけた長身の男がそこに立っていた。

「放してくれ」三宅は腕を振り払った。

「長崎は狭い町だ。お前さんを探しに東京くんだりからやって来て三日目にはこうやって顔つき合せて話している。東京ではとてもこうゆかない」

週刊誌の編集者は妙なことに感心した。ぴたりと三宅のわきに寄りそって岡政デパートの裏にまわり、そこに密集している喫茶店の一つに彼を押しこんだ。内部ではすでにクーラーが低く唸っていた。

「お前さんが行方をくらましてから苦労させられたよ。前払いした稿料は返さずに約束の原稿はよその社にまわしてしまう。おかしな請求書がうちに送られてくる……」男は眼鏡をはずしてポケットにしまった。

「あの金は取材費としてもらったはずだが、それに原稿はあんたのデスクに」

「取材費ならどうしたというんだい、じゃあ、うかがいますがね、うちの取材費で書いた原稿がよその週刊誌にのるのはどういうわけなんだ」

「だからデスクに」

「知ってるよ、原稿は書いたというんだろう、一番せんじをね、あんなしろものが使えるとは思ってやしないだろうな、…………でもね、こういう文句をいうためにわざわざ長崎くんだりまでやって来たんじゃないんだ。こっちも暇を持てあましてるんじゃないんだから。」編集者は三宅の顔に煙草の煙を吹きかけた。

「責任を感じている、といったって済む問題ではないことはわかってる。いずれ、このつぐないはさせてもらう」

三宅はいった。編集者は薄笑いをうかべて、殊勝なことをいうじゃないか、といった。

「金を取り立てに来たんじゃないよ」とつけ加える。三宅は怪訝そうに相手をみつめた。男はポケットから封筒を出して一枚の紙片を抜き取り、テーブルに拡げた。

「お前さんは奥さんとよりをもどす気はないのだな」

三宅はしばらく呆然として相手の顔と紙片にかわるがわる目をやった。

「その気はない、あれもそのつもりでいると思う」ようやくそれだけ答えた。

「稿料を踏み倒してお前さんが都落ちしたのもこうした渡世であってみればお互いさまだ。われわれだっていつそうなるかわからないものな。だが、自分の女房の始末くらいはつけておかないと、お前さんはそれでいいかもしれないが奥さんが困るだろう」

女の側が困る困らないは自分の力の及ぶ範囲外のことだ、と三宅はいいたかった。家出をして連絡のとりようがない女をどうしろというのだろう。由利子が身を寄せている画商の自宅は一度つきとめようとして失敗したことがあった。三宅は黙ってコーヒーをすすった。それは焦げた大豆粕の味がした。

「つまり、女が自由に生きられるように正式に離婚しておくとか、さ」男はいった。

「話し合ってみるつもりだった」三宅は早口にいった。

「やり直すことをかね」

「いいや、後くされのないようにけりをつけておくつもりだった」

「お前さんの口から後くされのないようになんて台詞をきこうとは思わなかったな。すると何かい、本郷のアパートに置き去りにした荷物なんだが、あれは屑屋に払い下げていいのかい」

「それは困る」

「じゃあ、どうするつもりだったんだい」

「こちらから金を送って清算した上で引取る予定だ」

「その金はいつ送る」

「二月に本が出たけれども印税は半年先の契約になってる、だから八月にはどうにかなると思う。こういう事情は向うにも連絡しといたから、それまで荷物はアパートの物置にでも保管しておいてくれるはずと思っていたんだが」

「その葉書はアパートの管理人から見せてもらったよ、差出人の住所なしって奴だ」男は二つに折った葉書をテーブルに投げ出した。「消し印で投函地が長崎ということだけわかった。たったそれだけを手がかりにしてやって来るのは冒険だったんだが、ともかく会えて良かった。そこに印鑑もってるかい、ああ、それは都合がいい」

本郷のアパートを不意に占拠されて以来、日常不可欠の身のまわり品は携帯することにしていた。それが役立った。経験こそすべてだ、とかいう誰かの言葉を思い出しながら三宅は離婚届に署名し捺印した。

「どうしておれがこんな物を持って来たか、お前さんはきかないのかね」男は呆れ顔でいって紙片を財布にしまった。ききたくない、興味もない、と三宅は答えたが、「——に頼まれたのか」と画商の名前をあげてお座なりにきいた。男はうなずいた。画商は週刊誌を発行している出版社の有力な株主であるという。それは初耳だった。

「お前さんの荷物は奥さんがよりわけて布団や机などかさ張る物は東京で処分した。台所用品などこまごまとした物はわざわざ送るまでもないだろう。しかし本や切り抜きの類はこれはもの書きの商売道具というべきものだから」

編集者は小さく畳んだ薄い紙片を三宅のコーヒーカップの横に置いた。

「住所がわからないから荷物は駅留にしている。余計なお世話だが、早いとこ引取りに行かないと保管料がかさむだろう。送料は奥さんが払ってるそうだ」

「ありがとう」三宅は紙片を受取った。

「これでわれわれが今後会う理由はなくなったわけだ。アパートの間代も清算したし、仕事のことで顔を合せる機会はあるまい。そうそう、一応、耳に入れておくけれど、〝週刊東京〟社はしかるべき仲介人を立てて組の了解を取りつけたんだそうだ。相手は暴力団だ、顔に泥を塗られたの金で済む問題じゃないの何のって御託をならべはしたけれども、最終的には金で解決したそうだよ、当り前の話だがね、これというのもひとえにお前さんの原稿がもとで、それを会社側が尻ぬぐいしたことになる」

それは違う、と三宅はいいかけてやめた。——組の取材を命じたのは週刊誌側であった。最初の原稿が面白いといってさらに詳しい調査を要求し、万一の場合は会社で責任をとると言明したのは編集部のデスクである。今はこの男に対して弁解を試みても無駄というものである。三宅はどうして自分はもっと早く東京を引き揚げなかったのだろうかと思った。同時に、捺印したばかりの書付が持つ意味がこのときになって彼にははっきりとわかり、目もくらむような解放感を覚えた。おれは自由だ、と思った。男が喫茶店を出て行った後も、三宅は阿呆のように口を半開きにして五分あまり椅子に腰をおろしていた。

七

吉野高志は大浦川に沿って歩いている。

午後五時、太陽は港口の上に傾きかけているが日射しに衰えは感じられない。黒い廃油がよどんだ川に十数艘のいはしけが舷を接して浮んでいる。そのなかには明らかに使い物にならない廃船もあって、糊状の泥に舳先を埋めているのが見られた。

吉野は川端にしゃがんで、黒い水に漂う小舟の群を眺めた。船であれば何でも彼は惹かれたが、港を往来する貨物船やタンカーより見棄てられた船がとくに彼の注意を呼ぶのだった。体の具合が悪くなってからそうなった。彼は長崎湾口に近い香焼島で、二隻の漁船が入江の奥に横転したまま朽ちているのを見たことがあった。長崎港周辺にあるおびただしい岬や入江のかげに、遭難したり老朽化したりして放棄された小型漁船やはしけは珍しくなかった。

吉野高志は長崎に多い半島に沿って旅行する機会があって、バスや列車の上から廃船を見つけると、乗物を降りてそれを見に行った。〝コピーセンター〟をやめてぶらぶらしている頃からそういうことを始めた。暇がなければできないことである。暗い砂浜にひっそりと乗り上げている廃船を見ていると飽きなかった。

出船入船の多い長崎港ではさすがに放置された廃船は見当らない。しかし、航路からはずれた長崎半島の南側や西彼杵半島の海岸にはざらに見られた。吉野はそれをノートに記録した。場所、発見した年月日、船の破損度、屯数、型、船名がわかる場合は船名を記入した。そういうことをしてみたところで何になるものでもなかったが、せずにはいられなかった。探鉱師が鉱脈を求めて深山渓谷を跋渉するように、吉野も見棄てられた船を求めて岬と島々を旅行した。

大学付属病院に入院したのは七ヵ月間である。一時的に小康を得て彼は退院を許可されたときからそういうことを始めた。航海している船よりは停泊している船が、停泊している船より沈没して船首楼を一部分だけ水面にのぞかせている船が好ましかった。それも船舶がひんぱんに往来する港のどこかで見るより辺鄙な漁村の砂浜で見ることが良かった。牡蠣殻やフジツボに覆われ、半ば泥に埋れている木造船を見ていると自分の病気を忘れることができた。

小康を得たといってもいつまた悪くなるか知れたものではなかった。吉野は自分の病気が全治しにくいものであることを知っていた。くよくよしても始らない、そう自分にいいきかせた。考えたところで治りが早くなるわけではない、と思おうとした。ある日、病院へ行く途中、大浦川の泥にほとんど埋れて舳だけをのぞかせているはしけを見かけたのが廃船探しを始めるきっかけとなった。

そうではなかった。吉野高志はその廃船を同じ場所で見直してみてずっと以前から自分のなかに廃船へ誘われるものがあったことに気づいた。太陽は港口の方にかたむきかけており、海面はまぶしい銀色に映えた。あれは長崎北郊の滑石団地に新しく出来るボーリング場の広告をとりに行った日のことだ。広告はP社が一括して引受けることになっていて、吉野が出る幕はなかった。予想していたことなのでがっかりしはしなかった。本当のねらいはボーリング場の内装をどこが請負っているかつきとめることだった。建物そのものはようやく敷地に縄が張られた段階である。建ってからでは遅すぎるのだ。敷地の一角にある工事事務所で現場責任者という若い男に用意のウィスキーを贈って内装を担当するというT工務店の名前を聞き出した。あとは吉野の社長が話をつけることになる。

ボーリング場は開設が急がれていた。ふつうは建築会社が内装まで一貫して請負うのだが、そうすると時間がかかる。その年になって一番に開業するには屋内工事は分割していくつかの工務店に下請けに出すことになる。吉野の会社が割りこむゆとりもあるわけである。T工務店が配下の同業者に声をかける前に当の元締め会社が内装にかかる費用をどのくらいに見積っているか探り出さなければならない。しかるべきつてを求めて営業担当の課長に一席もうけ、それとなく見積り額を糺してしまえば後は仕事がやり易い。そういうことにかけては社長は人後に落ちなかった。相手の体面を汚さないで札束をつかませるわざに社長は秀でていた。「これも君、芸のうちだよ」というのが社長の口癖である。結局そのときは目ざす営業担当の責任者をつかまえることはできず、資材課の係長と社長は酒を飲んで知りたいことを探し出したようだった。目的さえ果せば相手は誰でもいいのである。

吉野はその日、滑石から社長に電話で連絡をすませ、思いがけなく浮いた時間をどう使おうかと思案した。バス停で時刻表をしらべてみると、市内行きの便は一時間ほど待たねばならないことがわかった。埃っぽい大通りで強い日射しにあぶられて立ち続けることを考えるのはいい気がしなかった。そこへ八木原行きのバスが来た。八木原は西彼杵半島の突端ちかくにある小さな町である。長崎市に背を向けて北上することになる。吉野はそのバスに乗った。

思いがけない贈り物として自分のものになった時間を利用して、ふだんは足を向けたことない半島を海沿いに旅してみようと思い立ったのだった。八木原から少し行って西海橋を渡れば佐世保である。バスは急行便でなく西海橋手前で折り返すことになっていた。吉野は右側に席をとり窓ごしに海を見ていた。大村湾は袋状に入りくんだ浅い内海である。海面はガラスのように平らだ。左手、半島の東斜面は耕地と荒地がかわるがわる現われた。作物が栽培されたまま見棄てられ、雑草に埋れている畑が多く目についた。人家は少い。

戸根平、長浦、中崎、形上、白似田。バス停の名前も耳に新しかった。荒れた土地とまばらな聚落と波ひとつない海とに接するうち、吉野はいつになく心が安まるのを覚えた。半島に多い未開の荒地には戦後、大陸からの引揚者が集団で入植して、各地に部落をつくっていた。大半は開拓に失敗して都会へ去っている。台地の一角にそうした部落がのぞまれるときがあった。

無人となって屋根も落ち、壁だけが草の中にそそり立っている家が吉野の目をたのしませた。なんであれ見棄てられ朽ちかけている物であればみな吉野の目を惹くのだった。吉野は八木原行きの、つまり市内行きとは逆方向のバスに乗ったことにすっかり満足していた。きょうという日は初めから半島を海沿いに旅するための日であったような気がして来た。

吉野が長崎に暮して三十数年たとうとしている。

天草、平戸、島原などは行こうと思えばいつでも日帰りで訪れることのできる土地である。生れつき出不精でもあり、それに、思い立ちさえすればいつでも行けるという安易さがかえって行きにくくしているようであった。ある土地がおのずから帯びている風光、そこに刻みつけられた陰影に仔細な目が行くようになったのは近頃のことである。

吉野は自分を旅行好きではないと信じていた。それをそろそろ考え直さなければならない。空屋になって風雨に朽ちかけた家もよかったが、もっとも吉野の心をとらえたのは海辺の廃船であった。バスは八木原に着き、そこで十五分間停車して往路を引き返した。乗客は吉野の他に四、五人しかいなかった。彼らはめいめい大きな籠を背負ってバスに乗りこみ、荷物をおろすとすぐに眠りこんだ。干魚の匂いが車にこもった。

吉野は長浦という土地でバスを降りた。さっき通過するとき窓ごしにあるものを発見していたのである。海に岬のかたちで岩が伸びており、その岩鼻に抱きかかえられるように黒っぽくとがった物がちらと見えた。帰りに寄ろう、と吉野は考えて、最寄りのバス停を記憶にとどめた。そこへ自分はいまたどりつこうとしている、そう思うと胸がときめいた。

黒っぽくとがった物は思った通り一艘の破船だった。船体は中央から折れてやや離れた海面に横たわり、船首だけが水面にのぞいている。第三康安丸という船名をかろうじて読みとることができた。穏かな内海で遭難するとは考えられないことである。航路をあやまって岩礁に衝突したものであろう。「百屯あまり……」と吉野は推定した。

操舵室から後の部分が水上に残っていたが、近寄ってのぞきこむと、舵輪も機関も取り去られがらんどうになっていた。スクリューもシャフトごとはずされてあった。吉野は斜めにかしいだ上甲板に這いあがった。空っぽになった操舵室にもぐりこみ窓ごしに海を見た。耳は規則的に船腹に砕ける波音をきいていた。空も海もその巨きな眼蓋を閉じ、だるそうにまどろんでいるかに見える。上空は一面うす雲で覆われてしまい灰色の微光が海辺に漂った。岩鼻の上に生えているねじくれた黒松も、赤茶けた岩肌も輪郭がぼやけてみな暈に包まれているようである。時間さえもこのとき流れをやめたように思われた。吉野は操舵室の壁にもたれ、見えない舵輪をあやつりでもするように両手をさしのべてみた。そうすると目の前には舵輪が現われ、羅針盤がにぶい蛍光を放ってしかるべき方位を示し、足の下で機関で振動するかと思われるのだった。吉野は破船の上で日没を眺めた。

長浦のはずれで見た廃船は、その後もたびたび吉野の夢に現われた。寝苦しい夜に限って第三康安丸と対面することになった。当時すんでいたアパートはすぐ裏手に印刷工場があって、深夜も操業することがあり、吉野は輪転機の音でしばしば眠りを妨げられた。真夜中にけたたましく機械を動かすことがあった。もともと体に異状を覚え始めてから眠りは浅くなり、ちょっとした物音ですぐ目が醒めた。浅い眠りの床で耳にする輪転機の音は、吉野には時として小型漁船の機関の音に聞えた。座礁して横倒しになり、肋材も露わに見えるほど破損し、水に朽ちかけた船が、夢の中では完全な船体となって艶やかな塗料もまばゆく波を切って航行するのである。

吉野は浮上する廃船に両手をさしのべた。

（おまえはまたぼくの所へやって来た……）

傷ついた獣のように黒々とうずくまった廃船は、吉野の呼びかけに応えてゆっくりと水をかき分けて水上に浮びあがり、吉野の方へ接近して来るのだった。しかし、醒めてみると六畳のアパートにはしらじらとした朝の光が満ちていて、幻の船はあくまで眠りの領域のものでしかないことがわかるのだった。

吉野は大浦川のほとりから離れて歩き出した。

南山手の丘にびっしり密集した家々に午後の日が斜めに射し、黄と褐色の影を織っている。（夏至が近い……）吉野は胸のなかでつぶやいた。そして今までほとんど数週間さきのことを考えたことがなかったことに思いあたった。夏至が来、やがて梅雨があけ、盆祭りを迎えることになる。色とりどりの灯籠をかけつらねた精霊船が街をねり歩き、爆竹がはじけ……吉野は石畳道を歩きながら、夏の情景を思いえがいていた。

弁天橋を渡って左に曲り、煉瓦造り二階建ての倉庫で右に折れて狭い道路を妙光寺の方へ歩いた。石段の急な勾配がこれまでは一度で登りきることができず、途中二、三度、休まなければならなかったのだが、きょうは一息で登ることができた。

アパートの階段に足をかけたとき、管理人に呼びとめられた。客が来ているという。管理人室で待っているそうである。「一人はアメリカさんのごたるばい」管理人は吉野にささやいた。客は二人だった。鳶色の髪をした赧ら顔の西洋人は椅子にかけており、吉野を認めると立ちあがって何かいった。

「吉野高志さん、ですね」

若い日本人が西洋人のわきに突っ立っていた。一語ずつはっきりと言葉を区切って発音した。

「わたしはソヴィエト連邦大使館から参りました、こちらは書記官の——さん」

聞き慣れない名前を告げた。ロシア人は微笑をたたえてうなずいた。

「ぼくに何か……」吉野はいった。

「廊下で立ち話もなんですな、お部屋は二階ですか」

そういうなり若い男は自分から先に立って階段を登りにかかる。吉野が後につづき、赧ら顔の書記官がその後からついて来た。

「申しおくれました。わたしはこういうものです」

部屋にはいってから名刺をさし出した。肩書にはソヴィエト連邦大使館の情報宣伝担当官、飯田秀一郎とある。

吉野は二人に椅子をすすめ、自分はベッドの端に腰をおろした。

「いい眺めですな、港が見える、［以下一行分空白］

［四字分空白］という名前なのだろう。二人はすすめられた椅子にかけず、窓際に寄って港を見おろした。「あの船にわれわれは乗って来たんです」情報宣伝担当官は吉野をかえりみて出島岸壁に停泊した船を指してみせた。

「ウラジオストクから」吉野はきいた。

「いや、われわれだけは横浜から。船はウラジオストクに戻りますがね、……ここからは墓地もよく見えますな、あそこは、ええと、なんといったっけ」

「稲佐……」吉野は教えた。

「そうでした、稲佐ね、ロシア人の墓地が沢山ありましてね、ひどく荒れてる、たったいま見て来たところです」

「長崎アート企画、という所へお勤めですな」情報宣伝担当官は吉野の方へ向き直った。「そこへあなたを訪ねてみましたらお帰りだと聞いたものですからこちらへうかがったわけです」

その通り、というように赧ら顔の異邦人はうなずいた。二人は椅子に腰をおろした。しばらく沈黙が流れた。若い男はもの珍しそうに室内を見まわしている。机の上に拡げてあった地図に目をとめた。身軽に立ちあがってのぞきこむ。

「会社ではこういう仕事をするんですか、吉野さん」

「それは違います」吉野はいった。「一人でやっていることです、触らないで下さい」終りの方は語気を強めた。

「ほほう、爆心地復元地図とありますな、これは面白い。ドミートリー・ワシレフスキー…………」情報宣伝担当官はロシア語でつれに何かいった。異邦人も敏捷な身ごなしで地図に歩み寄った。

「広島でこのような試みが実行に移されたことは知っていたけれども、長崎でも同じ企てがあったとは知りませんでしたな」大使館員はいった。

「もともと広島市がまず先に着手したわけです」吉野はいった。二人が早く立ち去らないものか。ベッドにあおむけになりたかった。外出から帰ったらいつもそうしている。

「これをあなた一人でやっているんですか」ロシア人が同僚に何かをいい、日本人はそれを通訳した。「復元の会」というのがあって、自分はそのメンバーに過ぎない、と吉野は嘘をいった。会長の名前と住所を教え、爆心地復元図についてもっと詳しく知りたければ、その人を訪ねるがいい、といった。

「松山町、とありますな、この町が爆心地ですか」若い日本人はいった。吉野は黙っていた。ロシア人が地図を指し次に吉野を見て、何かいった。

「書記官は知りたがっています、爆心地の町並を紙に描いてどうするつもりなのか、と。復元するという作業は意味あることとでしょうから、教えてくれませんか」

「そういうことを訊くためにぼくをたずねて来たんですか」

「必ずしもそうじゃない」若い日本人は地図を畳んで机に戻した。ちらと窓外に目をやった。出島岸壁の方である。「バイカル号に来てみませんか、あなた船は嫌いですか」ちかく長崎市の市長や財界の名士を招いてレセプションを開催する。新聞社、テレビ局の人々も来ることになっている。詩人、医師、大学教授なども、とつけ加えた。

「ぼくがなぜ招かれるんです」

「それは……」

飯田は書記官と目を合せてすぐにそらした。「被爆者の一人として、です。このように有意義な仕事に励んでおられる。われわれは敬服します。書記官も、そのう、あなたのしていることを非常に、ええ、きわめて……」目を宙に泳がせて考えこみ、言葉を探しているふうである。「つまりですな、爆心地を復元するという行為は、きわめて人間的である、と論評しています。原爆投下という非人間的行為に対して人間性を証明することになるわけです、そうでしょう」

「せっかくですが、ご招待には応じかねます」吉野はいった。

二人は何か隠している、地図を机に認めたのはこの部屋に這入ってからである。被爆者の代表として招くのであれば他にいくらでもふさわしい人物がいる。どうしても自分が適当な人間であるとは思われない。隠しているものが何なのか、二人がやって来た本当の理由と共に、吉野には見当がつきかねた。

「新聞記者がたずねて来ませんでしたか」

ソ連邦大使館員はいった。

「いつのことですか」吉野はきき返した。

「きょうかきのう、われわれが来る前に」

来たかも知れないが、留守がちだから会っていない、と吉野は答えた。

「愉快にすごせると思うんですがね」大使館員はいった。彼はこうしてめまぐるしく話を変えた。船上レセプションのことをいっているのだとわかるまで数秒、考えなければならなかった。

「会社の仕事もあります、パーティなぞ気が向かないんです」

吉野は立ちあがってドアをあけた。向い合っているとのんびりとした二人は夜まで腰をすえるように見えた。ロシア人が何か同僚に囁いた。

「いい部屋ですな、風通しも良くて日当りも申し分がない、しかし、夏は西日が射しこむんじゃないかな」

日本人はいった。上り框で靴をはきながら、

「われわれはあなたを救けに来たんです」

体を折り曲げた姿勢で首だけ吉野の方へ向けていった。ロシア人は廊下に出ていた。

「救けに?……」

吉野はおうむ返しにつぶやいた。

「またわれわれは会うことになるでしょう、いいですか、覚えといて下さい、われわれがあなたのためになることを考えているのだということを。時間の都合さえついたらバイカルを訪ねて下さい、招待状は机の上に置いときましたからね」

吉野はドアをしめた。靴音が廊下を遠ざかっていった。バケツに半分ほど水を入れ、ベッドに腰をかけてズボンの裾を膝までまくり上げた。両足を冷たい水に浸した。朝から歩いた道のりはかなりのものである。広告とりにまわって終日、街を歩いていた頃に発見した元気回復法であった。会社を休んでいる間はしなかったが、久しぶりに街を歩くと足が火照った。このままでは夜、寝つきが悪い。

松山町の復元は九分通りすんでいる。山里町も八分は復元している。しかし吉野は「復元の会」に所属していなかった。自分一人で空白の地図を埋めているのだった。「復元の会」は松山町を手はじめに地図を作製にかかっていた。岩川町はさし当りその圏外にあったので、吉野は独力で自分の町の再現を企てたわけである。

「復元の会」に加わらないいちゃんとした理由があるのではなかった。ただ、会があれば会則があり、規約らしいものもあるかと思われたので、そういうものにしばられるのが臆劫であり、会社づとめの身では例会に出席する時間的ゆとりもなかったから一人で作業を進めているのだった。

吉野は濡れた足で床を踏んで台所に近づきコーヒーを淹れた。床にしるされた足跡はみるまに乾いた。吉野は窓に寄ってコーヒーをすすりながら港に目をやった。この時刻になると室温が上昇する。西に面した建物の構造からそうなる。大使館員が指摘した通りである。(あの連中は一体なにをしに来たのだろう……)バイカル号を見ながら考えた。

吉野はコーヒーをすすり終ってから、着ている物をみな脱ぎ、全身を乾いたタオルで拭った。新しいシャツを出して着換えた。冷蔵庫をのぞいてみる。大浦市場へ買い物に行かなくてもよさそうだ。

（アイスクリームがおいしい季節になりました、か……）弓子が話したことを思い出した。鍋などを置いている台所の棚にのせたトランジスタ・ラジオのスイッチを入れた。レタスの葉を一枚ずつむしりながらラジオから流れ出した音楽に合せて低く口笛を吹いた。吉野は弓子の話に、人生と平凡な生活が持つ明朗な響きを聴きとったように思った。ボールにレタスをちぎって入れ、水道のコックをひねった。錆まじりのなまぬるい水が細々としたたる。吉野は蛇口の下に手をさし出して、水の滑かな塊が指の間をくぐるのを愉しんだ。水はふくれあがり、指の股をくすぐり、手首を冷たく刺戟してボールの中へすべり落ちた。（カーテンをとりかえなければ……）ふりかけた洗剤を洗い流すために、何度もレタスを水ですすぎながらそう思った。緑色の蔓草模様が入った木綿地のカーテンが、そうと気づかぬうちにすっかり色褪せている。

（とりかえるとすれば夏ものにしよう、思いきって派手な花模様か、それとも白いレースの……）

弓子とデパートに行って布地を選ぶのもいい、と吉野は思った。

八

三宅鉄郎は浜町から長崎駅前のＮＨＫまで歩くことにした。

電車賃を節約するためもあったが、久方の解放感を五月の晴れわたった空の下で享受したいからでもあった。肩にのしかかっていた重荷がにわかにはずされたようである。三宅は口もとが思わずしらずゆるんでくるのをどうしようもなかった。ほくそ笑む……そんな感じになった。問題の一つは消極的なかたちではあるけれどもこれで片付いたわけである。雑多な品を詰めこんだあまりふくれあがったバッグは、三宅が大股で歩くと腰にぶつかって勢い良く跳ねた。午前ちゅうはバッグがこんなにはずむことはなかった、と三宅は思った。うれしまぎれに足どりが軽くなったせいである。

長崎の地形はアヒルの足に似ている。市街地は水かきに当る平坦地に密集しているが、足指に当る丘陵や、溺れ谷状の港を囲む急峻な山肌にもひしめきあっている。東京でもそうしたように、やむを得ない遠距離を除いて三宅はいつも歩いた。脚には自信があった。子供のときから風邪ひとつひいたことがない。三宅はショルダーバッグのベルトを短く調節して揺れないようにした。

万才町の丘から午後の陽に輝く長崎港が見えた。シャツ一枚になった三宅の汗ばんだ肌に、海から吹いてくる風が快かった。万才町は官庁街である。地方裁判所、検察庁、法務局、県警本部、行政監察局、県庁などが丘を縦に走る道路をはさんで向いあっている。そそり立つ建物を見上げて歩きながら、三宅は自分の内部に、ある衝動が頭をもたげてくるのを自覚した。これらの堅固なガラスと鉄で鎧われたビルにおさまって、右から左へあるいは左から右へ書類に印判をついては満ち足りている男たちと自分をくらべた。

自分は徒手空拳であり、住む家とてなく、誰も自分を知らない、と思った。名状しがたい歓びを覚えつつそう思った。官庁街のすべての人々、それと軒を接しているホテルや生命保険会社の内部にいる人々と立ち向う自分を頼もしく意識した。かねて抱懐していたテーマで文章を書くことによって自分はこれらの人々と同等になり、ある意味では彼らをしのぐことができる、と考えた。

三宅は興善町の小学校で左折して、専売公社の横から電車通りに出、そこを駆けぬけて鉄道弘済会の建物裏を過ぎた。午後おそい今の時刻になると、西日が照りわたるこの一角はたちこめた埃が反射する赤っぽい光で異様な雰囲気をかもし出す。

長崎駅は逆光線に浮き上って芝居の黒い書割のように見えた。三叉路に渋滞した電車と自動車が発する噪音が、巨大な獣の唸り声に聞える。その声は駅前広場に造られた高架歩廊に反響してさらに大きく周辺にどよもした。

「あちこち探してたんだよ三宅さん、どこをうろついてたんだい、アパートに電話してもいない、あんたの友達に訊いても知らないっていうだろ、弱っちゃって例の番組ご破算にしようかと思ったくらいだ」

ＮＨＫのプログラム・ディレクター則光《のりみつ》勝利は三宅の全身に目を走らせた。

「だからこっちから出向いて来たんじゃないか」三宅はいった。

「うっ、匂うぞ、臭い臭い、このぶんじゃ風呂にも満足に這入ってねえな」

エレベーターの中でＰ・Ｄは鼻をつまんで、手のひらを顔の前でひらひらと動かした。

「ちと大げさじゃないか」三宅は苦笑した。まさか、大波止の倉庫をねぐらにしてたんじゃないでしょうな、と則光はいった。

「くたびれたなりをしてるけれど、ヴィデオとるときはちゃんとした上衣を着てもらわなければ」とＰ・Ｄは念を押す。

「この上衣でダメかい」三宅はバッグにつっこんでおいた上衣を引っ張り出した。則光はちらと一瞥して何かいいかけた。そのときエレベーターが停止した。三宅は編集室へみちびかれた。ブラインドを上げてみると六畳ほどの狭い部屋である。Ｐ・Ｄは何やら器械の前に坐って白い手袋をはめた。

「これをやっつけてしまうから」

撮影ずみフィルムをかざして口の中でぶつぶつ舌打ちとも愚痴ともとれる音をたてながら鋏を入れ、切り刻んだ十数本のフィルムを器械にかけて手馴れたしぐさでつないだ。

「それ何だい」三宅はきいた。

「うちの新米が離島に出かけてひどい写真をとって来ましてねえ、島民全部が立ちのく記録なんだが、ほら五島にそんな所があったでしょう、あとに残るのは芋畑と煉瓦造りの教会だけ」

「そこはどうなるの」

「無人島ですよ、おれ定年でやめたら空家を改築してそこで暮そうかな、土地はタダみたいに安いんだそうだ、魚が旨いところでね」

則光は大声で、「終った」と叫び、切り取ったフィルムを屑籠にほうりこんだ。三宅の方へ向き直り、「わたしの上衣を着てもらいます、ヴイのときは、但し、ヴイのときだけね、丈も幅もあまり違わないようだし……で、あれからどうしてたんです」

「アパートを締め出されてあちこち泊り歩いてたさ」

「三宅鉄郎の長崎放浪か、ショルダーバッグを下げたユリシーズというところだ、ははっ、これはいい」

則光は面白そうに笑った。三宅は切り離したフィルムをつなぐ接着剤は何なのか、と訊いた。「フィルム・セメントと呼んでますがね、アセトンの一種です。テープでつなぐ場合もあります」P・Dは答えた。

「鋏と糊ね」三宅はいった。

「そういうことです、食堂で何かのもう」

二人は五階へ階段を上った。「海老原があんたとしきりに会いたがってましたよ」則光はやや声を落した。「居所がわからなければどうしようもない、あとで連絡して下さい」P・Dは踊り場で素早く三宅の手に紙片をおしこんだ。三宅はそれをズボンのポケットにおさめてから訊いた。

「ぼくの録画どりはいつだっけ」

「他人事みたいにいつだっけ、なんていっても困るなあ、明日ですよ明日」

「明日だとは思ってたんだが、やっぱりな」三宅はいった。

「テレビに出るのは初めてではないでしょう」則光は探るような目付で訊いた。

「東京の民放で何回か新人歌手にインタヴューをしたことがあるよ、十分ばかりどうってことはない」

「いくら払ってくれました」

三宅は謝礼の額を思い出して答えた。

「あらかじめことわっとくけれど、うちは民放なみにギャラは出せませんよ、いいですね」

「わかってる」

三宅がテレビ出演の依頼に応じたのは、ルポライターとして名前と顔が知られるのは、これから先、長崎での活動に都合がいいと計算したからであった。この都市にはNHKの他に二つの民間放送局があった。NBCとKTNである。どんなに少なく見積っても市民の三分の一はNHKを見ていることになる。

「話題の広場」という十五分のシリーズ番組があり、そのつどニュースの焦点となった人物や事件をとりあげている。三宅の場合は被爆者に独自の視角から照明を当ててルポルタージュをものした気鋭のジャーナリストという触れこみで、アナウンサーと対談することになっている。番組は早朝と昼の二回にわたって放送されるはずである。企画したのは則光勝利であった。長崎出身で三宅とは大学の三年後輩にあたる。

「ジュースにする、それともコーラ、あいにく酒はおいてないんですよ」則光はすまなさそうにいった。

「酒はともかく何か実のあるものが……」

三宅は急に空腹を覚えた。「そうか、うっかりしてた」則光は調理場のカウンターからランチを運んで来た。「少しさめかけてるそうだが構いませんか」

三宅は盆の料理をむさぼり食べた。ナイフとフォークが皿の上でせわしなくかちあった。則光はジュースを手にしたまま、ルポライターがテーブルに顔を伏せて一心不乱にハンバーグを刻んでは口に運んで頰張る様子を興味津津といった面持で見まもった。

「どう、一人前で足りますか三宅さん、もう一枚とってこようか」P・Dはたずねた。

「結構だ」三宅は唇を紙ナプキンでぬぐって、答えておいてキャベツにソースをかけ、パセリといっしょに口に押しこんだ。

「今夜はうちに泊りに来ませんか」P・Dは誘った。

「いや、せっかくだがやめておこう」

「明日になって雲隠れされては困るのでしてね、百パーセント厚意でもって一夜の宿を提供しようとしてるなんて思わないでもらいたいですな」

「一人でないと眠れないたちなんだ」

「見かけによらず神経質なんだなあ、プロレスラーでもつとまりそうな体格してるのに。海老原のやつね、あんたのアパートへ行ったらおっかない婆さんから逆に三宅さんの居場所をきかれたんだそうですよ」

「おかみは間代となるとヒステリー気味だからな」

「海老原が怒ってるのはどうしたわけなんです、三宅さん、大変な剣幕でね、あんたを探し出したらただではおかないなんていってる、用心した方がいい」

「連絡場所はいつものところなんだろ」

三宅はズボンのベルトをしめ直した。

「いつもの所でもあの男はしょっちゅう出たり入ったりしてるから。今朝はうちの四階にある組合事務局で大会の総括をやってましたよ。それから姿を見ないから外へ出て行ったんでしょう。なに、海老原に会いたかったら街で私服の後をつけることですよ。あいつはいつも後ろに尾行者を一グループ引き具してるから」

「明日の録画、前もってアナウンサーのあれは……」三宅は思い出そうとした。則光は名前をいった。「そう、彼が打合せをしたいといってたけれど、話の進め方についてだね、きょうはそのつもりで来たんだが」三宅はいった。

「ぶっつけ本番でゆきましょう、波多野さんにはわたしからそういっときます、三宅さんだってずぶの素人じゃあないんだしそうした方が生の迫力も出ることになりはしないかと考えてるんです」

「これから海老原と連絡とってみるけれど、万一ゆき違いになったら事務局費の件は二、三日内に清算すると伝えてくれないだろうか」三宅はいった。

「わかりました、事務局費のことね、あ、思い出した。海老原はきょう長崎に居ないんだった。佐世保に行ってるんですよ。明日にならなければ帰ってこない」

「ここは佐世保の連絡場所かね」三宅は紙片をおさめたズボンのポケットを上から叩いてみせた。「いや、そこは長崎、アナウンサーは三宅さんの本、もらったその日に読んじまったって、わたしはまだ半分、いや三分の一か、なかなか忙しくってねえ」

二人は廊下に出た。

「波多野さんは何かいってた」三宅は訊いた。「助教授が？　ええ、面白いことといってた。これは昼間書いたんだろうか、夜書いたんだろうかって」

「助教授だって」

「波多野さんにたてまつったニックネイムですよ、あの人は当放送部の解説委員でしてね、嬰児殺し、市水道局の汚職、住宅問題、受験地獄、なにからなにまで分析し綜合し、論理的結論と未来への展望を事あるごとにおもおもしくのたまわなければ気がすまないたちなんだ、人よんで波多野助教授……それはそうと一スタに珍しいお客が見えてますよ、ちょいとのぞいてみませんか」

ガラス張りの調整室に二人は這入った。スタジオを天井から見おろす位置である。カメラの前には銀髪の白人女性が椅子にかけていた。アナウンサーが通訳を間において何か話しかけている。カメラの背後に婦人の連れらしい日本人が一人たたずんで所在なげに天井のライトを勘定しているふうである。

「アメリカ国内に原爆の資料館を開設するんだそうだ、なんとかいう財団のボスでね、長崎にその資料を集めにやって来たわけ、名前はええとなんていうんだったっけ、おい」

レシーヴァーを頭につけて機械にしがみついているディレクターの肩をこづいた。

「本番まだなんだろ」則光はいった。「あのおばさん、なんて名前だっけ」

ディレクターはレシーヴァーをずらして則光の言葉をきいて、目はスタジオにそそいだまま、「ベンジャミン、ミセス・ベンジャミン」と答え、レシーヴァーを戻した。則光は調整室の突当りドアをあけてスタジオに降りる階段に出、その途中まで降りて腰をすえた。ベンジャミン夫人と通訳の声が聞える距離である。三宅は則光の二段上に腰をおろした。

「そのとき弟さんはおいくつでしたか」アナウンサーは波多野であった。

「サイモン・A・ベンジャミン」

ベンジャミン夫人は弟の名前をいってきっと唇を引き結んだ。痩せ形の老女である。目と口にほどこした厚化粧で彩色された木彫り人形のように見えた。

「サイモン・A・ベンジャミンさんは一九四五年八月九日に何歳でしたか」アナウンサーは訂正して訊き直した。

「サイモンは一九四一年十二月七日に二十歳でした。海兵隊のコーポラルでした。したがって一九四五年八月には二十四歳だったことになります。彼は長崎の捕虜収容所で死亡したとしらされました。楊子江上で捕えられてからただちに長崎へ送られたと聞いています。つまり三年半を彼は長崎で暮したわけです」

「サイモンさんの最期の模様をおききになりましたか」

「収容所で生き残った人があまりに少いので。あるイギリス人からの手紙によってサイモンらしい人物のことを知りました。なんでもその人は別の収容所にいて造船所で一緒になったとか、サイモンのキャンプは……」

「当時、連合軍捕虜の収容所は幸町にあったそうです、記録によれば」

「爆心地ですね」

ベンジャミン夫人は半秒あまり瞑目してかすかに唇を動かした。祈りの文句をつぶやいたのかもしれなかった。

「オランダ人が一人、アメリカ人が十四、五人、オーストラリア人が三人、イギリス人が六人、それがサイモンに関する情報をわたしに与えてくれたすべてです、わたしたちはできる限りの調査をしました」

「それでどういうことがわかりましたか」

「サイモンは九日の朝、収容所から大橋の三菱工場へ労働のために送られた捕虜の一団に加わっていました。収容所に残留した人々はみな神に召されましたが、外部にいた人々は必ずしもすぐに命を失いはしなかったようです。サイモンは工場で死んだグループの中に這入っていませんでした。しかし結局、……」

ベンジャミン夫人はほとんど目に見えないほどかすかに肩をすくめた。

「炎を避けて町の北にある山中へ逃げこむ途中、倒れたということです。捕虜仲間の証言でサイモンの最期はそういうふうであったろうとわたしたちは信じることにしました」

「お気の毒です」波多野はうやうやしく目を伏せた。

「有り難う、しかしなにもかも神の思し召しです。戦争こそ邪悪の源なのです」

「原爆資料館はどこに建てる予定ですか」

「サイモンが生れた土地であるところの、クリーヴランド市に建てます。オハイオ州、エリー湖畔の街です」

「資料蒐集のめどはたちましたか」

「さいわい多くの人々がわたしの意図に共感してくれて、それに長崎市も協力を惜しまないと約束してくれましたから」

「計画が成功することを祈ります」波多野アナウンサーが最後にそういうと、ベンジャミン夫人は微笑して、感謝の言葉をつぶやいた。

三宅と則光は調整室に引き返し、そこを通り抜けて廊下に出た。三宅は訊いた。

「楊子江上で捕虜になったマリーンってどういうことだい」

「小型の砲艦が日本海軍に拿捕されたのさ、〝ウェーキ〟とかいう名前の、上海にあったアメリカ租界を保護するために楊子江上に停泊していたんですな、たった今、つれの日本人秘書から聞いたばかりです」

「砲艦か、懐しい軍艦だな」三宅はつぶやいた。二人は階段を降りていた。帝国主義はなやかなりし時代、砲艦外交という言葉は常識のうちだった。

「なんですか三宅さん、わたしは砲艦というとナヴァロンの要塞に出てくるようなでかい大砲を積んだ軍艦を連想するけれど」

「なにそこいらの機帆船に毛の生えたようなしろものだよ、おもちゃみたいな豆大砲をのっけていてね」

「そうか、三宅さんは大陸育ちだから揚子江にも詳しいわけだ」

「そんなことはない、大陸は大陸でも満洲だからね」ハルビンという都市のことをいおうとしてやめた。彼より三年おくれて生れた日本人が長春という都市の日本名を知っているかどうかさえ怪しいものだ。

「ミセス・ベンジャミンは知らんふりをしてるのかな、それとも本当にああいうことを信じてるのかな」則光は首をひねった。

「というと、弟は被爆しなかったのかい」

「しましたよ、大橋といえば爆心地のすぐ近くだもの、ただね、憎いアメ公てんで殺気立った群衆が山の中で捕虜を何人かやっちゃったらしいんだ、日本人は外人にはこのことをいわないけれどね、その方が真相に近いんじゃないかと思う、ま、ベンジャミン夫人は真実を知らない方が幸福でしょうよ」

「ぼくはうすうす察してるんじゃないかと思うな」三宅は一階に降りてガラス扉の前に立ったとき初めて局内に冷房がはたらいていたことを知った。

「今夜、国際文化会館に行きますか」

扉のきわで則光がきいた。行くつもりだ、と三宅は答えた。局舎を出ると電車通りに架けられた歩道橋を渡り、長崎駅の小荷物窓口へ行った。離婚届に捺印するのと引き換えに、編集者が渡してくれた荷物の送り証である。駅留になっている五箇の段ボール箱を配達してくれるように頼んだ。宛先は文陸堂である。

箱の中身はあらかた書物だから、さし当って要る本を除いて文陸堂に売り払い、残りは保管を頼むことができる。

金を払って手続をすませてから三宅はこれからどこへ行こうかと迷った。高架広場は長崎駅の二階と同じ高さである。文化会館で催される夜の映画会までまだかなりの時間がある。

三宅は高架広場の端にあるベンチに腰をおろし、長崎駅と向い合った。三角形をした駅舎の突端に目をこらした。十字架が見えるかどうか。彼が高校を卒業して上京するときはついていたように思う。観光の素材になるものであれば、オランダ商館趾でも教会でも原爆でも何もかも見世物にしてしまう商魂に三宅は呆れた。逆光に目を細めてすかしてみたが、十字架は見えなかった。おおかた風で吹きとばされたのだろう、と三宅は考えた。

「恥辱……」ふいにそういう言葉が三宅の頭をかすめた。長い戦争に終止符を打たせるほどの破壊力を備えた爆弾を見舞われた都市が、駅舎にまるで無関係な十字架をこれ見よがしに立てている。観光客に対する、それもおそらくアメリカからの客人を想定した阿諛を、三宅は感じた。三宅は昭和二十一、二年ごろ、長崎駅前で見た情景を次に思い出した。夏であった。商店街というものはなくて駅前はボルネオの原住民部落さながらのバラックが焼跡の上にひしめいているだけで、通過する車はほとんど占領軍のそればかりだった。

そのころ、三宅は疎開先の諫早から長崎へ移っていた。どんな用事があって駅前に居たかは覚えていない。大柄なアメリカ人女性が駅前広場にたたずんでいた。女はもうもうとたちこめる埃に顔をしかめ、通りすぎる車を眺めているふうであった。ワンピースからはみ出た腕と脚に金色のうぶ毛が密生しているのが三宅の目を惹いた。しかしもっとも彼をとらえたのは女が素足に履いている革のサンダルであった。ごつごつとした骨太の足に、ローマ人兵士がつけるようなサンダルを履いて革紐でくるぶしに留めていた。その女はサンダル履きの両足をやや開いてしっかりと土を踏んばる姿勢で、ハンドバッグの他は何も持たず突っ立っていた。つれはいないようだった。

名状しがたい屈辱感を三宅が覚えたのはそのときである。敗戦の詔勅を耳にした折りも、九月に諫早へ進駐して来たアメリカ軍の兵士を迎えた折りも、格別これといった恥辱感はなかった。けわしい目で荒れた町を見ているアメリカ人女性を見て、血がたぎるようなはずかしめの感覚にうちのめされることになった理由が、そのときはもちろん、それから二十数年たった今も三宅にはわからない。

薄桃色の皮膚と豊満な乳房を持った白人の女性を目にしたのはあのときが初めてではなかっただろうか、三宅は考えた。彼は九歳だった。性的な衝動はまだ自覚しない年齢である。屈辱感の底にはもしかしたらその女性に対する欲望もあったかもしれない。

「もしもし……」

黒い人影がベンチを見おろしている。夕日を背にしているので、また、三宅がいつのまにかベンチにあおむけになっていたせいで、人影は巨人のように高く見えた。

「起きなさい、寝ころがってはいけない」

言葉は丁寧だったが有無をいわせぬ口調が感じられた。私服刑事は起きあがった三宅の隣に腰をおろした。「ここは長崎市の玄関のようなところです、いい若い者が寝そべるのは見苦しい、そう思いませんか」

刑事は煙草をすすめた。三宅は断わった。

「どちらから来ました、東京ですか」

「ええ」三宅は則光から渡されズボンのポケットに入れた紙片を意識した。

「宿はどこにとってるんだね」

西小島町のアパートを告げた。旅行者ではなくてこの土地に暮している者だ、と告げた。アパートの名をきいて相手の目が光ったようだった。気のせいかもしれない。たたみかけるように、「名前は……」といった。三宅は答えた。

「仕事は何をしてるんだね」

本を書いている、と三宅はいった。そろそろわずらわしくなって来た。こうるさく訊く男だが実は初めから三宅が何者であるか知り抜いていたように思われた。

「ペン一本で食べてゆくというのも有名になるまでは大変でしょうな、せいぜい頑張って下さい」

「余計なお世話だ」三宅は刑事の背中に言葉を投げつけた。私服はちらと振り返って白い歯を見せた。五、六歩はなれてから周囲を素早く見まわし逆戻りして来て三宅の手に名刺をすべりこませた。

「これは何です」三宅は押し戻した。

「わたしが必要になるかもしれない、そのときはここにのってる電話番号でもいいし自宅でも構わない。連絡してくれ、悪いようにはしないと約束する」

「あなたは何のことをいってるんだ」

「わたしが冗談をいってるんじゃないことはいずれわかる、公安の蔵田を忘れないように」

そういって男はベンチから腰を上げ電車停留所へ階段を降りて行った。三宅は手に握らされた名刺を二つに裂き四つに裂いて捨てた。駅舎の南からにぶい汽笛が伝わって来た。離島航路の連絡船が出港する頃おいである。汽笛のこもり音を耳にして三宅が思ったのは父のことであった。子供のとき、大連の埠頭で長崎へ向う父を見送ったことがある。父が内地の土を踏んだのはその年が最後であった。三宅が四歳の齢で、幼年時の記憶はそのときから始っている。

父はパナマ帽をかぶり白麻の背広に黒い鞄という旅装だった。上海丸という船名も記憶に残っている。父は上甲板にたたずみ、埠頭で見送る妻と息子に手を振っていた。三千屯か四千屯の船が、四歳の少年の目には数万屯の巨船に見えた。あの船は長崎港のここから数百メートルと離れていない岸壁に着いたはずである。

それから三年たって三宅はハルビン駅で父と別れた。今に至るも生存の確証はない。断片的な消息なら聞いたことはある。シベリアの日本人捕虜収容所で見かけたという人がおり、北京街頭ですれちがったという人がおり、大連に進駐したソ連軍司令部に通訳として働いているのを目撃したという人もあったが、いずれも信用できなかった。証人は父とそれほど親しくつきあっていた人ではない。たまたまハルビンの日本人会で父と四、五回話しただけという人物ばかりである。満鉄において父が所属していた調査部の同僚が証言してくれたことは一度もない。

NHKのスタジオでまばゆいライトに照らされたアメリカ人女性の声をききながら、三宅が考えていたのは行方不明になった父のことであった。あと数年で、三宅はそのときの父と同じ年齢に達するのである。こまかくちぎった名刺は風にさらわれてちりぢりになり高架広場の隅へ移動していた。

三宅は立ちあがった。汽笛はまだ鳴り続けていた。連絡船のそれとは響きが違うようである。外国船かもしれなかった。岸壁に行って船を見たい、それもできるだけ巨きい豪華な客船を、三宅はふいにそう思った。しかし駅舎正面にかかげられた時計を見て思いとどまった。国際文化会館へ行く時刻である。

九

午後六時四十分、吉野高志は平和町の坂道を国際文化会館のある丘へ登っていた。

平和町という名前は戦後つけられたものである。この町名といい、国際文化とかいう建物の名前といい、いかにも無味乾燥で吉野は嫌いだった。丘の頂には広場があり、会館前は公園になっている。

若い男女が初夏の宵の仄かに青い影に包まれて木立のかげをそぞろ歩きしている。けたたましい爆音をたてて、十七、八の少年が大型バイクを広場に乗り入れて来た。年若い散策者たちは敏捷に身をさけたが、老いた通行人のある者はバイクをさけきれずに転倒した。広場には若い男女ばかりが逍遙していたのではなかった。

三三伍伍、髪に白いものが目立つ人々も会館へ集りかけていたのだった。倒れた老人は連れのこれもやはりかなりの年配の男にたすけ起された。バイクの少年は長髪をなびかせ広場に爆音をとどろかせてぐるぐると輪を描くように乗りまわした。そうやって別段、集った人々を威嚇しているのでも、厭がらせするつもりなのでもなさそうだ。バイクを走らせる広場にたまたま人間が群れているだけで、他人には一切、自分は無関心なのだとでもいいたげである。

少年はうっとりとした表情でアクセルをふかし、広場を八の字にあるいは円周状に疾駆した。吉野は会館地階へおりた。別世界へ来たように雰囲気は一変した。内部は中年以上の観客がほとんどである。乾いた藁の匂いがした。皮革をなめす工場でかいだ匂いとも似ていた。老人たちの体臭かもしれない。

それでいて開幕前の劇場に漂っている華やいだ雰囲気がここでもわずかながら感じられるのはおかしなことだった。災厄の日から二十年以上もたてば、その記録フィルムさえ観劇の一種に変るのだろうか、と吉野は考えた。それとも人は滅亡の日の記憶を内心で常に新たに保ちつづけることができるほど強くはないのだろうか、とも吉野は考えた。

彼は水色の縦縞がはいったコットンのシャツに同じ生地の白いズボンをはいていた。考えてみれば吉野自身、出かける前の身支度をするとき、気持がいくぶん弾んだのである。子供のころ、西部劇を見に行く前に気持が浮き立ち夕食もそこそこにすませたように。彼は観客席の後ろで中津弓子の姿を求めて椅子から椅子へ目を走らせた。屋内は人いきれで暑かった。客たちはパンフレットを扇子がわりに使って胸もとに風を入れていた。弓子はまだ来ていないようだ。吉野は椅子に坐っていても出入りがわかる後部ドアの近くに座を占めた。明りが消えるまでついに弓子は現われなかった。

映画はアメリカ軍の戦略爆撃調査団が、昭和二十年秋から翌年一月にかけて撮影したもの、という短い説明が上映に先立って行なわれた。黒いポロシャツを着た小柄な青年が二、三分で説明を終えて壇から引っこんだ。(あの男も被爆者にちがいない……)、吉野は直感した。外傷らしいものはどこにもなかったが、簡潔な話しぶりと控え目な声音からそう思われた。こうした集会があるときまって駆けつけては大音声を張り上げて平和のために一席うたないではおかない社会党や共産党の代議士たちには吉野はほとほと閉口していた。

場内はしずまりかえっていた。襟もとをあおぐ紙片の音が蛾の羽搏く気配を思わせた。アメリカから返された原爆記録映画を、吉野は二、三年前、見たことがあった。それは日本側が撮影したものをアメリカが押収したフィルムで白黒の不鮮明な画面であった。カラーはそれにくらべてさすがになまなましく、広島についでスクリーンに焼土と化した長崎が色あざやかにうかびあがった瞬間、観客席からいっせいに嘆声とも呻き声ともつかぬざわめきが湧いた。

爆心地の平べったくなった焼跡の次に三菱兵器製作所のひしゃげた鉄骨がうつり、浦上天主堂の廃墟がうつった。機械工場より煉瓦造りの古風な建築の方が奇妙なことに廃墟としては美しかった。

ある箇所で吉野はフィルムを追うのをやめた。カメラが焼土をさまようとき、ちらと川のようなものを映し出した。浦上川のはずである。スクリーンはその後も全身にケロイド状の火傷を負うた少年やガラスの破片で失明した女を映し出していたが、吉野は機械的にそれを目で追うだけで、心の中では平地に刻みこまれた黒い条痕のようにしか見えなかった浦上川をしきりに思い浮べていた。

浦上川は現実に今も長崎を流れ港にそそいでいる。しかし昭和二十年の浦上川は永久に消失してしまっている。川辺には家と工場が立ち並び、川そのものの形も護岸工事と排水孔で昔日の面影がうすれている。

吉野がスクリーンに見出したのは原爆投下以前の浦上川とその周辺のたたずまいであった。思いがけない発見であった。もう一つ意外な発見があった。浦上天主堂がたっている丘の稜線である。戦後、天主堂は再建されて元の場所にかつてのそれと劣らぬ壮大な教会がたっている。吉野の目を惹いたのは建物ではなくて、その下の台地の形で、それは再建時に部分的に削られ、戦前とは勾配が微妙に変っている。

スクリーンに映ったのは少年の頃に目で親しんだ丘の勾配であった。天主堂のある台地の懐しい角度と、浦上川とそれだけで吉野は充分だった。ねじれた手足を持った傷者たちの姿は見るに耐えなかった。彼はこっそりと会場を脱け出した。

すえた体臭がこもる屋内から戸外に出ると夜気は初夏の若葉の香りを漂わせ、それを胸一杯すいこむと生き返る思いを味わった。

「高志さん」

噴水のある池の畔に白い人影が認められた。中津弓子である。

「来てたのか」と吉野はいった。何日も会わなかったような気がした。来たときにはもう映画は始っていて、途中まで見て気分が悪くなったので外へ出たのだ、と弓子はいった。

「ここに立ってたら高志さんが出て来るのがわかると思って」

「こっちもそのつもりでドアのすぐ前にがんばっていたんだが」

「なぜ終りまで見なかったの」

「とてもあれでは迫力がありすぎて、あんたはどのあたりまで見たんだい」

「女の子が裸になっていて皮下に点状出血斑点が出ているシーン、あれが出たらもうたすからないの」

「でも全身に火傷を負った人が今も何人も生きていて、県庁に勤めたりなんかしてるんだ、むやみに悲観することもないさ」

二人は坂道を並んで下った。

「今になって悔んでみても仕様がないけれど、浜町で当り前の映画を見る方が楽しかったわ」

「お母さんはいつなくなったんだっけ」

「あたしが中学を出たとき、それで……」

弓子は何かにつまずいて危く倒れそうになった。吉野が腕をつかんで支えた。靴のかかとがとれている。「どれ、どれ」彼は街灯の下で弓子の靴を脱がせて、とれたかかとを明りにすかしてみた。釘が折れただけのようだ。

「困ったわ、どうしよう」

吉野は近くにモーターバイクの修理店があることを思い出した。広告とりに歩きまわっているので、長崎市内であればどこに何があるかは心得ている。街灯の下に弓子を待たせておいて坂道を少し駆けあがりシャッターを半ば下した修理店に這入っていって細い針金と小釘を分けてもらった。それで手早く靴のとれたヒールを応急修理した。五分とかからなかった。

直した靴を下げて吉野は坂道をおりた。街灯のポールに片手でつかまって弓子は不安定な姿勢で吉野を待っていた。真上から射す暗い光に弓子の顔は隈取られ、二十四歳という年齢よりは老けているように見えた。

「出来たぞ、一時間くらいは大丈夫だ」

弓子の足もとにしゃがんで靴をはかせた。「ありがとう、高志さん器用なのね」弓子は片手を吉野の肩に置き、片手で靴を履いた。弓子の体重が一部分吉野の体にかかった。そのとき彼はつい今しがた街灯の下で心細げにたたずんでいた弓子の姿に覚えた柔かい感情がまた新しく甦えるのを覚えた。自分の肩についた弓子の手から何か暖いものが絶え間なく自分の体の内部にしたたり落ち、溶けこむようである。

「どうかね、履き心地は」

「ゆっくり歩くぶんには差し支えないようだわ」

吉野は弓子の腕をとって坂道を下った。電車通りに出てから彼はなんとなく後ろを振り返った。両側に街灯がありその間にプラタナスの並木があって夜目にも鮮かな緑が闇に浮びあがっている。吉野は初夏の夜にかぐわしい大気に包まれ弓子と肩を並べて坂道を下るのはどうしたことかこれが最後になるような気がしたのだった。それで後を振り返らないではいられなかった。

吉野は奇異な思いにとらわれた。なぜそう思ったのかつきとめようとした。いくら考えてもわからなかった。ただ不意に、これかぎり、という予感がどこからともなく訪れたのである。弓子が不思議そうに訊いた。

「どうかした」

「いや、べつに」

「急に黙りこんだりして」

「なんでもない」

「来たわ」

夜も今頃になると自動車の往来は間遠になって、街路も幅が拡がったように見える。地底の坑道さながら闇にとざされた街路の向うに明るく輝くものが現われた。それは夥しい光をふり撒き左右に揺れながら二人の方へ近づいて来た。

吉野は電車の座席に深々と身を沈めて、さっきの不可解な予感がどこから来たかを考えた。もう二度と弓子とあの坂道を歩くことはあるまいという確信めいたものは、数日来、とくに今朝から自分を支配している幸福感とは明らかに矛盾する。吉野が味わっている生き生きとした回復感とはまるで異質の、いってみればひややかな死の世界から訪れたもののようである。

吉野はこのいまわしい感覚を自分の内部から追い出そうとした。

「しまった」

窓外に過ぎた電停名に気づいて弓子に目をやった。電車は茂里町を通過したところである。弓子の家は清水町なので弓子にしてみれば電車は反対方向へ動いていることになる。坂道を降りにかかったときは先に弓子を清水町へ送り、その後で南山手町のアパートへ帰るつもりだった。つい、うっかりしていた、と吉野はいった。自分の思いにかまけて気がつかなかったのだ。

「銭座町で降りて引き返そう」

吉野は弓子を顧みていった。電車は徐行し車輪をきしませてとまった。銭座町の停留所である。弓子は黙って坐っている。いったん腰を上げた吉野はふたたび弓子のわきに体を落着けた。

「あたしね、このくらいに空いてる電車に乗るのが好きなの、バスよりも。それも夜に乗るのが好きなの。ガタガタ振動してひどい音をたてるのに、どうしてかしら。外から電車を見るのもいいわ、暗い歩道を歩きながらすれちがう電車を見ると、明りがついていて吊り輪も網棚も窓枠もガラスで出来てるみたいに光ってるでしょう、電車に乗ってる人まで光を反射して輝いてるみたい」

「さっき何かいいかけたろ」吉野はいった。「さっきというと」弓子は不審そうに訊き返した。

「坂道でさ、靴のかかとがもげたとき……」

「ああ、あのとき」

「何をいおうとしたんだい」

「いいの、あれはもう」

「むりにきき出すつもりはないけれども、何となく気になったんだ」

「映画に映ってる被爆者を見ていて、あっあれは自分だ、という人が観客の中から出てくることが今度もあるでしょうね、二、三年前も同じことがあって名乗り出た人があったでしょう」

「そんなことがあったかな」

電車が揺れるごとにはずむ弓子の肩が吉野の腕に触れる。運転手は前方の窓を開け放していて、吹きこむ風が弓子の髪を乱している。その髪が吉野の頰をかすめた。吉野はきいた。

「浜町の方に用事でもあるのかい」

「母があたしに話してくれたことがあったの、中学生の頃に。隣に住んでいた小母さんが戦時ちゅうに防空演習をした後で、母にこういったんですって。奥さん、焼夷弾ならハタキで消せるばってん、直接弾は怖しかですねえって、母はいつもそのことを思い出して話しては笑ってたわ」

「その小母さん、どうなった」

「生きてたんですって、二、三週間は。秋になる前に急に……」

直接弾は直撃弾のことだろう、と吉野はいった。そういえばあの頃防空演習というのがあった。三角にとがった綿入れの頭巾をかぶって、バケツと鳶口と竹竿の先に布切れをつけた火タタキと称する得物をかついで、警防団長の号令一下、町のかみさん連が右往左往していたものだ。水びたしの蓆さえあれば焼夷弾を消しとめることができると信じこんでいたようだ。爆弾は直撃弾でないかぎり床下に掘った壕にうずくまって畳をかぶっていさえしたら安全だというように思いこんでいた。うろ覚えながらそういう知識は七歳の子供心にきざみこまれている。

吉野高志は明りを消したアパートのベッドに横たわっている。

手洗いから戻った弓子がかたわらに身を横たえた。窓はあけ放していた。室内で動くものは風に揺れるカーテンだけである。寒くはないか、と吉野はきいた。弓子は、平気だ、と答えた。

「ここは高台でしょう、夏は水道の出が悪いんじゃない」

「ポリバケツの大きいのを買ってる」

「一杯になるまで溜めるのにどのくらいかかる?」

「水の出具合にもよるけれど、そうだな、最初の水は汚いから捨てなくちゃならない、一時間とちょっとか」

「夜それとも朝、どっち」

「朝、十時ごろはわりかし出がいいんだ、それと夜の十一時すぎ、だけどこれからは会社に出るから朝はダメだな」

「夜は断水することがあるんじゃない」

「困るのはそこですよ」

「でもここは港の夜景が素晴しいわね」

「夜景を眺めても咽喉の渇きはとまらない」

吉野は左腕を伸ばしていてその上に弓子は頭をもたせかけている。

「この下に狭い石段を下ってゆくと市場があるじゃない?」

「大浦市場」吉野はいった。

「こないだの昼、二人でお魚を買いに行ったとき、市場の魚屋さんがじろじろあたしたちを見てたわ、覚えてる」

「どの魚屋、乾物屋の隣のか」

「肉屋さんの前の」

「ああ、でもじろじろ見てたかな」

「手首に白い包帯を巻いた十七、八の女の人が」

「魚屋の一人娘だ、よくまけてくれる」

「そうよ、こないだもあなたは今とまったく同じことをいったわ、よくまけてくれる、ぼくに気があるのかなって」

「そうかなあ」

「また行きましょう、二人であのお魚屋さんへお魚を買いに」

「ああ」

「まけてくれるんでしょうね」

「そんなに魚を食べたいのかい」

「行きたくないの」

「行きたくないといってるんじゃない」

「行きたい、行きたくない、どっちなの」

「どっちでもいい」

吉野は弓子の暖い肉体に寄り添っていながら心の中ではどうしても追い払うことのできない物音に耳を傾けていた。弓子と接したあと、しばらく無言で横たわっているときにその音が聞え始めた。

快感は激しく、体の芯がしびれるほどでありそれがいつまでも尾を引いて気だるい物憂さとなって吉野を包んだ。そして快いだるさが次第に耐えがたい疲労に変質してくるようである。朝はあんなに気力がみなぎっていたのに……吉野はじわじわと滲み出てくる懈怠感を意識しながらそれを肚立たしい気持でいぶかった。そのときどこからか物音が聞えて来た。

夜、丘の上に吉野はたたずんでいる。穴弘法の南側斜面であったと思う。浦上が消えた日の夜である。いやそうではなくて数日後のことだったかもしれない。夜ではあっても八月九日に浦上へ行けたかどうか不明だ。ただ一つはっきりしていることは原爆投下後、間もない浦上を天狗山の中腹から見下していたということである。

闇で覆われた町のあちこちに余燼が獣の目のように赤く瞬いていた。吉野はある物音に耳を澄ました。貝殻を竹籠に入れて絶え間なくゆさぶる情景を連想させる。音は工場から聞えてくるのではなさそうだ。何かが崩れる音である。間もなく音が聞えて来る正確な方角がわかった。浦上天主堂からである。炎で焼け焦げた煉瓦がひっきりなしにさらさらと崩れ落ちる音なのだった。

二十数年たってすっかり忘れたと思いこんでいたその物音をどうしたことか今また耳の奥に甦えらせることになった。かたわらには女の暖かく柔かな肉体がある。熱いものが吉野の体を通りすぎてまだ一時間とたっていない。そういうとき、一つの町が消えた日の夜聞き入っていた物音を思い出してしまった。

（映画を見たからだろうか……）

吉野は考えた。

弓子が半身を起した。

「あたし、帰らなければ」

「…………」

「電車通りまでおりたらタクシー拾えるわね」

「家まで送って行こう」

「いいの、一人で帰りたいの、ついて来ないで」

「電車通りまで行くよ」

弓子は服をつける前に窓の傍に立って港を眺めた。暗い部屋でも体のなだらかな線は見てとれた。港に何が見えるのか、と吉野はきいた。毎日、見ていると、ことさら珍しいものは何もない。

「船は夜になると赤や黄やいろんな明りをともすのね、こんなに晩い時刻に港を見るのは初めてだわ」

「明日はどうする」

「明日?」

弓子はスカートのホックをとめた。

「明日なにかがあるの」と吉野に訊く。

「なにもありはしないけどさ」部屋のあるじは服をつけながらいった。

「いつもの通りよ、別に変ったことはないと思うわ」

「何を探してる」吉野はきいた。弓子は体をかがめて部屋を見まわしている。

「バッグをどこに置いたかと思って」

吉野は明りをつけた。鋭い光が目をうった。

「あった」

弓子は吉野から顔をそむけるようにしてテーブルの上にあったバッグをとり上げ手早く化粧を直した。

二人は連れ立って細い石畳道を降りた。タクシーに乗るとき、弓子は軽く吉野の手を握って、「じゃあ、明日」と囁いた。闇の奥に赤い尾燈が小さくなっていった。アパートで弓子は、〃いつもの通り〃といい、今は、〃じゃあ、明日〃といった。その言葉を今朝のよろこばしく昂揚した気分で味わうことは吉野にはできなかった。

（治ったと思ったのは気のせいなのだろうか……）

吉野は坂道をアパートへ上りきるまで二、三度休まなければならなかった。

十

三宅鉄郎は定刻におくれて国際文化会館に着いた。映画は既に上映されていた。暗い場内にはいって空いた席を探していると、中津弓子がはいってくる姿を認めた。弓子は椅子にかけた客のなかから誰かを探しているふうである。手を上げかけた三宅の耳を映画のナレーションがとらえた。弓子が探しているのは吉野だろう、二人に会うのは映画が終ってからでいい、と三宅は考えた。

スクリーンには三菱の壊滅した船型試験場が映っていた。土は黒く焦げ、あるいは赤茶けた鉄骨が苔のように平べったく地面を埋めつくしていたが、その上に拡がる空は目が痛いほどに青かった。

（ちがうぞ、空はあんなに鮮かな群青ではなかった。こまかい土埃がたちこめて日をさえぎり、昼でもうす暗く感じられた。本当に澄んだ青空がのぞいたのは九月ごろ台風が強い雨を降らせた後だ。調査団が撮影したというのは、だから秋以後のことだろう……）

入口で渡されたパンフレットは読んでいない。フィルムについての予備知識も三宅は持っていない。一人で空の青さから撮影時期を推理した。三宅は八月九日、長崎市から北東に二十四キロほど離れた諫早にいた。人口六万弱の城下町である。大陸から引揚げた当座は長崎に住んでいたのだが父のすすめで母の実家があるその町へ疎開していたのだった。浜口町で運送会社を経営する人物からガレージに隣接する二階建を借りて住んでいた。母は息子の教育のために長崎を離れることに、反対したそうだ。父のたっての命令で諫早へ移ったのである。

スクリーンには全身に熱傷を負うた少年が手当を受けていた。少年と向い合っている当の医師も頬骨がとがり、青黒い皮膚をしていた。父のいいつけにそむいていたら自分もあのような少年になっていただろう、いや、三宅は思い直した。カメラは兵器工場の破壊された工作機械を写し、ブリキの下にのぞいた白骨死体に一瞬静止した。

（いや、とても火傷ですみはしなかったろう、浜口町にいたのだから。自分もあんな白骨になって風が吹くときブリキ板といっしょにカラカラ鳴っていただろう……）と三宅は考えた。あの日、小学二年の三宅は城趾である公園へセミをとりに行こうとしていた。道を歩いていると正面に白い球が浮んだ。太陽に似ていたが太陽ではなかった。白い球が中天にかかると同時にまばゆい光が閃いた。窓ガラスも立木も光を浴びて異様に蒼ざめた。光球は消え、やがてそれが浮んでいた所に黒い煙の塔が立ちのぼった。光が走った直後に長崎の方から爆音がとどろいたということだが、三宅の記憶からその音は消えている。第一長崎の方で異変が生じたとは思わなかった。諫早のすぐ近郊、これからセミをとりに行こうとしている城山の裏手に爆弾が落ちたのだ、と思った。

——喜々津のごたる、

——火薬庫が爆発したとだろか、

——空襲警報は発令されんやった、あんたは聞いたな、

——わしは聞かん、

三宅は本明川を渡り西南に面した小高い丘陵に駆け上った。喜々津は大村湾にのぞむ小さな漁村である。なだらかな山に囲まれた漁村一帯はいつもと変りがないように見えた。黒煙はその山の向うから立ちのぼり時と共にふくらみ、山の稜線は火焔で赤く縁取られていた。黒煙はある箇所が濃い茶褐色に映えるかと思えば灰色の縞もまざり、その中心を時どき稲妻のような光がつらぬいた。

黒い斑点が空を埋めつくし、丘に立ち並んでいる人々の頭上に移動して来た。

——こりゃあ銭ばい、

一人が肩に降って来た灰のようなものをつまんだ。空に漂う斑点は布切れや紙片や木の葉の燃え粕で、あとから

も途絶えることなく降り続け、なお風に乗って上空を流れて行った。それから夜までの記憶が三宅のなかで途切れている。いつまでも丘の上に立ちつくして天に沖する赤黒い煙を眺めていたようでもあり、わが家にとってかえしてそのことを母に報告したようでもある。

丘で見た情景の次に続くのは夕焼けである。家は川沿いの町にあった。城趾のある公園が対岸にあってその上に拡がる空が血を流したように赤々と染まった。ちょうど長崎の方角である。炸裂光を見た後ただちに夕焼けのイメージが続くのは考えてみればうなずけることである。

あの日は空に、燃える都市の煙と塵埃が漂い、日光をさえぎっていつもより早く夜が来たかと思われたのだ。太陽はどす黒い煙の彼方で光を喪い真鍮の円板のようにうすぼんやりとかすんでいた。諫早の住民は各戸から一人ずつ被災者の救援に召集され、列車とトラックで諫早駅に運ばれた負傷者の世話をした。記憶をこうやって順序立ててみると、あの日わが家へとって返したものの母を見かけなかった理由が納得される。

三宅が川辺にうずくまって赤い空を眺め続けていた頃、母は駅前広場に横たえられた被爆者の救護に当っていたわけだ。夜もかなり更けてから疲労困憊した顔つきで母は帰って来た。着ている物は血みどろだった。父と結婚する前は看護婦だったから、人よりも忙しかったのだろう。

——どう見てもたすからない怪我人が水を欲しがるから飲ませてあげようとしたらおまわりさんが怪我人に水をやったらいけないととめるの、飲ませても飲ませなくても死ぬのよ、可哀想だったからどんどん飲ませてあげた、

母はそういうなり、汚れた服を脱ぎもせず倒れるようにして寝入ったものだ。

西空を見ている自分はあのとき何を考えていたのだろう、と三宅は思う。スクリーンに浮びあがる浦上の廃墟を眺めながら回想する。数ヵ月、机を並べた銭座小学校の級友のことか、その担任であった若い女教師のことか、二十歳をまだいくらも出ていない美しい女性だった、運びきれずに浜口町の借家に残して来た家財のことか、親しい友達であった吉野のことか、そのいずれでもなかった。

三宅は一つの都市が炎上するのを見ながら実は何も考えていなかった。ただ呆然と目をみはって赤い空と向い合っていた。当時の自分を振り返ってみて三宅は自分がどのような思いで真紅の夕焼を見ていたかを考え、心のなかに何物もなくうつろに目をあけてほとんど無心に近い状態で自分の故郷が滅亡するのを見とどけていたことを確認した。

家にいたのは三宅一人ではなかった。三宅はあの日夕刻、大叔父が家に立寄ったことを思い出した。タブロイド版の新聞を持って上り框に腰を下してぶつぶつ呟いていた。ソ連、帝国に宣戦布告、ばかでかい活字が三宅の目にとびこんだ。黒地に白抜きのまがまがしい感じを与える字づらであった。

——鉄次郎さんはどぎゃんなるとだろか、

大叔父はしきりに父のことを心配したようだった。ソヴィエトの参戦と原爆投下はそうしたかたちで一つに組合わさって三宅のなかに印象づけられている。

結局、アメリカから返還された記録映画を見ていながら三宅の心に去来したのは二十数年前の自分のことだった。傷ついた人々の肉体は黒っぽい焼跡と対照的になまなましすぎ見るに耐えなかった。いたましさよりどちらかといえば不快さが先立つのを三宅は内心もてあましていた。

それというのも自分が被爆者ではないせいなのだろう、と考えた。映画を見るまでは自分がこうした不快の念を覚えようとは予想もしなかった。なんといっても三宅が一番、意外に思ったのはなまなましさはなまなましいなりに被爆の映像がどうしようもなくふるびて見えるのである。そこに二十数年という時間の経過を思わないわけにはゆかなかった。被爆者であれば、たとえば吉野高志にしてみればフィルムに接してあの日のことをついきのうのことのように振り返ることができるだろう、と三宅は考えた。爆弾の閃光を浴びた者と浴びなかった者とは戦後、二通りの異質な時間の流れを経験することになったのだ。

明りがともった。

観客は白くなったスクリーンに顔を向けたまま黙りこんでしばらく腰を上げようとしなかった。咳払いがあちこちの座席から聞えた。

三宅は吉野を探した。弓子らしい女を認めて近づき丸めたパンフレットで肩を叩こうとして別人であることに気づいた。出口に立って外へ出てくる人々をしらべた。観客は一人残らず濃い疲労の翳を顔にしるしていた。吉野たちを探しているうちに三宅はそのことに気づいた。

会場から最後の一人が立ち去るまで三宅は出口で待っていた。明りが消えた。ルポライターは広場へ出た。

――鉄次郎さんはどぎゃんなるとだろか、

大叔父の言葉を無意識にくり返した。戸外にはひっきりなしに黒っぽい灰が降り、西空は夜に入っても赤々と燃え、担架で運ばれる傷者が途切れなく続いていた。終りの日の情景はたちどころに大叔父の言葉を引き出す。「どぎゃんなるとだろか」といったのではなくて、「どぎゃんするとだろか」といったのだろうか、いずれにせよ大陸に残留した父の運命を、日露戦争に従軍した老漢方医は気づかったのだ。

父が妻子を内地へ引き揚げさせたのは戦争の先行きを予見したからであろう。当時は食料の乏しい内地へ帰る日本人は少なかった。逆に内地から満洲へ渡ってくる日本人が多かったのである。母は父の措置に不満だったらしい。関釜連絡船でさえもアメリカの潜水艦に沈められていた。上海航路は欠航同然で、稀に運航される便船は軍関係の人と物資が優先した。どこでどう話をつけたものか、父は二人分の切符を手に入れた。荷物は極度に制限されたので、ハルビンの家から持ち帰ったのは僅かな貴金属、宝石類と数着の衣類にすぎなかった。いや、まだあった。一個だけ積みこみが許された柳行李のなかに父は一束の古新聞を入れていた。

そのことで母は長い間ぼやいたことだった。よりによって新聞なぞを持たせて帰さなくても……ハルビンの家からは他に持って帰りたいものは山ほどあったのに、毛皮のコートも置いて来たよ、わたしがお祖母さんの形見にもらった紬も、ロシア人から買った純毛の生地ね、あれがあったらお前のよそ行き服が何着つくれたかしらね、まっ

たくお父さんという人は、
母の愚痴はきりがなかった。実家で肩身のせまい思いをしていると、戦後の窮乏はすべて父のせいになるらしかった。古新聞のかわりに毛皮のコートを入れたとしてもタカの知れたものである。荷物は一人一個と制限されていたのだから。

——敗戦前に引き揚げることができただけでも良かったじゃあないか、お母さん、命あっての物種子というよ、

三宅がたしなめても母はなお釈然としないふうであった。思うに父はある筋からソ連軍がドイツを制覇しだい日ソ中立協定を破棄するという情報を得ていたのだろう。ハルビンには軍の特務機関があった。南満洲鉄道株式会社の調査部が父の所属であったが、母の話によると父はむしろ堪能なロシア語でもって特務機関の仕事にも参画していたらしい。推測がもし事実なら父が軍人たちと共にシベリア送りになったことは容易に想像される。しかし父の姓名は戦後ソ連邦が示した捕虜名簿には記載されていなかった。もっとも事情通にいわせると特務機関員は追及がきびしくて、身分がソ連側に暴露すると十把ひとからげに戦争犯罪人に擬せられたそうである。

希望は若干ではあったけれども残っていないわけではなかった。父が仮りに特務機関員であったとしても捕虜となった場合本名を名乗りはしないだろう、と戦後、ソ連軍の手をのがれて帰国した元機関員が母に語ったことがあった。満鉄の職員であれば特務機関における身分はせいぜい臨時雇員か嘱託というところではないか。その程度ならばれてもたいしたことはあるまい、といってその元機関員は母を励まし、東京に帰ったらすぐ送ると約束して旅費を無心した。

一束の古新聞に三宅は興味を持った。

これといって不動産を持たない妻子を内地に帰すについて、限られた荷物にそれを加えたということは、父にしてみれば毛皮や書画骨董よりも大事であったことになる。古新聞は浜口町の借家に残して来て、引き揚げた当座、買いととのえた他の家財といっしょくたに原爆で焼かれてしまった。父は長崎も危いから諫早へ疎開するようにと

ハルビンから指示して来たのだ。輸送手段は列車とトラックしかなかった。列車は数ヵ月先でなければ貨車が空かず、トラックは小型が一台、それも諫早へ疎開する同じ町内の一家と共同でしか頼めなかったから、三宅母子はまたもや着のみ着のまま同然の姿で諫早へ引っ越すことになったのだった。

トラックの手配がついたら残りの家財を運ぶことにして、二人は田舎へ移った。古新聞は父の指示にもかかわらず置き去りにされた。母はそのことを苦にしていたようだ。

——でもねえ、ロシア語新聞なんか持っていてもおなかの足しになるわけじゃないしねえ、

——どうしてロシア語の新聞なんか、

三宅は訊いた。

——わたしにわかるもんですか。四十年も昔の新聞が何の役に立つのかしら。

——何が書いてあったの、

——母さんに読めるわけがないよ、ただね、一番上にのっかってた新聞には端っこに少しばかり日本語が書いてあったことは覚えてるよ、「本紙の広告を利用せよ」ってね、

——それから?

——お父さんが大事にしている物だからちょっとのぞいてみたまでさ、その次に小さな活字で何行か日本語が続いていたけれど、覚えているのはそれだけ。「本紙の広告を利用せよ」。

——本当に日本語だったんだね

——ロシア語と日本語の区別くらいは母さんにもわかります

——新聞の名前は

——さあね、ロシア語だから……でもね、一つだけ目についたことがある、題字の左に絵がついてた、

——絵が?

——変った絵でね、童話の絵本によく出てくる西洋の女神のような、それも頭だけ、冠のようなものをかぶった女が角笛を吹いているみたいだった、

——絵本だったかもしれない

——新聞だよ、日付がはいっていて、さし絵は題字の所だけ

——おやじはなぜそんな昔の新聞をとっておいたんだろ、

——わたしが知りたいことですよ、それは。毛皮のコートを持って帰っていたらまず米一俵くらいにはなったはずよ、純綿だけでも何反あったかしら、ラシャ地もオーバーが四、五着つくれるくらい、それに……

大学へ入った年に三宅はふと思い立って母に訊いてみた。

——おやじはどんな人間だった？

——あたり前の人だったよ、

三宅は父が三十三歳のときの子である。七歳のとき父と別れているから四十歳の父しか思い出に残っていない。家族と団楽を楽しむことはあまりしなかったようだ。勤め先から帰って食事をすませると、書斎にひっこんでしまう。家をあけることがよくあった。一、二週間、留守にするのはめずらしくはなかった。会社のお仕事、と母はいうのだが、どこへ行くのかは母も知らないようだった。

父について鮮明な印象が一つ残っていた。

時おり訪れた客である。片脚が不自由で松葉杖をつきつきやって来ては、応接間でなく書斎に上りこんで父と話す。永居はしなかった。自宅に訪れる客は少なかったから、それに応接間でなく書斎に通される客はこの男だけであったから三宅鉄郎は犬丸というこの人物を記憶にとどめた。やって来るのはたいていい夜である。

——おやじさん居るかね、

鋭い目付で廊下の奥をうかがう。在宅していると決めているようであった。そして妙なことに父が不在の折りは

決してやって来なかった。松葉杖を玄関に立てかけて、両手をついて這うように上り框から廊下にあがる。壁に寄り添って書斎まで歩く。応対に出た三宅が、

——犬丸さんだ、

と父に告げに行くと、書斎のドアをあけた父の前にもう来客は立っている。父は犬丸の訪問を喜ばなかったけれども居留守をつかうことはなかった。犬丸と対座しているときは妻も書斎に入れなかったようだ。

——じゃあまた、

用件がすんで出て行くとき、犬丸は松葉杖をかいこんで玄関に立ち、父を顧みて薄笑いを浮べた目でそういうのがきまりだった。父は無表情な顔で軽くうなずく。犬丸が帰ったあと父は不機嫌になった。来訪するのは月に一、二度の割である。

——松葉杖をついた犬丸という男ね、あれはおやじの何だったの、

あるとき三宅は母にたずねた。気になる人物として心の底にわだかまっていたのだ。

——知合いだったんだろうね、仕事の上での。でもお父さんは会社のことも仕事のこともうちでは話したことがなかったから、犬丸さんがどういう人なのかはお母さんも見当がつかないね、

——いつも何しに来てたんだろう、

——わたしも後で気づいたんだけれど、あの人がやって来る前の日にお父さんは貯金をおろしてたね、わたしに内緒で。

金をたかりに来る客にしては横柄な感じであった。客のあの物腰では父が金を払うのは当然と見なしているようだった。つまり父としては厭でも犬丸にいくばくかの金を支払わざるを得ない立場であったのだろう。なぜ？　そこまで考えると行きづまった。三宅は自分の父についてほとんど何も知らないことに気づいた。

（一体おやじは何者だったんだろう……）

しかしそう考えるようになったのは三十過ぎてからである。二十代は父について漠とした疑念を抱いていても、それをつきつめて考えようとはしなかった。他に考えることはいくらでもあり、自分のことにかまけていると、父の人となりや生活など関心のらち外にあった。父が常時念頭から去らなくなったのは三宅が妻をうとましく思うようになってからである。振り返って考えればそれがきっかけであったように思う。

——おふくろはおやじを何とも思っていないのではないだろうか。

これは三宅が中学生になってから覚え始めた疑いだった。母が父のことをめったに口にしないという事実の他に、父について優しい思い出を持ち合せていないという発見をしたからだ。母が父の噂をしないのは父について何も知らないからであるらしかったが、妻が夫の公的生活を知らないのはいいとしても、その私的な過去も知らない、あるいは知ろうとしなかったという点に三宅は母のある一面を見たと思った。

——おふくろはおやじをそれほど愛してはいなかったのだ、

これが三宅の引き出した結論である。

母は三宅が中学を卒業するとき、それまで働いていた病院の事務長と再婚した。厚生省から父の死亡を認定する通知がもたらされて二年とたっていなかった。再婚する前から母は事務長と関係があったようだ。通知を手にしてむしろ母は喜色満面といった面持であった。三宅は後年、認定の根拠が実はいい加減なものではないかと思うことがあったが、母はたちどころに信じたようであった。

（たしか、このあたりだったな……）

三宅は国際文化会館から浜口町へ下って、昔の家があったと思われる一角に立ちどまった。片側はその上に大学病院のある崖である。町並は被爆後、一変していた。電車の軌道は今とちがって大学病院のすぐ下を通っていたように思う。

運送店もガレージも町もろとも焼失しているから、道路から見上げる崖のかたちで大体の位置を察するしかない。町は寝静まっている。三宅は振り向いた。さっきから何となく気になっていたのである。まばらな街路にしのびやかな靴音がする。三宅が見当をつけた昔の住居のあった一角に立ちどまったとき、背後でも靴音がやんだ。それは一人ではなかった。二人以上つれ立っているように感じられる。高架広場で夕方、話しかけた私服を想像した。暗闇をすかしてみて、尾行者が街灯の落す光の輪をかすめるところをたしかめた。見たことのない連中である。三宅は彼らと向い合った。乗用車が尾行者たちの後ろから徐行して来て、三宅の傍でとまった。

「君たちは何だ」三宅はいった。

三人は三宅をとり囲んだ。一人が自動車の後部ドアをあけ、顎をしゃくった。一人が三宅の胸を押した。「何をする、用があるならここで聞こう」三宅は自分の腕をつかんだ男の手を振りもごうとした。手はかたく三宅の腕をとらえて放さなかった。三宅は襟がみを後ろからつかまれて車のなかに引きずりこまれた。座席に押し倒されるや両眼に粘着力のある薄っぺらなものが貼られた。テープのようなものである。

乗用車は走り出した。三宅の両わきに一人ずつ、運転席に二人いる気配である。一言もしゃべらない。さっき街灯の下で認めたのは野球帽をかぶったのが一人、頭に手拭いを巻いたのが一人、サングラスをかけたのが一人だった。人相はどことといって特徴がない。東京で三宅が書いた記事に抗議した暴力団のことがまず頭に浮んだ。しかしあれは一応、解決したはずである。それは今朝きいたばかりだ。

乗用車は右に折れ、左に折れた。坂を降りまた坂をのぼった。速度は上げなかった。七、八分走ってスピードを落し、エンジンを切った。三宅は腕をつかまれ車の外に引き出された。機械油の匂いが鼻をついた。倉庫か工場の内部らしかった。目隠しをとってくれ、と三宅はいった。答えはなかった。低い声で何かいいつけている。三宅に対してではない。重いものをどさりと投げ出す音が聞えた。金具の触れ合う音がした。ショルダーバッグをしらべているのだ、と三宅は考えた。ノート、手帖、万年筆、歯ブラシ、安全剃刀、髭剃りクリーム、歯みがきクリーム、シャツ二着、下着、質札数枚、靴下三足、それに文陸堂で手に入れた自分の詩集一冊、それだけしか出てこないはずである。

男たちは鞄からさらい出した中身を乱暴に詰め直しているようだ。終始、無言である。三宅は胸を突かれた。彼は後ろに置かれた椅子にかけさせられた。シャツのポケットを男の指が探った。指は数枚の紙幣を引っ張り出し軽くはじいておいてまたポケットに戻した。ズボンのポケットも探られた。則光が渡した紙片が引き出された。

それは紙幣のように即座に返されなかった。男たちが低い声で何かしゃべるのが聞えた。――たった……円よ、という声を三宅は聞きとった。男の一人が含み笑いを洩らした。

三宅は頰に冷たい物を感じた。細長く平たく硬いものである。男はナイフの腹で三宅の頰を軽く叩き、押しつぶしたような平板な口調で、「売国奴め」といった。男はナイフで三宅の首筋を撫でた。

三宅は再び両脇を二人の男にかかえられ、乗用車に押しこまれた。重そうな扉があく音がした。自動車は往路とは別の道筋を走っているらしかった。一分と進まないうちに遮断機が降りた踏切りに突き当り、列車が過ぎるのを待たなければならなかった。

自動車は故意に方角をくらますために道路を走りまわっているらしかった。男たちは口をきかなかった。車が動いていたのは十数分間のようだった。スピードが落ち、片側の男が三宅を外に連れ出した。ふくらんだ物が脚もとにほうり投げられた。ドアがしまる音がした。海の匂いがした。

エンジンをふかす音がした。三宅は接着テープを剝ぎとった。遠ざかって行く黒塗りのトヨペットが見えた。ナンバープレートは読みとれなかった。三宅は膝から力が失せコンクリートの上に崩折れた。片側は倉庫が続いている。目の下は黒い水が岸壁を洗っている。やや離れたところに白塗りの外国船が横付けになっているのが見えた。

三宅は五分あまりその場に坐りこんでいた。ショルダーバッグをあけて中身をしらべた。倉庫の軒灯から落ちてくるぼんやりとした光では細かな品物まではわからなかったが、ざっと見たところではかすめ取られた物はないようである。

一つだけあった。則光が渡した紙片である。しかしあれはまた本人にきけばわかることである。三宅はバッグをかかえてのろのろと身を起した。むやみに咽喉が渇いた。怒りと怯えがないまぜになって三宅の胃を疼かせた。三宅は外国船のわきを通り、元船町の方へ足を引きずって歩いた。九州商船の乗り場から青果市場にかけて屋台が並んでいるのを三宅は覚えていた。みぞおちが棍棒のようなもので一撃されたように鈍く痛み始めた。

のれんの内側をすかして客が少ない屋台を探した。

「酒を、冷やでくれ」

「冷やで良かとね」女はコップになみなみと液体を満した。三宅は口もとへ運ぶ前にコップの縁から酒をこぼした。手が慄えていることにそのとき気づいた。

「お客さん、気分でも悪かと?」女は三宅の顔に目をすえた。「顔が真っ蒼になっとるよ」

三宅は空になったコップを置いて目顔で二杯目を促した。胃の不快感がうすれた。熱いものが体内をかけめぐり始めた。怯えが消えると怒りがしだいに大きくふくれあがって来た。正体不明のやからに理不尽な脅迫をうけてパンツを濡らした自分自身に対する肚立ちも抑えようがなかった。相手の正体が初めからわかっていたら何もびくつきはしない。歯牙にもかけないつもりでいた右翼のおどしにすくんだことが我ながらいまいましいのだ。

そういえば午ごろ、〝noa〟の専務と県庁前を歩いていたとき、「討奸」と大書した幌をかけた小型トラックとすれちがったことがあった。カーキ色のユニフォームめいた服を着た男が携帯マイク片手に何か喚いていた。三宅は彼らを気にもとめなかった。

「おでんは……」女が皿を前に置いた。

三宅は食欲がなかった。三杯目の酒を今度は少しずつ口に含みながら、イカの燻製をかじった。ゴムのような味がした。バッグを明りの下であらためてみた。ノートも手帖も万年筆も入れておいた物は何ひとつとしてとられていなかった。顔を上げると屋台の女が気味悪そうな目付でバッグの中身をのぞきこんでいる視線と出会った。客が酒代を古シャツで支払おうとしているのだと思ったかもしれなかった。屋台の壁には短冊が鋲でとめてあって、「貸して気まずくなるよりも現金払っていつもニコニコ」と読めた。

三宅は四杯目をつがせて口をつけようとしたとき、あることに気づいた。急いでバッグをあけ、手帖を取り出した。数ページ破りとられてあった。住所録である。彼らは本当に「討奸」の連中だったのだろうか。右翼を装った別の集団ではあるまいか、という思いが三宅にきざした。

「つげちゅうならついであげるばってん、お客さん、冷やは後できいてくるけんね」

女は念を押した。だいじょうぶだ、と三宅はいった。飲んでも酔いはいっこうにまわらず、ひえびえとしたものが体の底に澱んでいる。胃のしこりは四、五杯のコップ酒では消えそうになかった。

「お客さん、どこから来なったと」

「土地の者だよ」

三宅はここで漸く屋台の女を落着いて眺めた。はれぼったい目蓋の下から細い目が見返している。「うそばっかり、よその人でしょ」金歯をむき出して笑った。「長崎の人か、そぎゃんじゃなかか、ひと目でうちはわかるとやけんね」

「どこから来たと思う」

しゃべっていると重苦しいものが急速に解けてゆく。酔いがじわじわと体にまわり始めた。

「うちもいただいてよかね、お客さん」

返事を待たずにさっさと銚子を傾けた。昼間は夏を思わせる暑さだが、夜は冷える、こういう晩は熱燗がこたえられない、と早口でいって女はみるまに銚子をあけた。

「うちは長崎んもんじゃなかとよ本当は」

女はながしめで三宅を見た。空になった銚子をつまんで耳もとで振ってみて、別の銚子をつまみ上げた。本当はどこの生れだ、と三宅はきいた。銚子を耳もとで振ったとき、持ち上げたふとい腕の付根から剃り残した濃いちぢれ毛がのぞいた。二重に垂れ下った下顎や高々と盛りあがった乳房に、三宅は欲望を覚えた。

「うち、横浜で生れたんよ、横浜の山の手、知ってる?」

[四字不明]にわかに東京弁らしくなった。外国航路の船員と所帯を持ったが、事故で死んで、それからあれやこれやでとうとう……。

この辺に安い宿を知らないか、と三宅は訊いた。「――円」と女はいった。金を財布にしまってから女は、いい宿を知っている、といった。

「篭町は知っとるね」

三宅はうなずいた。

「銅座橋を渡ったところですぐ左に折れて」女は屋台の下をかきまわして紙切れを取り出し、ボールペンで地図を描いた。それを三宅に渡した。目立たない所にある小さなホテルだから、隣の産婦人科医院を目印にするように、と教えた。「二人でも泊まれるんだろうな」と三宅は念を押した。

「だから向うが何かいうたらここできいたていわんね、うちの名前ばいうたら一人分の料金で泊まれるよ」

「うちの名前というと……」

「敏江ていうと、よろしく」女はいった。

十一

神父は死者のために祈った。

吉野高志は墓穴をへだてて中津弓子と向い合っている。教会での式にはおくれてしまった。長崎アート企画へ出社してからきょうの葬式をきいたのである。死者は中津弓子の級友でもあり、吉野がコピーセンターに勤めていた頃、同じ営業課で働いていた同僚でもあった。

「岡田さんの葬式がきょうなの」

電話でそう聞いても吉野はしばらくの間、だれのことかぴんとこなかった。親しい級友だったとしても、会社を欠勤してまで埋葬に立合ういわれがのみこめない。

言葉をやりとりするうちに以前の職場で斜め前の机にかけていた女のことを思い出した。半年前まで街でたまに出会うことがあった。それからぷつりと姿が消えた。体を悪くして入院していることを弓子からきいたのは二、三ヵ月前のことであった。吉野は彼女が結婚したのだと思っていた。

それにしても級友の死を伝える弓子の切迫した声音はただごとではない。岡田加寿子の死より、吉野は弓子の取り乱しかたが気になった。

「で、会社には何時に出てくる」

「休ませてもらうわ」

「きょうはどうする」

「どうもしやしないわ、家に居ます」

吉野は教会の名前をきいた。長崎の北郊である。自分も参列する、と吉野は告げた。社長は厭な顔をした。いずれにしても教会の方へきょうは出かける用事があった。墓地の裏手に開店することになっているパチンコ屋があって、イルミネーションの取付を会社は請負うように交渉ちゅうである。仕事は八分がた長崎アート企画が受注するようになっていた。外装の細部について経営者と打合せるのは吉野の役である。

社長にそのことを思い出させると、不機嫌がわずかながら薄れたようだ。

「葬式は何時間もかかるのかね」と社長はいった。そして吉野の答えを待たずに、「一時間か二時間ならいいだろう」とつけ加えた。吉野は自分の前で黒い土に目を伏せている弓子をみつめた。受話器の奥から聞えて来たのは友人の不幸を伝えるだけの声ではないようだった。しかし黙然とうなだれている顔を見ても弓子が何をいいたかったかつきとめることはできない。

神父は死者のために祈った。

黒い布で覆われた柩が黒い土の上に横たわっていた。柩を囲んでいるのは弓子と吉野の他には肉親とおぼしい四、五人の男女であった。そのとき、弓子が顔を上げた。吉野の肩ごしに墓地の入り口を見ている。靴音がした。吉野は振り返った。佐々木医師である。会葬者に目で挨拶して列の端に加わった。

「主よ、永遠の安息を彼女に与えたまえ」と神父がいった。

「絶えざる光を彼女の上に照したまえ」

と皆は唱和した。

「彼女が安らかに憩わんことを」

と神父はいった。

「アーメン」

と一同はいった。

吉野は黒く濡れた土の中からまるまるとふとった芋虫が這い出てくるのを見ていた。神父が主禱文をとなえ終ると、それまで墓地の片隅にそびえている椎の木蔭で日射しをさけていた墓掘り人夫が二人、こちらへ歩み寄って来た。神父も参列者も柩の上に聖水をふりかけた。喪服の男女はめいめい柩の蓋に釘を打った。吉野はひと打ちごとに弓子のこめかみが引きつけるのを認めた。

死者は穴底におろされた。皆は一握りずつ土をすくって柩の上に落した。吉野もそうした。てのひらに柔い泥のこびりつくのがわかった。土は湿っておりかすかに冷たかった。人夫は二人とも五十がらみの屈強な男である。手慣れたショベル捌きで迅速に穴を埋めた。穴がすっかり塞がるまで二人は休まなかった。

柩の上にのせてあった花束が、十字架の前に立てられた。（終った……）と吉野は思った。にわかに風が涼しく思われた。吉野が来るとは思わなかった、と弓子はいった。二人は墓地の出口へ肩を並べて歩いた。佐々木医師は喪服を着た老人と話していた。吉野は一言挨拶するつもりだったが、話が長引きそうな様子だったので墓地を出ることにした。

「岡田さんも佐々木先生にかかっていたとは知らなかった」

と吉野はいった。

「医大に入院した白血病の患者はたいていい先生が診ておられるようよ」

弓子はいって肩ごしに振り返った。

「岡田さんも……岡田さんは被爆したわけじゃないだろう、あのときはまだ生れていなかったんだから」

「ええ、あたしと同じ」

「じゃあ、お母さんが」

「お母さんが放射能をあびたから白血病になったか、そこのところの因果関係はまだわかってはいないらしいの、被爆しなくても発病する人はいますからね」

「ぼくの思い違いかな、白い布で覆われた棺をどこかで見たような気がするんだが」

「子供の柩ね、十歳以下は罪を犯していないから白い布をかけるの」

「岡田さんはどんな罪を犯したんだ」

「カトリックの考え方ではそうなっているの」

墓地の出口に水道があった。吉野は栓をひねって泥で汚れた手を洗った。勢い良く水をほとばしらせて洗った。

手を清めたついでにハンカチを浸して首筋を拭った。冷たいもので咽喉のあたりを撫でると快かった。

「さっき、お墓の傍に男の人が立っていたでしょう」

と弓子はいった。

「ああ、何人かいたようだ」

ふりかえって墓地の内部をうかがった。墓掘り人夫が近寄って来て、水道の水でショベルを洗った。分厚くこびりついた泥がみるみる洗い流されて、その下から銀色に光る金属が現われた。その鈍い輝きはなにがなし吉野をぞっとさせた。人夫はショベルを水の下でくるりと裏返しにした。しぶきが吉野の足もとまで飛んで来た。彼は一歩さがりまた一歩さがった。

「その人岡田さんと来月、結婚することになってたの」

「じゃあずいぶん急な発病だったんだなあ」吉野は歩きながら墓地の奥をうかがったが、柵に隠れて岡田加寿子の十字架は見えない。

「六月だからジューン・ブライドだとかいってはしゃいでたの、あの人、なくなる直前にどんなブーケにしようかしらってあたし相談をうけたことがあるの、わざわざあたしの家までやって来て」

「病院を脱け出して?」

「どうやら治ったような気がするって、とてもこの頃は体の調子がいいとかいってうきうきしてたわ」

「六月の花束か、どんな花をすすめたの」

「カトレア」

「あれは六月に咲く花なのかな」

「今は温室栽培で年じゅう手にいるの」

「すると岡田さんはカトレアの花束を持って結婚式をあげるつもりでいたわけだ」

「そうじゃないの、あたしがカトレアをすすめたら自分はやはりマーガレットに決めるって」

「そういうことだったら何も人に相談しなくてもよかっただろうに」

「さっきあたしそのことを考えてたの、あの人、ブーケを何にするか相談したいという口実であたしに自分の幸福を教えたかったわけなの、男の人のことでは何度もあの人は失敗してたから」

「そういう人のようには見えなかったけれど」

「あたしには何でも話してくれた、被爆二世ということで特別、親しみを感じてたらしいの」

被爆二世という言葉には医学的な根拠がない、と吉野はいった。

「あたしもそう思いたいわ、でも」

岡田加寿子が土の下に横たわっていることは動かし難い事実だ、と弓子はいいたいのだろうと吉野は思った。主よ、永遠の安息を、といった神父の言葉が思い出され、同時にそのとき神父が暑そうに襟元のカラーを指でゆるめるしぐさも目に浮んだ。

「まっすぐ会社へ出る？　これから」

と吉野はきいた。

「ええ、高志さんは」

「ぼくは例のパチンコ店に寄らなければ」

二人はバス停で車が現われるまで話した。

「岡田さんは隠してたの」

「何を」

「自分が被爆二世であることを、男の人は知ってたらしいけれど」

「そうかなあ、あれは隠さなければならないことだろうか、障害が遺伝するかどうか学問的にまだ証明されていないはずだよ、なんとかいう放射能医学研究所長が、今のところ異常はみられない、といってるそうだ、新聞で見たんだがね」

「異常がないですって、そんな……」

「いいかい、白血病というのは被爆しなくてもかかる病気だよ、ぼくはこれに一度やられたから普通の人より少しは詳しいんだ、日本人では一年間に十万人当り二、三人というのが発病率だよ、被爆二世が白血病にかかる率がこれより大きければ確かに遺伝的影響があると認められるだろうさ」

「去年もおととしもなくなった被爆二世がいるじゃない、白血病で」

「そうだ、だから被爆しなかった者の発病率とくらべなくちゃならない、しかし被爆二世が何人いるかもわからないで、どうやってくらべることができる」

「あなたはまるで自分が被爆しなかったような口をきくのね」

「長崎大学の医学部に東川という教授がいる、病院の廊下ですれちがったことがあるけれど、その人はこういってる、原爆との因果関係が一応はっきりしているのは、被爆直後の急性放射能障害、白血病、原爆白内障ぐらいなものだって」

「その人は被爆者じゃないんでしょう」

「医学部の教授だといったろ、付属病院にいた千人のうち、生き残った百五十人の一人なんだそうだ。東川教授がいうには現段階では統計的にも被病率は被爆者も一般の人もほとんど変らないといってる、くよくよする方がかえって健康によくないって。ぼくは教授のいうことを信じる」

「三日間で一万円ですって、岡田さんの治療費」

「白血病といっても正確にはなんという病名だったの」

「急性淋巴性白血病……たちまち貯金を使い果して病院に相談したら学用患者にすることに同意すれば治療費は

無料になりますよ、そのかわり誓約書を一筆かいていただきますって」

「誓約書……」

「つまり、この患者の臨床データと、死亡したときの遺体を学術研究のため提供する、という約束なの、ブーケのことであたしのうちへ来たとき、全快したらあの誓約書はどうなるのかしらって岡田さん気にしてたわ」

「三日間で一万円か……」

「高い薬ばかり使うの、なんとかいうホルモン剤」

「副腎皮質ホルモンと抗生物質だろう」

薬のことなら吉野の方が詳しい。悪い白血球を殺し、いい白血球だけを残すために副腎皮質ホルモンが、白血球の働きを助けるために抗生物質が投与される。輸血もくり返し行なわなければならない。

「軽い貧血だろうって初めのうちは岡田さんいってたの、お父さんだけに先生は打明けてたらしいの、覚悟しておいて下さいって」

吉野は弓子が自分も発病するのではないかと怯えていることを知った。岡田加寿子の最期を見とどけたからには無理もないことである。電話口から聞えた気ぜわしい声がその怯えを表わしていたわけだった。しかし、そうとわかっても吉野には弓子に対して気休めになるようなことがいえない。

長崎ABCCの所長が被爆二世だからといって必ずしも白血病にかかるとはいえないという談話を新聞に発表していたことを弓子に思い出させようとしたが、いっても仕方がないような気がしてやめた。

「パチンコ店がすんだらどこへまわるの」

弓子がいった。NHKへ行くつもりだ、新しいセットについて製作費の見積りを出すようにといわれているから、と吉野は答えた。

「それから?」

「それから社に帰る」

「それから?」

「…………アパートに帰るしかないさ、もちろん」

「どこにも寄らないで?」

「ああ」

「お葬式にあなたが来るとは思わなかったわ、びっくりした」

「ついでだからね」

「岡田さんのお父さん、もしかしたらあなたが昔のボーイフレンドだと思ったかもしれないわ、結局その人たちひとりも参列しはしなかったけれど」

「思われても構いはしない、でもどう見てもこちらはボーイフレンドという齢じゃないな」

「あら、じゃあ、あたしはどうなるの」

弓子は吉野をにらむ振りをした。きょう初めて女は微笑した。吉野もつられて笑いを浮べた。水道の水で勢い良く打たれて輝いていたショベルを思い出した。吉野の笑いが消えた。ひとしずくの水と一握りの土をふりかけられ、それですべてが終る、自分の手にまだねばっこい土がこびりついているような気がして右手を開いてのぞきこんだ。白い手が五月の日を反射した。

岡田加寿子は何人かの男を知っていたということだ、何も知らないで世を去るよりは知っていたということがせめてもの慰めだ、と吉野は思った。昨夜、闇の中に仄白く見えた弓子の乳房を目に描いた。

十二

三宅鉄郎は目をあけた。

窓に射した日の角度ではもうすぐ正午である。起きあがろうとして呻いた。頭が痛い。指でこめかみをきつく押した。肘が誰かに触れた。三宅はぎくりとした。横に人間が寝ている。数秒間、身をこわばらせて昨夜のことを思い出そうとした。

そろそろと手を伸ばしてわきに横たわっている者の体にさわろうとした。

三宅は長い溜め息をついた。人間と思ったのは枕にからみついた毛布だった。二、三度東京でこんなことがあった。深酒をしたあげく翌朝、目を醒ましてみれば隣に知らない女が寝ている、またもや同じことを仕出かしたのかと愕然とした。

三宅はダブルベッドから足を先におろし、ゆっくりと上半身を起した。屋台の女があらかじめ告げたようにこのホテルはなかなか見つからなかった。酒場がひしめいている通りをうろうろしているとまた飲みたくなった。彼は宿泊料だけを別にして残金を確かめある酒場にはいった。カウンターだけのちっぽけな暗い酒場で、客がいて女がいて、三宅はドアをあけて廊下にある手洗いで水を飲んだ、あいているストールに割りこんで、「水割り」といった。店構えからしてそれほど高くないことは察しがついた、彼はカウンターの内側にいる女にホテルのありかをきいた。三杯目をあけてからだ。

三宅はなまぬるい水で顔を洗った。水は鉄錆の味がした。客は大勢で三宅がホテルの場所をきいたときいっせいに三宅の方を向いた。女と三宅が特別な関係にあるものと早合点した客もいた。「ようよう」そんなふうにいった。見せてやるぞ、いきなりズボンを脱ぎ出した。どういうはずみでその客は自分のパンツをずり下そうとしたのだろう、まわりにいた客は誰もとめなかった、三宅は四杯目をうながした、嘘と思うなら見せてやる、そんなふうに客はいったようだ、カウンターの女は、三宅の背後に目をやって、

「まあ、ご立派、――さん」

といい、ウィスキー壜をきっちりと締めた。それからどうしたのだろう、酒場を出たときは一人だったようでもあるし、女が付添っていたようでもある、ホテルはすぐに見つかった、そうだろうか、だいぶ探しあぐねて難渋したのではなかったろうか、その辺の記憶が曖昧だ。

三宅は洗面台に手をついて鏡をのぞきこんだ。無精髭を生やした男が血走った目で自分を見返している。頬に手をやって剃刀を探した。安物ならばどのホテルにも備えつけがある。ここにはなかった。部屋に引き返した。こういう場合のために鞄には銭湯で拾った剃刀をおさめていた。部屋に一歩ふみこんでから立ちすくんだ。目醒めてからこのかた自分の鞄を見ていない。部屋を占めているのはベッドきりである。毛布を剝ぎとり、枕をのけ、はては四つん這いになってベッドの下まで探した。三宅は階下に降りて、フロントの女に鞄をあずけてはいないだろうか、ときいた。相手は首を振った。

「お客さんはゆうべ何も持っとんならんでしたよ」

「何も……」

「そうですよ、女の人もね」

「女が」

三宅は蒼くなった。一人分のホテル代しか残していないのだ。ポケットから出しかけた紙幣を握りしめた。

「で、払いをすませておこうか」

おそるおそるいった。

「払い？　すんでますよ、ちゃんとお客さんが泊りなる前に払いなったでしょうが」

「二人分をかい」

「一人分、女の人は部屋の前までお客さんを送ってから帰りなったですよ」

「女は誰だね」

「さあ誰ですかしらね、お客さんの友達じゃなかとですか」

「その女の人は手ぶらのごと見えましたよ、その辺の酒場で働いとるホステスさんじゃなかですか」

「ええ、手ぶらだった?」

三宅はホテルを出た。何も持たずに歩いていると手持無沙汰で仕様がない。あの鞄を肩に下げていたときは、帰る家がなくても浮浪人の心境とは程遠い何かがあった。無精髭をまばらに生やして両手をだらりと下げて歩けば、背中がうそ寒い感じである。支えになるものをいきなりはずされたようでもある。大股で歩くと地面の堅さが頭にひびくので三宅は老人の足どりで日かげを選んで歩いた。

まずあの酒場を探し当てることだ、酒場にはいるとき、鞄が入り口の傘立てにひっかかったことを覚えている。スツールの足もとに置いたようでもある。酒場に置き忘れているにちがいない……。

ところが昨夜、彼が飲んだ酒場を探そうにもどこを探したらいいか見当がつかない。名前なんか初めから念頭になかった。いつもは酒場で必ずマッチをもらうことにしている。マッチを、と三宅がいうと、女は手を出して、そうだ、女が三宅の煙草に火をつけてくれたのだった。そのマッチを女は帯の間にはさんだ。女の顔が思い出せない。

両側は二、三軒おきに酒場である。「幸」、「蘭」「たそがれ」「泉」「麻里子」「お多福」……道路は小便と吐瀉物の痕がほぼ二メートルおきに続いていた。赤く染めた髪をネッカチーフで包んだ女がバケツの水でそれらを洗い流そうとしていた。昼間、目にする酒場のたたずまいと夜のそれはまったく別のものである。外から見ただけで探し出すことは出来そうにない。これでは一軒ずつ尋ねてまわるしかない。金目の物は入れてないから中身を盗まれる心配はないが、鞄に目をつけられたらおしまいだ、そんな物は知らないといわれればそれっきりなのである。

徒労とわかってはいても三宅は鞄を探さずにはおられなかった。

「あっ」

という声がして水が飛んで来た。ある角を曲った所である。膝から下にバケツの水がかかった。

「ご免なさい」

三宅はぼんやりと女の顔をみつめた。どこかで見たような気がしないでもない。顔よりも女の声をたしか一度、耳にしたようである。それもごく最近。

「鞄を……」

と思わず知らず三宅は口走っていた。

「まあ、どうしましょう」

女はずぶ濡れになった三宅の脚を見ている。彼は半開きになった酒場のドアをのぞきこんだ。

「なかでズボンを乾かしましょう」

と女はいった。三宅がしげしげと相手をのぞきこむと、女は化粧をおとした顔をそむけた。カウンターの内側で女はズボンを絞った。三宅は暗い穴ぐらのように見える酒場を見まわした。酒壜の並び具合、カウンターの高さなどが初めて見る感じではない。

「ゆうべここで飲んだ気がする」

ズボンをはきながら三宅はいった。

「アイロンがあればいいんだけれど、置いてなくて」

すまなさそうに女はいった。

「鞄を忘れていなかっただろうか」

「え？　ああ、あなたが……」

女は胸の前で両手を打ち合せた。

「するとあなたがぼくをホテルへ案内してくれたわけ？」

女は身をかがめてカウンターの下から鞄を取り出した。

「道筋を説明してあげてもどうしてもわからないっておっしゃったでしょう、それで」

「ありがとう」

「その鞄、お店をしめてから気がついて誰が置き忘れていったのかわからずに」

三宅は鞄の重みを肩に覚えて初めて人心地がついた。活発な足どりで酒場を出た。頭痛は嘘のように消えていた。デパートの洗面所で髭をあたり、その地階でスパゲティーをつめこんだ。金を払う段になって懐中がとぼしくなっていることに気づいた。

三宅は地階から路上へ足ばやに駆けあがった。文陸堂に本の梱包が着いている頃である。「これを全部、処分するんですか」と古書店主はいった。思った通り、本は配達されていた。「今からえり分けるから」と三宅はいって縄を解いた。段ボール箱に乱雑に詰めこまれた書籍を見出して胸が痛んだ。埃がひどいところをみればこれらはアパートの物置に押しこまれていたものらしい。クモの巣がからみつきゴキブリの死骸もはさまっていた。売るべき本は左に、とっておく本は右に重ねた。

数年ぶりで三宅は本を手に取るような気がした。ここ半年、というよりほとんどまる一年、落着いて本を読んだことがない。書店で目にとまった新刊書はそのつど買い求めてはいたが、仕事に追われて読むひまがなかった。いつかはと思いながら積みあげた本が、かなりの量になっている。

本と箱の隙間には折り曲げたノートがつっこんであった。無理に押しこんだ露和辞典は表紙がねじれてとれかけていた。必要最少限のものを除いて売り払うことにきめた。金がたまったらいずれ買い戻すことができる。今はまず生きることが先だ、そう自分にいいきかせた。

「三宅さん、手伝いましょうか」

古書店主の息子がいった。

「ひとりでやれるよ、こっち側の」と左に積んだ本を顎で指し、「こっち側の本にいい値段をつけてくれよ」

三宅は「ロシア語広文典」を手にとった。手ずれのした表紙に指で触れて、これは売るわけにはゆかない、と思った。売ろうとしても古い語学書につく値は知れたものだ、と考えた。「ロシア語広文典」は三宅に学生時代を思い出させた。床にあぐらをかいて本とノートとスクラップブックの山に埋れていると、転々と引っ越しをしていた学生当時の情景がたちどころに目に浮び、時間が逆行して、新しい部屋に居を移し荷ほどきをしているような気分におちいった。

三宅はスクラップブックを開いた。ルポライターとして書いた原稿のなかでややましなしろものを貼りつけていたのだ。一冊一冊のスクラップブックに東京での生活がつながって思い出された。口やかましい編集者の顔、行きつけの飲み屋、徹夜で校正をした印刷所の油臭い部屋、没になった原稿、採用されたうえ評判になった原稿、初めて署名入りで書いたルポルタージュは次期戦闘機の機種決定にからむ防衛庁と商社の交渉を取材したものだった。商社の幹部に航空自衛隊を定年でやめた高級幕僚が就任していることから、機種決定に至るまでの経過に対する疑惑を書いたものだった。

この記事は雑誌の呼び物記事になり新聞の時評でも取り上げられた。それも道理、記事の核心ともいうべき資料は商社と競争関係にある別の商社から雑誌社に提供されたものを使ったのだった。いわば一つの山をきわめるのに他人の足で歩いたようなものである。かといって全部が全部、資料を孫引きしたわけでもなくて、裏付けをとるために歩きまわったのは三宅であるし、そのうち資料に含まれていた嘘も明らかにすることができたからこそ現実性のある記事を書けたのだ。そういう意味で最初の署名入り文章には懐しさが尽きない。

「三宅さん、これだけですか」

と古書店主の息子はいった。三宅は慌ててまだある、と答えた。

「一冊ずつ拡げて考えこんでると三宅さん、夜までかかりそうですね」

「それは厭みに聞えるなあ。じゃあ何かい、表に貼り出してある古本高価買い入れという札は隣の本屋さんのものかい」

「三宅さんこそ厭みですよ、こっちは少しも急ぎはしませんから、お茶でもいれましょう」

三宅は急いだ。ＮＨＫへ行くまでにえり分けをすませたかった。懐旧の情にのんびりと浸っているわけにはいかない。二つ目の箱をすませ、三つ目の箱にかかった。この箱も荷造りが粗雑で、本のいたみ様はひどかった。大小不揃いの本をいっしょくたにほうりこんだために箱を動かすたびに本が内部でぶつかりあって表紙ははずれ、背の綴糸までゆるんでいる始末である。三宅は由利子にあらためて怒りを覚えた。

「お茶をどうぞ、ひと休みしませんか」

古書店主の息子の声がした。

「ありがとう、じゃあ……」

腰を上げかけて三宅の目は茶色のハトロン封筒にとまった。引っ張り出して中身をあけた。手紙と葉書の束が出て来た。ホッチキスでとめたメモ用紙とノートが一冊、出て来た。三宅は椅子にかけて自分に宛てた葉書を読み返した。差出人は「市立函館図書館」である。

先に御照会のありましたロシア語新聞「ヴォーリヤ」紙は、当館で所蔵しておりません。また当地で発行した事実もありません。右、回答申し上げます。

以上
次の葉書を三宅は読んだ。差出人は「神戸市立図書館資料係」となっている。葉書の受取人はお茶をすすりながら黄ばんだそれを読み返した。

ロシア語新聞「ヴォーリヤ」の所蔵について。
右の件、御照会を受けましたが当館には所蔵しておりません。なお神戸で発行の事実ですが、神戸市史第三集社会文化編の八一九頁に「明治期の外字新聞」という項があります。特にロシア語新聞は二種のみにて、「ヤポニヤ・イ・ロシア」と「ウェスツニック」で、「ヴォーリヤ」に関しては記述されておりません。以上。

三宅は苦く熱い液体を口に含んだ。三枚目の葉書は「新潟県立新潟図書館調査相談係」が差出人である。文面は簡単だった。

「ヴォーリヤ」について
先日御照会の露字新聞「ヴォーリヤ」は当市において発行されていません。

松山市立図書館、県立熊本図書館、下関市立図書館、県立長崎図書館からの、ほぼ似た内容の文章を記した葉書が続いた。日露戦争当時、ロシア人の捕虜収容所があったと思われる都市の公立図書館へしらみつぶしに問合せた結果がこの返信である。国会図書館参考書誌部の返事は封書で来ていた。

昭和四十×年十一月九日受理の標記の件について、下記のとおり回答いたします。
お申越しの文献は、当館では所蔵しておりませんので、複写申込みについては、ご要求に応じられません。ご諒承下さい。

〃参レ第一八一一号〃と番号が付され、ものものしい印が押された便箋の文面はしごくそっけないものだった。

受理から回答までに十七日たっている。三宅は最後の便箋をひろげた。「神奈川県立図書館相談室」という青いゴム印が見てとれる。

前略

先きに御照会のありました件につきお答え致します。「ヴォーリヤ」紙は明治三十九年四月二十七日、第一号発行のようです。このことについては、「新聞史」等などで調査したところ、それぞれ月日は一致するのですが、年度が四十一、四十二、四十三年とまちまちでした。しかし、東京日々新聞明治四十年三月十八日刊に、「ヴォーリヤ」廃刊の記事が見られますので、四十年以前であることは間違いない事実と思われます。なお所蔵の有無については東京大学明治新聞雑誌文庫に保存されているそうです。当館は所蔵しておりません。　早々

「ラブレターですか、三宅さんが若かりし日の」

古書店主の息子はいった。そうだ、ラブレターだ、と三宅は答えた。メモやノートと一緒にして葉書類をハトロン紙の封筒におさめながら真顔でそういった。パンを得る仕事の片手間に、東京で三宅は少しずつ探索の手を伸ばしていたのだ。「ヴォーリヤ」という露字新聞の名前をつきとめたのは、中央区新富町にある印刷図書館を訪ねたときのことである。

母の記憶によると新聞の第一面に「本紙の広告を利用せよ」という日本語が刷りこまれていたというから、日本国内で発行されていたことはほぼ確実と見ていい。母は昭和二十年に（四十年も前の新聞）といった。明治時代のことになる。

その頃、日本でロシア語新聞の印刷が可能である都市は限られてくる。新聞であるからにはある程度の読者がいなければならない。しかし、その前にロシア語の活字が必要である。

印刷史の方から当ってゆく方が近道かもしれない。そこへ行ったのは沖縄の売春組織を取材した原稿を締切間際に編集部へ届けて帰りに寄ったのだった。そうではなくて、ベトナムへ送られる途中、脱走したアメリカ兵と彼らを支援する日本の市民団体をルポした後だったようでもある。ロシア語のアルファベットは英仏独のそれとちがって特殊な形の活字母がいる。英字のアルファベットで間に合せるわけにはゆかない。

三宅は司書らしい人物に来意を告げた。ひからびた鳥のような顔をした七十近い老人が彼の話をきいた。左手を耳の後ろにあてがって首をかしげ、右手で卓上の紙片に素早くメモをとった。

「なるほど」

と老人はいった。意外に張りのある声である。半時間もたたないうちに閉館する時刻であったように思う。三宅はほとんど期待していなかった。しかし、可能性のあるところには一応、探りを入れておくのは職業から学んだ知恵というものだった。

「で、あなたのお仕事は」

と老人はいった。

「ものを書いています」

「学校の先生ではなくて?」

「ええ、しかし、なぜぼくの仕事をきかれるんです」

と三宅はいった。今まで図書館の参考書誌課で、質問者の職業を問題にされたことはなかった。

「当館ではお尋ねすることになっています、規則です」

といって老人は目で卓上の用紙を指した。照会者の氏名と記した欄の下に職業という文字が見てとれた。

「ルポライター」

と三宅はいった。果して老人は当惑げに眉根を寄せた。「探訪記事を雑誌に書くのが仕事です」と三宅は説明した。

「勤め先は」

と老人はいった。どこにも勤めてはいないといいながら三宅はなぜか羞恥で顔が赧くなるのを覚えた。

「つまり一種の著述業というわけですね」

老人は用紙の欄に「著述業」と書きこんだ。「質問の内容は探訪記事の資料に必要なわけですか」顔を上げて三宅にきいた。

「いいえ、ただぼく自身のための調べ物に要るんです」

三宅はうろたえた。

「何か本でもお書きになるんで？」

微笑を含んで三宅の顔をみつめている。老人の目は年齢のせいで虹彩が淡くなっていた。明るい目でみつめられると、なにがなし三宅の内心にはひるむものがあった。自分はルポライターという職業を思っていた程には誇りにしていない、と考えざるをえなかった。最後に三宅の住所をきき、一週間以内に調べはつくだろう、と老人はうけあった。

「がんばりなさい」

別れぎわに老人はいった。淡褐色の目を三宅に向け、かすかな笑いを浮べてそういった。三宅は口の中でよろしくとつぶやき、そそくさと建物を出た。十日後に受取ったのがこの便箋である。薄緑色の罫線の下に、財団法人印刷図書館という活字が同じ色をしたインクで刷りこんである。三宅は初めて読むもののように便箋の文章を読んだ。

前略、去る五月十七日、御照会のあった露西亜語の件につき御返事します。
一、日本に初めて露西亜語活字や字母が持ちこまれたのはいつ頃のことか？
これは残念ながら不詳という他ありません。明治中期には築地活版製造所、秀英舎、印刷局等で、活字は鋳造されていたと思われます。
二、日本で初めて鋳造された露西亜語活字は、どこでいつ頃使用されたか？
これも当方では不明、国立国会図書館には明治初期からの印刷された図書及文献が多数収蔵してありますから照会してみて下さい。
三、日本で印刷発刊された露西亜語新聞には如何なるものがあるか？
これは記録を調べた結果、日露戦役の頃より大体各地で次の通り発行された模様。（明治新聞雑誌文庫の蛯原八郎氏調査の文献による）
一九〇五年「ウェスツニック」　週刊　姫路
一九〇五年「ヤポニヤ・イ・ロシア」　週刊　神戸
一九〇八年「ワストーツ」　月刊？　横浜
一九〇九年「ヴォーリヤ」　隔日刊　長崎
一九一五年「ウェストニック・ナポニー」　月刊？　東京

以上御回答まで

「三千五百二十円」

という声がした。古書店主の息子が本の山を平手で叩いて、「これだけ、精いっぱいのところ出して三千五百二十円」といった。三宅は我に返った。便箋を畳んで封筒にしまった。

「残りはまた後で来て仕分けするから」

三宅は自分の本を指してそういった。それまで店の隅に片付けておく、と息子はいった。三宅は金を受取った。

十二

吉野高志は弓子と別れた後でパチンコ店へ足を向け、外装について詳しい注文をきいた。愛想良くうなずきながらメモをとる一方、心の中には別れたばかりの弓子が現われて思考を妨げた。

パチンコ店主人の言葉を何回も訊き返さなければならなかった。ともすれば上の空になるのだ。主人は露骨にイヤな顔をした。

「おたくで出来んとならよかばい、してくれる所に頼むけん」

主人はそういって立ちあがろうとする。

「よそでもそんな物はどうですかねえ」

吉野はいった。イルミネーションとネオンサインを、五十年配の主人は一緒にしている。ネオンサインの効果をイルミネーションで出せないものかというのである。

「二つともあんた電気を流すとやろが、そしたら同じもんたい」

パチンコ店を開業する場所は繁華街からへだたっている。国道に面した草原に店開きすることになる。〃ドライヴ・イン・パチンコ〃が店の名前である。店主の思いつきは的を得ていた。車をとめる場所があれば交通量が多い道筋だから宣伝さえ行き届けば客はひきもきらないだろう。人目をそば立たせる看板が要る。

「結論だけきこう、わたしが狙っとるごたるもんがでけるかでけんか、忙しかとやけん」

「できます、なんとかやってみましょう」

慌てて吉野はいった。〃坊や〃と呼んでいる城島少年に工夫させればなんとか出来なくもないようだ。注文ぴったりとまではゆかないまでも、それに近いしろものはでっち上げることができるだろう。今は仕事を確保しておく方が先だ。城島少年は電気に詳しい。発明の才もある。彼はこれまで難題をふっかける依頼人をどうにか満足させて来た。

弓子は埋葬の後、おしゃべりだった。そのことが気になった。友人の不幸に際して度を失うのはわかるけれども、それが弓子とどうつながるのだろう。自分が「被爆二世」だから、同じ境遇である友人の死に動揺したとも考えられる。

吉野はパチンコ店の近くで中食をとり、ＮＨＫへ向った。頭の中では店主が示した看板の見取図と弓子の蒼ざめた顔が、かわるがわるゆきかった。店の屋上に立てることになっている広告塔は投光器で照明される。駐車場には裸女をかたどったネオンサインがあり、その一角に巨大な投光器をすえつけて夜空を照らす計画である。

「ベトナム戦争の記事ば新聞で読みよったらね」

店主はいった。吉野はぎくりとした。またぼんやりしているうちに何か聞き落したのかと思ったのだ。唐突にベトナム戦争が出て来るところがわからない。

「南北ベトナムの国境線にだね、大探照燈ばずらりと据えてその光を雲に反射させて夜でも昼のごと明るくするちゅうアイデアば国防長官が発表しとる、やるねえアメリカは、一にアイデア、二にアイデアね」

店主は数箇のアドバルーンを店の上空に揚げて投光器で照らそうと目論んでいた。長崎市街の北半分から見えるように。それに要する費用を検討するとともに法的な規制も調べておくことを吉野は約束した。「サイゴンはよかとこばい」別れしな、店主はいった。「旅行でもなさいましたか」と吉野はいった。「戦争ちゅう三ヵ月ばかり、わたしはサイゴンの船舶司令部におったことがあると。フランスの植民地やったけん、おなごも白人のごたる混血がおって……」

「ほうほう、なるほど」

吉野は感じ入った表情を装ってしきりに顎をがくがくさせた。客の御機嫌をとるのも仕事のうちである。

「宇品ば発つときは仏領インドシナちゅうても、せいぜいニッパハウスと椰子の木の下で踊る土人しか想像せんやった、冒険ダン吉の登場するマンガの国ね、ところがあんた着いてみれば堂々たる都会でしょがサイゴンは、長崎よりきれか街たい……」

この調子で店主の話はえんえんと続いた。しまいに吉野は愛想笑いをうかべた顔がニカワを塗られたようにこわばるのを覚えた。「あんた香港に行ったことあるね」店主はいった。まだ一度も、と吉野は答えた。

「サイゴンは」

「ありません、そのうち是非、行きたいものです」

「マニラは」

「沖縄にも出かけたことがないんです」

「どうして」

「どうしてって、そのう、暇もないし金もありませんで」

「若かうちに一度は外国に出とくもんばい、どこでもよか、外国なら。視野を拡げるために。なんのかのいうても外国ば知らん人間はいうことが小さか」

パチンコ店の親爺は重々しく断言した。

「まったくですね」

とっさに合槌を打って吉野は腰を上げたわけだった。それをしおに店を出た。

「さっき、あなたの会社から電話があって早急に連絡するようにとのことでしたよ」

NHKで新しいセットについて打合せをすませてから担当のディレクターが思い出したようにいった。吉野は電話のダイアルをまわした。弓子が出て社長にかわった。

「例の件すんだかね、そう、ちゃんと約束したろうね、よろしい、ＮＨＫからだね、連絡をというのはひるまえおかしな客が舞いこんでね、うん」

「おかしな客」

吉野は一階の玄関ホールにある赤電話を使っている。ドアが開き長身の男がすべりこんで来た。佐々木医師である。吉野は送受話器を耳にあてがったまま目礼した。

「………」

「なんですって」

「きみはそのう何かい、いつロシアに行くのかい」

「ぼくが……」

「飯田とかいう人物がそんな口振りなんだがね、わたしにはなんのことかさっぱりわからんといってやった」

「ぼくにもなんのことかわかりませんね」

「長崎放送の記者もいっしょでね、加藤とかいう、きみは本当にこのこと初耳なのか」

「ぼくがなぜソヴィエトくんだりへ行かにゃならんのです」

「きみがわたしに黙って社を辞めるのかと思ったよ、そうか、初耳ならいいや、しかしおかしいね」

「飯田という人ときのう会うことは会いましたけれど、つまりこういうことですよ、大波止にソヴィエトの客船が接岸しているでしょう、実はそのとき船上レセプションに招待されてましてね、社長の聞き間違いじゃありませんか、ソヴィエトの船に招かれていることをソヴィエト連邦という国へ招かれたというふうに」

「そうかもしれんな、じゃあ、ＮＢＣの記者がなぜついて来たのかね」

「どうしてですかね、しかしこの話は帰ってからにしましょう、坊やが一人でこしらえたセットの出来栄えを今からスタジオへ見に行くつもりです」

「NHKは支払伝票を切ってくれたかね」

「ええ」

吉野は階段を上ってスタジオを順にのぞいた。赤いランプがともっているのは第二スタジオである。副調整室の方へまわった。レシーヴァーをかけた則光勝利が調整卓に向っておりガラス越しに眼下のスタジオを見下している。

「Eの五を消して、五だよ六じゃないったら、あれあれ、下が消えちゃったよ、影が出来るじゃないの、そうそう、もうちょい、はい、次はええと、Bの七をつけてみて、六は笑ってもらおうか、カメラどうですか、Bの七だよ、光線の具合を見てちょうだい……」

録画撮りはまだ始っていなかった。カメラの前に椅子があって、椅子の上には三宅鉄郎が窮屈そうに体を縮めるようにして腰を下していた。折り目のついたズボンをはき、背広も見たところかなりいいものである。三宅はさし向いにかけたアナウンサーと何かしゃべっている。

降りて行って話に加わっても良かったのだが録画撮りがまぢかであることを考えて控えた。ここから三宅の様子を細かく見ることは出来ないけれども副調整室のモニターテレビにときどきアップで映る顔を見ると、しばらく会わないうちに肉が落ちてずいぶん骨張った感じである。頰のところどころに切り傷が見える。剃り残した無精髭が下顎に見てとれた。あの男と自分は何日間、会わないでいただろう、と吉野は考えた。

スタジオには三、四人の職員がいて、先に鉤がついた長い竿で、天井にとりつけられたライトのソケットを則光の指示のままにはずしたりつけたり、ライトそのものの角度を変えたりしている。

則光は吉野を認めて後ろの椅子を指した。口もとのマークに手で蓋をしておいて、「ちょうどよかった、あとで会わせたい人物がいますから」そういって再び目をスタジオに向けた。会わせたい人物というのは三宅のことかと吉野は訊き返した。

「いや、そうじゃないって、Cの五を消してみて、かわりに六、ええCの六を、ちょい傾けて、ノオノオ、反対側に傾けて、あっ、やばい」

長い竿を持って天井ばかり見上げながらうろうろしていたゴマ塩頭の男が、床にうねっているコードに足をとられてひっくり返った。則光は舌打ちをした。

「いつもこうだからな」

レシーヴァーをはずして調整卓に置いた。

「あの上衣は則光さんのものでしょう」

吉野は三宅を目で指した。

「ええ、それからズボンもね、モノクロならボロを着てても構やしないが、当節カラーですと三宅さんご愛用のものではちとさし支えが生じますんで」

則光は椅子をずらし、両足を伸ばして調整卓にのせた。

「ぼくに会いたい人物というのは」

吉野は長椅子の上にあった三宅のショルダーバッグをなんとなく持ち上げて重さを量りまた長椅子に戻した。

「きょうは会社の用事でうちに見えたんですか」

則光は吉野のアタッシェケースを不審そうに見やった。

「現代史シリーズのセットについて技術の人と打合せることがありましたからね、なかなか面白そうな番組ですね」

愛想をいうのは癖になっている。

「おたく長い間、休んでたんでしょう、もういいんですか」

「おかげさまで、きょうから早速かけずりまわってます」

吉野は微笑してみせた。これはつくり笑いではなかった。昨夜、弓子と時を過した折の疲労はぬぐったように消えていた。電話が鳴った。則光が出た。ちらと吉野を見て、

「ここにいるとも、話したよ、いや、会わせたいということだけな」

電話を切ると、「間もなくうちの放送記者があがって来ます、彼と食堂でお茶でも飲んでて下さい、ぼくはまだしばらくこれにかかりきりだから」といった。

「さし支えなければここで待たせてもらいたいんですが」

吉野はいった。最前は視野のかげになっていて気づかなかったのだが、佐々木医師がカメラの後ろからゆらりと姿を現わして、コードを用心深く避けながら三宅の方へ近づいてゆくのが見えた。

「そうですか、別にこちらは構いませんよ」

則光はレシーヴァーをつけてスタジオに向き直った。

「本人は知らないんですか」

「ええ、今のところはね」

吉野はモニターテレビの方を見た。則光がスイッチを入れたらしく、今まで聞えなかったスタジオの会話がテレビを通じて副調整室に流れこんだ。声は佐々木医師であった。「今のところ回復したと思いこんでいるようです」という言葉がその後に続いた。

「そろそろ行きましょう、かるくリハーサルやって、はい」

則光はあくびまじりにいって懐中時計に目を落し、「一分前」と告げた。テレビには三宅の顔が映っている。

佐々木医師はカメラの後ろへ戻った。

「三十秒前……十秒前……」

則光は指で合図をした。音楽が聞え始めた。話題の広場というタイトルが現われこの人と十五分、というサブタイトルが三宅の顔に重なって画面に映った。登場人物はひっきりなしに目をパチパチさせている。

「ちえっ、なんだよ、あがっちゃって、女学生じゃあるまいし」

則光はいまいましそうにつぶやいた。

アナウンサーは三宅の経歴を朗読している。およそ一分間でそれは終った。音楽も鳴りやんだ。「三宅さん、きょうはようこそ」アナウンサーは快活な声音で始めた。三宅は会釈を返した。

「おや、なんだろう、この音」

則光はレシーヴァーに片手を当てがって伸びあがりスタジオを見た。「三宅さん貧乏ゆすりしてるよ、困るなあ、——ちゃん、やめさせてくれ」

「……五月で半年になります」

三宅は少しどもった。長崎滞在はどのくらいになるか、というアナウンサーの質問があってちょっとの間、問いの意味がわかりかねたようにぼんやりしていた。一、二秒の間にすぎなかったが、それだけで妙に白々しい雰囲気をかもし出すことになった。則光は頭を振った。アナウンサーは続けた。

「すると『長崎の二つの丘』は東京で書かれたわけですね、取材はどういうふうにしたんですか」

また二分の一秒ほどの間が生じた。則光は頭をかきむしった。

「東京にも被爆者はいますし、その他にも全国各地に。長崎で暮しながら取材するのが理想かもしれませんが、長崎に居なくても取材はできるんです」

三宅の額に浮んでいる汗はライトのせいだろうか、と吉野は思った。間髪を入れずアナウンサーが口を開く。

「この本を書いた意図は私なりの解釈ですが、風化した戦争体験を原点にかえって問い直すことだ、と受けとめたんですけれども、その点いかがでしょう」

三宅はネクタイの結び目に指をつっこんでゆるめようとした。目瞬きをくり返し、探し物でもするように天井を見上げた。たまりかねたらしくアナウンサーは質問をいい変えた。

「つまりですね、別の言葉でいうならば、戦争を知らない世代が増えたことでも明らかなように、被爆そのものの意味も曖昧になりつつある状況でしょう。で、三宅さんはあらゆる先入観をすてて、被爆とは日本人にとって何であったか、をもう一度、問いつめようとしたように見えるんですが」

アナウンサーの言葉はだんだん早口になった。三宅はぼんやりとあらぬ方をみつめている。質問者が口を閉じたとき、我に返って、

「え？　は、はい、ぼくもそう思います」

といった。

「そう思う、というと」

アナウンサーは喰い下った。

「戦争を知らない世代が増えていますよね、無理もないことです」

「八月九日、あなたはどこにいましたか」

アナウンサーは匙を投げた。次の質問に切りかえる。諫早に、と三宅はつぶやいた。

「被爆しなかったということですね」

三宅はうなずいておいてから慌てて、「はい」といった。

「被爆者ではないあなたが被爆者を取材する根拠は何ですか」

「根拠……」

三宅はちらと副調整室の方を見上げた。ライトに照らされていては則光と吉野を識別することはできない。本の著者は脚を組み直しますます激しく体をゆすぶり始めた。

「簡単にいうと、あなたはどういう立場で原爆を告発しようとするわけですか」

アナウンサーは明らかに苛立っており、語気が鋭くなった。

「告発するって、何をですか」

三宅はどもりながらいった。

「きまっているじゃありませんか、原爆投下をですよ」

「原爆はわかりますが、原爆を投下したことについて誰を告発するというんです」

「投下して女子供を殺した国を」

「トルーマンは死んでいます、ぼくは特定の人物をこの本によって告発しようとは考えていません」

「告発しないですって……」

アナウンサーは呆然として絶句した。

「ようやくインタヴューらしくなって来たと思ったら今度は波多ちゃんが頭に来ちゃった」

則光がうんざりしたようにいった。

「あなたは原爆を憎まないんですか」

アナウンサーはいった。

「憎みます」

三宅は即座にいった。「核兵器に限らずすべての殺人兵器を……」とつけ加えるのをさえぎってアナウンサーは次の問いを持ち出した。

「二度とこのような惨禍をくり返さないように何をなすべきかとあなたは思いますか」

「おやおや、今度は波多ちゃん中学生みたいなことをいいだしたよ」

則光は歎いた。

「吉野さん、ちょっと」

ふり向くと顔見知りの放送記者が立っている。外へ出ようと誘う。副調整室で話はできないか、と吉野は訊いた。

録画が終ったら三宅をつかまえたい。外へ出れば彼と会いそびれるかもしれない。則光に懸念を告げると、「だいじょうぶ、どうせやり直すんだから外でゆっくりしてきなよ」とどちらへともつかず投げやりにいった。

二人は局舎を出て西側にあるバスターミナル二階の喫茶店にはいった。

「きょうかきのう、新聞社の連中たずねて来ませんでしたか」

席につくなり放送記者はいった。

「いいえ、しかし……」

吉野は社長が電話で話したことを思い出した。「放送関係の人ならさっき」「どこの局から」「NBCの記者とかいってたようですが」階下からバスの発着を報じる拡声器の声がひっきりなしに届いてくる。

「なんにしますか、ぼくは紅茶」

注文をききに来たウェイトレスに命じて吉野をうながす。「アイスクリーム」と吉野はいった。ターミナルは長崎駅と電車通りをはさんで向いあっている。バスがターミナルを出て行く音と乗降する客の靴音が中二階の喫茶室までとどく。建物全体が絶えず鈍い噪音を反響させている。

「こちらは?」

吉野の声が聞きとれなかったかウェイトレスは身をかがめた。アイスクリーム、と吉野はいった。「来た来た」放送記者は入り口の方に目をやった。佐々木医師と報道部の副部長が現われた。吉野はぴょんと立ちあがって深々と頭を下げた。佐々木医師には世話になっている患者として、副部長には確実迅速に支払伝票を切ってくれてしかもうるさい苦情をいわない発注者に対する会社側の職員としておじぎをした。

四人は席についた。

「クーラーちっともきいてないようじゃないか、暑いな」

副部長がいった。

「西日が直射するからでしょう、クーラーはきかせているようですがね」

放送記者はいった。

「客が多いからだよ、こうたてこんでいては」

佐々木医師は上衣を脱いだ。吉野は三人のやりとりを黙って聞いている。副部長と口をきくのは初めてである。新しい仕事をくれるのだろうか、そうだとすれば佐々木医師が同席するのはなぜだろう。

「今時分はまだいい方ですよ、これが五時を過ぎますとね、夕日がかっとそっちのガラス壁に照りつけて、道路もまた熱くなってるからたまったもんじゃありません」

放送記者はいった。

「ガラス壁にカーテンを引けばいくらか違うんだよな」

副部長はガラス越しに道路を見ている。

「カーテンを引いたくらいじゃあどうってことはないんじゃないかな」

佐々木医師がいった。

「いや、大ありですよ、ぼくは茂里町に住んでいますがね、夏の夕方は西日が窓一杯に当るんでクーラーを〝強冷〟にしても温室ですわ、で、厚でのカーテンを二重に引いたらだいぶ違いましたよ、〝弱冷〟でしのげるようになりましたからね」

放送記者はいった。

「おたく茂里町のどの辺」

と佐々木医師。

「山の中腹です、あそこ、夏はいつまでも日が照りましてねえ」

放送記者は顔をしかめた。

「七、八の二ヵ月が大変ですな」

佐々木医師は同情した。

「六、七、八、九の四ヵ月ですよ、五月だってこんなに暑いんだから」

放送記者はむきになった。どうかすると十月に入ってもクーラーの要る日がある、とつけ足す。

「しかしなんだよ、クーラーも買えない給料でもってだな高い家賃を払ってボロ家に暮している連中だっているんだから」

副部長は涼しい顔をした。

「茂里町だと局まですぐですな」

と佐々木医師。

「ええ、歩いて十五分もあれば。冬は毎日歩きますよ、運動になりますからね、車の少ない道をえらびましてね、しかし夏は困るんだなあ、局へ着くと汗だく、全身びっしょりです、だから局のロッカーに着替えを入れといて着いたらすぐぱっと……」

「シャワーを浴びてな」

と副部長。

「そこがわれわれの羨ましいところなんだなあ、局舎は完全冷房でしょう、勤務中は夏でも上衣を着ていられる、病院は一部の病室に冷房が入るだけで夏は蒸し風呂みたいなもんだ、白衣の下は汗疹だらけ」

と佐々木医師がいった。

吉野は溶けかかったアイスクリームを匙ですくった。冷たく甘いものが舌に拡がった。桜んぼの種子を受皿にのせてから吉野は放送記者に向って、自分たちは誰かを待っているのか、と訊いた。

「いや別に」

と放送記者はいって、佐々木医師と顔を見合せた。

十三

終った。

「お疲れさま」

と波多野アナウンサーはいったが、そういう本人の方が三宅より疲労困憊しているようだ。ライトが消えた。スタッフは三宅の著書をのせた台や被爆直後の浦上を撮った写真パネルを片付けた。

三宅の見ている前で天主堂廃墟が消え、兵器工場が消え、壁だけになった付属病院が消えた。すべてが持ち去られたあとにはスタジオの緑がかった灰色の床と壁があった。

「お疲れさま」

三宅は立ちあがろうとした。

「待って、今からフィルムを見てみましょう、立ち合って下さい」

アナウンサーは三宅を手で制した。

「それだけは勘弁して下さい」

三宅はスタジオから副調整室へ続く階段を重い足どりでのぼった。結局、本番までにリハーサルを三回くり返したことになる。そのつどアナウンサーの質問にちぐはぐな答えをしたような気がする。

三宅は波多野がいくつか知らないが彼自身より確実に五、六歳は若いようである。戦争も戦後の混乱もアナウンサーは知らないはずだ。彼がもの心ついたときには日本は独立していたのだから。三宅は文陸堂を出てからスタジオに入るまで、そしてスタジオでアナウンサーと対面している間も、文陸堂で手にした古い葉書や便箋が目にちらついて仕様がなかった。淡褐色の目をした老人が脳裡をかすめた。印刷図書館の他にも彼が訪問したいくつかの図書館のひえびえとした薄暗い雰囲気が思い出された。アナウンサーの言葉はろくに聞えずそれらの図書館で三宅と応対した司書たち一人一人の容貌がにわかに記憶に甦えってくるのだった。ともすればアナウンサーにする返事がしどろもどろになるのはやむを得なかった。

「よかったよ、ご苦労さま」

則光がにこやかに迎えた。

「さんざんだった、申し訳ない」

三宅は神妙にあやまった。

「そりゃあ最初のリハーサルはあまりぱっとしなかったけれど、誰だってライトの下でカメラを向けられたらあがるもんですよ」

則光は立ち上って三宅の上衣を脱がせた。重ねて

「あなたのズボンはどこに置いてるんですか」ときく。鞄から三宅は自分のズボンを出した。それを持って副調整室を出ようとすると、「どこへ」という。「手洗いではき替えようと思って」三宅はドアに手をかけて振り返った。

「ここで替えていいですよ、女の子がいるわけじゃなし」

三宅は則光のズボンを脱いで自分の物をはいた。則光はそれをまとめて紙袋にしまった。「さっき、吉野さんがここに居たんですよ、ほら長崎アート企画の、友達でしょう」

「吉野が？　そして今どこに、帰ったの」

「五階にいるはずですよ、佐々木先生と。もしかしたらうちの副部長も一緒に……あ、三宅さんヴイを見ないんですか」

モニターテレビに三宅の顔が大写しになっている。三宅は顔をそむけた。「見て下さいよ、出演者はちゃんと立ち合っておかなければ」とP・Dは続ける。「吉野さんはここから電話して引き留めておきますよ」そういって電

話を取った。

三宅は椅子に腰を下した。

「被爆者の内部に刻みつけられているいまわしい光と影を形象化するということですね、なるほど」

波多野アナウンサーの朗々とした声が聞えてくる。俺はそんなことをいったのだろうか、三宅はますます深くうなだれた。

「食堂には居ないそうですよ、海老原がいうにはバス・ターミナルにある喫茶店に連中出かけたようですな」

「いつごろ」

三宅は壁の時計を見た。

「一回目のリハーサルを始めた頃に出て行ったから、もうかれこれ二時間になりますかね、あそこにまだいるかしら」

則光はいった。

「じゃあ、あの話を彼にしてるわけだな」

三宅はテレビに向ったまいった。

「ええしてるでしょう――は」と放送記者の名前をいって、「まだ帰って来ていないそうですから喫茶店で話してるんですよ、ヴイを見てから行っても間に合いますよ」

「彼はうんというだろうか」

三宅はいった。

「もちろん喜んでとびつくでしょう、いやというわけがない」

則光はあっさりといった。

「でも佐々木先生の話では本人は治癒したと思いこんでいるのだから」

「白血病は慢性でも急性でも百パーセントの致死率だそうですね」

則光はいった。

「佐々木先生が彼にお前は回復してるんじゃないぞっていうのかな」

「スティル写真はドラマティックで、ムーヴィーは静的だ、というのがぼくの持論なんですがね」

則光はいった。画面には浦上の廃墟が映っていた。

「ああ、しかし、それがこのこととどんな関係があるのかね」

三宅はいった。

則光はテレビから視線をそらして三宅を見た。関係はない、ただ何となくそう思っただけだ、と不機嫌そうにいった。「三宅さん、印鑑を持っていますか」

三宅は鞄から印鑑を出して出演料の領収証に押した。ちょうど木賃宿の一泊分にあたる。則光は領収証をちかぢかと目に寄せて調べて「ちょいと拝借」と手をさし出した。三宅はあらたまって封筒に指をつっこんで、「いくら」といった。

「印鑑の方ですよ、出演料を借りようなんていくらなんでも」

三宅から受取った印鑑にはあっと息を吹きかけて満身の力をこめて細長い紙片に押しつけた。三宅鉄郎という署名の横に朱色の楕円がくっきりとしるされた。「あ、いけねえ、住所が書いてねえや、名前の上に書いて下さい」

則光は領収証にボールペンを添えて三宅の方へ寄越した。

「住所ねえ、弱ったな、どこにしよう」

三宅はボールペンを持ったまま考えこんだ。

「どこでもいいじゃないんですか、大波止でも丸山でも以前すんでた西小島町でも」

「ベンジャミン夫人はアメリカに帰るとき彼を一緒に連れて行くつもりだろうか」

住所を西小島町のアパートにして領収証に書きこんでから三宅はいった。

「十時五十三分を指して永久にとまった柱時計と、熱線で解けかけた瓦やガラスの塊なんかと一緒にね」

則光は領収証を二つに折ってポケットにしまった。吉野を治療するという病院はどこにあるのか、と三宅はきいた。

「クリーヴランド市。なんでもベンジャミン夫人の財団が建てた病院の一つだったそうですよ、いいですか、日本人を何人か連れて行って治療するくらい財団には造作もないことなんです、例の番組ね、オン・エアしてから反響のすごいこと、電話は鳴りっぱなし、その日のうちにわんさと資料館のために爆心地周辺のがらくたが持ちこまれましてね、焼けた石ころやらねじれた鉄骨やら一時は足の踏み場もない程でしたよ」

「ベンジャミン夫人の弟の詳しい消息はわかったの」

「それが……」

と則光はいいかけた。海老原がはいって来た。

「今のは何だい」

海老原はテレビに顎をしゃくった。ヴィデオは終っていてモニターテレビには白銀色の縞が走っている。

「何だいったって、見ればわかるだろう」

則光はスイッチを切った。

「なっちゃいない、もう少しやり方があるはずだ」

海老原は三宅の隣に腰をおろした。

「どういうふうなやり方があったかうかがいましょうか」

と則光は気色ばむ。

「例えば三宅さんとベンジャミン夫人を対決させる、とか」

海老原はちらりと三宅にながし目をくれた。それは無理だ、と則光は言下に海老原の案をしりぞけた。「どうしてだい、原爆投下という自分の国のしたことには目をつむって、被爆者を無料で治療してやるなどと鳴り物入りで宣伝するのは偽善の最たるもんではないかね」

「偽善かどうかはともかくそれによって確実に命が延びる人間がいるわけだ」

則光はいい返した。三宅は鞄を持って立ちあがった。

「三宅さんはベンジャミン財団のすることをどう思いますか」

海老原はいった。

「結構なことだと思いますよ、偽善だの何だのと目くじらたてることはないでしょう」

三宅はいった。

「治療とは名ばかり、財団は彼ら被爆者を新薬の実験台にするつもりなんだ」

海老原は蒼白な顔に唇だけが紅い。ドアをあけて外へ出ようとする三宅に、どこへ行くつもりなのか、ときいた。

吉野がターミナルの二階にいるはずだ、というと、たった今、記者と副部長が帰って来たところだ、と教えた。

「じゃあ居ない」

則光はいった。三宅は椅子に戻った。

「長崎アート企画の社員ね、彼は副部長になんていったんだい」

則光は海老原にいった。

「しばらく考えさしてくれっていったそうだ」

「へえ」

則光は呆れ顔で三宅を見た。

「佐々木さんはその社員に本当のことは告げなかったのかい、彼が自覚している回復感は病状が決定的に悪くなる前にきまって患者に訪れるあれ、ええとあれはさっきスタジオで佐々木さんは何ていったっけ」

「レミッション」

三宅はつぶやいた。

「そうだった、レミッションね」

則光はいった。

「三宅さん、今夜の会合には出られるでしょうね」

海老原はいった。三宅はうなずいた。佐々木医師は寛解《レミッション》の説明をしなかったのか、と則光は重ねてきいた。

「ぼくはその場に居たわけじゃないから細かな所まで知ってるわけがないだろう」

と海老原はいって、「でも佐々木さんが居合せていて何もいわないはずはあるまいよ、彼の病気を正確に知ってるのはあの人だけだから、もし彼が黙りこくっていたのなら何のために副部長たちと同席したのかわからない」と続けた。

「しかし、クリーヴランド市にあるとかいうその病院……」

三宅はいった。サイモンズ・ホスピタル、と則光はいい、ベンジャミン夫人が長崎で死んだ弟の名前をとって命名したのだ、と海老原にいった。「サイモンズ・ホスピタルへかりに吉野が入院したとする、治癒する可能性はどの程度まで保障されているの」

三宅はいった。

「神のみぞ知る、ですよ。ぼくは医者じゃないから佐々木さんがいうことの受け売りしかできないけれど、このままでいたら確実に……」

そこまでいいかけて則光は口をつぐんだ。目は焦点を定めないままドアの方に向けられている。三宅は誰かが副調整室にはいって来たのかと思ってドアの方へ首をねじ曲げた。誰もいなかった。

「確実にだね、つまりいけなくなるということだ」と則光は続けた。「しかし……」

彼が言葉を切ったのは三分の一秒ほどの短い間にすぎなかった。

「しかし、クリーヴランド市へ行けば病気が治ることもあり得るし、最近の医学の進歩は目ざましいからね、最悪の場合でも引き延ばすことができるってわけだ」

則光はいった。鼻持ちならない、と海老原は応じた。

「えてしてああいうクリスチャンにありがちな慈善行為だよ、小銭をけちけち貯めこんであわよくばクジ付の預金証書を手に入れようというさもしさと一脈相通じる所があるな」

と海老原。

「クジ付?」

三宅はいった。

「天国行きの切符のことですよ、殺された弟が右の頰だとすれば、ベンジャミン夫人は左の頰をさし出そうとしているんです、見えすいた偽善だ、自分の弟を殺したり、罪もない広告取りの青年を白血病で苦しめたりする体制そのものをどうしてベンジャミン夫人は糺弾しないのかとぼくはいいたい」

海老原はいった。

「夢みたいなことをいいなさんな」

則光は冷笑した。「ベンジャミン夫人ががっちりと抱えこんだかねは他ならぬその体制が産み出したものじゃないのかね、どうしてベンジャミン夫人が資本主義を糺弾しなくちゃならんのだい、だからお前さんはいつまでも大人にならないと人からいわれるんだよ」と続けた。

「招待に応じてのこのこアメリカへ出かけるのは少なくとも日本人として恥辱ではあるな、ぼくはそう思う」

海老原は恥辱という言葉に力をこめた。

「いかにもそうだよ、恥辱ですよ」

則光はいった。

「それがわかってるならどうしておれのいうことを反駁するんだい」

海老原は不審がる。三宅はこの青年の育ちがいいことをとっさに悟った。

「いいかね、歯茎から出血して慢性的な疲労感と腹痛で苦しんでる男がいるんだよ、しかも彼は働かなくちゃならない、日々の糧のためにね、その男にお前さんは今おれに向っていったように、アメリカへ病気を治療してもらいに行くのは恥辱だぞ、なんて気楽な顔をしていえるかね」

則光はいった。

「いえるよ」

海老原は平然としている。

「お前さんならいえるだろう、いいともさ、でもね、相手がお前さんの言葉に説得されるとはとうてい思えない」

則光はいった。

「前提を示しておいて、少しずつ説得してゆくさ」

海老原は昂然と肩をそびやかした。

「前提……」

則光はきき返した。

「革命が必要だということだ、すべてはそこにかかっている」

という同僚の顔を則光はまじまじと見つめた。「お前さんの論理にも飛躍が多いなあ」と溜め息まじりにいう。

「じゃあ何かい、お前さんはわれわれが革命を必要としないというつもりなのか」

海老原はつめ寄った。

「わかった、お前さんはその調子で夜な夜なあちこちの溜り場で学生を煙に巻いてるのだな」

と則光。

「お前さんのように頭の固いプチブルよりは学生の方が純真ですよ、少なくとも彼らは革命を信じている」

と海老原。

「お前さんは幸福だよ、彼らは水割りを二、三杯飲んで調子を合せているのに過ぎないのさ、口先だけで百万遍、革命を説いてみたところで説得できるもんか」

Ｐ・Ｄは呆れ果てた口調でいった。

「その通り」

海老原は微笑した。二十六、七歳に見えるこの青年の微笑する顔立ちは美しかった。その通り、と大声でいって、

「言葉だけでは革命をもたらすことはできないという点において、おれとお前さんの立場は一致するわけだ」

「またまた飛躍したよ」

則光は三宅に苦笑いしてみせた。三宅は牧師宅での会合に出ることを約束しておいて、副調整室を出た。バス・ターミナルの二階喫茶室をのぞいてみた。吉野はいなかった。長崎アート企画に電話をかけてみた。城島と名乗る声が、吉野が退社したことを告げた。三宅は浜町の書店へ立ち寄って医学専門書の棚を探した。『白血病の診療』という背文字をしるした本を引き抜き、「レミッション、レミッション」とつぶやきながら目次を目でたどった。（現在の治療法）という章の三節目に、寛解の件りがあった。三宅は書棚の前に立って、東京大学第一内科の肩書を持つ医師の文章を読んだ。

「寛解について、
寛解、remissionとは、症状の一時的改善をいう。したがって真の治癒ではない。一見治癒に見えても、それが見かけ上のものであり、潜在的に病的状態にあり、遠からず再び悪化する場合に用いる。
その程度によって次のように分ける。
完全寛解、不完全寛解、血液学的寛解、臨床的寛解。

一般に完全寛解というときは、白血病細胞が末梢、骨髄からともにほとんど消失し、貧血、血小板減少も正常にまで改善され、一般臨床所見も全く正常化した状態をいい、……」

三宅はそこまで読んでから以下に続く黒っぽい漢字から成る医学の術語にたじろいで、次の節に目を移した。「治療の目標と方法」という見出しが目を惹いた。三宅は読んだ。

「現在の白血病治療の目標は、完全寛解が望めないならば、次善の策として、

㈠　不完全寛解をもたらすこと。これによって少しでも長く快活な日常生活を与えること。

㈡　寿命を少しでも長くすること。

このためには化学療法剤の使用法は慎重にやらなければならない。

一、何を用いるか

二、投与量をどうするか（普通量か大量か。漸増法か漸減法か）」

細かな活字を追う三宅の目が痛んだ。二の次には三があり四が続いていたが、三宅は読むのをやめた。読んだところで素人に専門的な知識を嚙み砕く力のあるわけがなかった。三宅はそれでも「白血病の診療」をすぐ書棚へ戻さずに、あちこちをめくって見出しだけ拾い読みした。

慢性骨髄性白血病、佐々木医師はスタジオで吉野高志の病名をそういった。目次で探したあるページを三宅はめくった。AからHの項に分れてこの病気は論じられていた。Hの項は「生存期間はどのくらいか」という見出しである。「一六三ページか……」三宅は唇をかすかに動かして一六三ページ、とつぶやきながら求めるページを指で開き、本を明りの真下に持って行って読み始めた。

「これはぼくが取りに来るまで倉庫にでも置いといてくれないか」

三宅はいった。五箇の段ボール箱を二箇と三箇に分けた。二箇の方はノートとスクラップブック類がほとんどである。これらは売り物にならない。三箇分の書籍に値段をつけさせて、三宅はほぼ一ヵ月分の生活費を手に入れた。三宅としては二ヵ月分のそれを期待していた。どんなに控え目に見積ってもそうなるだけの値打は自分の本にあると思われたが、文陸堂の親爺は頑としてゆずらない。三宅は諦めた。

まとまった金を手にして初めて中食をとっていないことに気づいた。古書店からNHKへ時間ぎりぎりに到着して、食事をとる暇もなかったのだ。三宅は浜町裏通りに小さなレストランを見つけて這入った。このところ人間らしい食事をしていないことを考えて、きょうこそたっぷり詰めこむつもりなのだ。食前にワインを飲み、時間をかけてメニュを検討した。店内は夕食にはまだいくらか早かったので客は三宅きりだ。しばらくして隅に一組の若い男女がいるのを認めた。

鉢植えのゴムにはたった今、水が注がれたばかりのようである。濡れて瑞々しいゴムの葉が小暗い明りの下で光った。ヴォリュームを下げた再生装置から木管楽器の音が流れ出た。楽音は耳にやわらかく、しのびやかに鳴り、金と銀の糸さながら空中でもつれあい波打つかのようである。

三宅は焼肉にナイフを入れ力をこめて切った。吉野がベンジャミン夫人の提案を即座に受入れなかったということは、ソヴィエト側の申し出も考え合せる必要があると思ったからだろうか。三宅は肉を嚙みながら思案をめぐらせた。ホルンの音が高まり低くなった。NHKのスタジオで、波多野アナウンサーは放送部の記者から聞きこんだ情報を、録画どりに入る前にしゃべったのだ。

三宅は肉を嚙み、のみこんだ。ソヴィエト大使館は本国から赤十字の副総裁が長崎を訪問することを記者団に語ったという。その折り被爆者のうち数人を、モスクワの病院へ連れて行って治療する約束をした。これは今に始ったことではなくて、何年か前から行なわれていることである。特殊な外科手術があの国では発達しているらしい。ケロイドを顔に持った若い女がかつて数ヵ月間、モスクワの病院で手当てをうけて帰国したときは、顔は常人のそれと見分けがつかなくなっていた。今度はケロイドを負うている患者の他に慢性の白血病患者も治療しようといっている。三宅は最後の肉をフォークで刺して口に入れた。ワイングラスを口に運びかけてふと止めた。暗い照明を受けてひっそりと輝いている赤い液体が、つかのま血のように見えた。

三宅はゆっくりとグラスの中身をすすった。吉野の破壊されつつある血液を思った。体内で分裂し増殖する何物かのことを想像した。この場合、少なくともアメリカ側が一枚うわ手だ、と三宅は考えた。ベンジャミン夫人の背後にアメリカ大使館がついていないとは考えられない。捕虜となった実弟を原爆で殺された姉が、瀕死の日本人被爆者に救いの手をさしのべようとする、これは宣伝効果が低くないニュースである。

波多野アナウンサーの話では、ソヴィエト側は大使館の二等書記官がNBC長崎放送だけにこのニュースを流そうとはかっているという。見えすいた手管だ、と三宅は思い、サラダを口に入れた。一社だけにしらせて他社に競争させ、ニュース価値を大きくしようとしているのだろう。

東京では、この程度のニュースであれば記者会見を催したところで三流の新聞記者だって来はしない、三宅はレタスに塩をかけ、音をたてて嚙んだ。水気のある植物がさわやかに割れた。万一、取り上げられるとしても新聞ではせいぜい十五㎠くらいの記事になるのがおちだ。

長崎のような地方都市では扱いが違ってくる。書記官の来訪自体がニュースになる。長崎新聞なら社会面で三段抜きの記事にするだろうし、全国紙の地方欄も四百㎠以下の記事にはしないだろう。噂ではこの件についてNBCは特別番組を組む予定らしい。三宅は運ばれて来たコーヒーにたっぷりミルクと砂糖を入れた。〝長崎で米ソ戦始まる〟、駆出しのルポライターが考えつく見出しを思いうかべた。

三宅はアメリカ側の巧妙なやり方を、東南アジアで行きづまった戦争を持てあましている現状と結びつけて考えないわけにはゆかなかった。湿地とジャングルの戦いがマイナスの要素だとすれば、ベンジャミン夫人の案はどう見てもプラスの要素になり得る。吉野はどちらかを選ぶことができるわけだ、と三宅はメロンを頬張りながら思った。

佐々木医師は両方からほとんど同時に照会をうけて自分が担当している患者の中から慢性骨髄性白血病患者である吉野をとりあえず選んだという。二つの国が要求する患者としての条件を彼はみたしているからである。壜にはまだ一杯分のワインが残っていた。三宅はなみなみと最後のワインをグラスに注ぎ、目の高さに上げた。乾杯……ひそかに心の中で吉野のためにつぶやいた。

二つの大国がわざわざ長崎くんだりまで来て治療を申し出るのだから、回復させるについては余程の自信があるのだろう。三宅はさっき新刊書店で読んだ医学専門書のある件りを思い浮べた。慢性骨髄性白血病は患者が症状を自覚する以前に発病しているから、生存期間をきめることはむずかしい、と書いてあった。

放射線療法をうけた患者の平均生存期間は約一年から一年半、化学療法をうけた患者のそれは二年から四年とあった。しかし長期生存例は前より増えている。昭和三十年に発病したある患者は四十一年の十一月まで生きていたという。吉野が発病したのはいつだろう、と満腹したルポライターは考えた。

そのとき、三宅は吉野が自分の病気のことを今までほとんど話したことがなかったことに気づいた。

十四

吉野高志は大浦市場で魚を買った。

夕食に肉を食べるつもりで、一度は肉屋の店先に立ちどまりはしたのだが、まっ赤な色をした塊を目にすると胸がむかつき慌ててその場をはなれた。天井から鉤でぶらさげた豚の太股を肉屋が鋭利な刃物で切っているところだった。

白衣に点々と血が散っていた。肉屋は真剣な表情で庖丁を肉塊にあてがって注意深く一片ずつ切り離していた。いつもは大好きな光景であるがきょうに限って見物する気になれなかった。血みどろになって昏倒している獣をつい想像してしまう。

吉野は市場の細い通路をぶらついた。低く吊り下げられた裸電球の下で、ホーレンソーがタマネギがイナゴがニンジンがまばゆく輝いた。絶えず水を流している魚屋の陳列台には所狭しと並べられたアジ、サバが青黒い光を放った。吉野は体の調子がわるいとき、気持がふさぎこんだとき、市場に来るのがきまりである。

狭く細長い通路を歩きながら左右に目を配ってうず高く積まれたオレンジを見、白菜にさわり、レモンの香気を嗅ぐと気が晴れた。吉野は切り揃えられた肉片を見た。男達が洗う魚を見た。それらは皆ずっしりと重く、中身がつまっており、たっぷりと水分を含み、新鮮でえもいえぬ香りを持っていた。どんなに高価な宝石より吉野には一山の鶏卵の方が美しかった。アルミの盆に盛られたブリのあらが素晴しかった。

「サバ、サバが安かよ、お客さん、グラムでたったの八円」

吉野はふらふらと魚屋の方に引き寄せられようとしてぎくりとした。魚屋の後ろにいつかの女の子がいる。吉野には気づかずイカを料理している。手首の包帯が吉野の目を射た。不吉なものを見たように思い彼は後にすざってまわれ右をした。

包帯をした少女がいる鮮魚店より数軒へだたった所にある店で吉野は大ぶりのアジを買った。三枚におろそうか、と魚屋がいうのを断わって紙に包ませた。弾力のある魚の肌が手の平にひやりと冷たかった。

その隣にある八百屋で豌豆を買った。

「さや入りにするね、むいたとにするね」

とおかみはいった。吉野はさや入りの豌豆にした。市場を端まで歩き、そこで向きを変えて出口まで歩き、また逆戻りした。吉野は会社の帰りに市場へ寄ったのではない。いったん南山手町のアパートまで戻ったのだ。煉瓦塀の角を折れてアパートの入り口が目に入ったとき、駐車しているライトバンに気づいた。NBCの文字がボディーに読まれた。車のわきにたたずんでいる男が二人いた。管理人はその一人と話しているが、吉野には背を向けている。NBCの局員は吉野を知らない。彼はさりげなく入り口を通り過ぎ、少し行った所で道を折れ、狭い石段を下った。そして市場へ来た。

吉野は胡椒と食塩を買い、肉桂と紅茶を買い、新考案の壜洗滌器と称する歯ブラシのお化けのようなしろものにかねを払った。紙袋はみるみるふくれあがった。重いのは平気だ、空腹はこたえる。

吉野は石段をのぼって煉瓦塀の角からそれとなくアパートを偵察した。車は消えていた。しかし、きょう彼らを避けてもいつかはつかまえられることになる。晩かれ早かれそうなる。だとすれば早目に会って話に決着をつけた方がよくはないか、アパートの階段を一段ずつのぼりながらそう考えた。

「NBCの人が来なったばい、吉野さん、あんたテレビに出るとね」

管理人が下から声をかけた。

テレビには出ない、と吉野は答えた。

「それからいつもの女の人から電話があったよ」

「それで用件は?」

「まだ、帰っとりならんとわたしがいうたら、今夜は行けないと伝えてくれって」

吉野は紙袋を両わきにかかえた姿勢で、しばらく閉じられた管理人室のドアを見ていた。のろのろと階段を上って自分の部屋にはいり紙袋の中身をそれぞれしかるべき場所におさめた。アジと豌豆は冷蔵庫に入れ、食塩と胡椒の壜は棚に、新型の壜洗滌器は流し台の横に置いた。

階段をおりて管理人室の前にある赤電話で弓子を呼び出した。弟が出た。姉は会社からまだ戻らない、という。そんなはずはないのだが、一緒にアート企画を出て自宅に帰ったうえで吉野のアパートへ行くといって弓子は別れたし、そのときから一時間以上たっている。どこから電話をしたのだろう、なぜ気持を変えたのだろう、そうではなくて、アパートへ来るつもりではあっても友人と出会うか余儀ない急用でも生じたのかもしれない、と吉野は思い直した。

吉野は夕食の支度にかかる前にいつものように足を水で冷やした。バケツに浸った白い両足に目を注いだ。蒼い静脈が皮膚にすけて見える。考えてみれば復社第一日目から立ちずくめ、歩き通しであった。脚は熱っぽく、かすかに疼いた。

吉野は乾いたタオルで両足を拭き、ズボンは膝のあたりまでめくったまま、窓ぎわの椅子に腰を下した。カーテンが頬をくすぐった。そうだ、昨日は弓子と新しいカーテンを選びにデパートへ行こうと考えていたのだった、と吉野は思った。

きのう、そう考えたことが一ヵ月前のことであったような気がした。吉野は目を細めて港を見下した。正面に見える造船所では建造ちゅうの船のそこかしこに青白い小さな火花が散り、金属と金属が触れ合う音も朝と変りはなかった。停泊した貨物船やタンカーの間を縫って白く塗った巡視艇が走るのも見慣れた光景である。

吉野は窓枠に左肘をつき、肩で壁によりかかって港を見おろしている。傾きかけた日が吉野の左腕と外に向けた顔を照らし、そこから快いぬくもりを全身に伝えた。

吉野は大波止岸壁の倉庫に目をやった。バイカル号の隣に接岸した二千屯ほどの貨物船が荷を積みこんでいる。くの字形をしたクレーンが規則的に動いて巨大な梱包を岸から船倉へ移し続けた。その単調な動きは、見る者の心をしびれさせ、甘い陶酔におちいらせるようである。クレーンが梱包をつかみあげる部分は倉庫のかげになっていて見えない。岸壁に積まれた梱包は船べりより高く引き上げられ、今度は横に動いて船内におさめられる。動きに変化はなかった。すべてが確実にゆっくりとした動きのくり返しで進行した。

吉野のこめかみから汗がしたたった。胸に滲んだものがみぞおちに下り、腹へ伝わってすべり降りるのがわかった。

吉野はシャツを脱いで体を拭いた。上半身裸体のまま、窓枠に頬杖をついて岸壁の荷積み作業を見物した。煙草を一本、煙にし、二本のみ、三本目をふかした。床に落ちた影の面積が広くなった。

吉野はまた体を拭ってシャツをまとい階下へ降りた。弓子に電話をかけた。（三回、四回……）吉野はベルの音を数えた。ふだんは五回目に必ず弓子か弓子の弟が出るのに、今は七回鳴っても八回目が鳴りやんでも誰も出ない。電話を切った。アート企画へ念のためかけてみた。ここでも応答がなかった。（誰もいない……）そうわかってからも吉野は耳にこだまするかすかな音にじっと聞き入った。どうしたことか遠くで鳴り続ける電話のベルが、きょうは吉野をとらえてはなさない。彼の心の深いところまで澄んだ音になって届き、クレーンの規則的で単調な動きが彼を魅惑したように、そのベルも彼をしばらくの間惹きつけるのだった。

吉野は自分の部屋に戻った。

部屋にはいって後ろ手にドアをしめた瞬間、なんとなく四周を見まわした。部屋をまちがえたのかと思った。他人の所にはいりこんだのかと錯覚したのだ。

彼はノブに手をかけた姿勢で足もとを見、壁を見、天井を見たりしたあとでベッドへ行って腰をおろした。ドア内側にはバスの発着時刻表が鋲でとめてあり、天井には雨洩り痕がクモの形をして残り、青い絨毯はドアに近いあたりがこすれて白くけば立っていた。陽で色褪せたカーテンもテーブルの上に乱雑に積み重ねたノート類や紙片も、たった今、部屋を出たときと全く変っていなかった。何から何まで自分の部屋であることを物語っている。にもかかわらず一歩、部屋へ踏みこんだとき、ここが他人の住んでいる所のような気が吉野にはしたのだった。錯覚はたちまち消えた。見慣れた事物は見慣れた色彩と質感をとり戻し、親しみ深くそしていくらかもの憂い感じであるじの前に存在した。

吉野は再び窓ぎわの椅子に腰をおろした。

目はしぜんにバイカル号の方を向いた。去年こしらえて一、二度しか袖を通していない上衣のことを思い出した。

五月ならあれを着て行って少しもおかしくない、と考え、いつのまにか自分がパーティーに出席するつもりになっていることに気づいた。机の上にほうり出したままの白い角封筒をとり、招待状をとり出した。日付は明日になっている。午後七時からである。

吉野はバイカル号から視線をそらして、港の海面にぼんやりと見入った。あの話、自分をモスクワの病院へ招くという提案がまた船上で持ち出されることはまずあるまい、と吉野は考えた。客は自分ひとりではないのだ。何をおいてもパーティーに出たいという気持はないかわりに、出席を拒むこれといった理由もない。先日、断わったのはただ気がすすまなかっただけである。

(ちょっとだけのぞいてみるのもいい)

かすかに心が動いた。見られるものはこの際、何でも見ておいて損になりはしない、という気がした。せっかく仕立てた背広がもったいない。吉野は椅子に深々ともたれ、腕をまっすぐわきに垂らした。力を抜いた指から招待状が床にすべり落ちたのを彼は知らない。顔は窓ごしに港の方を向いていたが、港の情景を観察していたのではなかった。

吉野は岩礁に乗り上げた船を見ていた。砂に半分埋れている船を見ていた。船橋と舳だけが水面にのぞいている船を見ていた。彼が記憶の乾板に焼きつけている廃船のかずかずがこのときになってくっきりと甦えってくる。体調がよくなり、病気も気にならなくなった頃は、一時、熱を上げた廃船探しも棚に上げていた。ところがきょう佐々木医師の口から自分の病気について本当のことを宣告されるや、今また廃船の影像が親しみ深く立ち現われて、自分に何かを語りかけるようである。

陽がかげって、窓辺がすっかり楠の蔭になるまで吉野はそうしていた。それから我に返った。何分間じっとしていたか、自分でも見当がつかなかった。彼は立ち上って体を折り曲げ、勢い良く上体を屈伸させて体のこわばりをほぐした。不意にあくびが洩れた。彼はわざと咽喉を鳴らして大きなあくびをした。目許に涙が滲んだ。

数分間の瞑想と軽い体操と大あくびで、吉野は生き返ったような気分を味わった。何を怖れることがあるだろうか、自分は死刑を宣告された囚人だとしても執行にはまだずいぶん時間があるのだ、そしてもしかしたら恩赦にありついて自由の身になることもあり得る、そう考えた。〝恩赦〟という考えには全く一片の根拠もなかったのだが、自分を囚人になぞらえてみるとそういう言葉が頭に浮んだのだ。

吉野は口笛を吹き、テレビのスイッチを入れておいて台所に立った。市場で買ったものを紙袋から取り出して、サバを流し台に、野菜はビニールに包んで冷蔵庫にしまった。魚の腹を縦に裂き、庖丁で入れた切れ目に脂をつっこんで内臓を除いた。ニュースを報じるアナウンサーの声が聞えた。七時のニュースである。サバの腸を指にからみつかせたまま吉野はしばらく茫然とした。

アパートに帰り着いたとき時計を見ていた。六時五分前だった。それは確かだ。市場で時間をつぶしているときも何回か時計を見ている。見まちがうはずはない。何をしているうちに一時間経ったのだろう。

吉野は腸を抜きとり、頭を切り落し、血まみれのサバに水道の水をかけて洗った。窓ぎわでぼんやりしている間に時間が経ったとしか思われない。よく洗った魚の身に塩をふっておいてフライパンを火にかけた。油を満たし、充分に熱くなったところでサバの尾を指でつまみ、フライパンの中に入れた。そうしながら背中でテレビ・ニュースを聞いていた。国道一号線……パリ会談……大統領は急拠統合参謀本部の……民生の安定…………。音をたてて細かな泡が湧き表面ではじけた。吉野は箸で鍋の魚を裏返した。テレビからはなおもアナウンサーの声が聞えた。料理人はガスを止めておいてテレビのスイッチをひねることを考えた。ニュースをきく気にはなれなかったが、ガス火を消したりつけたりする手間がわずらわしい。

（何もかも汚れてしまう………）

吉野は黄金色に揚がった魚を箸ではさんで皿に移した。（あの女は今どこにどうしているのだろうか……）ガスの栓を閉じ、魚をのせた皿を食卓に運んだ。

モスクワから帰った女性はテレビに登場した。見たところケロイドは完全に癒えたようではなかった。旅立つ前に撮った写真は吉野の記憶に残っており、それと比較対照してみるとさほど大きい変化が顔かたちに生じたとは思われない。表情だけが生き生きとしていた。よくしゃべり、しきりにうなずいては笑った。

被爆して顔にケロイドを負うた若い女が、ソヴィエト赤十字の招待でモスクワの病院に入院し治療をうけたことがあった。あれは今から何年前のことだろう、吉野は考えた。帰国した患者はテレビに出演した。あれはカラーテレビがまだ珍しかった頃だ、銅座町の裏通りにある中華料理屋で、自分は汗をかきながらラーメンをすすっていた、するとと夏のことで外まわりをしているはずだから……吉野は窓ガラスに滲む夕べの青い光を見ていた、ライトに照らされて、帰国した傷者はまぶしそうに目を細め、緊張したあまり唇が乾くのか、数秒ごとに舌を出して唇をなめていた。本人は意識していないらしい。

吉野はハンカチで顔を拭き首筋をぬぐい、襟をくつろげて胸もとにたまった汗をとった。何もかも汚してしまうテレビ……と吉野は考えた。

(そうだろうか?)

皿の上には揚げたばかりの魚が弓なりに反って乗っかっている。(あのとき、カラーテレビに映った女を見ながら自分は何もかも小さくし汚してしまうテレビのことを考えたのだろうか?)

それとも、吉野は魚の腹に生じた黒い点に目をとめた。黒い点は腹から徐々に頭へ移動した。彼は手で皿を煽った。蝿は魚から飛び立った。それとも……天井の一角にぼんやりと視線を固定して部屋の主人は考えた、今になってテレビを嫌うようになったので、あの頃もそうだと思うのだろうか、いやテレビが嫌いなのではない、好きでもないが嫌いでもないといった程度のしろものだ、問題は個人的な苦痛であるところの病気が、テレビを通じて他人の同情で薄められることにある、大勢の関心を惹いたところで、本人の苦しみが減るわけではない、そうであれば自分の苦痛は自分だけのものとして……吉野は勢い良く手の平で首筋を叩いた、蝿が耳もとをかすめた。

（不潔……）

という印象が残っている。治療をうけた患者から受けたのではない。個人的な苦しみでさえももっともらしい大義名分をかかげて公衆のものとしてしまう現代の状況が吉野に「不潔」と感じさせた。

しかし彼らはいうだろう、被爆した女性が負うているケロイドは個人的な苦しみではない、戦争の犠牲者であり、戦争は彼女個人がしたのではないのだから、と。そういうことは吉野にしてもわかっていた。彼はいいたかった。

（じゃあ訊くが、ケロイドが彼女の個人的な苦痛ではあり得ないとしたら、誰か他人が身代りにケロイドを半分でも引き受けられるかい、例えば君でもいい、できるかい）

他人のために血を流すことができない以上、すべての病気は彼自身の、あるいは彼女自身のものだ、吉野はそう信じていた。彼は手を食卓に伸ばし、魚の上でゆっくり左右に動かした。不意に賑やかな笑い声が後ろでした。吉野はふり返った。つけ放しにしていたテレビを忘れていた。ニュースが終り、歌謡番組が始まったところだった。吉野はテレビのスイッチをひねった。高らかに鳴り渡るファンファーレの音が途中でやんだ。

魚には結局、箸をつける気になれなかった。箸を手にすると同時に流し台のステンレスに拡がった紅いものを思い浮べてしまう。庖丁で白い腹に切れ目を入れた瞬間、音もなく流れだしたものが瞼の裏に焼きついている。吉野は揚げたサバを皿ごと冷蔵庫にしまった。いつのまにか部屋の隅には闇が溜っている。冷蔵庫の扉をあけたとき、その奥から自分の顔を照らした明りに目がくらんだ。電燈をつけてみて自分が実に長い間、薄暗い部屋で物思いに耽っていたことを知った。吉野はまばゆい光がみなぎった部屋を見まわした。もう引っ越しすることはあるまい……唐突にそんな考えが頭を横切った。

佐々木先生はロクでもないことを自分に宣告したわけで、その結果、本人としては少なからず動揺したのだが、面倒な移転はこれから先せずにすむ……吉野は妙に浮き浮きとした気分でそう自分にいいきかせた。

一枚の紙を食卓に置き、ボールペンを手にしばらく目をぱちぱちさせた。白い紙に反射する光がまぶしかった。

吉野は電燈の下から離れて壁ぎわの椅子に体を移し、製図板を膝にのせて紙を拡げ、ペンを動かし始めた。

一、地図

二、船

三、

吉野は三、と書いた行に目を落したまま手の動きを止めた。今までつとめて考えるまいとしていたことが大きく目の前に立ちはだかった。中津弓子のことである。吉野は紙をまるめて屑籠にほうった。白いものは籠の縁に当って机の下にころがった。机の下には四つに畳んだ全紙大の紙が置いてある。

吉野はのろのろと椅子から身を離して、まるめた紙を拾い上げ、屑籠に落した。弓子はどうなる、と吉野は胸の裡でつぶやいた。さっきから固いものを無理にのみこんだようにその懸念が胃を重苦しくしていたのだ。しかしこれについてはいくら思案をめぐらしてみてもこれといった方策を考えつかない。ただひとつはっきりしているのは、吉野が一人であれこれと思い悩んでみたところで、弓子と彼とのことがどうにかなるというものではないということだった。

吉野は四つに折った紙を机の上に拡げ、製図用ランプを引き寄せた。

「爆心地復元地図」と明朝体で書いた文字が紙の上方に並んでいる。七割方出来あがった地図が吉野の眼前にあった。彼は机に両手をつき、烏口とGペンで描いた失われた町々に見入った。広場があり畑があり工場があり吉野は丘を緑に川を青、人家を薄い赤で彩色していた。小さな矩形で一軒ずつ刻明に再現した家並にはそれぞれ世帯主の名前が記入してある。

猪飼（理髪）、西瀬（馬具）、近藤（運送）、塚元（市吏員）、山本（工員）、大友（農業）、谷岡（石工）全部が全部、姓と職業がわかっているわけではなかった。五、六軒に一軒のわりあいで?がしるしてある。姓だけつきとめて職業の不明の家があるかと思えば、その反対の家もあった。姓も職業もわからない矩形が点々と町に散らばっていた。家がそこにあったかなかったかということさえ曖昧な一角があり、道路についても同じで、そういう箇所は墨を入れず2Bの鉛筆で淡く線が引いてあるだけだ。

吉野は大判のノートブックを抽出から取り出して終りのページをめくった。「松山町」という見出しの下に四十番地としるした行がある。金田（工員）というメモは数週間前、書きこんだものだ。ふだんは外まわりから帰ると、その日のうちに地図に記入するのがきまりだったが、体の具合がいい日が続く間は怠っていた。

吉野はGペンに黒インクを含ませ、松山町四十番地を地図に探した。鉛筆で輪郭をとっただけの矩形をペンでなぞり、その内側に、金田（工員）と書いた。これで一つの空白が埋められた。吉野は白く残っている矩形を目で数えた。

（これらを調べ上げない限りは……）

地図を完成しないうちに体がいうことをきかなくなるのが一番気がかりである、こうなれば時間との競争だ、と吉野は思った。

初めて空腹を意識した。彼は冷蔵庫からサバのから揚げを出して食べた。

十五

船内は人いきれで蒸し暑かった。

パーティーは上甲板で催されることになっていたらしいが、夕刻から降り出した小雨のために船の食堂があてられることになり、テーブルを移したり内部を飾りつけたりで、パーティーの始まりは予定より半時間あまりおくれることになった。

「これがいわゆるロシア式歓迎かね」

則光が三宅鉄郎のわき腹を肘で小突いた。

「これが、というと」

三宅は人ごみの中に吉野を探していた。

「あれはジャズのつもりなんだ、だとすればまったくおそれ入るほかはないよ」

壁に沿って低いステージがしつらえてあり八、九人の船員が楽器を演奏していた。体をゆすり、爪先でステージを小刻みに叩いてめいめいの楽器と取組んでいる恰好だけは本格的だが、彼らが船室に充満させている音楽はジャズから程遠いしろもののようだ。

「ベースを弾いてるあのおっさんな、ステンカ・ラージンでも唸れば似合いそうじゃないか」

則光が三宅の耳に口を寄せていった。肩と肩が触れ合うほどに溢れた客が、めいめい何やら話をかわしているので、横にいても大声で叫ばなければ何といっているのかわからない。皆が声を張り上げることになりそれが壁にこだまして一つの騒音になった。

「音楽を聴いているのは誰も居やしないさ」

と三宅は答えた。

「冷房を入れてもいいだろうに、これじゃあたまらない」

則光はネクタイをゆるめた。楽団員の顔からもきらきらと光るものが飛び散っていた。

「ナホトカ航路に就航している船に冷房がついてるわけはないだろう」

と三宅はいった。

「お偉方が揃って見えてるよ、ほら船長としゃべっている小柄な爺さん、あれは市長だし、そのわきに立っているのが商工会議所の会頭、ええとまだいるぞ、観光課の課長にキャバレーの経営者か、銀行の支店長としゃべってら、どうせゼニを吐き出させる商談なんだろうが、あれウォッカをがぶ飲みして大丈夫なのかな、おい、あっちの方にほら」

則光は三宅の肩を叩いた。

「新聞記者が一山かたまってる、ガツガツと食ったり飲んだりしてるよ、どうせただだからこの際という魂胆が見えすいてる、さもしいもんだよ」

そういう則光もかなり酔っていた。

「こんなに大勢おしかけるとは思わなかったな、まさか招待状をチラシにして新聞に折り込んだのじゃあるまいな」

「そうかもしれないさ」

と三宅はいった。人ごみをかきわけて若い女が近づいてくる。「しばらく」と則光に向って声をかけた。

「これは珍しい、どうしてきみが……」と則光はいって水割りを飲み干し、三宅に、「こちら九谷保子さん」と紹介した。三宅は自分の名前をいった。則光が女を指して何かいった。

「流行作家?」

三宅は訊き返した。

「ちがう、旅行作家、よくいるだろう、あちこちをぶらついて旅行雑誌に記事を売るのさ、お前さんと同業みたいなもんだよ、九谷さんこちらルポライター」

則光は軽く自分の手を九谷保子の背に当てて三宅と引合せる。よろしく、と三宅はいった。それから女に訊いた。

「招待状をどうやってせしめたんだね」

「そんなのあるもんですか、きのう長崎に着いたばかりなのに」

「何をしに」

「きまってるじゃあありませんか、仕事ですよ」ある女性週刊誌の名をあげて、その長崎特集号を取材するために来たと説明する。バイカル号にもぐりこんだのは、ゲートで名刺を示して船長にインタヴューしたいといったら通してくれた、といった。

「記者だと思ったらしいわ、あの船員」

女は微笑してグラスの中身を傾けた。縁に口紅の痕がついた。則光はたずねた。

「で、船長にインタヴューしたの」

「するもんですか」

船長は和服姿の老人と談笑している。通訳らしい日本人が二人の間に居た。

「あれは郷土史家でしてね、いいとしをしてパーティーと名のつくパーティーには必ず顔を出すのさ、そして彼の後ろで鮭をぱくついてる男、あれは長崎新聞の社会部記者でゴシップにかけては権威ですよ、あれ、テーブルの上をきょろきょろ見回してるな、うんとこさキャビアを平げてまだ足りない顔だな」

そういって則光は九谷と三宅の手から空のグラスを取って近くのテーブルへ行った。

「あれ拝見しました」

女の声を耳もとに聞いた。

「東京駅の書店で長崎の本を探していたら目にとまったんです」

「ぼくの本が」

「ええ、列車の中で読みました、被爆者の心の深い所には生き残ったことに対する罪の意識があるという指摘は面白いと思いましたわ、あのインタヴュー、どういうんですの、変ったというか斬新というか、たしか深層面接という語が当ててあったと記憶しますけれど」

女は三宅に目を向けたまま差し出されたグラスをひょいとつかんだ。意気投合したみたいじゃないか、と則光はひやかした。

「まあ、そういったところですな」

三宅は女がまくし立てる自分の本の感想にたじろいだ。面と向って批評されると、どんなにもっともらしい言葉もそらぞらしく聞えて仕様がない。則光は意味ありげに三宅に目配せした。

「まあそういったところだ、なんて、きみこの人は奥さんと別れた独り者なんだから、あんまり挑発するんじゃないよ」

後の方は女にいった。

「あそこにいるのは、アート企画の吉野さんじゃないか」

則光は舷窓のわきにたたずんでいる男を顎でさし示した。

「うん、ぼくもそうじゃないかと思ってたんだ」

と三宅は答えた。たちこめたタバコの煙と揺れ動く人波にさえぎられて遠く離れた影は見定めにくい。近寄ろうとしたときには吉野らしい姿は消えていた。

「黒パンと大豆」

という声の方に三宅は振り返った。ゴシップの権威と則光が名指した新聞記者を見出した。

「それも御馳走のうちでしてね、初めはバレイショの皮とキャベツの芯ばかり、わたしはシベリアに三年間抑留されとりました、三ヵ月じゃありませんぜ、丸三年、馬の飼料で石炭掘りやら坑木運搬、三年というと十日間ですよ、今もって肚の虫がおさまらない、で、今夜のキャビアとウオトカは全部つめこもうと決心したわけ」

「結構な復讐ですな、ま、大いにやって下さい」

則光がテーブルの方に腕を振った。

「ところが、いざ、キャビアをやろうと思ったらあなた、どこにもありゃせん」

老いた新聞記者は舌打ちした。

「どいつもこいつも我先にキャビアをぱくつきやがる、わしがゆっくりウオトカをやってそれから一切れ味をみてやろうかとテーブルに目をやったら、まったく意地の汚い連中ばかりだ、シベリアでこっちは三年、馬車馬みたいにこき使われたというのに」

「シベリアはどちらで」

三宅は訊いた。

「転々としましたよ、囚人でしたからね、刑期未定のね、いつ帰国《ダモイ》できるかわからない、それが何ともやりきれなかったな、失礼」

ふらふらと立ち去りかけて、「何かわしにききやしませんでしたか」といった。シベリアの何という収容所だったのか、と三宅は同じ質問をくり返した。

「タイシェット、ブラーツク、イルクーツク、ハバロフスク、……どうしてそんなことをきくのかね」

「シベリアで一緒だった人たちと今も交際がありますか」

「ないね」

新聞記者はやや顔を伏せてその前で片手を左右に振った。「この世の地獄でしたよ、会えば昔を思い出す、二度と御免だね、一回も会っとらんよ」

「部隊はどちらでした」

「わしの？　黒河駐屯の連隊でしたよ、名ばかりの関東軍ね、いざとなったときはあっけなくこうですよ」

両手を上げた。あまりに無造作に上げたため手に持っていたグラスの中身がこぼれ、九谷保子と則光にふりかかった。

「おや、これは失礼をば」

新聞記者はハンケチで九谷保子の肩を拭こうとした。拭いているつもりなのだろうが、足もとが定まらないからハンケチをつかんだ手は宙を泳いでいる。

「結構ですわ、すぐに乾きますから」

「どこかであなたとお会いしませんでしたか」

新聞記者はしげしげと九谷保子の顔をのぞきこんだ。則光は三宅に片目をつぶってみせた。

「そうかもしれませんわ、長崎には仕事でよく来ますから」

「わたしはこういうものです」

新聞記者と旅行作家は名刺を交換した。

「行こう行こう、ここに居たらロクなことはない」

則光が三宅の背を押した。「あのおっさん、男と女が一緒にいたら必ず寝てるものと決めてしまうんだ、長崎のような狭い街ではそんな噂が拡がるには半日とかからない、被害者は多いんだよ」

「まさか、あの女とは初対面だよ」

三宅は人垣をかきわけて二人から遠ざかりながら則光にいい返した。ゴシップ魔の辞書には「まさか」という言葉はないのだ、と則光はいった。

「その証拠にほらさっきわれわれが見かけた銀行の貸出課長とキャバレーのマダムがいい仲だという噂の出もとはあのおっさんなんだが、今はそのことを疑うのは誰もいやしない、ゴシップこそ彼の生き甲斐なんだな」

と則光はいった。

「課長とマダムは清らかな関係なのか」

と三宅はいって生鮭の切り身をのみこんだ。「どうかな、と考えこんでしまわざるを得ないのだからゴシップ魔は既に目的を達したことになる」と則光。

「当人は不能なのじゃないか」

「ぼくもそう思う、やあ、これは……」

瘦せ形で浅黒く陽灼けした男が馴れ馴れしく則光と握手し、物問いたげな視線を三宅に向けた。則光は彼を三宅に紹介した。

「こちら伴さん、喫茶店と画廊を経営していらっしゃる、三宅さん、ルポライターです」

「…………」

三宅は耳を疑った。

「ボンジュール」

伴は口をあけている三宅の手をつかみ、じわりと握りしめて力をこめた。伴の肩ごしに三宅を見ていた則光がくるりと振り返った。新聞記者がもどって来たのだ。二人は額を寄せてしゃべり始めた。

「則光さんからあなたのことはうかがっていました、何度もね、本も買いましたよ」

「本を」

「あなたの本、まだ終りまで読んでしまっちゃいないけれど、面白そうですな」

三宅は口の中で礼の言葉を曖昧につぶやいた。伴は話しながらぴたりと三宅に寄り添った。この男は口をきく相手の体にさわる癖があるらしかった。壁ぎわに吉野がたたずんでいるのが見えた。黒っぽい背広を着た二人の男にはさまれて何か話をかわしている。吉野は黙っており、二人の男が吉野に向ってかわるがわる話しかけているように見えた。三宅は壁ぎわへ歩いて行こうとした。

「三宅さん、なぜぼくから逃げようとするんです」

伴は三宅の腕をつかんで離さない。逃げはしない、友人を見かけたから話をしたいと思ったまでだ、と三宅は答えた。

「お友達?」

伴はきょろきょろとあたりを見まわした。依然として三宅の腕をつかんだままである。ここは海上の船内だから友人とは必ず会えると画廊の主人はうけあった。

「三宅さん、一度うちの店に来て下さい」

そのうち、と三宅はいって伴の指を自分の腕からもぎ離した。壁ぎわに目をやった。二人の男と吉野はもうそこに居なかった。

「ぼくはあなたの役に立つことができると思いますよ」と伴はいった。

「なんだって」

三宅はきき返した。

「ぼくならお役に立つといったんですよ、あなたは探してるんでしょう」と伴。

「何を?」

「ぼくに訊くことはないでしょう、探してる本人がちゃんとご存じだ」

「どうしてわかる」

「勘ですよ、いや、そうではなくて、さっき芳賀さんとあなたおしゃべりしてたでしょう」

芳賀さんというと、と三宅が訊き返すと、背後に目をやって則光と向い合っている新聞記者を指した。「あのときもシベリアのどこにいたのか、とか何という部隊に所属していたのか、などとしつこく訊いてたじゃありませんか」と伴はいった。

「ルポライターはものを訊くのが商売でね」と三宅は答え、グラスを置いてステージに拍手をした。バンドはしばらく休むらしい。話が少しし易くなった。

「ものを探すのが商売でもあるでしょう」

三宅はあらためて自分の前に突ったっている男を眺めた。年の頃がまったく見当もつかない。たえず薄笑いを浮べている顔には艶があり皮膚の若さを思わせる。しかし目尻に寄っている皺はどう見ても二十代のものではない。きびきびとしていて無駄のない身ごなしだけから見れば二十代の青年だが、ある種の厚顔さを備えた口のきき方は四十男のそれだ。

三十二、三歳から五、六歳……と三宅は相手の年齢を踏んだ。

「ぼくがいくつか考えていたんでしょう」

三宅はうろたえた。

「ついでにどこで生まれたかも当ててご覧なさい」

伴はグラスを口に運んだ。「アルコールに強いようで」と三宅はいった。画廊と喫茶店の経営者は三宅に流し目をくれた。

「これは水ですよ、ウォッカに見えるでしょう、ぼくはからきしアルコールはいけませんでね、しかし場所が場所だから手ぶらで棒みたいに突っ立ってるのもおかしなもんでしょう、さっきから水ばかり、胃の具合がおかしくなっちゃった」

そういって腹を押えた。

「なら、ジュースをやれば」

「糖分と着色料がね、あれは体によくありません、で、どうなんです、あなたはぼくの質問に答えていない」

わからない、と三宅は答えた。年齢がか出身地がか、と伴は問い糺す。両方とも、と三宅はうんざりしながらいった。若く見えることに自信を持っている中年男、もしかしたら三十七、八いやとっくに四十歳に達しているとも考えられる。言葉に訛りがないから土地の生まれでないことは確かだ、かといって東京出身でもない、三宅自身、九州弁と東京弁のちがいについては初めて上京した時分に苦労したことがあるから敏感になっている。伴の訛りは東京弁に似ているようでもあるがそれとは異る。しかしどこかで聞いたようでもありどこであったか思い出せずに苛々する。

「考えこんでいますね」

伴は水をすすった。あなたと同じですよ、とグラスに唇をつけ上目づかいに三宅を見ていった。

「内地生まれの大陸育ち、あなたもそうでしょう」

「大陸はどちら」

「ほら始まった、そう来るだろうと思った。残念ながらハルビンじゃないんで、大陸は満洲国の首都、新京です、今は長春といいますね」

「内地に引揚げたのは」

「昭和二十二年でした、着のみ着のままでね、次の質問をどうぞ」

三宅は苦笑した。何気なく振り向くと芳賀記者が何喰わぬ顔をして耳をそば立てているのに気づいた。演奏がまた始まった。こんなところにいたのか、といってふらふらと中年男が二人の間に割りこんで来た。体は不安定でもグラスは中身をこぼさずに支えている。伴の腕を取り耳に口を近づけて何か囁いた。

「この人、本を書く人ですよ」

伴は彼を三宅に紹介した。麻生という内科の開業医だそうである。「本を書いてるというときみ作家かね」赤い目で三宅を見据えた。かなり酔っている。「伴といかなる関係かきかせてもらおうか」と重ねていう。小ぶとりで白い肌の持ち主である。三宅は彼のうすくなった髪を見おろすことができた。

「今夜、会ったばかりですよ、すみません、失礼しちゃって」

後の方は三宅に向っていい、伴は麻生医師を抱きかかえるようにして壁ぎわの椅子へ運んで行く。去りしなに三宅へ、

「また会いましょう、江戸町の店に来て下さい、きっとですよ」と念を押した。

「あいつは一体、何者だ」まだ医師は同じことを繰り返し短い脚をばたばたさせて喚いていた。

「珍しい所でまたお会いしましたね」

三宅は声の方を見た。ベンジャミン夫人に付添っていた日本人青年である。きのう、ホテルで三宅がベンジャミン夫人と話し合ったとき彼は通訳をつとめたのだった。どうしてここへ、と三宅は訊いた。放送局へ来た招待状の一枚を融通してもらったのだ、と青年はいった。続けて、

「ときにあの件、返事をきかせてもらえませんか」

「期限はあさってということになっていたはずだが」

「そうには違いないんですが」

「ベンジャミン夫人もここに来てるの」

三宅は周囲に目を配った。

「いや、彼女はご老体ですからこういう席には出られません」

「引き受けるかどうかは約束通りあさって返事をさし上げる、夫人には三宅がそういってたと伝えてくれ給え」

三宅もやや酔っていた。ゴシップ気違いの不能者と水ばかり飲んでいる年齢不詳のホモを相手にするうちに自分の頭も少しおかしくなったのではないかという気がして来た。豊満な乳房をもつロシアの若い女たちを期待してやって来たのに、目につくのは同じロシア女でも素手で錨を巻き上げることが出来そうな堂々たる体格の女ばかりで、なかには上唇に髭の剃りあとが明らかに見てとれる女もいる。東シベリアの炭坑婦が休暇をためて日本へ観光旅行をしに来たのだ、と三宅は考えた。

「悪くない条件だと思うんだがな、あれは」

青年はチーズをつまんではじを嚙みとり、チーズに残った自分の歯形をしばらく眺めてから三宅を横目で見た。

「条件がいいか悪いか、ぼくが決めることだ、失敬だぞ、きみ」

「これは失礼、しかし」

青年はチーズを全部、口に入れた。

「しかしもへったくれもあるもんか、ぼくに頼むのが厭だったら興信所がある、市には原爆資料課というセクションもある、なんなら紹介してやろうか」

「それには及びませんです」

青年はにんまりと笑った。

「なにがおかしいんだ」

「いや、別に、このことは三宅さんに申し上げましたかしら、あなたの著作を私がベンジャミン夫人に読んでさし上げたことは」

「ぼくの本を」

「そうです、〝長崎の二つの丘〟ね、あれは一番新しい原爆についての本ですから、で、ベンジャミン夫人は何ていったかといえば」

青年はチーズをのみこむまで黙りこんだ、自分の言葉が三宅の上にどのような効果を及ぼすか充分に計算した沈黙であった。（近ごろの若い者は……）と三宅は苦にがしい思いで相手の顔をみつめて肚の中でつぶやいた。栄養がゆきわたって手入れの良い肌の色合い、厭みにならない程度に肩をすくめる身ぶり、などはなかなかのものである。どういう伝手で財団にもぐりこんだのかしらないが、青年は三宅に対する自分の立場をわきまえそれを愉しんでいるように見えた。

「ベンジャミン夫人はホテルかい」

三宅は人ごみの間に則光を探しながらいった。

「なんですって……」

青年は虚をつかれたようであった。（それ見ろ）三宅は内心、凱歌をあげた。（何もかも自分の思い通りになると思ったら大間違いだ、この若造め）

「ベンジャミン夫人がいわれるには……」

咳払いをしてやおら重々しくしゃべりだした。

「結構だよ、きみ、あの本についてはいろんな人がいろんなことをいってくれる、何といおうとそれは読む人の勝手というものでね、今さらアメリカの敬虔なクリスチャンがどんなご託宣を下したかそれ程ききたいとは思わない」

「三宅さん、あなたはまるでベンジャミン夫人に敵意を持っているような口をきかれますな」

青年はすみやかに態勢をたて直した。

「冗談じゃない、敵意を抱くわけがどこにある、立派な御婦人ですよ、あの方は」

「ほらほら、そのいい方です、わたしにはちゃんとわかるんだから。でもいいんだ、このことを何もベンジャミン夫人に告げようとは思わないんだから安心して下さい」

急に青年はぞんざいな口調になった。

「きみには全く苛々させられるよ、肚の底で何を考えているか知らないが、もう少しまともな話をしたらどうなんだ」

「あなたはベンジャミン夫人の依頼を承諾するつもりなんでしょう」

「するかしないかはあさって返事をするといったばかりだろう」

三宅は気色ばんだ。

「忌憚なくいわせてもらえば、三宅さんは既に夫人の依頼に応じるつもりなので傷ついているんですよ、わたしも水割りを飲み過ぎてるからそのつもりで聞いて下さい、生活のために外国の老婦人が考えついた仕事を引き受けなけりゃあならない、あなたにしてみればどうでもいいことですよ、あんなことは、しかし報酬は無視できない、そんなこわい顔をしないで下さい、わたしのいってることが的を得ていないなら怒る必要もないじゃあありませんか」

青年はそれだけまくし立てると身をひるがえして去ろうとした。

「失礼ですが、そのベンジャミン夫人というのは先日テレビに出てたアメリカ人のことでは」

芳賀記者が青年の前に立ちふさがった。

「夫人に会わせて下さらんか、グランド・ホテルへインタヴューに出かけたら剣もほろろに追い返されましてな、おなたのお口添えでそこの所を旨く取りなしていただいて」

「夫人は単独のインタヴューには応じられません」

「弟さんの消息を知りたがっておられるんでしょう」

いったん遠ざかりかけた青年はまた戻って来た。三宅にちらと目をやって、

「あなたが知っておられるんですか」さっき押しこまれたポケットの名刺を取り出してあらためた。

「弟さんは亡くなられました」

という芳賀記者に、そんなことはわかりきっている、と青年は呆れ顔でいった。

「まあ先を聞いて下さい、弟さんの遺品を姉上は欲しがられんでしょうかな」

「遺品ですって」

青年は緊張した。

「いや正確には遺品と呼べんかもしれんがいわばそのうスーヴニールというべきか、記念品と呼べばいいか」

「どこにそれはあるんですか」

「引合せてくれますか」

「ベンジャミン夫人に何を聞きたいんです」

「いえね、わたしはこう見えても新聞記者のはしくれだから、単独ではインタヴューに応じない人から記事をとればいいんで、しかしなんですな、ご迷惑なら無理にといってるわけじゃありませんや」

芳賀記者はさりげなく背を向けようとした。「ちょっと……」青年はあわてて呼びとめた。なかなかやる、三宅は記者の売りこみ方に感心した。こういわれれば青年としても記者の申し込みを検討しないわけにはゆくまい。明日の午前九時、ホテルに電話をしてくれ、と青年はいっている。

「午前九時？　弱ったな、わしは血圧が低うござんしてね、十時を過ぎないと目が醒めんのですよ」

芳賀記者はタバコの煙を口から吹いて輪にした。

「じゃあ十時に……」と青年。

「困ります、十時に起きても出社するまでには一時間かかる所に住んでましてな」

「じゃあ何時ならいいんです」

いまいましそうに青年は訊き返した。まんまと相手のペースに引きずりこまれて歯噛みせんばかりに口惜しがっているのが表情に出ていた。

「十一時半はどうです、ベンジャミン夫人と昼食をご一緒するという案を検討してみて下さい、うちの写真部員をつれて行きます、そのとき品物を持参します」

「きっとですよ」

青年は念を押した。芳賀記者は「乾杯」といってウォッカのグラスをさし上げ、ふらふらしながら立ち去った。

青年は舌打ちをし、

「老獪な爺め」といった。

「彼はきみより一枚うわ手だったわけだ、これは愉快だ」

三宅はグラスをゆさぶって水割りの氷をかちあわせた。

「嬉しそうですな、三宅さんは」

「芳賀記者がいうところの記念品について心当りがあるんだがね」

そういって三宅は氷のかけらを口に含み音をたてて嚙み砕いた。すかさず青年はとびついた。三宅が残り少なくなったグラスをのぞきこんでいると、雑踏をかきわけてテーブルへ突き進み新しいグラスとかえて来た。

「きみ、ウオトカはソヴィエト製だろうがウィスキーもそうなのかね、そうだとしたらなんてブランドなのかな、アルコールには目のない人種だもの国産のしろものもあるはずだよな」

「ええ、アルコールに国境はないといいますね、で、記念品というのは」

青年はせき立てた。じれったそうに靴の爪先で床を小刻みに叩いている。

「アルコールに国境はない、というのも至言だが、正しくはアルコールに主義はないというべきではないかな、帝国主義国で生産されたアルコールも乙なものでしてね」

三宅はグラスを口に当てた。

「ベンジャミン夫人がいわれるには、あなたの本の要点をぼくから聴いてからですよ、いわれるには、罪を犯したのはアメリカ人であるはずなのに、なぜ生き残った人々が死者に対して罪障感を持つのか、そこがわからないということなんですよ」

「きみ、被爆者の手記を今までに何冊読んだのだ」

「あなたの本が初めてですよ」

「ぼくは被爆者じゃないよ、ただのルポライターだ」

「読まなくたって何が書いてあるかわかりますよ」

「どうしてわかる」

「どうしてって……そりゃあぼくにも想像力がありますから」

「それではきみの想像力に対して乾杯」

青年はおざなりにグラスをさし上げた。

「海兵第四師団とかいってたな、サイモン君の所属は」

「ええ、砲艦ウェーキに乗り組んでいて昭和十六年十二月八日に日本海軍に拿捕されたってわけです」

「明朝、芳賀記者がホテルに持ちこむのはウェーキの軍艦旗だと思うよ、遺品とはいえないが、ベンジャミン夫人なら弟をしのぶよすがとして受け取るだろう、記念品とはあのおっさんもうまくいったものだ」

「なぜ三宅さんがそのことを知ってるんですか」

新聞で読んだ、とは三宅はいわなかった。三月ほど前に長崎新聞の社会面に小さく報じられた記事があった。日本海軍の駆逐艦乗員であった元下士官が、ウェーキを拿捕した当時、記念として保存していた星条旗を長崎新聞に持ちこんだのだった。芳賀記者がホテルを訪れる時間をわざとおくらせたのは、どこか編集室のロッカーにでもほうりこんである旗を探すための時間が欲しかったからであったのだろう、と三宅は推測した。がらくたが思いがけなく役に立ったわけだ。

ベンジャミン夫人がテレビに登場して原爆記念館の資料をつのったとき、解けた瓦やビール壜と一緒にあの星条旗も持ちこまれるのではないかと三宅は予想していたのだが、案に反して則光に糺してみたところでは旗のことを通報して来た者はないというのだ。

戦後三年目に帰国した芳賀記者が被爆したアメリカ海兵隊員について詳しい情報を持っていようとは思われなかった。（それにしても……）三宅は終始、落着きはらっているかに見えた財団の青年が、老新聞記者にてもなく翻弄されたさまを思い出して頭を振った。あれが年の劫というものかもしれない、三宅は人垣の向うに芳賀記者を探した。彼に向って手を上げる影があった。三宅は目を凝らした。吉野高志である。船室の反対側にたたずんでいる。

三宅はグラスを手近の台に置き、そそくさと友人の方へ歩き出した。ところがちょうど一団の客が密集した形で彼の行く手をふさいだ。彼らを迂回しようとするとテーブルに突き当る。そのテーブルの向うに出るには吉野からいったん遠ざかる方向へ移動しなければならない。吉野はそれに気づいたらしかった。

指で自分の顔をさし、もう一方の手で三宅を指して押しとどめる身ぶりを示す。自分がそちらへ行くから三宅は動かずに待っておれといっているようだ。わかったというしるしに三宅は大きくうなずいておいて壁ぎわにさがった。

「こんな所にいらしたの」

横から声をかけたのは九谷保子である。三宅を探していたという。長崎を取材するについて三宅の助言を得たい、と旅行作家はいった。

「ぼくがプロの旅行作家に教えることは何もないよ、陳腐で月並で平凡な長崎のことしか知らないもの」

「陳腐結構、月並結構、平凡なおさら歓迎だわ」

「いいのかい、そんなやりかたで」

「特集というものは大先輩を前にしていうのもなんですが、陳腐で月並でなければ特集といえないの、それに平凡がつけばもはや成功疑いなし」

ろれつの回らない舌で九谷保子はいった。テーブルに並んだグラスに目をすえてよろめきながら接近しようとする。前後に体が揺れて、テーブルと女との間をしきりに客がかすめるものだから、そのつど女は肘や腰で押しのけられていっかな目的のグラスを手にすることができない。

三宅は通りかかった男を手で制しておいて九谷保子のグラスを取りかえてやった。「あなた、誰にも親切なの」女はグラスに唇をつけ、一気に三分の一ほどをあけてからいった。一人でパーティーに来たのか、と三宅は訊いた。視野の端で吉野を認めた。人ごみをかき分けながら少しずつ近づいてくる。

「三宅さん、あなたはあたしが酔ってて一人では帰れないんじゃないかと思ってるんでしょう」

その通りだ、と三宅はいった。

「正直におっしゃるのね、どういたしまして、このくらいのお酒で酔っ払うと思って？　どこを見てるの」

三宅は吉野を目で探している。ついそこまで来ていたと思う。商工会議所の会頭と銀行の貸出課長が片言の英語でロシア人女性としゃべっていたあたりである。彼らの姿にさえぎられているだけなのかもしれない。

「名刺をいただきたいわ、おさしつかえなければ」

名刺はない、と三宅はいった。旅行作家を押し付けられて喜びそうな男を客の間に探した。見たところ誰もめいめい相手をつかまえてここを先途と口をぱくぱくさせており、手持無沙汰な顔をしているのは一人もいない。

「御住所をうかがっておこうかしら」

どこから出したのか女はもう小型の手帖と万年筆を構えていた。かつて住んでいた西小島町のアパートを教えておこうかと思ったが、考え直して本当のことを告げた。

「住所が決っていないですって、じゃあ毎日、ホテルずまいってわけ」

三宅はうなずいた。

「素晴しいわ」

三宅は女が何か勘違いをしていると悟った。ホテルはホテルでも一泊千円以下の木賃宿なのだが、敢てその辺の事情を説明する気にはなれない。今夜はどこのホテルに泊っているのか、と女は訊いた。三宅は口から出まかせにある連れこみ専用のホテルの名前をあげた。女はつかのま目を光らせたように見えた。

「その経費はもちろん版元が負担するんでしょうね」

「版元が……」

「もっか執筆ちゅうの作品を出版する所がですわ、そうではありません？　でも御自分の本を出した会社が倒産するのはあまり愉快なことではありませんわね」

「倒産というと、どこかが……」

「あら、御存じではありませんでしたの、あなたの本、ええと〝原爆の二つの顔〟じゃあなくて、〝長崎の二つの原爆〟でもなくて、失礼、あたしこの頃ど忘れすることが多くて、うちの電話番号まで、本当と思えないでしょ、それが本当なの、あたし何の話をしていたんだっけ、……〝長崎の二つの丘〟、そうそう、あなたの御本について話していたんですわね」

「版元が倒産したとかいってたよ」

「そうそう、〝長崎の二つの丘〟を出した黒馬書房が、このことは無論ご存じですわね、あたしが東京を発つとき、神保町の古書店に黒馬書房の本がどっさりゾッキ本になって積んでありましたわ」

「ぼくの本をあなたは古本屋で買ったわけだ、いくらだった、三割引き、それとも四割引き?」

「せんからあそこの手形は落ちないいって噂が流れていましたからね、内情は苦しかったらしいの、でも三宅さんはちゃんと印税を支払われた後だったんでしょう、あたしの知ってる人で原稿を五年がかりで書いて社へ入れて紙型まで出来あがったところで債権者に差押えられ、頭かかえてる人がいるんですの」

三宅は女のよく動く唇を見ていた。印税を支払われた後だったんでしょう、かと苦にがしく肚の中でつぶやいた。神田のゾッキ本専門店の店先に埃にまみれて積み上げられている自分の本を想像した。印税を支払われないことより、それらが紙屑同様の取り扱いをうけることを考えて胸が痛んだ。売れ残ったゾッキ本は機械で断截される。三宅は神保町をぶらつくとき、つぶれた出版社から流れて来たとしか思えない新刊書が古本屋の軒下にうず高く重ねられているのを見て、著者の表情を想像したものだった。自分の本がそうなるとは思ってもみなかったが、三流の版元から出したのであれば別段、意外なことでもない。

「あたしも自分の本を出すときは用心しなければ」

と九谷保子はいった。

「そうだ、用心するにこしたことはない」

三宅はいった。あの男はベンジャミン夫人の秘書ということだが、黒馬書房がつぶれたことを知っていたのではあるまいか、とルポライターは考えた。小憎らしい若造とまた対面することになる、三宅はいささかうんざりする思いで、グラスの中身を口に注ぎこんだ。わきに目をやったとき女は消えていた。そのとき拍手が湧いた。ステージで演奏が始まった。三宅はさっきの演奏がいつの間に終ったのか知らなかった。

十六

「欠勤届を出しさえすれば何日も休んでいいということにはなっとらん」

社長はこれで何回、同じ台詞をくり返すことになるだろう、と吉野高志は思った。病気ならやむを得ないが、家族に問い合せてみたら病気ではないという、気晴しの旅行ではないか、けしからん、と社長は自分で自分の言葉に憤慨した。

「気晴し、といいましたか、中津君の家族の誰かが」

吉野はきいた。

「あ？　いや、家族がそういったわけじゃないが当節の若い女が旅行するのなら気晴しにきまっとるじゃないか、そうだろう」

「家の人も中津君がどこに行ったか知らないといってるんですね」

「実は知っていて黙っとるのと違うかな」

社長の肩ごしに吉野は戸外を見ていた。灰色の雲がひろがっている。大気は重く湿気を含んでいて五月下旬とは思えないほど蒸し暑い。雨になるかもしれない、傘を持って行こうか行くまいかと吉野は迷っていた。アタッシェケースとは別に傘を持ち歩くのはさほどの重さではないにしても気分的に厄介だった。

「きょうの予定は」

社長が訊いた。

「正午までは愛后町のモーテルをまわります、午後はキャバレー二番館の支配人と会ってステージの注文をとってきます」

「二番館の社長はうんといってたんだが」

「あそこの社長は名ばかりで支配人の承諾がなければ小切手一枚切れないんですよ」

「見積書は出してるんだろうな、契約は三ヵ月とかいってたな」

「半年です、社長がまちがえちゃあ困ります」

「あれがとれると有り難い」

「くどいようですが、支配人にはちゃんと手をうってるんでしょうね」

吉野は念を押した。

「つかませてるとも、リベートを当り前と思ってる御仁だもの手こずったな、ま、しっかりやってくれ」

いったん手にした雨傘をドアの所まで行ってから引き返して机の下に戻した。このごろ体の具合はどうか、と社長は訊いた。悪くない、と吉野は答えた。

「そうだろう、ひところよりぐんと顔色が良くなったし、元気そうだ、しかし無理はしないようにな、君に休まれたらうちはお手上げだ」

吉野はエレベーターで降りた。お手上げだというならもう少し給料を増やしてくれて良さそうなものだと思う。注文をとり単価を計算して請求書を発送し集金に出かけるのは吉野である。もともと事務的な仕事は弓子の役なのだが、欠勤しているからその分を社長と二人で分担しなければならない。

事務所の間代、資材費、社員の給与、諸雑費の合計と売り上げ金額はおおよその数字ならたちどころに計算できる。（きみたちに払っているサラリーが充分だとはわたしは決して思っとらん、もっともっと出したいのはやまやまだが、わが社の内情はきみたちが見ての通りだ、給与についてはかけねなしにこれだけがぎりぎりだ、わたしもこれから精一杯努力してみる、きみたちも頑張ってもらいたい、売り上げが増えてわが社の借金が減ったあかつきは、そのときこそどこにもはずかしくない給与を出そう……）

社長は給料日にきまってこのような演説をした。退社時刻になると聞えよがしに同業会社を例に引いて、（わが社が高い給与だとは思っとらんが、他社にくらべてとびきり安いとは思えん）などといい出す始末だ。

吉野は電車に揺られながら弓子のことを考えた。アイスクリームがおいしい季節だと話してからまだ三週間と経っていないのに、三年ほど経過したように感じられる。体に気力がみなぎるのを覚え、樹木も青空を流れる雲も光り輝くように見えたあの日のことを吉野は回想した。弓子と共に眺めた窓外の光景を今度は一人で見ている。華やかな色彩でいろどられ、目にまぶしかった市街が、今はすべての色彩を喪い爬虫類の皮膚さながらどす黒い色合しか感じさせない。

（六月一日から運賃改正されます、定期券は……）

窓枠の上部に赤い文字が並んでいる。そういえばアメリカの何とかいう財団に返事をするのはきょうまでだった、と吉野は思った。ソヴィエト連邦赤十字に対しては六月一日が期限である。吉野は両方とも断わるつもりでいる。これについてはバイカル号で催されたパーティーに出席した折り、ちゃんと自分の態度を明らかにしているし、アメリカ側にはＮＨＫの記者と佐々木医師を通じてはっきりと断わっている。

しかし両者は吉野の気持が変ることもあるからといい、最終的な態度を決定するまでになお一週間から十日の余裕を与えたのだった。結局、吉野の気持は変らなかった。

「うちは広告取り、新聞勧誘、寄付集め、セールスマンなどとはいっさい会わないことにしてるから」

吉野がホテルの事務室にはいって行くと、窓を背に坐っていた男が早口でいうなり顎でドアをさした。一昨日、電話をして会うことになっている長崎アート企画の者だといって吉野は男の机に歩み寄った。相手は名刺に視線を

向けず
「電話をしたって、誰に」という。吉野は名前をいった。

「溝口といったかね、その男、溝口はわたしだがそんな電話をうけた覚えはない」

吉野は手帖をあらためた。間違いはない。声にも聞き覚えがある。きょうは虫の居所が悪いのだろう。よくあることだ。一応、説明だけさせてくれ、と吉野はいった。

「どうせしても無駄だろうよ、その間によそをまわった方がいいんじゃないかね」

三分間だけ時間を下さい、と吉野はたのんだ。そういって追い出されなかったらもうしめたものだ。鞄からチラシ、中吊り広告、映画館用のスライド見本を出して素早く男の机にばらまいた。

「おいおい、仕事が出来なくなるじゃないか、さっさと片付けてくれ」

「はい、ただいま」

「当節、不景気だからねえ、削減できる経費は一円でも節約しなきゃあ、しかるべき広告はちゃんとやっておるんだから」

「不景気だからこそ宣伝に力を入れると皆さんはおっしゃいます」

見本をケースにしまいながら吉野はいった。「そうしたいところだがな」男は無愛想にいった。

「平和町の国際ホテル、昭和町のニュー・オランダホテルなど広告予算を二倍に増やされたとうかがっております」

「国際とオランダがね、あのどケチ野郎が信じられんな」

男は目を宙にすえた。

「テレビでもラジオでもスイッチをひねればあのホテルの名前が最近はよく出ますでしょう、思い切ったことをするもんですね、業界では話題になっております」

「放送媒体ってやつは見た目に派手でも手応えのないもんであってね、あれも所詮、ざるで水を汲むみたいなもんだ」

「いちがいにそうとばかりはいえないようですよ」吉野は椅子に腰をおろした。「なんですか、オランダさんなんか一週間もたたないうちにぐんと水揚げが増えて、パートのクラークを常傭いにしたり、旧館の内装を新しくしたりしていますからね」

「ふん、放送が続いている間は一時的に客が増えてもだな、CMをやめるとばったり客足が途絶えることになるだろう、旧館を改築した費用だけ赤字になりゃあせんかね、素人ならおたくの話にひっかかるかもしらんが、そうは問屋がおろさない」

「わが社のマーケット・リサーチによりますと、二、三年前までは確かにおっしゃる通りの状況だったんですが、最近はモータリゼイションとかで客あしも質が変ったようですよ」

五十がらみの事務長は傾聴する姿勢になっていた。この年配は戦争ちゅう中学生であったはずで外国語に敏感である。市場調査というより片仮名をまくしたてる方が効果的だ。

「どう変ったんだ」

そういってタバコをくわえる。すかさず吉野はライターで火をつけた。

「以前は八割から九割が市内の客だったんですが、最近は市外からもやって来るそうです、ご承知のように市外からのは固定客になりますからこれは強いですよ」

「市外からの客ね、その話は本当だろうな」

「嘘をいって損をするのは結局うちの方ですよ」

「調べればすぐにわかることだしな」

うまくゆくという感触がこのとき初めて生じた。椅子にかけるまでは九割がた諦めていたのだ。事務長は電話をとってぞんざいな口調で誰かと数分間しゃべった。

「明日また来てもらおうか」

受話器を置いた事務長は吉野にいった。

「は、明日ですね、何時頃うかがいましょうか」

「そうだな、午後一時頃な」

「よろしくお願いします」

吉野は机の前で男に深ぶかとお辞儀をし、ドアを出しなにもう一度、頭を下げた。明日、ここを訪れたからといって広告がとれるとは限らない。一晩ねむった後で気が変る依頼主《クライアント》はざらにいる。そうやってふいになる商談の方がむしろ多いくらいである。しかし断わられるのも注文のうち、と吉野は思っている。すげなく追い返されるより、翌日の約束《アポイントメント》をとることが何倍もいいにきまっている。

廊下ですれちがう従業員一人一人にも丁寧に頭を下げて吉野は外に出た。公衆電話で社長に今のことを報告した。問い合せが会社にはいった場合、話がどの程度すすんでいるかを社長は知っていなくてはならない。吉野は自分がさっきのやりとりをかなり面白がっていたことに思い当った。

以前であればこういうことは職業とはいえ平静に受け答えすることができなかったのである。たいてい、訪問先ではけんもほろろにあしらわれる。店によっては塩も撒きかねない勢いで追い払われることがある。たちの悪い広告代理店の男がいて、痛い目にあっている依頼主もすくなくない。

ところがきょうはのっけに手ごわい相手とぶっつかり早々に退散させられそうであったのに、自分の他にもう一人の自分がいて、二人のやりとりを冷静に見物していたような感じがする。自分も事務長とかいうあの男も舞台にあがった俳優同士で決められた筋書き通りに暗記した台詞をしゃべっている……。そう意識されるので、いつもは感じる屈辱や敗北感とはきょう無縁でいられた。

こうして吉野は正午までに三つのホテルを訪問し、うち一つのホテルからは注文をとり、一つからは断わられ、最後のホテルからは明後日にもう一度くるようにといわれた。まず上乗の出来である。仕事が予想外にうまく運ぶと心が浮き立つ反面、むなしさも同時に味わわなければならない。
吉野は浜町の小さな喫茶店で紅茶を前にして自分の体内でしだいに濃くなる「むなしさ」の感覚に当惑していた。全部のホテルからかりに断わられていたら、「むなしさ」どころの話ではない。徒労感は今までしこたま味わっている。二度とひと頃の恥辱感を味わうのは願い下げだ。この仕事を始めた時分は毎日、にがい絶望の塩をなめ続けたようなものであった。新参とて依頼主のご機嫌をとり結ぶこつを知らず、そっけなく扱われるとあっさり引き下る始末で、せいぜい月に一件か二件安い単価の注文をとるくらいだった。その頃にくらべると今や長足の進歩をとげたといえるだろう。

吉野はアーケードの下を行きかう通行人に視線を注いでいた。色とりどりの服装をした女たちが歩き男たちが歩いた。吉野の前をすぎるとき女たちは一様にガラスの内側をのぞきこむ身ぶりを示したが、実はそうではなくて外から暗い喫茶店をうかがうことはできずただガラスに自分の姿を映してみているだけのことだとわかった。気ままな歩度で通りをぶらついてきて、たまたまそこにあるガラスを鏡がわりに自分の姿を投影してみる、そのとき女の顔は瞬時ではあったが夢みるような表情を装うのだった。吉野は椅子に深く腰をおろしてそうした女たち一人一人をガラスの内側から見ていた。胸の裡にわだかまっていた「むなしさ」がいつのまにか甘い憂愁にとってかわった。バネが利いた椅子のクッションが快かった。小暗い照明も苛立った神経を休めるのにちょうど良かった。低く鳴っている音楽も彼を慰めた。仕事がうまく運んだ場合に（そのために自分は生きているわけだが）「むなしさ」が避けられないとすれば、自分は結局「むなしさ」を嚙みしめて生きる他はない、と吉野は考えた。

紅茶はすっかり冷えていた。彼は受け皿にのせてある輪切りレモンに薄く砂糖をまぶして口に入れた。酸味が舌を刺した。素早く歯で嚙んで紅茶を含んだ。弓子に教えられた食べ方である。レモンを浮べると紅茶の色が薄くなる。そういって彼が手をつけないでいると、どうやって食べるかを示した。二本の指でレモンの端をつまんでひょいと舌にのせた。白い歯の間から突き出した弓子の舌が目に浮んだ。

どこに居るのだろう、吉野は考えた。口の中にレモンと紅茶の香りが拡がった。歯のすき間に何かがはさまっていた。歩きながら舌で探った。奥歯にレモンの皮がひっかかっている。バイカル号のパーティーでもこんなことがあった、あれはレモンの皮ではなくて、ハムのかけらがはさまってそのことが妙に気になったのだ。

三宅鉄郎が来ているのを認めて歩み寄ろうとしたとき、アパートを訪れた駐日ソ連邦大使館の二等書記官とかいうワシレフスキーと飯田と名乗る男が吉野に声をかけた。

モスクワへ行く気はない、と吉野がいうと、飯田は、クリーヴランドへ行くつもりなのかとたずねた。アメリカにも行かない、と吉野はいった。二人は顔を見合せた。

（もちろん、モスクワで治療をうけても百パーセント治癒するとわれわれが保障するのではありません、それが出来たらどんなに愉快かと思うんですが、しかし吉野さん、考慮してみて下さい、白血病においてはモスクワ大学の研究所はアメリカに優るとも劣りはしません。彼の地で専門医たちが万全の治療をほどこす準備をしています。新しい抗生物質も開発されつつあるんです、すなわち大陸には希望が存在するのですよ）

飯田は熱っぽく説いた。

その間、吉野はしきりに舌先を口の中で動かして歯列の間にはさまったハムのかけらを除こうと苦労していた。ロシア人も飯田のいうことにその通りだというように言葉の区切りごとにうなずいて、吉野を力付けでもするように微笑みかけた。二人の口からはひとしくウォッカの匂いが洩れた。

（モスクワにもクリーヴランドへも行かない、なるほどそうすると吉野さん、あなたは長崎大学付属病院に通っていたら回復すると思っているわけですね）

飯田がいった。それに対して吉野はあることをいった。以前からそういおうと用意していたのではなくて、汗を額に滲ませていっしんにかき口説く飯田を見ているうち自然に口をついて出たのである。飯田はそのとき自分の耳が信じられないふうであった。

（本当に、本当にあなたはそう思ってるんですか）

大使館員はバンドの音に負けまいと声を張り上げた。ステージは五、六歩はなれた位置につくられてあった。耳もつぶれんばかりに「モスクワ郊外の夕べ」が演奏されている最ちゅうだ。

（申し出には感謝します、ぼくのような者を治療してやろうという御厚意は有り難いと思っています）

吉野はベンジャミン夫人の秘書にいったことと同じ言葉をくり返した。ロシア人は不思議な獣を見る目で吉野をみつめ、一瞬、目を閉じて頭を振りまた開いた。（健康になりたいとは思いませんか、吉野さん、いや少なくとも健康になれる機会を自分でつかみ取りたいとは考えませんか）

（今のところぼくは健康です）

吉野は答えた。

（今のところは元気でしょうが、先では……）

そこで飯田は言葉を切り、後は口を濁した。広報担当官が何をいいたいかは吉野にわかった。先では脾臓が腫れ、歯茎から出血し歩行どころかまとまった眠りさえ不可能になる、といいたいのである。われわれはお前の苦痛を軽減してやろうといっているのに……。吉野に不可解だったのはソヴィエト政府がなぜ自分を選んだのかということだった。慢性骨髄性白血病にかかった病者はソ連邦に一人も存在しないのだろうか、そんなはずはない。わざわざ外国人を呼び寄せる理由は何だろう。それも名のある政治家か科学者ならうなずけることだが無名の広告取りを選んだのはどういうわけなのだろう。

（こうしましょう、六月一日まで返事を待つことにしましょう、わたし宛てに返事を電報で打って下さい、住所は先日さし上げた名刺に書いてあります、われわれは希望をすてません、いいですね、あなたの気持が変るように祈っています、人生は長いのですから）ワシレフスキーが吉野にグラスを渡し、（ヨシノサンノケンコウノタメニカンパイ）とたどたどしい日本語でいってグラスを合せた。吉野はただ、乾杯、といっただけだった。

一気にあおったのがいけなかった。

しばらくは平気だったがやがて床がおもむろに揺れ始めた。吉野は壁づたいに出口へ進み、通路を手すりにつかまって上甲板までやっとのことで這いあがった。酔いは急激に来た。吉野はデッキの一角に腰をおろし風に吹かれた。眼下に夜の黒い海があり、街の明りがさかさまに映えていた。

酔い心地は悪くはなかった。昂然とした気分で吉野は水に映る火を見ていた。自分が二人の大使館員に何と答えたか、その答えが自分の将来に何をもたらすかはわきまえているつもりであった。それゆえある種の昂ぶりを内心に覚えないわけにはゆかなかった。吉野は通風筒に背でもたれ、膝をかかえて膝に自分の顎をのせた。甘ったるい廃油の臭気が立ちのぼって来た。舷側をひたひたと打つ波の動きが耳に入った。風は生ぬるかった。闇に目がなれるにつれて、そこここの物かげで抱き合っている男女が見分けられた。彼らはマストやブリッジが投げる影の中に、めいめい一定の間隔をおいてたたずんでおり、おたがいに相手の体をまさぐりながら低い声でささやきあっていた。

吉野の前後左右に一組ずつ男と女がいた。

風がやや冷たく感じられ、酔いも醒めたように思われたので吉野は船室に降りた。パーティー会場に入るやいなや熱っぽい人いきれが彼を包んだ。全員が口を動かしていた。大声を張り上げてしゃべるか、料理を詰めこむかどちらかに懸命の様子である。二人の説得を拒んだ今となっては、吉野に対して何の関心も示さない人々がかくも多勢おり夢中になって自分のしたいことをしているさまを見物していると妙に気持が安らかになった。

吉野も鰊の燻製をつまみ、ウィスキーの水割を飲んだ。客の中に立ちまじって彼らがする通りに振舞っていると、自分もまた健康そうに見える他人と何等かわる所はないように思われた。

テーブルの向うに三宅がいた。ベンジャミン夫人の秘書と向い合って何かしゃべっている。二人に背を向けて痩せさらばえた初老の男がグラスを手にたたずんでいた。長崎新聞の記者であることを吉野は知っていた。少し離れた所に則光が若い女と話しており、その女は則光に合槌を打ちながら絶えず三宅の方をぬすみ見ていた。

吉野はどこからか自分もみつめられているような気がして、あたりを見まわした。あわてて顔をそむけた男が二人いた。さっきの連中である。十メートルほど離れた壁ぎわから吉野を観察しながら何かささやきかわしていたのが、吉野の視線に気づいて目をそらしたのだ。帰っていい汐時だ、と吉野は思った。彼にモスクワへ来るようにと誘っていたときのことさら人間的な誠実味を装った表情とはうって変って、遠くから吉野をみつめている顔付は鉱物の標本でも見るようにひややかだった。

引き揚げる前に三宅をつかまえ、今どこにいるかを訊いておこうと思い、ちょうど視線が合ったので手を上げて呼びかけ、三宅の方へ近づいて行った。

酔った男女が吉野の行く手をさえぎり、まっすぐ歩くのは困難だった。幾度も客にぶつかっては迂回することをくり返し、ようやく三宅の所へ近づいてみると、さっき則光と話していた若い女が三宅の腕をつかんで何かしきりに口を動かしている。胸ぐりの大きいドレスは吉野の常識では酒場づとめをする女だけが着るしろものである。女はグラスを持たない方の手でネックレスをいじって、相手の目を自分の胸もとにひきつけようとしているように見え、それは半ば成功していた。三宅が女を見るときはともすれば顔よりも胸の方に視線が動いていた。

吉野は二人がしゃべり終るのを待った。

手持ぶ沙汰なままぼんやりと四周に目をやっていると三宅たちに注がれている幾つかの目を発見することになった。老いた新聞記者が見ていた。スナックのマスターが見ていた。則光が見ていた。ベンジャミン夫人の秘書がそれぞれ違った方角から見ていた。

吉野は船室を後にして上甲板へ出た。彼がいつ女から解放されるかわからない。蒸し暑い会場で待つより、パーティーがおひらきになって帰る途中で落ち合うのがいいように思われたのだった。涼しい風に身を包まれてデッキで休んでいるのが数等らくだった。長い間、吉野は三宅と口をきいていない。たまさか遠くから見かけることはあるけれどもそのつど三宅の顔はけわしさが目立つようである。肉が落ちて陽に灼けただけのことかもしれない、と吉野は思い返した。

人垣の向うに三宅を見たとき湧きあがった感情は弓子に対する思いとは別のものであるが、強さにおいては同じである。これを何といえばいいのだろう。三宅と親しく口をきいたのは高校時代の三年間にすぎない。一緒に居た日々より別れ別れに暮していた日々が何倍も長い。それでいて顔を合せればつい昨日まで同じ屋根の下で生活していたような感じがして、話すことは何もないのである。学生時代からそうだった。

あるとき、夜おそくまで吉野が三宅の部屋に居て、帰る段になって雨が降り始めたので三宅は傘をさして歩いて半時間ほどの距離にある吉野のアパートまでついて来た。アパートに着きはしたものの三宅とそこで別れにくく、吉野は今度は自分の傘をさして三宅と共に来た道をふたたび彼の下宿まで引き返した。彼と何か大事な話をしていたのではなかった。長い間、別れていてその晩、久しぶりに再会したのでもなかった。昼間はちゃんと学校で二人ともいつものように授業をうけていた。そういうことがあるのは一回や二回ではなかった。少年期の友情は恋愛に似ている……ある本で吉野はフランスのモラリストが書いた言葉を読んだ。あるいはそうかもしれない、吉野はその言葉を抵抗なく受け入れた。


キャバレー・二番館の支配人が指定した時刻は午後二時である。

指定された時刻に訪問しても会えたためしはなかった。たいていそれより一時間はおくれる。だからといって三時に訪れると、指定した時刻に来なかったといって門前払いを喰わされる。吉野は時計を見て二時までに一時間強のゆとりがあることを確かめ、キャバレーから歩いて十分とかからない繁華街の裏通りへ足を向けた。

訪ねて話を聞きたい家があった。

表通りから狭い路地に折れて古めかしい格子造りの家が続く裏通りに入ると、ここは人通りもまばらで別世界のようにひっそりとしている。市街の中心地とは思えない閑散とした一画である。吉野は手帖を開いて所番地を読み、電柱の番号と照合した。家を探し歩くのは仕事がらなれていた。

軒しのぶを吊した二階建が目ざす家である。玄関に出て来たあるじらしい人物に、土屋茂三郎さんは、というと、すぐ奥に引っこんでかわりに浴衣姿の老人が現われた。

「市の原爆資料課の紹介でうかがった者ですが」

と吉野はいい、許しを得ずに上り框に腰をおろし鞄から地図を出した。

「ＡＢＣＣの人ですか」

と老人は訊いた。そうだともそうでないともいわず、あの日は浜口町にいたと聞いているが、といった。老人は特別被爆者手帳を持っている、と答えた。

「原爆病院の人ですか」

と老人はおびえた目を向けた。「体はご覧の通りぴんぴんしとりますばい、リュウマチはわしの持病ですけん」

協力してもらいたいことがある、と吉野はいった。地図を示して浜口町と書いた区画のどこに老人は住んでいたのか、と訊いた。土屋茂三郎は四つん這いになって地図に覆いかぶさり、紙面をなめんばかりに顔を寄せた。

「深堀、相川、佐藤、光富、中村、園田…………」

あとはぶつぶつと唇だけを動してつぶやく声しか吉野には聴きとれない。氏名を記入していない矩形のどれかが土屋老人の家であったはずである。「ううむ」と唸ったなり老人は黙りこんだ。

「どうですか、思い出されましたか、土屋さんのお宅はどのあたりか見当がつきますか」

「なんでこがんことばするとね」

老人は這いつくばったまま首だけ吉野の方にひねった。詰問する口調ではなかった。いぶかしくてならない、といった表情である。

「ピカが落ちた日に、誰がどこにいたか知りたいだけです、ただそれだけ、迷惑は決しておかけしませんから」

「そがんいうて前にも誰か訪ねて来なったばい、あれは市の人やった、あんたはどこから来なったとね」

自分一人で調べて地図を作っているのだ、とついに吉野は本当のことを白状した。どこから来たかを曖昧なままにしておいて、当時の住居をきき出したことは何回かあったけれど、土屋老人の執拗な質問には身分を明らかにする他はなかった。

「そうやろう、あんたは市の人のごとなか、ABCCの人のごとも見えんし、原研内科の人でも学生さんのごとも見えん、かというて新聞記者でもなかごたる、初めからおかしかと思うとったですたい……一人で復元地図ば作りよりなるって、よろしい、そのわけばきかしてくれんね」

「わけは別にこれといってないんです」

「あんたもピカにやられなったとね」

「浦上におりました」

「そいで今どげんもなかと」

「まあどうにかやってます」

「ふうむ」

土屋老人は吉野を目で撫でまわした。「浦上でピカにやられて元気に働いとるちゅう人とわしは初めて会《お》うたばい」

「おじいさんも達者のように見えますよ」

「西川さんの隣ね、ここは菅原さんてなっとるが、菅原さんは七月末に時津の方へ疎開しなって後は確か萩野さんちゅう三菱の工員さんが借りなった。それから萩野さんの向う隣のここは何も書いてなかばってん、金田さんちゅう朝鮮人が住んどったごたるが、いや金田じゃなくて金本というたかな、金本、金田、うん、やっぱり金田ばい」

吉野は地図に鉛筆で金田と記入した。菅原と書いておいた矩形には棒を引いておいてわきに萩野と記した。土屋老人は訊いた。

「これをあんた一人で作りなったと」

そうだ、と吉野はいった。

「こうして地図ば見とると何か変《へん》なか気分になってくる、ほら金光教の上条さんの隣に岸田さんちゅう家がある、ここにわしはよく将棋うちに通うたもんばい、染物屋の田代さん、鉄工所の斎藤さんね、ここの奥さん方はわしの次女が生まれたとき乳が足らずにお願いしたもんですたい、あの人たちの名前が書いてある地図ば見とるとまだ生きてあそこにちゃんと暮しとるごたる気になってくる、昔のまま、浜口町やら松山町やらあるごたる気になってくるばい」

土屋老人は目やにの溜った目をしょぼつかせ、体を深く折って地図すれすれに顔を近づけた。川や電車の軌条や森の上を指でなぞり首を振ったり口の中でぶつぶつ呟いたりした。いま老人の目に映っているのは一発の爆弾で消失する以前の町並であり、町の生活なのだと吉野は考えた。それらは地図の上だけにしか存在しない失われた町なのである。

土屋老人は思い出したようにまたたずねた。お前は健康なのか……。健康だ、と吉野は答えた。そのときになって初めて彼は土屋老人がさっきいったことが嘘であることに気づいた。肝臓を病んだ者にありがちな黄色く濁った目を老人は持っていた。そして同時に老人は吉野がいったことを嘘だと見抜いていることにも思い当った。

「何も書いてなかとは誰が住んどったかわからんちゅうことやろね、八軒、十軒、十一、十二、おや、ここらへんは全部、白かままになっとる、市の地図でも白かとね」

市がこしらえた地図は自分が作った地図よりもっと空白部分が多い、と吉野は答えた。彼は自分で調べた家々を市の地図のそれらと比較対照した上でさらに新しい調査事実をつけ加えていったのだった。

「あんたは石丸さんに会いなったね」

「石丸さんというと」

「浜口町の人でわしと隣組が一緒やった。九電に勤めとって電気料の徴収係でね、ピカの日は野母にある奥さんの実家に行っとったもんだからやられずにすんだと、子供さんは三人とも行方不明、行方不明ちゅうことは苦しまずに行ったことやけんね、それで戦後、関西に移転して電気関係の商売ば始めて当って、二十何年ぶりかでこないだ長崎に帰って来た、商売は養子にゆずってね、石丸さんなら浜口町のことは詳しかろう、あんた行ってみなさるかね、わしから聞いたていいなさい」

行く、と吉野は答え、所番地を手帖にひかえた。

十七

三宅鉄郎はドアをあけた。

郵便受けにさしこんであった新聞を引き出し、入り口に置いてある二本の牛乳壜を取りこんだ。そうしながら左右をうかがった。アパート二階の廊下はまだ薄暗く、起きている部屋はないようである。どの戸口にも新聞と牛乳壜が見える。突き当りの窓から射しこむ朝の光が天井の明りをにぶくしている。三宅は新聞を小脇にはさみ、両手に持った牛乳壜を顔に当てた。ひやりとした冷たさが快かった。

台所で立ったまま一本分を飲み干した。もう一本は冷蔵庫にしまった。血走った目で台所を見まわす。割れた皿小鉢が床に散らばっている。テーブルと椅子は壁に寄せてあってそれがあったところに赤い毛布が拡げてある。昨夜、三宅が眠った場所である。

毛布を畳んで、隣室に運んだ。足音をしのばせて女の方へ行きベッドの端にのせた。台所へ戻ろうとして立ちどまった。後ろから呼びかける声があった。寝言をいっただけらしい。カーテンの隙間から射し入った白い光が女の顔を浮びあがらせている。乱れた髪が額にかぶさっており、女の横顔は顎まで引き上げた毛布で隠されていたので、やや高く張った頬骨と鼻の付根しか見えない。穏かな顔を見つめていると、昨夜、女が見せたすさまじい形相が嘘のように思われた。

三宅はこぶしで後頭部をかるく叩いた。頭の芯が棘でも刺さっているように疼く。台所に戻って床にしゃがみ、ガラスと陶器のかけらをひろい集めた。古新聞紙を敷き、その上に破片をかさねた。寝静まったあけがたの部屋では、音をたてないように気をつかっていても、何かの拍子にかけらを取り落すと意外に高い響きを発した。

三宅は顔をしかめた。

身動きするつど頭が痛むし、床にしゃがんでいるので胃を圧迫することになり、嘔き気をもよおす。三宅は片付けを中止して手洗いへ行き、便器の上にかがみこんで吐こうとした。みぞおちのあたりが焼けるようである。透明でねばり気のある液体が糸のように口から垂れた。三宅は額に脂汗を滲ませ、咽喉を鳴らして胃にたまっている熱い物を吐き出そうとつとめた。

きらきら光る唾液のほかは何も出て来ない。三宅は紐に力を入れた。水が便器に溢れ、音をたてて渦巻き、やがて引いた。

「もう起きたの」

後ろで女の声がした。三宅は手洗いを出てテーブルの新聞をとり、台所を出た。女は手洗いに這入った。居間のソファにかけて新聞を開いた。活字を目はたどっているのだが、何が書いてあるのかさっぱりわからない。同じ記事を何回も読み返している自分に気づいた。水の流れる音がし、台所のドアがあいて女が居間に這入って来る気配がした。

三宅は新聞をめくり漫画を見、交通事故の記事を読んだ。もう一度、政治面の記事に目を通した。ソファの背後に女が立っているのがわかる。女は黙っている。三宅は首相公選を論評した社説を丹念に二度読んだ。

女は台所に引き返した。

三宅は新聞を畳んだ。立ちあがって押入れからショルダーバッグを出した。手早く下着類を詰めた。机の上に拡げているメモや紙片を束にして輪ゴムで留め、バッグにおさめた。

「コーヒー淹れたわよ」

女は三宅の前に湯気の立つカップを置き、自分もカップを持って今まで三宅が腰をおろしていたソファにかけた。三宅は手洗い場へ行って安全剃刀と歯ブラシをとって来た。女は彼のすることを目で追いながら、コーヒーを少しずつすすっている。鞄の口をしめ、入れ忘れた物がないかと机の上を調べた。抽出しも検分した。クリップで留めた紙片が五、六枚あった。

「サイモン・ベンジャミンの八月九日における行動」と横書きに書いたタイトルが目に入った。あわててそれをポケットに突っこんだ。手帖が机の下に落ちていた。メモ帖は本棚の上にあった。出て行く段になって大事なものをあれこれと忘れているのに気づいた。女は自分のカップを受皿ごと机の上に置いた。

「どうしたの、コーヒー冷えてしまうじゃない」

「うん」

「ここを出るにしても、せっかく淹れたコーヒーぐらいのんでいったら」

三宅はコーヒーをすすった。

「昨晩はあたし悪かったと思ってるわ」

「…………」

「ご免なさい、あやまって済むとは思わないけれど」

「ぼくもひどいことをいったと思ってる」

「あたし酔ってたの」

「そのことは何とも思っちゃいない、もともと一緒に居るからこんなことになるんだ」

「本当に出て行くの」

「出て行くふりをしていると思うのか」

「おかねあるの」

三宅は黙って靴を履きにかかった。残してある本は後で運送屋をよこす、といった。女は壁の一点に目をすえたまま、低い声で、「あなた、きっとまた戻ってくるわよ」といった。そう思うか、と三宅はいった。靴紐がなかなか結べない。

「そうよ、今までがそうだったじゃないの、出てっても二、三日したらきまってあなた帰って来たわ」

今度という今度は、と三宅はいった。忘れていた胃痛が、濃いコーヒーを飲んだためにまたぶり返した。口に苦いものが溢れた。三宅は靴を蹴飛ばして脱ぎ、手洗いに駆けこんだ。彼は焦茶色の液体を吐いた。その後から黄色い粘液が出て来た。三宅は肩を波打たせ咽喉をぜいぜいいわせて、胃のあたりになおもわだかまっている不快な塊を一挙に吐き出そうとつとめた。

女が彼の背中をさすった。さわるな、と三宅はいった。いったとたんに彼は激しくむせた。呻き声をあげて便器の縁に両手をつき身を支えた。昨夜、飲み過ぎたのがいけなかった。しかしそれというのも女とのいさかいが度を過すもととなったのだから、女の酒場に三宅が顔を出したのがそもそもの原因といえる。いつもはその時刻に三宅は酒場から十数メートル離れた産科医院の前で女を待ちうけ、アパートに帰るのだった。酒場の明りが消えた。三宅は医院の軒燈に腕時計をかざして時刻を確かめた。タクシーがとまり足をもつれさせた客が酒場から出て来てころがりこんだ。見送りに出た女は三宅が待っている女ではない。

彼はもう一度、腕時計をしらべた。

いつもより半時間おそい。もっとも三宅が医院の前までやって来た時刻もふだんのそれより遅れていた。書き物に気をとられていて時間が経つのを忘れていたのだ。酒場に電話をかけようと思ったが、あいにく近くには公衆電話がない。

三宅は時計と酒場の扉をかわるがわる睨みながら産科医院の前を行ったり来たりした。パトロールちゅうの警官に不審訊問されたこともあった。女を待っているのだ、と三宅は答えた。アパートの住所と女の名前を告げた。そこまで答えなければ警官は引きさがらなかった。数歩、離れた所で警官の一人が三宅を振り返り、意味ありげな笑いを浮べて同僚の肩を小突いた。彼らが自分のことを何といっているのか三宅には察しがついた。

明りはますます少なくなり、通りは六月の濃い闇でとざされた。暗がりに酔っ払いが吐いた食物からすえた臭気が立ちのぼって来た。犬が吠え、どこか遠くでガラスが割れた。三宅は酒場の扉をあけた。カウンターの内側で抱き合っている人影が目に入った。女は男の肩ごしに三宅を認めて、「あなた……」といった。

三宅はその情景を見た途端扉をしめた。きびすを返して歩き出した。いつかはこうなるだろうということがわかっていた。晩かれ早かれ、今みたような光景を自分が目撃するだろうという妙な確信めいたものを持っていた。覚悟していたにもかかわらず見てしまったものは彼を動揺させないではおかなかった。三宅は自分がとり乱していることを意識していたし、とり乱す反面、そういう自分を情けなく思いもした。後ろから駆けて来る足音がした。強い力で三宅は腕をつかまれた。次の瞬間、彼がしたことは奇妙な振舞いであった。自分の腕時計を手首からはずして、女の手に押しつけた。

「これ、なに」

「返す、とっといてくれ」

「あなた誤解してるのね、あの人が勝手に内側に這入りこんで来て、握手しなければ帰らないといって……」

「そんなことどうでもいいんだ、なんとも思っちゃいない」

女の帯の間に腕時計を押しこんだ。

「よくあることなのよ、あんなの」

「そうだな」

アパートに帰り着くまで二人は口をきかなかった。どうして酒場をのぞいたのか、外で待っているはずではなかったか、と女はいった。女が帰っているかもしれないと思ったからだ、と三宅は答えた。ウィスキーをグラスにつぎ、たて続けに数杯、咽喉にほうりこんだ。医院の前に突っ立っているときから何となく寒気を覚えていた。全身がだるかった。ウィスキーを一度に流しこむとやや気分がよくなり、同時にとめどもなく怒りが湧いて来た。子供じゃあるまいし、あんな所みたからといって騒ぎたてないでもいいだろうに、という意味のことを女はいった。帯を解いて寝巻と着換え始めた。腕時計が床に落ちた。女はそれを拾いあげて三宅の方へほうった。

「あなたにあげたものはあなたの物よ、つまらないことしないで」

三宅は腕時計をウィスキーの角壜で叩きつぶした。大人だと思っていたらまだ青臭い子供ではないか、と女は冷笑した。三宅は浴衣をまといかけた女にとびかかり、平手で頰を打った。女はベッドに倒れ、打たれた頰を両手で押えた。浴衣が開いて女の裸身が三宅の目の下に露き出しになった。女は素早く身をおこして着物の前をきっちりとかき合せ紐を巻きつけると、のろのろと台所へ行き、ウィスキーの壜を戸棚から出してグラスにつぎ、水で割っておいてまた足を引きずるようにしてベッドまで戻って来た。

「あたしたちこれでおしまいだわね」

女は変に押し殺した声でいった。いまさらいうまでもない、と三宅は叫んだ。

「でも一体どうしたの、お仕事うまくいってないの」

余計なお世話だ、と三宅はいった。女がいう通りなのだが。自分を外に待たせておいて酒場の中で他の男といちゃつくのは怪しからんといいたいのだろう、と女はいった。自分はただ……女はグラスの中身を少し飲み、まずそうに顔をしかめてサイドテーブルに置いた。つと立ちあがって女は両手を三宅の腰にまわした。自分が悪かった、もっと早目に酒場を出れば良かったのだが、といって三宅の胸に顔を寄せた。即座に彼は女を押しのけた。かるく押したつもりだったが、女は酔っていたせいもあってまた呆っ気なくベッドに引っくりかえった。

「あたしだって我慢して来たのよ」

と女はいった。そう口走るなり手で枕を叩きながらむせび泣き始めた。

「あたし、知ってるのよ、東京から来た女の人のこと」

何のことをいってるのだ、と三宅は慌てて訊いた。しらばっくれないで、と女はいった。長崎を取材するとかいって東京の雑誌社からやって来た女流作家について黙っていたのはどういうわけだ、と女はきれぎれに問い糺した。ばかばかしい、と三宅はいった。あの女はただの……うしろめたいことがなければ女とホテルへ行ったことをどうして隠すのか、自分が知らないとでも思っているのか。

ホテルへ行ったのはあの女と会うためではなくて、仕事のことで、あるアメリカ人に会いに行ったのだ、雑誌記者がそこに泊っていたのは偶然で…………弁解しながら三宅はまたもや肚が立って来た。彼はマガジン・ラックを蹴とばし、屑籠を踏みつぶした。弁解する必要はどこにもないのだ。女がどうして一ヵ月も前のことを知っているのだろうといぶかしく思った。

女はうつぶせになってすすり泣き、三宅がハンガーなどを壁に投げつけるとき、全身を慄わせ、甲高い悲鳴をあげた。泣くな、と三宅はいい、隣近所の迷惑を考えろ、といった。女はいきなりベッドから身を起すと台所に駆けこんで手当りしだいに皿小鉢類を三宅へ投げつけ始めた。

三宅は台所にとびこみ女にやめろといった。女はグラスを投げナイフを投げフライパンを投げた。三宅は隙を見て女を羽交い締めにして台所から引きずり出しベッドの上に突き倒しておいてその上に置いてあった二枚のうち一枚の毛布をさらい台所にこもった。外からあかないようにノブの下に椅子の背を当てがった。

テーブルと椅子を片付け、床に散乱している物を足でざっと寄せて毛布を敷いた。その上にあぐらをかいてウィスキーを生で飲んだ。体内を駆けめぐっていたものは鎮まっていた。飲めば飲むほど気が滅入り、目が冴えてくる。

そのうち体が急にだるくなり、坐っていることが出来なくなった。三宅は毛布に横たわった。頭上に明りがある。あれを消さなければ、と思いながらも起きあがる気力がない。三宅は目を閉じるやいなや眠った。

「水を」と三宅はいった。

女はグラスを差し出していった。

「顔が真っ蒼よ、しばらく横になったら」

三宅は胃を押えて便器のわきにへたばった。しばらく呼吸を整えておいて四つん這いになりベッドまでたどり着いた。女が三宅に毛布をかけた。「寒い」と三宅はつぶやいた。女は三宅のわきにすべりこもうとした。あっちへ行け、と彼はよわよわしくいった。毛布を目の上までかぶり、体をくの字に曲げて慄えながら彼は意識を喪った。その直前、毛布よりもあたたかく、毛布よりも柔らかいものが自分の体に寄り添うのがわかった。もう一度、それを拒もうとする気は三宅にはなかった。

灰色の岸壁があってカーキー色をした人々が海の方を向いてうずくまっている。埠頭にひしめいている群衆は下関行きの船便を待っている日本人である。船は三宅の眼前で黒い船腹を見せて岸壁に横付けしている。タラップは引き上げてあった。これで四日を釜山ですごすことになる、と三宅は思った。夢を見ていることを意識していながらやはり出港時刻を気にしている。母はトランクと柳行李を麻縄で結び合せるのに余念がない。旅館にいると出港に間に合わない。船員に聞いても海軍から情報が入りしだいに出るとしかいわない。前の便は機雷で沈没し、その前の連絡船はアメリカの潜水艦に雷撃された。昭和二十年の春は朝鮮海峡の航行も危険にさらされていた。

三宅は母が与えた煎り大豆をかじっていた。内地へ渡る旅行者は何日も前から埠頭にうずくまっていつ出るとも知れぬ船を待っていたのだった。ハルビンを早朝発って、おそくとも翌日の夜は釜山に着くはずが、途中、アメリカ空軍の空襲や、匪族の列車防害のためにしばしば停車させられた。

半島に入ってからもそれは続いた。釜山に着いたのは予定より二日おくれた頃おいである。連絡船が定時に出港していたら乗れないはずであった。おくれたのが良かった、と母がそのときつぶやいたのを三宅は憶えている。三月といっても海から吹く風は肌を刺した。旅行者は荷物を積み上げたかげに身をひそめた。埠頭の一角には飯盒で煮炊きする一団もあった。母が横の老人に訊いたところでは既に一週間以上もこうしていて、五、六日前に一度船が出ることは出たのだが軍の物資と軍人が一般乗客に優先するとかで、後から来た軍人が先に乗船して老人は積み残されたのだそうだ。

しばらくして母は会社の人と話して来るといって去った。父が与えた特殊な証明書、三宅はそれが何であったか知らないが、旅行に際して軍人と同等の優先権を保障する書付であったと聞いている。それを船会社の係官に示して席を確保することができた。

しかし一人とり残された三宅は母が何をしに行ったのか知らなかった。

六歳の少年はトランクと柳行李を結び合せた麻縄を片手でつかみ、もう一方の手で風呂敷包を押え、いつ戻るとも知れない母を待っていた。寒風にさらされ、骨の髄まで凍えながら。彼を置き去りにして母は二度と姿を現わさないのではないかと少年は思った。灰色の空の下に灰色の海が拡がり、岸壁ちかくにもやわれたはしけをゆすっていた。波が厭な音をたてた。目の前には自分たちが乗りこむはずの船があった。塗料は剝げかけており、赤錆が一面に吹き出して船腹をまだらに彩り、その中央にあいた丸い孔から黄色い汚水が流れ落ちていた。夢で何度も見る港の光景はそのつど細部が異るのだが、見棄てられたようなわびしい気分は共通している。

三宅は毛布の縁をかたく指でつかんで慄えつづけた。胃の不快感も寒けもやがてしだいに薄れてゆき、それにつれて夢も見なくなった。三宅は長い溜息をついた。手足の関節からも筋肉からも力を抜き、のびのびと五体をくつろげた。夢ともうつつとも定かでない世界を彼はさまよっていた。毛布より暖かく柔らかいものが彼の肉体に寄り添っていた。いうにいわれぬほど快いぬくもりがそのすべすべした物から彼の肌に伝わり体の芯にまで達するようである。母が戻って来た、と三宅は思った。それは彼の衣服をくつろげ、体を締めつけているボタンやベルトを解いた。母は喜色を満面にみなぎらせて乗船許可がおりたと告げた。(船に乗りこみさえすれば内地へ帰れる……)。三宅は思わず呻いた。彼の肉体をまさぐるものがあり、さっきまで彼を苦しめていた胃痛のかわりに今度は血が音もなくざわめくような官能の歓びが訪れた。三宅は五体をちぢめ、また伸ばし身近に寄り添っている暖いものに取りすがった。それは彼を受け入れて包んだ。どうしてもっと早く自分はこうしなかったのだろう、と三宅は思った。自分が何をしているか、たしかな自覚もないままに彼はしなやかに身をくねらせるもののなかに溺れていった。

指定された日の指定された時刻に三宅鉄郎はグランド・ホテルを訪れた。その日はまだ腕時計はつけていなかった。時刻は通りすがりの商店で確かめ、ホテルまでおおよその所要時間を見はからって出向いたのである。女と時計のことで口論する一ヵ月ほど前のことだ。

フロントに来意を告げようとしたとき、ようこそ、という声が後ろから聞えた。ソファにかけた秘書が新聞を置いたところだった。ロビーを見まわしても彼がそのとき顔の前に立てていた新聞で三宅は気づかなかったのである。立ち上ろうとせずに目でソファを指した。ちらと自分の手首をのぞいて、

「五分前ですな、約束の時刻を守る日本人を僕は好きです」

と自分は日本人ではないような口をきいた。続けて食事はすんだか、と三宅にたずねた。朝食はすんだけれども(これは嘘だった)昼食はまだだ、と客は答えた。

「話はすぐに終ります、ベンジャミン夫人は疲れているから」

秘書は三宅をうながした。その心得きった顔を見たとき、三宅は相手が自分の答をあらかじめ察していると悟った。いまいましかったが決心をひるがえすわけにはゆかない。NHKのスタジオでまだ録画が始る前に、三宅は天井のライトを長い竿のようなもので操作している男たちを見ながら自分が実に長い間、遠回りして来たと考えた。

時間を無駄に費したことを足裏が焼けるような思いで嚙みしめたものだ。東京を去る日、聖橋の上で長崎へ行きさえしたら、と考えて計画したことを何ひとつ実現していない。その日その日のパンを手に入れる仕事というのは口実にすぎない。自分は怠けていただけだ。Aの五がどうのFの8が、などといってライトの方向を調節にかかってから一時間以上たっている。竿を手に照明を按配している男たちの表情はなんとのんびりしていることだろう。両手を腰にあててややのけぞり気味にライトを見上げている男は東大でラブレーを専攻したとか聞いている。そのわきでこめかみに蒼筋を立ててライトの傾きを直そうとしている青年は東京外語大でインドネシア語をマスターしたとのことだ。ひとかどの教養と識見を持っている連中が一時間以上をかけて懸命に熱中していることは電燈をあっちへ向けたりこっちへ向けたりすることで、それは何のためかといえば一人のルポライターを世に紹介するためなのだが、もともとそんな番組が放送されてもされなくても世の中は変りはしない。(きみたちはどうしてそんなに悟りきった顔で仕事ができるのだ)三宅は竿を操っている男たちに向って肚の中でつぶやいた。(月末にサラリイをもらいはぐれることがないとわかってさえいたら、そんなに気楽な顔付になれるのかね)そして三宅は直ちに自分を責めた。(そういうお前はどうなのだ、彼らを嘲る資格がお前にあるというのか、お前が本当にしたい事をお前はしているのか、そうではあるまい、お前がスタジオにいるのは金のためだ、ほんのひとつまみの目くされ金のためだ)

三宅のなかでこのような問答が続いた。カメラが向けられ、波多野アナウンサーが彼の著書について質問を始めたときも三宅は内部の声に責めたてられ、ともすればアナウンサーの言葉も聞き落しがちでしどろもどろになった。今度こそ今度こそと思いながら一日のばしに「本当の仕事」をのばし続けたのが今までの実情である。「長崎の二つの丘」の印税が支払われたら少くとも三ヵ月間は、切り詰めたら四ヵ月間は他に何もしないでも自分の好きなことがやれる。露字新聞「ヴォーリヤ」について探索したことがらを整理し、まとめることもできるだろう、と考えていたら版元がつぶれたというニュースである。大出版社ならともかく黒馬書房のように規模が小さい会社が倒産すると著者に対する印税はまず見込みがない。製紙会社や印刷会社が版元の資産を先に押えてしまうからである。（また、振出しに戻ったわけだ）秘書の背中を見つめて三宅は考えた。自分は異国の軍人がどこでどのようにして死んだかを調べることを引受けようとしている、またぞろひどい回り道でなくて何だろう……。

ベンジャミン夫人は三宅鉄郎に手を差し出した。乾いた冷たい手だった。三宅はすすめられた椅子に腰をおろした。秘書が夫人の椅子の向きを変えた。それは三宅が部屋に這入るまで窓の方を向いていたものと思われた。窓からは長崎の市街を一望のもとに見渡すことができた。秘書はベンジャミン夫人の斜め後ろにある椅子に陣取り三宅に対し軽くうなずいてみせた。先に口をきるのはお前の方だ、といわんばかりである。夫人も灰色の眉を心もち上げた。三宅は咳払いした。

「返事をする前にひとつだけうかがいたい」

秘書が通訳した。この前と同じやりかたである。夫人の耳に口を寄せて二言三言、低い声で囁く。自分の言葉がどのような英語に翻訳されるものか三宅は知りたかったが、秘書の早口を聴きとることはできなかった。椅子の女はうなずいた。

「長崎にも興信所がある、なぜそこに弟さんの捜索をたのまないのか僕にはわからない、興信所には元警察官や司法関係の人間が働いている。組織と機動力があって蒐集された情報も豊富だから個人に依頼するよりましだと思う」

三宅は秘書とベンジャミン夫人は等分に見てしゃべった。数日前、ホテルの同じ部屋で弟のことを依頼されたときは、興信所を思いつかなかった。ホテルを出てから不審に思ったのだ。秘書は今度も三宅の疑問を短い言葉に訳した。そしてベンジャミン夫人の返事を待たずに答えた。

「興信所を利用するかしないかはわれわれの勝手です、あなたが干渉することじゃない」

「それは返事になっていない」

三宅は秘書に強い口調でいった。ベンジャミン夫人はわずかに表情を引き締めた。三宅が何といっているかはわからなくてもその語気で肚を立てていると察したように思われた。三宅は自分を抑制しなければ、と思った。しかし平然としている秘書の小憎らしい顔を見ているとつい言葉が荒くなってくる。秘書は客から視線をそらし膝に目を落してズボンのちりを指ではじいた。その顔にうっすらと微笑が漂っているのを見て三宅は愕然とした。

「興信所はあてになりません、そりゃあ一応の調査はするでしょう、もっともらしくね、報告書も寄こすでしょうな、八割は嘘でかためたリポートなんか読んでどうなるというもんじゃない、調査の結果が信頼できるならば初めからあなたに声をかけはしない」

「それならばどうしてぼくの調査が信頼できる、そういう保証はどこにもない」

「信頼するかしないかはわれわれが決めることです」

秘書はそういってベンジャミン夫人に何か囁いた。彼は終始、微笑を絶やさなかった。バイカル号でのパーティーで彼が示した嘲ろう的な言動と比べればたいした違いだ。ききわけの悪い幼児をなだめる母親のように忍耐づよく三宅を説得しようとしている態度が見てとれた。三宅は突然さとった。この男が黒馬書房の倒産を知っていることを、したがって自分がベンジャミン夫人の依頼を引き受けざるを得ない立場に追いこまれていることを。

どうして知ったのだろう。旅行作家の話では、東京を発つ日に新聞で読んだというからそれ以前に長崎へ来ていた彼が倒産を知っていることは不可能である。全国紙でも黒馬書房のような小出版社の倒産は報道されない。パーティーの夜、あの女が三宅に話すのをぬすみ聞きしたのだろうか。しかし、あのとき秘書はテーブルの向う側に去っていて、何やら則光と言葉をかわしていた。

いずれにせよ秘書が倒産を知っていることは確かだ、と三宅は信じた。自分たちが提供しようとしている割のいい仕事、前日の条件では調査費として前金で二十万円、謝礼として報告書と引き換えに三十万円、さらに前金を上まわる不時の出費に対しては東京のホテルへ請求すれば即座に支払われることになっている、高い報酬が三宅のようなのっぴきならない立場にある男を傷つけると知って極力いつものへらず口をひかえている秘書は、思ったより細かな気づかいをする繊細な心根の持ち主かもしれない、と三宅は考えた。

「あなたは職業がら人にものを訊くのには慣れてるし、原爆についてルポルタージュをものしてるから何を誰に訊いたらいいかもわきまえている、適任と考えた理由です、それで充分ではありませんか三宅さん」

と秘書はいった。

「期限は一ヵ月ということでしたね」

と三宅が念をおすと、「早ければ早いにこしたことはないが、それくらいはかかるでしょう、夫人は日本に滞在ちゅうミスター・ベンジャミンについての報告を読みたがっています、いつまでも腰をすえるわけにはゆかんのです、東京にもクリーヴランドにもNYにもわんさと仕事が待ってましてね」

「五十日もらえると有り難い」

「どうして」

「きみは人にものを訊いて歩きまわったことがないから気楽に三十日というのだよ、それだけあれば死者の伝記でも書けると思ってるのだろう、肚のなかでは三日で足りると思ってる、いや、否定しなくてもわかってるのさ、そう思うのはきみだけではないのだから」

三宅がそういうと秘書はベンジャミン夫人に耳打ちし始めた。今度は二言三言ではすまなかった。椅子の女は三宅から目をそらさずに肩をすくめたり首を振ったり手を組合せたりした。

秘書は鋭い目を三宅に向けて、「五週間でどうです」といった。「ヴィザの期限があるんだ」とつけ加えた。

「ヴィザなんか延長すればよろしい」三宅はそっけなくいった。

「だから今も説明したでしょう、夫人には財団の仕事がある、と」

「サイモンの最期を知りたいのか知りたくないのかを夫人に訊いてくれ、五週間では不可能なんだ」

秘書は苦笑した。すぐに夫人に相談せずに笑いをたたえた目で三宅の目をのぞきこんだ。お前が五十日と今となっていい出したのは、無条件で引き受けたのでは屈辱感を覚えるからなのだろう、ちゃんと自分はわかっているのだぞ、とその目はいいたげであった。

「六週間まで譲歩しよう、それ以上は無理です、あなたがプロのルポライターなら六週間で足りると思う、最終的な報告書ですよ、伝聞や推測は認めません、六週間で駄目なら夫人も諦めるといわれる、この話はなかったものと思って下さい」

きっぱりと秘書はいった。三宅はベンジャミン夫人を見た。薄い唇を一文字に結んで灰色の目をひたと客に向けている。秘書の宣言を確認するかのように大きくうなずいてみせた。彩色した木彫り人形、と三宅は思った。それは初対面の印象でもあった。やってみよう、と彼はいった。秘書は手帖を繰ってカレンダーをしらべ六月の日付を口にした。三宅はのんびりと訊いた。

「その日まで長崎に滞在しているんですか」

「まさか」

叩きつけるような口調が返って来た。三宅のいい分を認めたのが余程くやしかったものらしい。報告書はどこへ持参すればいいのか、と三宅はいった。秘書を昂奮させることができると屈辱感がその分だけ薄らいだ。ベンジャミン夫人は明日ホテルを引き払う予定だが、六月一日と、三宅が報告書を提出する日には再びホテルに戻ってくる、と秘書はいった。六月一日に何かあるのか、と三宅は訊いた。お前には関係のないことだ、と秘書はいって椅子から立ち上った。

三宅はロビーに降りて何気なく庭に面したガラス壁に目をやった。見覚えのある女がソファに腰をおろし脚を組んで新聞を読んでいる。女は三宅に気づいていない。バイカル号でのパーティーで会った旅行作家である。三宅はまっすぐ出口に向った。後ろで足音がやんだ。

「じゃあ調査がうまくゆくことを祈っています」

秘書は無表情である。三宅は相手の肩越しに女をみつめておき、それから秘書に目を移して、「ありがとう」といった。秘書は三宅が女に気づいたことを明らかに悟ったようだった。表情は変えなかったが、三宅を見返している目の色でそれがわかった。これは一ヵ月ほど前のことである。

あの日、ロビーにいたのは女の他に誰だったのだろう。午後おそく、ベッドからのろのろと体を離しながら三宅は考えた。二、三人の人影を見たと思うけれども女に目を奪われていたので男たちの方まで気がまわらなかった。男と女がホテルですれちがっただけで噂のたねにしたがるゴシップ好きの人物にちがいない、そこまで考えて三宅はパーティーの夜に会った老新聞記者を思い出した。

秘書が時間を気にしていたのは三宅が帰った後で、サイモンの記念品と称するものを持ちこむ老人と会う約束があったからではあるまいか。ゴシップが飯よりも好きな男、と則光は当人を評したような気がする、あの時刻にロビーで待機していたとしてもおかしくはない。

「どうしたの、また気分わるくなったの」

寝室から女が声をかけた。なんでもない、と三宅は答えて便器に蓋をした。戸外は曇っているらしかった。浴室の磨硝子に乳色の光が滲んでいる。便器にほとばしる水の音に耳を傾け、ある種の脱力感がしのび寄るのを三宅は覚えた。（いつもこうだ、いさかいの後始末は見えすいている……）だからといって他にどうしようもない成りゆきだった。

（もう一度、冷静に話し合ってみたいんだが……）と女に切り出したらなんというだろう。三宅は顔を洗い、そのときは女が台所に姿を現わしていて彼のために湯を沸かそうといったのだが三宅はそれを断わり冷たい水がいいといった。

髭を剃り、歯をみがき、下着をかえた。

（冷静に話し合いたい）と自分が切り出したとき女がどんな顔をするだろうと三宅は身仕舞をととのえながら思案

したが、実際にそれを口にすることがないだろうということは自覚していた。(六月という時季がいけないのだ)テーブルにかけて女がいれてくれたコーヒーを三宅はすすった。いつまでも暮れない夕刻、午後四時といっても外の明るさは東京の午後二時ごろと変らない。長崎という地理的位置が西に寄っているからである。(それにこのじめじめとした暖かさ、黙って坐っていても体の芯から火照ってくるような……)これも六月のせいだ、と三宅は胸の裡でつぶやいてコーヒーを飲み干した。

女は寝室で着換えをすまし、台所に這入ってくるとすぐに食器戸棚に置いたトランジスタラジオのスイッチを入れた。

「ああ、やっぱり……」

冷蔵庫の扉をあけて内側をのぞきこんだ恰好でいう。何がやっぱりだ、と三宅は訊いた。「このアナウンサー、河野さん、水曜日はそうなの、さっきまであたしきょうが火曜日だと思いこんでて、なんとなく変だなと考えてたの、だって火曜なら牛乳の配達がない日でしょう」

冷蔵庫の扉を勢い良くしめてアルミホイールで包んだものを皿にのせた。新聞を見ればわかることだ、と三宅はいった。賑やかな音楽が台所に溢れた。そういえば牛乳と新聞をとりこんだのはきょうのあけがただった。あれから何日も経ったような気がする。思わず女の顔を見た。相手は三宅の視線に気づいて、「なぜあたしをじろじろ見るの」といい、かすかに頰を染めた。

「明りをつけてくれる……いや、いいの、あたしがするから」

壁のスイッチを自分で押した。

「ラジオ、うるさくない？　なんだったら消しましょうか、お仕事の邪魔になるといけないから」

仕事は済んだ、と三宅は答えた。夜っぴて報告書を書き上げるのに没頭していたのだ。ラジオもうるさくはない。何か考えごとをしているのか、と女はきいた。カレンダーがどうの、とさっきいっていたようだ。三宅は酒屋の名前が印刷されている壁の暦を仰いだ。ベンジャミン夫人と会う日まであと三日であることを確かめた。

「ねえ、何を考えてるの」

女が料理の手を休めずに訊いた。

「いい匂いがする」

三宅はわざと鼻を鳴らす真似をした。

「いつも冷凍食品ばかりじゃあ悪いと思って、暖めたらすぐ食べられるようにしとくわ」

「時間はだいじょうぶなのかい」

「いいの、きょうは内装を変える日だからお店に出るのは一時間おくれてもいいの」

「今夜はタクシーで帰ってくれないか、出かける所があって帰りはいつになるかわからない」

ガラス戸棚に女の姿が映っている。三宅がそういうと女は身動きをやめた。テーブルに向っている三宅の背中に素早い一瞥をくれた。どこかで飲むのか、と短く訊いた。たまにはいいが、飲むとすればいい酒場をえらばないと、とんでもないことになる、という。

「昨晩、徹夜したのを知ってるだろう、いつか話したあの仕事だよ、本人の消息を知っている人をようやく探し出して今夜、会うことになっている、つかまえるのに二週間かかったんだ、一晩くらいタクシーで帰って来てもいいじゃないか」

「そりゃあそうだけれど、……どうしてもおそくなるの」

「だから時間がわからないといったろ」

「その方、どこに住んでるの」

「いつ行っても留守なんだ、会社では落着いて話が訊けないし」

「電話では駄目なの」

「電話では駄目だ、それに引いていないから」

「用事が早く終ることもあるわけね」

「ないこともないが、まずあり得ないね」

三宅はガラス戸棚に映っている影にではなくて、ガスレンジの前にいる女にいった。

「いいわ」

と女はいった。

「いいわだと」

三宅はどなった。もう一度いってみろ、と大声でいってテーブルを叩いた。女は怯えを見せて体をちぢめた。昨夜であれば三宅がこの調子でいきまいたら即座に彼をしのぐ語気で反撃したことだろう。午後の長い時間をベッドですごした今女は妙に従順になっている。うなだれて玉葱を刻んでいる女を見ているとにわかに彼は怒りが醒めるのを覚え、またもや先程の脱力感にとらえられた。

三宅は椅子を離れて女のわきに寄り、肩を抱いた。

「わるかった、勘弁しろ」

「急に声を張り上げたりして……」

「だから、わるかったといってるじゃあないか」

「……びっくりするじゃない」

女は目頭を押えた。何かいおうとした様子だが鼻をつまらせて明瞭な言葉にならない。三宅は女の目尻に溜っている涙は果して本当の涙か、玉葱のせいなのかと考えた。女は庖丁を投げ出し、くるりと振り向いて三宅にしがみついた。

「あなただけ、あたしにはあなただけしかいないの」

泣きじゃくりながら切れ切れに女はそういった。わかっている、と三宅は繰り返して自分の胸に顔を埋めている女の頭髪を撫でた。「泣くな、おい、泣くのはよせったら、化粧がくずれちまうぞ」彼は女をゆさぶった。間もなく勤めに出るのに、といいきかせた。女は寝室に行って顔を直した。

三宅鉄郎は市営連絡船で三菱造船所のある港の対岸へ渡った。松浦弥八郎という人物とは電話で七、八回連絡をとったことはあるけれども、ぢかに会ったことは一度もない。漁業会社の嘱託である。会いたくない、話すことは何もない、と初めは会見を渋った。よくあることで、そういわれたからといって引き下る三宅ではなかった。東京では慣れているのだ。

幸町にあった捕虜収容所は福岡第十四分所というのが正式の呼称で三百数十名の連合軍捕虜を収容していたことがわかっている。陸軍が管理していて、主に捕虜たちを造船所の鋳造工場で働かせていた。英米の他にオランダ、オーストラリアの兵隊がいたことは明らかなのだが、そのうち何名が八月九日に死亡し、何名がたすかったかが不明のままである。三百名内外が死亡したともいわれ、一説には全員が即死したともいわれている。確実な情報が乏しいのは、管理に任ぜられた陸軍軍人も同じ収容所内で多数が命を落したからである。

捕虜も日本軍兵士もごく少数の幸運な人々がたすかったらしい、とわかったのは三宅が調査を始めて三十日ちかく経ってからである。しかし、捕虜は敗戦の夏に帰国しており、名簿（死者と生者の名を記録した）もそのとき国外に持ち去られたことは容易に想像される。生き残ったわずかな日本軍兵士も、その後、年をおってなくなり、今はどこに住んでいるかさえつきとめられない。

福岡捕虜収容所第十四分所という名前から三宅は兵士の所属する師団が第十八師団であると仮定し、復員局を訪れて事情を説明し、第十四分所の管理にあたった兵士の氏名を調べようとしたけれども、連合軍戦時捕虜を管理した日本軍人の名簿は戦後、ＧＨＱに押収されたとかで、保管されていなかった。まさか師団の生存者全員にたずねるわけにもゆかない。

三宅は博多にある師団の戦友会を係官から教えてもらった。師団戦史を編纂するために月に一度、例会が開かれており、三宅が訪れた日は折良くその日に当っていた。老いた兵士たちは初め三宅を歓迎した。ルポライターと聞き、彼が差出したのが東京で使っていた古い名刺であったので、ビルマやシンガポールで師団が戦った勇壮な戦記の取材に訪れたのかと思われたらしい。

捕虜収容所の話をすると一同はそろってありありと失望の色を顔に浮べ、留守部隊の状況は知らないといった。彼らは南方で歴戦した元兵士なのであった。自分たちが敗戦後、英印軍によってどのように虐待されたかを熱心にまくしたて、第十四分所の管理責任者が誰であったかを知っている人物のことを三宅が訊いても関心を示さなかった。

しかし、三宅が長崎に帰って三日目にそのうちの一人から連絡があった。別れしなにもしやというはかない望みを託して長崎の電話番号を教えていたのだ。留守部隊に属した一人の予備役大尉が戦後C級戦犯としてイギリス軍に拘置され二年あまり服役したことを自分は覚えているが、彼は長崎ではなく八幡製鉄所で捕虜たちを管理していた。もしかしたらその元大尉が第十四分所の所長を知っているかもしれないといい、佐賀の住所を告げた。

三宅は佐賀へ旅行した。長崎から列車で二時間半の行程である。長崎駅の構内売店でいつもそうするようにこれから自分が訪ねる都市の市街図を買った。教えられた住所を地図の上に探した。それはすぐにみつかった。郊外ではあるが駅からタクシーを拾えば半時間とかからない距離である。列車が動き出してからもう一度、地図を開いて確かめ、折り畳もうとしたとき、三宅の目がその一点に釘付けになった。

市街の一画に兵庫町という活字が赤く刷りこんである。(ヒョウゴソン……)と三宅はつぶやいた。祖父の郷里は佐賀と聞いている。父はハルビンに暮していた当時、内地は物資が手に入りにくいからといって、医薬品や洋服地などの小包をたびたび母にいいつけて送らせていた。宛名の一部をうろ覚えに覚えている。大日本帝国佐賀県○○郡ヒョウゴソン……。油紙に包装した小包に宛名を記入するとき筆に黒を含ませて母がつぶやいていた言葉である。幼児であった三宅には、ヒョウゴソンという聞き慣れない言葉が印象に残った。幼稚園生にはそれが兵庫村という地名を意味するとは察しがつかない。

母にたずねてみはしたけれども、小包を包装するとき母はきまって不機嫌になるのだった。紐が見当らない、油紙が破れている、などと口走っては子供に当りちらした。こうして高い品物を手に入れて内地へ送っても、さとでは当り前だと思っている、礼状ひとつよこさない、と近所の日本人主婦にこぼすのがきまりであった。そういうことがあった。

兵庫村という地名には市街図裏面に印刷された佐賀県全域図をくわしく調べても記載されていない。してみると兵庫村は戦後、拡大した市街地のなかに一つの町として編入されたものらしい。

三宅鉄郎は地図を鞄にしまって窓外を眺めた。列車は有明海に沿って走っており、潮は沖まで引いて濡れた海獣の肌を思わせる干潟が六月の空の下に現われた。自分は父のことを何も知らない、と三宅は思った。曇り日に照された泥は灰色と褐色のまだら模様を帯びて鈍く光った。父が佐賀に生れ、長崎の今は大学に昇格した経済専門学校を出て、同じ町の銀行に就職したことは知っている。しかしそれ以後どのような経緯で銀行をやめ、大陸へ渡って南満洲鉄道株式会社へ入社したのか三宅は知らない。

敗戦後、行方不明になった父の消息をつきとめるために長崎時代の知己や満鉄に在籍していた同僚を母はたずねまわった。息子を伴うこともあった。先方から母子を訪ねて来て父の消息を話してくれる機会にもめぐまれた。そういう折り客が口にする断片的な言葉から、三宅は父が長崎に暮していた頃、警察に逮捕されたことがあったという事実を知った。「お父さんはアカでしたからね」というのが母の説明で、それ以上、くわしい話はしない。刑務所に入れられたのか、と息子は訊いた。母は否定した。長崎時代の知己と称する人物がテンコウという言葉を使った。それが転向の意であることを知ったのは三宅が高校に進んでからだ。

父がアカだったとすればどの程度だったのか、正式の党員として政治活動をしていたのか、それとも単なるシンパだったのか、地方都市の一銀行員が治安維持法に抵触するような政治活動をすることができたとは思えない。しかし、三宅の考えはあくまで推測の域を出ない。母によく問い糺しておくべきだったが、答えてくれたかどうか。母さえも実のところこまかに父のことを知っていなかったのだ。

彼はぼんやりと干潟に目を注いでいた。

灰褐色の軟泥が海の底からあらわれ視界の果てまで続いていた。泥と水の匂いが風にのって流れこみ三宅のまわりで渦を巻いた。母は実の所、父について何も知らなかったのだ、なぜなら父を愛してはいなかったから。火の消えたタバコをくわえたまま三宅はそう考えた。窓外には世界が誕生したときの情景に似た泥海が拡がっていた。三宅はほとんど直感的に父が死んでいることを悟った。いつ、どこで、ということはできないが、大陸の、おそらくシベリアに点在するラーゲリのどこかで死んだにちがいないことを唐突に確信した。水と泥が入りまじった混沌として源初的な光景が三宅に父の死を信じさせた。

佐賀市で三宅は元陸軍大尉がすでにこの世に存在しないことを知った。

釈放後、本人は軍隊当時の知友とは一切つきあわず郷里で荒地を開墾して晩年をすごしたのだそうだ。無口な長男からこれだけのことを聞き出すのに一時間かかった。無口ではあっても別段、三宅に対して悪い感情を抱いているのではないようだった。農協事務所の応接間でさし向いにかけ、長男は遠くから来た三宅が時間を費やしたにもかかわらず目的を達しなかったといって同情した。父は判決理由が不当なでっちあげだとよくいうとりました、というのは……長男はどもりながら父の不満を語ったが、そのことに三宅は関心を持つわけにはゆかなかった。適当に合槌を打って終りまで辛抱し、ぬるくなったお茶をのんで立ち上った。

「よかったらこれを読んで下さい、帰りの列車の中ででも……」

事務所の玄関で元大尉の長男はふるびた大学ノートを差出した。毛筆で〝獄中記〟と表紙にしたためてあった。

故人が大事にしていたものだという。読み終ったら返送することを約束して三宅は辞した。

佐賀駅前にある喫茶店で、三宅はノオトを読み始めた。几帳面な細字で起訴されるまでの成り行きが綴られてあった。「……ヤンヌル哉ノ事ココニ至ル、進退窮レリトイフベキ也」一兵卒から昇進した律儀な軍人の文体を三宅はたどった。そして中程のページで、彼は探していたものとめぐりあった。第十四分所の所長は原爆投下時に久留米の連隊本部へ出張していて無事だったのだ。彼は戦後まもなく開廷した極東軍事裁判において弁護側の証人として出廷し、元大尉に有利な証言をしていた。横須賀の拘置所にも度々おとずれてかつて自分の直属上官であった元大尉を励ましている。彼の証言にもかかわらず被告は有罪を宣告されたが、手記の筆者は出獄したらその部下を訪ねて礼をいうべく、ノオトに住所を記していた。

藤津郡上条大字宿郷在松本甲二番地

ここで三宅ははたと当惑した。郡名の前に県名がはぶかれていては調べるのに手間がかかる。次の瞬間、疑問は氷解した。県を書く必要がないのは佐賀県内であるからだ。兵隊は本籍地で徴集される。同部隊であれば本籍が同じ連隊区であったわけである。藤津郡は佐賀市の西南にあり、バスで一時間とかからない。大急ぎで地図を開き、上条大字宿郷を探した。地図は二、三年前に作られたもので旧い地名は改称されたのが多い。かつての町や村は市になっているから大字や在という地名は消えている。暗い喫茶店でテーブルに拡げた地図をなめまわすように隅々まで探してようやく三宅は鹿島市の北西に上条神社というのを見出した。その南に中宿、下宿という地名がある。ノートの住所にあてはまるのはここしかないようである。

三宅は電話帳で鹿島市のページを開き、求める元陸軍中尉戸倉省造の名前を探した。体内でさわぐものがあった。久しく失っていた情熱である。東京ではこれがありきたりのことであった。長崎へ都落ちさながらすべてを捨てて移り住んだとき、ものを調べて探すというルポライターとしての情熱も棄ててしまったようである。自分は何をしていたのだろう、と三宅は思った。長崎での数ヵ月間は魂の抜けた形骸として生きて来たのではなかったろうか。

……戸倉省造の番号はのっていた。三宅はすぐに電話をかけた。第十四分所に勤務していた兵士たちの氏名を、三宅はその晩、手に入れることが出来た。総勢四十二名、二個分隊である。うち六割が爆死し、残りも戦後、肝臓を病んだり原因不明の病気であいついでなくなり、今も文通があるのは二、三名にすぎないという。戸倉省造はサイモン・ベンジャミンを記憶していなかった。三百数十名のそれも雑多な国籍で成る捕虜の氏名まで覚えていないのは当然といえばいえる。

消息のわかっている三名の元兵士のうち二人は博多に、一人は長崎にいた。

次の日、三宅は博多へ発ち、三日を費して二人から話を聞いた。話そのものは二時間以内で済んだのだったが、面会にこぎつけるまで三日という時間がかかったのだ。二人はかわるがわる体の異状を訴えた。他人から年齢よりも老けて見られる、とこぼした。仕事が出来るからその点はマシだと思っているが、……。肝腎の話を聞き出すまで三宅は初老の獣医と材木商からたっぷりとすぐれない健康についての愚痴をきかされなければならなかった。

被爆する日まで捕虜たちはどのような日常をおくっていたのか、と三宅はきいた。

「収容所から造船所に通うとりました、木工場と鋳物工場が作業現場でした、あの時分はもう船など造る余裕はなくて、本土決戦用の兵器を……」

「被爆した日、つまり八月九日は木曜日でしたね、その時刻は造船所内に居たのですか」

「いや、あの日は江の浦という漁村に魚があがったとかで、捕虜たちはそれを運搬に出かけることになっとりました。当時は食料事情がわるく収容所に配給されるはずの物資が大幅に遅配やら欠配やらでなんとしてもわれわれの手で調達せねばならんようになったわけです。作業に出る日ではありましたばってん、腹が減っては戦《いくさ》がちゅうでっしょ、造船所側からも了解をとりつけて、捕虜全員で魚と芋ば運びに、ええ五名で健康人の一名分くらいの作業能力しかありまっせんから、三百数十名行っても作業量はせいぜい五、六十名分でしょうなあ」

「蜜柑の皮でも大根の皮でも彼らは拾って喰いよりましたばい、残飯ちゅうもんは食堂から出たためしがなかとです、魚も骨ごとつぶして食べとりましたけんね」

もう一人が後を引きとった。

「トラックは造船所と軍から三輌ずつ出るごとなっとりましたが、当時は燃料が木炭ガスでしたけん故障が多かった、一輌が直ったらまた次の一輌がおかしゅうなる、そいで八時出発が九時になり十時になるうちにピカにやられましたたい。ええ、日本の兵隊もあっちの捕虜も一蓮托生ですたい、死体になったら国籍もへったくれもなかですもんね。九割五分まであのときやられたはずです、兵舎もつぶれて火を噴きよりました、負傷者ば救けられたかもしれんが、火はさかんになるばかりでしょう、構内にいた捕虜で比較的元気な連中が、どうにか救け出した仲間をかついでわれわれが指揮して脱出したわけです」

「生残者は何名でしたか」

と三宅は訊いた。

「一割弱と覚えとります、うち無傷の捕虜は一人も居らんかったごたる、だれでもどっか怪我しとりました」

「サイモン・ベンジャミンというアメリカ兵がその中にまざっていませんでしたか、開戦当時、上海で捕えられた海兵隊員です」

「アメリカ兵は何名か居りましたよ、オーストラリア兵もイギリス兵も、しかし、名前まではねえ、点呼とる暇なんかあのときありゃあせんかったし、生き残りを連れて安全地帯に逃げるのが精一杯で。ベン……何といいました？」

「サイモン・ベンジャミン、二十三歳」

「さあてね、わしは収容所勤務になって半年しか経たんし、外人はこうみんな同じ顔のごと見ゆるけん、あんたはどがんな」

材木商は獣医をかえりみた。

「わしはあんたより勤務が短かけん、知っとるわけがなかろう、しかしそのベンジャミンちゅうのは将校ではなかちゅうことは確かですな」

確かだ、と三宅はいった。将校は被爆の瞬間、収容所内で日本軍幹部と会議中で一名もたすからなかったはずだ、といった。炎上する収容所から脱出した三十数名の捕虜の中で最上級者は曹長だったと思う、と獣医はいった。

「松浦さんからおたく、生存者について話ばききましたか」

獣医は思い出したように三宅にたずねた。きいていない、と三宅が答えると材木商と獣医はにわかに黙りこみ、おたがいに目配せした。事情がどうであったかおおよそのところは察しがついている、と三宅はいった。そうであれば自分たちは何もいうことはない、と二人はいった。

「松浦さんは収容所が開設されて以来ずっと勤務しとるから、あの人ならそのベンなんとかいうアメリカ兵のことば覚えとるかもしれん」

材木商が三宅と目を合せずにつぶやいた。

「三十名内外の捕虜を引率してあなた方が……」

三宅がいいかけると獣医が、「引率ちゅうより保護ですたい、ひと目で彼らが敵国の兵隊だとわかるでしょが、自分たちば地獄に蹴落した国の兵隊が通る、それを見て何とも思わんわけはなかとです、被災者はまだ呆然として死んだ身内やら焼けた自分の家のことば考えよるから捕虜たちに何もせん、被災者じゃなか無傷の日本人が爆心地付近に救援活動に来て捕虜ば見て……」

「見てどうなりました」

三宅はきいた。二人は顔を見合せた。

「われわれがついとる以上は何も出来るわけがなかとです」

材木商はいった。それでも市外から駆けつけた救援部隊と遭遇したときはほっとする思いだった、と獣医はいった。二人は嘘をついていた。三宅にはそれがわかった。松浦という兵士に三宅がまだ会っていない、と知って二人は急に口が重くなった。収容所を脱出して炎上する都市を彷徨したあげく諫早から急拠かけつけた部隊と出会うまでに何かが起ったのだ、と三宅は推測した。松浦というのは長崎在住の分所勤務兵士として彼のリストにあった。調査は九分通り終ったようなものである。二人が話したことで三宅に初耳であった事実は少かった。唯一の収穫は二人がある事実を隠そうとしていることであった。サイモン・ベンジャミンが三十数名の脱出組に加わっていたことを三宅は知っていた。


吉野高志は片渕町にある原爆病院を訪れて知合いの患者を見舞った。中津弓子の同級生である。新大工町の花屋で大輪の薔薇が目に留まり、最初はそれを携えて行くつもりだったが思い直して梔子にかえた。

「あれを見て」

新丸道子は天井から吊り下げられた灰色の房を指した。同じものがいくつか部屋に垂れている。紙で折った千羽鶴である。いちばんふるいものは陽に灼けてうすい茶色に変色している。不潔だと思わないか、と女はいって顔をしかめた。

「埃がつもるでしょう、患者や病院の人たちは慣れてるからぶつからんけど、外から来た人たちはよくあれにぶつかりなっと、そのたんびに埃が飛びちって」

おろして捨てればいい、と吉野はいった。

「でもね、せっかく贈ってくれたものだからって、こしらえた人の善意がこもっていることを考えると捨てられないっていう人がいて。善意で病気がよくなればいいんだけど」

埃で病気がひどくなりはしない、と吉野は女友達を慰めた。弓子と初めて会ったとき、弓子は新丸道子と一緒だった。貧血症の患者にありがちなろう細工のように透き通った肌をしていた。さっき、中庭に警官らしい人影が数人見えたが何かあったのか、と吉野はきいた。

「ああ、あれね」

患者はこともなげにいって、昨夜おそく肝臓癌の老人が屋上から身を投げたのだ、といった。「お花、ありがとう」梔子を鼻の所へ寄せて目を閉じ、「いい匂い、とても」といった。新丸道子が再生不良性貧血と診断されて入院してから三ヵ月たつ。

「お仕事どうお、あなた元気になったんですってね、弓子さんからきいたわ」

「いつ」

「きょうは……」

患者は寝返りをうって壁を見た。「あら、まだ五月のカレンダーじゃない、悪いけどあれ剝いでくれる」道子は吉野にたのんだ。「きょうから六月ね、弓子さんに会ったのは一週間前、いや、あのときわたしは輸血してたから、わかった、五月十九日よ」

その日は吉野が弓子と最後に会った日の翌日にあたる。何かいっていなかったか、と彼はきいた。行方が知れないとありのままに打ち明けた。

「弓子さんが……どこか旅行しているとじゃないいと、あの人はあたしとちがって健康だから」

かすかなねたましさが表情に現われた。友人の突然の失踪なぞ、自分の病気にくらべたらどうということはないのだ、と吉野は考えた。もしや、と思ってたずねた弓子の友達からも手がかりを得られなかった。「時間はかかってもきっと……」道子はいった。終りがよく聴きとれない。吉野はあけ放した窓から外を見ていた。なま暖くて湿っぽい風が病室に吹きこんで来て、千羽鶴をゆさぶった。吉野は訊いた。

「きっと何だって？」

「きっと治るって、ドクターが。そういう病気なんですって、これがもし白血病ならたすっかりっこないけれどあたしの場合はだいじょうぶっていってくれた、ドクターのいうこと信じなければ」

それがいい、と吉野はいった。

「弓子さんを探してるの」

「うん、仕事の合間に」

「どこか心当りは」

全部しらべてみた、と吉野はいった。

「それであたしを思い出したってわけ」

新丸道子は薄笑いを浮べてちらと吉野に目をくれた。年齢のわりには投げやりな口調がいつのまにか女のものになっていた。白い肌もよく見ると艶がとぼしく乾いている。病院には二種類の患者がいて、見舞客を喜ぶ者と喜ばない者とがいる、と道子は囁いた。回復する見込みのある患者は人に会いたがるが、そうでない者は避けたがる。たとえどんなに親しい友人でさえも………。

「あたしはどっちやろかって考えよったとよ、会いたいときと会いたくないときがあるとやもんね、自分でもわからなくなる」

いずれ退院できると保障されたのだから気楽に養生することだ、と吉野はいった。

「本当やろか、ドクターは気休めをいいなったとじゃなかろか、吉野さん、どうかしたと」

吉野は椅子から立ちあがろうとしたはずみに足がふらついてベッドの枠に手をついた。椅子の脚につまずいたのだ、と彼は説明した。「あの人は学生時代から思い立つと不意に居なくなることがよくあったわ、十日か二週間たってけろりとした顔で学校に出てくるの、聞いてみると北海道へ旅行して来たとか信州を旅してたとか、旅したといっても田舎の安宿で本を読んでただけですって、変ってるって誰からもいわれてた」

そのようには見えなかった、と吉野はいった。「寮でお金を盗まれたことがあったの、そういうこと別に珍しくはないけれど、弓子さんがたまたま現場を押えたことがあったの、現場といっても犯人がロッカーに入れといた教科書からお金を抜きとって教科書だけをまたしまった直後のことね、弓子さんはひと目でぴんと来てその女の人からお金を取り返したことがあったの、普通の人だったら何となく挙動が怪しいとは思っても見逃すわね、おとなしいと思っていたらいざとなったらそれは凄い見幕で、〝あなた、お出しなさいっ〟といって、あれには皆びっくりしたわ」

それだけしゃべると新丸道子は目を閉じた。生気が失せて疲労が濃い翳りになってろう細工めいた顔を暗くした。吉野は椅子にかけ直した。訊いておきたいことが一つあった。部屋には六つのベッドがあり、残り五台のうち四台がふさがっている。空のそれはマットレスが足元に折り畳まれてあった。床頭台にトランジスタラジオや茶碗なぞのっているところをみると、ベッドの主が場所を移してからまだ間もないらしい。屋上から飛び降りたという老人はこの部屋にいたのではあるまいかと吉野は考えた。

「……あなたまだ、居たの、ご免なさい、別に追い出すつもりでいったんじゃないの、帰ったと思ってたので」

「せんに中津君が来たときのことだけれど」

「ええ」

「何を持ってた、ハンドバッグの他に」

「そうねえ、何も持っていなかったように見えたけれど」

「ここから出て行くときにドアの所に立ってた姿を思い出してみてくれないか、本当に手ぶらだった?」

「鞄を下げてたみたい、そう、そうよ、学生時代から使ってる赤革の旅行鞄」

「ありがとう、よく思い出してくれた」

「中津さんが遺書を書くような人だと思う?」

「さあ……」

「さあ、なんて、あなたが弓子さんのこと一番よく知ってるんでしょ」

また来る、といって吉野は隣のベッドの人たちにも挨拶し扉をあけかけた。「またお暇なときに遊びに来て下さる?」新丸道子は光る目を向けた。そのとき初めて吉野は女が口紅を引いていたことに気づいた。


原爆病院から電車通りまでは爪先下りの坂道になっている。吉野は夏、日ざかりの道を歩くときそうするように殊更ゆっくりと足を動かした。疲れが歩き方によって左右されることを彼は知っていた。決して急がずに小さい歩幅で歩けばかなりの道のりを踏破できることを学んでいた。そのような歩き方をするとごく自然にうなだれて自分の靴を見つめて歩く姿勢になる。毎日、手入れを怠らないつもりだったが、いつのまにか靴はすっかり傷んでいて紐も切れかかっているのに気づいた。彼は新大工町で靴屋に入った。なるべく軽い靴をえらんで買った。もとの靴は捨ててくれるように店主にたのんだ。それも買ってから一月とはいていない。五月は、とくに下旬はふだんの三倍は歩いたように思う。仕事に身を入れたこともあるが、弓子探しに費やした時間も多い。

外まわりは時間の使い方が比較的、気ままにできる。吉野は一日一件の広告を自分のものにすると、復元地図のために証人を探すかたわら、もっぱら弓子が立ちまわっていると思われる場所を訪れた。立ちまわっているとはいえ、吉野が勝手にそう思っただけで何の根拠もない。

吉野は崇福寺の境内に行って夜ふけまでうずくまっていたことがあった。五、六メートルの間隔をおいて男女が一組ずつ木陰や岩陰に見られた。眼下には賑やかな市街が拡がっており、それを見ながら弓子と抱きあっていたことが思い出された。

　吉野はまた稲佐山の展望台にも行ってみた。休日に弁当をこしらえて弓子と来た場所である。がらんとした展望台には人っ子一人見えず菓子の空箱が散らばっているだけだ。彼は本原や坂本の異人墓地をおとずれ、野母崎の植物園をおとずれ、鳴滝のシーボルト邸跡をたずねた。弓子と共に行った所は残らず再訪するつもりであった。八郎岳にも登った。山道を休み休み登ると、重い登山靴も足を引っ張りはしなかった。ふつうの患者が療養することとちょうど正反対のことを自分はやっている、と吉野は思った。佐々木医師が山登りをする自分を見たら何というだろう、まっかになって叱りつけるに決っている、一日でも「そのとき」を先へ延ばそうと躍気になっているのに指示に従って放射線療法を受けようとしないばかりか、山登りまで企てるとは何という……。吉野は網場の水族館へ行き、ついでにその先にある東坊の浜にも足をのばした。ある夏、二人で泳いだ海水浴場である。海に人影はなかった。

　弓子の居ない空っぽの風景に見入っているとき、吉野はかえって弓子の実在を強く感じた。山でも海でも市街地のさなかでも、彼は孤独であったが孤独ではなかった。見知らぬ他人の中に立ちまじっていると、彼らが一人として吉野の病気を知らないゆえに気楽であり、建売住宅に費した金の支払いのことだけに頭を悩ませばいいようなサラリーマンの一人になったことを空想し、つかのま気持が休まることとさえあった。

　吉野は例のゆるゆるとした足どりで、石畳道をアスファルト道路を町から町へと歩いた。疲れはいつものことなので気にならなかった。夜になって熱が高くなる日もあった。予期したことゆえ彼は取り乱さなかった。ベッドにねそべって朝が来るのを待った。眠りはすみやかに訪れ、かつてのように不安なあまり輾々として朝まで一睡も出来ないということはもうなかった。気の持ち様が変ると顔にもおのずからそれが出るらしい。アパートの管理人は吉野が間代を納めに行ったとき、最近、大金でも手に入れたのか、ときく始末だ。そのように見えたらしい。吉野は笑った。「近頃の若か人は金がなかごたるふりをしてがっちり貯めとりなる、八号室の――さん、おうち知っとるやろ、三菱の下請工場で働いとる人よ、滑石に分譲宅地ば買いなったげな、三十にもならん若さで、わしゃ感心した」と老人はいった。

吉野は諫早の城跡へ行き、大村の公園へ菖蒲を見に行った。訪れるべき場所がある以上、自分が動けなくなる日はまだまだ遠い未来にあるように信じられた。

日によっては疲れが甚しくて、街を歩いているとき立ちくらみがし、街路樹に寄りかかって身を支えることがあった。そういうときは路傍にうずくまって五分間ほどじっとしていると再び歩けるようになった。五月の終りごろであったか、十人町界隈の狭い石畳道をたどっているとき、吉野は妙な感覚に襲われた。幅二メートルもない路次がみるみる広くなり両側に続いている低い軒が高層建築のようにせりあがって、それまで路次を歩いていた通行人も姿を消し、吉野ひとりがそこにたたずんでいるのだった。変らないのは光と影の境界がくっきりとした建物の陰影だけである。

そして路次の奥、前よりも遙か遠方にしりぞいた道路の向うに何か閃く影があった。女の姿である。直感的に弓子だと吉野は思い、その行方を目で探した。気がついてみると吉野は東山手町の路次にいた。彼はしばらく呆然とした。十人町から東山手町までは丘を一つ越えるだけの距離で、さほど遠いとはいえないが、吉野がふつうに歩いて十分以上はかかる。幻覚が始った瞬間、自分はまちがいなく十人町にいた。それは確かだ。雑貨店と貸本屋は見慣れたものである。してみると自分はもうろうとした意識のまま坂道を登り、ここまで歩いてきたものらしい、彼はそう考える他はなかった。あのとき路次の奥で身をひるがえした白い人影、あれは一体なんだろう、弓子に似ており、ある意味では弓子以上に弓子らしい女の姿に思われた。(生きたい……)不意に吉野は思った。生きようとすればまだもう少し生きることが出来る……。しかしそう思ったのは瞬間的なことで、再び歩き出した吉野は自分で自分の考えを押しのけ打ち砕いた。

その晩、ベッドに倒れこんでから朝まで彼の眠りは浅かった。

乳白色の薄明が漂う路次を吉野が歩いていると前方で何者かが声をあげる。彼の名前を呼んでいるようである。その姿は霧のごときものに隔てられ、しかと見定められない。急ぐな、今にわかるのだから、と自分にいいきかせ、人影に目をすえて接近すればするほどそれだけ彼から遠ざかって一定の距離はちぢまらない。

夢に現われた路次は十人町の迷路に似た家並を走っているそれであるように思われ、ときには東山手町の高台に通じるそれをも思わせた。家並の間がにわかに開けて海が割れたガラスの形でのぞくこともあったから。しかし夢の中で見る海に色彩はなかった。石畳も棕櫚も煉瓦塀も鉄の扉もセメント色を呈した。吉野が昼間、むやみに歩きまわるのは仕事や弓子探しのためであり、またそうやって肉体を極度に消耗させることで夜になって前後不覚の眠りを手に入れるためでもあった。

一日のうちに体にたくわえている精力を最後まで使いきることが吉野の意図だった。十人町から東山手町まで、完全に意識を喪ってたどり着くことがどうして可能だったのか吉野にはわからなかった。ただ、後になって振り返ってみると、意識を喪失して、あるいは記憶を失って歩き続けた十数分間が目まいのするほど甘美な時間に思われるのだ。

吉野はその晩、浅い眠りにおちいってはすぐに目醒め、肌に滲んだおびただしい汗を拭わなければならなかった。疲れていたので、タオルを置くやすぐに次の眠りが到来し、それは前に見ていた続きの夢をもたらしてくれた。路次は賑やかな街路に変り、海岸通りに変った。やがて彼は自分一人だけの淡い影を曳いて大浦界隈をうろついている自分を見出し、眠りに入る前予想していたように道の突き当りに白い人影がおもむろに身をもたげ、彼を手招きするのを認めた。声ともいえない声、喘ぎとも溜息ともつかぬものの気配を感じた刹那、夢を見ている男は官能の焼串に刺し貫ぬかれ、おびただしい精液でシーツを濡らした。

翌朝、吉野高志が出社すると、彼を待ちうけている客があった。

ベンジャミン夫人の秘書である。粕谷と名乗った。

「どんな話があるか知らないが、仕事の後にしてくれないかね」

社長がいった。「吉野君、ホテル住吉から昨日、電話があったことは聴いてるだろうな、メモを机の上に置いている、十一時までに来いとかいてたぞ、お客さんの用件は後まわしにしてもらうんだな」せかせかと自分の机にハタキをかけている。床を油雑巾で拭いたのも社長である。金繰りが苦しくなってから、社長はむやみに小まめになった。

「大事な話なんです、この人の生活にかかわるような」

秘書はぶっきらぼうにいった。

「わが社の仕事も大事ですよ、時間までにクライアントの所へ参上しないと折角の仕事もキャンセルされるかもしれないんでね」

社長は窓ガラスをぬぐった。スプレーで白い泡状の物を吹きつけて汚れを落とす。二ヵ月前までは決してやろうとしなかったことである。秘書は明らかに社長を軽蔑していて、それを誰にも隠そうとしなかった。タバコの煙を輪に吹いておいて、唇をとがらして息を吐きかけ自分で消した。

「外へ出ましょう」

吉野は粕谷をうながした。

「どこへ行く」

社長が金切り声をあげた。

「ホテル住吉へ、決ってるでしょう」と吉野。

「あれは十一時までにだ、その前にキャバレー二番館へ行ってもらわなければ」

「二番館がどうかしましたか」

「セットについて苦情を持ちこんでいる。ライトを当てると注文した色が変るんだそうだ、もしかしたら蛍光剤がすくなすぎたのかもしれん、確かめてくれ」

「制作場に問合せてはいないんですか、ぼくは塗料の配合まではタッチしちゃいないんですから」

「制作場には何度、電話しても出ないんだよ、たのむ」

「朝早く二番館へ行っても誰もいやしませんよ」

「誠意を見せておけばいいんだよ、誠意を、誰か事務所にいるさ、アート企画の社員が苦情をきいてとんで来た、と思わせればいいんだよ、セットを調べるのは午後になっても構わない、そんなことぐらいきみわかってるだろう」

「なかなか大変ですな」

秘書が口をはさんだ。「どうやら吉野さんはアート企画になくてはならぬ人のようだ、この人にもしものことがないようにと祈る点ではわたしも社長さんと同じですよ、いや、もしかしたらおたくより大事に思ってるかもしれません」

「そりゃあどういう意味だね」

「こっちの話ですよ、どうせわたしが打ち明けてもわかってはくれないでしょう」

「さっきいってた長期休暇の話か、とんでもない」

「休暇とはもういいません、吉野さんがやめたらどうなさいます」

秘書はばか丁寧な口調になった。

「部外者がわが社の人事に口を出す権利がどこにある、先だってうちの女の子が蒸発したばかりだ、そうでなくても人手が足りずに私一人で二人分、いや三人分の仕事をこなしているんだぞ、彼が休暇をとったらアート企画はどうなる、あまり無責任な差し出口はやめてもらおう」

社長は丁定規で机を叩いた。吉野は秘書の腕をつかんでドアから引っ張り出した。ほおっておけば秘書はいつまでも社長をからかい続けるだろう。思うにこの若い男は社長をやりこめることに快感を覚えているらしい。なんにつけても挑戦的なのは粕谷という男の性格と見えた。

「二番館、おい、二番館」社長が二人の背中に向って叫ぶ。

「わかってます、まちがいなく顔を出しときますよ」吉野は答えた。


「この辺りであけている店を知りませんか、弱ったな、九時半までは無理かもしれないが……」

秘書は魚町界隈の喫茶店を軒なみにしらべた。仕事でまわらなければならない、と控え目に吉野はつぶやいた。秘書は聞えないふりをした。

「例のほら、あれはなんていうのかしら、日本独特の英語があるでしょう、モーニング、サーヴィス、そう、詩的な感じね、誰が発明したんだろ、ぼくは好きだな」

秘書は、あった、といって一軒の喫茶店に吉野をみちびいた。開店したばかりである。コーヒーのきつい香りが鼻を撲った。

「社長さん頭に来てたみたいだったな、ええと」秘書は卓上のメニュを検討し、「モーニング・サーヴィスにAとBがあるのはどう違うんだ」とウェイトレスに訊いている。Aはハムサンドが付き、Bはバタートーストだと店員が説明した。

「ああ、なるなる、ちゃんと下に書いてあった、じゃあぼくはAといこう、あなたは?」秘書は吉野にメニュを渡した。朝食はすませた、と彼はいった。コーヒーだけを注文した。

「社できいてたでしょう、ぼくはキャバレーに行かなくては、ゆっくりしてはいられないんだ」吉野はいった。

「U・S・Aでこれをやればあたると思うんですがね、あちらのサラリーマンは女房より早く起きて出勤するから、こんなのがスナックにあると十時のコーヒー・ブレイクにはわんさと押しかけるはずですよ」

「社長はあれでいい男なんです、がみがみとよろず口やかましいけれど」

「そうでしょうな、だから金繰りで苦労することになる、どこもそうしたもんですよ、小心な人間に悪党はいない」

秘書はハムサンドを口に入れて、芥子が足りないといい、ウェイトレスに芥子を壜ごと持って来るように命じた。

「U・S・Aでは転業が当然でしてね、会社が左り前になりかかるとさっとよそへ移っちまう、業績が良い所でも自分の能力が認められないと思うと適当な職場へ転身する、本人にも会社にもそれがプラスになる、終身雇用が定着した日本でも、最近はそうしたサラリーマンが増えて来たみたいですな」

粕谷はパンにたっぷり芥子を塗りつけた。

「U・S・Aというのはアメリカのことですか」吉野はいった。つかのま秘書は芥子を塗る手を止めた。上目づかいにちらと吉野を見やり、「そう、U・S・S・Rがソヴィエト連邦ね」といって、二片のパンを丁寧に重ね合せた。

「アメリカで暮すのは長いんですか」吉野はいった。秘書はのみこみかけたサンドイッチがつかえでもしたのか、急いでコーヒーに手を出した。

「あなたも口が悪い」

「ただ訊いてみただけです」吉野はいった。「時間が気になるんですか」相手はコーヒーを置いて訊いた。気になる、と吉野は答えた。

「きのう、われわれは一日じゅうあなたを待っていました、夜になっても見えないからアパートへ訪ねてみようかと思ったんだけれども、ゆき違いになってベンジャミン夫人ひとりしかいないホテルへあなたが来ても、夫人は日本語がわからないし、やきもきしてたんです」

「ベンジャミン夫人は日本語を勉強すればいい」吉野はそっけなくいった。

秘書は途惑った表情で吉野をみつめた。故障した自動車のどこが悪いのか発見できないでいる男の表情に似ていた。彼はテーブルに両肘をついて吉野の方へ身を乗り出した。

「バイカル号で何があったんです」

「何もありはしませんでしたよ」吉野はやや身をのけ反らして答えた。秘書がのみ干したコーヒー碗の底に分厚く砂糖が溜っている。一杯のコーヒーに角砂糖を三個も入れるのがアメリカ式というものだろうか、と彼は考えた。

「彼らの提案をあなたは拒んだ、そうですね」秘書はせきこんでいった。吉野は黙ってうなずいた。

「じゃあなぜホテルへ来なかったんですか、ベンジャミン夫人はあなたと夕食をご一緒するつもりでワインリストなぞ吟味してたんですよ」

秘書がそういったとき、吉野は昨日つまり六月一日に自分が歩きまわった道筋を回想していた。片渕町、浜町、十人町、出島町、銅座町、いずれもグランド・ホテルの近くである。魚町から出島町の制作場へ行くときホテルのある万才町を通りすぎてもいる。その気になればどの町からも十五分以内でホテルへ到着できる距離であった。無意識のうちにホテル近傍ばかりをうろついていたのかもしれない、と吉野は考えた。かすかに胸が痛んだ。

「ロシア赤十字の申し出をあなたがはねつけたことは大体わかっていたので、われわれとしては安心していたんですがね」秘書はゆで玉子の殻を剝きはじめた。男に似合わず繊細な長い指である。爪はよく手入れされていた。

「わかっていたのならどうしてバイカル号で何があったかと訊いたんです」

「いえね、念のため、しかし良かった、こうとなったら後は事務的な手続きをとればいいんだから」

「事務的な手続きというと?」吉野は訊き返した。

「旅券と査証、それに予防注射とか、なにどれも簡単にすみます、たいていぼくが手配しますからまかせといて下さい」

「アメリカへ行くとなればそんなものがいるんでしょうね」吉野はコーヒーをかきまわした。

「一流の医師がいます、白血病にかけては日本より高い実績を持つ研究陣があると思って下さい」

申し出は有り難いと思っている、と吉野はいった。コーヒーは生ぬるかった。

「いって下さい、一体なにが気に入らないのです、われわれがU・S・Aへ引き揚げたら別口がまたあなたを招待に来るとでも思ってるんですか」

秘書は苛立っていた。申し出そのものについて気に入らないことは何もない、と吉野はいった。

「じゃあなぜ、うんといわないいんです、あなたは黙ってベッドに横たわっていさえすればいい、病院や新薬の宣伝をする義務もない、あなたのすることといえば健康になって退院することくらいなもんだ、お望みならU・S・Aを観光旅行することもできる」

秘書はますます身を乗り出した。その口から芥子が匂った。

「健康になって退院することくらい?」

吉野はぼんやりとつぶやいた。相手に訊き返すのではなくて、いわれた言葉の意味がよくわからないので理解しようと努めるかのように低い声でおうむ返しにつぶやいたのだ。秘書はややうろたえて、百パーセント完全治癒を保障するわけではないが、とつけ加えた。

「ベンジャミン夫人にはよろしく伝えて下さい、ぼくの気持は先日、申し上げた通りです、仕事がありますから」

吉野は腰を浮かせた。待ってくれ、と秘書はいった。

「夫人に感謝する、とあなたはいいましたね、すくなくともわれわれの善意は疑ってはいないわけだ、そうでしょう」

秘書はハンカチで首筋を拭った。疑ったことは一度もない、と吉野はいった。「じゃあ、あなたも拒否する理由をはっきりといってわれわれを納得させてくれてもいいと思う」秘書はしつこく喰いさがった。

「理由をいってもあなたが納得するとは思えません」吉野はいった。

「正当な理由であれば納得しますとも、ベンジャミン夫人にも報告しなきゃなりませんからね」

「理由なんかないんです」

「…………」

秘書は口をあけてまじまじと吉野をみつめた。そんな、と喘ぐような声をあげた。

「自分でも本当はよくわからない、行きたくない、という気持だけははっきりしています、これで充分じゃありませんか」ケロイドで覆われた女の顔が目をかすめた。

「原爆を投下したU・S・Aをあなたは恨んでいるんですか」秘書はしきりにハンカチで顔と首筋をこすった。

「たぶん……」吉野はいった。

「たぶん恨んでる？」

「いや、たぶん恨んではいないんじゃないかと思います、そんなことはどうだっていいんです」

「ベンジャミン夫人も納得しないはずだ、そんな理由ではね、するはずがない」

「しなくったって結構ですよ、そうでしょうね、しないでしょう」他人事のように吉野はいった。窓ごしに外を見た。鉛色の雲が空を埋めている。街路樹の下に影はない。

「あなたも困った人だ」

秘書はテーブルについた肘を離して、ソファに深々と体を沈めた。「佐々木先生から話は聴いてるでしょうな」

「ええ」

「今が一時的な快復で、遠からず、そのう、遠からずつまり……」

「遠からず死ぬといわれましたよ」吉野がきっぱりというと、秘書は慌てて目をそらした。

「あなたはどうしてそんなに平気でいられるんですか」

「仕事があるからでしょう」吉野はなげやりに答えた。

「それは嘘だ、ひどくなれば仕事なんか出来なくなる、それは自分でも知っているでしょう、ついこのあいだまでそれであなたは休んでいたのだから」

平気でいるわけじゃない、と吉野はつぶやいた。アパートに拡げたままにしている地図が目に浮んだ。

「平気のように見えますよ、それが不思議で仕様がない」

吉野は腕時計をのぞいた。十時をまわっているが、二番館にはこの時刻だれもいない。社長には顔を出すといいはしたけれども、吉野にそのつもりはなかった。他に行きたい所があった。復元地図の空白が一、二個所、彼の証言によって埋まるはずである。

「会社がつぶれたら仕事だってなくなるでしょう、われわれはこれは内緒の話ですがね、興信所に依頼してアート企画の経営内容を調査させましたよ、その結果なにがわかったと思います」

吉野は黙っていた。

「出島町の制作工場ね、あれは三番抵当まで這入ってるそうだ、月賦で買ったトラックもコンプレッサーも支払いは一回しか済んでいない、アート企画と取引きのある銀行は近いうちに取引停止に踏み切る気配だそうですよ、おたくが振り出した手形は落ちにくくなってるし、どうですか、これは初耳でしょう」

「……………」

そうするとあれが興信所の差しまわした人間だったのか、と吉野は考えた。二、三日前、出島町の制作場に顔色の悪い中年男がやって来て、キャバレーのステージセットを作っている職人に仕事を依頼するような口振りで根掘り葉掘り制作単価などを訊き出していた。吉野は半時間とその場にいなかったから、あとで男は職人を酒場にでも誘っていろいろとしゃべらせたのだろう。

三菱造船所の木工場で下請工をくびになった男に、アート企画は約束した給与の半分しか払っていなかった。不満がなければどうかしている。銀行の気配はともかく、コンプレッサーやトラックの支払いについては職人が提供した情報をもとにしているらしく思われた。興信所は楽な仕事をしたわけだ、と吉野はいった。

「吉野さん、あなたのためを思えばこそですよ」

秘書はいった。「会社がいつまでも安泰だと思っていたら、とんでもないことになる」

「つぶれるかもしれませんね」

「またそんなのんびりした口をきく、つぶれるのはアート企画ですよ」

秘書はネクタイの結び目に指を入れて引き下げた。上衣を着けているので暑いのだ。「率直にいいましょう、いいですか、われわれはあなたをクリーヴランドのサイモンズ・ホスピタルに入院させても確実に治癒できるとは一度もいった覚えはない、それがいえたら嬉しいんですがね、ええ本当に、そういえたら。しかしね、確実にいえることがある、医学にかけてはぼくはまるっきり素人なんだが、クリーヴランドシティーで療養すればあなたの病気が進行するのを喰い止めることができる、苦痛もやわらげることができる、そして最新の医学技術で病気そのものを駆逐する可能性もある」

吉野は秘書の言葉に耳を傾けた。ここぞとばかり粕谷はまくしたてた。

「ところがわれわれの申し出を拒否して、いや仮りに拒否したとして、長崎にとどまっておれば、佐々木先生が既にいったように遠からず病状が悪化して寝こむことになる、これは確実だ、ぼくが今更いうまでもなくあなたの方が知ってるはずじゃありませんか、なにもかも単純で明白だ、この期に及んで選択するまでもない」

吉野は紙ナプキンをテーブルで折っていた。幾重にも畳んだそれを開いて折り目をしらべた。秘書はついに上衣を脱いだ。

「あなたは疑ってるのかもしれない、日本の医学技術もU・S・Aのそれもたいした差はあるまいと、ねえ、そうでしょう、じゃあ一つ例をあげましょう、AECというのはアメリカの原子力委員会のことだがね、それが一九五三年にネヴァダでやった核実験の際に四人の軍人が放射能を測定するために上空を飛行して、うち二人が白血病で死亡したんだ。もう一人は癌にもう一人は頭に化膿性の疾患を持っていて十年間も寝たっきりだそうだ、AECはおもてむき二人の死と二人の病気は放射能と関係がないといっている。ところで癌にかかった空軍少佐なんだがね、ある医師は彼が異状を申し立てる前に精神的に平衡を失っていたとも指摘していたな、彼は実は癌と診断される以前に発病していたんだよ」

「おっしゃることがよくわかりません」吉野はつぶやいた。

「彼は強度のノイローゼでね、それというのも発病した年に生れた息子が精神的にノーマルではないことがわかったんだ、つまり彼の染色体が測定飛行をしたとき放射能によって影響をうけていたんだ、入院して精神検査をした結果、白血球数値の変動と彼の精神状態とが密接な相関関係にあることが確かめられたんだ、病院側は子供も収容して治療にかかりましたよ、精神分裂症の一種らしかったが、現在の医学でもってすれば八十パーセントは治るんだってね、かつては不治の病いとされていたものが、今は父子ともに健全ですよ、このことで何をいいたいかといえばU・S・Aの進歩した医学のことだよ、どうかしましたか吉野さん」

吉野はこまかく裂いた紙ナプキンを見ていた。秘書の話を聞いて何かが心の中で動いた。忘れていたものを思い出したようであるがそれが何かわからない。吉野は紙屑を灰皿につまんで入れた。

「こうしましょう、六月一日と時限を切ってあなたに失礼なことをしたとわれわれは実は反省しています、きょう東京へ発って近いうちにまたこちらへ戻って来ます、ホテルのフロントへあなたの名前を告げればメッセイジを伝えられます、東京の住所は先日さしあげましたね」

「ぼくの気持は今いった通りです」吉野は弱々しくいった。

「人間の気持ってものは変るもんです、われわれは待っています、このことを忘れないで、いいですね」

「あてにしても無駄ですよ」吉野はいった。二人は電車通りで別れた。粕谷秘書が口にした言葉が、吉野の中でわだかまっている暗い疑問を一瞬あかるく照射したかと思われた。不意に体をこわばらせ、宙に目をすえた吉野に対して、どうかしたのか、と秘書が声をかけたのだ。あれは何だったのだろう、吉野は考えた。電車は一つ残らず窓を開放しており、そこから六月の風が流れこんで来た。じっとりとした湿り気を含む風で、体に強く吹きつけても少しも涼しく感じられない。

（原子力科学研究所、白血病、アラモ・ゴールド、技師の息子）吉野は秘書が話した内容を一つずつ点検した。どうということはない、（染色体とそれから白血球数値の変動、精密検査、二人とも治療して今は父子ともに健全とかいってたな……）吉野はもどかしい思いで秘書の言葉を反芻した。何かある。中津弓子の失踪と関連するヒントのようなものがあるように感じられる。

吉野はいきなり座席から立ちあがった。電車が長崎駅前にさしかかり、カーヴを曲ろうとしたときである。腰を浮かせた吉野は振動であっけなく引っ繰り返った。したたか腰を床に打ちつけたにもかかわらず痛みは感じなかった。手についた汚れも払わずに彼は駅前でそそくさと電車を降りた。今、来た道を引き返さなければならない。反対側の乗り場へ向って歩道橋を小走りに駆けた。

粕谷秘書の言葉が弓子の失踪とどのようにつながっているかを自分はとらえたと思った。吉野は喘いでいた。蛍茶屋行きの電車は姿を見せない。彼は咽喉をぜいぜい鳴らして歩道橋を再び駆けあがり、バスターミナル前に駐車しているタクシーのドアを叩いて内部にころげこむなり「片渕町の原爆病院」といった。

「原爆病院ね」と答えた運転手は、駅前通りの車の流れに乗り入れてから、「お客さん、ミラーでちゃんと見とるとやけん、がんがんドアを叩かんでもわかるとよ、ガラスが割れたらどがんするつもりやったね」といった。

ＮＨＫ長崎放送局の三階応接室に三宅鉄郎はいた。則光と波多野アナウンサーが彼の斜め前にかけており、道路に面した窓ぎわに海老原が立って外を見ていた。

「もうそろそろ来る時分だが」と則光はいってズボンのポケットから懐中時計を引っ張り出した。

「爺さんにはちゃんと十時半といったのだな」と波多野アナウンサーは念を押した。その問いにはうなずくだけにしておいて則光は三宅に向い、「あんたは何も当人に自分はＮＨＫの職員じゃないと断わる必要はないんだよ」といった。

「爺さんをきょうどんな名目で呼び出しているんだい」と三宅はいった。

「録画撮り前の打合せ、今いったばかりでしょう」と波多野アナウンサーがいう。

「さりげなく質問してくれよ、疑ってると気付かれたら本物だった場合にはまずいから、出演しないとゴネだしたらかわりがいないから大変だ」と則光。

「とうとう降ってきやがった」壁ぎわの海老原がいった。一同は外を見た。長崎駅の背後にそびえる稲佐岳が白い紗をへだてて見るようにぼんやりと煙った。

「初めから本物と決ってるならぼくを呼び出すまでもない、その爺さんとかいう人物に疑いを持ついわれを前もってきいておきたいな」三宅はいった。

〝現代史〟というシリーズ番組が週に一度、制作されている。明治から昭和に至る歴史的事件で、長崎に因縁がある史実に関係した生き証人を登場させて往年を語らせるやり方でかなり評判もいい。大浦居留地の外国人を知友に持った日本人たちや、その外国人の子孫も出演した。先週は孫文と宮崎滔天に宿と金を提供したという新聞社社長の孫が登場して祖父の思い出を語り、これは女のアパートで三宅も見ていた。セミヨノフもロゼストヴィンスキーも長崎に足跡をしるしている。大陸にもっとも近い港市という土地柄か、長崎にこの種の史実は豊富である。

則光がＰＤとして企画したのは近く閉鎖される新地町の長崎国際電報局の歴史である。現在、この局に勤めているのはほとんど戦後の採用になる職員で、それも上層部は東京や福岡から赴任した人物ばかりである。戦前、戦中の事情に詳しい人物でなければならなかった。局が廃止と決定した今年四月に発足した局史編纂委員会が何人かそれにふさわしい人物をあげたが、探し当てた元局員は昭和三十年代に死亡していることがわかった。ようやく一人だけ生存者が名乗り出た。それがきょう間もなくやって来る元運用課長である。

「なら問題はどこにもないじゃないか」三宅はいった。

「ないんだったら何もあなたに御足労を願いませんよ、末吉藤次郎というんですがね、彼は昭和十年前後に局をやめて満洲へ渡ったといってる、大陸から国際的視野で見た戦前、戦中の日本、これはいいネタですよ、もし本人のいう通りなら」則光はメモノートを軽くたたいた。

「だから何を疑ってるんだとさっきからきいてるだろう」

「困ったことに末吉氏が元運用課長であったという証拠がどこにもないんですよ」

「そんな馬鹿な……」三宅は呆れた。

「と思うでしょう、終戦時にトチ狂った軍の命令で機密書類を焼却したことがありましてね、そのときある種の手違いで末吉氏が在籍した当時の職員名簿まで一切合財焼いちゃったんですよ」

「でも国際電報局なら郵政省の管轄だからそっちの方を当れば」と三宅はいった。

「そう、昔は逓信省といいましたな、ところが逓信省が運用権を接収したのは昭和十五年でありましてね、末吉氏がやめた後なんですわ」

「しかしぼくに何を訊かせたいのだ、国際電報局のことなんかきくのは今が初めてだよ」三宅はいった。

「いったでしょう、彼は満洲へ渡ったと、満鉄の調査部にいたというんです、三宅さんはそれにかけては詳しいじゃありませんか、国際電報局のことならわれわれが訊きますよ、あんたは満鉄調査部のことを爺さんに訊いて下さい」則光は目を光らせた。

「まだわからない、末吉という男がなぜ嘘をついてまでテレビに出たがるんだい、出演料として大金が支払われるとでも思ってるのかい」三宅は腑に落ちなかった。

「七十歳ですよ、廃品回収業者に会計係として安い給料で雇われていってみれば棺桶に片足つっこんでる人物がテレビに出られるとならば大抵のホラは吹く気になるもんですよなあ」と則光は波多野アナウンサーをかえりみて同意を求めた。

「息子や孫から相手にされない御老人がとんでもない与太話をでっち上げるのは一度や二度じゃないんですよ、この前もね、浦上四番崩れの末裔と称する爺さんがまっかなにせものだったりして」アナウンサーは欠伸をした。

「当時の同僚は一人もいないのかね」三宅は訊いた。

「いたらわれわれが苦労することはありゃせんのです」則光はまた懐中時計を引っ張り出した。

「どうやら御登場のようだ」下を見ていた海老原がいった。則光は椅子から離れてあたふたと階下へ降りて行った。

「梅雨が終れば夏だな」海老原が憂鬱そうにつぶやいた。

「お前、わかりきったことを重大事件のようにいうんじゃないよ、気が滅入るじゃないか」アナウンサーがたしなめた。「それとも何かい、ボーナスを気にしてるのかね、革命家にも反革命の徒輩にも平等にボーナスが支給されるのが面白くないというのか」

「あんたなんかに俺の気持がわかってたまるか」

海老原は横を向いた。

「御挨拶だな、あんたなんかと来た、そうですよ、どうせわれわれなんか革命が成就した暁には縛り首なんだろうさ、その前に罪名くらい教えてくれるだけの慈悲はあるだろうな、まったくいい気なもんだ、お前さんみたいに単純な割り切り方をしたらさぞ世渡りが楽だろうよ」

アナウンサーはむきになった。

ドアが開いた。背が曲った白髪の老人が則光にみちびかれて這入って来た。黒眼鏡ごしにぼんやりと室内を見まわしている。三宅は息をのんだ。老人は太いステッキに両手ですがって近寄って来る。片足が不自由のようである。

「知ってる人ですか」アナウンサーが小声で三宅に訊いた。彼は答えなかった。椅子の肘かけを両手で握りしめて半ば腰を上げた。

「きょうは遠い所からわざわざどうも」則光が如才なく老人をねぎらった。女子職員が茶を運んで来た。波多野アナウンサーが依然としてけげんそうに自分を見ているのに気づいて三宅は椅子に腰をおろした。黒眼鏡さえなければ、あれが邪魔だ……

「録画撮り前にわれわれとしてもいろいろとうかがっておきたいことがありまして」則光がお茶をすすめた。老人は口の中で何やらいって茶碗に手を伸ばした。

「どうです、雨に濡れませんでしたか」アナウンサーがいった。末吉藤次郎はガラス壁ごしに外を見、ついで順に海老原、波多野、三宅と顔を動かした。三宅の上につかのま視線が固定したように思われたが、それは彼の気のせいかもしれない。電車を降りて局舎へ這入るまでに少し降られた、と老人は誰にともなくいった。

（おやじさんいるかね……）

三宅はハルビンにいた頃、家を定期的に訪ねて来た犬丸という人物の声を、末吉藤次郎の声と重ね合せようとした。アルコールでつぶれたようなひどいしわがれ声である。犬丸の低い声と似ているようでもあり、似ていないようでもある。犬丸は松葉杖をついていた。右足であったか、左足であったか、記憶がはっきりしない。

「末吉さんが長崎国際電報局に這入ったのは……」

則光が口を開いた。

「這入ったのではなくて採用されたので……」老人はきっぱりと訂正した。

「失礼、採用されたのはいつのことですか」

「昭和五年です」

「当時どこに住んでいましたか」

「伊勢町に居りました」

「伊勢町から新地町の局へ通っていたわけですね」

「いや、わたしが採用された年はまだ局は大浦にあって、新地へ移転したのは二、三年後でした」

三宅は老人の話しぶりに耳を澄ませていた。平板な長崎弁ではなくて、語頭にアクセントのある東京弁に近い。しかし東京弁と異る点は言葉のふしぶしがやや重く響くことである。北海道出身の男が老人とよく似た話し方をするのを三宅は思い出した。

「国際電報局の近くに逓信局がありましたね……」

則光の言葉を老人がさえぎった。「あなたはさっきからしきりに国際電報局というが、わたしが働いとったのはその前身であるところの大北通信社です、国際電報局と改称されたのは逓信省が運用権を接収してからですよ」

「またまた失礼をば、何も知らんもんですから」

則光は済まなさそうにへりくだった微笑を浮べて見せた。三宅は則光がわざと知らんふりをしているのだと考えた。

「末吉さんが採用された頃は大浦の外人ホテルに事務所があったわけですね、確かホテル『ベル・ヴュー』とか」

老人は首を振った。「ホテル『ベル・ヴュー』に事務所が開設されたのは明治初期と聞いとります」

「大北通信社は外国系の会社だそうですが」

「デンマークのね、正しくは大北通信社長崎局です。明治になって長崎―上海、長崎―ウラジオストク間に海底ケーブルが敷かれてから業務を始めました」

「労働争議がひんぱんにあったとか」

「それは何かの間違いでしょう、わたしが知っている限り一回も発生していません、信頼のおける物価統計つまり政府発表のですな、それを局長に示して、物価がこれだけ上っておるからわれわれの給与もこれだけ上げてくれというとすぐ賃上げしてくれました。だから近くの逓信局の連中と碁などやるとき羨ましがられたもんですよ、日本人でも古株は県の収入役ぐらい、わたしが運用課長に昇進したときは逓信局長と同じくらいもらっとりました」

末吉藤次郎は膝の間にステッキをかかえこみ、その上に両手を置いてしゃべっている。黒眼鏡で隠された表情はうかがえない。長崎―上海、長崎―ウラジオストク間に海底ケーブルが、と老人が話したとき、ある戦慄のごときものが三宅の体に走った。

「ウォッチマンというのは何ですか」則光がきいた。

「保線係というか監視員というか、つまりですな、小ヶ倉町にケーブル・ハウスがあってそこから事務所まで土中でなく電柱にケーブルが架けてあったもんだから、凧がひっかかってもさしさわりが生じる、おわかりでしょう」

「末吉さんがおやめになったのは」

「昭和十三年です」

「失礼ですがそんなに高い給料をくれる会社をなぜやめたりなんか」

「だからさっきいったでしょう、逓信省が運用権を接収したと、給与もしたがって一律に引き下げられて……」

「成る程、しかしそれだけですか」

「一身上の都合もありましたし、他に思うところもあって」

「満洲へ渡られた」

「ええ」

「満鉄の調査部ということでしたね」

則光はメモノートを閉じて三宅に目配せした。「満洲のどちらですか」老人はゆっくりと三宅の声がする方に向き直った。

「大連の本社です」

「昭和二十年までずっと大連に……」

「いや、大陸をあちこち」

「例えば」と三宅はいった。

「奉天、新京、今は長春と直っていますな、張家口、黒河、北京、それから……」

「ハルビンとか」

「ええ、ハルビンね」と老人は気がなさそうに答えた。

「入社当時、調査部のスタッフは何名くらいいましたか」

「千人くらいと聞いとりますが何せ厖大な組織で……」

「昭和十五年にも調査部という名称だったんですね」

「……ええ、その頃は。しかしですな、わたしは大北通信社を番組にするというので出て来たんで何も満鉄時代のことまでは……」

「珍しい経験の持ち主でいらっしゃる」と三宅は気色ばんだ老人に柔かい口調でいった。「珍しいといわれると?」老人は訊き返した。

「大北通信社に勤めておられただけならわれわれは末吉さんに出演を依頼しません、通信社から満鉄調査部へという一風かわった御経歴の持ち主であればこそお話をうかがいたいわけで、つまり当時、日本唯一のいや世界でも有数の情報蒐集機関であった調査部に属していた方の目に大戦へ突入する日本がどう映ったかということですね、歴史的に貴重な証言です」

老人はステッキの尖端に目を落した。三宅はタバコをすすめた。則光がすかさずライターをさし出した。

「リュウマチですか」三宅はさりげなく訊いた。

「え? ああ、リュウマチ、そうです」末吉藤次郎は平手で太腿をさすった。

「電車に乗り降りするとき不自由でしょう、先だって会社にお訪ねしたとき気づいていたら車でお迎えにあがったのに」則光がいう。

「いつごろからリュウマチが出たんですか、雨が降る日は疼くといいますね」三宅がいった。

「曇り日にもね、しくしくと来る」

「ずっとステッキをお使いですか、松葉杖の方が便利だという人もありますが」

三宅がそういうと則光が妙な表情で彼の方を見た。老人はステッキで床を軽く叩いており何もいわない。

「満鉄入社に際してはきびしい採用試験があったんでしょうね」三宅は老人の顔から目を離さなかった。

「いや、わたしの大学時代の教授が口をきいてくれまして」

「調査部というのはどんな仕事をする所ですか」

「英国が昔インドにおいた東インド会社というものがあったでしょう、あんなもんだと思って下さい」

「というと……」

「満洲中国のですな、鉄道、道路、河川の事情、経済産業から社会文化のあらゆる部門にわたって必要なデータを科学的に蒐集整理する、わが国が大陸を経営するのに必要な、という意味です」

「末吉さんあなたは調査部でどういう仕事を担当なさいましたか」

「初めは庶務課に、これはどこでもそうであるように人事会計一般のいわば雑務ですな、それから北支経済調査室に移されて、業務はその名称通りの北支一帯の……」

「大連で?」

「いや各地の駐在事務所を転々としてましたよ、天津、済南、張家口、包頭」

「軍との関係はいかがでした」

「軍といわれると?」

「関東軍と情報の交換を密接におこなったのでは」

「そのことですか、わたしはその任には当らなかったけれども、参謀部第二課が経済、第四課が情報担当で専任の連絡員がおりましたな」

「東京の参謀本部と接触は」

「もちろん、うちの社員がとくに参謀本部第五課のロシア班とは関特演前後はひんぱんに連絡をとっておったようです。しかしわたしは連絡内容までは知らされておりません」

「満鉄東亜経済調査局というのは?」

「いろんな部局に分れていましたからな、誰がどこで何をしておるかということはお互いに知らなかったしわれわれ出先機関の部員が蒐集した情報は上の方でちゃんと分析綜合される仕組になっとりました」

「そうすると末吉さん、それぞれの部署に誰がいるかということは皆目わからないわけですか」

「部によるでしょうな、例えば第一調査室というのは一般経済を担当しますが、第二調査室すなわち法制担当の人と馴染のようでした」

「さっき関特演といわれましたね、東京の参謀本部としきりに往来があったようですが当時、調査部のどの部局が演習にタッチしたのですか」

「タッチした?」

「情報を提供したわけでしょう」

「そういう意味なら第三調査室でしょう、関東軍の物動計画やら独軍の対ソ戦見通しについて助言できるのはあそこだけです」

「第三調査室に勤務していた人々で知り合いはありますか」

「大連の?」

「どこでもよろしいですよ、新京支社、ハルビン支社、大連と限らないでも」

末吉藤次郎は再び腿をさすり始めた。「知り合いはさっきもいったようにいません」といった。

「ところで末吉さん、ハルビンに行かれたことがあるといわれましたね、駅前広場に大きな銅像が立ってたでしょう」

「伊藤博文公のね、戦後すぐにソ連軍の手で撤去されました」

「大連の満鉄本社裏に何軒かレストランがありましたね、一つ二つあげて下さい」

「レストラン……」

「利用なさったことがあるでしょう」

「それがテレビとどんな関係が」

「覚えていないのならいいんですよ」

「ヴィクトリア、マース、それからええと……」

「結構です」

末吉藤次郎はポケットをさぐって平たくなったタバコの袋を取り出した。三宅は自分のタバコを袋ごと差し出した。老人は一本ぬき取った。その指が目立つ程に慄えているのがわかった。姿を消していた海老原がまた現われて、清涼飲料水を人数の分だけ運んで来ておりグラスを配って老人から先についだ。

「大北通信社に採用されたときにですな、社員は一札書かされたもんです、通信業務にたずさわる者は退職後も職務上知り得た秘密を守る、と。調査部においても同様でした、こんな所でしゃべるとは思わなかった」

末吉藤次郎は黒褐色の液体を苦そうに味わった。

「調査部が現在も存続しておればの話ですよ秘密固守というのは。そこまで律儀に解消した組織に対して忠義立てする必要はないでしょう」

則光がいった。

「面白い話です、実に興味津々です」波多野アナウンサーがそつのない所を見せた。海老原をかえりみて、「お前さん、どう思う」ときく。

「おれよくわかんないけどさ、弁証法的矛盾というやつな」海老原はしゃべり始めた。

「またか、ちえっ」アナウンサーは顔をしかめた。「おい、お前さんはラーメンが延びすぎたといって文句をつけるときでもマルクスがどうの剰余価値がどうのといわなければ気がすまないんだな」

「波多野さん、わが組合の輝ける委員長は革命理論で武装していらっしゃる、あんたがいい負かそうたって無駄というもんですよ」

則光がやんわりとたしなめた。弁証法的矛盾とは何のことだ、と三宅は海老原に訊いた。ちらと末吉を見ると、老人はグラスを手に雨で覆われた長崎駅を見ていた。則光は老人にきょうは休みをとったのかと訊く。半日だけ、午後は出勤すると答えている。

「よかったらおひるをつきあって下さい、ラーメンかチャンポンか、食堂から取り寄せます」則光が提案した。老人はチャンポンをえらんだ。会社は戸町だから午後一時までに出社するには早目に失礼しなければ、とつぶやいた老人に、タクシーでお送りするからと波多野アナウンサーが約束した。

「わたしのような者の話でも番組になりますか」

「なりますとも、これは絶対にうけますよ」則光が自信たっぷりに保証した。

運ばれて来たラーメンをすすりながら、本場の中華料理とくらべたら味はどうか、とアナウンサーが訊いた。大陸ではラーメンを見たことがない、と老人はいった。

「あるべき所にはあったんでしょうがね、内地でお目にかかる中華料理というのは日本人向きに料理された中華ふうの食事とわたしは思うとります」

「聞いたか海老原、マルキシズムを大陸から直輸入しても物の役には立たんということだよ」アナウンサーが同僚

にいうと、

「革命の落伍者は正統派を恐怖する、誰の言葉だったかしらん、昔の人はいいことをいうもんだ」当人はすましてラーメンを口に運んだ。

「おれは何もお前さんを恐怖しちゃいないぜ」と波多野アナウンサーはいった。

「マルクスといえば伊藤律が東京支社の嘱託になってますが、あれは誰の手引なんです」三宅はラーメンのつゆをすすった。丼ごしに末吉藤次郎をうかがった。

「よく知りませんが尾崎秀実の口ききだというのが定説ですな」

「安江仙弘という人物は末吉さん御存じですか」

「安江ね……」老人は赤いハンカチで口許を拭いた。しばらく斜め上を見上げてから、「大連特務機関の長にそういう名前の人がおりましたな」といった。

「ハルビン特務機関の長はなんて人でした」

「ハルビンというてもいつのハルビンですか」老人は言葉をえらびながらいった。

「あなたが居られた頃ですよ」と三宅。

「わたしはあなた、ハルビンに住んだことはありませんですよ。仕事がら何回か滞在したことはありますがね」

「駅前の銅像のことなんか詳しかったもんだから若しやと思って、滞在はどこに」

「ヤマト・ホテル」

「大連にもあったでしょう」

「いいホテルでした」

「奉天にもありましたか」と三宅。

「ええ、新京にも」と老人は答えた。

「昭和十六年の八月に奉天のヤマト・ホテルで、〝戦時経済調査〟の中間報告会があったそうですね」

「なかなか詳しいですな」

「尾崎秀実はそのとき列席していたんですね」

老人は考えこんだ。割り箸を二つに折って丼に落した。自分が報告会に出席したのではないから尾崎が居たかどうか知らない、としばらくしてから答えた。

「彼が逮捕されたのは確か十月中旬でしたな」

「末吉さんが憲兵に逮捕されたのは……」

「昭和十七年九月です」

「大連で?」

「いや、新京の刑務所に収監されました」

十二時半まで三宅の質問は続いた。彼が注意深く老人の反応を観察していたにもかかわらず、ある意味では罪を犯した容疑者を取り調べるのにも等しい三宅の訊問を、末吉藤次郎はわずらわしく感じていないようだった。それどころか、微に入り細にわたった質問をかえって面白がり、熱をもって答えようと努力しているかとも見えたのは意外だった。幾度も則光は気づかわしい視線を三宅に向けた。ともすれば老人に対して詰問調になる三宅のたずね方を心配したらしい。


「どう思う」

老人がタクシー券を与えられて局舎を去ってから則光は三宅に問いかけた。三宅は椅子にぐったりと体を埋めて目を閉じている。

「あれがにせ者とはとうてい考えられんな、こちらもいろいろと勉強になりましたよ」

そういってアナウンサーは長々と欠伸をした。

「ねえ、判定はどうなんです、われわれは調査部についてあんたほど詳しくはないんだから白か黒かはあれだけでは決められないわけだけれども」則光は三宅の判定をうながした。

「彼が話したことは九十九パーセントまでは本当だと思うよ、部内にいなければ知り得ないことを知ってるから。ただ一つだけ妙なことがある」

「妙なことというと」

「末吉藤次郎は昭和十三年に大北通信社を辞職して満鉄調査部に入社したといっている、しかし、そこの所がこちらの訊き方が悪かったのかもしれないが、調査部は満鉄の産業部から改組されたばかりだったんだ、さっき爺さんに訊いただろう、産業部というのは何だって、そんなものは知らないと答えた、産業部の前身である経済調査会というのも知らなかった、こんなことってあるだろうか」

という三宅に対して、海老原が、

「そうはいっても爺さんやけに詳しかったじゃないですか、今あんたが気にしている疑惑はわれわれにはあまり問題とするに足りないな、そもそも人間が矛盾の塊なんで」

「いや、わたしは三宅氏の疑惑にこだわりたいな、あれは重要だよ」アナウンサーが海老原に反対した。

「完全無欠がどこにある、爺さんの話に非の打ち所がなかったら逆におれは疑ってかかるね、〝あやまつは人の常、赦すは神の常〟、赤尾の豆単にあったっけ」海老原は涼しい顔をした。

「ふざける場合じゃないよ」と波多野アナウンサーは苦り切っている。

「ハルビン駅前に伊藤博文の銅像があったというのは本当かね、三宅さん」と則光。

三宅は顔を両手に埋めたまま うなずいてみせた。自分の疑問は今いった産業部の件だけで他に末吉藤次郎のいったことで誤りはないと思う、出演させるかどうかは則光たちが決めるように、といった。

「わたしはどうも、うさん臭さが先に立って、喰わせ者じゃないかと思うな」と波多野アナウンサーは尻りごみする。

「おれは積極的に支持するな、仮りににせ者だったってそれはそれで面白いじゃないか、演技賞ものだ」と海老原。

「さあ、そうするとお前さんのイエスかノーで決まるわけだ、どうする則ちゃん」アナウンサーは若い同僚をかえりみた。則光は三宅を黙ってみつめていたが、やや［以下五字分空白］

「もうひとつうかがいたいんだがね、三宅さん、さっき爺さんとハルビンの話をしてたとき、わたしが爺さんにこの人もハルビンに居たんですよ、と何気なく教えたら、あなた途端に凄い目付でこっちを睨みつけたね、どうして爺さんにあんたがハルビンの住人であったことを知られたくなかったの」

そんなに凄い目付を自分はしたのか、と三宅はいった。

「しましたとも、今にも歯をむき出して則光に嚙みつきそうに見えましたよ」とアナウンサーがいい、海老原も同意した。

「そうかな」三宅は苦笑した。

「爺さんに余計な警戒心を起させたくなかったからね、で、どうする、出演させるの」

逆に三宅はきいた。それが則光の質問を封じるかたちになった。

「使おう、使ってもいいと思う」則光はいった。

「そうこなくっちゃ」海老原は波多野アナウンサーに向って聞えよがしにいった。

「三宅さん、何を浮かない顔をしているんです、爺さんを出演させるのが気に入らないんですか」と則光がいった。

「いや、そうじゃない。ぼくも差し支えはない」

三宅は老人が椅子から立ちあがる動作を目で追っていた。左右の脚が同じ程度に不自由であるようには見えなかった。先に立った則光が途中で折畳椅子につまずいて、ドアをあけるのは老人が早かった。末吉藤次郎はそれまで右手で持っていたステッキを左手に持ちかえ、ドアのノブに右手をかけた。ということは右足に体重をかけたことになる。右肩をいくらかそびやかした後ろ姿は老齢が猫背にしたものであっても三宅の記憶を刺戟するのに充分だった。

（おやじさん、いるかね……）

三宅は犬丸と名乗る人物と三十年ちかく経過した歳月をおいてきょう再び顔を合せたと思った。あれはいつの頃だったか、ハルビンで暮していた当時、戸外から帰って来た三宅が偶然、わが家のドアをあけようとしている姿を見かけたことがあった。三宅は両手の平に顔を埋めてそのときの影像を甦らせようと努めた。犬丸は外套《シューバ》を着こんであり、頭にはソフトをかぶっていた。高価そうな毛皮外套とふるびた帽子の取合せが奇妙だった。犬丸は左わきに松葉杖をかいこんでいた。はっきりと思い出した。

（おやじさん、いるかね……）

そういって返事を待たずにすっと松葉杖の尖端を玄関に入れる。それは三宅の右足を押しつぶしそうな感じで、少年は思わず一、二歩後じさりするのだった。

雨がいつのまにかやんでおり、稲佐岳に垂れ下っていた雨雲がそこだけ一カ所切れて、青い旗のような空がのぞいた。三宅は則光たちに別れを告げて雨あがりの街に出た。何か少しずつ視界が開けたような感じがする。汚れた灰色の毛布を一面に敷きつめたような六月の空に生じた僅かな裂け目のように、父のことでこれまで皆目、見当のつかなかったことについて端緒のごときものをつかんだ気がする。しかし、それならば心に歓びを覚えていいはずなのに三宅は手がかりを見出したことを少しも嬉しがっていない自分を認めて意外に思わなければならなかった。

（この人もハルビンに居たんですよ……）

と則光が末吉藤次郎に教えたとき、老人は箸でチャンポンをすくい上げ口へ入れようとするところだった。老人は丼の上にうつむけていた顔を三宅の方へ向けて黒眼鏡ごしに彼を見た。驚きゆえかそれともチャンポン麵を飲みこむためなのか、あけられた口の中に虫歯だらけの歯がのぞいた。垂れ下った唇は丼物のつゆで濡れており、三宅の方を向いたなりかすかに慄えていた。

しかし時間にすればそれはほんの一、二秒のことにすぎなかった。老人はまた丼に顔を伏せ、箸から取り落した麺をおもむろにすくい上げて口に入れたのだった。三宅がハルビンに居たという則光の言葉に一見、なんの感銘もうけないようであった。

三宅は大波止へ歩いた。暗い空の下に鉛色の海があった。倉庫の軒下にたたずんで見るともなく海を見ていた。埠頭に停泊している船舶はなく、荷の積みおろしは広い岸壁のどこでもおこなわれていなかった。人影はなく港を航行する船も見られなかった。

三宅はショルダーバッグから小さな手帖を出してあらためた。老人の住所が書いてある。後日、もっと詳しい話をききに行ってもいいか、と彼がたずねたのに対して老人が答えた自宅の住所である。

上戸町二八一ノ一四五　末吉藤次郎
（犬丸はわたしだ）と老人は告白するだろうか、それとも（わたしが犬丸だ）というだろうか。なぜ彼は末吉ではなくて犬丸なのだ。どちらが本名なのか。父に会いに来た用件は何だったのか。三宅鉄郎は考え直した。末吉老人が何もすべてを語ってくれると約束したわけではない。それに、ハルビンの三宅家を訪問していた人物が戸町の廃品回収業者にやとわれている会計係と同一人物であるという確証はない。七十歳をすぎないでもリュウマチをわずらう男は多いのだ。

いったん明るくなった視界がまた暗くなった。老人に望みをかけた自分が阿呆のように思われた。幼時、三宅が見た犬丸の相貌は末吉藤次郎と重なるようでもあり、重ならないようでもある。満鉄の社員であったかどうかはともかく、彼が大陸で暮したことがあるのはまず疑いがなかった。

奉天のヤマト・ホテルで昭和十六年八月の一週間を費して開かれた〝戦時経済調査〟の中間報告会には、満鉄調査部の各課長を初め関東軍参謀部の士官たち、企画院の主だった連中が出席していたことを三宅は知っていた。尾崎秀実も席につらなっていたことは当事者の証言で明らかである。尾崎は中間報告会の内容を細大あまさずゾルゲに伝えていた。末吉のような事情通が尾崎が出席していたか否かを知らないはずはない。尾崎秀実という名前に動じるふうではなかった。老人は彼が何者かは既に知っていたのだ。

三宅がたずねたとき、老人はためらったようであった。いおうかいうまいかと。結局、当りさわりのない返事しかしなかった。自分がホテルのその部屋に居ないかぎり、尾崎が出席したかしなかったかは知らないと答えて疑われることはあり得ない。しかし、老人の黒眼鏡で隠された表情の方は本人の言葉を裏切っていた。三宅にはそう見えた。なぜ嘘をいうのか。尾崎秀実がスパイであったことは……。三宅は灰色がかった海に見入った。黒ずんだ廃油がひとすじ、貨物船の船べりに突き出した管から海に落下していた。末吉藤次郎もあるいは……。だとすれば今になってなぜ悔いあらためた小心な小悪党よろしく自分の知っていることを他人にしゃべるのか。しゃべりながら隠そうとするのか。

老人が語ったことが真実であることを示す証拠はまだあった。新京の刑務所にとじこめられているとき、隣に汪政権の満洲大使館があったという。監獄の小部屋にあいた窓から大使館が掲揚する国旗が見えた、と老人はいった。長方形をした青天白日満地紅旗の下にもう一つ〝反共和平建国〟を意味する三角形状の黄色い旗がひるがえっていた、と説明した。ハルビンの日本人幼稚園で催された運動会で、三宅は日章旗の他にこの旗も作ったことがある。

三宅の正面に停泊している貨物船はさっきから廃油を海にすてている。

ホースから流れ出す黒いものは前よりふとくなったように見えた。カモメが群をなして貨物船のまわりに飛びかい、水面ちかくへ滑走して来て、黒い液体にぶつかりそうになるやにわかに翼をはためかせて空中へ舞いあがった。汚れた海、汚れた鳥、汚れた船……と三宅は思った。

（何もかも汚れる、生きている者は……）

今朝、女のアパートを出てバス停へ急ぐとき、中華料理店の裏を抜けて近道をした。樽に盛られた白い物が運び出されたところだった。朝日を浴びてまぶしいほどに輝く破片が何かひとめ見ただけでは三宅はわからなかった。丸い物もあり薄っぺらな物もあった。スープのだしをとる鶏の骨であることが、樽に近寄ったときにわかった。骨は漂白でもしたように色が褪せ、動物のものであったとは信じられず、深い地中から採掘したある種の稀小な宝石を連想したほどである。

（死んだものは清浄になる……）

樽を後にしてそのとき三宅は考えたのだった。（生きている者は汚れる、それも限りなく）

廃油は水面に落ちて拡がり、黒褐色の縞模様を織りなした。印刷科学博物館で三宅に応待した老人の茶色の瞳を思い出した。まつ毛も眉の色も白かった。父が妻子に持たせて内地へ送ったわずかな手荷物の中に四十年前の露字新聞があった。それが「ヴォーリヤ」という題をもっていて長崎で発行されたものであることを知ったのは淡い茶褐色の瞳をした老人が手間をいとわず調べてくれたからである。

（がんばりなさい）

と印刷科学博物館の老人はいった。何に対して、何のために頑張れというのか。年長者の暖かい優越感がいわせた励ましの言葉と思いたくはなかった。老人の目は澄んでいた。それが三宅の印象に残った。いっぽう、末吉藤次郎はどうか。黒眼鏡で覆われた目の色は確かめられなかったが、全体として当人が漂わせる雰囲気にはどことなく溷濁したものがあり、暗い印象を受けるのはどうしようもない。

尾崎秀実の名前をあげたとき、老人の表情が示した微妙な翳りを三宅は忘れることができなかった。

（ドイツ軍が白ロシアを席巻してですね、モスクワが陥落するのも時間の問題と考えられていた頃です……）

父と満洲時代に知合いであったという明石謙三を訪ねたときのことを思い出した。当人は調査部第三調査室すなわち北方班に属していて、ソ連邦の国力も赤軍の動静にも詳しかった。（東京の参謀本部に出張を命じられましてね、そう昭和十六年の初秋です、キエフが陥ちたというニュースを東京駅で買った新聞で読んだ記憶があります。

年内にはスターリンが停戦を申し出るだろうと予想した新聞がありましたな。なにしろ十万単位で赤軍がドイツ軍に包囲殲滅されていたときですから、そう思うのも無理はないでしょう。参謀本部の若い少佐も疑っていないようでしたよ。ソ連邦の戦力が枯渇するのはいつか、と見通しをわたしに訊く始末です。降服は自明のことと信じていたようでした。わたしはデータをあげて諄諄と彼に説明しました。ドイツが備蓄した石油量と、東部戦線に展開したその機械化兵団が消費する石油とを対照させてね、枯渇するのはむしろドイツ軍の戦力であろうといってやりましたよ。当時、わたしどもの手許には両軍が集積した軍需物資リストなぞしこたまありましたからね、それを分析綜合すれば専門家には一目瞭然なんです、ドイツ軍破竹の進撃などという表面的現象にまどわされているのはこと北方班には少いようでした。

本格的な冬将軍が到来すれば赤軍の大反攻が始まりドイツ軍は大幅に後退するだろう、ソ連邦が手を上げることは考えられない、とわたしは少佐にいいました。若さというのはいいものですね、初めは納得しなかった彼もわたしの話に反論できなくなって折れましたよ、それで上司である大佐も説得してくれと部屋を出て行ったんですが、いつまでたっても帰って来ない。ははあ、やっこさんとっちめられているな、と思っていたら案の定、しょんぼりして帰って来て、大佐がかんかんに怒ったと、こういうんですな、わたしの予測は時局の正確な認識に基いていないと、こうですわ、なんのために大連くんだりから東京まで呼び出されたのかわからない。わたしだって当時は血気さかんでしたからね、ものはついでだと思って若い参謀将校たちを相手に対ソ戦の見通しにかこつけて日独伊三国防共協定がいかに大局をあやまつものかを一席ぶちました。結果を先にいえばわたしの持論が正しかったことは明白です。そのとき、参謀たちのなかにはわたしに反撥する者もいましたが、一応は終りまで聴いてくれました。部内で自説を披露するのは何のさし障りもありませんでしたがね、陸軍のそれも三宅坂の参謀本部で所信を開陳したのはあとにも先にもそのときだけでした。そう、近衛内閣が辞職した月です。尾崎が逮捕されたのは十月中旬だったと覚えています、ええ。次の年に自分も憲兵に逮捕されるなんて夢にも思いませんでしたね、そのときは、いい気なもんだといわれても仕方がない、正しいことを自分はやっておるんだと信念を持っていましたからね、内地はともかく満洲のとくに調査部内の空気は自由主義的でした、マルクスなんか読まない方が常識を疑われるような、ね。

しかし、いつのまにかわれわれの言動はスパイされていたんですな……)

大学教授は明るい声でいった。研究室で二人は話していた。ちょうど一年前のことである。構内にしげっているポプラが涼しそうな影をつくっていた。五月、そうだ、あれは五月下旬だった。公金を携帯して逃走した男が博多でつかまった。男は五百万円以上の金を一ヵ月以内で使い果していた。ある大衆芸能誌の依頼で、男の生活をルポにまとめる目的で旅行したついでにその地の大学にいる父の知人と連絡がとれたのだった。

あのときどんな記事を書いたのかまったく覚えていない。教授の風貌、風雨にさらされた岩のような、は目に残っている。三宅は懸命にメモをとった。メモはノートに整理したのもあるが、半分以上はそのままだ。しかし教授が話してくれたは大半、三宅の記憶にとどまっている。残念なことに教授は昭和十七年に逮捕されたので、父のその後を知らなかった。大連とハルビンでは仕方がないのだ。

(スパイというと……)

三宅は許しを得て上衣を脱いだ。教授は端然として姿勢を崩さない。濃紺の背広に赤みがかったネクタイという姿がどことなく洒脱だった。警世の士という印象にそれがそぐわなかった。

(検察官に取調べられてびっくりしましたよ、お前は何月何日、誰を相手にこういうことをしゃべっとるじゃないか、何日にはこれ、何日にはこういっとる、間違いないちゃんと調べがついておるんだから、と向う様は鼻高高ですよ、知らん間に人事課にスパイがもぐりこんで部内の空気を逐一ご注進に及んでたわけですな、憲兵隊に。

当時の関東軍憲兵隊司令官は東条首相お気に入りの加藤という少将でした、これと目をつけたやからは片っ端から引っくくるので有名でしたよ、昭和十七年の一斉検挙も十八年のそれも彼が指揮したのです。調査部内にも主流

と反主流のあつれきが生じていて、彼らは巧妙にそれを利用したわけです。実に巧妙にね）

（治安維持法ですか）

と三宅はきいた。

（満洲国のね、昭和十六年の八月に制定されたあれ。刑務所の監房に面白い落書きが、いや面白いといってはいけないんだ、印象的な落書きがありましたよ、釘のような物で漆喰いを引っ搔いたんだね、打倒日本帝国主義、これは月並だ、抗日到底、これもありふれている、しかしこれはどうだね、監獄是革命家的休息所、わたしもそう思うことにしましたよ、遺憾ながらわたしは革命家ではなくて一介の学究にすぎなかったけれども、そして監房の前住人のようにすべてを達観するには迷い多い凡人の心境ではあったけれども学ぶべきであるとは思ったね）

（収容されていたのは政治犯ばかりでしたか）

三宅はメモノートから顔をあげてきいた。

（そう、わたしがとじこめられていた区画はね、まず国民党員の地方オルグ、八路軍の諜報員、朝鮮共産党員と独立義勇軍、キリスト教信者、これは内地から中村という検事がやって来てクリスチャンを対象に強力に弾圧してましたからね、日本の反戦主義者、まあこんな顔触れでしたよ、凍てついた晩にハンマーの音がする、そうするとはあ、明朝は死刑執行かと思うんですな）

（ハンマーの音でどうしてわかるんです）

（未決囚に死刑を求刑されると鉄の足かせがつけられるんですよ、鎖付のね、それをするのが比較的かるい刑をうけた既決囚でね、ハンマーでもって足かせをピンで止める、戸外は零下二十五度、屋内でも零下五度はあったと思う、床の隙間を小便でもって塞いだことがある、ま、そんな晩にハンマーの音をきくのは厭なもんですよ）

教授はズボンの膝に散った葉巻の灰を指でつまんで灰皿に入れた。三宅はたずねた。

（治安維持法に抵触するとされた事実はどんなものがあったんですか）

（ひとつにはゾルゲ事件が尾を引いていたとも見ることが出来ますね、東京で事件が発覚したとき、上層関係者は色を喪ったといいますから、今の若い人には想像もつかないでしょう、失礼ですがあなたは何年うまれですか）

（昭和十二年です）

三宅は答えた。ポプラに沿うて歩く学生たちにちらと目をやった。彼らは昭和二十年以降の生れである。若い連中が何を考えているかわからないと思っていると、今ここではかつての父の同僚が自分に対して同じことをいう。

（昭和十二年というとわたしが満鉄に入社した年だ……）

感慨深げに教授は葉巻をくゆらした。三宅は急に自分が年端もゆかない子供に返った気がした。三宅は気をとり直して尋ねた。

（調査部関係者の一斉検挙はそうするとゾルゲ事件が引き金になったと考えていいわけでしょうか）

（主流派と反主流派はどこの世界にも存在するものでしてね、関東軍の要請に応えて積極的に企画立案し調査を行おうというのが主流派の動きで、これは部次長の宮本という人物が綜合課課長を兼務していましてね、昭和十四年十一月から、待てよ、宮本氏が次長になったのは十六年の三月だったと思うから順序は正確にいうと逆だがね、綜合課の第一係長が渡辺雄次、第二係長が野間清といったメンバーでかなり強力に人事面まで支配していたようですよ、なにしろ国策会社が国策遂行に協力するという大義名分があるんだから誰はばかることはないわけだ。主流派の中核ともいうべき人物は庶務課業務係主任の大上末広という人物で京都帝大を出た男ですがね、彼が調査部にマルクス経済学の科学的方法論を導入したんですよ、皮肉なもんだ、調査部が新しく脱皮したのは彼の力といってもいいいすぎじゃない）

（庶務課というのは……）

（そうだなあ、調査の基本方針をたてる司令部といえばいいかしら、その大上という人物なんだが、河上肇の門下でありましてね）

国際法を講じる教授は目尻に皺を寄せた。

（つまりわたしと同窓でもあったわけだ。失礼、さっきの質問ね、脱線しちまったようだが部内の対立をあらかじめ説明しておかないと反主流派の裏切りをいってみてもピンとこないだろうから。検事側の論告はこういうことだ、つまりわれわれが調査部を利用してマルクス主義に基く調査をやり、中国革命の展望をつくり、結果において人民戦線に寄与し、赤色革命を準備していたというのだ。

根も葉もないでっちあげだと今いうのは易しいよ、しかし当時はね、有無をいわさず引っ捕えられて監獄にぶちこまれればお手上げであってね、せめて合理的な思考ができる検事の担当になることを願うしかなかった。かくて寒い晩にハンマーの音をじっと聴くという仕儀に立ち至ったわけだ、当局もこれという証拠がなくて弱ったろうよ。尾崎が大連に来たとき、「牡丹」という料亭で調査部の面々と会食をしたことがあった。それが「牡丹亭共同謀議」という罪状でもっともらしく論じられたり、「富士亭」というこれも大連の料亭だがね、われわれはよく利用したもんだ、それも「富士亭事件」という名目で取り調べられる始末でね、話にならない、当日出席していない人物が出席したことになってるんだ、フレームアップでももう少しましなフレームアップでないと迫力がないやね、われわれから突っこまれて検事の方がしどろもどろになったりお粗末なものだ、だからわれわれの間でも「牡丹亭」といえばいい加減な与太話の代名詞に使われて、誰かの論文をけなすときでも、あれは「牡丹亭」だ、でお互いに了解したもんですよ、でもね、こんなことを笑い話にできるのも生きて監獄の外に出られたからで、獄死した仲間には何ともいいようがない、さぞ無念であったろうと思うと。大上末広もその内の一人ですよ、西、発智、佐藤、守、渡辺といった人たちは出獄後に病死したんだが、あの待遇では獄死と変らない）

（反主流派に属していて虚偽の自供をしたその人物はどうなりました）

三宅は訊いた。教授は名前を明かさなかった。

（死にました、一説では自殺といわれてるようですな）

研究室の主はあっさりといってのけた。異様な顔付をしている三宅にいぶかしげな視線を向けていった。

（彼を知ってるんですか）

（彼、とおっしゃると）

ある危惧を三宅は覚えていた。ボールペンをかたく握りしめて教授が次に吐く言葉を待った。

（あなたはハルビンにおられた、お父さんと）

（そうです）

（昭和二十年春までといわれましたな）

（ええ……）

（あなたが彼を知ってるわけがない、裏切り者はどこにもいるものです、あるいは人間は常に裏切るものだというべきかもしれない、他人をそれから自分自身を。彼の最期はぱっとしなかったようですな、聞くところによると敗戦後、吉林で中共軍に情報を提供したかと思えば今度は内線にまきこまれて国府軍に捕われると今度は中共軍の情報を提供したり、彼の最期に立合った日本人はいません、自殺したというのはあくまで推測にすぎませんが、わたしは確度の高い事実と見ています、今となっては彼の行為に対して憐れみを覚えることが出来ます、時の流れこそ偉大な浄化作用だといえるでしょう）

（その裏切り者がもしかしたら父ではないかと思っていました）

思い切って三宅は危惧を言葉にした。

教授は大声で笑い出した。葉巻の灰がまた膝にこぼれた。

（きみ、いくらなんでも、そんな突拍子もないことを……そんなに気になるならきみのお父さんではないことをはっきりわたしがいっておこう。何を根拠にそういう心配をするのだね）

何も根拠はない、と三宅は慌てて答えた。わきの下に冷たい物が滲んだ。

（三宅君は逮捕されなかった、だからといって検察側に協力したわけでもないということだ、お父さんの名誉のためにいっておけば東部シベリアの状況を正確につかんでいたのはお父さんだったろう、シベリア鉄道の輸送量と運行状況から極東に配置されたソ連軍の兵力装備を推定するグループがあってお父さんが属していたのはそこなんだ、諜報員を国境ごしに送りこんだり、これは大抵、失敗したな、越境してくるあちらの住民や兵士から情報をとったり、特務機関と協力してね、ハルビン事務所でもっとも有能な部員を逮捕したら関東軍がまっさきに困ったろうよ、わたしも関特演の時分にお父さんの分析した情報書類に目を通して感心したことがある、ただ、大連とハルビンは遠くてね、めったに会う機会がなかった、そういう仕事だったからソ連軍参戦の予測も早くたてられたのではないかな、関東軍があらかた南方へ転出して実体はかかしかし同然ということも良く知っていたはずだし、昭和二十年に入ってソ連軍が東部戦線から続々とソ満国境（移動を開始したのは、シベリア鉄道を観察していたらわかることだ）［以下十六字分空白］

（軍が調査部に要請した綜合調査というのはたとえばどういうことでしょう）

三宅は白髪の名誉教授にたずねた。その答えを素早くメモノートに書き留めた。昔のことだから大方は忘れてしまった、というわりに教授は緻密な記憶力を持っていた。

（日満支工業立地条件調査、主要物資需給調査、日満支戦時経済調査、南方作戦影響調査、世界情勢に関する調査、日満支インフレに関する調査、支那抗戦力に関する調査、まだわんさとあるけれど、まあ、こういったところかな）

雨がまた降り始めた。

三宅は倉庫の軒下に這入って雨を避けた。末吉藤次郎が故意にかそれともそうと意識せずにかついた嘘がもう一つあることになる。彼は調査部庶務課に勤務したといい、どこの会社でもそうであるような会計や雑用を担当したといった。明石教授は庶務課が調査に際して基本方針をたてる司令部のごとき所といい、そこに就任した大上末広の手で調査部が刷新されたといった。

しかしひるがえって考えてみれば入社したての下っ端なら雑用に使われるのは当然だから、末吉藤次郎があながち嘘をいっているときめつけることはできない。三宅はコンクリートの埠頭にしぶく雨を見ていた。細かい水滴が空中にたちこめ、軒下にたたずんでいても衣服と体を湿らせるようである。三宅は三十数年前にこの港から出て行った父を思った。生れたばかりの自分を抱いて。父が見ていた海を自分も今、見ていることになる。父が死んだことを確信していながら三宅鉄郎はそのとき父が実在し身近に寄り添ってでもいるような気になった。明石教授は父を有能だといった。父と接触したことのある人々は少数であったし、父について三宅に語ることのできる人物は尚かぎられた少数者だった。

父について肯定的な批評をきけたのは一年前のそのときが初めてであり終りでもある。三宅は明石教授に礼をいって研究室を辞してから、心ひそかに父を憐れんだ。教授が反主流派の裏切者某を憐れんだとは別な意味でである。（男は仕事がすべてだといえる人は幸福だ、父が仮りにそうであったとしても……）三宅は父を不幸だと思った。ハルビン市の中央公園にある池で、三宅が紙の舟を浮べているとき、父はベンチにもたれて水辺の楊柳を見ていた。その顔はとりたてて不機嫌でも沈みこんでいるのでもないが、舟から何気なく目を放して父を探したとき、表情を消した父の顔を見出して子供心に胸をつかれた。

ある日、早目に幼稚園をひけて帰宅したことがあった。父と母は居間で彼を迎えた。「お帰り」と父はいい、母もいった。とってつけたようであった。二人のこわばった表情でわかった。空気がなんとなくよそよそしかった。たった今まで両親がいさかいをしていたことを三宅は直感的にさとった。そういうことは珍しくなかった。父と母が二人して笑い興じているのを見たことは一度もない。

だからある晩の情景はかえって鮮かに覚えている。食堂は一階にあり、寝室は二階で、夜八時が三宅の就寝時刻に決められていた。（おさきに）というのが息子の挨拶である。三宅はそういって食堂から二階へ伸びる階段を登った。（おやすみ）父と母がほとんど同時にいった。階段の途中で三宅は食堂を手摺ごしに見下したことになる。

白いテーブルクロスをかけた食卓をはさんで父と母は向い合ってかけており、それぞれ上半身をひねって階段の途中に居る三宅を迎ぎ見る姿勢になった。母は微笑していた。父は手に新聞を拡げて持っていた。父も三宅に頰笑みかけていた。父が微笑するのを見たのはそのときだけである。そうだ。七歳になるまで父が上機嫌でいるのを見たのはその晩ただ一回きりだ。

食堂の床は赤褐色のマホガニー材でよく磨かれて黒みがかった艶を帯びていて、電燈に照らされてガラスのように光った。テーブルクロスの白さが目にしみた。寝室へ去る息子を見送る二人の姿と食堂の情景は一幅の絵さながら三宅のなかにやきつけられている。影像としてではなく、その折りに三宅を包んだいうにいわれぬ幸福感としてである。仲の良い父母を見るのは稀であったのでしみじみと嬉しかった。その夜の光景を印象づけたのは三宅が覚えた浄福の感覚であったろう。

食堂にはふだんは厚い絨毯を敷いた。それを剝ぐのは六月から八月上旬にかけてであったから季節は夏であったようだ。めったに思い出すことがないその晩の光景が、齢をとるにつれてしきりに甦えってくるようになった。

考えてみれば自分は当時の父とさして違わない年齢になったのだ。三宅は降りしぶく雨の幕を透して一隻の船が出港するのを見ていた。旧式の換気筒を角のように甲板のあちこちから立たせたひと昔前の貨客船である。丸い舷窓から海を見ている若い男がおり、彼は乳呑児を抱えてて、傍には顔色の悪い女がたたずんでいた。三十数年前の父と母である。

三宅は父を憐れみ、不遇に終った生涯をいたみ、失敗した結婚にいきどおりとやるせなさを覚えた。去年の五月に博多のある大学で父を知っている同僚に話をききながら、いつのまにかその男に父の面影を見出し、親しみ以上の感情で接している自分に気づいたことを思い出した。もし父が生きていたら教授の年配であったろう、と考えるうちに知らず知らず自分の気持が教授に傾くのを知って三宅は愕然としたのだ。

吉野高志は片渕町の原爆病院に新丸道子をたずねた。きのう見舞ったばかりである。弓子のことであらためて聞き出したいことがあった。ところが本人と対面してみると肝腎の用件がなかなか切り出せない。

「どうしてあたしが黄薔薇を好きとわかったと」

ただなんとなく、と吉野は答えた。熱があるのか新丸道子は目が潤んでいる。

「赤い薔薇はしおれると厭な色になって、あれはなんて品種？　あててみましょうか」

品種名は知らない、と吉野はいって腕時計にそれとなく目をやった。きょうは看護婦から面会時間を三十分と制限されている。既に十分たってしまった。

「ホワイト・クリスマスにしては黄色がかってるし、ピースにしては花弁が小さいし」

花壜はよく見えるように床におろしていた。水をかえて花を活けたのは吉野である。「買ったのは新大工町の花屋さん？」患者はきいた。吉野はうなずいた。「あたし考えたとよ、病院の近くで花とお菓子を売る店を開いたら繁昌するだろうなって。お見舞いに来る人相手に。あたしみたいな体では一生、結婚できないから生活のことも考えんばね、パパに話したら場所さえあれば資本を出してやるって、でも病気が治ったらちゃんと結婚できるからくよくよすんなって、あれ本気でいってるのかしらね」

吉野は薔薇を見るふりをしてまた腕時計に目を走らせた。

「ロイヤル・ハイネスにしては赤みが少ないし」

「中津弓子さんのことだけれど、思い出してもらいたいことがあるんだよ。東京でのことでも長崎でのことでもいい……」

「男の人はどうなの、女性を結婚の相手として見るときまず考えるのは何？　顔かたち、家庭環境、気性、女の気持、健康、財産、学歴、そのなかでどれを一番おもく見る？」

人それぞれだろう、好きになれば他のことはどうでも良くなるものだ、と吉野はいった。寝入っている患者もいるので、二人は声を落してしゃべっている。

「スターリング・シルヴァー」

新丸道子がいった。自分であげた高い声に驚いたふうだ。「そうよ、これはきっとスターリングよ、咽喉のとこまで出かかっていたとよ」

中津弓子は旅行しているのではない、と自分は思う、と吉野はいった。

「旅行じゃないって、そしたらあの人どこにいると」

「知らない、だからそのことで助けてもらいたいと思って来たんだ」

「あたしが知っていたらきのう教えたとに、そうでしょう」

「中津君は東京で学生時代にときどき居なくなることがあったといったね、本当にそれは旅行だったんだろうか」

「あたしには旅行だったと……」

「姿を消す前に何かおかしなそぶりは感じられなかったかい」

「弓子さんのことをとても心配しとりなるとね」

「変なことを口走るとか、するとか、ほらきのうあなたは中津君が泥棒をとっちめた話をしたろ、あれはぼくには意外なエピソードだった、そんなことでもいい、中津君が旅行といって寮から居なくなる前後のことをどんなつまらないことでもいいから思い出してくれたら嬉しい」

「弓子さんが旅行したというのは嘘だったと思いなさる」

「何回かはしたと思う」

「…………」

新丸道子は天井をみつめ、次に目をつむった。眼窩がきのうより落ち窪んだような感じである。蒼ざめた頬につけた紅が肌から浮いて妙に生なましく、かえって血の気の失せた皮膚を思い出させた。体も元気であった頃にくらべて平べったくなり、毛布と同じ厚さになってベッドの一部分となったようにも感じられる。

「吉野さんには気の毒だけれど、弓子さんが変ったそぶりを示したなんてことどうしても思い出せんとよ、それより弓子さんは人と変る所がないように、目立たないようにとそればかり気にしてたみたいだったわ、あの人が一番こわがっていたことはかえってそんな変な行動をして人の注目を浴びることだったと思うわ」

新丸道子は体を起して大儀そうに床に降り、薔薇を活けた花壜を持ち上げた。吉野がそうしようとしたときには遅かった。手洗いに立つのだと思いこんでいた。花壜を床頭台に置くと患者はまたベッドにすべりこみ、肩で息をしている。

「人と異った服装もあの人厭がったわ、流行には敏感で、そのくせ先走ることもおくれることもなくて、それからリポートを提出するにもあたしに読ませて、変った所はないかとききなっとよ、あってもいいじゃないの、といったらとてもこわい顔をして」

「なんのリポート」

「〝ロングフェローにおける人生の肯定的意義〟というのだったかしら、肯定的側面というのだったかしら、あたしが貸してあげたタネ本から孫引きしたのだから覚えているとよ、気が滅入るほど退屈でひらめきの無いリポート、本当は弓子さん面白いことというの、あたしが読まされたゴールズワージーについてもはっとする指摘ができるのに、リポートはまるで生彩がなくて、つけられる評点はいつも六十五点がいいところ、そういえばこんなこともあった」

看護婦が這入って来て、時間です、といった。

「あと五分」吉野がたのむと、新丸道子も大事な話をしているところだから、と看護婦にいって話をつづけた。

「ホイットマンについてとてもいいリポートをあの人書いたことがあった。あたしの感じではこれなら指導教授がきっと九十点はくれそうだった、ホイットマンのペシミズムを分析した弓子さんのいつものリポートに似げないリポートで、あの人がふだん口でしゃべることを文章にした感じ、あたしがそういうと翌日、弓子さんはそれを破ってまるでばかみたいに月並なリポート、どの参考書にも書いてあるような文章を糊と鋏で寄せ集めたような、それでどうしたの、あんまりひどいじゃないっていったらこれでいいとよ、ですって……それから他に一つだけ変だなと思うことがあった、旅行に出かけるときは誰でも出発する前に浮き浮きとはしゃいで、お金と時間を使い果してしまって帰ってから沈んだ顔になるのに、弓子さんはその逆で、出かける前に憂鬱そうな顔をして人ともほとんど口をきかずに、旅行から戻ってからはしゃぎなっと、そうよ、変だといえばそういうところがあの人にはあったわ」

「新丸さん、輸血を始めますからお客さんには帰ってもらいます」

看護婦が吉野を見て促した。

「じゃあ」吉野は折畳椅子をたたんで壁に寄せた。

「弓子さんどこにいるか見つかるといいわね」

目を閉じたまま弱々しい声で患者はいった。吉野は原爆病院のポーチで雨が小降りになるのを待った。決定的な手がかりは新丸道子から得られなかったけれども、暗にそうではあるまいかと吉野が想像したある事実の裏付けになる弓子の行為を教えてくれた。無駄足を運んだことにはならなかったわけだ。

中津弓子が旅行に出たと信じることはできなかった。その前日まで吉野には何も告げていない。どこへ行くにしろ行く先をあかして不都合が生じるいわれはない。吉野は弓子が家族のいうように旅行へ出たのではなくて、市内のある場所で身を隠しているにちがいないと想像した。手帖を繰ってみるとこれまで何回か似たようなことがあった。三月か四月に一回のわりで十日間あまり会社を休むのだ。やむを得ない理由で旅行ということもあり、病気ということもあった。見舞いに中津家を訪れると気分がすぐれないからといって、会わせてもらえなかった。

周期的にそういうことがあった。

前回は一月である。その頃は吉野自身、会社を休んでぶらぶらしていたので、いつから弓子が会社に姿を現わさなくなったのか知らなかった。ある日、会社へ電話をいれてみると、しばらく前から病欠をとっていると社長がいう。その日は吉野も体調がかんばしくなかったので、二日たってから会いに出かけた。弓子はドアに鍵をかけて内側から誰が来たかを確かめておいて彼を招じ入れた。どこにも変ったところは見られなかった。

痩せてもいず血色も良くてむしろいくらかふとったようにも見えた。

（ちっとも病人らしくないじゃないか）

吉野がいうと、

（病人じゃあないもの）

といって明るく笑った。そのときはそれで済んだ。今ふり返ってみると、（病人じゃあないもの）といった口調がどことなく浮き浮きしすぎていた。ふだんの弓子にはないことであった。（病人じゃあないもの……）といった弓子の言葉をそのときもっと吟味するべきだった、と吉野は考えた。うっかりして表面的に言葉が意味するところのものしか彼は受取らなかった。何日か会社を休んだあとで明るい笑顔を示しつつ自分は病人ではないという弓子の言葉には二重の意味が隠されていたはずである。

吉野はベンジャミン夫人の秘書が語ったＡＥＣの事故のことを聞いて、今までぼんやりと想像していた事柄がはっきりとした確信になるのを意識した。癌になった空軍少佐の性染色体が放射能の影響で異常な変化を生じたために息子が精神的にアブノーマルであるという意味の話を聞くに及んで吉野の不安は確信に変った。

その確信を裏付けるかのように先だって目にした新聞記事が新しく思い返された。弓子が失踪してから、被爆二世という活字は新聞でも雑誌でも吉野の目にとびこんでくるようになっていた。その日も何気なく開いた新聞の社会面に小さく刷りこまれてあったのが、あたかも初号活字で組まれた大見出しであるかのように大きく映ったのだ。長崎市で開かれた第十三回原子爆弾後障害研究会の記事である。長崎、広島の原爆病院、ＡＢＣＣなどに属する医師や科学者が研究論文を発表した。そこで特別講演をした国立遺伝学研究所のＴという形質遺伝部部長が、「放射線の遺伝的影響」について語り、動物実験を被爆者にあてはめた場合の試算だが、昭和五十五年までの長崎市で少なくとも六十五人、広島市で二百二十一人の被爆者に、放射線によるなんらかの心身障害があらわれる、と発表したのだった。

吉野は同じ日付の長崎新聞を会社で探してＴ部長の談話と講演内容の詳細を鋏で切り抜いた。全国紙よりさすがに地元紙だけのことはあってこのような記事は大きな紙面をさかれていた。吉野は新丸道子と会った後でアパートへ帰り、ハトロン紙封筒にまとめて入れておいた切抜きを取り出してＴ部長の講演要旨をもう一度、読み返した。おそい中食をこしらえてたいらげ、着ている物を脱いでベッドに横たわった。眼を閉じてはいたが、眠りこんだのではなかった。開け放した窓から楠の葉の匂いを含んだ風が流れこんで来た。潮の香りもした。吉野はほとんど身動きをしなかった。半日分の疲労が徐々に汗と共にシーツへ吸い取られてゆくようである。裸の胸をゆっくりとかすめる空気の動きが快かった。

Ｔ部長の推計が根拠にしているのは今春ニューヨークで開かれた国連放射線科学委員会で承認された実験結果である。百万匹のマウスに一ラドの放射線を浴びせ、遺伝的影響の出現率を出し、Ｔ部長はこの数字を広島、長崎の被爆者に置きかえたのだった。吉野は背中で触れているシーツが充分に汗ばんだことを知ってベッドの端に体をずらし、そこでおもむろに寝返りをうってうつ伏せになった。濡れた背中でつかのま、ひやりとした風の冷たさを感じた。

Ｔ部長は生きている被爆者を手帳交付数から約三十万人とした。これが母集団である。この集団から生れる二世は年間出産率を二％とし、親の平均被爆線量を二十ラド、原爆の性能による被爆効果線量を考慮してある係数を算出した。これをマウスの実験データにあてはめると、優性突然変異による心身障害の数が推計できる、というのだ。ふつう、新生児が遺伝的に欠陥を持って出現する率は三％とされている。T部長の計算による異常者数はいうまでもなくこの三％にプラスした数なのである。

「千二百年間……」

ベッドの男はつぶやいた。T部長の講演の中にあった言葉を思い出した。人間の一代を平均三十年として（そうすると自分は平均値よりやや長く生きたわけだ）劣性突然変異の影響が初めて出現するのは百二十年後のことである。そして、その劣性遺伝子が完全に消滅するのは早くて四十代目すなわち千二百年後のことだという。

「千二百年……」

吉野は小声でつぶやき、ほとんど笑い出しそうになった。千二百年後の長崎を想像してみた。ベッドにあるじが一人だけ横たわっているだけの部屋では、笑い声でさえも妙にうつろに響き、吉野は声を発したのが自分自身だと知っていながら他人の声のような気がして、じきに笑うのをやめた。放射線による遺伝的な障害の発生は昭和二十年当時から予測されていて、ABCCも二十年代と三十年代の二回にわたって調査をした。吉野は中津弓子が失綜した数日後に、彼女の机をこっそりと調べていて一冊のパンフレットを発見したことがあった。白い表紙に黒い活字で、「二十年の歩み」予研＝ABCC共同研究、とだけ記された味もそっけもない印刷物である。表紙を一瞥しただけで中身にまで目を通す気は起らなかったが、弓子に関するあらゆる手がかりを失って藁をもつかむ気持でこのパンフレットを開いてみた。内容はABCCが調査したデータだけで、次のような結果が簡略にまとめられていた。

——第一回調査（昭和二十三年〜二十九年）では、両市で生れた七万一千二百八十人の新生児を対象に、死産、先天的奇形、性比、体重を調べた。性比に対する影響があるかもしれないという以外は、奇形、死産、新生児死亡、体重につき、被爆による影響を統計的に見出すことはできなかった。

（最後の一行に赤いマジックで傍線が引かれてあった。吉野は弓子が引いたと思われる赤い線に胸をつかれる思い

を味わった)

――第二回調査(昭和三十一年〜三十七年)では四万七千六百二十四人を対象に前回と同じ調査をしたところ、放射線被爆が性比に及ぼすかもしれないというそれまでの調査結果を支持する所見さえも得られなかった。

(弓子は右の文章の末尾に同じ赤いマーカーを使って太いゴチック字体でNONSENSE!と書きこんでいた)

ABCCのこの調査報告に対しては臨床医や被爆者から、放射線の影響を過小評価しているという反論があいついだものだったが、被爆二世の白血病による死者が百数十人に達しても、非被爆者の子供にくらべて発病率が高いかどうかは、数字の上で母集団となるべき被爆者とその二世が正確につきとめられない以上かるがるしく断定できないというのはABCC側を支持する者にも支持しない者にも等しく正しい主張であった。したがってT部長の発表まではABCCの調査報告だけが被爆二世についての唯一の科学的研究であったわけである。

吉野高志は千二百年後の長崎を想像した。造船所は? 魚市場は? 稲佐山の展望台とロープウェイは? ひとつとしてそれらが千二百年後にどうなっているかという具体的なイメージを思い浮べることができない。ただ千二百年という途方もない時間を想像したとたんにどうしようもないねむけが襲って来る。それは中食に食べたハンバーグのせいかもしれなかった。吉野は最近、プロ・ボクサーにつく職業的なトレーナーのように自分の食事に注意深くなっていた。肉と野菜、つまり蛋白質とヴィタミンの摂取について彼は細心だった。本棚には買い集めた栄養学の本が増えた。かつてのように食欲がないからという理由で何度も食事を抜くことはしなかった。千二百年後の長崎がどうであれ、と吉野は思った、人間が生きている限り一日に二度か三度、ものを食べていることは今と変りがあるまい、食べて、働いて、愛して憎んで……そうするとどこに変りがある、吉野は耐え様のないねむけにさからって両眼を見開き、窓ごしに港の対岸、稲佐山の上に拡がる曇り空を眺めた。灰色の雲が一箇所だけ裂けて青い皿のような空がのぞいた。

千二百年後、自分が骨となっても、いや骨も溶けて水になり一切合財この地上から消えてしまった後でも、長崎市街が砂漠になりあるいは海底に沈んでも、稲佐山の上に拡がる空は青いだろう、と吉野は考えた。そうすると幾分ねむけは薄れるようである。彼は足を引きずる歩き方で流し台へ身を運び、洗面器に冷蔵庫の氷をあけて冷たい水で顔を洗った。ローションをまんべんなく頰にすりこみ、わざと目にもしみるように顔をこすった。それが終るまでにねむけと倦怠感はすっかり消えていた。

吉野はベッドに腰かけて、さっき脱ぎすてた服を手にとった。しかし、ねむけは消えたものの脚が重たく感じられてズボンに入れようという気にはなれない。彼はまずシャツだけを長い時間をかけて着た。鎧をつけたような気になった。次にズボンを手に取った。椅子の背にかけておいたそれを手につかんだとき、ベルトのバックルが鳴った。音を耳にした途端またもや彼は溜息をつき、ズボンをつかんだ手をだらりと伸ばしたなりうなだれて肩で喘いだ。このままベッドに横たわることができたらどんなにいいか、ズボンをほうり出しシャツも脱いで、と吉野は考えた。そのように考えるのは六月に入るまでなかったことである。彼はちらとベンジャミン夫人の顔を思い浮べた。

廊下に靴音がした。扉の前で音はやみ、何者かが部屋の気配をうかがっているようである。吉野は全身を耳にして扉の外にたたずんでいる者を知ろうとした。

ある期待があった。

しかし……もしかしたら……いや……、期待はふくれあがり吉野の胸を圧迫して息苦しくさせた。靴音がやみ扉がしのびやかに叩かれるまでの沈黙は一、二秒間のことにすぎなかったが、部屋の住人には永遠に近い時間に感じられた。吉野はつとめて平静を装った声でいった。

「どなた……」

「あたし」

吉野は扉に駆け寄ろうとして自分の恰好を思い出し、ズボンをつかんで足を入れにかかったが、慌てていたのでさかさまにはきかけたことに気づき、あらためて着直そうとしたとき足がもつれて床に倒れた。

吉野は扉の外で待っている者に、鍵はかかっていないから這入って来るようにといい、身を起してズボンをつけた。

「いろんな方法を考えた」

と吉野はいった。

中津弓子は窓ぎわの椅子にかけて港を見ている。方法というのは、と訊き返した。

「あなたを探し出すための方法だ」

吉野はぬるくなったお茶をのんだ。なるべく分厚い本を五、六冊、小包にして弓子宛に送る。書留速達便で、と吉野はつけ加えた。

「なぜ分厚い本を」と弓子は物憂い口調で訊いた。かさばる物でなければ遠くから見分けられないからだ、と吉野は答えた。長崎市内なら速達はおそくとも翌日までに配達される。弓子の家が見える高台の坂道で監視を続けて、家族の誰かが多分それは弟だろうが、小包をかかえて弓子の許へ届けに出るのを待つつもりだった。その後を尾行すれば弓子のいる場所をつきとめることができるだろう。

「いつ退院した」

と吉野は訊いた。

「きのう」

と答えてから弓子は不意をうたれた表情で、なぜ自分が入院していたとわかったのか、とたずねた。

「どうして、あたしの入院のことを……」

「ただ何となく」

「そうじゃないでしょう、答になってはいないわ」

「いろいろ考えたあげくのことさ、人に訊いたり」

「誰に……」

「新丸道子」

「新丸さんは何も知るわけがない」

吉野は窓ぎわに歩み寄っていきなりカーテンを引きちぎった。日にさらされてもろくなった布地は造作なくちぎれ、脱げ落ちたカーテンリングが弓子の肩に落ちた。埃が舞った。吉野はかたはしから窓のカーテンをむしり取った。

「怒ったの……ひどい埃」

弓子は眉をひそめて手で顔の前にたちこめた埃を払った。前からカーテンを取り換えようと思っていたのだ、と吉野は説明した。色褪せた布でもカーテンを剝ぎ取った後の窓は何かが露き出しになった感じで、見るからに寒々とした外観を呈した。

弓子は椅子の上で身を縮めるようにして両手で顔を覆った。

「デパートへ行こう、カーテン用の新しい布地を選んでくれないか」

と吉野はいった。

弓子は顔に手で蓋をしたまま激しく上体を左右にゆすった。肩にも頭髪にも裂けた布地の断片や灰色の塵が降りかかっている。レースのカーテンも欲しい、二重にすれば冬は部屋が暖い、と吉野はいった。

「やめてくれ……」

彼が大声でいうと、弓子は前よりも高くすすり泣いた。

どこへ行くにしてもその前に一言いってくれても良かったではないか、そうすれば無駄な心配をすることもない、一体なんだと思っているのだ、吉野は次第に自分の声がうわずるのを抑えようがなかった。こんな方法も考えた、と彼は泣いている女にいった。中津家の近くにある公衆電話を使って、病院からだといい、至急、患者が面会を望んでいる、と伝える。そうするととるものもとりあえず誰かが病院へ出かけるはずだからその後を尾行する。

「まだある……」

吉野が自分の考えたことを告げようとすると、「やめて」弓子がいった。

「きみはちっとも異常じゃない、異常だと思いこんでいるだけだ」

弓子は吉野の言葉には答えず、椅子から離れて台所で顔を洗った。本当に異常なら自分からすすんで入院するはずがない、何も姉が精神分裂病で他界したからといって、妹もそうだといえはしない、どだい分裂病というのは遺伝しないというのが医学上の定説になっている、と吉野はいった。

「お茶、のむ?」

と弓子はいった。

「お湯はポットに……」吉野がテーブルを指すと、それはもうぬるくなっている、と弓子はいった。「濃くして、お茶の葉は棚に」と吉野はいった。

「あなたのいうことを聞いていると、病院で演じた劇のことを思い出すの」

弓子は茶碗に唇を近づけ、熱すぎたかすぐに口から離してテーブルに置いた。外部から患者の気晴らしに劇団でも呼んだのか、と吉野は訊いた。

「そうじゃないの」

弓子は吉野の茶碗が空になったのを見てお茶をついだ。「患者ばかりでお芝居をやるの、簡単な筋書きで台詞なんか自由に工夫していいの、前もって用意された台本があることはあるけれど、それにとらわれないでやる方がいいって……」

吉野は筋書きを訊いた。

「登場人物は二人以上、何人でもいいの、自殺をくわだてた人とそれを思いとどまらせようとする人が一人、その二人だけでもいいのだけれど、説得する側は三人でも四人でも差支えないことになっていて、ただ役の割り振りが志願者を演じるの……」

「実際とは逆なの」

何が逆なのか、と吉野はいった。

「精神病院に入る人は自殺を試みる人が多いの、そんなことを夢にも思わない人もいるけれど。それで芝居をする場合は、自殺をしょっちゅうくわだてる人が説得する側にまわり自殺なんか絶対にしっこない人が劇の中では自殺志願者を演じるの……」

せんだって病院内で上演した劇では麻薬中毒の元外科医が説得者に、アルコホル中毒の公務員が死にたがる役をつとめた、と弓子はいった。劇を患者に上演させるのは治療の一つでもあるのだ、と退院した女はいった。実際とは逆の役割を患者に演じさせることで、自己を客観化させることも可能になるからである。

麻薬中毒の外科医とは珍しい、医師なら麻薬の害は素人よりよく知っているだろうに、と吉野はいった。外科医で麻薬に中毒して入院治療を受けるのは少しも珍しくない、と弓子はいった。手術が何時間も続いた後はその緊張をほぐすのが並大抵ではない。体を休めただけでは疲れがとれないから麻薬を使うことがある。医師だからかえって使用に際してあやまちを冒さないという自信があるものだからやがて度をすごして耽溺するようになる。もったいない、と吉野はいった。生きるための技術と健康な肉体を持っているくせに麻薬なんかに溺れるなんて……。

「しかし、ぼくのしゃべることをきいて、なぜ病院で上演するという芝居のことを思い出したりなんかしたんだ」

「だってそうじゃない、入院しなければならないのはあなたの方じゃない?」

弓子は早口でそういうと吉野の前に置いてある茶碗と自分のそれを持って台所へ運んだ。自分は病気ではない、と彼はいった。その証拠にこうして毎日、出勤してちゃんと仕事をしている、と彼はいった。

「元気ですって、元気ですって、じゃあこれは一体なに……」

弓子は洗面台の棚から真鍮色の輝きを放つ小さな容器をつかみ取って吉野に示した。

「これを何だと説明するの、誰が見てもこれは口紅でしょう、これは頬紅、社長の目をごまかせてもあたしの目をだますわけにはゆかないわ、顔色が悪いのを隠すためにこんな小細工なんかして……」

めったに使わない、確かにそれを買ったのは自分なのだが、と吉野はかぼそい声で答えた。

「折角だから教えてあげましょうか、頬紅というのは塗りさえすればいいというものじゃないの、ちゃんとファウンデーションが要るの、それをせずに頬紅なんかつけたら、それこそ、それこそ……」

弓子は息を短く切って吐き、苦しそうに目を閉じて体を慄わせた。吉野は弓子が笑うのを聞いた。「あなた、自分の顔を鏡に映して見たことがあるの、それこそまるで雛祭りのお人形だわ、そんなおかしな恰好で街を歩いていたのね、街を……」

弓子はしゃくりあげた。笑ってはいなかった。さっきは笑っていたかもしれないが、今は笛を吹くような音を咽喉から洩らして顔をテーブルに伏せていた。いつかもこうだった、と吉野は思った。長い間、会社を欠勤したことがあり、連絡を家にとっても要領を得ず、たまりかねて自宅を訪れると別人のように晴れ晴れとした顔の弓子が吉野を迎えた。なぜ休んだのかと訊いても答えず、無理に問いつめると涙を流し、そうかと思えばにわかに笑い出したりして彼を呆然とさせた。今またテーブルに髪を乱れさせている弓子を見おろして吉野は途方に暮れていた。

カーテンを取り払った窓からは吹きこむ風までが荒々しいものとなったかのように思われた。吉野は自分がまた弓子が無防禦の嬰児で、裸のまま砂漠に棄てられでもしたような感じを味わった。風のなかに見えない刃があり、それが自分の皮膚を切り刻むかのようだ。彼は自分の露わになった腕にみるみる鳥肌が立つのを認めた。風は六月の夕方に渡る生暖いそれで、冷たいことはあり得なかったにもかかわらず、吉野には二月の木枯しよりも肌寒く感じられた。

彼は手で弓子の肩に触れようとした。

弓子はびくりと身を慄わせて上体を起し、さわらないで、といった。赤く充血した目が吉野を凝視した。お前は冷血漢でエゴイストで、自分さえ良ければ他人のことなぞどうなろうと気にしない精神的な不具者だ、と弓子はいった。じゃあ自分はどうすればいいのだ、と吉野はつぶやいた。

「どうすればいいかなんてあたしにきくまでもないでしょう」

「アメリカへ行けというのか」

「あなたは自分で自分を苦しめているだけなの、そのことに何の意味もありはしないのに、何か意味があると思いこんで殉教者を気取っているように見えるわ」

そんなことはない、と彼は弱々しく口の中で反復した。

「ならどうして治療を拒むの」

「拒みはしない、医大の薬をのんでいる」

「嘘よ、佐々木先生はあなたが五月中旬から一度も診察を受けに来ないといったわ」

「治療を受けるよ」

「…………」

「どうしてそんな変な顔をするんだい」

「本当に?」

「……ああ」

吉野は弓子と目を合せたまま一歩うしろへさがった。濡れた頬に髪が二、三本はりついている。女は両手の平を上に向け、顔の前に垂れ下った髪をすくい上げるようにして払いのけたが、目は依然として男からそらさずにいた。

「どちらでもいいのよ、アメリカのでもソヴィエトのでも」

「どちらでも……」

吉野は弓子の言葉をおうむ返しにくり返した。そしてまた一歩、壁ぎわに後退しようとしたが、窓を背に立ちどまることになった。

夕食を吉野の部屋で早目にすませて二人は外に出た。

「今年は空梅雨かしら、六月というのにあまり降らないでしょう」

「七月に入ってからどしゃぶりということもある、去年がそうだった」

「去年は七月に?」

「ひどい降りだったさ、外回りしているから天気のことはいつの年でも良く憶えてる」

「気休めにいったんじゃないでしょうね」

「何を」

「わかってるくせに」

「治療のこと?」

「そう」

「気休めなんかじゃない、ぼく自身のことなんだから」

「当り前よ」

煉瓦塀で仕切られた石畳道は二人で肩を並べて歩くにはちょうど良かったが、前方から来た人とすれちがうにはどちらかが片側に身を寄せなければならなかった。

「今の見た?」

弓子は振り返って吉野に訊いた。「今のって」彼は遠ざかる女の後ろ姿に目をやった。

「今の人、お化粧してた、してなかった」

「さあ、多分してただろうな、どうして」

「あなたが顔におかしなものを塗りたくって浜町など歩いてるのを一度見たかったわ、今の人うすくお化粧してたけれど、とても上手できれいだった、すれちがうとき香料が匂ったからわかったの、前から近づいて来るのを見ていたときは肌の色だと思いこんでた。あなたったら」

「もうよしてくれ、あのこと」

「目立たないようにするのがこつなのよ」

「男でも女でも色が悪い人を見るのは厭だ。だから自分も他人に不快な感じを与えたくなかったから……」

「結局それは弁解よ」

「うん、しかし……」

「あれを見て」

坂道を降りた路傍に青い物が見えた。籠にうず高く盛り上っているのは梅の実である。籠の後ろに老婆がうずくまって無表情な目で海を見ていた。「おばあさん、これはどこでとれた梅」弓子がはずんだ声できいた。「茂木」ぶっきらぼうに老婆は答えた。「おいくら」弓子はハンドバッグに片手をさしこみながらたずねた。「容れ物は持っとりなんね」「困ったわ」という女に、アパートから何か取って来ようかと吉野はいった。老婆は重さをきき、それくらいならとつぶやいて、籠のわきから新聞紙を取り出し器用に折って紙袋をこしらえた。

青々として堅い粒の中にかすかに黄色く色づいたものもまざっていた。

「氷砂糖で漬けんね、粒よりの梅ばかりだけんね、良か梅酒の出来るばい、白砂糖は使うてならんとよ」

弓子は紙袋を両腕で胸に抱きかかえた。

「甕があったら甕が一番良かとよ、ガラス瓶よりもね、なんちゅうても容れ物が大事やけん」

甕を探してみる、きっと家にあるはずだと弓子はいった。

「茂木といえば枇杷だけと思った」と吉野はいった。二人はそこでアパートへ引き返した。「枇杷はまだ高いばかりで水っぽくてあまりおいしいとはいえないわ」弓子は紙袋を持ち上げて梅の実に顔を近づけた。

「いい匂い、あなた嗅いでみる?」

吉野は梅に鼻を近づけた。刺すように酸っぱい果実の匂いがした。

「今年の枇杷もう食べた?」

まだ、と彼は答えた。

父から聞いたんだけれど、と前置きして弓子は話した。昔、長崎では六月になると町じゅうの井戸にお供えをして水神を祭ったんですって。個人のものでも町のものでも全市の井戸に水天宮の御札を貼って、桃まんじゅうや紅白の餅をあげて、それから……

「それから、青竹に甘酒を詰めて川の傍に置くの、ずっと昔の行事よ」

少しは憶えている、と吉野はいった。子供の頃に井戸に餅をあげたことがあったような気がする。しかし、あれは……。「戦前のこと?」という弓子に、戦前の記憶があるわけがない、と吉野はいった。実際にそうしたのではなくて、ある和菓子屋の宣伝を引受けたとき、戦前の長崎におけるくさぐさの行事を調べたことがあった。ずいぶん以前のことだ。川祭りという習慣があったこともそのとき知った。

吉野は四、五歳の自分が自宅の裏庭にあった井戸に紅白の餅を供えている情景を思い描くことができた。そのとき自分は紺の久留米絣に黄色い帯をしめていた。井戸蓋の上に白い紙を置きそこに餅をのせた記憶がある。

「どうかした」弓子が気づかわしげにのぞきこむ。

「梅じゃない……」吉野はぼんやりと宙に目をすえてあることを思い出そうとしている。「梅じゃないって」しばらく黙っていてくれ、と彼は頼んだ。弓子が川祭りから井戸のことを話したとき、吉野は急にある果物を食べたくなったのだ。梅ではない、枇杷でもない、梨でも瓜でもない。甘くてねっとりとした舌ざわりで乳臭くてかすかにざらついて……それが何かどうしても思い出せない。「昔は今のように上水道が普及していなかったので、どこも井戸水を使ってたんですって、水はきれいで井戸によってはその中で鯉を飼ってた所も……」

散らばった。

不意に吉野が立ちどまったので、後ろから歩いて来た弓子がぶつかって紙袋を落した。灰褐色の石畳に青い粒が

「え……」

「無花果」

「困るじゃない、急に立ちどまったりなんかして」

梅の実は石畳の上でゴム毬のように弾み、四方にとび跳ねた。吉野は生き物のようにめまぐるしく動きまわる木の実を口をあけて見ていた。「黙って突っ立っていないで早く拾い集めてちょうだい」と弓子に促されて初めて彼は道にしゃがみ、飛散した果実を集めにかかった。平坦な道路だから良かった。これが坂道で落したのだったら一つ残らず梅の実は坂の下までころがり落ちていただろう。長いことかかって二人は青い粒を拾い集め紙袋に戻した。

「これで半分はあるだろう」

「三分の二は充分にあると思うわ」

弓子は惜しそうに溝へ落ちた梅を眺めた。

「そんなにもったいないならもう一度、婆さんの所へ行って買えばいい」

「そんなにまでしなくてもいいの——ねえ、なぜ急に変なことといったの、無花果がどうかしたなんて」

「無花果が、といったかい」

「そう聞えたわ」

井戸の横に無花果の木があった、と吉野は説明した。どこの井戸に？　と弓子はけげんそうな顔をした。

「うちの井戸」と答えて、吉野は弓子が抱えている紙袋を取り、乳吞児を抱く手付で両腕の中に収めた。うちだなんていうのは生れて今が初めてのような気がする、と彼はいった。「そうだ、ぼくにも昔は家があったんだ。信じられないような気がする」吉野は自分自身にいった。安山岩で畳んだ井戸のまわりはいつも濡れていて、無花果

の木蔭になっており、夏に外から帰ると素足で水を汲んで体に浴びたものだ。ふだんは忘れていることを急に思い出した。無花果の木の下では土がいつも湿っていて黒い地肌をむき出しにしておりどんなに暑い日でもそこだけは冷たい空気が澱んでいるようだった。井戸のすぐ横に風呂の焚き口があり、その向うに便所の汲み取り口があって、裏庭にはいつもうっすらと便と灰の臭気が漂っていた。

あの無花果の木を含めてすべてが消えてしまった以上、この世界にある物は何もかも滅びてしまえばいい、と吉野は思った。そう思ったとき、腕でかかえている紙袋がにわかに重たく感じられた。

アパートに戻り、吉野の部屋で弓子はビニール袋に梅の実を移しかえた。夕刻の青い光が漂い始めたとき、女は帰って行った。送らないでくれというので吉野は部屋に居た。窓ぎわの椅子にかけて暮れてゆく港を見ていた。長い間、身じろぎもせず灰色の水を見ていた。気がついてみると部屋は完全に闇で一杯になっていた。彼は手さぐりで壁のスイッチを押した。明りがついた瞬間、床できらめくものが部屋のあるじの目を射た。弓子が投げ棄てた口紅ケースがテーブルの足もとでひっそりと輝いていたのだった。


三宅鉄郎はグランド・ホテルのフロントに来意を告げた。

彼は朝、だれもいないロビーを見るのが好きだ。ガラス板をのせたテーブルはよく拭きこまれている。灰皿はどれも洗われてちりひとつとどめず、空っぽの椅子は穏やかな草食獣の姿で定められた位置を占めている。泊り客はすぐに降りて来る、というボーイにうなずいておいてソファにかけた。

ガラス越しに空を見た。墨色の雲が垂れこめて今にも雨が降りそうである。ロビーは冷房が利いていて、ホテルへ着くまでに肌に滲んだ汗もみるみるひくのがわかった。（あの頃も連日こんな空模様だったな……）三宅は最近、折りに触れては二十代初めに遭遇した事件を回想している自分に気づいている。

坂本町の大学病院を訪れた後で、坂道を下りながら長い塀の内側から頭上に張り出した楠の枝を見上げて、永田町界隈を歩いていた自分を思い出す。佐々木医師の話を聞くのが長くなって、それは午後おそく訪問したからでもあったが、辞去したときは暗くなっており、水銀灯が青白い光を楠のしげみに投げていた。六月の宵特有のむせ返るような木の葉の匂いが坂道にたちこめていた。

水銀灯の光に照し出された青葉は一種異様な色あいで輝くものだ。長い坂道を自分の靴が立てる音に耳を傾けながら歩いていると脳裡に浮ぶのは同じような坂道を同じような夜の青葉を見つつ汗みどろになって駆け回っていた頃のことである。あるかないかの風で楠の枝はざわめいた。それと同時に三宅の体内でもかすかにざわめくものがあり、血管を伝わって体のすみずみまで達するようである。

三宅は立ちどまって頭上に覆いかぶさるものをしばらく見つめた。東京に十年以上暮したのに、あれから水銀灯に照された夜の木を見ることはついぞ一度もなかったことに思い当った。

（あれから……あれから……）

朝食前に新聞を読みながら、あるいは本を読みながら、思いだけはそのとき没頭していることとはまるで無関係に学生時代の生活に返る。（どうかしたのか）と女はテーブルの向うから訊いた。そのつど、（何でもない、昔のことを思い出しただけだ）と三宅は答えるのだが、昔のことを思い出しただけ、というのは嘘だった。女に説明しても分るはずはなかったし、かりに分ったとしても説明する気にはなれなかった。

（この頃、あなたは変よ、考えこんだりして）

女は心配した。（その何とかいうアメリカの婦人に渡すという書類が一段落したら、雲仙にでもいってのんびりしたら、あたしの知ってる人が支配人をしているホテルがあるから、そこは値段も張らないで静かな所という評判

よ、あたしと行きましょうか）

三宅は生返事をした。

（仕事に根をつめるのはいいけれど度をすごしたら元も子もないじゃない、それに……）

女は三宅のこめかみに浮んだ血管を認め、慌てて口をつぐんだ。

（ご免なさい、あたし何か気にさわることいった？）

（それが余計なお節介というものだ、黙っていてくれ、そっとしておいてくれ）

（そっとしてあげてるじゃない）

（ああ、いつもそっとしておいてくれてるよ、欠伸をしたらすぐにこうだ、あなた退屈してるの、くしゃみをしたら、寝冷えをしたんじゃないの、黙っているとあなたノイローゼじゃないの、飯を食べたら野菜をちゃんと喰え、飯を食べないでいると胃が悪いのか、おちおち安心して屁ひとつこけやしない）

（ご免なさい）

（何がご免なさい、だ。肚の中では全然わるいと思ってやしないくせに）

（卵二つ、それとも三つ？）

（二つ）

フライパンの縁で卵を割る音がし、ついで激しく油を弾く音がした。（ねえ、訊いていい、怒らない？）三宅は新聞に目を落したまま手を伸ばしてテーブルを探った。（なんのことだ）むっつりとした表情でコーヒー・カップをつかんだ。

（それ空よ、ポット取ってあげる）

三宅は空っぽのカップを口につけようとしていた。（きのうのことか）カップに注がれる黒っぽい液体から女に目を移した。（気になるのよ、とても、いや全額のことではないの、どうしてもいいたくない、いいたくなかった

ら無理に訊かないけれど）

（じゃあ訊かないでくれ、初めからそういう約束だったろ）

（でもやっぱり……）

（うるさいな）

（あなたを信じてるわ）

（なら黙って貸してくれていいじゃないか、間違いなく返すから）

（問題はお金じゃないっていってるでしょう）

（問題は金だとも、あれだけまとまれば大金だよ、そのくらい分ってる、すぐには返せないが必ず返す、きのうだってそれでお互いに了解したろ、まだ何かいうことがあるのか、それとも貸すのが厭になったのか）

（あなた、あたしのこと全然わかってはいないのね）

女は卵をフライパンから三宅の皿に移した。（塩を……）と三宅はいった。卵にふりかけながら、（何がわかっていないんだって）と訊いた。

（コーヒー、まだ飲む？）

（もう要らない）

三宅鉄郎は胸ポケットのふくらみを手で押えた。女とかるいいさかいをしたのは今朝のことだ。もっともこの程度の争いなら毎日のようにしているのである。（何がわかっていないとあいつはいったのだろう）三宅は灰色の雲をガラス越しに見やって考えた。

「お待たせしました、相変らず時間きっかりですな」

三宅はソファから立ち上った。秘書も相変らず敏捷な身ごなしで絨毯の上を躍るように歩き、エレベーターへ彼を招じ入れた。

「日本の夏はムシムシする、こう湿っぽくてはやりきれない」

「きみはなにかい、ハワイ生れかね」

秘書はネクタイの結び目に指を入れかけて三宅の問いを耳にするや厭な顔をした。「ご挨拶ですな、ハワイ生れかね、か。一本やられた」そういって三宅の質問をはぐらかした。「こちらへ、ベンジャミン夫人はお待ちかねです」

通された部屋はこの前と同じ所だった。室内には誰もいなかった。そう見えたのは三宅のあやまちで窓に面した椅子に腰を下した老婦人の姿が目に入った。二人が部屋に這入っても身動きしなかったのでベッドやテーブルと見分けがつかなかったのだ。ベンジャミン夫人がそのようにじっとして背中だけを見せていると、痩せて角張った体の輪郭から一層、部屋の調度の一部と化してしまったかのように見えるのだった。

ベンジャミン夫人は立ちあがって秘書が椅子の向きを変えるのを待ち、それから三宅に向って手を差し出した。

〝Good Morning, Mr. Miyake〟

「おはようございます、ベンジャミンさん」

三宅は軽く手を握り返した。枯木に触ったような気がした。

「ベンジャミン夫人はきょうの会見を心待ちにしておられた、あえていえば楽しみにしておられた」

秘書は老婦人の横に突っ立っていった。思わず三宅はそういった男の顔を見た。派手なネクタイで襟元を固く締め上げた男の表情はまじめである。もってまわったいいまわしをするので、三宅はこの男がふざけているのではないかと思ったのだ。

ベンジャミン夫人の薄い唇の両端がゆるゆると持ちあがり、目許に皺が寄った。微笑みかけているつもりなのだろう、と三宅は想像した。

「ご依頼の件ですが、手を尽して調査はしてみたのですが、なにせ原爆投下から時日がそれも長い歳月が経っているので、証人も死亡している場合が多く……」

「きみ、まさか……」秘書が気色ばんだ。

「結論を先に申し上げましょう」

ベンジャミン夫人が日本語を理解しているようには思えなかったが、三宅の口調と秘書の表情から言葉の内容はほぼ察しているように思われた。灰色の髪を束髪に結った老女は交互に二人の顔を見くらべた。

「調査は不可能です、したがってサイモン氏の消息についてこれまでに判明した事に新しくつけ加える事実を見出すことは出来なかった、こういう次第です」

沈黙が続いた。

三宅はベンジャミン夫人を見ていた。死者を探す女は秘書が耳打ちした言葉にうなずいてから三宅に目をやった。秘書は両手を後ろにまわして苛立たしげに靴の踵で床を打った。ベンジャミン夫人の灰色がかった瞳は実は自分の顔に向いてはいてもそれを通視して背後の壁を見ているのではないかと三宅は想像した。女は秘書に何やら囁いた。

「あれから何年たったかということもわれわれが知らないわけじゃありませんよ、三宅さん。証人が少くなっているのも当然です。だから、それゆえにあなたにしかるべき費用を払って調査を依頼したんじゃありませんか。三宅さんが指摘した事は前もってお互いに了承していたことです。今になって何をいうんです」

三宅は胸ポケットから封筒に入れた紙幣の束を出してテーブルに置いた。前渡し金の全額と調査費用の残りである。

「受取った金は全部、耳をそろえて返したいが、調査費用の三分の一は使ってしまった。これ以上、何もぼくはいうことがない。それでは……」

三宅は腰を浮かせた。秘書の表情にかるい驚きの色がうかがわれた。「待って下さい」といってテーブルの紙幣をつかみ、ちらとベンジャミン夫人に視線を走らせて、三宅にそれを差し出した。

「あなたは調査をした、そうでしょう、サイモンの最期が不明だったとしても調査費用は受取る権利があります。初めからそういう約束だった。なぜ、全部を返そうとするんです」

「受取る権利もあれば返す権利もあるということだ。要らないものは要らない、これ以上、長崎で調査しても無駄だとベンジャミン夫人にいうがいいよ」

「よろしい、しかし……」

「ぼくは帰る、さようならベンジャミンさん」

椅子にかけた白人女は秘書に手真似で何かを命じた。三宅は今このときのように度を失った秘書を見たことがなかった。ふだん年齢に似げなく落着きはらっているように見える秘書が慌てふためくのは三宅にしてみればいい気味だった。

「急いで帰らなければならない用事でもあるんですか」

「あるとも」三宅は答えた。

「どの程度まで調べたか、せめてそのくらいのことは三宅さんから話してもらえると考えるんですがね、あなただって調査を引受けた以上はそれを断わるにしても、どれだけのことをしたか話す義務があると思う」

「あなた達が知っている以上のことは何も知らない」

三宅は椅子の後ろに突っ立ったままそういった。秘書は探るような目付で三宅を見ている。われわれが何を知っているというのか、と三宅にたずねた。その声には力がなく語尾がやや慄えを帯びた。ベンジャミン夫人は秘書を見上げ、二人のやりとりを知りたがる身振りを示した。秘書は上体をかがめて雇い主に何かを囁いた。

「こんなものを読んでもらっても何の足しにもならないということが調べるうちに分ったんだ。しかし黙って何もせずに坐っていたと思われたくないから渡しておこう」

三宅は白い横罫を引いたルーズリーフを綴じたものをテーブルに投げ出した。秘書がそれにとびついた。

「どうして最初からこれを出さなかったんです」

秘書は三宅をなじった。

「ぼくに何もかもいわせたいというのか」

三宅は秘書の目をのぞきこんで詰め寄った。秘書は報告書を手早くめくりながら目を上げて三宅の視線と出会うと又、目を伏せた。結論の辺りを読んでいるらしかった。読むのに必要以上の時間をかけた。三宅は秘書が結論を読んでしまってからなお読むふりをしてどうすれば態勢をたてなおすことができるかを思案しているのだと考えた。

ベンジャミン夫人は三宅につと両手を差し伸ばし、椅子に戻るように懇願した。表情と手付でそれが命令でも指示でもなく、心からの願いであるように思われたので三宅はふたたび椅子に腰をおろした。秘書も夫人のかたわらにある椅子にかけ報告書の内容を小声で説明し始めた。三宅は男の言葉に聴き入るベンジャミン夫人の表情を注意深く観察していた。もともと急いで帰らなければならない用事はなかったのだ。

秘書とベンジャミン夫人は顔を見合せた。

それからいかにも腑に落ちないという表情で二人は同時に三宅に視線を注いだ。

「りっぱな調査じゃありませんか、なぜこれを隠していたんです、三宅さん、あなたは報酬分の仕事は果しているんです、それなのに金を返そうとしたり、まったく理解に苦しみます」

という秘書に、心にもない台詞をいうのはやめたらどうだ、と三宅はいった。

「心にもないですって?」

秘書はうろたえた。

「そうさ、ぼくが帰ろうとするのをきみは引きとめた。どうやら何もかもいわせたいらしい。そんなにききたければいおう。金を返して黙って帰るつもりだったんだが……。調査はきみたちが事前に強調したほどむずかしいものではなかった。証人さがしに若干てまどりはしたがね。いつでもそんなものだからぼくとしては案外にすらすらと運んだつもりだった。そのときに気づくべきだったんだ、何もかもきみたちが仕組んだ罠だということを。うっかりしていた。ぼくがとんだお人良しだったことになる。福岡第十四分所の連合軍捕虜たちの中で、サイモン・ベンジャミンは生き残った三十数名に含まれていた。彼は飛んで来たブリキ板で体を切られ重傷を負うてはいたものの生きて収容所を出ることができた。混乱した長崎の市街へひと握りの日本軍下士官に引率されて。捕虜たちを保護すべき日本人兵士は武器を持っていなかった。彼らだって命からがら火の海となった収容所から脱出するのが精一杯だったんだ。しかし、こういうことは何も事あたらしくぼくがいうまでもなくきみたちは先刻、承知だったのだ。そうだろう」

秘書は三宅の言葉を逐一ベンジャミン夫人に伝えるのに忙しいふりを装って、そうだろうと念を押したことに対しては否定も肯定もしなかった。通訳を終えると先を促す表情で三宅を見た。三宅はしゃべり続けた。

「十四分所を脱出した三十数名の捕虜は、長崎市街を彷徨する間に重傷者から順に倒れていった。ろくな医薬品もなかったからこれはやむを得ないことだった。街の一方では十万人ちかい市民が負傷し、満足な手当ても受けられずにいたのだから。三十数名でも助かったのは幸運だったと考えていい。彼らを引率した日本人兵士は最善をつくしたとぼくは思う。造船所や要塞司令部の病院にかけあって傷ついた捕虜を治療するための薬品を手に入れようと努力したのだから」

「ごく少数の兵士たちがね」と秘書はいった。

「そうだ、ごく少数のそれも補充で徴集された老兵ばかりが捕虜たちを護った」

「彼らには捕虜たちを日本人暴徒から保護する義務があった」秘書は顔を伏せてつぶやいた。

「長崎は広島と違うのだよ、石垣島や千葉で起ったことが長崎で起ったとは限らない。日本人兵士たちは皆、妻子のある中年男ばかりだった。捕虜に個人的な憎しみをもっているのはいなかった。下級兵士の直感で戦争が早晩、何らかの形で終結することを予想していたんだ。収容所側と捕虜たちの間に八月九日以前も目立ったトラブルはなかったといっている。ぼくはその証言を信じる。保護者たちは義務を果したと思う」

「しかし広島では……」

広島という言葉を耳にしてベンジャミン夫人の目が光った。

「いかにも広島ではアメリカ人パイロットが焼跡で不自然な死に方をしているのを目撃した人がいるらしい。けれどそれだって日本人暴徒に殺される現場を見たという人の証言ではない。それだけでは薄弱な状況証拠にすぎないさ。私刑がお国柄であるアメリカと日本では事情が異るのであって……」

「石垣島では」

秘書はむきになった。

「石垣島では撃墜されたアメリカ人パイロットが日本の海軍兵士たちに虐殺された。千葉の田舎ではB29のパイロットが殺された。長崎でもだから同じ事が起ったたろうときみ達が想像するのは自由だ。非戦闘員である女子供から老人までが殺戮された都市で加害者側の無力な兵士を難民たちが黙って見送ったかどうかが問題だ」

「あなたの調査報告によると、サイモン・ベンジャミンは爆風に煽られたブリキで首筋を切られたのがもとで絶命したことになっていますな」

「なっている、のではなくて、実際がそうだったからだ。死因は負傷による出血多量だ。ちゃんと報告書に書いている。ぼくのいうことを信じなければなぜぼくに依頼したのだ」

「じゃあ信じましょう」

「嘘だ、きみたちは信じてやしない。ぼくがその中に書いたことはとうにきみたちは知っていたのだ。興信所の組織を使えばその程度のことを調べあげるのは造作もないことでぼくに調査させる前にきみたちはサイモンの運命も十四分所の事も知っていたんだ」

「われわれはそんな……」

「そんな無駄なことはしないというのか、ぼくも初めはそう考えた。生き残りの日本人下士官に会って、彼が一度興信所から来たらしい人物と話したことがあると聞くまではぼくもわけが分らなかった。何のために少からざる金を費してぼくに調べさせるのかと。合点がゆかなかった」

秘書はベンジャミン夫人に早口で三宅の言葉を通訳した。

「ぼくが調べた事実ときみたちが調べた事実は、大筋では一致しているけれども、最後の一点では違っている。きみたちはサイモンが他の負傷者たちと一緒に洞穴に残置されたとき、暴徒に襲われて死んだという証言を信じている。少くとも信じたがっている。そう証言した日本兵は戦後五年目におそらく原爆症で他界している。彼は当時、収容所の上官に個人的な恨みを持っていてありもしない事実を進駐軍に密告したんだ。敗戦後はよくあったことだ。密告すればある種の褒賞にもありつくと思いこんだのかもしれない。上官は当然、彼の誣告に基いて裁かれはしたけれども無罪になっている。今おもえば起訴されたのがおかしなくらいだ、しかし密告者は死ぬ前に当時の同僚に自分の罪を告白していたことをきみたちは知らなかった。いってみればサイモン・ベンジャミンはきみたちの空想の世界でしか惨殺されなかったのだ」

秘書は三宅に向って向かいあおうとしたが、思い直したふうで椅子の女に通訳した。ベンジャミン夫人は目に見えるか見えない程度にとがった肩をすくめた。

「ぼくは何もいわないで帰るつもりだった、すべてをいわせようと強制したのはきみたちの方なんだからついでにいってしまおう」

そこまでいって三宅は急に徒労感を覚えた。ホテルを訪れて二人と対面するまでは自信を持てなかった自分の推測が正しかったと思ったとき、胸の裡にわだかまっていた怒りが次第に醒めてゆくのを覚えた。派手なネクタイをこれ見よがしにつけてアメリカ女のわきにかしこまっている若い日本人と、傲慢なその雇い主に対する苛立ちも同時に消えてゆくようである。後に残るのは時間を無駄なことに費したという悔いだけだ。

三宅は立ち上った。

すかさず秘書が紙幣を握って駆け寄った。

「これは当然あなたが受取る権利があるものですよ」そういって三宅のポケットに押しこもうとする。「権利、義務、口を開けばそんなことばかりいって」と三宅はいって、目腐れ金を拒否する権利だって自分にはあるのだ、といい秘書を押しのけた。

「三宅さん、待ちなさい、大人の話をしましょう」

笑わせるな、と三宅はいって一人でエレベーターに乗った。後を追って来た秘書の前でエレベーターの扉がしまった。「電話を……」という声を耳にしたのが最後である。ロビーで三宅は長崎新聞の記者と出会った。バイカル号のパーティーで顔を合せたことのある老人である。黄色い歯をむき出して女子従業員をからかっていたのが、目ざとく三宅を認めて近寄って来た。

「もう夫人との会見はすんだんですか、どうです、彼女の御機嫌は」

上々だ、と三宅は答えた。国籍不明の若い男と外国婦人を相手にした後この老人としゃべると妙に気持が和んだ。新聞記者は腕時計を一瞥して、あと十五分ある、とつぶやき、外でお茶でも飲まないか、と誘った。そういわれて三宅は初めて咽喉のかわきを意識した。

「芳賀さんもベンジャミン夫人に用事が？　例のインタヴューですか」

「あれはもう済みました、独占インタヴューね、いい記事になりました、それを知らない所をみればわが社の新聞をあなた、とってはいないのだな、実になげかわしい」

老記者はニコチンで茶褐色に染った歯をむき出した。ルポライターともあろう者が土地の新聞を読まないでどうする、といった。今度からとることにする、と三宅はいった。

「日も照らないのに蒸し暑くてやりきれない、長崎は六月からこうだから……大陸では六月といえばからりとしたいい気候で、そうでしょう」

芳賀老人は同意を求めるように三宅を見た。黒っぽいスーツからナフタリンの匂いが漂った。老人は骨張った指で蝶ネクタイをつまんで具合を直した。

「蒸し暑いというてもあなた、いくらなんでも半袖シャツ一枚であんな人に会えやせんでしょうが」

そういってから三宅のポロシャツ姿をあらためて検分する目で眺めまわした。

「おたくの話、うまくゆきましたか」老人は輪切りにしたレモンをスプーンですくってひょいと舌にのせた。うまくいった、と三宅は答えた。それは良かった、と老人はいって酸っぱそうに顔をしかめた。

「歯、目、なんとかというでしょう、年をとって男が駄目になる順序をね、歯はご覧の通りまだ自前でしてね、何本か欠けてはいるが、シベリアでこき使われるまではわしの歯は虫歯一本なかったんだ、高粱粥と大豆粕ではね、栄養分の欠乏はまず歯に来る、てきめんですよ、しかし、まだ義歯の厄介にはならないでいるから、目もね、老眼鏡を時たま用いる程度で、人間、養生が肝腎です」

「あなたのように筆の立つ記者は年をとっても社がやめさせないでしょう」と三宅はお世辞をいった。

「そこ、そこが問題でしてね、一度ゆっくりとあなたに相談したいことがあったんですよ」

芳賀老人は紅茶をすすりながら上目づかいに三宅を見た。

「おたく、東京でも出版社関係にお友達が多いでしょうな」

いくらかは、と三宅は答えた。

「九谷さんがね、おたくの噂をしてくれました」

九谷？　とき返すと、「トラヴェル・ライターの女性ですよ、ほら」とわけ知り顔に目くばせする。社を辞めて何かものを書くのか、と三宅はきいた。ベンジャミン夫人と別れた今は心が変に昂ぶって、それを鎮めるにはこの老人とたわいない世間話をするのがもっとも気晴しになるようだ。

「名目は編集委員でも身分上では嘱託ですからな、かといって当分やめさせられる心配はないけれども、後進に道をひらくことも考えねばならず、そうでしょう」

三宅は曖昧にうなずいた。

「レモンは嫌いですか、良かったらわしに呉れませんか」

老記者は三宅の手許をのぞきこんでいった。彼がすすめると記者はたちどころにスプーンを閃かせて黄色い物を口におさめた。

「唾液、唾液ですよあなた」

顔を皺だらけにして話しかける。片手でスプーンを振り回しながら「年をとるとあらゆる分泌がとまってしまう、ホルモンも同じなんだが唾液もそうでしてね、体力が衰えると梅干喰っても唾液が出ない。つとめてわしは酸っぱい物をとるようにしています、まだ大丈夫、たっぷりと唾液が分泌しますからな、いい記事を書くのも体力です」

三宅は口に溢れた自分の唾液をのみこんだ。

「昭和二十年代にシベリア抑留記が出ましたな、この頃はさっぱりお目にかからないが」芳賀記者は角砂糖を紅茶に落してスプーンでつぶした。出版しても売れないからだろうと三宅はいった。

「売れませんかね」

老人は音をたてて紅茶をすすりこむ。

「売れません、余程のものでないと」

三宅は出版社に勤めている知人の顔を思い浮べた。持ちこまれた原稿がうず高く棚に積み上げられて埃をかぶっているのも見たことがあった。

「芳賀さん、ぼくなんかにいってみても無駄ですよ、そりゃあ紹介しろといわれればします、原稿を送れば向うも即座に突っ返しはしないでしょうが、その辺の事情は新聞社におられる芳賀さんの方が詳しいでしょう」

「いいネタなんだが……」

老記者はつぶやいて目を宙にすえた。一瞬、夢見るような表情になった。三宅は何がなしぞっとした。このような表情を東京でふんだんに見て来たのだ。自分もその一人であったことは間違いない。いつかどこかで芳賀記者のように、（いいネタなんだが……）とつぶやいて夢見るようなうっつけた表情をしていたことがなかったとは決していえない。

「シベリアものですか」

仕様ことなしに三宅はきいた。

「ええ、シベリアものはシベリアものでもそんじょそこいらに転がっているしろものとは趣を異にしているのでね」

台詞までが同じだ、と三宅はうんざりした。ルポライターの溜り場ではいやという程囁かれる言葉である。〝シベリアもの〟を〝汚職〟や〝総裁選挙〟や〝スキャンダル〟に置き換えたらいいのだ。

「ぼくをあてにしないことです、お書きになるのは自由ですが」

今なら誰に対しても冷酷にふるまうことができる、と三宅は考えた。それが快くさえあった。海千山千の新聞記者である芳賀老人ともあろう者が、自分のような男をあてにするのが不可解だった。もしかしたらベンジャミン財団の覚え目出たいルポライターと錯覚して近づいて来たのかもしれない。会見結果は知らない。予想したのだろうか？　どのような根拠に基いて？　秘書の口から何かをきいて……………………

三宅はありそうなことだ、と考えた。

秘書はきょう、会見がどのように運ぶか予想していただろう。三宅が報告書を提出し、ベンジャミン夫人から応揚にねぎらわれ、約束された報酬を手にいそいそと帰る、というふうに。ある意味ではタカをくくっていたのだ。したがって実際に三宅がとった態度は秘書にしてみれば想像の域外にあった。芳賀記者が秘書の予想を聞かされていたということは大いに有り得る。

「きょう、芳賀さんがベンジャミン夫人に会うのはどういうわけですか」三宅はいった。「わしが？」老人は唇の端にくっついたレモンの皮を指で取って興味深げにみつめた。「ちょいと用事がありましてな」

「その用事を訊いてるんですよ、人に知られたら困ることですか」

「困りはしないけれども」老人はレモンの皮を通りかかったウェイトレスの尻めがけて指ではじいた。

「そうですか、あなたはぼくを呼びとめて東京の出版社に友達はいないかと訊いた。紹介してもらいたそうな口振りに聞えましたよ。それでいてぼくがちょっとした質問をすると勿体ぶって教えない。新聞記者というのは口がかたいものだが、あなたも見上げた人ですな」

「つまらん野暮用ですよ、まあ、そんなにかっかせんで下さいな、後できっと教えます。おたくに悪いようにはしません」老人は歯の間につまったレモンの皮を楊子でつっつき始めた。「これからどこへ」と三宅にたずねる。三宅は黙って紅茶を飲みほした。老人の質問を無視してみせた。芳賀記者は苦笑した。「おたくの談話をとりに行くかもしれんのですよ、写真もいるかもしれないし、居場所を知っておこうと思いましてな」

その必要はもうないのだといいかけて三宅は考えを変えた。芳賀記者が秘書にあらかじめいい含められていることはこれで明らかになった。どんな見出しになるだろう、――隠された悲劇、おそるべき凶行、か。被災者の犯行とは書けないだろう、地元新聞としては読者の感情を傷けることを顧慮しなければならない。軍部の発作的な復讐とするのが都合がいい。憲兵が犯人に仕立てられる。弟が日本人に殺されたにもかかわらずすべてを赦して、その災厄の街の住人である日本人を救おうとする姉。クリーヴランドのサイモンズ・ホスピタル…………復讐だ、と三宅は思った。理不尽な大量殺戮に対する無抵抗な囚人の抹殺ではなくて、ベンジャミン夫人が日本人に対してくわだてた復讐である。

三宅はきょうの午後、自分がどこにいるかを芳賀に告げた。会見の結末を聞いた老記者がどういう顔をしてやって来るかを見てもいいと思った。

「時間じゃないんですか、あちらは約束の時刻にうるさいようですよ」三宅はうながした。記者は腕時計に目を落して、十五分おくれることになる、と他人事のようにつぶやき「いいんですよ、きょうは、先様は待っててくれる」といった。のっそりと立ち上った。「そろそろ行ってみるか、じゃあ、ごゆっくり」といいすてて外へ出ようとする。

「忘れ物、芳賀さん」伝票をつまみあげて見せた。「あ、そうでしたな、これは失敬」芳賀は電車の車掌が腰に付けているようなばかでかい財布をかくしから引きずり出して二人分の紅茶代を支払った。三宅が黙っていたらとっとと出て行ったことだろう。そういうことより三宅が感心したのは老人のさすがにヴェテランたるにふさわしい新聞記者としての勘である。芳賀は時間通りに行くべき場合と、遅れて行っても差し支えない場合とをちゃんと嗅ぎ分けていた。きょうが後者である。いくらか待たせてもベンジャミン夫人たちが彼を必要としていることを独特の触角で探知しているのだろう。悠揚迫らざる落着きぶりは、村会議員補欠選挙に立候補した人物とインタヴューしようとする記者のそれだった。

「またお会いしましたな」

三宅は声の方に顔を向けた。

「よくいらっしゃいました、伴ですよ、いつかほらバイカルでのパーティーで、お見忘れですか」

革の半ズボンにチェックのシャツを着た男がカウンターの内側から挨拶した。

「ああ、伴さん……」三宅はぼんやりとうなずいた。「ああ、ばんさん……か」伴は満面に笑みを浮べて両手をこすり合せた。「ぼくはねえ、あのときいったでしょう、画廊もやってるって、画廊ヴァンサン、ちょいといいでしょう、実は画廊ヴィンセントとするつもりだったんですよ、テオ・ゴッホね、わかるでしょう、ヴィンセントをフランス風に発音してヴァンサン、われながらいいネーミンだと気に入ってるんだ」

用事があるので、といって三宅は席を立とうとした。

「きっとうちに見えると思ってましたよ、それも遠からずね、思った通りだった」

芳賀に誘われただけだ、と三宅はいった。

「知ってますよ、あの爺と顔を合せたくなかったので奥に引っこんでいたわけで、どうですかブランチといくのは、サンドイッチなどで軽く」

「そんな時間なのかな」

「あなた話せる」伴は手で三宅の腕をつかみ肩を撫でた。「ブランチといっても何のことか知らない連中ばかりですよ、ぼくは当店自慢のサンドイッチをおごることに決めた」

おいおい、勝手に一人ぎめしては、と三宅はいった。

「用事があるっていいたいんでしょう、ほっときなさいよ、どうせろくでもない用事でしょう、しなければならない用事なら一、二時間おくれても済ませられる、してもしなくてもいい用事ならしないでも構わない、ということになりませんか」

おかしな理屈だが一理はある、しかし、と三宅がいうと、伴は「了解成立」と呼んでウェイトレスにサラミソーセージを切るように命じた。「あの黒パンでオープンサンドを、ほらいつかぼくがこしらえたあれ……」「黒パンはさっき配達されたのを?」というウェイトレスに「ちがうったら、トロイカできのう買ったやつ、電子レンジの横に紙包みがあるだろ、見つかった？　じれったいな、ぼくがやる、女はいつもこうだから……」といって伴は三宅に片目をつぶってみせた。

三宅は道路を見ていた。ホテルを出た芳賀記者がスナックの前を通ることも考えられる。どんな顔をしているか見とどけるのも一興である。もしかしたらとうに会見は終り、秘書からすげなくあしらわれた記者は尻尾をまいて退散したかもしれない。必ずスナックの前を通るとは限らないのだ。しかし雲行きがおかしいと悟れば、あの男のことだからしつこく喰い下って何かを嗅ぎつけようとするだろう。

「お待たせ……」伴は皿にのせたサンドイッチを三宅の前に置いた。「黒パンはトロイカのかまで焼いたのでなければね、本場仕込みの腕なんだから……どうです、なかなかのものでしょう」

「トロイカというと」

「戦前に長崎へ亡命した白系ロシア人のレストランですよ、今は二代目ですがね、うちで使うパンは皆あそこ製なんで」

三宅は伴のおしゃべりをききながらサンドイッチを平げた。自慢するだけあってソーセージも黒パンもわるくない。ただ彼の口許を注視する店主の目付が気になった。あなたもやったら、と三宅はすすめた。「客がいうのも何だけれど一人で食べるのも落着かないものだ」

「何を知りたいんです、三宅さん」伴は自分のサンドイッチをのみこんだ。「長崎へ何をしに来たんです」といって流し目で三宅を見た。三宅はグラスの水で咽喉につかえたパンを胃に送りこんだ。

「レタスがちょっと水っぽいかな、これはめいめいの好みでしてね、濡らしたレタスがいいという人と水気を拭きとらなければという人もいたりして、ぼくの好みをいわせてもらえば……」

「ご馳走さま、ぼくは行かなければ」

「飲み物がまだですよ、ジュースにしますか、それともコーヒー」

一体、自分に何の用があるのか、と三宅はいおうとした。「俺を引き止めて何をいいたいんだ、といいたいんでしょう、三宅さん」トマトジュースを彼の方へ押しやりながら伴は目くばせした。

「食塩を入れますか、黒椒椒でやるのもいけますよ、いらっしゃい」

伴は新しく這入って来た客の注文をききに行った。三宅はカウンターの奥にウェイトレスとは別の女を見出して飲みかけのトマトジュースを口から離した。旅行作家と称する九谷保子が腫れぼったい目蓋をして店内を見回している。三宅を認めてふらふらと近づいて来た。

「おはよう」といって女は髪に手をやった。

おはようという時刻じゃあるまいと三宅はいった。「きみが彼と同居しているとは知らなかった」

「同棲といいたかったんでしょう、お合憎さま、その通り同居よ、タバコいただくわね」三宅のタバコを口にくわえた。三宅は敏捷に立ち働く伴を目で追っていた。九谷保子は自分で火を点けて深々と吸いこみ、かるく頭をのけぞらして目を閉じた。今、起きたのか、と彼はいった。女は肺の奥まで吸いこんだ煙を長々と吐き出してからこめかみを押えて、夕べのみすぎちゃった、といった。その身振りが細部に至るまで男の視線を意識したものであることを三宅は見抜いた。昼は芝居小屋で、いわゆる演劇の勉強に励み夜は酒場で働いている知り合いの女が、九谷とそっくりの挙動を示したことを彼は思い出した。

「ここでお手伝いするかわりに部屋を貸してもらってるの、ホテルずまいは高くつきますものね、あたしのような無名のライターには」

「雑誌はどうなった、特集記事には原稿送ったのか、大変な意気ごみに見えたけれど」

「ああ、あれ」九谷保子は顔の前にたちこめた煙を手で払った。「あんなのどうでもいいの、つまらない」「だって仕事なんだろう」と三宅がいうと、女はふっと煙を吐き出してわきを向いた。「コーヒーちょうだい」と伴にいいつけている。

「なんです二人してさっきからこそこそと」店主は陽気に声をかけた。いつの間にか半ズボンに赤い前掛けをつけていた。「なんでもいいの、さっさとコーヒー淹れたらどうなの」女の激しい剣幕に伴はおそれ入った表情を装いカウンターの向うに引っこんだ。昼の光でまぢかに見る女の顔は荒れが目立った。東京には一度帰った、と九谷保子はいって、伴が運んで来たコーヒーを取り上げた。三宅は女に長崎の住み心地をきいた。

「住み心地?」

九谷保子は客の注文を訊いている伴にちらと目をやった。六月がこんな天気では夏をどうすごせばいいか今から思いやられる、といい、「あの人、変った人よ」といった。伴がいっぷう変ってることは初めから知っていたと三宅がいうと、

「そんな意味じゃないの、あたしにも親切なの」といってスプーンでゆっくりとコーヒーをかき回した。「ほら、あたしたちがこうしておしゃべりしてるのを見て、さっきから彼、気が気じゃないみたい」

「三宅さん、画廊に案内しますよ、やっちゃんはお店をやってよ」

「今から?」

九谷保子は大儀そうに伸びをした。「ちゃんとお化粧して、着換えてさ、頼んだよ、いいね」

伴は前掛けを解くなりくるくると丸めてウェイトレスに押しつけた。待ってくれ、これから行く所がある、と三宅はいった。「県立図書館は午後八時まであいてますよ、その前に半時間くらい時間をさいてもいいでしょう」「県立図書館へ行くことをどうして知ってるんだい」「何を寝呆けているんですか、あなた芳賀の爺さんにそういってたじゃありませんか、よろしい、ついでだからいっちゃおう」

二人はスナックを出た。「こちらから行きましょう」伴は三宅の手を引っ張った。「そういえば分るんだから、何も子供じゃあるまいし」「ご免なさい」伴はしおらしく目を伏せた。市場と市場の間を抜ける通路で、石畳に貼りついた魚の鱗が光った。ついでにいいたいというのは、と三宅はたずねた。

「露字新聞ヴォーリヤのことを調べるんでしょう」と伴はいった。気味が悪くなるほど正確な発音でヴォーリヤといった。三宅は思わず立ちどまって、「きみがなぜ?」といった。

「厭になっちゃうな、あなたが県立図書館の書庫で埃にまみれて外事課の書類綴込みを引っくり返していることくらい知ってますよ、ぼくもちょくちょく行きますからね、このあいだもあなた史料閲覧室でゼロックス使ってコピーとってたでしょう、忙しそうだったから遠慮して声をかけなかっただけ、ほらほらそんな所に突っ立ってちゃ魚屋さんの邪魔になりますよ」

伴はそういいながら軒下でアジをえりわけている半裸の少年に目を留めた。

「きみは何でも知ってるんだね」と三宅がいうと、「いや、旨そうなアジだなと思って見てただけで」といった。

三宅が驚いたことにはスナックの店主はうっすらと頰を染めていた。長崎に来て半年以上もなるというのに羞恥らしい羞恥を示す人間と出会ったのはこれが初めてだった。

「アジはたたきにかぎる」伴はいった。

「ええ、タイよりアジといいますよ長崎では。今じぶん産卵をすませたタイは麦藁ダイといってハナもひっかけない、舌が肥えてるんですな、アジもね、大アジではなくて十二、三センチの中アジをたたきもいいけれど炭火で焼いて生醬油で新生姜の刻んだのを入れて食べる、これがもう何ともたまらない、長崎で一つだけいけるのをあげよといわれたら梅雨どきのアジですよ、これにとどめをさしますね」

「確かきみあちらで育ったと聞いたけれど、大陸で」三宅はいった。

「ここです、せまい所ですが」

画廊ヴァンサンと金文字が描かれたガラス戸を押して三宅を先に入れた。間口は二メートルと少しあるかないかだが奥行きはかなりあって突当りが鍵形に折れ、そこが事務所になっている。二十歳あまりのまだ稚い顔立ちをした男が立ち上って二人を迎えた。黒っぽい壁紙を貼った両側の壁に金色の額縁に入れた油絵が並んでいる。どれも六号から八号の風景画である。「ヴェニスを描いたこれ二億円、テームズの河口が八千万円、このパドヴァ風景が一億と三千万円、もし原画ならね」「複製画には見えない」と三宅はいった。

「見えたら大変だ、キャンバスは十八世紀の物を使い、ヨーロッパの蚤の市で買い集めた古いがらくた絵のね、絵具もあちらの美術館が修復用に使う特別製を用いますからね、出来上ってから全体にニスをかけ煙と煤でまぶして年代ものらしく見せかけるんです、こまかなひびまでちゃんと入ってる、どうです、たいしたもんでしょう」

立派な贋物だ、と三宅は感心した。そのうち両手が後ろにまわるだろう、というと、とんでもない、法律に抵触することはしないと伴はいった。「複製であることは断わって売ってるんです、贋とはいえない、これだけ手の入った贋物があるもんじゃありません、本物の贋物です」

買い手はあるのか、と三宅はきいた。

「ヴェニスとトリノの絵は売約済みです、応接間にぴったりなんだ、どちらも」

物好きもいるものだ、と三宅はいった。坐らないか、と伴はいって床の中央に置かれたスツールに三宅をかけさせた。また腕にさわった。この男は実に巧みにさりげなく三宅の体に手で触れ、スツールに腰をおろした彼にぴたりと寄り添った。

「あれは……」

画廊を見まわしていた三宅の目が一カ所でとまった。八号ほどの風景画である。球根状のドームをいただいた石造建築が夕陽をあびている。前景は石を敷きつめた広場である。伴は含み笑いを洩らした。「風景画ですよ、あれがどうかしましたか」「風景画だということは見ればわかる、どこを描いたものだろう」「ね、十九世紀ロシアの画家です、原画はトレチャコフ美術館にあります、ちょいとした出来でしょう、実はあれを買いたいという客がいるんですがね、値段について若干まだ折合いがつかず……」

「どこを描いたものかと訊いてるんだ」

「知らないんですか、よく見て御覧なさい」

三宅は立って絵の傍へ寄った。

「駄目だったら。近づいて何が見えると思うんですか、街の名前なんかどこにも書いてありゃしませんよ」

三宅は後じさって壁を背に絵を眺めた。ドームはロシア正教の寺院と思われる。広場の向うに逆光で黒い影を帯びている柱廊と寺院の丸屋根、とくにそれらが夕陽を浴びている陰影の具合が三宅のうちにある情感を喚起するようである。絵の下にあるプレートにはただアラビア数字が記入してあるだけだ。「思い出しましたか」伴が声をかけた。三宅は首をかしげた。ハルビンですよ、と画廊主はいう。

「あなたそこに居たんでしょう」

「………………」

「ハルビンといっても二十世紀初頭の写生だからぴんと来ないかもしれませんが、ロシア人が設計して建設した後で日本人が乗りこんでいろいろと又、手を加えましたからね」

「そういえば」

「ね、思い出したでしょう」

「キタイスカヤ広場……」

「そうそう、目録にはそう書いてあったっけ」

「アレキサンドル教会……」

「知ってるじゃありませんか、ちゃんと」

三宅は絵に見入ったままスツールに腰をおろした。


吉野高志は浜町アーケード通りのカーテン地専門店で中津弓子と布地をえらんだ。

「九月か十月までもてばいいのよ、秋になればどうせまた換えることになるんだし」

弓子は水色の細い縦縞が這入った化繊地を取り上げて、これはどうか、といった。

「見た目に涼しそうよ、もちはわるいけれど」

「無地がいい」

「あら、この前は派手な模様入りが欲しいといってたのに、そうじゃなかった?」

「レースのカーテンって高いものなんだな」

「どういう具合だったの、あれ」

布地を手にしたまま弓子は顔を上げた。

「あれって」吉野は生返事をした。

「ベンジャミン夫人のことよ、会いに行ったんでしょう」

「うん……」

「で、いつ渡米することに」

「いなかった、ホテルの話では予定を早く切り上げて引き払ったんだそうだ。東京の連絡場所はフロントに告げてあったけれど」

「きょう、東京へ戻ることになってたの」

「知らない、二、三日間は滞在すると聞いてた気がする」

「無地というのは見た目に重い感じだわ、ポプリンのプリントにしない？　……東京のどこ」

「帝国ホテル、……当分長崎には来ないんだそうだ」

「帝国ホテルへ連絡すれば？　先方は待ってるんじゃないの、あんなに熱心だったんだから」

「ポプリンは生地が薄すぎはしないか」

「フロントにあったのは東京の居場所だけだった？　他に何か」

「……それだけだ、向うだって忙しいんだろう」

「忙しいといっても……まさか居留守をつかったんじゃないでしょうね」

「つかってもいいじゃないか、あちらの勝手だ」

「もう一度、ホテルへ行ってみましょう」

「なんだか変よ」

どうして、と訊く吉野に、「女の勘のようなものよ」と弓子はいって、依然として藁草模様の入ったポプリン地をつかんだままじっと吉野の顔をのぞきこみ、

「あなた本当にホテルへ行ってみたの」といった。「行ったとも」吉野は憤然として答えた。「長崎新聞の記者が女の人を相手にロビーで管をまいていたよ」「女の人……だれ?」「知らない、いや、どこかで一度会ったような気がするけれど思い出せない」

「なぜ急に東京へ引きあげたのかしら、あなたが会いに来ると分ってたはずなのに」

「忙しいのさ」

吉野はポプリン地のプリントを包ませて金を支払った。

「じゃあ、あなた帝国ホテルのベンジャミン夫人宛に電報をうったの、まだでしょう、ちょうだい」

吉野は布地の包みを手渡した。「これをちょうだいといったのじゃないの、帝国ホテルのアドレスよ、いいわ、調べれば分ることですもの」

調べてどうする、と吉野はいった。「あたしが電報をうってもいいでしょう、同じことなんだから」弓子はいった。二間でカーテンは出来るとうけあった。「余計なことはしないでくれ、自分のことは自分でする」吉野は渋い顔をした。

「自分でする、本当に?」弓子は念を押した。吉野は約束した。「それはそうと、社長は欠勤のことで何かいってなかった」「何かいいたそうな顔に見えたわ、けれどなんにも、給与からは休んだ分が差し引かれるのだし、何も文句はいわれずに気味が悪くなるくらい機嫌が良くて……」

「見せかけだ、あれは」

「厭だよ」

「そうなの、機嫌が良くて体はもういいのかとか、旅行は愉しかったかとかばか丁寧な口調できかれたあげく……」

「うんと仕事を押しつけられたろう」

「そう思っていたらまるで逆なの、伝票整理と折込み版下を二つ三つ、まあぼちぼちやってくれって」

「社としてもあなたにやめられたら困るんだ、社長だって強いことはいえない、しかしこのあいだなんか凄い剣幕で歌ってた、怠け者去らば去れ、俺は会社をまもる」

「社長は自分が設立した会社に愛着を持ってるのね、きっと。あたし休んだことで迷惑をかけたと思ってるわ」

「会社ではなくて広告という仕事にうちこんでるのさ、いつぞやも雨雲に字を書けないものかと本気で思案してた、勿論ひくい単価でなけりゃ話にならない、それからニュースキャスターが商品名入りのユニフォームを着たら、なんて」

「これからどこへ」弓子は訊いた。キャバレー二番館へ、と吉野はいった。「電報はどこでうつつもりなの」「二番館へ行く途中で寄るよ」「遠回りになるじゃない」「じゃあ明日にでも」「駄目よ、きょうでなくては」二人は中央橋の電停で別れた。弓子は会社へ戻って片付けなければならない仕事があるといった。

吉野は電停のプラットフォームに並べてある緑色のペンキを塗った木椅子に腰をおろした。ポケットから黒表紙の手帳を出して、二番館がいい立てている苦情に目を通した。塗料が照明を当てると変色するだの、セットの建てつけが悪くてすべりが良くない、ということなどはどうでもいいことである。苦情をいうのは支払いを延ばす口実にすぎない。（あそこの約手は九十日だからなあ）と社長が溜息をついていたのを思い出した。今月、納品したセットの代価が支払われるのは九月の終りになる。手型を割引いていたら赤字を出す。かといって数少いクライアント（と社長はいいたがった）は大事にしなければならない。

九月に……吉野は手帳を閉じてポケットにおさめた。椅子は中島川を背にしている。黒い水が満潮にふくれあがって汚物と廃油の入りまじった甘い臭気を放った。（デパートが毎日午後三時に鳴らすオルゴールをあるＣＦのテーマミュージックにできないものだろうか、吉野君、あれが聞えるエリアを調べられるかね……）と社長がいったことがあった。範囲といえばすむのに、と吉野は思った。社長の思いつきは奇抜で、それなりに捨てがたい着想もままありはしたけれども、それらは当面する社の事業にはまるで関係がないのだった。クライアントといい、エリアといえば、あたかも長崎アート企画が一流とまでは行かなくても時代の尖端に位置する会社であるかのように社長には思われてくるのかもしれなかった。

吉野はベンチを離れた。立ちあがった瞬間めまいを覚えて、ちょうどプラットフォームにすべりこんだ電車の前に倒れこみそうになった。視界の周辺がにわかに灰色にそして暗い墨色に変り、明るい部分は顔の前だけになりそれさえカメラの絞りのように急速にせばまって来た。吉野の腕を誰かがつかみ電車から遠ざかる側へ引き寄せた。彼はプラットフォームにしゃがみ、両膝の間に自分の頭を埋めるようにして目をつぶった。

「だいじょうぶね……」気づかわしげに問う声が道路の向うから聞えた。「病気じゃなかと?」次の声はすぐ耳の傍で聞えた。吉野は目をあけて、自分をのぞきこんでいる中年の女に礼をいい、そろそろと立ちあがった。急に立ちあがりさえしなければめまいを覚えることはなかった。三ヵ月先でなければ落ちない約束手形に漠然とした怒りを感じたあまり荒々しくベンチから身を離したのがいけなかった。吉野は後を振り返らずに橋を渡り築町市場の方へ大通りを横切った。彼の腕をつかみ引き戻して電車の軌道に倒れるのを救った女の視線を背中に感じた。

吉野は気づかわしげに自分の顔を注視した女の目にありありと浮んでいた憐憫の色にたじろいだ。行きずりの通行人でさえも吉野の異常に気づいているらしいことが耐え難く、それ以上に彼をうちのめしたのは、もしかしたらありふれた同情を示しただけなのかもしれない他人の顔の上に憐れみを読みとるほど自分は弱くなったのだろうかといういまいましい発見だった。

「ゴコウイウケイレタシ、ヨシノ」

吉野は電報頼信紙にボールペンで書いた。郵便局の受付で立ったまま書いていると、後から来た客の邪魔になるので、頼信紙を持ってテーブルに移った。ゴコウイというのは……吉野はそれをペンで黒く塗りつぶし、例の件と書いてまた消し、レイノケン、と書き直した。頼信紙はすっかり黒っぽくなってしまった。彼は用紙を丸めて屑籠にほうりこんだ。ぴったりとした電文をなかなか考えつかない。

「トベイスルヨウイアリ　ヨシノ」

これもいわくありげで自分の気に添わない。「チリョウ　ウケタシ　ヨシノ」と書き直して文章を読み返した。最後に考えたのが一番、本人としては抵抗なく発信できるようである。しかし……彼は頼信紙を丸めて捨て新しい用紙を拡げた。考えこみながらふと頭を上げると正面の壁に大きな電気時計が見えた。針はキャバレー二番館を訪ねる約束の時刻を指している。

半時間後に吉野は二番館の楽屋に居た。会って用談をすませなければならない支配人は急な要件で人に会うというメモを吉野に残して外出していた。その紙片にはアート企画が納入した物件について手を入れるべき箇所が指示してある。吉野は半円形のステージにあがって乱雑に片寄せてあるセットを調べ、暗くてよく見えないのでもう一度ステージの下に降りてスイッチを探した。

「ライトをつけるのか」

暗がりからだみ声がとどいた。「お前は何だ」フロアの椅子にかけている人影が見えた。アート企画の者だ、と答えると、こっちへ来ていっしょに飲め、とすすめる。かなり酔っているらしい口調である。そうもいかない、と吉野はいった。

「お前のためにいってるんじゃないぞ、邪魔になるからだ」

「わたしが、ですか」

「そうよ」

「ステージを使うんですか」

「ダンサーが今からレッスンをやることになってる、おおい……」

男は手を叩いた。暗がりにだんだん目が慣れて来た。天井に小さな明りがともっており全くの闇というわけではない。二番館に振付師がいたのだろうか、吉野は闇に慣れた目で男の横顔をぬすみ見た。小ぶとりの中年男である。どこかで見た顔のような気がする。ひるすぎ、グランド・ホテルのロビーで見かけた芳賀記者を思い出した。塩漬け鰊のいがらっぽい味が舌に甦った。バイカル号のパーティーで見かけたはずだ。

薄いカーテン地のようなものをまとった女がステージにあがって来た。

「お前な、おれが合図したらこのボタン押してくれ、おれはライトの方に行ってるから、何で変な顔してるんだ、これも仕事のうちだぞ、いいか、わかったな、これがオンでこれがオフ」

男はテーブルの間を縫って短い脚で小走りに中二階の端にあるスポットライトの方へ去った。女はステージ中央に立って両手を腰にあて吉野に向って体を斜めにし、片足で舞台を軽く叩いた。「広告屋、オーケイか」ライトの方から男が確かめた。オーケイだ、と吉野はいった。男はライトを点じた。同時にそら、と叫んだ。吉野はテープレコーダーのスイッチを押した。

女は桃色の薄い布を体にまきつけていて、音楽が奏で始められると身を一回転させ、手で布をつまんでするりと剝いだ。むき出しの肩がライトに照らされた。

「駄目駄目、なんだそれは……」

男は大声で喚き、苛立たしげに足を踏み鳴らした。「広告屋、テープとめろ」女は桃色の布をふたたび肩にまとった。「ターンしてから脱ぐんじゃないよ、ハーフターンでもう脱いでるんだ、いいかね、出だしが肝腎だよ、出だしが。な、はいもう一度、位置について、広告屋テープを戻したか……用意、そら」

吉野はスイッチを入れた。ライトが女をとらえた。女は体をひねり音楽に合せて身をゆすりながら脱いだ桃色の布をつまんで上下左右に振った。「なっちゃいないよ、やめやめ広告屋、テープ戻せ」男が手を叩いた。女は中二階に目を凝らした。

「あんた、きのうきょう初舞台を踏んだ新米じゃあないんだろ、なんだい、その動き、てんでなっちゃいないじゃないか、リズムに乗るんだよ、乗りさえすれば細かなことで文句はつけないよ、気晴しでやってるんじゃないんだからな、お客に見てもらってゼニをいただくんだよ、そのつもりで広告屋、テープ巻いたか」

吉野はうなずいた。音楽が始った。女は桃色の布をひらめかせ、ゆるやかな音楽のリズムに身をゆだねて体を動かした。両手を宙に泳がせてのけぞり何かにあらがう振りをし、その頃から音楽のリズムが速まりねむ気を催す程に甘美であっただけのメロディーがせきたてるようなそそるようなメロディーに変った。女は上半身を覆う布を取り、体を斜めにあるいは前後にくねらせながら下半身にまとった布も剝いで暗闇にほうった。

「いいぞ、その調子……」

男は上機嫌で手を叩いた。「広告屋、ちょいとヴォリューム上げろ」

女は吉野に流し目をくれ思わせぶりに身をかがめたかと思うと白い物を投げてよこした。銀ラメ入りのブラジャーを吉野はつかんでいた。女は薄笑いを浮べ片手で頭髪に触れ、顎をしゃくり上げるようにした。その瞬間、赤いものが女の両肩に垂れかかった。赤毛の女は乳房と腰を激しく慄わせた。ライトは女がどんなに素ばやく動いても確実にとらえてはなさなかった。女がステージで身悶えするとき、小さなガラスの破片のようなものが体から飛び散った。ライトの照明に浮び上ったそれはお白粉にしては粒が大きすぎた。

女の足許にもうもうと立ちこめたものはステージに積った埃であることはすぐに察しがついたけれども、身のまわりできらきらと光るガラスの粉に似た物が汗のしずくと知れたのはダンサーが身動きをやめたときだった。吉野は手の甲で顔を拭った。ステージから五、六メートル離れているのにどうしたはずみか一滴の汗が飛んで来て吉野の唇にくっついたのだった。それは生暖かくかすかに塩っぽい味がした。

男はライトを点じたまま天井に向けておいて中二階から降りて来た。

吉野はテープを巻き戻した。

「まあまあの出来だな、お疲れさん」男はどちらへともなくいい、テーブルのウィスキー壜をつかんだ。「広告屋、一杯やれ」自分のグラスについで吉野に押しやり、自分はじかに壜からあおった。「おおい、きみもこっちへ降りて来いよ」ステージの人物に呼びかけた。

女は木箱に腰をおろし片脚をもう一方の太腿にあげた恰好でうつむいていた。その足裏が埃で真っ黒になっているのを吉野は認めた。男の呼びかけに女は目だけで応えて乱れた赤毛を後ろで束ね、口にくわえた紐を取って結んでいた。夥しい汗が体表で光り、天井からの反射光に仄白く輝いた。

女は髪をととのえてからも箱から立ち上ろうとせず、疲れきった様子で喘ぎ、床に落ちた桃色の布地を大儀そうに拾い上げて腰に巻きつけた。

「広告屋、行ってあの女を拭いてやれ」

吉野は自動人形のように立ち上って男から渡されたハンカチーフを手にステージへあがり女に近づいた。女はうす目をあけて吉野を見上げ、何か囁いた。「え?」彼は身をかがめた。

「あそこにタオルが……」顎で舞台のソデを指す。吉野はふらふらと歩いて行って壁にかかっているタオルを持って引き返した。「ごしごしとこすってよ」女は体を折った。その肌は弾力があり吉野の手の下で柔らかになった。「くすぐったい、やめて、ちがうとよ、そっち側の手……」吉野が拭くのをやめると女は吉野にタオルを持たない方の手がわきに触れているといった。

「もういいと、ありがとう」

「済んだらこっちへ来いよ、あんたも」

「先生、あしたもお稽古は今頃?」

「あしたは例のコントな」

「——ちゃんが台本読んでよう分らんて、先生はインテリやけんむずかしかっていいよりなった」女は目にもとまらぬ早業でグラスの中身をあおった。

「むずかしいといったか、仕様のないやつだな、折角の力作が、ようし少し手を入れて解説するか、しかしあれが分らんとは困ったやつだ」

「先生、医院には誰がおりなっと、患者さんは……」

「うるせえな、代診がちゃんとやっとるよ。ひとのことを心配するひまがあったら台本でも読んどけよ」

医院といい患者という言葉を聞いて吉野は小ぶとりの男とどこで会ったかを思い出した。バイカル号のキャビンで佐々木医師としゃべっていた男の横顔が記憶にとどめられている。(麻生さん……)と佐々木医師は語りかけていた。まっ昼間にキャバレーでストリッパーに振付けをしている内科医というのもいっぷう変っている、と吉野は思った。しかし今のうちにアート企画が制作した舞台装置をしらべておかなければならない。

「広告屋、どこへ行く」

吉野の手を麻生医師がつかんで引っ張った。汗で濡れた冷たい手である。仕事があると吉野はいった。「仕事?仕事なんかどうでもいいって。まあ一杯やれ、おい、タダで二番館のナンバーワンと飲めるのは余録ってもんだ、そうだろ」

「おたくアートさん、先生には気をつけんと大変よ、変った趣味がおありだけんね」

「趣味、趣味なんかじゃないぞ、おまえもういい、あっちへ行ってろ」

「女は蛋白質の塊にすぎないって……じゃあ男の人は何ね、行くなというても行くよ」

女はまたグラスを一気にあおってステージを迂回し楽屋裏へ消えた。

「どうだい」麻生医師はソファにくつろいでアルコホル臭いおくびを洩らした。いま急に立ったら電停で覚えたようなめまいに襲われるだろう、と吉野は考えた。「あの女、いい体してたろう」「そうですな」「そうですなっておまえ、気のない返事をしやがって、本当は肚の底であんな女と一度ねてみたいと考えたんだろ、正直にいえよ」

「先生は二番館のショーを演出してたんですか」

「ああ、医者がショーの演出して悪いか」

「悪いなんていっちゃいませんよ」

「本気でいってるのだろうな、わかるわかるおまえは嘘ついちゃいない、まあ飲め」

「コントの台本まで先生が……」

「書くとも、長崎広しといえどもギリシア神話に材をとったコントを上演するのは二番館だけだろうな。頭の弱い女の子があの傑作を何のことか分らないって、ちえっ」

麻生医師はふと何かに気づいた様子で首をねじって吉野を見すえた。「アート企画とかいったな、おまえさん、吉田か吉岡ちゅうのがいるだろう」

「その男が何か……」

「思い出した、吉野っていうんだ、おまえさんだな、佐々木から聞いた」

「そのコントというのはどういうものですか、ストリップの幕間にやる寸劇ですか」

「おまえさん、いい気になるんじゃないよ」

「……………」

「コント見たいか、ストリップも本番見たいだろう」

「いい気になるなというと?」

吉野はおずおずといった。麻生医師はグラスの中身をまずそうに咽喉の奥へ流しこみ、「ふん、分ってるくせに」といった。「そのことはもういい、何もいうな」

「ぼくは何も……」

「今夜な、十時ごろ、楽屋に来い、いや今夜はまずい、明日が保険請求の締切りだった、あのクソ保険め、看護婦に書かせてるんだが、最終的には俺がチェックしないとな、俺は良心的な医者だから水増し請求なんかしないのさ、自分でやってるのは大抵しもしない治療をしたかのように請求するんだ、なんのためにそうやってゼニをためこむのだ、俺はききたいね、地獄にかかえて行けるもんでもあるまいし、………ええと、何の話をしてたんだっけ」

「コントの話でしたよ」

「そうか、そうだったな、明日の午後十時な、これを持って楽屋に来い、俺のテーブルがとってあるから」麻生医師は名刺にサインをして吉野に渡した。「今夜のショーより明日がいい、ソロモンの栄華を何かはせん、だ。野の百合を見よ、空の鳥を思え……待てよ、野の百合を思え、空の鳥を見よ、だったかな、おまえさんどう思う」

「さあ、なんのことですか」

「どっちでもいいや、目の下に隈ができるほどガリガリ働いてゼニをためてだな、することといえば香港に無税のスイス時計を買いに行くか台湾で女を漁るか、だ。俺は適当に働いてその暇でもってストリップショーの演出をする、王者の愉しみというもんではないかね、ああ」

にわかに医師は口をつぐんだ。苦しそうに顔を歪めて胃の辺りを押えた。

「どうかしましたか」

「うう……」医師は横のテーブルに脱ぎすててある黒い上衣に手を伸ばした。吉野はそれを手渡した。麻生医師の顔から血の気が失せ蛙の腹に似た蒼白さになった。「………を取って……」上衣のポケットを指す。「何を取るんですか」吉野がたずねたときには顔面をけいれんさせ脂汗をうかべて痛みに耐えており口を利けそうにない。吉野はポケットから平べったい金属のケースを出した。蓋をあけると小さい注射器とアンプルがはいっている。

医師はシャツの腕を慄える指でめくり上げ吉野に注射をしてくれと頼んだ。「消毒は……」「しないでも構わないって、いててて……」手で胃の右側を押えている。「ただの鎮痛剤だ、ブスコパンといっていかがわしい薬じゃない、いててて、畜生、もうそろそろ来るじぶんと思ったんだが、さ、早く」

「静脈に?」

「皮下でいい、ぷつりとやってくれ」

「いいんですか、ぼくは初めてですよ」

「いいから早く」

吉野は医師のぶよぶよした二の腕に針を突き刺した。シリンダーを押して透明な液体を皮膚の内側に送りこんだ。「アンプルは二本とも切っただろうな」目を閉じたまま確かめる。「二本分ですか」「そうよ、一本だったらもう一本切ってくれ」吉野はいわれた通りにした。「すまんな、初めから二本といっとけば良かった。定量では利かなくなってるもんでね」

「どこが悪いんです」

「ありふれた病気よ、胆嚢の炎症さ、石が出来ちゃって、ときどき痛む」

「切れば治るんでしょう」

「そうです、先生、ヘボ・インターンでも出来るオペですよ、切れば治ります、しかしちょいと黙っててくれないか、なにほんのちょっとだけだ」

麻生医師はソファに体を横たえようとしたが、長さが足りないので下半身は床にとどいてしまう。吉野は別のソファをつぎ足して全身を横にさせた。

「すまないな、世話になってアートさんよ、いや、吉岡というのだったな、吉岡さんよ、注射いつもは自分でやるんだが手が慄えちゃってきょうだけは処置なしだ、たすかった、それにしても旨かった、初めてだというのは本当かね」

しゃべらないでくれといった当人が良くしゃべった。痛みはすみやかに去りつつあるように見えた。顔にほんのりと血の色がさした。吉野は中二階へあがってスポットライトを消した。長い間点燈したままにしておくとカラーフィルターの焦げつくことがあるのだ。その足でステージの方へ行ってフロア用照明のスイッチを探し、そのうち一つだけをつけた。

麻生医師は深い息をつき、ソファに起き直ってハンカチで首筋を拭った。

「だいじょうぶですか、あと五分ばかり休んでた方がよくはないですか」吉野は気をつかった。「いいんだ、ボーイたちが出て来た、そろそろ退散しなくちゃ商売の邪魔になる。」麻生医師は溜息まじりに上衣を着こんだ。

「じゃあ明日の晩な、十時、忘れるんじゃないぞ、おまえさん仕事の話すんでないのか、支配人が何か文句いったら俺に電話よこせ、一発かませてやる」

麻生医師は空になったウィスキー壜をテーブル下に蹴こんでふらつく足を一歩一歩踏みしめるようにしてフロアを出て行った。入れちがいに支配人が帰って来た。仕事の話をすませてから彼は吉野にダンサーと仲良くしないがいいと忠告した。女につきまとっている男に知れたらただではすまない……。自分はただ汗を拭いてやっただけだ、と吉野はいった。「なおさらいけない」と支配人は苦り切った表情でいった。

「ヤブ医者が女に何をしてもあの男のこと知っとるけんね、何とも思わんとよ、ばってふつうの男なら誤解されるようなことはせんがいい、あんたのためば思うていいよるとよ」

気をつけることにする、と吉野はいった。

三宅鉄郎は外から帰ってすぐシャワーを浴びた。はじめに冷水をほとばしらせ、つぎに耐えられるかぎり熱い湯を体で受けとめた。この順序を逆にすると、あとで体がどう仕様もなく火照ることになる。

裸の男は細心にコックを調節した。

七月である。

つゆ明けをラジオが報じたのは、ついきのうのことだが、雨は七月に入ってから二、三日しか降っていない。三宅はバスタオルで体を拭いながら窓ぎわに歩み寄った。

五階のこの部屋からは長崎の市街をあらかた見渡すことが出来る。港の一部も視野に入る。海の色がひときわ濃い青に変ったようである。三宅は屋根瓦に照り映える夏の光に目を細めた。つゆ明けのしらせを聞いたせいか、街に落ちる光がいちだんとまぶしく感じられる。

三宅はクーラーのつまみを「弱」から「強」にしておいて、新しい下着にかえた。このごろは日に二回、着ている物をかえている。女は朝昼をかねた食事をすませて、さっき買い物に出かけた。部屋にいるのは三宅きりである。午後二時、建物はしずまりかえっている。遠くでかすかに赤ん坊の泣き声がする。地上の物音もここまでは伝わらない。

三宅は机に向い、買ってきた品物の包装紙を剝いだ。午後の今じぶん、建物を支配する静寂が三宅は好きだった。〝大浦マンション〟と名付けられた六階建の建物に住んでいるのはほとんど酒場づとめの女のようである。五階の住人で水商売にたずさわっていないのは、官庁を定年退職した夫婦と、金融業の老人きりである。ふつうのサラリーマンが這入れるマンションではない。

三宅はさし当って要る分だけ出しておいて残りの原稿用紙とインクのカートリッジを抽出しにしまった。抽出しを押しこもうとした手を止めた。鉛筆書きの原稿が目に入った。ベンジャミン夫人に渡した調査報告の下書きである。あれからひと月あまりしか経っていないのに、何年分もの時間が流れたような気がする。

三宅は横罫のルースリーフを取り出し、自分が書いた文字を他人のそれを眺める目で読み返した。

——あたしが一番たのしい日は知ってる？

昨夜、女は三宅に話しかけた。返事を待たずに、休みの前日がそうだ、といった。

——なぜってその翌日は一日じゅうあなたといっしょに居られるんですもの。

三宅は生返事をした。

——いやなの。

女は鋭い語気でつめよった。

——だれがいやだといった、

——その顔に出てるわよ、
三宅は爪を切っていた。顔を上げて女の目をまともにのぞきこんだ。女は目をそらし、落着かなげに体を動かした。いい加減にしないか、と三宅はいった。

——ご免なさい、つい気になって。でも、あなたなんだか変よ、おかねのことがあってから。

女は三宅の後ろにまわり背中に覆いかぶさってささやきかけた。三宅はぶっきらぼうにいった。

——かねはいずれ返す。

——返してといつあたしがいって？

——いいはしないが借りたものは返すのが当りまえだろう、

——おかねのことは忘れてちょうだい、

——先にいい出したのはどっちなんだ、

——そんなつもりじゃなかったの、わかってるくせに、
女は三宅のわきの下に両手をすべりこませ体を押しつけた。その手を剝がして男は女に向き直った。相手を喜ば

せようとして逆に苦しめていることに気づいていないのか、と三宅はきいた。

——あたしがあなたを困らせている?

——困らせているのではなくて苦しめているんだ、

——あたしをそんな女だと思ってるの、

——そうじゃない、そうじゃないって、
三宅はやにわに立ちあがった。彼に取りすがろうとした女はそのはずみに長椅子に倒れ、後頭部を椅子の背で打った。痛そうに目を閉じて呻いた女の表情が三宅に憐れみを催させた。抱き起そうとする衝動を彼は押えた。そのつぎはどうなるか明白だった。おたがいに自分の方が悪かったのだと謝りあい、そして……。

女は目を閉じたまま両脚を折って椅子に上げ胎児のように丸くうずくまってすすり泣きはじめた。三宅は我を忘れて床に膝まずき女の頭をかかえた。ゆるしてくれ、と耳もとに口を寄せていった。

——おかねなんか出すんじゃなかった、
女は低い声でいった。

かねを出したばかりに自分たちはいさかいの絶え間がない、と女は顔を伏せてとぎれとぎれに呟いた。

——きっと返すから、
と三宅がいった瞬間、女は身を起して平手で男の頰を叩いた。見下げ果てた男だ、口を開けばかねのことばかり、自分がいつ返してくれと催促したのだ、といって泣きじゃくった。自分は悪い男だ、と三宅は弱々しくいった。

——悪いですって、ふん、とんでもない、あなたはそこいらのチンピラよりたちの悪い蛆虫よ、けだもの以下よ、悪い男ですらないのよ、思い上ったこといわないで、
三宅はベッドにもぐりこんだ。

——おかねのことなんか黙っていればいいのよ、男らしくもない、忘れてしまったってあたし平気よ、あんなは

したがね、そのベンなんとかいうアメリカの女の人にもそんな調子で返す返すっていったの、あなたのことだからそうかも知れないわね、
ベンジャミン夫人から金を借りたのではない、と三宅は抗弁した。
――調査費用の前払いでしょう、それをなぜ返すの、ええ、そのためにあっちこっち旅行して毎日夜おそくまでものを書いて目を赤くしてたじゃない、本来なら返す必要のないおかねを返すのは見栄というものよ、いったいだれが感心して？　つまらない、詳しい事情をあたしに説明もしてくれないで、女だから説明してもわかるまいと思ってるんでしょう、あたしをバカにしてるんでしょう、軽蔑してる女からかねを巻き上げるあなたは虫ケラよ、なにかいったらどうなの、
三宅は毛布をかぶってじっとしていた。その毛布を女はめくり上げた。
――おいおい、
と三宅はいって、両手で毛布をたぐり寄せた。おいおい、女は三宅の口真似をしながら毛布を引っ張った。
――あなた、髪を洗ったの、
――ゆうべな、
――うそ、
――おとついの晩だったかな、
――三日間も洗わないで、いらっしゃい、あたしが良く洗ってあげる、
二人はしばらく顔を見合せた。女の顔にじわじわと微笑みが拡がった。抱きかかえていた毛布をいきなり投げすて、女は三宅の上に体を投げかけた。男の胸に顔を埋め、握りこぶしで激しくそこを叩いた。
――ご免なさい、ひどいことをいって、気を悪くしないで、
自分の方こそ悪かった、と三宅はいった。ベンジャミン夫人のことを説明するから聞いてくれ、バカにして隠し

ていたのじゃない、といいかけると、女は頭を左右に振って、

――いいの、興味ないわそんなこと、

――しかし、さっきは……

――ただいってみただけ、そんなことどうでもいいの、

――あの女は……

と三宅がいうと、胸に顔を押し当てている女はびくりと身を慄わせた。

――あの女だなんていわないで、ベンジャミン夫人といって、

――なぜだ
――なぜでも、

――ベンジャミン夫人は弟が日本人に殺されたと思いこんでいるんだ。そのことを調べさせて、日本人に広く知らせたかったんだ。

――なんのことかわからない、でもいいの、

――本当はベンジャミン夫人は日本人を憎んでるんだ。弟が長崎で殺されたという間違った情報を手に入れたときからベンジャミン夫人は日本人に対する仕返ししか考えなくなったんだと思う。

――間違った情報？　弟は生きてるの、

――生きてやしない、殺されたのは日本人の暴徒にではなくて原爆によってだ、しかしアメリカ人であるベンジャミン夫人は有り得たかもしれない状況をいったん信じこんだら別の可能性を想像することなんか出来なくなったんだ。

――あした何を食べたい？

女は手で三宅の頬にさわり、鼻と額に触れた。

——あしたはご馳走をしてあげる、ねえ、何でも食べたいものをいって、

——ベンジャミン夫人のたくらみにもっと早く気づけば良かった。

——あなた、あしたはどこかにお出かけ？

——いや、べつに
——絨毯が冬物のままだったでしょう、とても感じのいい夏物を見つけたので配達させることにしたの、埃を取り易くて汚れもしまないの、値段も手ごろだったし、だからあしたそれを敷くとき、家具屋さんと協力してくれないかと思って、いや？

——いやじゃない、手伝うよ、だが待てよ、あしたは確か人に会う用事があったような気がする、

——だれ、女のひと？

——おじいさんだ、郷土史の研究家。

——いいわ、家具屋さんにやってもらう、でも用事がすんだら早く帰って来てちょうだい、二人でいるときぐらい夕御飯をいっしょにしたいわ、
そうすると三宅は約束した。

郷土史家の家は丘の中腹にあった。狭い石畳道がくねくねと土塀の間に続いている。電話で前もって家の在り処はきいておいたのだが、迷宮さながら小さな家が建てこんだ長崎の市街では目指す所番地をさがし当てるのがひと仕事だった。

——そっちは暑い、こちらへどうぞ、
栗林という郷土史家は三宅を縁側に誘った。

——あんたのことはＮＨＫの則光さんからきいておった。

よろしく、と三宅はいった。六十代の小柄な人物である。剃り残した髭がまばらに顎に生えていた。
——印刷関係のことなら栗林さんにたずねればなんでもわかると聞いたもので。
と三宅がいうと、郷土史家は物憂げに手を振った。
——あんた何をわしから引き出したいか知らんが、お世辞だけはやめなさい、見ればまだ若い人のようだが。
三宅は顔をあからめた。
——その通り、わしは長崎の印刷史を一本にまとめた、しかしだからといって印刷のことなら何でも心得てるといいふらしたつもりはないよ、知っていることなら話すし知らないことならいくらお世辞をいわれても教えようがない、そうだろう……お茶はこちら、わしには水をくれ、
細君がはこんで来た茶碗を三宅にあてがって自分はコップの水を旨そうに飲んだ。
——二日酔いだよあんた、ゆうべつい度をすごしたもんだから、
——出版記念パーティーですか、
老人はまた鼻を鳴らしてうさん臭そうに三宅を眺めた。
——パーティーですか、だと？　それもちょっとお世辞に近く聞えるが、まあいいや、水をもう一杯くれ、
郷土史家は子供のように澄んだ目を持っていた。
——たしかロシア語の活字がどうとかとあんた手紙に書いてたな、
——ええ
——どうしてわしをえらんだのかね、郷土史家なら本木昌造の伝記を書いた人物もいるし、活字については彼の方がくわしい、新聞史に通じている人物も他にいるのに、わしに手紙を書いたのは何かわけがあるのかききたいもんだ、
三宅は軒に揺れている吊りしのぶを見ていた。

——わかった、あんたはJやSにも手紙を書いて断わられたな、

——実はそうなんです
——正直にいうよ、実はそうなんです、か、だからお鉢がわしに回って来た、とこういう具合なんだな。いいかね、連中はかねにならない仕事はやらないんだ、誰だってそうだろう、自分が苦労して収集した資料を見ず知らずの他人に分け与えると思う方が甘いんだ、

——失礼になるかも知れませんが謝礼はいたします、

——あんたは何かね、週刊誌に記事を売ってるのかね、

——いいえ、
昔は、といいかけて口をつぐんだ。

——するとあんたがいう謝礼というのはどこから出る、つまりあんたのポケットマネーと解釈してさしつかえないわけだ。

三宅は内心、若干の抵抗をおぼえながらもうなずかないわけにはゆかなかった。郷土史家は三宅のつとめ先を訊いた。定職はない、と客は答えた。

——二日酔いには水が一番だ、
なみなみとついだコップの水を一気に飲み干して、自分は六十五になるこの年まで勤めを持ったことがない、といい添えた。

——しかし、ものを書いて食べてゆけるようになったのはつい最近のことだよ、六十を過ぎてからだ、そこで変だとあんた思わないか、それまでどうやって暮しを立ててきたか、我ながら不思議だと思うよ、きかれても他人を納得させられるかどうか。まあ、なんとかなるもんさ。ちょいと失礼。

郷土史家はおぼつかない足つきで立ち上った。紙片と原稿用紙をひと束かかえて縁側に戻って来た。

――郷土史というのは土地の故老に話をきくのが仕事の九割だ、かれこれ四十年間わしは他人の話を聞いて生きて来た、何千人という人の口から役に立つ話やら役に立たない話をきいたもんだが、一度もその人たちに金銭を支払ったことはない、そうだ、ただの一度も。それでいてわしがあんたから謝礼を受取るというのは変じゃないか。

――しかし、

――しかしもへちまもあるか、あんたがわしの所に来たというのも何かの縁だろうよ。ロシア語の活字と、これは「長崎印刷百年史」の下書き原稿だがね、そうそう、あんたがどういう魂胆でロシア語活字のことを調べておるのか訊くのを忘れていた。それを話してくれてもわしは謝礼なんか支払いはせんよ。

郷土史家は自分の冗談に大口をあけて笑った。

三宅は露字新聞ヴォーリヤのことをいった。ポケットから紙片を取り出して郷土史家に渡した。明治四十年三月十八日付の東京日日新聞をゼロックスで写しとったものである。中段のあたりを読んでみてくれ、と三宅はいった。

郷土史家は小声で示された記事を音読した。「ヴォーリヤの廃刊」というのが見出しである。

――露国革命党員が昨年四月以来、長崎に於て発行し来りたる同党機関新聞ヴォーリヤは初め隔日刊行なりしに中頃雑誌の体裁となして週刊とせしが去る三月八日同時に発行の第九十八号及び第九十九号を終刊として廃刊に決したり、廃刊の趣意は同号社説に記載せしが要するに過去十月間発行したる機関紙にて東亜西伯利《シベリア》の革命の気運発達に助成したること少からざるを以て今しばらく休刊し今後は露国に於て発行するを得るの時機を待つべしと云ふにあり、されど我社の聞く所によれば内部紛糾の事情ありて廃刊に決したるものなりと云へり、ちなみに同新聞の主筆たりしアレクセウスキー氏は革勢拡張のため密かに浦塩港をへて西伯利に入り遊説中なりしに、事発覚し今捕はれて獄中に在りとのことなるが、右は長崎に居れる露国政府の探偵の密告に基づくものなりとて同地革命革員は大いに憤慨し居れりと云ふ。

郷土史家は音読をやめ、今度は唇だけをかすかに動かして同じ記事を読み返した。

――なるほど、これはどこで手に入れなすった？

――東京の国会図書館で、

――しかし、あんたがヴォーリヤのことを調べる理由はこれを読まされたってわしには見当がつかん、そうではないかね、
三宅は父がその露字新聞を大事にしていたと説明した。なぜか口が重かった。家庭の秘事というより父の私事をあばきでもするようなうしろめたさがあった。

――満鉄調査部ね、

――ええ、

――なぜ、おやじさんがヴォーリヤを持っていたんだろう、

――そのわけを知りたいんです、

――そうか、なるほど、おやじさんは調査部に入る前は学者だったんではないかね、勤めをやめたら余生を好きな学問に打ちこむというタイプだったのかもしれない、

――学者ではなくて銀行員でした、

――学問の好きな銀行員もいる、

――そうかもしれませんが、しかし……

――ヴォーリヤというのは初耳だ、露字新聞が長崎で出ていたことは印刷史に書いていたけれど、ええとあれはどこに紛れこんだかな、これでもない、これだ、いいかね読むよ、松尾繁次郎という人の話なんだがね、長崎の印刷業界にくわしい人なんだ。

「そのころ東友舎には、タゲーフという捕虜の大尉がロシア新聞の注文に来ていた。いつも黒い軍服のような服を着ていた。非常に親しみのあるやさしい人で、私たち少年工を可愛がってくれたが、あるとき意味も知らずに聞き

覚えの〝クロスマタロス〟といったら、この大尉が大変怒ったのを覚えている。あとで知ったのだが、それはロシア人の悪口だった」

——タゲーフ、

と三宅はつぶやいた。

——稲佐には日露戦争の捕虜がわんさと居たもんだよ、そもそも長崎に一番多い外人はロシア人だったからな、捕虜の他にも亡命して来た連中が大浦のホテル街に暮していたし。

——東友舎というのは、

と三宅は訊いた。

——英字新聞のライジングサンというのが明治十五年ごろ印刷所を開業していた。ハンドプレスの機械をイギリスから五台輸入している。東友舎はライジングサンから独立した会社で、創業は明治二十九年といわれてる、英字ばかりではなくて手引ハンド四台、手廻しと足踏のロール二台で各国語の印刷をやっていたようだ、これは河部直吉という故老の回想だがね、

——東友舎はそのロシア語活字をどこから持って来たんでしょう、

——そこなんだよ、東京築地の活版所にもロシア語活字がない時代のことだ、だからわしも「印刷百年史」にこう書いた。〝どこから求めたものか、その伝来は詳かではない〟とね。

三宅も東京にいるとき、まだヴォーリヤが東大の明治新聞雑誌文庫に所蔵されていることを知らなかったときのことだが、ロシア語活字について各所をたずね歩き、ついに由来を明かに出来なかったことがあった。

——あいにく「印刷百年史」が手許にないんだが、著者用の本が届くはずだからそのうち貸してあげよう、

——買わせてもらいます、どこへ行けばわけてくれますか、

郷土史家は「長崎印刷百年史」は非売品だと説明した。手許にある資料を三宅に貸し与えた。それをショルダー

バッグにおさめて帰ったのがさっきのことである。

絨毯はまだ取りかえられていなかった。

三宅は東京から書物とともに送られて来たノートを物入れから出してそれを束ねた紐を解いた。郷土史家というのはどこでもいたって気むずかしく、会うことが出来てもなかなか求める話をしてくれない。案に相違して栗林老人は三宅がききたがっていたことを教えあまつさえ手持ちの資料まで快く貸してくれた。こういうことは珍しいことである。

かりに会う必要のある人物が十人いるとする。電話で面会を要求しても言を左右にして先方は会おうとしない。せいぜい二人か、多くて三人である。相手の都合をきいてようやく面会にこぎつける。しかしこちらがききたい肝腎な話をしてくれるとはかぎらない。

そういう例に三宅は馴れていたので、栗林老人の好意が意外でもあり嬉しくもあった。自分の仕事にうちこむ意欲もその喜びの中から湧いて来た。

ところが三宅の視線は手でめくっているノートからそれてちらちらと絨毯に落ちがちである。探していたものを手に入れた嬉しさのかたわらに漠然とした不快さもわだかまっており、それは平べったい萌黄色をした物のかたちで床に拡がっている。冷暖房完備、シャワー付のバスルーム、イラン製の絨毯、電化された厨房、デンマーク製の椅子とテーブルなどを三宅はあらためて見回した。

すると四辺の壁が彼めがけてじりじりと迫って来るような気がしてくる。床が盛りあがり、萌黄色の泡となってふくれ上り、三宅を呑みこみそうである。西小島町の壁がベニア板で仕切られた安アパートが懐しく思い出された。

三宅はノートの束をかかえて食堂に移った。かたい木の椅子に腰を落着けて調べ物に没頭することにした。因業な家主から追い出された六畳のアパートへ戻る気はさらさらなかった。あるノートの表紙に「ヴォーリヤ」とある。それを開いた。開いた拍子に、そこにはさんであった紙片がすべり落ちた。

財団法人・印刷図書館と刷りこまれている緑色の罫が入った便箋である。三宅はそれを読み返した。探していた紙片であった。

本日御紹介のあったロシア語の件につきご返事します

一、日本に初めてロシア語活字や字母が持ちこまれたのはいつ頃のことか。

これは不詳です。明治中期には築地活版製造所、秀英舎、印刷局等で活字は鋳造されていたと思われる。

二、日本で初めて鋳造されたロシア語活字はどこでいつ頃使われたものか。

これも当方では不明。国立国会図書館には明治初期からの印刷された図書が多数収蔵してありますから照会してみて下さい。

以上。

三宅は回答文の末尾に押されたゴム印に目を留めた。常務理事木下辰之助というのはいつぞや三宅に対して、「志を持っているのか」と訊いた老人のはずである。彼の白髪と淡褐色の瞳を思い出した。三宅は回答文の筆者名をきれいに忘れていた。忘れていたというより木下というゴム印が押されていたことがそもそも記憶になかった。

それと同時に郷土史家のもとで、敬老の回想にタゲーフという捕虜の大尉の名前を聞いたとき微かな違和感を味わったことを新たに思い出した。故老の回想においては、軍服のような黒い服を着た捕虜の大尉、で充分なのだった。タゲーフという名前は過剰な印象を三宅に与えた。印刷図書館の回答者といい、ヴォーリヤの印刷を依頼に訪れたロシア人将校といい、三宅が期待し、内心でつくりあげていた肖像は無名のそれであった。木下、タゲーフという姓名が彼らのものであると知っていても、三宅にしてみれば何か余計な付け足しであるような気がした。すぐにそういう気持を自分に対して咎めた。無名の人物なぞいるはずがない。図書館の職員や異邦に亡命して革命のための新聞つくりに熱中している運動者に無名性を期待する自分はあるいは途方もなく傲慢なのかもしれないと三宅は反省した。

栗林老人が貸してくれた資料を彼はていねいに読んだ。

東友舎がライジングサン紙から独立した経緯はその社の給料不払いであったという。機械と活字を給料の代りとして元社員が受けとって創業した印刷会社である。明治二十九年当時、ライジングサン紙の発行部数は三百程度という。結局、この英字新聞社は翌三十年に貿易商社F・リンガー商会の手に移り、ナガサキ・プレスと改題されて日刊紙となる。

三宅は居間に戻って机の抽出しからハトロン紙の封筒を探した。せんだって県立図書館で調べた事項をメモした紙片を手にして食堂に引き返した。県外事課の記録によって、明治四十一年現在、市内に居住している外国人の国籍別人口を正確に知ることができる。清国の八五三人をトップに、英国一〇五人、米国七九人、独国二八人、佛国六五人、露国六九人とある。他に墺国、土耳其、羅馬尼、葡萄牙、丁抹、和蘭、伊太利、瑞典、諾威、韓という国籍が見られた。総戸数三九六、総人口一二八二、これは明治三十八年の総戸数五二一、総人口一五三四よりかなりの減少である。

大浦の外国人居留地における治外法権が取り払われたのは明治三十二年である。その年から日露戦争までの時期およそ、五、六年が大浦の最盛期であったようだ。戦争が勃発すると同時に在留外人は引き揚げ、外国商社は片しから閉鎖されている。居留地の景気と東友舎のそれは「長崎印刷百年史」によるとほぼ並行している。東友舎には外国商社や三菱造船所、市内の会社、さらに神戸横浜の商社からまで注文があったという。従業員は最盛時には五十人をこえていたというから、当時としてはかなりのものだ。栗林老人の原稿にヴォーリヤの文字は見当らなかったが、「わが国最初のロシア新聞」という言葉はあった。故老の回想として次のようなメモが挿入されていた。「ロシア活字は各国の活字に比べて二〇オンスのボール紙一枚分だけ高く、印刷にずいぶん手古摺った」

いかにもそうだろう、と三宅は同情した。

英字新聞社で働いていた印刷工たちが、馴れた英字からロシア語活字を扱うことになって手こずったのは想像に難くない。

明治日本におけるロシア語活字の発生は長崎ではあるまいか、と三宅は考えた。字母と鋳型はともに長崎で製造したものだ。築地活版所を創設したのは本木昌造の弟子である平野富二である。表紙には晩成舎発版と肉太の文字が刷りこんである。三宅の手許に数枚のコピーがある。明治四辛未歳と記された「魯西亜単語篇」である。東京ではロシア語印刷が可能になったのが、印刷図書館の回答にあるように明治中期とすれば、長崎では遙かに早期からロシア語の印刷物を刊行していたわけである。三宅は「魯西亜単語篇」をめくった。第一ページにかかげられたロシア文字のアルファベットは木版でなく肉細のきれいな活字を用いたものであることは、印刷にかけては素人の彼にもひと目で見てとれた。これらの活字を鋳造した職工に対して三宅は親密な感情を抑えることができなかった。ルーヴル美術館に展示された名品よりも、三宅には三十数個の異国の文字が素晴しいものに思われた。

チャイムが鳴った。ドアに出てみると、丸く束ねた絨毯をかついだ男が二人たたずんでいて、家具店の者だという。ちょうど出かけるところだった、と三宅はいって、彼らと入れちがいにそそくさと身支度をして部屋を出た。鍵は郵便受けに入れておくように頼んだ。

午後三時をかなりまわった今でも戸外の陽射しはきつい。

冷房の利いた建物から歩み出た三宅は、にわかに体をしめつける熱気と強い光線にたじろいだ。十歩もあるかないうちに汗が滲み、皮膚をつたってしたたるのを感じた。このまばゆい光も鞭のように肌を傷めつける熱さも三宅はきらいではなかった。夏はもともと好きな季節である。汗をかくのはひとつの快感だった。

それでいて冷房付の部屋から戸外へ出るとき、一瞬、肌に不快さを覚えるのはどう仕様もない。いっそ冷房なんか動かさない方が、と思うのだが、女と二人でいては自分だけ冷房を止めるわけにはゆかない。そしてこの頃は三宅自身も冷房をかけるのに馴れてしまっており、それなしの生活は考えられないようになっていた。

三宅は銅座川の黒い水に沿って歩いた。七月の陽射しで暖められた黒い水が重そうに彼の足もとでゆらいだ。廃油が五彩のきらめきを放った。魚のなまぐさい腐敗臭が立ちのぼって来て胸をむかつかせた。

満潮時と見えて、川面に動きはなかった。

地獄の暗さと世界の創成期を思わせる混沌とした水面のたゆたいがいつものことながら三宅を魅きつけた。黒闇々とした水の上にさかさに映っている自分の姿を三宅は認めた。酔っ払いがへどを吐き、残飯と人間や獣の排泄物とをいっしょに流しこんだ川のおぞましい悪臭にすっぽりと包まれて歩くときようやく三宅は快適なマンションの居心地のわるさを忘れることが出来たように思った。

銅座から浜町に出て、鉄橋を渡りかけたとき、三宅はビラを持った学生に行く手をさえぎられた。相手はすぐに三宅を認めて、体をかわした。ビラは事務所の方でもらってくれという。顔見知りの学生であった。手伝おうか、というと、それにには及ばない、と答えて近寄って来た若いサラリーマンふうの男にビラを渡した。

三宅は橋の欄杆にしりぞいてしばらく学生のすることを見ていた。渡されたビラを読む通行人の表情を眺めるのは興味ぶかかった。十人のうち九人まではろくに見もしないで捨てるのだったが、まれに立ち止って読む人物もあった。彼らもざっと目を通したあと、川にほうりこむなり、路上に投げすてるのだった。

三宅はそのとき上流に背を向けて欄杆によりかかり学生のすることを見ていた。めまぐるしくゆきかう通行人と、その足もとにひらひらと落ちる白い物を見ながら、なんとなく落着かない気がして来た。どこからか見られている、……しきりにそんな気がした。三宅は後ろを振り返り、アーケード街の奥をのぞきこみ、築町のビルに目をやった。

中島川の下流、百メートルと隔っていない所に中央橋がかかっている。そこに通じる十字路にかぶさる形で大形の歩道橋が架設してある。三宅は歩道橋上の人影に目をとめた。

午後の太陽は西に移り、橋上の人影はちょうど逆光を負うて黒々としたシルエットを浮き上らせているだけで顔かたちまではわからない。三宅は相手に気づかれないように、顔は電車通りに向け、目だけを動かして歩道橋上の人影を検分した。どことなく見覚えがあった。いつか、長崎駅前の高架広場で三宅に話しかけた公安の蔵田と名乗る人物の姿に似ていた。

その影はときどき両手で何かを顔の前に持ち上げてはおろした。カメラで撮影しているのだ。三宅は学生に歩み寄って自分の発見を教えた。さっきから承知していた、と学生はいって、肘であらあらしく顔の汗をぬぐった。通行人はビラに目もくれず、学生の肩を小づいて去った。次の男は汚い物をさけでもするように学生からとびすさった。差し出されたビラに対して物憂げに手を振る男もいた。ビラを受取るやこれ見よがしに学生の面前で引き裂く中年女もいた。

「はんせんっ……」

学生は突然、大声をはり上げた。

ある種の激情が少年をとらえたかに見えた。学生は手に残ったビラを空中に投げ上げた。けげんそうな顔をする通行人に向って、学生はふたたび叫んだ。こぶしで落ちてくるビラを突く身振りをしながら、

「反戦、反戦青年委員会万歳！」

と叫んだ。

三宅は歩道橋に目をやった。

カメラを持つ人影は消えていた。

放送局の三階にあるフィルム編集室に這入ったとき、三宅鉄郎はただならぬ雰囲気に気づいた。いつもなら気さくに声をかける則光もアナウンサーの波多野もちらとドアに視線をすべらしたあとむっつりとそっぽを向いている。窓を背にして海老原が立っていた。三宅はこわれ物でもあつかうように緑色のショルダーバッグをことさらゆっくりとテーブルにのせた。部屋の三人はさっきまでしゃべっていたらしい。灰皿にうず高くタバコの吸い殻が盛りあがっている。海老原が口を開いた。

「何しに来たんですか」

「招かれたから来たんだよ、どうやら険悪な雲行きのようだから失礼した方がよさそうだ」

と三宅はいって腰を浮かしかけた。

「三宅さんを招待したのはわれわれだよ、提案したのは海老ちゃん、おたくではなかったかね、海老原悟を支持する市民の会連合事務局長が三宅さんだ」

「そうか、そうだった」

海老原は三宅にあやまった。誤っていた場合、自説をひるがえす点においてはこのディレクターはあっさりしていた。

「彼は大変なことをいうんだ」

則光がうんざりした表情で三宅にささやいた。

「いや、大変なことではないつもりだがね」

耳ざとく則光の言葉をききつけた執行委員長はいった。自分はごく自明な理屈をのべているにすぎない、とすました顔でつけくわえる。番組の話なのか、と三宅はきいた。

「彼はね、いい番組をこさえることは体制側に協力することになるというんだ。それでさっきから則光とやりあってるのさ」

波多野が説明した。

「いい番組なんてこんなたかの知れた予算と時間で、つくれといわれたって出来るもんじゃないよ、いつだってどうにかこうにかお茶を濁しているだけさ。それで食べてるのだから。ところが彼がいうにはわざとひどい番組をつくらないのは帝国主義に対する屈従なんだと。つまり、視聴者が受信料を拒否しないような番組を制作することで、NHKの存続に協力していることになる」

「この論理に反駁のしようがないものだから二人はくさってるんだ」

と海老原は誇らしげに三宅にいった。

「形式論理をもてあそんでとくとくとしているお前さんの頭の硬さにくさってるんだ。混同しないでもらいたいね」

波多野がいった。「三宅さん、部外者としてどう思う、いずれが正しいか」

論外だ、結論は既に出ている、と海老原がさえぎった。

「お前さんの理屈は正しいがね……」波多野が口を開くと、

「ほら、おれが正しいことをあんたは認めてるだろう、その上なにをいいたいんだよ」

「ロクでもない番組をつくろうと初めから意識してかかれるもんじゃないよ、仕事そのものを否定することになる」

波多野は言葉をえらびながらいった。

「否定、結構じゃないですか」

海老原は平然としている。問題になっている番組はどんなものだ、と三宅はきいた。則光が黙って台本をテーブルの上ですべらせてよこした。「ころびばてれん、松島儀兵太のこと」というタイトルが見られた。問題がこみいってきたら必ず原則にたち帰ることだ、と海老原は黙りこんでいる則光にいった。

「原則というと?」

三宅は台本から顔を上げた。

「わかりきったことです、革命」

海老原はこともなげにいう。橋の上でいきなりビラをまき散らしてた学生を三宅は思い出した。彼の汗でぬれた額と血走った目を思い出した。

「問題はこのうえなく単純なんだ、小学生にでもわかる理屈じゃないか、革命は成就すべきだという自明の前提がある。それに合致しない行為はすべて悪だとおれはいいたい」

海老原はなんべんもいい馴れた口調でそういった。

「おまえさんのいうことはよくわかるけれどね……」

則光が話しだした。

「いいよ、よくわかっちゃいない、わかっていたらつべこべいうはずがないもの」

海老原はにべもない。

「おまえさんは自分でわかっているのかどうか知らんが、怖しいことをいってるんだよ、つまり人間の労働とモラルのことなんだが」

「モラルだと……」

海老原はせせら笑った。「敗北主義者がかつぎ出すのはきまってモラリストのたわごとだ、日和見する連中のよって立つ基盤にどんなモラルがあるというんだい、下らない」

「おまえさんは自分が否定するものの側に立っていることを意識しないのかね」

波多野が海老原をあわれむようにいった。

「否定するものというと、おれが資本の側に立っているとでも?」

「ちがうったら、あんたはいつからスターリン主義者になったんだい、自分が正しいと信じたら、それを他人に説得できなければ意味ないじゃないか、おまえさんだけが神の恩寵をうけて、他人はみんな頑迷な阿呆だと信じているようだよ、ご託宣をいちいちおそれかしこんで、左様しからばという具合に物事がはこべばご機嫌だろうが、そうは問屋がおろさない」

三宅は三人の会話を途中から耳に入れるのはやめていた。台本に書きこんである切支丹宗徒に加えられた拷問に目を奪われていた。だから三宅が、すごい拷問があるもんだ、と嘆声をあげたとき、三人はぎくりとして三宅に視線を集めた。石を抱かせられたり、熱湯をかけられたり、裸にしてさかさに吊されたり、自分だったらこういう肉体的苦痛を予想するだけで参ってしまう、と三宅はいった。

「ころび切支丹を支持するのかね」

海老原が則光と三宅を等分に見てたずねた。三宅は答えた。

「支持する、しないの問題じゃない、ころんだ人物を非難する資格はわれわれにないということだ」

「うまく逃げましたね、じゃあいい方をかえよう、ころんだ切支丹ところばなかった切支丹とどちらを支持しますか」

海老原は喰いさがった。

「どちらも支持するね」

三宅はためらわずにいった。海老原はややひるんだかに見えた。

「きみはこうだろう、拷問に屈さないほど強固な信念の持ち主のみが革命を達成し得るといいたいんだろう」

「まあ、結局はそういうことになる。どいつもこいつもころんでいたら権力側の思う壺だろうが……」

という海老原に、波多野アナウンサーが注意した。口をつつしんだ方がよくはないか。

「おれは何も……」

海老原は不服そうに抗弁した。

「おまえさんはそうやって味方をつくるより先に敵をつくってるんだ、自分で自分を縛ってるんだよ」

アナウンサーは平静な口調でさとした。

「則ちゃんのことをいってるのでは……」

海老原は弁解しようとした。

「おや、知ってたのかい、おまえさんにしては上出来だ、安心しましたよ」

アナウンサーは皮肉をいった。則光はにがり切って天井の一点に目をすえている。三宅は則光がせんだって組合闘争の際、逮捕された数名の中に加わっていて、黙秘を通し得ず供述に応じたことを今もって海老原がこだわっているのだと思った。話題を変えさせるために拷問のことを口にしたのだが、かえってやぶへびになったようである。

「なんとでもいうがいいさ、おれはあんたらに裁かれても仕方のない立ち場にいるわけだ」

と則光は投げやりにいった。

三日も四日も独房に監禁されていて、たまに人の顔を見ると、そしてそいつが一見、話の分りそうなインテリふうの男であると、天気の話ぐらいしてしまうものだ、と則光はいったことがあった。天気の話が食事の話になり、巷の景気をとりあげ、出身校が話題にのぼり、教授や共通の知人の近況をいつのまにか噂している。取り調べにあたる側も強盗や痴漢を相手にしているのではなくひとかどの知性と教養を持った職能人と認めて話しかけるから、態度はあくまでていねいである。則光が沈黙を通さなかったのもわかる気がした。

——いいや、わからない、独房に閉じこめられてみないとね、わかるわけがない、
と則光はいった。

則光が三人のなかで終始だまりこみがちだった理由が三宅にはわかる気がした。あれ以来則光は海老原と海老原が委員長をしている組合に対して一種の負い目を抱いているのだ、と三宅は考えた。

——独房に監禁されて何日もほうっておかれると、自分が永久にそこから出られなくなるような錯覚が生じるものだよ。三度三度、食事をしても。話が出来たら相手はだれでもいいという気になる、
という則光に波多野が、

——かえって肉体的な拷問の方が耐えられるかもな、といったことがあった。

（果して耐えられるだろうか……）

三宅は台本に記載してある拷問を見ながら自分に問うた。爪剝ぎ、火焙り、鞭打ち、水責め、どれひとつとして苦痛を我慢できそうにない。

——わしは部外者だからかるがるしく断定はせんがね、事件をしらべる前に調査マンの性格というものを知っておく必要がある。

長崎港を見晴す高台の家で、元満洲電電管理局長はいった。民放の常務であり、長崎新聞の監査役であり、九州商船の取締役でもある七十五歳の男は耳にはめた補聴器の他は老人臭さを感じさせるものは何もなかった。

——昭和十七年当時、憲兵隊に逮捕された調査マンといえば中堅クラスより上の部類に入ると見ていい、彼らの月収は現在の日本における一流企業の幹部のそれくらいはあったはずだ、金使いの荒い手あいだったよ、大連の酒場で札ビラを切ってるのはたいてい調査マンだった。星ヶ浦の社宅をわしはよく知ってるがね、十間はある洋式の家で、つまり今の言葉でいえば優雅な暮しをしていたことになる、そうだ、植民地で権力に庇護され、衣食住を充分に保障され、内地では禁じられた文献もだれはばかることもなく閲覧を許されて、いいたいことは何でもいえた。彼らの学歴をきみは調べたことがあるかね、彼らが卒業してるのは内地で有数の大学ばかりだろう、つまり、学問をするだけのかねと暇がある階級だったわけだ、日本の中産階級、コンミュニズムに頭から入った連中は転向も造作がない、というのはわしの持論だがきみ、どう思う。特権階級の一員たる地位にぬくぬくと安住していた調査マンがだよ、いきなりしょっぴかれて零下十度の監獄にぶちこまれ、身に覚えのない罪状を追及され、苦力の食物よりひどい高粱粥をあてがわれ、毎日、棍棒で殴られたらどうなると思う。ええ？

県会議員は膝にうずくまっているネコを撫でながら首を振った。

——拷問に耐えかねて発狂したのもいたよ、
という老人に三宅はたずねた。

——調査部員ではなかった石田さんが逮捕されたのはどういう容疑ですか、

——きみ、満鉄事件についてどこまで知ってるのかね、

——大体の輪郭ぐらいしか知りません、
老人は艶々とした頬に指を当てて剃りのこした髭がないかどうかしらべでもするようにゆっくりとこすった。港を見ている目が細められた。

——わしは満鉄に入社したのは三宅君よりおそかった。三宅君には同県人ということより前科者同士のよしみで何かと世話になったものだ、

——前科者?

三宅はメモをとっている手を止めた。

——治安維持法といってもいまの若い人には通じないだろうが、きみ、メモをとるのはやめてくれないか、いわれるままに三宅はメモノートをポケットにしまった。

——調査部に採用されはしたもののわしはまもなく傍系の満洲電電にとばされた。満鉄の子会社と思えばいい、つまり会社としてはれっきとしたアカを調査部に置くには関東軍に対する気がねがあったわけだ。三宅君のように検挙されはしても起訴はされなかった人物とちがって、わしは短い刑期でも実刑を受けたのだからね、いくら調査部が左翼に甘いといってもそこはおのずから限度がある、
常務の目が鋭くなった。三宅はあわてていったん出しかけたメモ帳をポケットに押しこんだ。つい習慣になっていて、話の要点をメモしておこうと考えたのだ。

——父はどの程度、運動に関係していたのでしょう、

――まじめで頭のいい学生はあのころほとんど左傾したもんだよ、それでも起訴まで行かなかったんだから……

監査役はあいまいに語尾をのみこんだ。三宅は老人から目をそらさず黙って次の言葉を待った。

――満鉄事件についてきみは何人もの関係者に会ったんだろうね、

――ええ、

――彼らはしゃべってくれたかい、つまりきみの知りたいことを教えてくれたかね、

――それがどうも、

――なぜだと思う？

――さあ、事件から二十年以上、いやそろそろ三十年にもなろうとしているのにどうして話したがらないのでしょうか、ぼくにもわかりません、

――彼らがなぜ口が固いか考えてみたことはないのか、

――過去をして過去を葬らしめよ、ということかもしれません、

――きみが三宅君の息子でなかったらわしは会わなかったろうよ、

――治安維持法で父と同時に検挙された人たちを教えてくれませんか、

――そんな連中のことわしは覚えてやせんよ、きみがルポライターなら自分で調べたまえ、
取締役は不機嫌になった。腕時計をのぞきこんで耳にあてがう。十五分間という会見時間はとうに過ぎていた。
S、G、K、T、という名前を老人はあげた。いずれも満鉄調査部の職員である。SとGには三宅は会っていた。
KとTの住所を老人は教えてくれた。名刺の裏に紹介の言葉を書きこみながら、わしとしたことが、とつぶやいて頭を振った。Kは去年、膵臓癌で死んだのだった、それを忘れていた、自分もいよいよ齢だ、といって苦笑した。

――会いはしても君の求めに応じるかどうかは保障のかぎりではないよ、いいね、

――ありがとうございます、

と三宅はいった。玄関で靴をはいている三宅に、ひとりごとを呟く口調で老人はいった。——いずれにせよきみはもう一度わしに会いに来るだろうな、

——会ってもらえますか、

と三宅はいった。老人は笑いながら、

——そのときまで生きていたらな、平均寿命よりずっと長生きしてるのだからいつくたばってもおかしくない、まあせいぜいわしの健康を祈ってもらおうか、

そういって老人は陽気に笑い、補聴器をはずした。

六月、つゆの晴れ間のことだった。帰路、石畳に照り返す午後の陽がまぶしかったのを三宅は覚えている。老人が会見に応じてくれたのは有り難かった。しかし帰宅してメモをとる段になってよく考えてみると元満洲電電管理局長は多弁なようでいてなにひとつ新しい事実を三宅に告げてはいない。雲をつかむようなとりとめのない論評ばかりだ。

三宅はタバコを何本も煙にして思いにふけった。煙は苦く、荒れた舌を刺すようである。とりとめがないようでいて老人は遠まわしに何かを暗示していたようにも思える。

何かがある、それを自分の能力で探知しなければ……と三宅は考えた。とりあえず石田老人の話を箇条書きにして整理した。それからふと思いたって別のルーズリーフにこれまで調べたことをまとめる気になった。

一、治安維持法で検挙された三宅鉄次郎は不起訴処分になる。昭和十一年三月。同時に拘留されたグループの大半は実刑を受けている。

二、満鉄入社の経緯。紹介者は？

三、昭和十七年三月の満鉄事件に三宅鉄次郎は終始無関係であったのか。

四、三宅鉄次郎が調査部において反主流派に属していたというのはどこまで確実か、その客観的論証は可能か。

五、三宅鉄次郎が宝石や有価証券とひとしく露字新聞ヴォーリヤを大事にしたのはなぜか。それは単に学術的好奇心にとどまるものであったかどうか。気晴しの対象？

六、アルハンゲリスクのラーゲリで勃発した反乱、人民裁判で三宅鉄次郎が果した役割。証人は信頼できるか。ハバロフスクの政治犯収容所で三宅鉄太郎を目撃したという人物。病死か事故死か。

三宅は証人という文字をペンで囲んだ。二重に三重に線を引いてからペンを投げ出した。東京でも長崎でも、何人の関係者に会ったことだろう。事件の全貌が証人に会うことによって輪郭を鮮明にするということはなかった。話を聞けば聞くほど事件は濃い霧の奥にとざされるようである。大学教授や石田県議のように明瞭に話してくれるのはすくなかった。玄関先に突っ立ったまま、けんもほろろに三宅を追い返した元調査部員もいた、応接間で向い合いはしたものの、三宅の問いに対して「そうかもしれません」とか「ご想像にまかせます」としか答えない人物もあった。

三宅が会った連中で零落した生活を送っているのは一人もいなかった。大学教授、新聞の論説委員、貿易商社の副社長、参議員議員、出版社社長、といった面々である。石田老人は調査マンを評して「思想的なエリートであると共に一種の知的貴族」ともいった。世の中がどう変っても一足のポジションを確保できる種族ともいったようだ。

調査部員を評するのにかこつけて自分のことをいっているのではないか、と三宅はいささか鼻白む思いであった。

窓を開放していても六畳間に九人もの男が席を占めると蒸し暑さが増すように感じられた。三宅がルーテル教会の牧師宅に着いたのはその日、午後七時すぎである。NHKを五時前に出て、(編集室では海老原たちがまだやりあっていた)駅前食堂で夕食をとり、大波止をぶらついて時間をつぶした。岸壁に横付けした貨物船からデリックでおろされる梱包を見ていると時間が経つのは速かった。日は港口あたりに没して、海面は灰色になっていたが、対岸を走る車もはっきりと見分けられるほどに明るかった。凪いでおり、海は七月の薄青い宵明りを反射して穏かに揺れていた。

三宅はいつに変らない港の情景と向いあいながら、自分の心がかつてなく平静であることを意識した。

NHKでの三人の論争は何年か前であれば彼も口をさしはさむことになっていただろう。革命という四文字によって血のたぎる思いをしたこともあったのだから。大学を出て何年間か各種の職業を転々としたあげくルポライターとなって文章で口を糊するようになってもそれは程度の差こそあれ革命という言葉が三宅に持つ力は変りがなかった。

それが長崎へ来て父のことを調べるようになってから、あたかも立見席から舞台の登場人物を眺めでもするように、革命という概念をと見こう見している自分に気づいた。

(革命は成就されなければならない……)と三宅は自分にいった。

(その通り)内心の声が即座に応答した。そこまでは昔の三宅と同じだった。変化はなかった。

(すべてを投げうっておまえは革命に挺身するか?)

(…………)

三宅は沈黙した。もう一つのっぴきならないことがあった。父の半生を明らかにすることが最大の関心事であった。革命なぞ悪魔に喰われろとはいわないまでも、父のことにくらべたらもはやどうでもいい些末事と化したかのようである。

「やることがいちいち危っかしくて見ちゃいられないよ」

場所が変っても話している顔ぶれは編集室と同じであった。新たに加わったのは牧師とNHKの労組員四人である。四人はあまり口をきかずおたがいに肩を寄せあって低い声でささやきかわしている。三宅は海老原が到着する前につまり最後から二番目に牧師宅に着いたのだったが、自分を迎える四人の組合員の表情を一瞥してたちまち来たことを後悔した。

会合に出るようにと三宅に求めた海老原や則光たちはさすがに四人の同僚とは異った態度を示したが、四人は三宅を無視することに決めたようであった。

局とちがって則光は饒舌であった。夕食後に一杯ひっかけたものか、やや顔があかくなっている。

「戦術論かね」

海老原がいった。

「戦術以前の問題だよ、高田馬場駅なんかでヘルとゲバ棒もって勢揃いしてやくざの討入りではあるまいし、つかまえて下さいと頼んでるようなもんじゃないか、子供の遊びじゃないんだぜ」

則光がいきまいた。

海老原はもの分りのいい父親の表情で則光のいうことに耳を傾けた。

「じゃああの場合どうすればよかったとあんたは思う」

「分散して集合するんだよ、それしかないじゃないか」

「ヘルメットをつけてゲバ棒かついでか、それこそ検問でぱくられるのがおちだろう」

「ヘルも棒も目的地の近くに隠しておくという手もある。なんといおうとあれはまずいよ」

「――は」と波多野は三宅の知らない人物の名をあげて「高田馬場駅の便所に逃げこんだところを機動隊員にふん縛られたんだそうだ、情けない話さね」といった。

「で、あんた達はいったい何をいいたいのだ、戦術論ならとどのつまりは技術の問題に帰すると思うんだが、あんたのいいたいことはそういうことではないらしい」

海老原は落着き払って、顔にはうす笑いさえたたえている。この男は緊張すると微笑するくせがあった。

「じゃあいわせてもらおう」

則光はひと息ついてちらと波多野に目配せした。それは則光の意見であるとともに波多野の考えでもあることが知れた。

「新宿駅の一つや二つぶっこわしてみたところで何になるというんだね、ええ？　破壊あるのみ、とあんたはいう、まず破壊、つぎに破壊、また破壊……いいだろう、それでは訊くがね、ゲバ棒でもって何が叩きこわせるんだよ、石を投げて電車の窓ガラスを割るのが革命かね、笑わせちゃいけない」

「しかし人民はわれわれを支持している、これしか道がないことを彼らも直感的に悟っているからな」

「支持しているという証拠はどこにある」

「カンパに応じてくれた、一日で十万円という数字が何より雄弁に彼らの心情を語っているとおれは思う」

「そんなの……」

則光は苛立たしげに舌打ちした。かわって波多野が口を切った。

「われわれにカンパする人民が必ずしも革命を望んでいるとはいえないよ。新宿駅の東口で石を投げる連中をはやしたてる人民はただ退屈しているだけであって、権力と確執をかもす気力はないとわたしは見ている。平和に飽いている人民もいるということだ」

「わかった……」

海老原は開いた手をまっすぐ波多野に伸ばして何かをさえぎる身ぶりをした。

「革命を望んでいないのは、権力と確執をかもす気力がないのは、人民ではなくてあんたたちなんだ、初めからそういえばいいんだ」

「そういってやしないよ、早とちりしないでくれ」

則光は気色ばんだ。

——安保挫折派というのがあるそうですな、三宅君。きみもそのくちですか。

教授の研究室で父の話が一段落したとき、耳にした言葉を彼は思い出した。三宅はあいまいな笑いでごまかした。

——おかしな話だと思いませんか、挫折派が総じておしゃべりだというのは。古傷を世間にすすんでさらけ出す心理がわたしにはわからない。われこそは挫折派でござい、と名乗りでるのがね、わたしの方がまちがっているのかもしれないが……

則光も波多野も三宅とほぼ同世代である。海老原だけがややおくれた世代に属するけれどもきょう牧師宅に集った組合員は申し合せたように年齢の上で三宅と差がなかった。彼らのやりとりを聞きながら三宅は教授の指摘を反趨し、それが正しいことを認めていた。それにひきかえ満鉄事件の関係者ときたら、三宅は自分が会った十数人を思いうかべ、そのうち何人が話らしい話をしてくれたかを考えた。

大学教授、石田県議、出版社社長などのほかに一人か二人。多く見つもっても五人を出ない。彼らが紹介してくれることを約束した生存者が四、五人いるけれども果して会うことにそして話をすることに同意するかどうか。（彼らが沈黙する意味……）と三宅はメモ用紙の末尾に書き加えた。満鉄事件の性格はひょっとすると関係者の沈黙のなかにあるのかもしれない。

——安保挫折派は饒舌だ、

といった教授の表情をかすめた軽侮の色を三宅は見逃さなかった。

「結論は正しい、しかしそこへ至る経路が一つしかないというのはおかしい」

則光の声がした。

三宅は我に返った。論争は続いているらしかった。

「他にどんな道がある、とあんたはいいたいのだ」

海老原は物分りのいい叔父さんといった態度を保ち続けていた。

「探そうじゃないか、きっとあるはずだ」

と則光はいった。

「探したさ、そしてレーニンの言葉が今も正しいということが立証されたわけだ、革命は銃口から生れる」

海老原は何かといえば先人の名前を引用した。初対面のおり、三宅を値踏みする目で眺めて、（マルクスをあんた読みましたか）ときいたのは海老原である。彼が他人を分類するのはマルキシズム文献を読んでいる者とそうでない者とに分けるらしかった。（マルクスを読まなくても革命はやれるよ）といったのは則光である。海老原がいない所でそう毒づいた。四、五歳年長であるのに、海老原によって則光は気圧されるふうである。若い組合委員長が身のまわりに漂わせている確信の前には波多野も則光もひるんでしまうといった。

「かもしれないけれどね、五十年前のペトログラードと昭和と東京とはおのずから違いがあるんでね、バリケードをこさえて鉄砲で射ちあうような牧歌的な革命を想像しているとしたら……」

則光はしつこく喰い下った。

「国会議事堂まで羊みたいに列を組んで行進して陳情するかね、力によらない革命というのがそもそも形容矛盾だとおれは思うよ」

という海老原に、隅っこにいて黙りこんでいた四人のうち一人がたまりかねたように、

「いつまで下らない原則論をくり返してるんだよ、二人ともいい加減にしないか」

といった。組合の情宣部長である。「下らない原則論じゃないよ、今夜ははっきりさせておきたい、議題とも関係のあることなんだから」

と則光はいった。「革命は銃口から生れるというがね、その銃はどこから調達するのかね」

「銃ならいくらでも自衛隊が持っている」

わかりきったことだ、といわんばかりに海老原はいった。

「ほう、自衛隊の武器庫から盗み出すわけか」

「いや、盗みはしない」

「じゃあどうやって」

「自衛隊はわれわれの側に立って戦うことになっている。ロシア革命がいい側だよ、ロシア革命だけでなく、歴史をひもとけば軍隊を味方につけた側が必ず革命を成就している」

則光は啞然として海老原を見まもった。

「今は駄目だ、自衛隊は目覚めた人民ではないから。そのためには粘り強い説得を続けなければ。しかし、われわれの希望の徴候は現われているよ、反戦を叫ぶ自衛官が連帯を申し出ている、彼のような兵士があちこちの駐屯地に沢山いるはずだし、彼らを組織するのがもっかの急務でもある」

海老原の口から出ると、どんな言葉も新聞の社説かラジオできく株式市況に似てしまう。言葉がほんらい持っている肉感性を失って味気ない記号と化したもののように三宅には受けとられた。

「歴史をひもとけばとあんたはいうがね、ロシア、中国、東欧、キューバの歴史をみると、いずれも大地主が威張っていて小作人はちょっぴりだ。日本はロシアでも中国でもましてキューバとも異りはしないか。自分の土地を

持った農民が社会主義革命にどう反応するか考えてみたことはあるのかね。そして、自衛隊員の半分以上は農民の伜であるはずだよ、かるがるしく人民の軍隊とあんたはいうが、人民の軍隊はあんたの幻想の中にしか存在しないんだよ」

と則光はいった。いちどはひいた頬の紅が昂奮のあまりまたさして来た。カラーテレビとクーラーを持ち家賃はただ同然の家に住んでいる革命家、と三宅は思った。牧師宅に集った反戦青年委員会の面々は、口角泡をとばしている今も、サラリーとボーナスを保障されているのだと考えないわけにはゆかなかった。明治の末年に東友舍に訪れていたという黒っぽい服を着たロシア人将校を思い出した。

「あんたはまるで革命が悪であるようないい方をする」

海老原はもう微笑していなかった。

「ほら、あんたの説を批評するとすぐに反革命だの日和見だのという。われわれにはそういう単純さがやりきれんのだよ」

今度は波多野がいった。

「今夜はお二人から集中攻撃を受けることになったわけだ」

と海老原はいった。

「大いにやりなさい、論争のない所に発展はない」

牧師がけしかけた。旧海軍に十年以上つとめていて、広島に原子爆弾が投下された日、江田島から救護におもむきあまりの惨状に即時降伏を天皇に直訴すべきだと将校たちに提案して袋叩きにあったという。当時、彼は海軍兵曹長で江田島の兵学校で士官の教育にあたっていた。潮灼けで褐色の皮膚をした小柄な男である。つぶれかけた馬鈴薯のように歪んだ容貌はそのとき十数人の激怒した将校に殴られたせいだという。信仰を持ったのは戦後のことである。

「わたしの見る所では則光さんも海老原さんもいわんとすることは同じなんだ。ただ片方が足もとを見ているのに片方が山頂を見ているという違いであってね」と牧師はいった。「おれは山頂も足もとも見てるつもりだよ」海老原は不服そうだ。

「見てやしないよ、おまえは革命という錦旗の下ではすべてが許されると錯覚してるんだ」

則光はこめかみに青い筋を浮き上らせていた。

「そうとも、許されるとおれは信じてる、それが当然だろう」

海老原は自分で自分にいいきかせるように目を閉じてつぶやいた。

「たいした信念だよ、いや、ご立派ですよ、だからこそおまえを信じて上京した連中が子供じみた戦術の犠牲になって臭い飯を喰わされても平気の平左でいられるんだな、おそれいりましたと申し上げたいね、とこういえば闘争に犠牲はつきものだといってすましてるんだから……」

この調子でいいあっていては話にけりがつくはずはなかった。海老原が何らかの意味で則光に対して心を開きそうには見えない。かといって二人をそのままにして席を立つことも出来ないし、二人のやりとりにわきから口をさしはさむ気にもなれなかった。結局、黙然と膝をかかえていい争いに耳を傾けるしかなかった。他の四人も同じ思いらしく世にも退屈な面持でまずそうにタバコをふかしながら古ぼけた扇風機が首を振るのを目で追っていた。革命という言葉は金貨のごときものではないかと三宅は考えた。人の手から渡されひんぱんに交換されるうちに軽くなり薄くなってだんだん価値が下落する貨幣。三宅が二十代の初めに思っていた革命は遥か遠くにあり、手をさし伸べても届く近さではなかった。それだけに夏の太陽さながらまともに向いあうにはまぶしすぎた。仲間としゃべっていても革命という語が使われることはめったになかった。それを意識すればするほど口に出すことにためらいが生じた。

今はちがう。

則光も波多野も海老原も、駅の自動切符販売機にコインを投げ入れる気易さで革命といった。彼らに違和感を覚える自分がまちがっていて、事もなげに革命を連発する彼らがあるいは正しいのかもしれない、と三宅は考えた。革命は地平線の向うにあるのではなくて、郵便受けの中にあるものだ、一枚三円の安封筒にはいっていて各戸に配達されるようなしろものだ、そう考える方が実践者の立場というものだ、と三宅は思った。

「さっき中津という女のひとがあんたをたずねて来ましたよ、ここしばらく顔を出さないといったらまた来るって」

伴がいった。カウンターを拭いながら、「どうしたの、蒼い顔をして」ときいた。たて続けに煽ったウィスキーが少しも三宅を酔わせなかった。ひえびえとしたものが体の芯に澱んでおり、ウィスキーを流しこんでも一向に気分がほぐれない。中津弓子が何か伝言を残してはいなかったかと三宅はきいた。伴は首を左右に振った。

則光たちと別れたのは半時間ほど前である。波多野は明日が早出だからとタクシーで先に帰り、三宅は則光を誘って近くの酒場で飲んだ。則光は黙々とグラスをあけ、今夜は酒がまずいといって早々に切り上げ、タクシーを待って歩道にたたずんでいた。こちら側の車線を走る車はどれも人をのせている。反対側で拾った方がよくはないかと三宅はいってガードレールをのりこえた。後から則光が続いた。ふり返るとその姿がゆらいだようだったが、足を引きずりながらも車を縫って道路を横切って来る。渡り終えてからうずくまって向う脛をかかえこんだ。

どうした、と三宅はいった。

則光は返事をせずに低く呻いている。ガードレールをこえるとき脛をぶつけたらしい。

(なぜ黙ってたんだよ、畜生)と則光はいった。(海老原の野郎、うう畜生……)三宅は自分が則光と波多野に味方するものと期待されていたことを知り、やや意外だった。

自分は部外者だ、と三宅はいった。夜の闇が水飴のようにねばっこく濃密な粒子となって体をしめつけるようである。ウィスキーが体を火照らしていた。部外者なんかいるものか、と則光はいい、畜生と呟きだしぬけに肩を慄わせ始めた。

三宅は歩道にうずくまっている則光をひややかに見下していた。

　帰りしな、それまでの平静さをにわかにかなぐりすてて、海老原は則光をなじった。獄中で黙秘を「貫徹」しなかったことを変節といい裏切りといい、敗北者とののしった。則光はその言葉を耳にするや、みるみるしょげかえった。口惜しさが酔うと同時に発散しつつあるとき脚を傷めてしまい肩を慄わせることになったのだ。

（立ちなよ、車が来たぞ）と三宅はいった。則光はすぐにしゃくり上げるのをやめた。道路標識に両手でつかまって身を起し、三宅はその前に素早くしりぞいて則光の手の届かない位置に立っていたが、則光は近づいて来たタクシーに手を上げて止めた。一時的にでも感情を溢れさせたことを三宅の前で恥じているかに見えた。タクシーの座席に身を沈めるまで顔をそむけて三宅と目を合せようとはしなかった。


「また来るというのは今夜のことかい」

三宅は伴にきいた。

「さあ、そこまではっきりきいておかなかった、しかし何だね、感じの良い女のひとだな、あの人が這入って来たら店中の客がじろじろ見たりして、あんな女性とつきあったりしていいの？」

伴は三宅のわきに腰をおろして太腿をつねった。

「奥さんにいいつけちゃうぞ、こら」

三宅はまともに伴の顔をのぞきこんだ。この男が男色趣味を隠さないのはスナックの飾りつけのようにうわべだけのことで、元手のかからない宣伝の一種ではないのかと疑ったのだ。あまりに露骨でありすぎる。なにもかも見せかけだらけだ、と三宅はこみあげる吐き気とたたかいながら思った。ふだんは気のおけない友人として酒をつきあえる伴が今夜は妙に目ざわりだ。伴だけにかぎらない。目ざわりとまでいうつもりはないが、則光にも波多野にも三宅は話しかける気がしなかった。タゲーフというロシア人捕虜将校の名前が過剰な印象を与えたように、二人の存在が三宅には息苦しかった。革命といい、実践というときも則光は消化し、分泌し、呼吸していた。波多野も海老原も同様である。路線といっては咀嚼したばかりの寿司を吸収するのだった。

それにくらべて、

と三宅は考えた。露字新聞ヴォーリヤを発行していた亡命者たちは肉体を持たない。残っているのは印刷した紙片だけだ。彼らの方がはるかに好ましかった。

だいじょうぶなの、と上目づかいにききながら伴は三宅のグラスに液体を満した。

「伴さんよ……」

三宅は話しかけた。ことさらゆっくりしゃべらなければ舌がもつれそうだ。おまえは人を殺したくなるほど好きになったことがあるか、とたずねた。

つかのまスナックの経営者はカウンターに両手を突っ張って上体をのけぞらした。天井の一点に目をすえて考えこんでいる。その表情を見て、この人物は思ったより正直な人間かもしれないと三宅は考えた。伴は元の姿勢にかえり、重々しく首を振った。

「人を好きになったことはあったと思うけれど、今よく考えてみればどうだか……」

人間は人間を裏切る、と三宅はいった。伴はうなずいた。

「おまえ首をこっくりさせて……」三宅はグラスを持った手で伴の額をつついた。つつかれた人物は嬉しそうに顔をほころばせた。

「誤解しないでくれよ、おれはおまえさんと寝やしないからな、おあいにくさま」

三宅は念を押した。

人間は人間を裏切る、と伴はつぶやいた。

「そうさ、しかし街は人間を裏切らない、そうだろう」

という三宅に伴は、「わかった」といった。「何がわかったんだよ」

「満洲のことをいいたいんだね」と伴。

「ホモセクシュアリストにして読心術の大家がようやく本領を発揮し始めたな、そうだとも、ハルビンのことを考えてるのさ、昭和十年代のハルビンをそっくりここに持って来て見せてくれませんか大先生」

「飲んで来たね、三宅さん」

「おまえなんかあっちへ行ってろ、いや、行くな、ここに居てくれ」

伴はうっすらと笑った。

三宅は母と内地へ引き揚げて来て、船が下関へ入港したときのことを思い出した。伴の日本人ばなれのした容貌を見ているうち自然にそうなった。ハルビンのキタイスカヤ街は亡命した白系ロシア人の女たちが客を引く通りである。ロシア女と東洋人の間に生れた子供が伴と顔立ちが良く似ていた。〝中村屋のパン〟を連呼しながら各戸を訪ねて売り歩いていたそのような混血児が伴と瓜二つである。ハルビンの広々とした鉱物的な印象を与える街路を見なれた目で、下関の海にせまった山腹に下等な蘇苔植物さながらちっぽけな木造家屋がひしめいているのを見て、三宅は子供心にも愕然とした。人間の住む町とは思えなかった。全体の色調は黒で灰色と褐色がまざっているだけである。これは特殊な人々、たとえば隔離すべき病者か、住むに家のない貧者の群が身を寄せ合っている集落かと思われた。ひと目、見ただけで三宅は気が滅入った。

驚くことは町の眺めだけにとどまらなかった。

三宅母子が下関駅のプラットフォームから列車に乗りこんだとき少年は鼻をつく異臭にたじろいだ。埃と乾いた馬糞がいりまじったような悪臭である。ハルビンのスラムでも嗅がないものだった。土気色をした乗客がみな日本人とは思われなかった。内地とはいうものの故国は外地よりもはるかに馴染みのうすい異邦と感じられた。プラットフォームの向うに貨物を積みこんでいる男たちが見えた。

内地にも苦力を連れて来ているのか、と三宅は母にきいた。（苦力？ どこに）母はプラットフォームを眺めて、あれは日本人だと説明した。日本人が肉体労働をするということを知って意外に思うより三宅はひたすら気が滅入った。あの国では藁と土にまみれて我とわが体をいためつけているのは満人であった。

しかし、帰国当初のとまどいはやがて消えた。年のゆかない子供というものはなんにでも順応するものである。昭和二十年の春から夏にかけて、少年が馴れなければならないものは多かった。空襲があり飢えがあった。肉体労働をする日本人に驚いてばかりもいられなかった。

ところが少年時代に忘れてしまったと思っていた帰国時の違和感が、長崎に戻ったころから再び三宅に思い出された。伴のいっぷう変った容貌を目にしてそれをきのうのことのようにありありと反趨することになった。

「絵を買いなさい、安くしておきますよ」

伴はいった。

「あの複製か、ご免だね」

「ハルビンをしのぶよすがになるでしょう、精魂こめて描いた絵です、出来合いの複製とはちがいます」

「腹が減った、何かこしらえてくれ」

「そうこなくっちゃ」

伴はいそいそと立ちあがって前掛けをつけた。「何にします」

「特大のぎょうざがいい、正月に満人が食べるあれだ、出来ない？ じゃあ肉饅頭な、ニラを刻んで入れたやつ、それも出来ない？ ちぇっ、仕様がないな」

「ぼくを困らせないでよ」

伴はもみ手をし、それでも嬉しそうに目を細めた。

「何がおまえさん得意なんだ」

「いろいろあるけれど、フレンチトーストで軽くいったらどうです、ガーリックを利かせたブロッコリーのサラダをつけますよ」

三宅は笑いだした。

「何がおかしいんです」伴はフライパンに油を引きながら顔だけを向けた。こっちのことだと三宅はいった。海老原や波多野それに則光はれっきとした正常な男なのだが、彼らと一緒にいるより国籍不明のいかがわしい趣味を持つ男と向いあっている方が不思議に心が安まるのだった。伴もなんと思ったかつられて微笑をうかべた。

「トーストでは物足りないし、サンドイッチでもたれるという腹具合のときはフレンチトーストがいちばんですよ」

三宅はあることを思い出そうとしていた。何かが心の中にひっかかっている。途中までそれは来ている。午後、マンションの一室でメモをとったときからだ。ＮＨＫの編集室でも牧師宅ででもそれが意識の上に浮んだり消えたりしていた。伴とたわいのないことをいい合ううちまたそのあることは明瞭な形となって現われ出た。父と露字新聞との関係である。亡命者たちが長崎で新聞を発行した年に父は生れている。ロシア革命が成ったとき父は少年であり、そのときまでに亡命者たちはひとり残らず帰国していたはずである。したがって亡命者たちと父とは直接、関係はなかったと見ていい。これははっきりしている。余生の愉しみか。それも違う。父は露字新聞が持つ何かの中にそれが何であるかは分らないがかけがえのない意味を汲みとっていたのだ。それは父を慰めるもの、あるいは父を鼓舞するものでなければならない。

三宅はグラスに自分でウィスキーを満した。父のよりどころとなるもの、それなしでは生きてゆけないもの……三宅は熱いものが食道を流れ落ちてゆくのを意識した。それなしでは……いつか彼は自分のことを考えていた。父が持っていた露字新聞は彼自身が肌身はなさずかかえこんだもののような気がして来た。

伴はおそろしく気まじめな表情でパンに溶けたバターをしみこませている。今朝がた、と三宅に話しかけた。

「今朝がた近くのテニスコートに行ったんですよ、こう見えてもぼくは早起きなんだから、まだうす暗い時分に公園とか遊園地をぶらつくのはいいもんですよ、ちゃんと早起きの人はいるもんでね、銀行の頭取りが白い半ズボンなんかつけちゃって子供とテニスやってた、コットンのね、ぐっと短いやつ、ぼく、ベンチにすわって見物してた、銀行頭取りといっても四十代のうんと若い人で、近くに住んでるから顔見知りなんだ、で、ぼくは二人がいいプレイをしたとき手を叩いてやった、いいねえ、ああいうの」

伴は感きわまったという面持ちで頭を振った。頭取り父子に惹かれたのかコットンの白い半ズボンに惹かれたのかどっちだろう、と三宅は考えた。

「人はパンのみにて生くるに非ず、というでしょう、その言葉こそパンがなくてはならぬ糧であることの逆説的な証明だと思いませんか、ほれ出来上り、あついうちに召しあがれ」

伴は三宅の前に皿を置いた。

人間が生きて行くのになくてはならぬもの、と三宅は胸の中でつぶやいていた。ちょうどそのときドアを押して這入って来た若い女があった。三宅はもうもうとたちこめるタバコの煙ごしに女を注目した。中津弓子ではなかった。弓子の用件というのは見当がついている。吉野のことに決っている。

「威厳《デイグニテイー》……」

三宅はトーストと卵の黄味をいっしょくたにのみこんだ。かつて弓子に語った自分の言葉を思い出した。

「どうです、味は」

伴がカウンターごしに三宅の口許を見ている。そちらへうなずくだけにしておいて、弓子へいった言葉を正確に思い起そうとしていた。脳腫瘍で死んだ息子のことを書いたアメリカのルポライターの本にあった文句で、もともと三宅の言葉ではない。

「はい、サラダをどうぞ、塩は足りなかったら自分でかけて下さい」

伴の声を遠いもののように聞いた。

（苦痛にも死にもディグニティーはない）

そう自分は弓子にいったのだ。しかし、のどもとまで出かかっているのはディグニティーという言葉ではない。それと似た、いや、似ていない。三宅はパンで皿にたまった黄色いものを拭いとって口に運んだ。プライド、そうだった。なくてはならぬもの、それなしでは生存の根拠が危くなるもの、自分自身に対する誇り、自尊心とでもいうべきものを父は露字新聞ヴォーリヤの上に見ていたのだ。この発見が父に対するある疑惑に基いていることに三宅は気づいた。

（おやじも……しかし……まさか……）

三宅はブロッコリーをつまんで口に入れた。則光の顔が目に浮んだ。

（父だけが起訴猶余になったのはどうしてですか）

三宅は満洲電電の元管理局長に訊いた。あのとき、県会議員は何と答えたのだったか。彼もたしか同時に検挙されたグループに属していたのだ。

（さあ、どうしてだったかな……）

老人はつと三宅から目をそらした。職業がら三宅は質問をし馴れている。返事のしかたから正反対の意味を引き出すのはままあることだった。否定が肯定であり、肯定が否定であることは珍しくなかった。老人は知っていて答えないのだった。表情が言葉を裏切っていた。

（三宅君はやり手だったよ、といってもそんな妙な顔をすることはない、大連本社でもハルビン事務所の三宅といえば知らない社員はいなかった）

（やり手といわれるもんですから）

（調査部員の才能はただひとつ、いい調査をすることだ、確実なデータと数字、正確な分析、毎月刊行される調査月報は専門家がチェックするからめいめいの力倆はごまかしようがない。きみは三宅君のつまりおやじさんの文章を読んだことがあるかね)

(一度も……)

(わしはあちらで何回か読んだことがある、いい論文だった。水を得た魚のような)

(とおっしゃると)

(おやじさんはどちらかといえばビジネスマンというより学究タイプだったと思う、わしの勝手な独断だがね、卒業まえに学校に残って教師になることをすすめられたそうだから)

(父のことをよくご存じですね)

と口をすべらしてたちまち三宅は後悔した。県会議員は即座にしゃべりすぎたと思ったようだった。

(なに人から聞いた話だ)

と無愛想に答えて口をつぐんだ。

(父が書いた論文というのはもう日本では手に入らないでしょうか)

(まず無理だね、大連本社にあったものはソ連軍に押収されたし、北支にあった資料は中共軍、国府軍が手に入れたものはアメリカに渡ってる、ワシントンの国立図書館には五千点ほどあるそうだよ、もちろん日本にも二、三千点は残っているだろうが)

三宅はぼんやりと床に目を落していた。

(「支那抗戦力調査」というのを調査部が大々的にフルスタッフで取組んだことがあった。三宅君もそのときいい仕事をした。しかし、わしの記憶に残っているのは昭和十六年の春ごろ出た月報に発表した論文で、たしかあれは山東省の、いや山東省のはずはない、山西省だ、山西省の機械製粉業を分析した論文だったと思う、三宅君は農業経済を専攻したのかと思ったらそうじゃないんだな、マルキシズムに立脚した実態調査は内地で発表したら即座に

ブタ箱行きになるしろものだ）

（その調査月報とかを手に入れるわけにはゆかないものでしょうか）

と三宅が切り出すと、民放監査役は（読みたいかね）といった。

（ええ……）

（手に入らないことはないと思うが、しかし……）

（どこかにあるんですか）

老人はしばらく考えこんだ。先程、三宅に渡した名刺の裏に電話番号を書き記し、樺山という人物をたずねてみるようにとすすめた。（ことわっておくがね、そこに調査月報が全冊そろっているわけじゃない、だから三宅君の論文がそこへ行っても必ずしも読めるとはかぎらないのだが、全然あてがないよりはましだろう）

三宅はアスパラガスを指でつまみあげて口に入れた。紙ナプキンで拭った指をポケットにつっこんで、老県議がくれた名刺を引っ張りだした。電話番号は○九二で始っている。博多の局番である。明日にでも出かけようと決心した。

もう一つ気になることがあった。

（いずれまたきみと会うことになるだろうな）

と石田老人はいった。同じ言葉をどこかで聞いたような気がする。

（あんたはきっとわたしの所へやって来るだろう）

錆びたトタン板をきしらせるような声だ。新聞記者の声である。二人とも同じことをいった。県会議員の応接間で芳賀の噂はしなかった。しかし二人を結びつける共通項がどこかにある。三宅は再びウィスキーのグラスに手を伸ばした。

芳賀記者に会わなければ……。

「そうだ、忘れてた」

伴がカウンターの下から取り出したのは三宅の本である。「三宅さんがちょくちょくうちに見えるというんで会いに来た人が置いていったんだ、サインしてやってよ」

「ヨッポス・ボイ・マッチ」

「何が気に入らないの」

「サインなんてがらかよ」

「いけないよ、あんたは悪酔いしてるね、これ以上のんでは駄目だ」

伴は酒壜をとり上げた。

三宅はもうろうとした目で自分の本をめくった。中ほどのページに挿入した写真に目をとめた。広島と長崎の被爆者を精神構造の上で比較したくだりである。平和記念資料館の展示物をその章のカットがわりに使っていたのだった。ガラスの陳列棚におさまっているのは市内鷹野橋付近の地下に埋もれていた柱時計である。歯車もその枠組もほとんど腐蝕している。三宅は眉をひそめた。柱時計の手前に説明カードが写っている。日英両国語で四、五行書かれた文章があって、英文の方にひっかかった。

A CLOCK MACHINE Uneathed 17 years after the A bomb at a point 1200 m from the hypocenter. Notice the long hand pointing to 8.15 A.M. of that day, covered by melted dial glass.

「uneathed……」

三宅は目をぱちぱちさせた。はっきりとそう書かれてある。日本語と対照させて検討した。(炸裂の時刻八時十五分を指したまま十七年半の間、市内鷹野橋付近の地下に埋没していた柱時計である。……)

そうであればuneathedという奇妙な単語はunearthedの誤記でなければならない。しかしもしかするとuneathという言葉も世には存在するのかもしれない。三宅は英語をよくする方ではなかったが、uneathという単語を見るのは初めてだ。そしてこの得体の知れない、書き間違いであるはずの文字が三宅には新鮮に見える。なぜか？

三宅は自分に問うた。おそらく意味を持たないからであろう。もしunearthであれば……三宅はうろ憶えの訳語を記憶の中に書き探った。（発掘する、狩り出す）そういうふうに使われるのがふつうだ。

「何を三宅さんぶつぶついってるの」

伴の声がした。

三宅は我に返った。

「この本だれが持って来たんだって」

「いやだなあ、どうしてもいわなくちゃなんない？」

伴はしなを作った。

「いいたくなければきかないよ」

「いずれわかると思うけれど」

伴は三宅の肩越しにドアの方を見ている。視線をたどって三宅も振り向いた。

「サインを頼んだのはあたしよ」

九谷保子が三宅の隣に腰をおろした。

「なんだ、まだきみは長崎にいたのか」

と三宅はいった。

「まだいたのかって、いては悪いの」

「おおこわ……」

三宅は首をすくめた。

「半時間涼んでくるといって出たのに一時間も二時間も戻らないんだから、心配するじゃない」

伴が九谷保子にうらみがましくいった。

「心配するのなら探せば……」

保子は伴がこしらえて押しやったレモンスカッシュをすすりながら物憂げにいった。

「探せといったってどこをさ」

「稲佐山の展望台でも〝銀馬車〟でもグラバー邸でも原爆公園でも丸山でも探してみたらどうなの」

「そんな無茶な……」

伴はおろおろしている。

ご機嫌ななめなのはどういうわけだ、と三宅は口をはさんだ。女に冷淡な伴が保子に翻弄されているのが不思議だった。

「この人は小説が書けずにくさってるの」

伴がいった。

「小説をね」

三宅はしげしげと九谷保子の顔をのぞきこんだ。「きみが作家志望者だとは知らなかった」

「そんなにじろじろ見ないで」

保子は手の平で三宅の顎を押した。三宅はふと思いついて自分の本を開いた。柱時計の写真を指し、unearthedという単語をどう思うと訊いた。九谷保子が英語に堪能でガイドの免状も持っており、ときどき長崎でアルバイトに通訳をしていることを思い出したのだ。

「unearthedの誤りだわよ、あなた何だと思って」

「やっぱりね」

「三宅さん変ったわ、ねえ、あなたもそう思わない」

九谷保子は伴に同意を求めた。カウンター内側に立っている主人は目を伏せて即答をさけた。

「頬っぺたもふくらんで、肌もてらてら脂ぎって、着ているものといえばいつも小ざっぱりとしてて、洋品店かお菓子屋の若旦那みたい」

三宅は憮然として顎をなでた。

「奥さんがきっとおいしい物を食べさせてるのね」

「ガイドはみいりがいいだろう、長崎は外人観光団が多いからね」

「話をそらす所をみると後ろめたく思ってるのね、あなたも意外と気が小さいとこあるのね、おかわり」

スカッシュを作ろうとする伴に、ジンフィーズをと命じた。

「無精髭を生やしていて顎にも頬にも剃刀の切り傷だらけで目は血走っていて垢だらけで体から何日もお風呂に入らないものだから変な匂いがして、どう？　あなた自分が他人の目にあの時分、どう映っていたか知ってる？　腹ぺこの狼かハイエナという顔付だったわよ、あたしが惹かれたのは飢えた獣にであって今みたいにガラス玉みたいな目をしたふとっちょじゃないの」

「おい、いい加減に……」

伴は気をもんでいる。

「いいの、この人はあたしから何といわれても平気なんだから」

グラスをすすって、「これなんのつもり、ジン抜きのフイーズをだれが頼んだの」

「きみはいい小説を書けるよ」

と三宅はいった。

「小説を書くために長崎くんだりへ来たんじゃないわ」

保子は桜んぼの種子を手の平に吐き出し、唇をとがらせたかと思うと伴めがけて吹き飛ばした。桃色の核はジンをついでいる伴の額に当った。

「この人は三宅さん、あなたがいるから長崎に来たんだ」

伴がいった。

「そんなこと嘘よ、冗談もほどほどにして」

九谷保子は頭をだるそうにゆすって顔に乱れてかぶさる長い髪を払った。

「ねえブロイラーの飼育法きいたことある？　教えたげようか」

三宅は黙っている。自分はなぜ腰を上げてさっさと帰らないのだろうかという疑問が、溷濁した意識の隅をかすめた。

「くちばしを切り、爪まで切っちゃうんですって、たっぷりと栄養満点の餌をやって」

「わかったよ」

三宅はのろのろとスツールから降りた。それほど飲んだ覚えがないのに足もとが定まらない。考えてみると早い夕食を駅前食堂でとったきりだ。空腹へもって来て強いアルコホルを流しこんでいる。床がゼリーのように揺れ動くのも不思議ではない。伴が素早くカウンターのこちら側へまわって来た。

「三宅さんそれじゃあ無理だよ、ボックスで休んでいかなきゃあ」

「伴君も甘いわねえ、この人あたしの話を聞くのが厭さにわざと酔ったふりしてるのよ、ずるいというか小心というか」

九谷保子がせせら笑った。

「すみませんお客さん、看板なんです、もうしめますんで……」

伴は三宅の体を支え隅のボックスまで引きずっていった。

「あはあ、客を追い出してやっと二人きりになれたってとこね、伴君のしあわせそうな顔ときたら」

九谷保子も自分のグラスを手にふらふらと歩み寄って来る。

「きみはもう寝なさい」

伴が保子にいった。

「寝なさい？　だれと」

そういってどさりと三宅のわきに腰をおろす。

「仕様がないな、そんなに酔っちゃあ」

伴は舌打ちした。

「あら、酔ってはいないわ、たかがジンフィーズの二、三杯で」

「外で飲みまわって来たんじゃないの」

「ほんのちょっぴりね、いけないの」

「いいよ、この人も一緒にいてかまわないさ」

三宅はいった。

「お言葉に甘えましてご一緒させていただきますわ」

伴の表情がけわしくなった。何か口早につぶやいた。耳ざとくそれを聞きつけた三宅はにわかに兇暴な感情が焼き串のように体をつらぬくのを覚えた。中国語ではそういうのか、と伴に念を押した。世界で一番きれいなせりふだと伴は答えて窓のカーテンを引き始めた。マーラカナョーピー、と三宅はつぶやいた。ヨッポスボイマッチと伴がいった。

「それなんのこと」

九谷保子はけげんそうな顔をしている。

「どこの言葉をしゃべってるの」

「日本語ではない、きみの悪口でもないから安心しろよ」

三宅は保子の髪をまさぐった。しなやかで柔らかい髪である。保子は上半身を三宅にあずけ、頭を男の太腿にもたせかけた。

「unearth hitherto unknown documents……」

三宅は女の言葉にぎくりとした。

「まだ世に知られていない文書を熱心な追求によって発見する、unearthにはそういう用例もあるわよ、どうしてそんなに変な顔してるの」

「子供はおしっこをすませて寝る時間だ」

「偉そうな口を利くわね、あたしのいったこと気に障った」

「何でもないって」

三宅は保子を抱き起した。

「小説家はぐっすり眠らなければ」

「子供あつかいにしないで」

と九谷保子はいって何かいった。三宅は自分の耳が信じられなかった。

「それは本当か、もう一度、いってくれ」

「何度でもいうわよ、あんたの奥さんに会って三宅さんをあたしにちょうだいっていったわ」

「つまらない」

と三宅はいった。

「さっき姿をくらましてたのは彼の奥さんのとこに行ってたわけか」

と伴がいった。

「酒場はしまってたからマンションに行ったの、結構なおすまいですこと」

「で、奥さんはなんて答えた」

伴は面白がっていた。

「よせったら、もう」

三宅はソファにうずくまった。疲労の投網にからみとられ、手足を動かすのも物憂かった。目をつむり両膝を胸に手でかかえこんで、「よせよ」とつぶやいた。

「そしたらね、どうぞって、要る物ならさし上げますって」

九谷保子は手の甲で三宅の頬をさすった。

「マンションに本当にたずねたんだな」

「ええ」

「絨毯はどんな色だった」

「絨毯……」

「そうさ、赤だったか白だったか、さあ、きかせてもらおうか」

「絨毯の模様まで覚えてるもんですか」

「きみは嘘のつき方が下手だよ、そんなふうじゃ大作家になれそうもないな、そこどいてくれ、足を伸ばすのに窮屈だ」

九谷保子は両手に顔を埋めた。小刻みに肩を慄わせ始めた。うんざりした面持ちで三宅はしばらく保子のうなじに目を当ててから視線をそらした。

「伴さん、あんたのガールフレンドを寝かしつけてくれ、おれも今夜はここでひと寝入りさせてもらうから」

伴は泣きじゃくる保子をかるがると抱き上げた。二階にもう一つベッドがある、自分は長椅子で寝るから三宅はベッドにやすんだらどうか、といった。ソファの寝心地も悪くない、と三宅はいった。明るくなるまでにまだ三、四時間ある、表を人が通るようになったら起きる、と約束した。カーテンを引いておけば暗い店内は見えない。一度ぐらい抱いてやるがいい、その女には男が必要だ、と三宅は狭い階段を危っかしい足取りで登る伴の背中にいった。階段の途中で男は首をねじって三宅を見やった。切れ長の目が青白く光った。何をいっても微笑するスナック経営者がこれほど顔をこわばらせたのを見るのは初めてだった。

「ヨッポス・ボイ・マッチ」

伴はすてぜりふを残して二階へ消えた。

三宅はクッションを肩の下にあてがって頭を肘掛けにのせ目を閉じた。ついさっきまでは泥のようなねむけが彼を支配していたのにいざ一人になってしまうと妙に目が冴えてくる。

汝の母を姦せよ《ヨッポス・ボイ・マッチ》……

大陸の民衆は北も南も想像力が旺盛だ、と三宅は思った。これは呪詛の中の呪詛、悪罵の王者だ、そして、東海の細長い列島に住む民衆はその国の風土に似て温和で大陸の人間が胸に覚えるような呪詛の百分の一も口にしたことがない。これは美徳なのだろうか。三宅は海老原と則光の顔を思い描いた。彼らが革命というとき、ロシア人がまた中国人が口にする罵り言葉ほどにも激烈なものを身内に抱いているのだろうか。そもそも激烈な憎しみが発生するほどに海老原と則光は結びついているのだろうか。則光と波多野は、組合員たちは？　彼らを結びつけているものが何であるにせよ強烈な憎しみでないことだけは確かだ。

しかし、そういう自分自身はどうだ。

三宅はタバコの煙で黒くなった天井を見ながら考えた。

自分は何によって結びついているのか。結びつく？　何者に？　女の顔が目に浮んだ。酔いはみるみる醒めた。

これでは眠れそうになかった。三宅は壁のランプを一つだけ点じた。カウンターに這入りこんで酒壜とグラスをかかえ、ソファに戻そうとしたとき、自分の本が調理台のわきにあるのに気づいた。グラスと一緒に持ってソファに帰った。

「unearth hitherto unknown documents……か」

三宅はウィスキーをグラスに満した。海老原や則光がずっと遠い所に去ったように思われた。ウィスキーが生れて初めて飲むもののような味がした。時たま過ぎる自動車の気配がするほかは街は静かだった。長崎の中心地に居るとは思われなかった。氷が足りないのに気づいてカウンターにとって返し、冷蔵庫のアイスボックスから取り出したついでにチーズを皿に切ってソファに戻った。全身が汗ばんでいるのも道理、伴が二階へ引き上げるときクーラーのスイッチを切っていたのだ。三宅はスナックの窓を開放した。甘ったるい排気ガスの匂いが鼻をついた。アスファルトの匂いもした。三宅はソファに横たわって深々と夜気を吸いこんだ。大気に含まれているのはガソリンとタールの臭気ばかりではなかった。鉄錆とそこに降りた露の味もした。父もあるいは自分のように何者からか遠く隔たった感じを持ったことがあったかもしれない、と三宅は思った。カーテンが揺れ、三宅の額をくすぐった。集会と討議から、規約と綱領から、組織と家族から、過去と現在から、友情と憎しみから、その他、この世のありとあるすべてのものから、愛さえからも遠く隔たったことが人生のある瞬間にはあったのだ。三宅はほとんど確信していた。床に置いた壜をとってグラスにつぐとき、開かれたまま傍に落ちている「長崎の二つの丘」が目に入った。柱時計の写真を入れたページである。Notice the longhand pointing to 8:15 A.M of that day.…………。（長針が八時十五分を指しているのに注目せよ《notice》）

「注目せよ《notice》、スナックの売上げが五万円に達することを。伴が日掛け、定額、定期預金の通帳を所持していることを。銀行は、ロータリークラブは、青年会議所は、伴の依り所であり安息所でもある。彼の誇りである」

そのころ漸く三宅は体に酔いがまわったのを意識した。黄金色の暗い輝きを放つ渦に彼は巻きこまれ、おもむろに回転しつつあった。三宅はシャツの胸をはだけた。ズボンのベルトもゆるめた。それだけのことをするのに長い手間がかかった。指がしびれていうことを利かない。快いしびれだった。

「すべからく反戦青年委員会の成員は武装するがごとく告知《notice》せよ。角材で、ヘルメットで、タオル及びサングラスも可とす。石ころならびに清涼飲料水の空壜をも用うべし。革命にいたる最端距離は破壊であることを認知《notice》せよ。角材のみで議会制民主主義は破壊せらるるや。投石にて三菱重工業は倒壊するや。否、否。国産M1K16自動小銃、六四式戦車を奪取せよ。武器庫に導くはかの反戦自衛官なり。彼を歓待《notice》せよ。ブルショワ民主主義に欺瞞あり。商社に不満あり。武器は誠実にして使用者に忠実であることを指摘《notice》せよ。則光は脱落者にあらず。心に傷手を受けた る革命家にして義の人なり。則光を厚遇《notice》せよ」

三宅はこのとき道路をゆるがす車の気配もあけ放した窓から流れこむ排気ガスの刺すような臭気も意識しなかった。そこは暗く静かで、彼が歯ぎしりをし舌打ちしても、放屁し、咽喉を鳴らしても咎める者はなかった。澱んだ室内の空気はひややかで熱かった。三宅は半ば眠り、半ば醒めながら独白を続けた。

「自衛官長崎に来り、漁業会館の壇上にて反戦を叫ぶ。講演は有料なり。海老原、入場券の頒布に三宅の努力たらざりしことを非難す。二十枚も汝に託せしに売り上げ一枚もなきは如何にや。汝は革命を希求せざるや。拱手傍観して甘き実のみ味わんとするや。咄。遊民は去るべし。汝は賤女に寄食せる無為の徒にあらずや。警告《notice》す。かさねて警告《notice》す。かの反戦自衛官と協議して人民の軍隊を結成すべく檄文を制作せざれば、即われらが委員会より退去すべし。汝いかなる心算にてわれらと行動を共にしたるや不可解なり」

ソファ周辺は暗く静かで、明るく騒々しかった。三宅は自分がいまどこにいるか覚えていなかった。

「伴曰く、カケで冷たくなるよりも、現金払いでいつも仲良し。伴曰く、レタスの九〇パーセントは水なり。革命家の九割は脱落者なり。転向者なり。転向者に二種あり。牙をといでかつての同志を襲うあり、沈黙するあり。転向者の沈黙を思い《notice》見よ。挫折を自称する者の饒舌に意味なし。老人の苦笑と軽侮を誘うのみ。唇を引締めるべし。

伴は肛門を締めるべし。括約筋こそすべてならん。伴に愛顧《notice》を」

通りに面したガラス窓の桟がくっきりと見え始めた。大型トラックが地をゆるがせて過ぎた。三宅は酒壜を口にあてた。中身は一滴も残ってはいない。ソファの男はシャツをかき合せ、体を二つに折って不意に訪れた寒気から身を守った。

「怒れ、ロシア人将校よ、汝の母を姦せよと罵りたる異邦の少年を打擲すべし。少年を赦すべし、彼は己れの発したる言葉を知らざるなり。海老原に問う、かかる激甚なる憎しみを汝は抱懐せるや、金融資本と民主主義に対して。汝は何者を憎むや、何者を愛するや。汝において最も激烈なる感情はそも何ならん。則光に問う、波多野に問う、牧師に問う、汝は神を愛するがごとく革命を希求するや」

窓ガラスに水のような光が漂った。足音がスナック前でとまり、ドアががたついた。三宅は焦点の定まらない目でドアをみつめた。白い方形のものがドアの隙間からせり出し室内に落ちた。足音は去った。三宅は酒壜をまた口に当てた。空っぽであることを思い出した。咽喉がやけつくように痛んだ。グラスに水が残っていた。むさぼるようにすすった。氷が解けた水で鉱物的な味がしかすかにハムと生肉の匂いがした。雪解け水の味に似ていた。

「紋別……」

と三宅はつぶやいた。四、五年前、冬、週刊誌の仕事で北海道北東部のオホーツク海に面する町を訪れたことがあった。雪祭りの最中であった。町を去るまでいうにいわれぬ懐しさを三宅は味わっていた。積雪に埋れた市街が大陸の故郷を思い出させたのではないようだ。規模からいえばくらべものにならない。夕方、三宅は海岸の酒場を出て流氷を見に行った。白い壮大なものが沖でひしめき徐々に動いていた。幅広く分厚いものが、ゆるぎながらきしみながら遠くで動いていた。じっとたたずんでいると鼻も唇も刺すように痛んだ。飲みすぎた胃も痛んだ。三宅は足もとの雪をつかんでのみこんだ。雪は乾いてさらさらしており手で握りしめても固まらなかった。そのような雪を三宅は長い間、見ていなかった。東京に降る雪はべたべたした大粒のぼたん雪で地に着いたかと思うとあっけなく消えるのだった。雪で造られたアイスが、熊が、広場に立ち並んでいた。アーチも噴水も雪で出来ていた。ハルビンにも雪祭りがあった。雪を形取るのは白系露人たちである。亡命者たちは雪でドーリア式の神殿をつくった。彼らがあがめる宗教の聖人を刻んだ。大公と司教をこしらえた。教会は松花江から運んで来る流氷で築いたものだった。鐘のように鳴り、山火事のように轟く流氷の気配もハルビンの一部だった。紋別で覚えたいうにいわれぬ懐しさがどこから来るのか三宅は知った。

異邦人の祭式がいま思えば少しも異国的に感じられず、北方の内地で見るアイヌ像などが三宅にはかえってエキゾチックに思われるのは我ながら不思議なのだった。しかし紋別から流氷と雪祭りを除けば北海道のどこにでもある魚くさい港町にすぎなかった。

「きみにも苦労をかけるな」

と長崎アート企画の社長はいった。それが聞えないふりをして吉野高志は請求伝票綴を繰っていた。

「人が何ていっとるか知らんが、わが社は倒産しやせんよ、たちの悪い噂を流す手合がいて困る」

社長は吉野の顔色をうかがった。

「西海物産にはちゃんと請求書を送ってるんでしょうね」と吉野は顔をあげてきいた。

「もちろん、あそこは経理課長が交代してから渋くなってね、かけあいに行ってくれるか」

「未回収のかねがこんなに溜ってては営業までお手上げですよ、ペイントも木材もベニア板も紙も現金でなくちゃ納めないといい出しましたからね、東亜興業と長崎ビジネスホテルへは社長が行って下さい、ぼくが行っても相手にされないんです、今月は焦げついた代金をなにがなんでもかき集めなければ」

伝票の住所を眺めて地図とくらべ、まわる順序を考えた。

「そうだ、きみ、ときにはかねの苦労も忘れて今夜くらいはぱあーと景気よくうさ晴しをしようじゃないか」

「そんなかねがあるのなら作業場にまわして下さいよ、エアコンプレッサーの分割代金が滞っているといって、きょう明日にでも業者が現物をさらって行きそうな雲行きなんですよ、コンプレッサーがなければ看板にどうやって吹付をやるんです」

「作業場には今朝立寄って話をきいた。業者に一回分払っといたよ」

「現金で?」

「うん」

「五回分ほど延滞してるのに」

「わが社の士気は沈滞しとるよ、中津は帳簿をまちがえてばかりいるし、職人は製作をミスするし、集金は守らないし、注文もここんところ……」

「景気よく飲み喰いしたら士気が回復しますか」

「しないかね」

「どうですか、それより社長、伝家の宝刀はいつ抜くんです」

「伝家の宝刀?」

社長はきょとんとした。

「滑石と時津に先祖から伝わる土地があるといったでしょう、耳にたこが出来るほどきかされましたよ、いざとなったらあれを処分して会社の運転資金にするって。いま処分しなければいつするんです」

「滑石と時津な」

「どこだか知りませんが土地があるというのは心丈夫ですよね」

「あわせて千五百坪ある」

「社員としては大船に乗った気持です」

「牧田工業と横島紙型に集金に行ってくれないか、ええと、それからついでに横島近くにある伊東有限にもな、待てよ、伊東に行くのなら塚本自動車にも寄らなきゃ」

「未払いの四天王だな」

吉野は上衣を着た。髪に櫛を入れ、布でかるく靴の埃をぬぐった。

「四社のうち一件でも払ってくれたら雨になりますよ」

と吉野がいうと、社長は窓ごしに空を眺めて、「今年はから梅雨だったなあ」と長い溜め息をついた。「この辺でわっと夕立ちが欲しいところだ、そうじゃないか」

「夕立ちを祈っといて下さいよ」といい残して会社を出た。午後、もっとも陽射しがつよい時刻である。覚悟はしていたものの吉野は舗道に照り返す光に立ちすくんだ。電車軌条が銀色に輝き、自転車のスポークが目を射た。吉野は電柱のかげにしばらくたたずんで体を包みこむ暑気と激しい光線に自分が馴れるのを待った。上腹部のにぶい痛みは六月よりひどくなっていた。嘔き気も立ちくらみもひんぱんに彼を苦しめた。そして季節が夏になり、大気も光も体を過度に刺激するようになったが、一度、彼に訪れた死の恐怖はかえってうすらいだようである。

ベンジャミン夫人にうった電報には即座に反応があった。

その日の夜、アパートに電話がかかった。吉野はまたしても決心をひるがえした。東京から電報がとどいた。吉野の翻意を求め、渡米を勧誘する文面である。彼はそれを無視した。

二日後にベンジャミン夫人の秘書が訪れた。吉野がソヴィエト赤十字の勧誘に応じたかどうか知りたがった。どちらもえらぶことが出来るというのは、どちらもえらべないということだ、と吉野は答えた。

それでは何故、吉野は招待に応じる電報をうったのか、と秘書はきいた。

招待されたからだ、と吉野はいった。秘書は冗談をききたいのではない、と彼をなじったが終始、冷静さを維持するのに成功した。

自分の気持はあなたにはわからない、と吉野はいった。漠然とした悲哀が胸を領した。そんなことはない、説明してくれればわかる、と秘書はいい張った。

自分は平凡な当り前の病人として生きたいのだ、と吉野はいった。この世には平凡でないことがあまりにも多すぎる、戦争がそうであり、爆弾がそうであり、自分の特異な病気がそうだ、朝になれば日が昇り、夕べには沈むように、自分には当り前のことが大事なのだ、と吉野はどもりながら説明した。

生命よりも?

と秘書はきき返した。

自分の生命はもうこわれてしまったのだから比較するのは無理だが、そうだ、いってしまえばありふれた平凡なくり返しが自分には生命そのものなのだ、と吉野はいった。

どうもよくわからない、秘書は渋い顔をした。それ見ろ、説明したらわかるといったくせにわからないではないか、と吉野はいった。翌日、また秘書は来た。会社では居留守をつかった。アパートに帰る時間をおくらした。置き手紙があり、ベンジャミン夫人はいつでも吉野を受入れる用意があり、彼のためにベッドが一台つねに確保されていると書いてあった。

バスと電車を乗りついで、吉野高志は市の北部に来た。まず一番てごわい牧田工業にあたってみることにした。中古自動車の販売解体業である。社長が名うてのけちで、払いは何でも引き延ばすか踏み倒すかしたがっている会社なのだ。アート企画は競輪場とバス停に牧田工業の看板を十数種描いていた。六月の分とはいわない、五月分でもない、自分が請求しているのは四月分の代金なのだ、と吉野はいった。

「明日にしてくれないかね」

経理係長がスポーツ新聞から目を上げずにいった。

「きのうもそういわれましたよ」

「きのう？　だれが」

「課長さんが」

「課長はいないよ」

「どちらまで」

「さあ、待つかね」

「もちろん」

「無駄だよ」

課長の机に灰皿があり吸殻からうす青い煙が立ちのぼっている。吉野は手近の椅子に腰を下した。痔が悪いことをだれかれと見さかいなく愚痴る男が出かけることはめったになかった。夏でもヒーター入りの座布団で尻を暖めているのだ。まもなく課長は奥の部屋から姿を現わした。

吉野は深々と腰を折った。

「きょうは都合があって駄目だ」

課長は折り曲げた手首をひらひらと動かした。

「そのことより実は課長さんから先日たのまれた品を持参したんでございますが」

「たのまれた？　おれは何もたのみはせんよ」

吉野はアタッシェケースから和紙で包んだ物を取り出して課長の机に置いた。貝殻に詰めた軟膏である。

「切れ痔、いぼ痔はいうに及ばず、走り痔、出血、痔瘻にもぴたりと利く越後は白根市のさる名刹に五百年つたわるという名薬でして、課長さんにこの話をしたら何とかして取り寄せてくれといわれたじゃありませんか」

もみ手をして愛想笑いをした。

「へえ、これがねえ」

貝の蓋をとって匂いをかいでいる。

「東亜興業のマネージャーでいらっしゃる長田さん……」

「長島がどうかしたか」

「そうそう、長島さんも三年このかた痔疾で苦労されてたんですが、一発で止りましたよ」

「本当か、おい」

「なんなら電話をかけてご本人に確かめられたらどうです」

課長は真剣な表情でダイアルをまわし始めたが途中でやめた。

「いくらだ、高いのか」

「いくらだなんて水臭いですよ」

「火で暖めて解かし、和紙に塗って帖る、とこういうわけだな、ふむ」

課長は熱心に効能書を読み始めた。唇を動かして文字をたどり終るともう一度、濃褐色の塊りを鼻でかいだ。そこで机の向うに吉野がまだ控えているのを認め、けげんそうに、何か用か、といった。

「もしよろしければこの際、ついでもありますし、四月と五月分の請求書をきれいにしていただければありがたいんですが、なにそうたいした額じゃあないんですけれど」

吉野は微笑を絶やさなかった。

「四月分は未払いだったか」

課長はしらばくれた。

「ええ、そのようで」

「どうしてもっと早くいわないんだ、おい」係長の名を呼んだ。領収証にサインしている吉野の傍で、課長はまだしきりに膏薬をためつすがめつしていた。

しかし、皮切りがうまくいって気を良くしはしたものの、首尾よくいったのは牧田工業だけで、後の三社では五時半の終業までねばってもびた一文支払われず、支払い期日の約束もとりつけることができなかった。

吉野は疲れきって会社へ戻り、牧田工業のかねを社長に渡した。

「痔の特効薬とは良かったな」

社長は上機嫌で紙幣を数えた。横島や伊東にもその手を使えないものかときく。吉野は長椅子にのびて黙っていた。傾いた日が部屋にさしこんでいて、こわれたブラインドは光をさえぎるのに役立たない。斜めに走る光線に埃が浮き上ってめまぐるしく動くのを吉野は放心したように眺めていた。

社長はさきに帰った。(景気よくぱあーといこう)といったことはおくびにも出さなかった。かりに誘ったとしても吉野は応じなかっただろう。社長と景気よく飲もうとは思わなかった。戸締りに気をつけてな、というのが出てゆくときに残した言葉だった。

吉野の視野に弓子の机があった。弓子はこれでまる一週間、欠勤している。どこかへ行ったのではなかった。電話には応答したし、家へ行くと吉野を招じ入れた。それでいて彼には妙によそよそしい。なぜそうなのかときくのがためらわれた。きいてみてもまともに答えてくれそうになかったのだ。

「吉野さん、まだいたの」

城島がはいって来た。

「困ったよ、社長がやめさせないんだ」

「こっちだってあんたにやめられちゃあ困るよ」

吉野はいった。弓子の机には埃がうっすらと積っている。六月分の給料はもうすぐ出すと社長がいった、と吉野は教えた。

「六月分？　あれはもらったけど」

城島は机に足をのせて漫画週刊誌をめくった。中津弓子は退院してから一度も吉野と寝ていない。求めるつど手ひどく拒まれて吉野は意気阻喪していた。

「六月分がちゃんと出てるって羨ましいよ、こっちはまだなんだから。それだけ社長があんたを大事にしてるってことだ」

と吉野はいった。少年は週刊誌から顔をあげた。

「へえ？　吉野さんはもらってないの」

ベンジャミン夫人の招待に応じないからだろうか。しかしそれと何の関係がある。治療を受けると自分がいえば弓子は……。

「そりゃあ会社をやめるのは従業員の勝手だけどさ、あんたがいなくなれば製品の運搬と取付けをやるのはだれもいなくなるわけだから営業できなくなる、そういう点も考えてくれなければ。社長だってあんたを頼ってる証拠に給料を早く支払ったんだろう」

弓子が出しているのは病欠届である。数日前に会った感じでは具合が悪いようではなかった。どこがいけないのか、と吉野はたずねなかった。弓子も説明しなかった。

「でもねえ……」

城島はつみ重ねた雑誌を一冊ずつしらべてまだ見ていない週刊誌をさがした。

「おれだって先のことを考えるしさ……どれもこれも似てるから初めて読んでも前に一度読んだ漫画のようだし、二度目のやつも初めみたいな……」

面白いか、と吉野はきいた。

「シュバッだよ、これライターをつける音、殺し屋がね、十三冊のコミックマガジンに登場するかっこいい主人公が必ずライターでタバコに火つけるね、みんなシュバッって音、うれしくなっちゃう」

脚の感覚がもどって来た。帰社直後は疲労のあまり神経が麻痺した感じだった。吉野は長椅子に上半身を起し、抽出しから替え靴下を出して汗ばんだそれとかえた。

「夕べ愛宕町のスナックで飲んでたら隣に来た女の子がおごってくれというんだよ、それから何軒かまわって……」

城島は思い出し笑いをした。吉野は靴を布で拭いていた。

「三軒目のスナックでそいつがね、女が桜んぼを先に食べたらいいってことだっていうしるしだっていい出すんだ、今ごろの女の子はホテルに誘わないと侮辱されたと思うからなあ」

窓の光は消えていたが、太陽は西空にかかっている。吉野は窓ぎわに寄ってブラインドを上下させ、切れた紐をつなぎ合せた。ぞうさもないことなのに、何となく億劫でほったらかしてきた。吉野は紐を引っ張って具合をためした。

「ベッドの上でギャーギャー声をあげやがって、終ったらけろりとしてるの、タクシー代くれてやったけどね、終電も出てたから。考えてみたら名前もきいていなかった」

吉野は紙袋にコミック週刊誌をつめこんだ。持ち帰って読むつもりだ。城島に車はどこに置いているか、とたずねた。裏のガレージに入れているという。ちょうどよかった。重い雑誌をかかえて坂道を登るのはしんどいのだ。送ってくれるように頼んだ。

「おれ、飲みに行くスナックは大体きまってるけどねえ、不思議なんだ、一度寝た女とまたスナックで出くわすってこともあってよさそうなのに、それがないんだな、ま、不思議でもないか」

女の話をするときは十九歳の少年がいかにも分別臭くなり遊び慣れた中年男の表情に似てきた。

吉野は週刊誌とアタッシェケースを膝にのせて助手席におさまった。夏期賞与は何ヵ月分出ると思うか、と運転手はきいた。去年なみに出たらいい方ではないか、と吉野は答えた。

「一・五ヵ月か、ちえっ、長崎折込みは三・五ヵ月だってよ、西海工芸が四ヵ月、どこも景気がいいのにうちだけなぜ……」

「やめるんなら、どうしてもやめるんならかわりを見つけてからにしてよ」

「うちなんかに来るのがいると思う？　それはそうと吉野さんはなぜやめないの」

「かわりがいないからさ」

「そうじゃないでしょう、いてっ」

少年は顔をしかめた。クッションの下にごつごつ当る物があるから除いてくれという。吉野は少年の尻の下にある缶詰を取り出した。近所の食料品店が倒産してありったけの在庫が特価で売りに出たのを買いこんだのだ、と城島はいった。

「自炊しているとつい安い食料品に目が行ったりして、それあげるよ、車につんどいて女の子とドライヴするとき食べてたんだが」

いらない、と吉野はいった。

「遠慮なんかしなくっていい」

少年は缶詰を週刊誌の紙袋に押しこんだ。吉野はさからわなかった。まだ二、三個のこっている、と城島はいった。

「密柑と桃とパインと……スナックで女の子と何か食べる思いをすれば安くつくよね、女の子もけっこう喜んでるみたいだ」

会社に資産がないわけじゃないのだから、銀行も融資してくれる、ボーナスもそうなったら他社なみに出るかもしれない、会社の前途はそうすてたものじゃない、と吉野はいった。城島は笑い出した。

「知らなかったの、社長が自慢にしているあの土地ね、あそこは調整区域に指定されてるから売り物にならないんだよ、不動産会社に勤めてる女の子からきいたんだ、社長は売らないんじゃなくて売ろうったって買い手がつかないのさ」

車はアパートの前でとまった。

なんだ、知っていたのか、と吉野は思った。


吉野は部屋へもどるといつものように水道の水で体を拭き、足をバケツに浸した。乾いたタオルで念入りに濡れた皮膚をぬぐい、新しい下着と着がえた。冷蔵庫をあけて缶ビールを取り出したとき、明りがつかないのに気づいた。買い替えて二年とたたない物である。

コードがちゃんと電源にささっているかどうかしらべた。異状はない。製氷器で解けている水の量をみると故障したのはきょう午後かららしい。フレオンガスが洩れたのか、モーターが停止したのかどちらかだ。吉野はねじ回し類を棚からおろした。簡単な修理ならお手のものである。

しかし、ねじ回しを持つと気が変った。カーテンレールのすべりが滑らかでないことを思い出した。先だってカーテンを取りかえたときに錆びついたレールも交換したのだったが、そのつなぎ目がずれていてスムーズにカーテンが動かないのだ。毎朝それが気になっており、きょうこそ手を加えなければと思ううち日が経った。会社のブラインドと同じことだ。いつでもやれると思うからのびのびになってしまう。

吉野は窓ぎわに踏台をすえ、レールを桟に留めているねじをはずした。

レールがまっすぐになるように両端に釘を打ち、糸を張った。その糸に沿ってレールを固定し、ねじをさしこんで留めた。今度は旨くいったようだ。つけかえを終えてからカーテンを取りつけ、ゆっくりと次には素早く引いてみた。手には何の抵抗もなかった。

吉野はつけかえたカーテンレールを眺めながら二本目の缶ビールを飲んだ。

それだけのことに精力をつかい果して、冷蔵庫を修理する気力は失せてしまった。肉も魚もきょうは入れていないから今すぐ直さなくてもいいのだ。吉野は椅子を窓ぎわに置いて腰をすえた。あたりまえの一日だった。何事も起らなかった。一件分でも集金は出来たし、ちぎれたブラインドの紐は結び合せたし、カーテンレールはすべりを良くした。あたりまえの一日だった。何事も起らなかった。

ぼんやりと室内を見まわしていたあるじの目がテーブルの缶詰にとまった。城島がくれた無花果の缶詰である。つまみがわりに食べてみることにした。

吉野はシロップに浸っている柔らかい果肉をフォークですくい上げて舌にのせた。それは甘くねっとりとして、かすかにざらついた。二切目をフォークで突き出し、三切目ものみこんだ。シロップが唇の下に垂れた。それを指で拭きとった。

ある感覚が吉野に来た。

胃のあたりに暖いぬくもりがあり、次第にひろがって首筋の両側に上り、こめかみに達した。体がしびれたようでいて力がみなぎったような、今なら何でもやって出来ないことはないという気がした。冷蔵庫の修理も、あけしめする毎にいやな音できしるドアの蝶番いに油をさすことも、（それは前から気になっていたのだが）、根太のゆるんだ床下の木材に手を入れることも、シーツの洗濯も、みんな一時にやれそうな気がした。

感覚は吉野にある種の充実を自覚させるとともに、三十年ちかく昔の、彼が生れ育った浦上の家も目のあたり見る思いをさせた。どろりとした液体の底に沈んでいる暗褐色の皮に包まれた果肉は、吉野が子供のころ秋にみのるのを待ちかねてもいだ果実である。無花果はややねばっこく舌もとろける甘さがあり彼の咽喉を慰撫するようにこすって胃へすべり落ちた。その乳臭い匂いは吉野の幼年時代に属するものだ。白っぽい果肉も中心の鮮かな紅色も五歳の吉野が飽かずに眺めたものだ。吉野は無花果によってあの悩みも不安もなかった幼年時代にもどっていた。

　彼はわが家の裏庭に漂っている灰と尿の臭気をかいだ。溝に溜って腐敗している台所からの野菜屑の臭気をかいだ。彼は五歳の少年になり久留米絣の単衣に黄色い帯をしめて無花果の木かげに立っていた。悩みも不安もなく、外界に対する漠とした恐怖を、漠としているゆえに毒薬のように純粋な恐怖だけを抱いて立っていた。濃紺に白い井桁模様が浮き出ているごわごわした久留米絣の単衣を着て立っている自分自身を、吉野は見ることが出来た。

　吉野は無花果の木かげにある掘抜き井戸にさわった。木の蓋をずらして井戸の底をのぞきこんだ。井戸をのぞきこむときいつもそうするように大声で叫んだ。水中に得体のしれない魔物がいて、すきをみては子供を引きずりこもうとしている……母が吉野にいいきかせていたことだ。だから大声で魔物に挨拶すると、子供の声を真似て必ず応答する。暗い方形の水面はひっそりとしずまり返っている。苔と湿った石の匂いがした。不安もなく悩みもなく、あるものは漠とした恐怖だけで……。

　吉野は窓ごしに港を見ていたが目はうつろで、船も埠頭も見ていなかった。

　あれはいくつのときだったか、夏であったことだけは確かだ。日が昇って間もない時刻に家をとび出して浦上川にフナをとりに行った。フナではなくて川エビだったか。獲物はなく手ぶらで戻り、また寝床にもぐりこんで母におこされるまで眠りこけた。家の者は一人として彼が早朝、ぬけ出たことを知らなかった。三菱製鋼所から夜勤帰りの工員が近所に住んでいて、彼が後で母に告げた。「お宅の坊やがまだ暗いうちに川につかっとったばい」。

　吉野も母に叱られるまでは自分が川へ行ったことを忘れていた。川底には割れた陶器や古釘が捨てられていて裸足で踏み入ることは禁じられていた。

　川といえばやはり夏のことだったが、しかしそれは真夜中のことで、吉野はこっそりとビール壜につめた乳をすてに行ったことがある。弟が疫痢でなくなった年のことである。母は乳が張って苦しんだ。罎にしぼり出したものを川に運ぶのが少年の役目であった。黒い水に音をたててしたたり落ちる乳、甘くむせ返るような芳香を発して徐々に波紋をひろげる白い液体。

しかし、なぜわざわざ川へすてに行ったのだろう。少年は母親がいうままにビール罎を胸に抱いて人目をしのんで運んだのだが、台所で水に薄めて流しても良かったのではないだろうか。

疑うことを知らない時代、と吉野は思った。露にぬれた草をかき分けて、川沿いの草原で蜻蛉を追ったことがある。パンツ一枚で。ふるい蚊帳で母がこしらえてくれた捕虫網をふり回して駆けた。水色の夏空を気ままに泳ぐ昆虫。肌を打つすがすがしい空気。どんなに長く駆けても息が切れることはなかった。疑いも知らず、疲れも知らなかった。

蜻蛉を追ううちに少年はかたわらを流れる水に興味を持った。

川はどこから流れて来るのだろう。

流れ着く所は海である。河口は少年の遊び場だ。しかし水がやって来るのはどこからだろう。少年は蜻蛉を忘れ、捕虫網もいつか投げすてていた。少年は水に寄り添って上流へ歩いた。どこかに水を流し出す所がある。川にも母がある。それは井戸のようなものだろうか。井戸だとすればそこに棲息する魔物は……。水は少年の足もとでつぶやき、咽喉を鳴らし、何事か秘密の合図をささやきかけ、時には黙りこみ、かと思えば急に咳きこんで少年をおどろかせた。

いくつか橋をすぎ、電車軌条を渡った。太陽が少年の背をこがした。陸上競技場と公園と車庫を抜け、寮と工場と倉庫をわきに見ながら歩いた。上流にはきっと何かがある。少年は確信にみちた足どりで、ひたすら歩きつづけた。照りつける日も、足裏をいためつける砂利も、空腹も気にならなかった。

浦上貯水池に着いたのはその日の午後おそくであったと思う。山中に青黒く澱んだものを少年は長い間ぼんやりと見つめていた。満足感はなく気だるい放心だけが少年をとらえていた。

しかし、そうだろうか。

果して自分はあの日、川を遡行して浦上貯水池に達したのだろうか……吉野はあらためて考えた。貯水池の光景、山と山の間に横たわる水面に光はなく、山腹は既に輝きを失って紫色の影を帯びていたから、時刻は日没間もない頃だ。そうすればどうやって岩川町まで引き返したのだろう。自分は実際に貯水池まで行き着いたのだろうか。

市街図を見るまでもなく、岩川町から貯水池までは直線距離で四キロ以上へだたっていることは確かだ。川沿いの道は曲りくねっていて直線距離の三、四倍にはなる。子供の脚である。中食もとらずに歩くことが出来ただろうか。途中で疲れて引き返したような気もする。貯水池の暗い水面はその後、小学校の遠足で出かけた折りに記憶にとどめたものであったかもしれない。

そうではない、自分はやはり貯水池まで行ったのだ。

吉野は思い出した。

少年は荷馬車に乗って帰った。貯水池ちかくで、空腹のあまり動けなくなり、路傍にしゃがんでいるところへ顔見知りの馬車曳きが通りかかったのだ。同じ町内で運送業を営んでいる老人が少年を見つけた。吉野は藁束に埋れて帰った。酸っぱいような甘いような藁の匂いははっきりと覚えている。少年は家に連れ帰られたときまで眠っていた。だから帰り道の情景は記憶にのこっていないのだ。

歩くほどにだんだんせばまってくる川幅、浅くなり、透明になり、波立ってくる水、深くなる木立、石ころだらけの凹凸のはげしい小道、草いきれ、点々と路上に落ちている牛糞や馬糞、蟬の声、それらを部屋の主人はついきのうのことのように鮮明に思い出していた。

馬車がわが家に着いたとき、玄関があらあらしく開かれて黄色い光が道路に溢れ出た。光を後ろに背負って、母と父の黒い影が息子に迫り、藁束の底からかかえ上げられて、怒気を含んだ父の声と母のすすり泣きを同時に聞いた。

そういうことがあった。

あの光り輝く夏の朝、考えることは上流のたたずまいだけ、悩みもなく不安もなく、ひたむきに川沿いの道を歩きつづけた時間、浄福に満ち、すべてを持たず、すべてを所有していた五歳の自分を吉野は想像した。少年が経めぐった球場、公園、寮、学校、工場と橋は消えている。道路も丘の起伏も灰の下になった。木も草も川も、あの光り輝く夏の朝、自分が目でむさぼった世界は永久に手の届かない彼方へ去った、と吉野は思った。


港には灯がともった。

部屋はうす暗くなった。

電燈スイッチに接続した紐は二メートルと離れていない所に揺れている。椅子を立ちあがればすぐに手は届くのだが億劫だ。

夕方にはきまって熱が高くなる。椅子にかけているのもやっとの思いである。ベッドへころげこむのが一番のぞましいのだがそれさえ大儀な感じがする。闇にとざされても勝手知った部屋であれば別段、不自由はしない。吉野は窓枠に肘をつき依然としてとりとめのない思いに耽った。

ドアが鳴った。足音は聞えなかった。どうぞ、と主人はいった。声はきかれなかったとみえて、ふたたびしのびやかにしかしおしつけがましくドアは叩かれた。吉野はゆっくりと身を起し、ドアをあけに行った。廊下の明りが室内に流れこんで来た。立っているのは管理人である。暗い部屋を吉野の肩ごしにのぞきこんで、ひとりなのかと訊く。

用件は、と管理人にきいた。

体の具合はいいのか、と数秒後に相手はたずねた。

変ったことはない、と吉野は答えた。

「実は……」管理人はしばらく口ごもった。二、三度、咳払いしたり、自分の爪をしらべたりしたあげく、部屋を出てもらいたい、といった。

「急にそういわれても……」

吉野は抗議した。ちゃんと部屋代は払っている、七月分も月初めに入れたばかりだ。出てゆけといわれる筋合いはない。隣人に迷惑もかけていない。

「おたく、まだ会社につとめとりなっと」

訪問者はいった。自分は失業者ではないと吉野はいった。妙なことをきく、と思った。

「考えとって下さい、うちは家主からいわれたことを伝えるだけですけん」

管理人は口ごもりながらそういいのこして階下へ降りて行った。吉野はドアを閉め、掛け金をおろした。空を踏むような感じである。さっき食べた無花果がこなれず胃を圧迫している。熱は全身にゆきわたり、手足が重い。しきりに咽喉が渇く。故障していることを忘れて冷蔵庫をあけ、またとじた。

ベッドへ行く途中、手を上げてスイッチの紐を引いた。まばゆいものを期待して目を細くした。部屋は暗いままである。もう一度引いた。たてつづけにスイッチを点滅させた。電燈もこわれたのだろうか。吉野はトースターを電源につないでみた。ジューサーのスイッチも入れてみた。テレビもつけようとした。

それらは故障しているのではなかった。

電源が切られているのだ。ガスをつけてみた。暗い部屋に青白い炎が立ちのぼって途方もなく大きく目に映った。してみればガス代の方は余裕があるわけだ、と吉野は思った。電気水道ガスは銀行口座から自動的に振込むようにしている。何日か前に銀行から吉野の口座残高が赤字になろうとしていると通知が来ていたのを今になって思い出した。朝はトースターも使えたから、工夫がやって来たのは出勤後のことだろう。

吉野は懐中電燈でテーブルをさぐった。

パンの包み紙、新聞紙、市街地図、市政だより、医大の診察券、週刊誌、映画のチラシ、などにまざってここ数日の郵便物がほうり出してある。そのなかに電力会社からの通知もあるはずである。毎日、配達されるのは茶色の封筒におさめられた商店のダイレクトメールが大半で、吉野はろくに封も切らずに屑籠へ投げこむのだった。靴を特価で販売するという広告、百科事典の値引きセール、スーツのバーゲン、強精薬の説明書（ハガキで説明書お求めの方に試供品二日分をさし上げます）、舷外発動機の展示即売会の案内、九州電力株式会社からの青い活字で印刷されたハガキはやはりあった。その下にもう一通、これは肉筆のハガキがあった。中津弓子が差出人である。懐中電燈の光にかざして、吉野はハガキを読んだ。ダイレクトメールと束にしてテーブルにのせていたので、今まで気づかなかったのだ。

「あなたは自分のことしか考えないエゴイストです。私は一人になります。さようなら、弓子」

吉野は懐中電燈を消した。ハガキが指を離れ、足もとに落ちる音を聞いた。ベッドに横たわった。ベッドから垂らした手で床をさぐってもう一度ハガキを取り上げ、懐中電燈で照らした。「………私は一人になります。さようなら、弓子」何度よんでも同じ文面である。

きょうはあたりまえの一日だった。つい、さっきまでは。何事も起らない平凡な一日で終ると思っていた。夕刻、港に目をやって幼年時の夢想に耽ったときまでは。吉野は熱っぽい体をずらして冷たいシーツの方へころがった。平凡な一日が自分に訪れることはもうないのではないか、ふとそんな気がした。電気代を会社に払いこめば明りはつく、管理人もちゃんと間代がはいることを納得すれば出て行けというのをやめるだろう。弓子は？　弓子はどうなる。

胸苦しさが増した。

煌々と点じられた明りの下にいるのは部屋のあるじきりである。弓子と会えなくなるとすれば何もかも終りになるということだ。

吉野は床に爆心地復元地図を拡げた。懐中電燈でそれを照した。おぼろな光の輪に、赤や黒でかたどった区画が浮びあがった。輪は淡い茶色で二重になっていた。そのために陸上競技場にそそがれた光は奇妙に歪んで、地図に描かれたグラウンドを水に浮んだ油膜のように不定形な物体に見せた。

吉野は電燈を消した。

闇の底に拡げていても、自分が描いた地図は目に見えた。爆心地一帯、半径三百メートルの区画は赤い絵具で塗りつぶしていた。それは心臓であり、網の目状に街を覆いつくした道路は血管である。国道は大動脈であり、市道は毛細血管であり、電車軌条や鉄道の青い線は静脈に見立てることが出来た。町々はある区画が肝臓であり、ある区画が脾臓であった。胃にあたる広場をさがすのは手易かった。川は大腸であり、側溝は小腸であり、肛門は河口であった。

闇が溜った床に開かれ白々とした光を放つ地図の上でおもむろに動き出すものがあった。道路は赤々と濡れて輝き、みずみずしい液体を溢れさせた。爆心地は心臓は柔らかく膨らみ収縮したかと思うと規則的に搏動を打って血管へ赤い物を送りこんだ。正常な血液を迎え入れ、正常な血液を送り出した。コレステロール値もＰＨも白血球数も正常な血液である。災厄が訪れる以前の市街図を吉野は見下して十数分間、身じろぎもしないでいた。

「いない、いない」といって両手で顔を覆い、「ばあ」といって、手をずらす。

三宅鉄郎はエレベーターの前で、母親に抱かれた嬰児をそうやってあやした。やがて、「いない、いない」というだけで、嬰児は全身をのけぞらせ、顔をまっかにして両手を打ち振り、「ばあ」といおうものなら短く切った息を急激に咽喉から吐いて苦しそうに母親の腕の中で悶える。

「まあ、この子ったら」

一階下にいる家族である。三十代の半ばに見える女と暮している男はいない。噂では定期的に通って来る不動産業者が嬰児の父親であるらしい。

外から帰ってフロアのボタンを押し間違い廊下へ出た所でこの母と子に出くわしたのだ。三宅の顔を見て、嬰児はなんとなく微笑した。吸い寄せられるように彼は二人に近づいた。

「人様に笑いかけることはめったにないんですのよ」

母親は弁解めいた口調で三宅にいった。部屋ではむずがるので外に出て、エレベーターの表示燈が点滅するのを見せていたところだ。生後六ヵ月あまりの男児である。

「抱かせて下さい」

と三宅はいった。

「さあ、どうぞ」

三宅はふわふわした暖いものを腕でくるむようにして抱きかかえた。濃厚な乳の匂いがした。

唇をとがらせ、舌を鳴らしてみせた。三宅が目を丸くしても、頬をふくらましても、そのつど赤ん坊は身をよじって笑いこけた。

「可愛いですな」

三宅は柔かいものを母親に返した。

「おたく、お子さんは」

「まだ笑ってる、ばいばい」

三宅は赤ん坊に手を振っておいて母親の問いをかわし、ちょうど来合せたエレベーターを止めて乗りこんだ。

「アレルギー体質じゃあないんだろ」

三宅はベッドの女に頼まれた風邪薬を手渡した。「熱は……」女の額に手を当ててみて、「あまりないみたいだ」、女は飲みのこしたグラスの水を三宅に差し出した。

「食欲まだ出ないのか、栄養つけないと治る病気も治らない」

「食べたくないの」

「じゃあじっと寝てるのが一番だ、何か用があったらあっちに居るから」

居間に引き上げようとすると、女は三宅の腕に鼻を押しあてて、「あなた、またどこかの赤ちゃんを抱いたのね」といった。

「ああ、さっき一階下のフロアでな」

「斎藤さんの?」

「名前は知らないよ、おれの顔みてやたら笑いやがんの、猿みたいな顔くしゃくしゃさせてさ」

「よその赤ん坊なら可愛いの」

「いいもんだ」

「あたしたちが子供をつくるのは反対して他人の子供は可愛がるなんて、あたしにはさっぱりわからない」

「くだらないことを考えると風邪がひどくなるぞ」

「子供のことがくだらない、あなた本当にくだらないと思ってるの」

「ただなんとなくあやしたまでじゃないか」

「あなた、このごろ赤ん坊を見かけると見さかいなく抱きたがるわよ、一階の本村さん、管理人のお孫さんもこないだ抱かせてくれって頼んで泣き出すまで御機嫌とってたじゃない、電子レンジを二人で買いに行った日も、あたしが見てると、通りがかりの赤ちゃんを抱いた連れを振り返って眺めてたじゃない、あなたの目を見てびっくりしたわ」

「そんなことあったかな、電子レンジを見に行った日に、へえ」

「とぼけないでよ」

「クーラーはあまり強くしないがいい、体に悪いよ」

三宅は機械の目盛りを調節した。

「あなた、子供が欲しいのよ、あたし以外の女の人に赤ちゃんを産ませたがってるのよ」

「子供は欲しくない、いつもそういってるだろ、何べんいえばわかるんだ」

「じゃあなぜ他人の赤ちゃんに頬ずりするのよ、目尻なんか下げっぱなしで、傍で見ているあたしの気持なんかあなた考えてみたことないのね」

「そんなにだらしない顔してたか」

「まともに見られたもんではなかったわよ」

「今度から気をつける」

「何を気をつけるの、あたしの居ない所で赤ん坊にイナイイナイをするっていう意味？　あなたによその赤ちゃんを抱くなっていってるのじゃないわ、……どうせ、あたしみたいな女の子供は……」

三宅はいったんあけかけたドアのきわからベッドまで戻って腰をおろした。毛布を女の肩まで引き上げてやって、自分はだれの子供も欲しくない、おまえさえ居たら充分だ、と早口でいった。女は三宅の手を取ってその手を、胸に押しつけた。

「あたし、あなたの子供が……」

「風邪が治ったら久しぶりにどこかへ旨い物でも食べに行こう、グランドホテルのマカロニグラタンは評判がいい、それとも銀嶺のステーキにするか」

「あなたは卑怯者よ、意気地なしだわ」

女は毛布を顔の上まで引き上げ、次の瞬間腹の辺りに勢いよく折り返した。

「そうよ、きっとあなたは責任をとるのがこわいのね、子供の顔を見てのっぴきならない立場に自分がいると知られるのが厭なんだわ、今ならいつでもにげ出せるもの」

三宅は壜にはいった風邪薬のラベルを読んだ。女を苛立たせる薬品が処方に含まれていたかどうか気になった。

「ご免なさい」女は目を押えた。「つい、昂奮してしまって、いいわ、これから何もいわないから、あなたが他人の赤ちゃんを抱いても、でもなるべくあたしがいない所でやってちょうだい」

三宅は女の顔を抱いて髪を撫でた。五分あまり二人は黙りこんだ。息づかいが平常に復したのを見はからって三宅は腰を上げた。女は寝入ったようだ。

「居間へ行くの」

後ろから声をかけられた。

「お仕事なさるの、今から」

三宅はうなずいた。「書きもの? それとも何か読むだけ」

読むだけだったら寝室でもいいではないか、と女はいう。邪魔ではないか、とルポライターがいうと、傍にいてくれたら安心して眠れる、と女はいい張った。三宅はメモの束とノートをひとかかえ持って寝室に引き返した。

窓のブラインドをおろし、カーテンを引いて明りをつけた。光がベッドに射さないようにスタンドの位置とシェードの向きを変えた。

女は三宅のすることを目で追っていたが、彼が椅子におさまるとうすく微笑して枕に頭を埋め、目を閉じた。

三宅は番号を打ったメモ用紙を揃えた。用済みのメモは赤いマジックで斜線を引いて、クリップでとめた。整理しなければならない紙片をひとまとめにしてバインダーにはさんだ。きょうは先だって博多へ出かけた折りの収穫をしらべなければならない。石田県議の紹介で会った人物の話である。

三宅はブラインドに指をかけて戸外を見下した。夏の日に焙られた市街が青い炎をあげてゆらめいているかに見えた。あの日もきょう同様すさまじい暑さだった。室内はクーラーの低いモーターの唸りしか聞えない。冷気を送りこむファンが絹ずれめいた音を発する。三宅はブラインドから指を離し、カーテンを元通りきっちりと引いた。

「あなた、私塾の教師の口なんかどうして探してるの」

三宅はノートを落しそうになった。眠りこんだとばかり思っていたのだ。

「おととい、あなたが博多へ行った日に、電話かかって来たの、学力開発塾という所から、ぜひお願いしたいって、出来るだけそちらの要求に沿う条件にするからって、あたし何のことかわからなかったから、一応、伝えておきますって答えておいたけれど、あの晩あなたは酔っ払ってたし、次の日あたしは風邪でしょう、今、思い出したの」

人から頼まれたのだ、と三宅はいった。アルバイトを探している友人がいる。

「気になることがあるの、あなたが博多へ行く前日にもＤＶ長崎とかいう不動産会社の人がやって来て、あなたが採用試験に通ったというの、それ、どういうこと」

何かの間違いだろう、と三宅はいった。斎藤さんの隣にも三宅という人物が居住していて職業は不動産の鑑定士である。彼と混同しているのではないか、といった。

「あたしもそういったの、でも先方は間違いないっていうの、部屋をじろじろ見回したりして……」

「変な野郎だ」

「あなた、おかねに不自由してるんじゃないでしょうね」

三宅は机の上のメモ類をまとめて立ちあがろうとした。

「ご免なさい、また気にさわることをいったりして、今度こそ眠ることにするわ、そこに居てちょうだい、おねがい」

三宅はベッドに歩み寄った。今度、何かいったら出て行く、と宣言した。部屋からではなくてマンションから去る、と言い渡した。女は頰笑んだ。なにがおかしい、と三宅は語気をつよめた。

「べつに……」女は目を閉じたなり枕の上で顔を左右に動かした。

「出て行くというのは口先ばかりで、本当に出て行きはしないと決めてるんだな、あと一言いってみろ、きっと追ん出てやるから」

「あなたそんなことしないわ」

「するさ、甘く見ないでくれ」

「こわい人」

三宅は椅子に戻った。メモを整理する意欲がうすれた。彼はペンで女の寝顔をスケッチし、目のまわりと口角に皺をかき加え、齢をとったときの顔を想像してみようとした。女は咳をした。三宅はあわてて紙片をもみくちゃにして屑籠に投げこんだ。


西日本経済調査会は、戦後、内地に引き揚げて来た満鉄調査部の残党がつくったものだと監査役は説明した。満鉄の子会社につとめていた連中もかなり多く這入っている。表面的に目立った働きはしていないが、業界では知られているという。その建物は福岡県庁の裏通りで、官庁が密集した一角にあった。三階建のくすんだ赤煉瓦造りである。

受付に名刺を渡して当人が現われるまでに十数分待たされた。

樺山という人物は人指指と親指で三宅の名刺をつまみ、左手をズボンのポケットにつっこんで階段を降りて来た。手すりごしに見おろした視線と三宅の目が一致した。樺山はつかのま足をとめた。喰い入るように三宅の顔をみつめて次に名刺を一瞥し、胸ポケットにすべりこませた。前より勢い良く階段をおりてきて、

――なにね、きみがあんまり三宅に似、三宅君に似てたもんだからびっくりしたんだ、親子は似るのが当然なんで、驚く方がどうかしている、

外へ出ようと三宅をうながした。六十を過ぎている年齢のはずなのだが、背筋はまっすぐで身ごなしは軽い。青白い顔には深い皺があった。言葉に博多の訛りはなかった。仕事ちゅうにおしかけたことを三宅が詫びると、そんなことは構わない、といい、急に立ちどまって三宅に向い、

――ただね、きみの満足するような話をわたしがしてあげられるかどうかわからんよ、

と念を押した。

――ご存じの事がらだけでいいんですよ

と三宅がいうと、男の顔に憐れむような笑いがかすめた。

――知っていても話せないことだってあるかもしれないじゃないか、ここだ、

ビルの地階にあるそば屋である。午後二時をすぎた時分で客は他に一組いるきりだ。奥まった畳敷きに座を占め、蒸しタオルで首筋を拭きながら、

――こうしていると妙な気分だ、あの頃の三宅と、いや失礼、三宅君と向いあっているような気がする。息子の方は母親に似るというがきみは父親似なんだな、

樺山はしげしげと三宅の顔を眺めた。

――石田さんがよろしくとのことでした、

――元気だったか、

——そう見えました、年のわりには矍鑠たるご様子で、こちらはたじたじです、
——三宅君の消息はついにわからずじまいだな、
樺山はタバコの煙を長々と吐いて、煙の行方を目で追った。われわれとしても八方手をつくして情報を集めたのだが、とつぶやく。
——何しろ当時はひどい混乱でねえ、諜報関係者と見られたら猫も杓子もゴハチを適用されて反革命でひっくくられたからな、エタップの途中で、石につまずいたりして列外に倒れたために射殺されるのがいた、どさくさまぎれに殺されたのだけでも何千という数にあがるだろう、きみ、
樺山は三宅に視線を戻して、ロシア語はわかるのか、とたずねた。エタップとは何か。
——日本人が連行されるときのことでしょう、ラーゲリへ、護送のつもりで聞いたんですが、
——ロシア語をどこで覚えたの、
——学校でほんの少し、
——三宅もロシア語がうまかったたな、うまいばかりに特務の仕事に回されてひどい目にあった、もっとも調査部の連中が外国語を二つ三つあやつるのは格別どうということもない資格であってね、
——樺山さんは大連本社の調査部におられたんですね、
——昭和二十二年までね、戦後、満洲電業の、これは満鉄の傍系なんだが、電力会社と思えばいい、日本人が一時に引き揚げたら中国人だけでは運営できなくなるというので、あちらの要望でつまり仕事の引きつぎってわけだ、わりと大事にされたよ
——実は、石田さんからお聞き及びかとも思うんですが、例の満鉄事件についていくらかお話を……
——ガスが切れたかな、
樺山はライターをいじっている。額に縦皺を寄せていた。石田氏が満鉄事件について自分にきけといったのか、

と樺山はいった。不機嫌そうな表情である。

——いや、べつに、

——きみ、横浜事件というのを知ってるだろう、よろしい、あれだよ、特高が火のない所に煙を立てようとした、満鉄事件も性格は横浜事件とあまり変らない、憲兵の点数かせぎさ、まきこまれたわれわれこそいい迷惑でね、
三宅はメモノートを膝にのせた。樺山は目を光らせた。メモをとるのは三宅の自由だがしゃべらないのも自由だとさりげなく釘をさした。そばが運ばれて来た。

——きみ、本を出したとかいったな、原爆か何かの、今度のも調べて活字にするつもりなのか、

——今のところそういう予定は、

——そばはやはり内地に限る、大連にもそばはあったけれども味がちょっと、他の喰い物は大陸のがよかったな、何を食べても五千年という大陸の歴史が感じられて、

——父が満鉄事件でどういう役割を演じたか知りたいんです、

——三宅は逮捕されなかったよ、

——それは知っています、しかし……

——君がルポライターなら満鉄調査部について下調べしたんだろう、そしてもちろん満鉄事件に関しても予備知識は持っていると思う、
樺山はそばを激しい勢いですすりこんだ。のみこむときに尖った咽喉仏が上下した。

——きみにきくが、満鉄調査部とは一口でいえば何だね、

——日本帝国主義が産んだ特異な調査機構であり、他に能率的で組織的な植民地経営になくてはならない頭脳集団と解釈しています、

——そして？

――つまり英国の東インド会社であり、オランダがインドネシアにおいた東インド会社と共通した要素を満鉄調査部は……

――ふん、チェリイはあるかね、

樺山は板前を呼びとめて訊いた。それから？　と三宅に先を続けさせた。

――昭和初頭の赤狩りのために国内で失脚した自由主義者たちやマルキシストたちが多く調査部に採用されて、それぞれ才能を発揮したと聞いています。調査活動と実態分析にはマルキシズムの方法論に立ち、研究成果を発表するのは内容が何であろうと自由で、当時の日本国内の情勢ではいえないことも大目に見られた、すなわち調査部は一つの王国だったわけです

――俊秀ギラ星のごとく集う、か

――ええ、

――きみ、ばかも休み休みいい給え、それは買いかぶりというもんだよ、歳月は何でも美化するというがね、いくらなんでも……

樺山は苦笑した。自分が美化しているのならありのままの姿を教えてくれ、と三宅はいった。その手にはのらない、と相手はいった。調査マンの一人としては持ちあげられて悪い気はしないが、と前置きした上で、

――どちらかといえば農本主義的な傾向が目立つ所だよ、イデーとしてといってもいい、構成は左翼くずれのマルキシストが三分の一、リベラル派が三分の一、あとの三分の一は、

といって樺山は口ごもった。ちょっと考えこんだふうである。

――のこり三分の一は何者です

――ぼんくらですよ、これはどこにでもいる、口では偉そうなことをいって大酒を飲み、仕事は出来ないで上役にゴマをするしか能のない連中さ、調査部にもちゃんといたよ、幻滅したような顔をしなさんな、

――幻滅してるわけではありませんが、しかし、そうしたもんでしょうね、

――そば一杯くらいで腹はおさまったのかね、ひるはまだなんだろう、ここの天ぷらは旨いよ、天ぷらにしよう、一人で決めて板前にいいつけた。

――父とは大連で知り合いになられたんですか、

――三宅と、失礼、おやじさんを呼びすてにして気を悪くしないでもらいたいな、初めて会ったのは長崎だった、しかしひんぱんに会ったのは大連本社だった、配置は同じじゃなかっ……

――長崎のことなんですが、父が左翼に関係して逮捕されたときの状況を知りたいんです、お会いになったのはその前ですか後ですか、

――きみは満鉄事件をしらべてるんだろ、おやじさんの検挙が何の関係あるんだ、さあてね、前だったか後だったか、ずいぶん昔のことだから、
樺山は目を伏せた。三宅は返事を待った。自分の分はイカを揚げないでくれ、と板前に注文している。若いころイカを食べてじんましんが出てから駄目になった、と独り言をつぶやく。三宅は石田常務にしたと同じ質問を樺山にもくり返した。

――父はどの程度、左翼活動に熱心だったんでしょう、

――マルキシズム文献を読んで理解できる程度の学力が得られる資産階級の出身者が運動に深入りするといってもたかが知れている、ときみは思わないか、わたしはもってまわったいい方は好かんのだが、こういうことになるとそういういい方しか出来ない、三宅君はね、頭で左翼に入ったんだよ、もとをただせば大学に行けたのも親が佐賀の地主だからだろう、満鉄調査部についても同じことがいえる、部内の雰囲気がリベラルだといっても、資本論を読みこなしているのがざらにころがっているといってもだね、農村調査ひとつやるにしても関東軍から護衛兵を出前してもらわなければ不可能なんだ、きみがいうリベラリズムの牙城が、いや、王国が帝国主義の走狗たる関東

軍の庇護で初めて安泰だったわけだ、皮肉なもんだときみは思わないか、
樺山は父のことを知っている、と三宅は直感した。話を本筋からそらそうとする努力が目立ちすぎた。しかし、強いて本筋に戻らせようとすれば逆に口が固くなりそうである。三宅はタバコをくわえた相手の口許にすかさず自分のライターを近づけた。料理が運ばれて来た。
——ハルビンに行ったとき、三宅君には世話になった。キタイスカヤ街の裏通りがきみは子供だったから知るまいが淫売窟でね、白系露人の娼婦がいた、気位の高い連中だったよ、元はロマノフ王朝の血を引いた由緒ある貴族と自称するやからがわんさとおって、まあ、そんな連中にかぎってただの小商人《あきんど》なんだが、黙ってる女が実はやんごとない方の末裔だったりして、豪勢なシューバを着てその下は何も着ていないんだ、唯一の見栄なんだろうなあれが、どうかね、
樺山は天ぷらの味をきいた。結構だ、と三宅は答えた。
味噌汁に麦飯、おしんこに目刺しとひややっこだ、たまにカレーでも食べたらご馳走だと信じている、きみ、戦前の日本人の食生活のことといってるんだよ、ハルビンではロシアPが一、日本Pが二、朝鮮Pが三、最後が満Pというランクがついてたがね、体をくらべたら日本女なんか話にならんよ、九州か東北の貧農の娘たちだろ、
樺山は唇を油で光らせた。座敷はそろそろ立てこんできた。樺山のあたりをはばからぬ声に二人の方をのぞきこむ客もあった。
——市民の中では調査部に属してたのは非常に特殊な人々だったと思うんです、ああいう時代に情報を豊富にキャッチできた人々でしょう、
と三宅はいった。
——キタイスカヤ街の名物はY写真でね、これが凄いのなんのって、グラマラスなロシア女がフェラチオはやるわ、クリニングスは見せてくれるわ、わたしも一組手に入れて大連に帰ったら引っ張りだこであっというまに消え

ちまった、いい写真だったよ、惜しいことをした、
三宅は樺山の大声にはらはらした。

――情報とは詮じつめれば数字だよな、ところがその数字を持っている者は権力だ、すなわち関東軍だ、彼らは戦争に役立つ情報も欲しい、アジとしての数字も欲しい、われわれは協力したさ、唯唯諾諾と。調査マンがみなきみの信じてるような良心的インテリでなかった証拠さね、でなければどうして満鉄が存在する、反権力をヒョーボーする正義の知識人はきみの幻想にしか居るまいよ、

――樺山さんが逮捕されたのも昭和十七年三月の一斉検挙のときですね、
相手は黙ってうなずいた。

――つかまると予想はしていましたか、

――それがねえ、
樺山は苦笑した。きのうは誰が挙げられた、きょうは誰が引っ張られた、と噂はしていたんだが自分にまで手が伸びるとはついぞ思わなかった、といった。老人は言葉をえらびながら三宅に語った。

――後で思い当っても遅いんだが、当時、わたしは満鉄の寮にいて、隣に若い男が引っ越して来た、現場の人かなと思って別に気にも留めなかった、憲兵が変装して這入りこんでたわけよ、二ヵ月間そうやってわたしの動静をさぐっていたんだ、わたしものんびりしていたものだ、

――逮捕されてから樺山さんを取り調べたのはその憲兵だったんですか、

――いや、別の憲兵准尉、これがマメな男でねえ、

――思想問題を調べるのに准尉なんかが当ったんですか、将校でなくて、

――准尉というてもきみ、馬鹿にならんよ。内地とちがって満洲は警察力も手不足であってね、巡補といって中国人が末端の治安維持に当っていた。思想問題といっても大学出のインテリ将校を動員する余力はない、それで乙

幹出身のつまり高小卒だな、そういう手合からいびられることになったわけだが、さすがにあちらさんも勉強していたよ、だから自信をもっている、こっちが何と反論しようとこゆるぎもしない、

――ひとつお訊きしてよろしいですか、
三宅は箸を置いていった。訊いているじゃないか、と樺山は面倒そうに応じた。

――調査部の人々は蒐集した情報から日本が総力戦を遂行する国力を持っていないと結論を出したのですね、

――支那抗戦力調査、だな。あれを待たずともこれ以上アメリカなどを向うにまわしたらお手上げになることくらい常識だったよ、だれでも日本まけると思ってるんだもん、

――じゃあなぜ……

――待て待て、きみのいわんとする所はわかる、まけると思ってるのなら何故、国に戦争させたかというんだろう、国家が破滅に突き進んでいくときに拱手傍観は罪だときみはいいたいのだ、せっかく有効な情報を持っているんだから、しかし、……Ｆという男の話をしよう、Ｆは人を見れば日本まけるとしゃべりまくるんだ、大陸では特に満鉄内部ではどうということはないんだが、東京支社へ出張した折りも例の調子で日本敗けるをぶつ、まわりがはらはらするのも気にしないでね、われわれとしては苦笑するのみだ、Ｆはいってみれば軽率なんだ、まけるといってみたって聞く耳もたぬ連中ばかりなんだから、つまり国政を左右できる立場にいる人々がわれわれの意見を採用してくれないということは明明白白だったんだ、これが大事なことだよ、もう一つきみにわかってもらいたいのは、いつ兵隊にとられるかという不安もあったな、運を天にまかすよりほかはないわけだ、きみはいくつだ、

――昭和十二年です、

――徴兵というてもぴんとこない齢だな、アカというのはわかるかね、

――そりゃあ、
三宅はアカぐらいはわかる、といった。樺山は首を左右に振った。

——アカはコミュニストだというのだろう、わたしがいってるのは昭和十二年当時、十六年でも十七年でもいいが、ふつうの日本人がアカときいて何を連想したかだよ、

——少しはわかります、

——そうかな、きみ火星人を見たことがあるかね、ないけれども想像したことはあるだろう、いってみればアカという語感は今でいう火星人、それもバイキンを撒きちらす兇暴な怪物を当時の庶民に意味したわけだ、九州や東北の水呑百姓の次男三男がやっとこさ高小を出て独学で乙幹に合格してわたしの前にすわっている、彼は自分が搾取されたプロレタリアートとは思わない、自分を准尉にまで抜擢してくれた恩顧ある国家に良からぬ企みを抱く害虫どもをこらしめて忠誠の証しをたてようとはりきっている、昔も今もそういう手合には事欠かない、

——なるほど、

三宅は内心ほくそ笑んだ。半時間の約束がかなり超過している。電話で会う約束をとりつけたときは樺山は明らかに気のりしない返事をした。二時間を一時間にしても半時間に切りつめても、なかなか会おうとはいってくれなかった。どんなに口の重い人物かと三宅は緊張したものだった。予想に反して饒舌に語ってくれる。しかし、その多弁は自然さがない。あることを隠すために別のことをしゃべっているという印象を三宅は受ける。隠したいこととは何か。満鉄事件のことではないか。樺山はなぜ語りたがらないのか。ふつう人があることを避けたがるのは、この場合、樺山が満鉄事件について口を閉ざしているのは、しゃべれば自分に不利益をもたらすと考えているからか、それとも彼自身に後ろめたい思いがあって事件に触れようとしないからかどちらかの場合しかあるまい。樺山が獄中で転向し、同志を売ったのであれば後者の事情はうなずける。しかし彼は終始、主張を曲げずに昭和二十年春には釈放されているのだから後者の理由があるとは考えられない。三宅は樺山がしゃべり出したときはしめたと思ったものだが、これは浅はかな思いちがいだった。だまってしゃべらせれば事件の核心に到るように思った方が誤っていた。相手は一枚うわてであったわけだ。

樺山は楊子をくわえて壁によりかかった。

ありありと疲労が顔に浮んでいた。三宅は相手の年齢を思い、会見を切り上げる汐時だと考えた。彼は礼をいった。いい話をきかせてもらって実に有り難い。

——あとの話はまたつぎに会ったときにしていただこうと思っています、

——あとの話？　わたしは全部しゃべったつもりなんだが、

——この前、電話でおききしたときは所蔵してあるとおっしゃった例のものを拝借したいんですが、

——ああ、あれ、じゃあそろそろ出るか、
樺山はのろのろと立ちあがった。二人は西日本経済調査会の事務所に戻った。三階の一室が資料室になっており、三宅の探しているものは天井までつくりつけの金属製の書棚におさまっていた。部外へ貸し出すには本来なら理事の印が要るんだが、まあいいだろうと樺山はつぶやいた。

資料室はかびと埃の匂いがした。冷房は通っていないので五分といないうちに汗がふき出して来た。廊下へ出たときはほっとした。ドアに錠をおろしながら樺山は三宅を肩ごしにふり返った。

——芳賀はわたしのことをいいようにはいっとらんだろう、
芳賀というと長崎新聞の記者のことか、と三宅はきき返した。樺山はその瞬間、うろたえたように見えた。

——いや、そうじゃない、なんでもない、
鍵束をがちゃつかせてポケットにおさめ、目で三宅の持っているものを指して、なくさないように、といった。

三宅はまたブラインドを指で拡げて何ということもなく戸外の風景を眺めた。七月の陽光は少しも衰えていなかった。瓦も解けるかと思われる光が降りそそいでおり、街はその下で自分自身の噪音を発してはいても、三宅の鼓膜にはとどかない。

彼は台所へ歩いて行って冷蔵庫から缶ビールを取り出し、そのドアを勢い良くしめようとして危く思いとどまった。カーテンごしに女の寝息をうかがった。ドアを強くしめるとその音で女が目醒めるのではないかと惧れたのだ。三宅は缶ビールに孔をあけるにも気を配った。歩きながらビールをのどに流しこんだ。足音をしのばせてベッドへ近づき、女の顔をのぞきこんだ。かるく開いた唇の間に白い歯が見えた。乾いた唇は縦にひび割れていて血が滲んでいた。息づかいはやや荒く、空気を吸いこむとき小さな鼾をかいた。

女は目をあけた。おどろいて三宅は後じさりしようとしたが間に合わなかった。焦点の定まらない目で女は三宅を見ている。男も黙って女を見下した。ベッドに横たわっている者の顔にじわじわと微笑が拡がった。よく眠れたか、と男はきいた。依然として視線を男に向けたままである。気分はどうだ、と重ねて男は問うた。女は微笑し、ゆっくりと瞬いた。

三宅は缶ビールを飲み干した。何か要る物はないかと女にたずねた。

——つめたいジュースか牛乳でも持ってこようか

——要らない、

——氷水はどうだ、

女は頭を横に動かした。毛布の下から手を出して、ベッドの上を叩いた。すわれというのか、と三宅がいうと、女はうなずいた。優しくすればつけあがって、その手にはのらない、と男はいった。女は歯を見せてわらった。咽喉の奥から満足そうな唸り声を発し、両手を高々と伸ばして背筋をそらした。三宅は自分の椅子に戻った。

白い紙表紙に黒いゴシック体活字で「満鉄調査月報」と横に誌名が刷られた冊子である。樺山が資料室の紙屑の山からさがし出してくれたものだ。昭和十六年四月号と十七年の二月号である。目次は表紙に印刷してある。紙質はもろくなっていて、指が触れても破れることがあった。全体がうす茶に変色して、活字の黒も褪せているかに見える。

三宅は手のひらで調査月報を愛撫するかのように撫でた。三冊目は月報ではなくて、樺山が何かの参考にでもと貸してくれた白表紙の書物で、ルールと鎌を組合せた満鉄の記章が刷りこまれた「新人社員執務要覧」である。発行は昭和十年四月で、満鉄総務部人事課が編集したものだ。

樺山はいろいろと話してくれたけれども、後になって細かく検討してみると肝腎のことは何も話していない。したがって博多へ出かけた収穫はこの調査月報と芳賀記者が調査部の一員だったらしいという確実な推測だけである。樺山にはぜひもう一度、会わなければならない、と三宅は考えた。

樺山と別れてから三宅はすぐ近くの喫茶店にとびこんで、今きいた話を大急ぎでメモに取った。三宅が上唇にくっついたビールの泡を拭いながら一枚ずつ読み返しているのはそのときのメモである。(汝の隣人を愛せ)と一行書かれたきりのメモ用紙を手にとって三宅は考えこんだ。これでは何のことかわからない。裏面にS-25,とあるのを見たとたんに思い出した。何かが心の中で動いた。果して樺山は重要なことは何ひとつ話さなかったのだろうか。事件の真相を解く糸口になるものをおしゃべりのどこかに先方もそうと意識せずに話していたのではあるまいか、と帰りの列車内で三宅は考えていた。それがこのメモであるような気がする。なんとなく心にひっかかって離れない一行だったのだ。

――戦前に入植した開拓団が引き揚げるにはきみも知るようにひどい苦労があったわけだ、そもそも開拓なんてものじゃなくて満人が営々と耕した土地をいってみれば強奪したんだろう、恨まれるのは当然だよ、掠奪、暴行も積年の怨恨のしからしむる所であったわけだ、しかしだね、日本人入植者といえども国の方策にしたがって大陸へ渡ったんだから何も彼らが悪いんじゃない、恨まれるのは本当は国策を決定した上層階級だよ、われわれもあるいはその部類に加えられるかもしれない、開拓団はなぜ憎まれたか、直接、満人の土地を奪った連中でもあるし、もう一つ肝腎なのは満人の近くに生きていたからだ、隣人であったからだ、大連にいたわれわれは満人から一応大事にされたよ、あえて尊敬されていたともいおうか、畏怖すべき官憲と満鉄発行のクーポン券を大事にしていたのかもしれんが、一番の悪党はわれわれなのにな、満人から遠い所にいたから憎まれなかったわけだ、わたしについても同じことがいえる、昭和二十五年にわたしは九州電力にいたが、レッドパージでくびになった、わたしが占領軍を恨んでいるときみは思うかね、恨むとすればGHQよりないのに今もわたしが憎んでいるのは当時、第二組合にいた某だよ、そいつがわたしを売った、

樺山はこめかみに青筋を立てていた。無理に微笑しようとつとめたが、顔面が奇妙に歪んだだけである。老人は平手で頰を強くこすった。咳払いして話しつづけた。

──あれから二十年かそこいら経つのにおかしなもんだ、なにかといえばその男を思い出す、殺してやりたいと思うほど憎んでいる自分に気づく。マッカーサーなんか屁とも思いやせんよ、なぜか、雲の上にいたからさ、そいつは近くにいた、それだけの違いだ、レッドパージによって現出したのは、そうかきみは当時……

──中学生でした、

と三宅はいった。

──新制中学だな、レッドパージによってわれわれが直面したのはこの世の地獄だよ、仲間が仲間を売り、同志の不幸を乞い願う毎日だ、密告と裏切り、

樺山は口をつぐんだ。しばらく沈黙が流れた。

──キリストは汝の隣人を愛せといった、これは大いなる反語であるわけですよ、だれが隣人を愛せますか、愛せないからキリストは愛せといったんだ、そう思わないかね、あの当時、自己の生存を全うするには大なり小なり隣人を裏切らなければ駄目だったんだ、それがわかっていながらなおかつわたしは第二組合の某を憎んでいる、彼がいまどこで何をしているか知っている、たまにはすれちがうこともある、すっかり尾羽うち枯しちゃってねえ、昔日の勢いはないが憎しみは彼が落ちぶれようと羽振りがよかろうと変りはない、きみにはわかるまいが、

──わかるような気がする、

と三宅はいった。

地獄を見た者でなければ地獄は語れない、と樺山はいった。それが地階にあるそば屋で樺山がいった最後の言葉になった。権力を恨むより権力によって苦しめられた被害者である人々がおたがいにかもし出す反目と争いの醜さを樺山はわからせたがったようだ。満鉄事件とレッドパージはおそらく何の関連もない。しかし、三宅を前にして樺山がレッドパージを語るにはそれ相応の理由があったのだ。

ひるがえって考えれば石田老人が三宅に樺山を紹介したのは、樺山ならレッドパージにあったことを必ず話すだろうという下心あってのことなのかもしれない。そうやって暗黙のうちに旧友の息子に満鉄事件の性格をさとらせようとしたのだと、かんぐればかんぐれないこともない。

きみはまたわしに会いにくるだろうな、と監査役はいった。

そうだ、会いに行くとも、三宅は独り言をいった。その前に会っておかなければならない人物がある。芳賀記者である。タバコのやにで黄色くなった歯を剝き出して笑う記者の顔が彼の目にちらついた。

三宅はにわかに空腹を意識した。

台所へ足をしのばせて行って冷蔵庫の中身を物色し、手早くこしらえられる料理を考えた。オムレツにしようかハムエッグにしようかと迷った。缶ビールを二本、空にしてもまだ決らない。結局、卵をフライパンに落して目玉焼きにし、フライパンからじかに口へ運んだ。

「何をしてるのかと思ったら」

女の声がした。ガウンを羽織った女が台所をのぞきこんでいる。目玉焼きを食べたかったら自分にそういえばいいのに、という。熱は下ったのか、と三宅は卵をつめこみながらきいた。女は冷蔵庫からオレンジジュースを詰めた円筒形の容器を出して中身をグラスについだ。それをテーブルに置く前に額にあててみて、

「夕方は熱があがるのに、それほどでもないから、このぶんでは明日までに良くなるんじゃないかしら、ああ、お

いしい」

黄色い液体をすすった。ややのけぞらした咽喉の柔かい白さが三宅の目を射た。

「食べたら?」

三宅はフライパンを突きつけた。女は手でそれを押しやるしぐさを示した。男の人ってどうしてこんなに無精なんだろう、と溜め息をつく。

「それでいくつ目?」

と女はきいた。

「四個しかなかった、また仕入れておかなくては」

と三宅がいうと、女は三宅の左手首をつかんで引寄せて、まだ市場はあいている、きょうじゅうに買っておかないと明日の朝食は卵なしになる、といった。卵か、と三宅はいった。

「そうそう、卵のほかにも要る物があったわ、ついでに買ってきてもらわなくては」

女は紙ナプキンにサインペンで品名を書きつけ始めた。洋胡椒、アルミホイール、サラダオイル、辛子、鶏ささみ、パン粉………

「それ、きょうじゅうに是非、買わなくてはいけないのか」

あ、……女は軽い叫び声をあげた。紙ナプキンを丸めて屑入れに落した。自分が悪かった、卵を買いに三宅が市場へ行くものと一人合点していたものだから、と弁解した。

「市場へ行ってもいいんだ」

「いいの、あたしが行くわ」

「卵が一回ぐらいなくてもいいんだ」

「あたしは食べたいもの」

「熱があるのに外出はむりだよ、おれ行ってくるよ」

三宅は屑入れをかき回して女がすてた紙ナプキンをひろい上げた。

「ええと、鶏のささみはいつものように三百グラムでいいのかい」

「特上をね」

「特上を三百と、……」

三宅は紙ナプキンに数字を記した。ドアのチャイムが鳴った。

「あなた出て、あたし、こんな恰好だから。おねがい」

催促するようにチャイムは鳴り続けた。三宅はドアをあけてそこに立っている中津弓子を認めた。

「まあ中津さん、どうぞお入りになって」

台所にいるものと思っていた女が三宅のすぐ後ろから声をかけた。弓子は寝巻の上にガウンを羽織った女のなりを見てためらっている。

「ちょうど良かった、買い物に行くところだったんだ、外へ出よう」

と三宅はいった。

「その前に何か冷たいものでも召し上ったら」

女はしきりにすすめた。ちゃんと寝ているように、と三宅は女にいいつけてドアの外に出た。

日はかげっていたが、昼間の熱を吸いこんだ敷石は充分に暖かった。二人は坂道をくだ（中断）

野呂邦暢、遅れてきた青春彷徨

諫早の空を爽やかな風が吹き渡る。後に代表作と目されることになる『諫早菖蒲日記』を執筆したさいに、野呂邦暢の脳裏を去来したものは、ようやく内なる故郷を回復し得たという高揚感であったにちがいない。

何を見てもこのごろは気が弾む。きらきらと輝く路上の砂にたったいま水が撒かれ、黒と白の縞模様を織り出している。川面はいちめんにさざ波立ち、玻璃のような光を放つ。ありふれたものを見ているのに、この世のものとは思えない美しさをおぼえて、ゆえもなく私は胸をときめかす。(『諫早菖蒲日記』一九七六)

しかし、そのわずか数年前に野呂の頭を領していたのは、自衛隊演習地を覆う息詰まるような草いきれであった。

……壕から這い出すときは両肘で小銃をかかえこむ。膝と肘で体を支えてのたくる。草がぼくの皮膚を刺す。厚い木綿地の作業衣を通して肌をいためつける。研ぎたての刃さながら鋭い葉身が顔に襲いかかり、目を刺そうとし、むきだしの腕を切る。熱い地面から突き出たひややかな草。(『草のつるぎ』一九七三)

孤独な青春時代のリアルな、しかし際限もない放浪の帰結と、幕藩体制の崩壊期に必死に生き残り策を図っていた諫早という小藩の、半ば架空の物語とは、何らの関係もないと考えるのが普通だろう。

作家としてレパートリーを増やそうと考えるのは自然で、野呂自身は「としをとったせいか私は歴史好きになりました」と、古川薫への書簡で語っているが、たしかに日本の作家には歳を重ねるに比例して歴史に傾斜する傾向があり、いまさら露伴、鷗外、荷風、潤一郎らの古典的な例をあげるまでもないが、それにしても、野呂が『諫早菖蒲日記』を発表した四十歳目前とは、それほど時間が経過しているわけではない。おそらくは野呂を歴史趣味へと誘った九州出身作家の影響が想像以上に強かった上に、たまたま結婚後の新居が旧藩の武家屋敷で、家主がその末裔であったという幸運も大きく作用したことだろう。時あたかも邪馬台国ブームの最盛期であった。野呂自ら雑誌「邪馬台国」の編集責任者となった経緯も含め、ほとんど生まれながらの歴史作家という自覚に充足する日々だったと想像してもおかしくはないであろう。少なくともこの作品には、初期から中期にかけての作品を覆っていた孤独の影は見られない。

しかし、このような伝記的、年表的な事実を列挙するだけでは、野呂の重要な転機を説明することは難しかろう。もともと『諫早菖蒲日記』は野呂の育ちの故郷である諫早の発見と同時に、生地としての郷土長崎に寄せるレクイエムを意味している。その切実さは現在にいたるも未だ十分に理解されているとはいえない。理由は野呂が戦争体験者の、それも最後尾に存在した、まるで細い帯のような少国民世代にほかならないからである。

昨今世代論はとみに人気が衰えているが、敗戦前後の一連の混乱を経験した世代にとっては、平成のベッタリとした凪の中に放り出された世代には、およそ比較を絶した屈折がある。じつはこの点こそが野呂文学の本質を形づくっているのではあるまいか。

一九三七年、長崎に生まれた野呂は、七歳で母の実家がある諫早市に縁故疎開し、八月九日長崎への原爆投下時には直線距離で二十四キロ離れた長崎上空のキノコ雲を望見したという。爆心地に近い生家は焼失し、以後の一家離散へとつながっていく。直接の被爆体験でないとはいえ、幼少期に故郷消滅の一瞬を記憶にとどめざるをえなかったことは、成人の実戦体験に勝るとも劣らない苛酷なものであった。つまり、人生というものを知る最初期の段階で、ハイマートロス（故郷喪失者）になったということである。

対比的な例で説明すると、同じ少国民世代でも野呂よりも四歳年長で千葉市出身の柏原兵三は、十歳に満たない一九四四年四月、父親の郷里である富山県の漁師町に縁故疎開し、国民学校に入学したが、そこで「よそ者」として一年五ヶ月にわたり被った陰湿かつ凶暴ないじめ体験を骨子に、自伝的成長物語としての性格を持つ『長い道』(一九六九)にまとめた。現在では映画化ないしはコミック化されたもの(『少年時代』)で知られているようだが、陰々滅々たる印象においては代わりはないようだ。柏原は後に学究としての道を歩み、その成功が少年期の記憶を補償し、相対化していったことが考えられるが、野呂にはこの疎開自体を主題にしたものはなく、この相違は重要である。

もう一つ、戦中にいわゆる皇民教育をほどこされた世代の精神形成には、年齢による微妙な差異があり、上級生と下級生の間に厳然と落差があることも見逃してはならない。たとえば一九三二年生まれの石原慎太郎は、野呂が国民学校に入学した翌年(終戦)には初等教育を終え、神奈川県立湘南高等学校へ入学している。戦時教育を身につけたといっては語弊があるかもしれないが、すでに〝出来あがっていた〟という点で、「少国民」として未熟な個所にいた野呂とは歴然たる相違がある。石原より一歳年長の山中恒(児童文学作家)になると、戦時教育にどっぷり浸され、終戦時に天皇への詫びとして自決まで考え、辞世の句を練っているところを友人に諌められ、思いとどまったという(その後石原とは正反対の価値観を獲得するにいたったのは、ある意味で奇跡といえる)。

彼らの確信的なポジションに対し、野呂に限らず、少国民の〝味噌っかす組〟は疎開や本土空襲によるトラウマをかかえこんだばかりか、あろうことか、教科書の墨塗りなどを通じ体制の共犯者まで演じてしまった。このようなところに野呂の立ち位置があったことを、まず確認せずばなるまい。

野呂を単に疎開派ないしは戦後派の一支脈と分類するのではない。だいたい自らを世間でいう疎開派にあてはまると思っていたかどうかさえ疑問である。最小限いえることは、疎開によって命拾いをしたものの、永遠に故郷を失った。その上、柏原兵三や石原慎太郎のように一般的なエリートとしての道を進むことにも失敗、以後の長い自分探しの過程(彷徨と模索)が続く。しかし、私が野呂の文学に心惹かれたきっかけは、私自身の経歴が、あくまで疎開派として、野呂のそれと微妙に重なる面があるのを知ったからだ。一九三五年横浜に生まれ、一九四二年、開戦二年目の国民学校に入学、一九四四年から終戦まで六ヶ月間ずつ集団疎開（神奈川県箱根）と縁故疎開（同小田原市の漁村）の両方を経験した。この間の経緯は回想録（『横浜少年物語』）に記したので詳述しないが、ここでは野間宏の『真空地帯』で描かれた内務班もどきの残忍な私刑、縁故疎開先での陰湿きわまりないいじめに直面したことと併せ、一九四五年五月二十九日の横浜大空襲により住居を失ったこと（翌日、午前中というのに東の空が、七十キロ離れた横浜の消滅を映して、不気味なほど真っ赤に染まった）、その直前に結核療養中の父親を抗生物質の入手難により喪ったこと等々は記しておかなくてはならない。その上、進駐軍による市中心部の接収（沖縄に次ぐ面積）によって、学齢期から社会人にいたる二十年以上にわたって復興が停滞し、結果的に生家を衰退に追い込む一因となって、私の人生は紆余曲折をたどることになる。

それはそれとして、疎開派にとっての次なる課題は、このようにして多かれ少なかれ背負い込んだ宿命といかに対峙し、克服するかにあったことは自明である。これは年少の戦中派のみが実感し得る悩みや苛立ち、屈折を伴うものといってよいだろう。その自覚の契機となるのが一九四六年に開廷された東京裁判と、一九五〇年に勃発した朝鮮戦争である。小中学生であるから深い分析が可能だったわけではないが、私は東京裁判の判決時、新聞の大見出しを見て「暗いなあ」とつぶやき、友人に笑われた。朝鮮戦争の特需で日本企業が儲けたという記事には、「これほどまでに第二次大戦の惨禍を被った以上、もはや戦争はあるまい」と信じていた確信が揺らぎ、非常に落胆したのを記憶している。旧制中学の学生だった石原慎太郎は、大学生と東京裁判に出かけ、「屈辱感」を味わったというが、当時の京大生で後に歴史学者となった小野信爾は「アメリカの朝鮮戦争に協力するな」というビラをまいたために「占領目的に有害な行為」として、一年二ヶ月もの長期間、投獄されている（『京大生小野君の占領期獄中日記』二〇一八）。一方、下級生の疎開派は、新憲法と占領軍監修の国定教科書『くにのあゆみ』に感銘を受けながらも、やがて戦前からの〝接ぎ木世代〟としての頼りなさを覚えるようになる。

この頼りなさは、主に先行世代への遠慮や自信のなさに発するのではないだろうか。もう数年早く生まれれば、学徒動員で戦地へ駆り出されたり、中国や南方戦線に送られていたかもしれない。疎開の苦労などは、語るに足らないといわれても反論できない。発言をためらっているうちに、戦前回帰が急速に進行するという状況となってしまった。

とりあえず、疎開派は戦争の悪を告発するために、自己発言よりも客観的事実を借りるという方式を模索しはじめたのだが、その一つのあらわれが七〇年前後からのノンフィクション・ブームであろう。たとえば中国からの引揚者（疎開派と同年代）の牛島秀彦は『九軍神は語らず』（一九七六）、『消えた春　名古屋軍投手・石丸進一』（一九八一）などによって、いかに戦争が若い命を翻弄し、ボロ布のように捨て去るかを、戦没した著名人の短い生涯を丹念に追いながら、そこに自らの思いを重ねる。これに先立ち真正面から全体主義体制を告発した『非国民的天皇論』（一九七三）もあるが、直截的な議論では抵抗が大きすぎることを悟り、方法論的な転換を図りはじめる。

野呂邦暢の『失われた兵士たち　戦争文学試論』（一九七七）は、ちょうどこのころの状況を踏まえ、無数に発表された従軍体験記を収集整理し、その骨子を紹介したものであるが、牛島と根本的に異なるところは、無名兵士の声なき声に耳を傾け、代弁しようとしたところにある。

しかし、同時に野呂は終戦直後のジャーナリズムの「一億総懺悔」ということばに「欺瞞」と「軽薄」と「変節」を感じ、子どもながら憎んだといい、それゆえに戦争体験を次世代へと継承することなど本来不可能だと結論する。戦記ものは、帰還者が「書かずにいられないから書くのである」とし、歴史的立場よりも「一回限りの個人的人生と昭和史が交錯するとき、そこに現出した場が何であったかという関心の方が強いと私は想像する」

この観点から野呂は最も深い感銘を受けた戦記として、ビルマ（現在ミャンマー）平定作戦に従軍した福岡県出身の開業医・丸山豊の『月白の道』（一九七〇）をあげ、その理由として戦闘の描写自体よりも戦後の平和な生活に戻ってから泥酔して吐血死したり、周囲の目からは〝何の理由もなく〟唐突に自死をとげた帰還者の心の闇にふれた個所をあげる。ここにいたって、私は野呂の意図を理解し得たような気がした。戦記もの、すなわち実戦の体験記、回想録は野呂が中学生のころから関心を注いだ分野で、無慮五百冊を収集・精読したということだが、おそらく当初の関心は書かれた凄惨な事実そのものだったとしても、やがて書かれざる事実に気がつき、その主体である「無言の兵士」の存在を意識するまでに、さしたる時間を要さなかったのではあるまいか。

野呂はこの「書誌的論考」の総括として、後記にあたる個所でつぎのように問いかける。戦記ものの著者は一般に、人間としての道徳を低下させる戦争に際し、自己が人間であるためには極限状況を克明に記録することこそ、戦争に対する人間的反応にほかならないという認識を示しているが、逆に「沈黙したまま世を去る兵士たち」が少なくない事実を知ると、多くの疑問が生じてくる。その人たちは人間的とはいえないのか、と反問されても仕方がないからである。

そのように問う人々に私は答える。戦争を語る人々の言葉は、語ることのない多くの兵士たちの沈黙によって裏打ちされているゆえに貴重であり、意味があるのだと。たとえていえば世に出る戦争体験記は、海面にあらわれた氷山の一角に似ている。目に見える氷塊は九割がた水中に沈んだ氷によって支えられているのだ。このたとえはやや通俗であるが、私はほかにふさわしいたとえを知らない。(『失われた兵士たち 戦争文学試論』おわりに)

初読の際、この個所にいたって衝撃を覚えたことを、いまでもはっきり覚えている。私の継父こそ、「無言の兵士」にほかならないからだ。これには説明を要する。実父をなくした経緯は前述したが、一家の当面の困窮を救ってくれたのは、父の弟(すなわち、私にとっての伯父)だった。終戦の翌春、突然に「ただいま」と玄関から入ってきた人物に、一家は幽霊でも見たように青ざめたのは、風の便りに伯父の所属した部隊がニューギニア戦線で全滅したと聞いていたからである。

伯父は「家名を守るため」という理由で私を含む四人のコブつきの母と結婚した。私たち子どもは、工場の下積みの仕事に黙々と従っている継父の顔色をうかがうようにして育った。継父は間歇的に神経性マラリアの後遺症に襲われた。はげしく痙攣し、汗と汚物にまみれて号泣する義父の身体を、家族は必死に抑えつけなければならなかった。十年以上経過するうちに発作は徐々に消えていったが、そのころから私は父が戦争について、まったく無言を貫いているのを不審に思うようになった。世には戦記ものがあふれている。日記はまめにつけているのに、なぜ戦争体験を一言も語ろうとしないのであろうか。それでも継父が七十七歳で没するまで、私は機会あるごとに従軍体験について聞き出そうと試みたが、そのたびにマラリアの後遺症に苦しんでいた姿を思い出し、怯んでしまうのだった。私の目にはジャングルさえ押しつぶすような土砂降りのスコールと、足下に押し寄せる黒い濁流がはっきり見えた。耳を塞ぎたくなるような絶叫と呻吟がいつ果てるともなく続く。継父は身体で戦記を書いたのだ。


——身体感覚を文字化、言語化するのはむずかしい。しかし、世の多くの作家はそれを可能とし、自己発見の手段としている。野呂の芥川賞作品『草のつるぎ』（一九七三）は、『失われた兵士たち 戦争文学試論』に先立つ二年前に発表されたが、このような自覚を方法論にまで高めようとした努力が感じられる。

普通の食塩では飽き足らず、真夏の外出日に商店街でまず岩塩を購めるという語り手（自衛隊内の階級は「二士」）に、読者はまず奇異の念をいだく。「ぼくの探しているのは強烈な苦さだ。ぼくの細胞を活気づけ神経を昂進させる刺戟を含んだ苦さだ。……何としても夏を乗りきらなければ。そのためには手段を選ぶまい」

並々ならぬ覚悟だが、どうも頑健とはいえないような身体と、苛酷な環境が心配だ。ついで演習の描写がある。ギラギラする太陽のもと、棘のある草で密々とした草原での匍匐訓練。砂埃が口の中に舞い込む。汗が土の上にしたたり落ち、黒い点々となり、たちまち消えてしまう。

ところが、このような客観的かつ細密な描写の中に、唐突に異質の感慨が挿入される。

（何をしているのだ）
という声がする。（お前はそんな所で一体何をしているのだ）。海辺の草むらで犬のように這いつくばり汗を流していているのはぼくだ。そう、あられもない恰好をして喘いでいるお前は一体何者だ。……

先の「強烈な辛さ」という表現と呼応する独白である。一見、作者自身の自衛隊体験記のようでありながら、それにとどまらず存在論的な懐疑がまぎれこんでいるらしい。ということは、ドキュメントとは別の狙いが隠されていることになる。その正体を最初から明かしてしまえば、野呂自身のことばによって語られる以下のことばに尽くされている。

……物質に化学変化を起させるには高い熱と圧力が必要だ。そういう条件で物は変質し前とは似ても似つかぬ物に変る。ぼくは自分の顔が体つきが、いやそれに限らず自分自身の全てがイヤだ。ぼくは別人に変りたい。ぼく以外の他人になりたい。ぼくがぼくでなくなればどんな人間でも構わない。無色透明な人間になりたい。そのためには自分を使いつくす必要があると思われた。

あらためてこの前後の野呂の体験を綴った『砦の冬』（一九七四）と諫早での孤独な日常を綴った『一滴の夏』（一九七五）とを併読してみると、野呂が作家以前に自らの立ち位置や生活の根拠を定めるために、どれほど苦しんだかを知り、呆然とせざるをえない。繰り返すようだが、野呂は受験に失敗、親の事業も破産し、基本的な生活の糧を得るために奔走しなければならなかった。奔走はすぐに放浪に変わる。自衛隊への入隊はその最後の手段だった。前述したように体質的に恵まれているとはいい難い野呂が自衛隊入りするには、切羽詰まった心境もあったろうし、思想的な抵抗もあったに相違ない。現代の若い世代はだれ一人知らないし、当の世代も思い出すことすらないが、あの黒い泥流のような戦後の日々に育った疎開派は、戦争ないしは戦争のにおいのするものに身体的なアレルギーを抱いていたはずなのである。戦争を防ぐための現実的な手段といわれても、身体が拒否するというのが正直なところで、私自身、野呂が自衛隊の体験者であると知った当時、まず違和感を抱いたものであった。

しかし、『草のつるぎ』を虚心に一読すれば、野呂がいろいろな職業を遍歴しながら永続しなかった理由は、それらが底辺的で不安定なものだったことも一因であろうが、探していたのは職場ないしは生計を立てる手段ではなく、自らを鍛え、働くことそのものの中に自分を発見したいという願望のほうがよほど熾烈だったからであろう。換言すれば、遅れてきた青春彷徨の真っ只中にいたということではないか。自衛隊が自分に最適の職場とは思わなかったろう。むしろ最も不適の職場へ跳びこむことにより、惑いや煩悶を超えたいと考えた。読者はこの小説の途中、故郷と定めた諫早市の大水害によって野呂の自家が被災したため、自衛隊から一時帰宅する部分によって、化学変化が終了したことを知る。さらに『砦の冬』の終末における同僚隊員たちとの別離風景が淡々として一種の明るさを帯びていることで読者は安堵するのである。これこそ両作の眼目なのである。つまり、自衛隊という場で、厳格な訓練生活に耐え（同時に文学仲間とは異質の同僚隊員に溶け込むことで）、現実感覚を手にした。語り手は一皮むけたという以上に、自己投企に成功したといえよう。芥川賞選評に「地面に喰いついたようなひたむきな粘りがみえた」（瀧井孝作）あるいは「素直になるというのは、この作品の場合、勇気のいることであっただろう」（安岡章太郎）などとあるのは、本質をついている。

作家としての立ち位置やパースペクティブを一挙に獲得した野呂が、その成果ともいうべき『諫早菖蒲日記』（一九七六）を発表したのは三年後である。好評のため、三部作に仕上げたが、本来そのような中編シリーズとすべく、小説としての構想や人物の造形、自然描写など、入念に考究した跡が見られる。このころ野呂は歴史に興味を抱くようになったが、諫早三部作は鷗外の史伝ものや大衆文学でいう時代ものではなく、歴史的過去へのオマージュと形容した方が正しいであろう。幕末という切迫した時代状況を背景としながら、個々の人物は状況に浮足立ったり、空虚な政治理念を説くわけでもない。その日その日を真面目に生きる、血の通った存在である。いっそ古典的なたたずまいを備えた安定感を備えているといったほうが正確だろう。これが時代小説とするなら、従来このようなものを書いた作家はいなかった。はしなくもヘルマン・ヘッセの自伝的中編『郷愁』（一九〇四）は、波乱に富む青春彷徨の末に郷土の高原地帯に回帰する物語だが、その書き出しに、「はじめに神話があった」ということばが置かれていることを思い出す。野呂は新たな神話を創造しようとしたのである。

いささか春秋の筆法めくが、自衛隊の息苦しい演習場から諫早という美しき郷土への離陸によって、野呂は着陸点の見えない疎開派を脱し、新たな語り部としての地歩を固めようとしていたかに見える。しかし、その最終目的地がいずこであったか、想像することはむずかしい。たとえば未完に終わった『田原坂』は、『西南戦史』などの基本資料をもとにしたドキュメンタリー風の長編だが、官軍側の視点から描いた意図がいま一つ不明である。この作品に限らない。敢えて第二、第三のテイクオフに挑んだに相違ない野呂の歩みを思い描くとき、その早すぎた死がつくづく惜しまれてならないのは、私だけではあるまい。

（紀田順一郎）

解説

野呂邦暢が亡くなって今年（二〇一八年）で三十八年になる。元気であれば八〇歳になるはずだ。青春文学のすぐれた書き手であった野呂がまだ活躍していたら、いま、どんな作品を書いていただろうかと思う。野呂は人生の早い時期に文学の道に進むことを心に決めていた。文学でなければ表現できないものが自分の中にあることを知っていたからだ。野呂にとっては書くことがすなわち生きることであった。四十二年という生涯はいかにも短く惜しまれてならないが、それは最後まで瑞々しい感性を持ち続けながら、十二分に成熟した仕事を成し遂げた作家としての歳月だったといえる。私はかつて同じ町に住み、発表される作品のほとんどをリアルタイムで読んできた。それから今日まで幾度となく読み返してきたが、野呂の作品は何度読んでも新鮮で飽きることがない。読み返すのは小説だけではない。エッセイや評論の数々、インタビューや講演の記録なども折に触れ読み返す。野呂の言葉はきわめて明晰、かつのびやかで深い滋味がある。

野呂はよく講演を行った。一九七〇年代、九州に住む芥川賞作家は野呂がただ一人だということもあって、講演依頼が集中したのだろう。講演ではいつも率直に自分のことを語り、自分の文学観を述べた。「なぜ作家になったのか」と尋ねられたときは「本好きが昂じて、自分でも本を書いた」と答えている。だが本好きの人間の誰もがものの書きになれるわけではない。自分の中に伝えたい切実な何かがあっても、それを表現するための言葉を持つことは容易なことではないからだ。本好きの少年がいかにして物書きになったかを語ったのが、青春時代の回想記といえるエッセイ集『小さな町にて』（文藝春秋）である。これは「週刊読書人」に連載されたもので、発表紙の性格もあって本にまつわるエピソードに満ちている。冒険小説に読みふけった少年時代に始まり、師友に恵まれた高校時代、大学受験に失敗したあと短期間を過ごした京都での思い出などは何度読んでも楽しい。とくに古本屋巡りを書いたくだりなど、本好きにはたまらないのではないか。二年余り東京や北海道で働いたあと野呂は諫早へ戻り、以後は定職に就かず町を歩き、本を読み、文章を書くという生活を続けた。当たり前の生活に憧れながらも文学への夢を手放すことができなかった青年の苦悩と焦燥の日々を語る後半部分は時代を超えて読む者の胸を打つ。野呂の文章修業は八年も続いたが、一九六五年、二十八歳のとき初めて応募した作品が文芸誌に掲載されて作家の仲間入りをした。『小さな町にて』にはこの作品が生まれるまでが語られている。そしてその後の野呂を知るための手がかりとなるのが次の二つの本である。

一つはこの小説集成の監修者である豊田健次の『それぞれの芥川賞　直木賞』(文春新書)。文藝春秋の編集者として長く両賞に携わってきた氏がとくに忘れがたい三人の作家との交流を書いたもので、大半は野呂邦暢との思い出で占められている。他の二人は向田邦子と山口瞳で、この二人も野呂と深い縁があった。編集者として多くの作家と仕事をした著者だが、処女作・デビュー作・話題作・代表作のすべてに接した作家は野呂ただ一人だという。もちろん処女作は「壁の絵」、デビュー作は「或る男の故郷」、話題作は芥川賞を受賞した「草のつるぎ」、そして代表作は文句なしに「諫早菖蒲日記」だろう。二人の出会いは昭和四十一年、「壁の絵」に一目ぼれした編集者が「この作家に芥川賞をとらせたい」と心に決めたのが始まりだという。この本には野呂からの手紙が数多く紹介されているが、若い作家が一歳年長の編集者に深い信頼を寄せる様子にはほほえましいものがある。このころ同時に芥川賞の候補となった作家に丸山健二、宮原昭夫、畑山博、阿部昭、東峰夫、岡松和夫などがいて、野呂は彼らに同期生のような親しみを持っていたようだ。また坂上弘や高井有一、古井由吉、小川国夫などいわゆる内向の世代とよばれる作家たちも台頭しており、大岡昇平や安岡章太郎など戦後派とよばれる文学者たちも健在だったこのころが日本現代文学の豊穣の時ではなかったか。

もう一つは作家仲間との書簡をまとめた『野呂邦暢・長谷川修往復書簡集』(葦書房)。野呂は実によく手紙を書いた。遠くの友人たちに手紙を書くことが文章修業という一面もあったのだろう。文壇デビューしたあとは作家仲間に書き送り、そのうちの活字になったものがこの書簡集である。長谷川修は野呂より十一歳年長で、当時下関水産大学校の教師をしながら小説を書いていた。初対面の時からその文学性に響き合うものがあったのだろう、野呂は直ちに交際を求める手紙を書き、その後二人の間をひんぱんに書簡が行き交うことになる。お互いの作品の感想や、これから書く作品の構想、好きな絵や読むべき本の情報交換など話題のほとんどが文学に関することで、二人に共通するのは新しい文学への希求であった。「今までの作家が踏み馴らした道は歩くまい」という言葉に、野呂の文学者としての眼と妥協を許さない志の高さ、確かさが読み取れる。

野呂は生涯のほとんどを諫早で過ごした。彼の作品の多くが諫早や長崎を思わせる地方都市を舞台にしているのは、それらの町が野呂にいちばん親しく、またよく知る土地だったからだろう。彼は自分がよく知っていることを書いた。小説の主人公に放送作家やルポライター、広告会社のセールスマンが多いのは、野呂自身に似たような体験があるからだろう。野呂の小説が地方都市を舞台にしながらも土着的なものがなくどこか都会的なのは、詩的で抑制の効いた文体ゆえではないか。

野呂の若い日の文学観を知るには『野呂邦暢・長谷川修往復書簡集』を読むに如かない。そして『それぞれの芥川賞　直木賞』によって作家になるまでの葛藤を知ることができるだろう。作家となった野呂は繰り返し自分の青春を語り、長崎と諫早という二つの故郷の喪失を語った。野呂は原爆と水害で失われた故郷の再現のため小説を書き、自分の青春を語ることで昭和三〇、四〇年代を記録したといえよう。野呂が最も仕事をしたのは芥川賞を受賞してから一九八〇年に亡くなるまでの六年余のことである。当たり前の生活を大事にし、生活者としての視点を失わなかった野呂は戦争・原爆によって人生を変えざるを得なかった人たちへの共感を忘れなかった。自分の住む町の歴史を題材とした小説「諫早菖蒲日記」で成功したあとは、歴史や古代史に関する仕事が大幅に増えている。周りからの要望もあったが、それは野呂自身が望んだことでもあった。

亡くなる一九八〇年の夏までには『すばる』に島原の乱を題材とする長編を書く予定であった。また依頼元は不明だが、一九七九年に亡くなった吉田満の評伝を書くことになっていた。諫早図書館の野呂文庫には吉田満から野呂に宛てた手紙が収蔵されているが、それは吉田満の『鎮魂戦艦大和』文庫版に解説を依頼するものである。吉田満は野呂の『失われた兵士たち』に感動して解説を依頼したようだ。文庫版は講談社から一九七八年に出ているが、その後、評伝を書く仕事の依頼があったらしい。野呂文庫には、この時吉田満から届けられたと思われる参考資料がいくつか残されている。

この巻には野呂のライフワークとなった「解纜のとき」が収められた。残された原稿は八五〇枚に及ぶが、物語の最終部分が失われており、未完成のままである。この作品は構想から四年後に着手され、書き直しを繰り返して十年後にようやく形になったようだ。一九七八年一月には「とりかかって十年になる懸案の長編も、今年こそ完成するつもりです。一応初稿九百枚は書き上げているのですが、それをご破算にして、まったく新しい作品に書き直していますと新聞のコラムに書いており、さらに推敲を重ねていたことが察せられる。野呂はこの作品と並行して長編「丘の火」を書き、季刊誌『邪馬台国』の編集長を務め、TVやラジオに出演する傍ら毎週のように講演をこなして東奔西走する多忙な日々を送っていた。その多忙さが野呂の体を蝕んでいたのだろう。執拗な胃痛と不眠に悩んでいた野呂は一九八〇年五月七日の未明、心筋梗塞で還らぬ人となった。彼の葬儀には五百人を超える参列者があり、また多くの弔電が寄せられたが、「野呂邦暢さんは新しい日本文学の最も有望な作家だった。彼の文章は端正で清貧。彼の小説は小説的な楽しさに満ちていて、しかも気品が高かった。そういう世にもまれな才能の持ち主を失ったことを心から悲しむ」という丸谷才一の弔電が野呂文学のすべてを語っているのではないだろうか。

収録作品について

「田原坂　遭遇」（『活性』一九八〇年三月号）、「田原坂　敗走」（『活性』一九八〇年四月号）、「田原坂　反転」（『活

性』一九八〇年五月号）は、西南戦争の最激戦地である「田原坂の戦」を描いた歴史小説。野呂の死によって連載三回で中断し、未完の作品となっている。明治維新後、佐賀の乱や神風連の乱、萩の乱、秋月の乱など、各地で士族による反乱が起きた。その最後の戦いとされる西南戦争は、明治十年二月に起き、その年の九月、西郷隆盛の死によって終わっている。この物語の主人公は旧鍋島藩の藩士でいまは新政府軍の少尉である納富恒太郎。新政府軍が守る熊本城は薩軍に包囲され出火したものの陥落には至らず、田原坂での戦いが始まる。これはその少し前の戦場の場面から描きだされている。田原坂の戦いが有名なのは壮絶な激戦地だったということもあるが、当時連隊長だった乃木希典がこのとき軍旗を奪われ、陸軍少佐の正装を奪われるということがあったからだ。主人公は従兄弟を敵の中に発見し、「なぜ日本人同士が殺しあわなければならないのか」と嘆息する。田原坂での本格的な戦いは三月三日～二十日で、この三回分はその導入部である。連載は何回の予定であったのか、また作品の構想がどうだったのかは不明。物語が展開する前に中断しているので、今後新たな登場人物が出て来るのか、敵味方に分かれた従兄弟との再会があるのかなど、読者には明らかにされないままである。

激しい戦闘場面が出て来るが、野呂が戦場でのシーンを描くのはこれが初めてではない。「落城記」では戦国時代の籠城シーンを描き、「丘の火」では太平洋戦争における南島での戦いを書いた。さらに前年の十月にはルポルタージュ「死守!」でまさに戦記そのものを書いている。「田原坂」で明治維新の戦いを書くのに苦労はなかったのではないか。これまで書いた敗者の側ではなく五十名の兵士を率いる二十五歳の政府軍少尉を主人公にしたのは、この戦いを俯瞰できるようにという目論見があったからだろう。諫早図書館所蔵の野呂文庫に、井上清『西郷隆盛』（上下　中公新書）、『西南の役　薩軍口供書』（吉川弘文館）、マウンジー『薩摩反乱記』（東洋文庫）、豊田穣『戦乱日本の歴史　士族の反乱（西南の役）』（小学館）などが散見される。戦場で用いられる銃の種類や扱い方、また土地の起伏などの詳しい描写に野呂らしさが窺える。

「丘の家」は五十七枚の未発表作品。『文學界』に掲載予定だったが、出番待ちをしている間にその機会が失われたものと思われる。書かれたのは一九六九年（昭和四十四年）ごろのようだ。当時長谷川修に宛てて「丘の家」らしい作品について書いたくだりがある。

新しく五十枚ていどの作品を今月中に仕上げようと準備しています。十年前、兵隊をやめて北海道から帰るときの見聞を、スケッチ風にまとめてみようと思っています。『帰還』という仮の題をつけていますが、どうなりますことか。（『野呂邦暢・長谷川修往復書簡集』昭和四十三年七月五日付）

このときすぐには書きあげることができなかったようで、八ケ月後に再びこの作品に言及している。

新潮の原稿がすすまず脂汗を流しています。気分転換に文学界の短篇をサッと書きとばそうかと思います。北海道で除隊して内地まで徒歩旅行した折の、もう十年以上も前の出来事をスケッチ風に……。（『同』昭和四十四年三月二十四日付）

作者が記しているように、これは野呂が北海道千歳で自衛隊を除隊し帰郷する際の見聞をもとに書かれたもののようだ。北海道の開拓部落に住む昔気質の父親と札幌で働く息子のいさかいを軸に、主人公の目に映った親子のぎくしゃくした関係が淡々と描かれている。満州での思い出に生きる老いた父親に反発し、背伸びをして生きる息子の姿が何ともやるせない。ここでも野呂らしい細部の描写が光る。若者が携帯品の数々を確認する場面、父親が大陸の言葉を教えるシーン、それと言わなくても若者が元自衛隊員だと老人が悟る場面など。

主人公の服のポケットには郷里で彼の帰還を待つ父親からのハガキが入っている。息子を案じることにおいてどちらの父親も思いは同じなのに、息子たちはそれぞれの屈託を胸に抱いているのだ。二組の父子の姿が浮かび、主人公の帰る家が温かなものでありますように、と読者は思わずにはいられない。

このころの野呂は小説、エッセイをあわせても年に二、三作しか作品を発表していない。家庭教師のアルバイトとラジオドラマの原作書き、広告チラシの文案づくりなどいくつもの仕事で独り暮らしの生計を立てていたようだ。昭和四十六年に野呂は結婚したが、彼がさかんに書きだしたのはそれからのことである。

「名医」はラジオドラマ作家を主人公とする四十枚の短編。未発表作品で、執筆時期及び発表予定の有無などは不明。重症の体の凝りと偏頭痛に悩む男が、評判の名医といわれる漢方医にかかったが、彼の病を治してくれたのは年若いその妻であったという話。エンターテインメント性の強い作品で、ラジオドラマ作家のこまごまとした仕事の苦労の記述に体験者ならではのものがある。野呂は芥川賞を受賞する前、ラジオドラマの原作や脚本を書いていたことがある。独り暮らしのドラマ作家の悲哀、売れなくなったドラマ作家の心境告白には滑稽なほどのリアリティがある。不眠症の作家が二日間も熟睡したあと、締め切り直前に仕事を仕上げるという離れ業を野呂も体験したことがあるのではないかと思われるほどだ。野呂も長く胃痛に悩まされた。若き日十二指腸潰瘍で入院し、その後胆嚢切除の手術も受けている。主人公の苦しみは他人事ではなかっただろう。

この原稿は個人蔵で、二〇一六年五月、菖蒲忌の折、諫早図書館で公開された。

「解纜のとき」は長崎原爆をテーマとした八五〇枚におよぶ未発表の未完成長編。ライフワークとなるこの作品について野呂は長年、エッセイやインタビューなどで語ってきた。再び『野呂邦暢・長谷川修往復書簡集』から引用してみたい。昭和四十三年十月、上京した野呂は講談社を訪ねて編集者に会った。

音羽町の講談社に、新人発掘係の渡部昭夫（ママ）氏を訪問（群像にあらず）、長編の約束をしました。約束といっても書けば必ず本にしてくれるというのではなく、出来栄えによっては、という意味。0.00004%の可能性。（『野呂邦暢・長谷川修往復書簡集』昭和四十三年十一月一日付）

このとき約束した長編が「解纜のとき」ではないか。それから二年後、長谷川修にあてた手紙に、

僕も長編のアイディアがあるのですが具体化せずに弱っています。大体のあらすじを話したうえで、講談社の渡部昭男氏（ご存知でしょうか）が出版企画会ギにかけてくれてパスしましたし、あとは書きあげればいいのです。主人公が白血病なのでその臨床的な描写も必要で、医学的なミスがこわく、いろいろ手をつくして医師を探していたら、先日ＮＨＫの友人（Ｐ・Ｄ）を介して長大の医学博士を紹介してもらえることになりました。まだそんな段階です。（『同』昭和四十五年四月十四日付）

とあり、準備をしてはいたもののまだ手を付けていないことがわかる。但し取材はしていたようで、豊田健次宛の手紙では、この作品について次のように書いている。

マンガ耽読のほかは長篇のため取材をしていました。ポチョムキンがオデッサで反乱をおこしたころ、長崎でレーニンの一派が露語新聞〝ヴォーリヤ〟を刊行しています。その現物を探すこと。もうひとつは、ロシア

革命当時、長崎港に停泊中のロシア船内でも暴動がおこったのですが（この文献は皆無）、その調停にあたったロイド汽船の極東支配人の未亡人から聞き書きをとること。（中略）被爆者を主人公に、現代の長崎を舞台にベ平連や反戦青委のボスや、多彩な群像をぶちまけて〝これこそ現代だ〟と、たいていの小説を読みあきた読者をも、嘆声を発せしめるような作品にするつもりです。なぜなら、右のような現代の匂いの濃いものを僕自身が切実に読みたがっているからです。ならば、本人が書けばいいではないか。（『それぞれの芥川賞　直木賞』昭和四十五年十二月十二日付）

彼がようやく長編にとりかかったのはさらに二年後のことである。

一月から懸案の長編にかかりました。全体を四章に分け、一章に百枚をあてています。先日、百二十枚かきました。浄書の段階でさらに百枚つけくわえ、全体で五百枚かあるいは六百枚になると予定しています。（中略）土地の精霊というか（M・ビュトールのいう意味で）土地の帯びた風土性のエッセンスのごときものを抽出し、作品に漂わせることができたらと願っています。（『野呂邦暢・長谷川修往復書簡集』昭和四十七年一月二十四日付）

構想から四年後、ようやく着手した「解纜のとき」に野呂は苦労したようだ。書きあぐねているうちに芥川賞を受賞し、仕事に追われるようになった。ライフワークである長編をなかなか完成させることができない。

書き下ろし作品がひとつあります。今八百枚ぐらいいってるんですが、千五百枚ぐらい書いて、削って千枚にするつもりなんです。主人公が二人いて、ひとりは、死期を宣告されている被爆者で彼は、長崎の爆心地の復元地図にとりかかっている。もうひとりは、東京で喰いつめた週刊誌のルポライターという設定です。彼が、故郷長崎に帰ってきて、明治の終わりに、ロシアのアナキストたちがだしていた新聞をさがしだす。（中略）両者とも、今は失われたものを再現しようとすることで共通しています。ひとりは、跡かたもなくなった爆心地を、ひとりはアナキストたちの革命運動を、全く知られていないところに復元しようとしている。そういうことで、昭和四十年代の長崎を書くことで、現代の日本を描こう、と、抱負だけは遠大なのですが。うまくいきますかどうか。（『暗河』一九七六年九月号　インタビュー「わが文学の原質」）

主人公の二人は作者の分身ともいえる。性格は対照的だが、それぞれ作者の素顔が投影されている。またこれまで書かれた作品の主人公たちをこの二人に見出すことができるだろう。爆心地の復元地図を作り、坂本外人墓地を歩く男、また少年時代諫早から原爆を遠望し、いまは放送局の男たちと革新的な会合に参加する男に作者の体験が反映されている。戦争と原爆は野呂の大きなテーマであった。自分は疎開して助かったが、長崎原爆で小学校（当時は国民学校）の同級生のほとんどが犠牲となった。「生き残りとして、やはり原爆は書きたいと思います。キザなことをいうようだが、彼らの鎮魂のため。七つや八つで死んだ人たちとのつながりが長崎に引き止めているとも言えなくはありません」とある新聞のインタビューに応えているように、常にライフワークのことが脳裏にあった。野呂は諫早で自分が体験した八月九日を「藁と火」という小説に書いている。直接被爆ではなく、隣町でその光を見た少年とその家族の異常な夏の日を淡々と描いたもので、貴重な記録とも読める。

「解纜のとき」は一九七八年一月ごろに一応完成はしたようだが、その後大幅に改稿されたらしい。遺された原稿は八五〇枚に及び、最終部分が欠落しているため未完成となっている。野呂の最初の目論見はルポライターの三宅鉄郎に、ロシア語新聞をもとに長崎におけるロシアアナキストの運動を書かせるつもりだったようだが、実際には満鉄事件に関わって行方不明となった父親探しにテーマが移っている。戦後旧満州で行方不明となった父親は、敗戦前に日本へ帰した妻子に「ヴォーリヤ」というロシア語新聞を持たせたが、その新聞が父親探しの鍵となっている。野呂はこの新聞を探索するため各地の図書館に問い合わせをしており、ある図書館からの返答が作中に使われている。また満鉄事件について訪ねていくシーンは戦記「死守!」を書くため旧日本軍兵士を取材したときの体験が活かされているようだ。戦争がもたらした父親の栄光と悲惨、野呂は一貫してこのテーマを書いた。「日常」「鹵」「海辺の広い庭」「丘の火」、野呂の父親探しには毎回ミステリードラマの趣がある。

一方、慢性骨髄性白血病を患う吉野高志は有能な広告会社の営業マンで、どこか「海辺の広い庭」や「棕櫚の葉を風にそよがせよ」の主人公を思わせる。彼は爆心地から一キロ内の岩川町で被爆し、からくも生き残った。恋人は被爆者の母親を持つ被爆二世。吉野はアメリカとソビエトの両方から治療目的の招待を受けているのだが、この被爆者が治療に招かれる話には実例がある。一九五五年、広島で被爆した二十五人の若い女性たちがアメリカへ、また一九五八年には長崎に住む被爆者の女性がソビエトに招かれてケロイドの治療に行った。吉野高志は死が訪れる前の一時的なレミッション（寛解）にあり、自分の遠からぬ死を覚悟している。彼が海辺に朽ちかけた廃船を見て心惹かれるシーンは悲哀にみち、彼のよるべなさが伝わる。

物語は被爆から二十数年後の長崎が舞台で、一九七〇年ごろの春から夏にかけての数ケ月を描いたもの。二人の主人公の動きを交互に描いて、静と動、対照的な二人の姿がくっきりと浮かび上がる。だが老獪な新聞記者、大陸育ちの画廊主、旅行作家、反戦活動家など癖のある脇役たちの動きがどう収斂していくのか、恋人たちのその後やルポライターの父親にまつわる真実は明らかにされるのかなど、読者には謎が残るままである。野呂が描いた作品の意図は読者にどこまで伝わっただろうか。

一九七〇年ごろはいわば政治の時代であった。ベトナム戦争、中国での核実験、日米安保条約自動延長など、国の内外が揺れ動いていた。反戦青年委員会は長崎にもあり、このころ放送局の仕事が多かった野呂は、局内のメンバーとも親しくしていたと思われる。また長崎浦上にあった連合国俘虜収容所の俘虜たちが被爆したことは田島治太夫の『煉瓦の壁』（現代史出版会）に詳しい。一九六七年にはアメリカから被爆直後の長崎を記録した映画が返還され、その後長崎で上映会が行われている。そのような時代背景の中、二人の主人公の日常が細やかに描かれる。過去の復元、吉野が熱心に作る被爆地の復元地図は、まさに失われた故郷を再現することで平穏な日常生活が戦争によって破壊される理不尽さを暗示している。野呂は生の言葉で反戦、反核を語らなかったが、ささやかな市民生活が奪われるさまを描くことでそれを示したのである。

「夜の船」（昭和五十三年九月　沖積舎）は野呂の唯一の詩集。二十代の初めに野呂は一冊の本が編めるほど詩を書きためていたという。自分の中に湧き上がる「何か熱いもの」を表現するにはよく選ばれ凝縮された言葉、「詩」という表現形式が最も相応しく思われたのだろう。野呂はまず詩人として出発し、思いあふれるようにして散文に移ったが、その本質は最後まで詩人であった。『地峡の町にて』のあとがきに「私は今も散文のなかに現われる詩的形象に惹かれる。散文がぎりぎりの形で表現されればそれは詩に近づくというのが私の考えである」と書いたように、野呂は常に詩を表現様式の中心に置いていた。野呂の作品が詩的イメージに満ちている所以であろう。

野呂は二十歳のころ同郷の詩人伊東静雄の詩に出会っている。自衛隊をやめて帰郷し、仕事につかず図書館通いをしていたころのことである。孤独な若者は自分の身内に満たされないものを抱えていた。何をするべきか、自分がいるべき場所はどこなのか、彷徨のただ中にいた野呂は、伊東静雄の詩に慰められたという。野呂は静雄の詩に自分と同じ帰郷者の心をも見たようだ。詩人の故郷回帰を読みとり、「帰郷者」という詩に自分をなぞらえて詩人の魂に接近していった。同時に野呂はそこに自分が求めていた「何か熱いもの」があることを知った。「何か熱いもの」とは「文学」であった。自分が目指すものが何であるか、そして自分が生きる場所はどこなのかを野呂は静雄の詩によって深く覚ったのである。このころのことを書いた「詩人の故郷」（『小さな町にて』所収　文藝春秋）

は野呂によるすぐれた伊東静雄論だが、同時に自分の詩体験を語るものとして興味深い。やがて小野十三郎、吉岡実、安西均、北村太郎などの詩に親しみ、みずからも詩作を試みたが、そのほとんどはのちに棄てられたという。ここに収められた詩はそののち書かれたものであろう。野呂が遺すに値するとした十一編の詩には彼の詩人としての半生が静かに描かれている。

「不知火」は孤独な若者の姿をうたったもの。もちろん青年は野呂自身で、もうひとつの火、すなわち「文学」に気づかないまま彷徨を重ねる若き日の姿を示している。もう一つの火はここそ自分の世界という場所、故郷回帰をも暗示しているのではないか。

「陸橋」には帰郷者の心境がうたわれている。戻って来た故郷こそ自分の生きる場所だと思い定めるまで野呂は精神的な漂泊を続けた。地方を舞台に普遍の世界を描くという自分の文学世界を確立したのは孤独な彷徨のあとである。

「夜の船」には野呂文学の原風景が描かれている。野呂文学の原風景は「葦のしげみの中にある打ち捨てられた廃船」ではないかと書いたのは松本道介だが、私もまた葦原が広がる本明川河口の風景がそれではないかと思う。創世記の世界を思わせる干潟の海が広がる原初的な風景。永遠を思わせる泥の海の広がりに野呂はイメージの源泉を見たと思う。野呂は伊東静雄を「光と輝きにこだわった詩人」と評したが、自身もまた光ときらめき、そして水にこだわった詩人であった。

この詩集はひっそりと出版された。詩を書く友人にも知らされなかったという。装丁は友人の山口威一郎。愛蔵版の詩画集には彼のエッチングが使われた。またこの詩集には、自筆による豪華限定本（鶴声居　一九七五年）、限定版の詩画集（沖積舎　一九八〇年）、本巻に収録した普及本（一九七八年　沖積舎）と三種類がある。鶴声居版と沖積舎版には内容に若干の違いがあり、前者を加筆修正したものが沖積舎版になったと思われる。

「海と河口」（『環境論叢』一九七九年一月）と「夕暮れ」（『小説新潮』一九七九年七月号）は、野呂が雑誌に発表した数少ない詩である。どちらの詩にも海が登場するが、「夕暮れ」の海を見る女性の姿にはもの憂さが漂う。「海と河口」は野呂文学の原風景ともいうべき諫早湾の河口風景をうたったもの。掲載誌の『環境論叢』は長崎総合科学大学環境科学研究所の紀要として発行された。当時、諫早湾を締め切って農地を造成する大規模な干拓工事の計画が進められていた。漁民の反対で足踏みしていたが、野呂も急激な環境の変化を憂うる一人だった。諫早湾の風景が自分にものを書かせる力の源泉だといい、

河口の湿地帯をぶらついて海を見るとき、私は「ここに何かがある」と思う。それが何であるかは即座にいえない。静かな空を映して流れる水の無垢そのものの光に私は惹かれる。灰褐色の干潟は太古からまったく変わらぬたたずまいだ。創世記を思わせる初源的な泥の輝きは朝な夕な眺めて飽きない。諫早を去るということは、この河口と別れることである。（「鳥・干潟・河口」『王国そして地図』所収）

と書いた。ちなみにこの計画はその後、水資源確保、防災などと目的を変えて実行され、一九九七年には潮受堤防によって海は締め切られた。「いつまで河口が河口であるか、いつまで有明海が神話的な原初の相貌を保ちつづけることか」と書いた野呂がそれを見ることはなかったのが慰めといえようか。

「地峡の町にて」（昭和五十四年七月　沖積舎）は二十代のころに書いた習作集。一九五八年、自衛隊を除隊した野呂は一年ぶりに諫早へ帰って来たが、故郷は洪水によって大きく姿を変えていた。そのせいもあって二十歳にな

る野呂には自分の町が目新しく見えたようだ。高校時代から愛読した『マルテの手記』に、「僕はまずここで見ることから学んでゆくつもりだ」という一節がある。諫早に戻った野呂が自分に言い聞かせたのは、マルテのこの言葉ではなかったか。「地峡の町にて」は野呂による「マルテの手記」とも読める。帰郷した野呂は定職に就かず、家庭教師のアルバイトをする傍ら図書館に通い、自由だが孤独な日々を送った。身近に文学を語る友もなく、同人誌にも属さず独りで文学修業を続けていたころのメモやノートの一部が散文詩ともいえるこの習作集である。ここにはのちの作品に使われる素材や細部が多く収められている。野呂は自作のパン種ともいえるこのノートを繰り返し開いては作品づくりに活かしたのだろう。「棕櫚の葉を風にそよがせよ」、「壁の絵」、「草のつるぎ」、「日常」、「海辺の広い庭」、「藁と火」、「回廊の夜」、「一滴の夏」などにその断片が見られる。野呂はあとがきに「これは私の貯蔵庫でもあり、未熟な日々の記憶を甦らせてくれるアルバムでもある。その意味で愛着がなくもない」と記した。野呂のイメージの貯蔵庫ともいえるこのノートを繰り返し読むことで、野呂は瑞々しい少年の感性を保ち続けることができたのだろう。集中、二編の詩が収められているが、そのうちの一篇は改稿された形で詩集『夜の船』に収められた。

（中野章子）

年譜

一九三七	昭和12年		九月二十日、父政児・母アキノの次男として長崎市岩川町四〇番地に生まれる。本名納所（のうしょ）邦暢。兄に祥明、弟に正道（一歳の時、病死）、弘道、長雄、妹にたみ、ぬいがいる。幼いころから本と絵が好きで、紙とエンピツを与えれば、一日中静かにしている子であった。四歳のころから文字を読み、五、六歳のころには、父の蔵書の有島武郎や夏目漱石全集などを読んでいた。納所家は佐賀出身で、祖父の代に諫早で商売をして成功し、父親は長崎で土木業を営んでいた。
一九四四	昭和19年	7歳	長崎市立銭座小学校（当時は国民学校）へ入学。毎日、新聞に掲載された戦況を大きな声で読む子であった。祖父死去。
一九四五	昭和20年	8歳	二月、諫早市城見町三十二番地の母の実家山口家へ一家で転居。前年祖父が亡くなり、この年二十歳になる善三叔父が召集されれば独居となる祖母リヲを案じての同居であった。四月、四十歳になる父親が応召。諫早市立北諫早小学校へ転入。八月九日、諫早から爆心地長崎の空を遠望する。生誕地である長崎市岩川町は爆心地より八百米ほどの至近距離にあり、銭座小学校での同級生のほとんどが被爆して死亡。長崎に残した家財一切を焼失したため、戦後も諫早へ住みつくことになる。
一九五〇	昭和25年	13歳	四月、諫早市立北諫早中学校へ入学。同居する善三叔父に読書の手ほどきを受ける。叔父の部屋でレコードを聴き、画集を見、本を読むのが楽しみという日々を送る。
一九五二	昭和27年	15歳	諫早市中学校連絡協議会に北諫早中代表として参加。議論好きで会をリードする雄弁な生徒だった。
一九五三	昭和28年	16歳	四月、長崎県立諫早高等学校へ入学。美術部に入部し、部長の山口威一郎と出会い、文学をはじめ芸術一般について大きな刺激を受ける。読書に浸る毎日であったが、この高校時代に生涯の友を得ている。

一九五六	昭和31年	19歳	三月に県立諫早高校を卒業。京都大学文学部を受験するも失敗。そのまま三カ月余、京都市堀川中立売や寺町の下宿屋に生活。映画と読書、名曲喫茶で音楽鑑賞の日々を送るも、父が仕事に失敗し、病気で入院したため浪人生活を切り上げて帰郷。不況の年で就職状況は厳しく、秋に上京しいくつかの仕事をへたのち、鶯谷にあるガソリンスタンドの店員となる。わずかの休みに古本屋をまわり、映画を見るのが楽しみであった。
一九五七	昭和32年	20歳	春に帰郷。六月、佐世保陸上自衛隊相浦第八教育隊に入隊。不景気な時代に衣食住を保障し、人間として扱ってくれるのは自衛隊くらいのものだった。七月二十五日、諫早市本明川が氾濫し、市街地の大半が大洪水に遭う。死者行方不明者合わせて五三九名を出す大惨事となった。この時自衛隊より三日間の休暇をもらい帰郷。城見町の自宅は川辺にあったため、水を被って半壊したが流失はまぬがれた。秋、千歳にある北部方面隊第一特科団第四群１１７特科（砲兵）大隊本管中隊に配属され、訓練を受けて測量手となる。
一九五八	昭和33年	21歳	六月、北海道陸上自衛隊にて除隊。七月、帰郷。しばらく失業保険で暮らしたあと家庭教師のアルバイトで生計を立てながら、昼は市立図書館へ通い読書を続ける。水害後、大きく変貌した町を歩きまわり、観察しては詩とも散文ともつかぬノートを綴る。週に一度、長崎へ出かけて映画を見、本屋に立ち寄り、喫茶店で読書新聞を読むのが楽しみであった。諫早出身の詩人、伊東静雄の詩にひかれ詩作を試みるが、やがて散文に移る。
一九六〇	昭和35年	23歳	父が勤め先の大阪支店に転勤となったため、父母、弟二人、妹二人が大阪へ転居。城見町の祖母の家に兄と二人残る。
一九六一	昭和36年	24歳	家族に会いに大阪へ行き、伊東静雄が住んでいた大阪府堺市三国ヶ丘を訪ねる。祖母リヲ死去（七十八歳）

一九六二	昭和37年	25歳	十月、「日本読書新聞」二十周年記念論文コンクールに応募したルポルタージュ「兵士の報酬」が入選作となり、新聞に掲載される。選評は杉浦明平。文章が活字になった最初のものである。この時初めて野呂邦暢の筆名を使う。野呂という名前は梅崎春生の小説「ボロ家の春秋」の登場人物からとられた。大阪での仕事がうまくいかず、父が単身帰郷する。親しい友人たちは東京へ去り、家族は離れ離れとなった。失恋や不眠に悩み、経済的にも不如意という状況のなかで就職をあきらめ、追いつめられるようにして小説を書きはじめる。
一九六四	昭和39年	27歳	雑誌「自由」（自由社）新人賞に七十枚の小説「双頭の鷲のもとに」を応募。最終選考に残ったが、入選作なしで原稿は返却される。この作品が処女作「壁の絵」の原型となる。
一九六五	昭和40年	28歳	三月、「日本読書新聞」の「わたしの読書ノート」欄に、『南ヴェトナム戦争従軍記』（岡村昭彦著）についての書評が掲載される。このことにより作家として歩む気持ちを強くする。九月、第二十一回文學界新人賞佳作入選の知らせを受ける。十一月、その作品「或る男の故郷」が「文學界」に掲載され、デビュー作となる。発表は後になるが、実際の処女作は「壁の絵」である。
一九六六	昭和41年	29歳	八月、「壁の絵」（文學界）を発表。第五十六回芥川賞候補作となる。十二月、「狙撃手」（文學界）を発表。 　十月上京し、「文學界」の編集者豊田健次と会い、高校時代の親友たちとも再会する。十二月、朝日新聞社の企画で、西日本在住の作家が北九州市に集う（中村光至・五代夏夫・長谷川修・石山滋夫・玉塚跣・佐木隆三・古川薫・野呂邦暢）。この時、佐木隆三や長谷川修と初めて会い、以後親交を結ぶ。特に長谷川修とはひんぱんに手紙をやりとりし、文学、古代史、美術、音楽等について深く論じあう。
一九六七	昭和42年	30歳	二月「白桃」（三田文学）を発表。第五十七回芥川賞候補作となる。十一月、諫早市の教育功労者として表彰を受ける。九月、十二指腸潰瘍で二週間ほど入院する。

一九六八	昭和43年	31歳	六月、「棕櫚の葉を風にそよがせよ」（文學界）を発表。十二月、「十一月」（文學界）を発表。平野謙が文芸時評（毎日新聞）で今年度のベストスリー作品として「十一月」をあげる。 一月十八日、NHKローカルテレビ「作家野呂邦暢氏に聞く」に出演。八月、諫早市内中学・青年教師研修会にて講演。八月一日、NHKローカルテレビ「私のアルバム」に出演。十月下旬上京し「丸山健二を励ます会」に出席。会場で丸谷才一、五木寛之、三浦哲郎、山口瞳らに会う。講談社の編集者に原爆をテーマとした書き下ろし作品の計画を告げる。
一九六九	昭和44年	32歳	五月、「ロバート」（月刊ペン）を発表。 一月、城見町の家を処分し兄一家が長崎市上戸町へ転居したため、諫早市厚生町四一八番地のアパート「三日月荘」へ単身移転する。二月から三月にかけて諫早市教委主催の成人大学で文学講座を担当。体調を悪くし、長崎大学付属病院で精密検査を受ける。十月、兄の勧めで上戸町の家に同居するも一月余で諫早のアパートに戻る。十一月、NHK長崎放送局の仕事で五島小値賀島へ取材に行く。十一月十三日、NHKローカルテレビ「長崎散歩　島の秋・五島」にレポーターとして出演。
一九七〇	昭和45年	33歳	二月、「朝の光は……」（文學界）を発表。 家庭教師のアルバイトを再開。一月、大阪へ行き、十二年ぶりに京都を訪れる。三月十九日、野呂が製作に参加したNHKローカルテレビ「長崎散歩　富津」が放送される。八月七日、長谷川修が下関水産大学校の練習船で来崎、半日長崎を案内する。秋、諫早市の鎮西短期大学で五回にわたって文学講座を担当。十二月、NHK福岡放送局にてラジオドラマ「十一月」を収録。
一九七一	昭和46年	34歳	十月、「日常」（文學界）を発表。 四月十一日、佐賀県唐津市出身の本村淑子と結婚。諫早市仲沖町六五八番地（荒川シヅ方）へ移転。のちに「諫早菖蒲日記」の舞台となった古い武家屋敷で、野呂の終焉の地ともなった。十一月、鹿児島在住の作家河野修一郎が来訪。同月、妻を伴い島原半島に遊ぶ。暮れに胆嚢炎で長崎大学付属病院

			に入院。
一九七二	昭和47年	35歳	九月、「日が沈むのを」（文學界）、十一月、「海辺の広い庭」（文學界）を発表。後者が第六十八回芥川賞候補作となる。十二月、随筆「露字新聞ヴォーリヤ」を「文學界」に発表。
一九七三	昭和48年	36歳	二月、『十一月　水晶』を冬樹社より刊行。三月、『海辺の広い庭』を文藝春秋より刊行。三月、「鳥たちの河口」（文學界）、「四時間」（文藝）を発表。前者は第六十九回芥川賞候補作となる。九月、『鳥たちの河口』（文藝春秋）を刊行。十月、「八月」（文學界）、十二月、「草のつるぎ」（文學界）を発表。後者は第七十回芥川賞候補作となる。 　三月、第九回「菜の花忌」に出席。諫早市民センターで「伊東静雄の詩における彼岸性」と題して講演。同月、長崎大学付属病院にて胆嚢切除の手術を受ける。同月十日、NHK福岡放送局よりラジオドラマ「ヒロシとトランペット」を放送。五月、上京し編集者の紹介で安岡章太郎と会う。九月、「諫早の自然を守る会」の代表となる。このころから新聞や雑誌に随筆などを数多く発表するようになる。
一九七四	昭和49年	37歳	四月、安岡章太郎との対談「体験をいかに書くか」（文學界）、「柳の冠」（群像）を発表。『草のつるぎ』（文藝春秋）を刊行。 　一月、「草のつるぎ」にて第七十回芥川賞を受賞。同月、諫早シネマ・ファンクラブを結成し、会誌「Cine Isahaya」（編集長・野呂邦暢）を創刊。二十八日、NHK福岡放送局にてローカルテレビ「話題の窓」に淑子夫人とともに出演。三月、大分の宇佐神宮、福岡の石人山古墳などを訪ねる。同月十八日、母校諫早高校にて「私の生活と文学」と題して講演。同月、長崎のレストラン銀嶺で行われた徳勝正和氏主催の「野呂邦暢氏を囲む会」に夫妻で出席。四月、小倉にて古川薫、滝口康彦らと共に「九州人」主催の講演会に出席。五月、博多にて電通社員で詩人の井上寛治と会う。五月末より十回にわたり、諫早市中央公民館主催の「文学講座」を担当。五月十二日、島原商工会議所にて講演。十五日、NHK長崎放送局にて大音寺住職本原義岳と対談。六月十三日福岡県立明善高校、十四日、長崎県立長崎

一九七五	昭和50年	38歳

北高校、長崎西高校にて講演。二十八日、長崎県立図書館にて「私の青春と文学」と題して講演。七月、平戸の猶興館高校で講演。八月、古山高麗雄来崎、長崎を案内する。十月、もう一人の芥川賞受賞者の森敦と共に長崎、佐世保、松浦で文芸講演を行う。同月、京都府立宮津高校、私立京都西高校、私立家政学園高校などで講演。十一月二日、佐賀県立図書館にて「私の文学観」と題して講演。また八月から十一月にかけて、テレビドキュメンタリー「有明海はいま」(KBC九州朝日放送)制作のため、諫早～佐賀～福岡～天草～島原半島など有明海沿岸を巡る旅を繰り返す。

四月より一九七七年三月まで「失われた兵士たち　戦争文学試論」を「修親」に連載。十二月、畑山博との「対談時評」(文學界)、佐々木基一、小島信夫との座談会「昭和の文学　梅崎春生」(群像)を発表。

三月八日、唐津市文化会館で「私の生活と文学」と題して講演。三月十五日、福岡コピーライターズクラブ十五周年記念講演会で「赤鉛筆を使わずに」と題して講演。三月二十三日、「菜の花忌」で庄野潤三の講演を聴き、全集にサインをもらう。七月、長与小学校図書館にて「読書について」と題して講演。七月下旬、「祭りの場」で芥川賞を受賞した長崎出身の作家林京子との対談のため上京。三十日、NHK長崎放送局にて長崎大学の具島兼三郎学長と対談。八月、母校である諫早高校野球部が甲子園に出場したため感想を求められる。八月七日、NHKローカルテレビ「話題の窓」に出演、「私と八月」について語る。九月十八日、NHKローカルテレビ「ばってん長崎」に出演。二十日、長崎新聞教養セミナーで「私の小説作法」と題して講演。アメリカ、コロンビア大学極東言語文学科のルース・ウーズ・アドラーより「鳥たちの河口」と「鳩の首」の翻訳申し込みあり、承諾する。十月四日、大分県湯布院町にて講演。九日、島原工業高校にて「私の文学の今日の課題」と題して講演。十日から一週間、上京。「文學界」の対談時評、「群像」の鼎談などに出席。また精力的に古本屋をまわり、戦記を中心に購入する。十八日、諫早にて九州芸術祭文学賞地区予選の審査会に出席。他の審査員は、田栗奎作、矢動丸広。三十一日、長崎活水女子短大にて講演。十一月十二日、長崎青年会議所主催の講演。十三日、長崎県立南高校にて講演。この年、妻の希望で諫早市郊外に家を購入するが、思い直

			して解約する。仲沖の家は川に近いため湿気がひどく、改築後八十年になる古い家は何かと不便で、妻は転居を願っていた。この年、執筆の合間に「十一月」「冬の皇帝」「恋人」などの肉筆本製作のため原稿の清書を続けている。
一九七六	昭和51年	39歳	四月、『一滴の夏』（文藝春秋）を刊行。この月より六月まで五十回にわたり、随筆「古い革張椅子」を西日本新聞に連載。十月、「諫早菖蒲日記」（文學界）、十一月、「諫早船唄日記」（文學界）、十二月、「諫早水車日記」（文學界）を発表。 三月十八日、白石一郎、夏樹静子など作家仲間と柳川で川下りを楽しむ。三月下旬より一週間、上京。各出版社をまわり、サイン会に出席。合間をぬって古本屋を巡る。四月二日、編集者豊田健次と共に成城の大岡昇平宅を訪問。八月六日、長崎市矢上滝の観音にてＮＨＫ長崎放送局による「緑陰対談」収録。対談相手は画家小川緑、坂本屋女主人、二十六聖人記念館館長パチェコ・ディエゴ。放送は十日。八月九日、初めて長崎の原爆忌式典に出席する。十日、雑誌「暗河」のインタビューを受ける。九月七日、福岡にて石沢英太郎と映画「ファミリー・プロット」についての対談。十五日、長崎勤労福祉会館にて「暮らしと自然」と題して講演。二十六日、諫早市民センターでの南総開発反対集会にて講演。十月、妹たみの結婚式に出席するため京都旅行。十一月十六日、県教育庁主催講演会にて「文学と郷土」と題して講演。二十一日、長崎造船大学（現長崎総合科学大学）にて「選ぶということ」と題して講演。二十六日、諫早ロータリークラブにて講演。
一九七七	昭和52年	40歳	一月、『壁の絵』を角川文庫より刊行。四月、「ふたりの女」（展望）を発表。七月、『諫早菖蒲日記』（文藝春秋）を刊行。この月より九月まで「文彦のたたかい」を「高二時代」に連載。随筆集『王国そして地図』（集英社）を刊行。八月、『失われた兵士たち　戦争文学試論』（芙蓉書房）を刊行。十一月、「花火」（文學界）を発表。十二月、『ふたりの女』（集英社）を刊行。 二月二十日、「佐賀の自然と文化を守る会」で講演。五月七日・十四日、ＮＨＫ福岡放送局よりラジオドラマ「鳥たちの河口」（脚本・井上寛治）を放送。同月二十五日、ＮＨＫ長崎放送局における

			視聴者会議に出席。七月九日、「日旅」の取材のため伊万里行き。（十月「日旅」に「白磁の里をゆく」と題する紀行文を発表）。二十三日、野母崎町文化協会設立記念講演会で「生活と文学」と題して講演。十一月八日、大分県立日出高校、九日、大分県立別府青山高校、十日、延岡学園高校、十日、緑ヶ丘学園高校にて講演。同月二十三日、諫早小学校講堂で開催された「第一回住み良い諫早をつくる市民のつどい」で「諫早今昔」と題して講演。妻と別居。九月、父政児死去（七十三歳）。
一九七八	昭和53年	41歳	一月三十日より二月十日まで、朝日新聞の「日記から」欄に、十一回にわたって随筆を連載。二月より一九八〇年四月まで、二十六回にわたって「丘の火」を「文學界」に連載。また美術随筆を一九八〇年六月まで二十八回にわたって「絵とおしゃべり」（山下画廊）に連載。『文彦のたたかい』（集英社コバルト文庫）、『鳥たちの河口』（集英社文庫）、『草のつるぎ』（文春文庫）、四月、『海辺の広い庭』（角川文庫）を刊行。四月より一九七九年三月まで十二回にわたって「水瓶座の少女」を「高二時代」に連載。五月二十九日より一九七九年十月十五日まで、随筆「小さな町にて」を「週刊読書人」に連載。七月より十二月まで六回にわたり、「愛についてのデッサン　佐古啓介の旅」を「野性時代」に連載。十二月、『猟銃』（集英社）を刊行。 　四月、淑子夫人と離婚。二日から雑誌「旅」の取材で、奄美大島、与論島への船旅に出る。五月十六日、諫早高校同窓会にて講演。二十日、諫早無線局にて講演。五月三十一日から六月五日まで、石沢英太郎、赤江瀑、夏樹静子、古川薫ら西日本在住の作家たちと韓国へ旅行、唯一の海外旅行となる。五月二十八日、佐賀にて講演。六月二十九日、佐世保玉屋にて講演。七月二十五日、諫早医師会にて講演。八月九日、諫早農業高校にて講演。十日、NHKテレビ「原爆特集　第14捕虜収容所　ある日本兵の記憶」のリポーターを担当。十六日、諫早高校同窓会にて「文学と人生」と題して講演。同月、母アキノ墓参のため来諫、独り住まいの次男を案じて同居することとなる。十月十三日、福岡で開かれた福岡詩人協会の「朗読と講演の夕べ」に出席、「詩と日本語とわたし」と題して講演。
一九七九	昭和54年	42歳	一月より十二月まで十二回にわたり随筆を「新刊ニュース」に連載。同じく随筆「窓の眺め」を一月

四日から十二月二十七日まで、五十二回にわたって「日刊スポーツ」に連載。五月、「古代史の情熱最後まで　長谷川修さんを悼む」（毎日新聞）を発表。六月、古代史論「倭国紀行」を読売新聞に連載。七月、「創刊にあたって」、対談「古代史研究の魅力を語る」、「古代史シンポジウム傍聴記」（季刊邪馬台国）を発表。『愛についてのデッサン　佐古啓介の旅』（角川書店）を刊行。『水瓶座の少女』（集英社コバルト文庫）を刊行。九月、随筆集『古い革張椅子』（集英社）を刊行。十月、「死守！」（文藝春秋）を発表。

一月二十八日、福岡にて雑誌「季刊邪馬台国」のため石沢英太郎と対談。九日、諫早看護学校にて講演。二十五日、有田市教育委員会主催の講演。下旬、東京品川ホテルにて開催された「古代史シンポジウム・日本国家成立の謎」に参加。二月二十二日、福岡において丸山豊の講演を聴く。三月十日、古田武彦と対談。三月十七日、NHKテレビ「ルポルタージュにっぽん」のため、久留米にて中野浩一選手にインタビューと取材。テレビ放送は四月二十一日。二十九日、下関市立長府図書館にて卓話。古川薫、赤江瀑、石山滋夫、白石一郎、滝口康彦などと共に下関で開かれた作家の集いに出席。四月十二日、福岡にて画家の池田満寿夫と対談。四月二十五、二十六日、NHKローカルテレビ「話題の窓」に松下竜一と共に出演し、「地域を見つめて」と題して対談。五月十七日、山口瞳夫妻と画家の関保寿が来崎、長崎を案内する。雑誌「季刊邪馬台国」の編集責任者となったため、このころから福岡と諫早をひんぱんに往復することになる。六月一日、長崎大学医学部にて講演。十二日、「長崎の証言の会」よりインタビューを受ける。八月十五日、NHKテレビ「NC9」にて終戦記念日のインタビューを受け、戦記図書館の話をする。九月十六日、父の三回忌を行う。同日夜、千々石湾に碇泊中のタンカー永洋丸を訪問する。二十四日、FBSテレビ国際児童記念番組「未知への相続」で「この子たちに残せるもの」と題して秋山さと子と対談。三十一日、長崎新聞社にて創刊九十周年記念座談会に出席。九月下旬、軽い胃潰瘍で諫早市内北島医院へ三週間ほど入院。十月十五日、KBC九州朝日放送のテレビ番組に案内人として出演、他の出演者らと共に島原にて撮影されたもの。十一月二十五日、NHK福岡放送局にて行われる青年の主張コンクール九州大会に審査員として出席。十二月二十七日、NHK福岡放送局にて「九州この一年」に出演。『戦艦大和ノ最期』の作者吉田満の評伝を書くため、資料を集める。

一九八〇　昭和55年

一月、『一滴の夏』（集英社文庫）を刊行。三月、「水の中の絵馬」（別冊文藝春秋）、「筑前の白梅」（歴史読本）、「田原坂　遭遇」（活性）、四月、「田原坂　敗走」（活性）、五月、「田原坂　反転」（活性）、「青葉書房主人」（問題小説）を発表。書き下ろし随筆「私のシェヘラザードたち」を『読書と私』（文春文庫）に発表。

一月十四日、宮崎県日向市にて講演。十八日、佐世保市にて講演。二十日、長崎キネマ旬報友の会主催の第九回映画教室で「活字と映像、それぞれの世界」と題して講演。三月八日、外海町にて講演。二十八日、NHKテレビ「奥様ごいっしょに　古代史を歩こう」に出演。四月二十日、福岡の梓書院にて「季刊邪馬台国」のため安本美典と対談。同日RKB毎日放送より、ラジオドラマ「諫早菖蒲日記」（脚本・井上寛治）が放送され、番組の前後に出演して自作について語る。二十六日、東京の山の上ホテルにて、「歴史と人物」（中央公論社）のため古田武彦・安本美典の七時間にも及ぶ論争の司会をする。二十八日、編集者豊田健次、向田邦子と会食。のちにテレビドラマ「わが愛の城」をプロデュースする向田邦子とはこの時が初対面であった。五月一日、出演したNHKテレビ「歴史への招待　蒙古軍来る」が放送される。島原の乱を題材とした長篇を構想中であった。

五月七日未明、心筋梗塞にて諫早市仲沖町の自宅にて死去（享年四十二）。九日、仲沖町の自宅で行われた告別式には五百人を超える参列者があった。戒名は「恭徳院祐心紹泰居士」。墓所は諫早市金谷町公有墓地にあり、墓石の傍らに野呂の育ての親ともいえる編集者豊田健次の筆による「菖蒲忌はわが心に在り」の碑がある。また、静岡県、富士霊園にある日本文藝家協会の「文學者之墓」にも墓碑がある。九月、『丘の火』（文藝春秋）が刊行。七月、アメリカにて「鳥たちの河口」を英訳収録した「Translation」誌が刊行。八月、長崎市好文堂書店にて追悼遺品展が開催される。

十一月、諫早市の市政施行四十周年記念式典にて市政功労者の表彰を受ける。

一九八一　昭和56年

五月十日、諫早文化協会・野呂邦暢顕彰委員会主催による「野呂邦暢遺品展」が諫早文化会館にて開

			催。永井路子・上前淳一郎・笹沢佐保による講演会が開催された。翌年からは「菖蒲忌」として五月の最終日曜日に行われている。五月二十五日、仲沖町の自宅に向田邦子・豊田健次・テレビ朝日担当者が来訪。「諫早菖蒲日記」のドラマ化を願っていた向田邦子から、まずは戦闘シーンが多くドラマティックな「落城記」を先に製作するという説明があった。十月一日、向田邦子企画、柴英三郎脚本による「わが愛の城」（原作「落城記」）がテレビ朝日より放送される。
一九八二	昭和57年		五月、随筆集『小さな町にて』（文藝春秋）が刊行。
一九八四	昭和59年		七月『落城記』（文春文庫）が刊行。
一九八六	昭和61年		六月十五日、諫早文化協会、野呂邦暢顕彰委員会などにより、諫早上山公園に文学碑が建立、除幕式が行われる。碑文は「諫早菖蒲日記」の冒頭文で、「まっさきに現われたのは黄色である。黄色の次に柿色が、その次に茶色が一定のへだたりをおいて続く。堤防の上に五つの点がならんだ。堤防は田圃のあぜにいる私の目と同じ高さである」と記されている。作家の肖像レリーフは小崎侃作。
一九九〇	平成2年		五月、没後十年の第十回菖蒲忌に丸山健二・高樹のぶ子の記念講演会が開催される。『野呂邦暢・長谷川修往復書簡集』（陸封魚の会編　葦書房）が刊行。
一九九一	平成3年		二月、六千冊余の蔵書が母親アキノさんより諫早市へ寄贈される。
一九九三	平成5年		三月、「諫早菖蒲日記」など三十数点の自筆原稿が母親アキノさんより諫早市へ寄贈される。
一九九五	平成7年		五月、『野呂邦暢作品集』（文藝春秋）が刊行。

二〇〇〇	平成12年		没後二十年の第二十回菖蒲忌に古川薫・白石一郎・夏樹静子・豊田健次の記念講演会が開催される。
二〇〇四	平成16年		八月、野呂邦暢顕彰委員会による「諫早通信」が創刊。
二〇〇七	平成19年		九月、野呂が住んでいた諫早市仲沖町六五八番地旧荒川邸跡の門前に「野呂邦暢　終焉の地」の案内板が設置される。
二〇一〇	平成22年		五月、没後三十年の第三十回菖蒲忌に豊田健次・岡崎武志による講演会が開催される。随筆集『夕暮の緑の光』（みすず書房）刊行。
二〇一一	平成23年		五月、短篇集『白桃』（みすず書房）刊行。
二〇一三	平成25年		六月、『棕櫚の葉を風にそよがせよ』（文遊社）が出版され、「野呂邦暢小説集成」（全九巻）の刊行が始まる。
二〇一四	平成26年		五月、野呂邦暢随筆コレクション『兵士の報酬』、六月、『小さな町にて』（みすず書房）刊行。
二〇一七	平成29年		十月、韓国語版『愛についてのデッサン』（訳　Song, Tea Wook）がEveningbooksより刊行。

（作成　中野章子　　協力　浅尾節子）

著作年譜

〔著作年譜〕

〈凡例〉

・初出年月日は各紙誌の発行年月日に準ずる。
・新聞のMは朝刊、Eは夕刊。
・新聞、週刊誌、テレビ・ラジオ放送の1〜31の数字は掲載・放送日。
・書評、解説、対談、鼎談、ラジオ小説・ラジオドラマの台本、インタビュー、アンケートの類を含む。
・《》は連載タイトル。
・〈〉はコーナータイトル。

一九六二年（昭和三十七年・二十五歳）

十月　ルポ・兵士の報酬　第八教育隊　日本読書新聞8
※日本読書新聞主催・創刊二十周年記念「読者の論文」コンクール「ルポルタージュ部門」に応募し、入選した作品。活字になった初めての文章。選評は杉浦明平。

一九六四年（昭和三十九年・二十七歳）

※小説「双頭の鷲のもとに」（七〇枚）を雑誌「自由」（自由社）新人賞に応募。十二月号の社告欄に第一次入選者発表。応募小説五八三篇中三十九篇に入る。（選考委員は円地文子・平林たい子・福田恆存・山本健吉）

一九六五年（昭和四十年・二十八歳）

※雑誌「自由」一月号の社告欄に第二次入選者発表。候補作八篇の中に残るが、受賞作なしで、原稿は返却。後に書き直し（翌年五月頃まで推敲）、改題「壁の絵」（百三十枚）として翌年「文學界」の八月号に掲載。

三月　岡村昭彦『南ヴェトナム戦争従軍記』（書評）　日本読書新聞15
※日本読書新聞の公募、「わたしの読書ノート」入選作として本紙上に発表。選評は佐藤忠男。

十一月　或る男の故郷（小説）　文學界（十九巻十一号）
※第二十一回文學界新人賞佳作となる。九八七篇の応募があり、最終審査の結果、七篇の中に残るが、受賞作なし、の発表。（選考委員は、大岡昇平・武田泰淳・石原慎太郎・井上靖・遠藤周作）

一九六六年（昭和四十一年・二十九歳）

八月　壁の絵（小説）　文學界（二十巻八号）
※発表は後になったが、事実上の処女作。第五十六回芥川賞候補作品。（予選通過作品十二篇の中に入る）

十二月　狙撃手（小説）　文學界（二十巻十二号）

一九六七年（昭和四十二年・三十歳）

二月　白桃（小説）　三田文学（五十四巻二号）
※第五十七回芥川賞候補作品。（単行本七百冊、二千余篇中から通過、七篇の最有力候補となる）

九月　歩哨（小説）　文學界（二十一巻九号）
長崎スポット　芥川賞候補作家　野呂邦暢さん（インタビュー）　長崎新聞M14

一九六八年（昭和四十三年・三十一歳）

二月　夕暮の緑の光〈新鋭放言〉（随筆）　文學界（二十二巻二号）
K書房主人（随筆）　九州人（一号）

三月　ボブ・ディラン！（第一集）〈一枚のレコード〉（随筆）　朝日新聞M24

六月　棕櫚の葉を風にそよがせよ（小説）　文學界（二十二巻六号）

十二月　十一月（小説）　文學界（二十二巻十二号）

一九六九年（昭和四十四年・三十二歳）

五月　ロバート（小説）　月刊ペン（二巻五号）

八月　葦のしげみの彼方に（随筆）　九州人（十九号）

一九七〇年（昭和四十五年・三十三歳）

二月　朝の光は……（小説）　文學界（二十四巻二号）

九月　風はおのがままに吹く（随筆）＝改　幸福の暈　九州人（三十二号）

十二月　十一月（ラジオ小説・作）　NHK福岡27

一九七一年（昭和四十六年・三十四歳）

三月　白桃（ラジオ小説・作）　NHK福岡7

十月　日常（小説）　文學界（二十五巻十号）

一九七二年（昭和四十七年・三十五歳）

一月　青葉書房の主人（ラジオ小説・作）　NHK福岡22

三月　水晶（小説）　文學界（二十六巻三号）
葉桜（ラジオ小説・作）　NHK福岡

六月　世界の終り（小説）　文學界（二十六巻六号）

七月　信号（ラジオ小説・作）　NHK福岡29

九月　日が沈むのを（小説）　文學界（二十六巻九号）

十一月　海辺の広い庭（小説）　文學界（二十六巻十一号）
※第六十八回芥川賞候補作品

十二月　不意の客（小説）　別冊文藝春秋（一二二号）
露字新聞ヴォーリヤ（随筆）　文學界（二十六巻十二号）
九州における'72の文化10大ニュース（アンケート）　九州人（五十九号）
※長谷川修『まぼろしの風景画』一点のみを挙げ、

「厳密には九州のニュースではありませんが」と前置きし、コメント。

一九七三年（昭和四十八年・三十六歳）

一月　「海辺の広い庭」をめぐって（随筆）　長崎新聞E19
正介じいさんと宝くじ（ラジオ小説・作）　NHK福岡27
年輪　書きたい原爆長編（インタビュー）　長崎新聞M21
二月　長崎はついてまわる　尾崎正義さんの個展によせて（随筆）　長崎新聞E19
三月　鳥たちの河口（小説）　文學界（二十七巻三号）
※第六十九回芥川賞候補作品
四月　四時間（小説）　文藝（十二巻三号）
ヒロシとトランペット（ラジオ小説・作）NHK福岡10
春　有明の潟で（随筆）　朝日新聞西部版E18
五月　詩人の故郷　伊東静雄と諫早（随筆）
文學界（二十七巻五号）
ハンターと黒い犬（ラジオ小説・作）　NHK福岡
六月　田舎で小説を書く（随筆）＝改　田舎の町から
九州人（六十五号）
七月　一枚の写真（随筆）＝改　一枚の写真から
読売新聞E10・同西部版E14
「鳥たちの河口」をめぐって（随筆）　長崎新聞E18
高井有一『朝の水』（書評）　日本読書新聞23
夏の子供たち（随筆）　長崎新聞E8
八月　台湾からの手紙（随筆）＝改　手紙
毎日新聞西部版E15
あなたにとって戦後とは何か？（アンケート）
毎日新聞西部版E13
九月　丸山健二『雨のドラゴン』（書評）　流動（五巻九号）
木に登る少女（ラジオドラマ・作）　NHK福岡14
十月　八月（小説）　文學界（二十七巻十号）
十一月　サイズの問題（随筆）　面白半分（二十二号）
〈近況〉（随筆）　毎日新聞西部版M4
鳥・干潟・河口（随筆）　サンケイ新聞E5
王国（随筆）　朝日新聞西部版E12
小川国夫『或る聖書』（書評）　日本読書新聞12
十二月　草のつるぎ（小説）　文學界（二十七巻十二号）
※第七十回芥川賞受賞
手術台の私（随筆）　潮（一七四号）
列車の客（随筆）　河（十九号）
九州における今年の文化10大ニュース（アンケート）
九州人（七十一号）
※古田武彦『失われた九州王朝』一点のみを挙げ、コメント。

一九七四年（昭和四十九年・三十七歳）

一月　竹の宇宙船（小説）　季刊藝術　冬（二十八号）
日記について（随筆）＝改　日記という鏡
長崎新聞M3
「草のつるぎ」をめぐって（随筆）　長崎新聞E18
私の小説とその題（随筆）＝改　小説の題
毎日新聞M25・同西部版M17

長崎は死の影　8月9日への旅路（随筆）＝改　死の影　読売新聞西部版E26
創刊にあたって　CINE ISAHAYA（1号）
野呂邦暢氏（諫早在住）に芥川賞（インタビュー）　長崎新聞M17
野呂さん「5度目の正直」実結ぶ（インタビュー）　西日本新聞M17
芥川賞に野呂邦暢氏　五度めの正直「草のつるぎ」（インタビュー）　毎日新聞M17
人間登場　第七〇回芥川賞受賞が決まった野呂邦暢さん（インタビュー）　読売新聞M18・同西部版M17
蟹たちの庭（随筆）　朝日新聞西部版E2
筑紫よ、かく呼ばへば……（随筆）　東京新聞4・西日本新聞E9
土がはぐくむもの（随筆）＝改　土との感応　長崎新聞E7
〈おはよう皆さん　西島伊三雄スケッチ訪問〉　読売新聞西部版M10
※福岡相互銀行の広報室
受賞のことば（インタビュー）　文藝春秋（五十二巻四号）
NEWS MAKERS　芥川賞二作家「異色経歴」（インタビュー）　週刊ポスト1
顔　第七〇回芥川賞受賞二氏（インタビュー）　日本読書新聞4
話題をよんだ新芥川賞作家（インタビュー）　週刊文春4

二月
「5度目の正直」芥川賞に輝く（インタビュー）　夕刊フジ9

三月
中里喜昭インタビュー　野呂邦暢氏　文学新聞15
砦の冬（小説）　文學界（二十八巻三号）
恋人（小説）　風景（十五巻三号）
ハンター（小説）　青春と読書（二十九号）
雨、泥、青年たち（随筆）＝改　泥まみれの青年たち　防衛ホーム（六号）
小野田さんの帰還に思う（随筆）　東京新聞12

四月
柳の冠（小説）　群像（二十九巻四号）
《春夏秋冬》（随筆・連載第一回）
―二人の班長11　朝雲
冒険小説の読みすぎ（随筆）　週刊読書人15
「草のつるぎ」をめぐって（随筆）　新刊ニュース（二八五号）
「草のつるぎ」について（随筆）　月刊朝雲（十一巻四号）
丸山健二『アフリカの光』（書評）　日本読書新聞22
体験をいかに書くか（対談・安岡章太郎）　文學界（二十八巻四号）
野呂文学はエアリーナッシング（インタビュー）　『西日本あすの百人』創思社
第70回芥川賞に輝く!!野呂邦暢先生（インタビュー）　諫高新声（一〇六号）
※一九九一年（平成三年）二月刊、諫高新声縮刷版
ロビー　野呂邦暢氏講演（インタビュー）　読売新聞E16
※四月十三日開催、受賞記念文化講演会の後に。

五月
野良猫のための鎮魂歌（随筆）　オール讀物（二十九巻五号）
《春夏秋冬》（随筆・連載第二回）
―新幹線の窓から9　朝雲

自衛隊は鉄砲かついだ羊の群れか（対談・太田薫）　週刊朝日3
修平爺さんと邪馬台国（ラジオドラマ・作）　NHK福岡31

六月
壜の中の手紙（随筆）　郵政（二十六巻六号）
歯形（随筆）　文學界（二十八巻六号）
フィクションによるフィクションの批評（随筆）　日本読書新聞10
《春夏秋冬》（随筆・連載第三回）　朝雲
―遙かなる戦場13
対論・いま何を書くべきか（上）（対談・石牟礼道子）　読売新聞西部版E1
対論・いま何を書くべきか（下）（対談・石牟礼道子）　読売新聞西部版E8

七月
私の文学観（講演録）　九州人（七十七号）
五色の髭（小説）　季刊藝術　夏（三十号）
クロッキー・ブック（随筆）　早稲田文学（七次六巻七号）
長門　熊谷　村上（随筆）
『長崎の証言　第6集』（長崎の証言刊行委員会）
《春夏秋冬》（随筆・連載第四回）　朝雲
―日本人の顔4

八月
G三五一六四三（随筆）　いんなあとりっぷ（三巻九号）
宇佐から柳川へ（随筆）　九州人（七十九号）
ある夏の日街角で（随筆）＝改　ある夏の日　朝日新聞西部版E7
《春夏秋冬》（随筆・連載第五回）　朝雲
―誰のために8
長谷川修『遙かなる旅へ』（書評）　日本読書新聞5

九月
《春夏秋冬》（随筆・連載第六回～第七回）　朝雲
―水団の味12　階級26
丸山健二『赤い眼』（書評）　文學界（二十八巻九号）
桑原勢津子『アメリカ生活旅行』（推薦文）　白馬出版

十月
赤い舟・黒い馬（小説）　野性時代（一巻十号）
のちのカミュのすべてをおさめる　カミュ『直観』（書評）　波（八巻十号）
文学と原爆体験（鼎談・中里喜昭、山田かん）　民主文学（一〇七号）

十一月
《春夏秋冬》（随筆・連載第八回）　朝雲
―有明海7
公園から帰る（小説）　小説ジュニア（九巻十二号）

十二月
《春夏秋冬》（随筆・連載第九回）　朝雲
―家具について5
N先生のこと（随筆）　諫早文化（四号）
わが三年間（随筆）　長崎県立諫早高校新聞
岡松和夫『小蟹のいる村』（書評）　文藝（十三巻十二号）
山田智彦『光は東方より』（書評）　潮（一八六号）
地方は踏み台じゃない！　夕刊対談シリーズ（対談・緒方惇）　熊本日日新聞E14
今年の収穫（アンケート）　日本読書新聞23
※①丸山健二『赤い眼』②岡松和夫『小蟹のいる村』③長谷川修『古代史推理』の三冊を挙げ、コメント。
一九七四年の成果（アンケート）　文藝（十三巻十二号）
※日本読書新聞（12月23日）と同様の三冊を挙げ、コメント。
九州における今年の文化10大ニュース（アンケート）

※長谷川修『古代史推理』を挙げ、コメント。　九州人（八十三号）
ゆく年くる年あなたにとって……（アンケート）
毎日新聞西部版M31

一九七五年（昭和五十年・三十八歳）

一月　隣人（小説）　オール讀物（三十巻一号）
わが町（随筆）＝改　作家の眼　西南文学（二号）
《春夏秋冬》（随筆・連載第十回）　朝雲
—ある写真集2
川沿いの町で（随筆）　毎日新聞西部版E4
魚屋さんの声（随筆）　西日本新聞E4
河口をめぐる旅（随筆）　長崎新聞M6
ふるさとの冬の夕陽〈近況〉（随筆）　西日本新聞E7
風と私の自転車（随筆）＝改　風と自転車
読売新聞西部版E8

二月　雲よ……（随筆）　風景（十六巻一号）
素顔と仮面（随筆）　早稲田文学（七次七巻一号）
飛ぶ少年（小説）　青春と読書（三十四号）
方言の肉感性を糧として（随筆）＝改　失われた富
朝日ジャーナル7（十七巻五号）
《春夏秋冬》（随筆・連載第十一回～第十二回・了）　朝雲
—日本の女性13　プレイボーイ27
山田かん『アスファルトに仔猫の耳』（詩評）
長崎新聞M5
岡まさはる『道ひとすじに』（序文）
日本福音ルーテル長崎教会

三月　猟銃〈ただいま道楽中〉（随筆）
別冊文藝春秋（一三一号）
いずこも同じ……〈昭和50年代の京都〉（随筆）
京都新聞M3
長編にとりかかる（随筆）　読売新聞西部版E8
進まぬ長編「解纜のとき」〈近況〉（随筆）
毎日新聞西部版E22
闇のなかの短い旅（随筆）　毎日新聞西部版E29
ニヒリズムの芸術（随筆）　天籟通信（一一一号）
有明海はいま……（ルポルタージュ）
諫早の自然を守る会会誌（一号）

四月　古田武彦『盗まれた神話』（書評）　西日本新聞M31
冬の皇帝（小説）　文學界（二十九巻四号）
伊東静雄・菜の花忌に思う（随筆）＝改　菜の花忌
西日本新聞E2
失われた兵士たち　戦争文学試論（評論・連載第一回）
修親（十八巻四号）
中上健次『鳩どもの家』（書評）　日本読書新聞21
丸谷才一『年の残り』（解説）　文春文庫

五月　『地峡の町にて』（小説）　沖積舎
失われた兵士たち　戦争文学試論（評論・連載第二回）
修親（十八巻五号）
林京子『祭りの場』（書評）　長崎新聞M16

六月　回廊の夜（小説）　すばる　夏（二十号）
失踪者（小説）　野性時代（二巻六号）
鳩の首（小説）　別冊文藝春秋（一三二号）
空から降って来た手紙（随筆）　毎日新聞E16
わたしの戦後　30年目の夏に（随筆）＝改　最後の光芒
西日本新聞E23

七月

失われた兵士たち　戦争文学試論（評論・連載第三回）
修親（十八巻六号）

靴屋の親子（随筆）　ＰＨＰ夏季増刊号（二十五号）

虹（随筆）　炮氓（三十八号）

《視点》（随筆・連載第一回〜第二回）　毎日新聞Ｅ
―顔4　ある漁村で18

わが町・諫早を語る（随筆）　公明新聞20

失われた兵士たち　戦争文学試論（評論・連載第四回）
修親（十八巻七号）

八月

蟹（小説）　群像（三十巻八号）

高く跳べ、パック（小説）　文學界（二十九巻八号）

私の諫早湾（巻頭言・随筆）
諫早の自然を守る会会誌（二号）

《視点》（随筆・連載第三回〜第七回）　毎日新聞Ｅ
―水1　声8　死者たちの沈黙15　退化22　支配人29

本明川のほとりで（随筆）
諫早青年会議所ニュース「躍進」3

燃えつくしたあとに（随筆）　長崎新聞Ｍ7

二つの夏（随筆）＝改　めぐりくる夏
朝日新聞西部版Ｅ20

失われた兵士たち　戦争文学試論（評論・連載第五回）
修親（十八巻八号）

九月

安達征一郎『島を愛した男』（書評）　週刊読書人4

原爆と表現（対談・山田かん）　毎日新聞西部版Ｅ9

弘之のトランペット（小説）　小説ジュニア（十巻九号）

《視点》（随筆・連載第八回〜第十一回・了）　毎日新聞Ｅ
―そのときが来る5　廃墟12　ためらい19　歌謡曲26

切り抜き（随筆）　赤旗6

タクシー（随筆）　民主文学（一一八号）

失われた兵士たち　戦争文学試論（評論・連載第六回）
修親（十八巻九号）

「デルス・ウザーラ」（映画評）　長崎新聞Ｍ18

昭和二〇年八月九日　芥川賞受賞作「祭りの場」をめぐって（対談・林京子）　文學界（二十九巻九号）

十月

『夜の船』（詩集）　鶴声居
※限定十二部・肉筆初刊本。（詩十一篇）

「ボロ家の春秋」から〈私の名前〉（随筆）
オール讀物（三十巻十号）

失われた兵士たち　戦争文学試論（評論・連載第七回）
修親（十八巻十号）

十一月

三神真彦『幻影の時代』（書評）　文芸展望　秋（十一号）

引っ越し（随筆）　いさり火（二十九号）

Ｒの回復（随筆）　ＰＨＰ（三三〇号）

Ｒ館（随筆）　野性時代（二巻十二号）

モクセイと水神（随筆）＝改　モクセイ地図
読売新聞西部版Ｅ18

失われた兵士たち　戦争文学試論（評論・連載第八回）
修親（十八巻十一号）

「鳥たちの河口」を英訳　野呂氏に米国から手紙
（インタビュー）　長崎新聞Ｍ4

十二月

一滴の夏（小説）　文學界（二十九巻十二号）

戦記について（随筆）　月刊エコノミスト（六巻十二号）

漁船の絵〈私とシリトー〉（随筆）
青春と読書（三十九号）

田舎は誰に住み良いか（随筆）　文藝（十四巻十二号）

失われた兵士たち　戦争文学試論（評論・連載第九回）
修親（十八巻十二号）

坂上弘『優しい人々』・岡松和夫『志賀島』（対談・畑山

博）

昭和の文学　梅崎春生（鼎談・佐々木基一・小島信夫）文學界（二十九巻十二号）

今年の収穫（アンケート）群像（三十巻十二号）

※①高橋英夫『役割としての神』②丸谷才一『星めがね』③山口瞳『銀婚式決算報告』の三冊を挙げ、コメント。日本読書新聞22

'75九州における文化10大ニュース（アンケート）九州人（九十五号）

※①長谷川修『舞踏会の手帖』刊行②「装飾古墳を守る会」の活動③葦書房の出版活動

一九七六年（昭和五十一年・三十九歳）

一月

歯（小説）群像（三十一巻一号）

列車が出るまで（随筆）銀座百点（二五四号）

これには深いわけが……（随筆）＝改　単独者の悲哀　面白半分（九巻一号）

昭和五十年初冬（随筆）九州人（九十六号）

冬の光が石畳道に〈芥川賞二作家　原郷「長崎」を語る〉（随筆）長崎新聞M1

途中下車（随筆）読売新聞西部版E7

失われた兵士たち　戦争文学試論（評論・連載第十回）修親（十九巻一号）

皇太子殿下を見たことがありますか（アンケート）文藝春秋（五十四巻一号）

二月

白いノート（随筆）長崎新聞第二M13

失われた兵士たち　戦争文学試論（評論・連載第十一回）修親（十九巻二号）

三月

倉屋敷川（巻頭言・随筆）諫早の自然を守る会会誌（三号）

失われた兵士たち　戦争文学試論（評論・連載第十二回）修親（十九巻三号）

四月

魔術師たち（小説）オール讀物（三十一巻四号）

須臾の少女〈女を語る〉（随筆）朝日新聞西部版E3

《古い革張椅子》（随筆・連載第一回〜第五回）西日本新聞E

―坐り心地24　棺桶の釘26　邪馬台国27　講演28　酒と神様30

古本屋（随筆）叢（一号）

失われた兵士たち　戦争文学試論（評論・連載第十三回）修親（十九巻四号）

五月

もうひとつの絵（小説）月刊プレイボーイ（十一号）

剃刀（小説）問題小説（十巻五号）

グロテスク（随筆）文學界（三十巻五号）

《古い革張椅子》（随筆・連載第六回〜第二十八回）西日本新聞E

―夢見る目1　私の好きな本4　二日前の新聞6　悪筆コンプレックス7　たった一回のマラソン8　カーテン10　ほどほどに11　古書店主12　S書房主人13　友達14　手がかり15　日記その一17　日記その二18　日記その三19　他人の書斎20　カレーライス21　書出し22　海を見に……24　まぼろしの伊佐早城26　ライター談義27　諫早市立図書館28　夜行列車29＝改　少女　村の鍛冶屋31

『一滴の夏』について（随筆）長崎新聞M3

がんこ一徹（随筆）日本経済新聞M29

六月
失われた兵士たち　戦争文学試論（評論・連載第十四回）　修親（十九巻五号）
丸山健二『火山の歌』（書評）　週刊文春6（八七八号）
ある地方書店（随筆）＝改　その書店で　日販通信（四四二号）
昔はひとりで暮らすつもりだった（随筆）＝改　昔はひとりで……　ＰＨＰ（三三七号）
《古い革張椅子》（随筆・連載第二十九回～第五十回・了）　西日本新聞Ｅ
―赤鉛筆を……1　効能書き2　コーヒー談義3　絵を見る場所4　水車小屋5　木箱の中には7　砲術指南8　乞食9　夕方の匂い10　銀飯11　夏の歌12　郷愁15　廃墟願望16　歳月17　名前18　マザー・グースと推理小説19　映画と体力21　歩廊の眺め22　数学23　切り抜き25　コレクション26　七人の侍28
わが有明海（随筆）　毎日新聞西部版Ｅ5

七月
失われた兵士たち　戦争文学試論（評論・連載第十五回）　修親（十九巻六号）
敵（小説）　別冊問題小説　夏（二巻三号）
河口への道（随筆）　文化評論（一八三号）
頭の皿（随筆）　季刊藝術　夏（三十八号）
誰しも少しは「内向の世代」である（随筆）＝改　解釈がはじまる　早稲田文学（八次復刊二号）
失われた兵士たち　戦争文学試論（評論・連載第十六回）　修親（十九巻七号）

八月
失われた兵士たち　戦争文学試論（評論・連載第十七回）　修親（十九巻八号）

九月
とらわれの冬（小説）　すばる（二十五号）
天草北海岸（随筆）　日旅
初めての歴史小説（随筆）　読売新聞西部版Ｅ27
「諫早菖蒲日記」のこと（随筆）　長崎新聞Ｍ28
失われた兵士たち　戦争文学試論（評論・連載第十八回）　修親（十九巻九号）
安岡章太郎『遁走』（解説）　角川文庫
「巨匠ヒチコック」の魅力（対談・石沢英太郎）　フクニチ新聞29

十月
野呂邦暢氏に聞く　わが文学の原質（聞き手・久野啓介・島田真祐）（インタビュー）　暗河　秋（十三号）
諫早菖蒲日記（小説）＝改『諫早菖蒲日記』第一章　文學界（三十巻十号）
グラナダの水（随筆）　中央公論（九十一年十号）
失われた兵士たち　戦争文学試論（評論・連載第十九回）　修親（十九巻十号）
北村太郎『眠りの祈り』（詩評）　ユリイカ（八巻十一号）
三浦哲郎『拳銃と十五の短篇』（書評）　日本読書新聞11

十一月
諫早船唄日記（小説）＝改『諫早菖蒲日記』第二章　文學界（三十巻十一号）
水辺の町　仔鼠（小説・連作第一回）　あすあすあす（東本願寺維持財団）（四巻八号）
宮大工（随筆）　室内（二六三号）
天草からの電話（巻頭言・随筆）　諫早の自然を守る会会誌（四号）
方言の創造と魅力（随筆）＝改　父祖の言葉をたずねて　読売新聞Ｅ2
東京から来た少女（随筆）　小説ジュニア（十一巻十一号）
失われた兵士たち　戦争文学試論（評論・連載第二十回）

秦恒平『迷走』（書評）　修親（十九巻十一号）

十二月　諫早水車日記（小説）＝改『諫早菖蒲日記』第三章　朝日ジャーナル26（十八巻四十九号）

水辺の町　蟬（小説・連作第二回）　文學界（三十巻十二号）

あすあすあす（東本願寺維持財団）（四巻九号）

眠られぬ夜のために（随筆）　文藝（十五巻十二号）

失われた兵士たち　戦争文学試論

（評論・連載第二十一回）　修親（十九巻十二号）

今年の収穫（アンケート）　日本読書新聞27

※①桶谷秀昭『天心　鑑三　荷風』②本村敏雄『傷痕と回帰』③高橋英夫『元素としての「私」』を挙げ、コメント。

'76九州における文化10大ニュース（アンケート）　九州人（一〇七号）

※『定本　丸山豊全詩集』刊行を挙げ、コメント。

一九七七年（昭和五十二年・四十歳）

一月　まさゆめ（小説）　カッパまがじん（二巻一号）

水辺の町　落石（小説・連作第三回）

あすあすあす（東本願寺維持財団）（五巻一号）

『諫早菖蒲日記』のこと（随筆）　諫早文化（七号）

雑誌好き（随筆）　いさり火（三十九号）

伊佐早氏のゆくへ（随筆）　文學界（三十一巻一号）

犬（随筆）　九州人（一〇八号）

鎧について（随筆）　読売新聞西部版M1

失われた兵士たち　戦争文学試論

（評論・連載第二十二回）　修親（二十巻一号）

二月　水辺の町　蛇（小説・連作第四回）

あすあすあす（東本願寺維持財団）（五巻二号）

真夜中の声（小説）　小説ジュニア（十二巻二号）

失われた兵士たち　戦争文学試論

（評論・連載第二十三回）　修親（二十巻二号）

三月　伏す男（小説）　群像（三十二巻三号）

穴（小説）　別冊文藝春秋（一三九号）

水辺の町　再会（小説・連作第五回・了）

あすあすあす（東本願寺維持財団）（五巻三号）

豊前海の松下竜一さんへ〈便り交換　海はだれのもの〉

（随筆）　朝日新聞西部版E5

失われた日本語の魅力（随筆）　赤旗6

岩波版『芥川龍之介全集』（随筆）ユリイカ（九巻三号）

窓の眺め〈住まいの随筆　春〉（随筆）

積水ハウス　暮らしの仲間（六号）

失われた兵士たち　戦争文学試論

（評論・連載第二十四回・了）　修親（二十巻三号）

四月　文彦のたたかい（小説・連載第一回）

高二時代（十四巻一号）

ふたりの女（小説）　文芸展望　春（十七号）

干潟のほとり〈長崎〉（随筆）　西日本新聞M17

日本人の顔（随筆）　月刊ずいひつ（四十二号）

父の二つの顔〈少年時代に会った人〉（随筆）

ホンダSAFETY2&4（七十一号）

五月　文彦のたたかい（小説・連載第二回）

高二時代（十四巻二号）

Kの話その他（随筆）　早稲田文学（八次十二号）

私の遺書（随筆）　面白半分（七十四号）
木下和郎『詩集　草の雷』（帯・推薦文）　私家版
鳥たちの河口（ラジオドラマ・原作）
NHK福岡前篇7・後篇14
※脚本・井上寛治

六月
藁と火（小説）　すばる（二十九号）
文彦のたたかい（小説・連載第三回）
高二時代（十四巻三号）
飛ぶ男（小説）　問題小説（十一巻六号）
夕暮れの有明海（随筆）　九州公論（二号）
ケネス・マクセイ『ドイツ装甲師団とグデーリアン』（書評）　週刊文春2（九三二号）
和田芳恵『暗い流れ』（書評）　日本読書新聞20
岩城有『映画夢想館』（書評）　週刊文春23（九三六号）

七月
文彦のたたかい（小説・連載第四回）
高二時代（十四巻四号）
私の長崎（随筆）『日本の古地図14長崎・平戸』講談社
丸山健二『シェパードの九月』（書評）　海（九巻七号）

八月
文彦のたたかい（小説・連載第五回）
高二時代（十四巻五号）
消えた土豪（随筆）　歴史と人物（七年八号）
とびはねて潟をゆく（随筆）　アニマ（五十三号）
題名のつけかた（随筆）　青春と読書（四十九号）
一九七七年夏（随筆）　炮氓（五十号）
靴の話（随筆）　月刊ずいひつ（四十六号）

九月
文彦のたたかい（小説・連載第六回・了）
高二時代（十四巻六号）
「南島譚」（随筆）　ユリイカ（九巻九号）
イワテケン（随筆）　ユリイカ臨時増刊（九巻十号）
混血（随筆）　新潮（七十四巻九号）
『諫早菖蒲日記』について（随筆）
総合教育技術（三十二巻九号）
『異邦人』を読むまで（随筆）
『わが青春わが文学』集英社
丸山健二『イヌワシ讃歌』（書評）
週刊文春8（九四七号）

十月
朝の声（小説）　季刊藝術　秋（四十三号）
うらぎり（小説）　小説ジュニア（十二巻十号）
焼物（随筆）　文藝（十六巻十号）
白磁の里をゆく（随筆）　日旅
彼（随筆）　わたしは女（一巻四号）
海の光、川の光「長崎を描いた画家たち展」によせて（随筆）　長崎新聞M13
片桐且元の苦悩（評論）　歴史と人物（七年十号）
三田誠広『僕って何』（書評）　潮（二二一号）
山口瞳『小説・吉野秀雄先生』（解説）　文春文庫

十一月
花火（小説）　文學界（三十一巻十一号）
歴史小説と年齢（随筆）　毎日新聞西部版E5
「真実」語る無名の戦記（随筆）　日本経済新聞M25
小さな城下町で（随筆）　PHP（三五四号）
初めて本を贈られた頃（随筆）　別冊ポエム（二巻十一号）
「ガダルカナル戦　太平洋放浪部隊」をめぐって（対談・御田重宝）　『人間の記録　ガダルカナル戦
太平洋放浪部隊』現代史出版会

十二月
『ふたりの女』をめぐって（随筆）
青春と読書（五十一号）
後ろ姿（随筆）　オール讀物（三十二巻十二号）

36年目の12月8日　老兵たちが語りのこしたいこと（随筆）　読売新聞西部版E7
海辺のゆううつ（随筆）　赤旗10
一九七七年の成果（アンケート）　文藝（十六巻十二号）
※①小林信彦『家の旗』②川本三郎『朝日のようにさわやかに』③ナボコフ『キング、クィーンそしてジャック』（出淵博訳）を挙げ、コメント。

一九七八年（昭和五十三年・四十一歳）

一月
一九七七年冬（随筆）　九州人（一一〇号）
古本の話（随筆）　月刊ずいひつ（五十一号）
鬼火（随筆）　西日本新聞M1
古川薫様〈新春賀状〉（随筆）　毎日新聞西部版E7
『ふたりの女』について（随筆）　長崎新聞M30
《日記から》（随筆・連載第一回〜第二回）　朝日新聞E
―我が町30　丘31
伊東静雄の諫早（評論・連載第一回）　文芸展望　冬（二十号）
岡松和夫『鉢をかずく女』（書評）　文學界（三十二巻一号）
植村達男『本のある風景』に寄せて（序文）　植村達男『本のある風景』勁草書房
このごろ「戦争」にとりくむ……野呂邦暢さん（インタビュー）　読売新聞西部版M23

二月
丘の火（小説・連載第一回）　文學界（三十二巻二号）
死人の首（小説）　歴史と旅（五巻二号）
杖立温泉（随筆）　旅（五二巻二号）
※温泉特集号、「もう一度つかってみたい温泉」アンケートに答えたエッセイ。（各界十人に聞く）
木の鉢〈私の原風景〉（随筆）　すばる（三十三号）
「宝島」から（随筆）　言語生活（三一七号）
ゴヤとの対話（随筆・連載第一回）　画廊会員誌（山下画廊）（二号）
《日記から》（随筆・連載第三回〜第十一回・了）　朝日新聞E
―戦記図書館1　さび論2　一年桃組3　年齢4　車内風景6　イチジク7　地方史8　芝居9　予感10

三月
丘の火（小説・連載第二回）　文學界（三十二巻三号）
ある冬の夜（随筆・連載第二回）　画廊会員誌（山下画廊）（三号）
消えてゆく地名（随筆）　文化評論（二〇三号）
《双点》（随筆・連載第一回〜第十三回・了）　読売新聞E
―荷台の氷2　古時計4　実車空車6　宣誓8　土地の心10　青空14　不意うち16　父帰る18　大佐の涙20　喝采23　つかの間25　水のほとりで28　わらべうた再説30
母の声（随筆）　福岡県婦人新聞25（二九六号）
ゴミについて（随筆）　かんきょう（三巻二号）
本田靖春『私戦』（書評）　週刊文春23（九七四号）
吉田満『鎮魂戦艦大和（上）』（解説）　講談社文庫

四月
丘の火（小説・連載第三回）　文學界（三十二巻四号）
水瓶座の少女（小説・連載第一回）　高二時代（十五巻一号）
絵のある部屋（随筆・連載第三回）

画廊会員誌（山下画廊）（四号）
発作的料理〈わが家の夕めし〉（随筆）
アサヒグラフ7（二八五六号）
テレビの前で（随筆）　メイ・キッス（九十三号）
つれづれなるままに…　私の疑問（随筆）
小五教育技術（三十二巻一号）
伊東静雄の周辺（評論・連載第二回）
文芸展望　春季号（二十一号）
私と短篇小説（アンケート）
国文学　解釈と鑑賞（四十三巻四号）

五月
丘の火（小説・連載第四回）　文學界（三十二巻五号）
水瓶座の少女（小説・連載第二回）
高二時代（十五巻二号）
ドアの向う側（小説）　野性時代（五巻五号）
女（随筆・連載第四回）　画廊会員誌（山下画廊）（五号）
河口の光景（随筆）
『釣り談義　第4集』（文庫）（ロッキー）
本を読む場所（随筆）　月刊ずいひつ（五十五号）
幻の伊佐早城（随筆）
積水ハウス　暮らしの仲間（十二号）
《小さな町にて》（随筆・連載第一回）　週刊読書人
—H書店のこと29
「北部ルソン戦」をめぐって（対談・小川哲郎）
小川哲郎著『北部ルソン戦　後篇』現代史出版協会
新入学・進学／新卒のきみたちにすすめる本（アンケート）
五十冊の本（二巻一号）
※「戦争と平和」トルストイ、「歴史の研究」A・トインビーを挙げ、コメント。

六月
丘の火（小説・連載第五回）　文學界（三十二巻六号）
水瓶座の少女（小説・連載第三回）
高二時代（十五巻三号）
猟銃（小説）　新潮（七十五巻六号）
読書人の資格（随筆）　民主文学（一五一号）
南島行（随筆）　旅（五十二巻六号）
それでは……（随筆）　現代詩手帖（二十一巻六号）
夜行列車（随筆）　PHP（特別編集増刊号三十七号）
私の一冊の本　D・Hロレンスの『無意識の幻想』
（随筆）　総合教育技術（三十三巻三号）
《小さな町にて》（随筆・連載第二回〜第五回）　週刊読書人
—叔父5　功徳12　馬の絵19　大佐の息子26
旅へのいざない（随筆・連載第五回）
画廊会員誌（山下画廊）（六号）
哀れな海賊（随筆）
『世界の文学・一巻　J・ジョイス（月報）』集英社
阿部昭『阿部昭全短篇』（書評）　日本読書新聞5
藤田豊『春訪れし大黄河　第三十七師団晉南警備戦記』
（書評）　修親（二十一巻五号）
夏樹静子『蒼ざめた告発』（解説）　集英社文庫

七月
丘の火（小説・連載第六回）　文學界（三十二巻七号）
水瓶座の少女（小説・連載第四回）
高二時代（十五巻四号）
燃える薔薇　佐古啓介の旅（一）（小説）
野性時代（五巻七号）
靴（小説）　文藝（十七巻七号）
部屋（小説）　海（十巻七号）
「子供の日々」（随筆・連載第六回）
画廊会員誌（山下画廊）（七号）

怠惰な狩人（随筆）　歴史と人物（八十三号）
死者たちの沈黙（随筆）　早稲田文学（八次二十六号）
《小さな町にて》（随筆・連載第六回～第九回）
週刊読書人
—小林秀雄集3　フィリップ10　風速17　紙と鉛筆31
牧歌的な海は死んだ……（随筆）
朝日ジャーナル14（二十巻二十八号）
伊東静雄の故郷（評論・連載第三回・了）
文芸展望　夏（二十二号）
私のすすめる7点　文庫のすすめ（書評）　週刊読書人24
※左記七点をあげ、コメント。（角川文庫担当）
①小林信彦『冬の神話』②Ｐ・ハイスミス『贋作』
③坂口安吾『私の探偵小説』④鮎川哲也『死のある風景』⑤土屋隆夫『危険な童話』⑥山本茂実『松本連隊の最後』⑦尾崎秀樹『生きているユダ』

八月

丘の火（小説・連載第七回）　文學界（三十二巻八号）
水瓶座の少女（小説・連載第五回）
高二時代（十五巻五号）
愛についてのデッサン　佐古啓介の旅（二）（小説）
野性時代（五巻八号）
不知火の梟雄　鍋島直茂（小説）
歴史読本（二十三巻十号）
「この深い緑には……」（随筆・連載第七回）
画廊会員誌（山下画廊）（八号）
風鈴（随筆）　長崎新聞Ｍ2
《小さな町にて》（随筆・連載第十回～第十一回）
週刊読書人
—蔵書票14　プライヴェト・ペイパー28

戦いの遺産（随筆）　朝日新聞Ｅ16
石沢英太郎『羊歯行・乱蝶ほか』（解説）　講談社文庫
「ロバート」（漫画版原作）
『滝田ゆう名作劇場』（文藝春秋）
※「ロバート」を原作とした滝田ゆうによる漫画版。
※一九八三（昭和五十八）年十月、『滝田ゆう名作劇場』（文春文庫）に再録。
近況　初の長編「丘の火」に意欲（インタビュー）
読売新聞Ｅ10

九月

丘の火（小説・連載第八回）　文學界（三十二巻九号）
水瓶座の少女（小説・連載第六回）
高二時代（十五巻六号）
若い沙漠　佐古啓介の旅（三）（小説）
野性時代（五巻九号）
空しい宿題（随筆）　現代と思想（三十三号）
夢の総和（随筆・連載第八回）
画廊会員誌（山下画廊）（九号）
パクよお前も…（随筆）　野性時代（五巻九号）
ある青春の行方（随筆）　ＰＨＰ（三六四号）
諫早湾の野鳥（随筆）
諫早の自然（諫早自然保護協会会誌）（二号）
おくんち（随筆）　西部ガス・パイプライン（二号）
《小さな町にて》（随筆・連載第十二回～第十五回）
週刊読書人
—花曜日4　数学教師11　課外授業18　大きな手25
水のある町が私は好きだ（随筆）　日本農業新聞10
題材・文体・構成（対談・川村二郎）
文學界（三十二巻九号）
われらの海　終章明日の海のために（インタビュー）

長崎新聞M29
十月　丘の火（小説・連載第九回）　文學界（三十二巻十号）
水瓶座の少女（小説・連載第七回）
高二時代（十五巻七号）
ある風土記　佐古啓介の旅（四）（小説）
野性時代（五巻十号）
天使のつばさ（随筆・連載第九回）
画廊会員誌（山下画廊）（十号）
《小さな町にて》（随筆・連載第十六回〜第十九回）
週刊読書人
—夜の海で2　学校図書館9　ルソーの木16　奇蹟30
賢女《さかしめ》の国の武士《もののふ》たち　新・歴史人物風土記・佐賀県第一回（評論）
歴史読本（二十三巻十三号）
十一月　丘の火（小説・連載第十回）　文學界（三十二巻十一号）
水瓶座の少女（小説・連載第八回）
高二時代（十五巻八号）
本盗人　佐古啓介の旅（五）（小説）
野性時代（五巻十一号）
島にて（小説）　月刊あるとき（一巻七号）
一日（随筆）　月刊ずいひつ（六十一号）
視力（随筆・連載第十回）
画廊会員誌（山下画廊）（十一号）
私とマルボーロ（随筆）
週刊朝日西部版3（八十三巻四十八号）
《小さな町にて》（随筆・連載第二十回〜第二十二回）
週刊読書人
—ヒロイン1　6　ヒロイン2　13　むらぎも20
花のある古本屋（随筆）
尾崎一雄編『関口良雄さんを憶う』
※夏葉社から平成二十三年に復刻版刊行。
龍造寺氏の盛衰　新・歴史人物風土記・佐賀県第二回（評論）
歴史読本（二十三巻十四号）
十二月　丘の火（小説・連載第十一回）
文學界（三十二巻十二号）
水瓶座の少女（小説・連載第九回）
高二時代（十五巻九号）
鶴　佐古啓介の旅（最終回）（小説）
野性時代（五巻十二号）
顔（小説）　別冊文藝春秋（一四六号）
夜の対話（随筆・連載第十一回）
画廊会員誌（山下画廊）（十二号）
ニンニクとモーツァルト（随筆）
ユリイカ臨時増刊号（十巻十五号）
討入りの日　元禄十五年極月十五日払暁（随筆）
歴史と人物（八年十二号）
《小さな町にて》（随筆・連載第二十三回〜第二十五回）
週刊読書人
—相客4　魔の山11　郷土史家18
長谷川修様　古代史は万人のもの〈歳末賀状〉（随筆）
毎日新聞西部版E28
新聞を読んで（評論）　毎日新聞M4
肥前の水・肥前の火　新・歴史人物風土記・佐賀県第三回（評論）
歴史読本（二十三巻十五号）
マンゴ・パーク『ニジェール探検行』（書評）
新潮（七十五巻十二号）
対談　映画「ナイル殺人事件」を見て（対談・石沢英太郎）
フクニチ9

今年の収穫（アンケート）　日本読書新聞18
※①阿部昭『阿部昭全短篇』②丸山健二『私だけの安曇野』③高橋英夫『神話空間の詩学』の三冊を挙げ、コメント。

一九七九年（昭和五十四年・四十二歳）

一月
丘の火（小説・連載第十二回）文學界（三十三巻一号）
水瓶座の少女（小説・連載第十回）　高二時代（十五巻十号）
ある殺人（小説）　小説推理（十九巻一号）
彼（小説）　海（十一巻一号）
天使（小説）　文藝（十八巻一号）
縛られた男（小説）　すばる臨時増刊号
海と河口（詩）　環境論叢（長崎総合科学大学環境科学研究所紀要）（二号）
三人の男（随筆）『結婚前のあなたに』ＰＨＰ研究所
男たちの熱気球　私の土屋名美（随筆）　別冊新評（四十七号）
「赤サギ」は良かった（随筆）メイ・キッス（一〇二号）
受胎告知（随筆・連載第十二回）　画廊会員誌（山下画廊）（十三号）
栄町にて（随筆）　諫早文化（九号）
肝腎の質問（随筆・連載第一回）　新刊ニュース（三四二号）
ある古道具屋のつぶやき（随筆）　青春と読書（五十七号）
《小さな町にて》（随筆・連載第二十六回〜第二十八回）　週刊読書人
—無常といふ事1　京都22　クラナッハの画集29
往きと帰り（随筆）　読売新聞西部版Ｍ3
《窓の眺め》（随筆・連載第一回〜第四回）日刊スポーツ
—年賀状4　電車の中から11　長距離トラック18　飛行機恐怖症25
「季刊・邪馬台国」創刊について（随筆）　西日本新聞Ｅ8
美術興隆期を映す〈名画の楽しみ　サンパウロ美術展から〉（随筆）　毎日新聞西部版Ｍ13
海峡（随筆）　長崎新聞Ｍ18
葉隠の誕生　新・歴史人物風土記・佐賀県第四回（評論）　歴史読本（二十四巻一号）
「荒野の七人」から「七人の侍」へ　私の書きたい思い入れ監督論（評論）　季刊映画宝庫（九号）
古代史を愉しみたい方に（評論）　婦人公論（六十四巻一号）

二月
丘の火（小説・連載第十三回）文學界（三十三巻二号）
水瓶座の少女（小説・連載第十一回）　高二時代（十五巻十一号）
神様の家（小説）　文藝春秋（五十七巻二号）
木にしるした文字〈新春特別エッセイ／初恋〉（随筆）　小説ジュニア（十四巻二号）
あるまなざし（随筆）　ＰＨＰ（特別編集増刊号四十一号）
〈近況〉（随筆）　ＰＨＰ（特別編集増刊号四十一号）
樹木と草花（随筆・連載第十三回）　画廊会員誌（山下画廊）（十四号）

《窓の眺め》（随筆・連載第五回～第八回）　日刊スポーツ
—複葉機1　不老不死・性教育8　カラオケ談義15　化粧する女22
《小さな町にて》（随筆・連載第二十九回～第三十二回）　週刊読書人
—ブリューゲル5　足摺岬12　衝立の向う側19　新京極26
日記について（随筆・連載第二回）　新刊ニュース（三四三号）
終わりの始まり　新・歴史人物風土記・佐賀県最終回（評論）　歴史読本（二十四巻二号）
山口瞳『血族』（書評）　週刊文春8（一〇一九号）
丸山健二『風の、徒労の使者』（書評）　週刊読書人19
人命軽視……なぜ？県内識者に聞く（インタビュー）　長崎新聞M1
ネコとイヌとどちらがお好きですか（アンケート）　文藝春秋デラックス（六巻二号）

三月

丘の火（小説・連載第十四回）　文學界（三十三巻三号）
水瓶座の少女（小説・連載第十二回・了）　高二時代（十五巻十二号）
藁人形と釘　著者自評『猟銃』（随筆）　五〇冊の本（二巻三号）
白村江（随筆）　月刊ずいひつ（六十五号）
南京豆なんか要らない（随筆）　小説現代（十七巻三号）
アリバイ（春秋えっせい）（随筆）　小説春秋（一巻三号）
ドガ（随筆・連載第十四回）　画廊会員誌（山下画廊）（十五号）
瓦の色（随筆）　自然保護（日本自然保護協会会報）（二〇二号）
家の心（随筆・連載第三回）　新刊ニュース（三四四号）
《窓の眺め》（随筆・連載第九回～第十三回）　日刊スポーツ
—ウソ発見機1　女の顔8　洋服店にて15　映画のタイトル22　刑事コロンボ29
《小さな町にて》（随筆・連載第三十三回～第三十六回）　週刊読書人
—アドルフ5　石工とレコード12　LIRIKA POEMARO19　澄んだ日26
立松和平『火の車』（書評）　日本読書新聞19
「家族の肖像」を見て（映画評）　カイエ（二巻三号）

四月

丘の火（小説・連載第十五回）　文學界（三十三巻四号）
赤い鼻緒（小説）　季刊藝術　春（四十九号）
ミロの庭で育つもの（随筆・連載第十五回）　画廊会員誌（山下画廊）（十六号）
パジャマ談義（随筆・連載第四回）　新刊ニュース（三四五号）
《小さな町にて》（随筆・連載第三十七回～第四十一回）　週刊読書人
—阿蘭陀組曲2　名曲喫茶「らんぶる」9　切手16　赤鉛筆23　革命か反抗か30
《窓の眺め》（随筆・連載第十四回～第十七回）　日刊スポーツ
—名前5　クジラ談議12　地方の時代19　消防法26
山本哲也詩集『冬の光』（推薦文・帯）　七月堂

五月

丘の火（小説・連載第十六回）　文學界（三十三巻五号）
水のほとり（小説）　カイエ（二巻五号）

ぼくではない（小説）　オール讀物（三十四巻五号）
さようならマーロー君こんにちはモース警部〈偏愛盲愛的最屓探偵論〉（随筆）　ＳＦアドベンチャー（一巻一号）
文房具（随筆）　Ｖｏｉｃｅ（十七号）
長谷川修さんを悼む（随筆）　毎日新聞西部版Ｅ４
凝視（随筆・連載第十六回）
　画廊会員誌（山下画廊）（十七号）
芝居気（随筆・連載第五回）　新刊ニュース（三四六号）
《窓の眺め》（随筆・連載第十八回〜第二十二回）
　日刊スポーツ
―ポルノ再説３　風圧10　またまたポルノ17　ウニの話24　弁当31
《小さな町にて》（随筆・連載第四十二回〜第四十四回）
　週刊読書人
―山王書房店主７　イタリア絵画史14　カフカとの対話21
《倭国紀行》（随筆・連載第一回〜第八回）
　読売新聞西部版Ｅ
―丘の歳月７　ひょうたん塚にて８　論じつくされたか14　しろうとの心がけ15　暮夜ひそかに21　土地の精霊22　其の余の旁国は遠絶にして……28　邪馬台国九州説29

六月

丘の火（小説・連載第十七回）　文學界（三十三巻六号）
眠られぬままに〈持病の飼い慣らし方〉（随筆）
　小説ＣＬＵＢ（三十二巻六号）
アムール・サン・フラーズ（随筆・連載第十七回）
　画廊会員誌（山下画廊）（十八号）
装幀（随筆・連載第六回）　新刊ニュース（三四七号）
《小さな町にて》（随筆・連載第四十五回〜第四十八回）
　週刊読書人
―ボルヘス「不死の人」４　破壊的要素11　冬の一夜18　灰とダイヤモンド25
《倭国紀行》（随筆・連載第九回〜第十二回・了）
　読売新聞西部版Ｅ
―鏡よ、鏡４　消えゆく地名５　甲と乙のト11　知的遊戯か12
《窓の眺め》（随筆・連載第二十三回〜第二十六回）
　日刊スポーツ
―乞食の話１　７　乞食の話２　14　乞食の話３　21　慰安旅行28
邪馬台国論争は終わったか（随筆）　毎日新聞Ｅ15
クローズアップ　アマの視点掘り出す（インタビュー）　西日本新聞Ｅ２

七月

丘の火（小説・連載第十八回）　文學界（三十三巻七号）
公園の少女（小説）　別冊小説新潮　夏（三十一巻三号）
夕暮れ（詩）　小説新潮（三十三巻七号）
原城址にて（随筆）　カイエ（二巻七号）
古代史シンポジウム傍聴記（随筆）
　季刊邪馬台国（創刊号）
切抜き（随筆・連載第七回）　新刊ニュース（三四八号）
《小さな町にて》（随筆・連載第四十九回〜第五十一回）
　週刊読書人
―心は淋しい狩人２　田舎司祭の日記９　喫茶店の片すみで23
《窓の眺め》（随筆・連載第二十七回〜第三十回）
　日刊スポーツ
―DC10 ５　レストランにて12　「男の子と女の子」19　ぶらさがる26

小林信彦『ビートルズの優しい夜』（書評）　週刊文春5（一〇四〇号）
五木寛之『日ノ影村の一族』（書評）
　面白半分臨時増刊号（十五巻二号）
「邪馬台国」創刊にあたって（巻頭文）　季刊邪馬台国（創刊号）
編集後記　季刊邪馬台国（創刊号）
古代史研究の魅力を語る（対談・古田武彦）
　季刊邪馬台国（創刊号）
わが青春譜（インタビュー）　読売新聞M17
戦争・原爆体験と文学活動（インタビュー）
　長崎の証言（四号）

八月

丘の火（小説・連載第十九回）　文學界（三十三巻八号）
水の町の女（小説）　太陽（一九六号）
ドライヴインにて（小説）　カイエ（二巻八号）
相客（随筆）　月刊ずいひつ（六十九号）
To A Happy Few（随筆）　ゑぬ（二号）
歴史への眼　季刊・邪馬台国について（随筆）
　公明新聞9
〈往来〉（随筆）　長崎新聞E27
丸山豊先生のこと　愛についてのデッサン（随筆）
　長崎新聞M28
知られないエコール・ド・パリ
（随筆・連載第十八回）画廊会員誌（山下画廊）（二十号）
《窓の眺め》（随筆・連載第三十一回～第三十五回）
　日刊スポーツ
—信号待ち2　駅弁9　ビジネスホテル16　あるTV
　ドラマ23　蚊帳30
《小さな町にて》（随筆・連載第五十二回～第五十三回）
　週刊読書人
—エミリーの薔薇6　シルクスクリーン20
タバコの効用について（随筆・連載第八回）
　新刊ニュース（三四九号）
吉川良『自分の戦場』（書評）　青春と読書（六十一号）
西日本の新刊から　戦争体験記録（書評）
　朝日新聞西部版E25
吉行淳之介『唇と歯』（解説）　角川文庫
語り継ごう　無名兵士の叫び（インタビュー）
　西日本新聞13・東京新聞13・北海道新聞15

九月

丘の火（小説・連載第二十回）　文學界（三十三巻九号）
死んだ少女に（随筆）　ＰＨＰ（三七六号）
ミケランジェロ讃（随筆・連載第十九回）
　絵とおしゃべり（山下画廊）（二十一号）
名刺（随筆・連載第九回）　新刊ニュース（三五〇号）
《小さな町にて》（随筆・連載第五十四回～第五十七回）
　週刊読書人
—異邦人3　タイピスト10　ユンクとブラウン17
　神戸・鳥料理24
《窓の眺め》（随筆・連載第三十六回～第三十九回）
　日刊スポーツ
—按摩の話6　七人の侍13　不景気20　ねばり27
生者の声・死者の声　老兵たちがものしたおびただしい
戦争体験記の中から（書評）　週刊読書人24
小林信彦『つむじ曲りの世界地図』（解説）　角川文庫
小林信彦『夢の街　その他の街』（解説）　文藝春秋
21世紀の郷土づくり（座談会）　長崎新聞M22
芥川賞受賞作家に聴く（アンケート）
　木洩れ陽（大妻高等学校図書委員会）（創刊号）

十月
落城記（小説）　文學界（三十三巻十号）
まぼろしの御嶽（小説）　小説推理（十九巻十号）
平壌《へいじょう》の雪（小説）　歴史読本（二十四巻十二号）
文学はマンガを超えているか（随筆）　すばる（一巻六号）
ビュッフェの世界（随筆・連載第二十回）
　絵とおしゃべり（山下画廊）（二十二号）
賃借（随筆・連載第十回）　新刊ニュース（三五一号）
《小さな町にて》（随筆・連載第五十八回～第六十回・了）　週刊読書人
—The Family of Man 1　ODE MARITIME 8　シチリア舞曲15
《窓の眺め》（随筆・連載第四十回～第四十三回）　日刊スポーツ
—不眠症4　SL 11　黄金の延べ板18　船長25
赤い髪の少女（随筆）　女性セブン18（十七巻三十九号）
私の好きなジョーク（随筆）　週刊文春18（一〇五五号）
戦火九州に連なる（評論）　歴史と人物（九年十号）
死守！　忘れられた戦場（評論）　文藝春秋（五十七巻十号）
絵と私（インタビュー　聞き手・山下秀人）
　絵とおしゃべり（山下画廊）（二十二号）

十一月
丘の火（小説・連載第二十一回）　文學界（三十三巻十一号）
赤毛（小説）　カイエ（二巻十一号）
子供の顔・昔と今（随筆）　望星（十巻十一号）
A中尉のこと（随筆）　丸（三十二巻十一号）
宮本研様〈往復書簡〉（随筆）　すばる（一巻七号）
ドーミエの生涯（随筆・連載第二十一回）
　絵とおしゃべり（山下画廊）（二十三号）
趣味（随筆・連載第十一回）　新刊ニュース（三五二号）
《窓の眺め》（随筆・連載第四十四回～第四十八回）　日刊スポーツ
—ドライバー諸君1　お役所8　鞄の中身15　『火宅の人』再説22　コマーシャルの時間29
画家の励みになれば……〈福岡市美術館に期待する〉（随筆）　西日本新聞M3
大庭みな子『女の男性論』（書評）　潮（二四六号）
松尾茂男編『砲煙シッタンに消ゆ』（書評）　長崎新聞M22
古田武彦『ここに古代王朝ありき』（書評）　週刊文春1（一〇五七号）
日本映画史上ベスト・テン（アンケート）　キネマ旬報（七七四号）
※「さすらい」「七人の侍」「怪談」の三作品を挙げコメント。

十二月
丘の火（小説・連載第二十二回）　文學界（三十三巻十二号）
馬（小説）　別冊文藝春秋（一五〇号）
ホクロのある女（小説）　別冊小説宝石（九巻三号）
エデンの東（随筆・連載第二十二回）
　絵とおしゃべり（山下画廊）（二十四号）
火事（随筆・連載第十二回・了）　新刊ニュース（三五三号）
西郷純堯のこと（随筆）
　『フロイス日本史十一巻　西九州篇III　付録』　中央公論社
古賀人形（随筆）　藝術新潮（三十巻十二号）

《窓の眺め》（随筆・連載第四十九回〜第五十二回・了）　日刊スポーツ
—年賀状6　灯油のうらみ13　他人の空似20　黄色いサル27

一九八〇年（昭和五十五年　※五月七日、死去《享年四十二》）

一月　丘の火（小説・連載第二十三回）　文學界（三十四巻一号）
運転日報（小説）　オール讀物（三十五巻一号）
昭和五十四年初冬（随筆）　九州人（一四四号）
九月の第二月曜日（随筆）　月刊ずいひつ（七十四号）
アイズピリ（随筆・連載第二十三回）
絵とおしゃべり（山下画廊）（二十五号）
独楽・鬼火・もぐら打ち　諫早の正月（随筆）　赤旗3
あの夕日（随筆）　西日本新聞Ｅ5
昨日の空・明日の空（随筆）　読売新聞西部版Ｅ14
イエスとノオを明確に〈先生への招待状〉（随筆）
小三教育技術（三十三巻十二号）
編集後記　季刊邪馬台国（第三号）
元寇「神風」が吹かなかったら（評論）
歴史と人物（一〇一号）
活字と映像、それぞれの世界・上（評論）長崎新聞Ｅ28
活字と映像、それぞれの世界・中（評論）長崎新聞Ｅ30
活字と映像、それぞれの世界・下（評論）長崎新聞Ｅ31
井上咸『敵・戦友・人間』（書評）　すばる（二巻一号）
本の本を読む愉しみ（書評）　週刊読書人28
栃窪宏男『日系インドネシア人』（書評）
郷土に生きる（インタビュー）　週刊文春31（一〇六九号）
ふるさと創造・私の提言（インタビュー）　読売新聞・長崎版Ｍ9
長崎新聞Ｍ12

二月　丘の火（小説・連載第二十四回）　文學界（三十四巻二号）
幼な友達（小説）　問題小説（十四巻二号）
黒板（小説）　ＳＦアドベンチャー（二巻一号）
力寿司〈町の味〉（随筆）　小説現代（十八巻二号）
古本の話その他（随筆）
『私の本の読み方・探し方』ダイヤモンド社
なぜか男は女から自由になれない（随筆）　素敵な女性
「魔笛」（随筆・連載第二十四回）
絵とおしゃべり（山下画廊）（二十六号）
再会（随筆）　ミセス（二六六号）
赤いセーター（随筆）　小説新潮（三十四巻二号）
邪馬台（壱）国論争のすすめ（評論）　文化評論（二二六号）
湯川達典『文学の市民性』（書評）　すばる（二巻二号）

三月　丘の火（小説・連載第二十五回）　文學界（三十四巻三号）
水の中の絵馬（小説）　別冊文藝春秋（一五一号）
筑前の白梅　立花誾《ぎん》千代姫（小説）
歴史読本臨時増刊号
田原坂　遭遇（小説・連載第一回）　活性（三十七号）
年賀状（随筆）　メイ・キッス（一〇四号）
喫茶店「南風」（随筆・連載第二十五回）
絵とおしゃべり（山下画廊）（二十七号）

微妙な記憶の個人差〈辞書の愉しみ〉（随筆）
週刊読書人24
後藤利雄『東歌難歌考』（書評）　すばる（二巻三号）
結城昌治『死者と栄光への挽歌』（書評）
週刊文春27（一〇七七号）
長谷川修『住吉詣で』（解説）　六興出版
藤井倭『機関銃小隊』発刊に寄せて（推薦文）
藤井倭『機関銃小隊』聖母の騎士社

四月

丘の火（小説・連載第二十六回・了）
文學界（三十四巻四号）
田原坂　敗走（小説・連載第二回）　活性（三十八号）
潮の味、礒の味〈食べもの風土記・長崎〉（随筆）
四季の味（二十九号）
かたや44マグナム、かたや長射程の狙撃銃（随筆）
季刊映画宝庫春号（十二号）
立花重雄展によせて（随筆）
山下画廊
※ハガキ案内状
立花重雄の世界（随筆・連載第二十六回）
絵とおしゃべり（山下画廊）（二十八号）
編集後記　季刊邪馬台国（第四号）
助野健太郎『島原の乱』（書評）　すばる（二巻四号）
諫早菖蒲日記（ラジオドラマ・原作）ＲＫＢ毎日放送20

五月

青葉書房主人（小説）　問題小説（十四巻五号）
※脚本・井上寛治
田原坂　反転（小説・連載第三回）　活性（三十九号）
※連載中断により未完。
赤い自転車（随筆）　社会新報（九州西中国版）（六号）
私のシェヘラザードたち（随筆）
『読書と私　書下しエッセイ集』文春文庫

「幻の」宮崎さん（随筆）　藝術新潮（三十一巻五号）
黄薔薇（随筆）　ＰＨＰ（三八四号）
町の秘密（随筆）楽しいわが家（全国信用金庫協会誌）
Ｂ・シーグレン　十四年目の鳥人（随筆）
Number 2（一巻二号）
炉辺のぬくもり（随筆・連載第二十七回）
絵とおしゃべり（山下画廊）（二十九号）
長駆する秋山騎兵旅団（評論）　歴史と人物（一〇五号）
橋上幻想（映画評）　すばる（二巻五号）
「生きものの記録」（昭和30年11月）（映画評）
アサヒグラフ1（二九七〇号）

六月

廃園にて（小説）　太陽（二〇六号）
イルカかブリか?壱岐紀行（随筆）　旅（六三九号）
折り折りの旅情（随筆）　九州人（一四九号）
※一九七八年三月四日に書かれた作品。
ルドンの闇と光（随筆・連載第二十八回）
絵とおしゃべり（山下画廊）（三十号）
筑紫国造　磐井の叛乱（評論）　歴史と人物（一〇六号）

七月

足音（小説）　すばる（二巻七号）
日向への旅（随筆）　柿の葉（三十五号）
司会を終えて　息詰まる七時間　歴史と人物（一〇七号）
これからの邪馬台国研究（対談・安本美典）
季刊邪馬台国（五号）
熱論「邪馬台国」をめぐって（対談・古田武彦、安本
美典　司会・野呂邦暢）　歴史と人物（一〇七号）

八月

推理小説に関する355人の意見（アンケート）
中央公論（一一二五号・夏季臨時増刊推理小説特集）
※（国内）鮎川哲也全作品、松本清張『表象詩人』、
石沢英太郎『羊歯行』（国外）Ｃ・デクスター『ウッ

ドストック行最終バス』、P・D・ジェイムズ『女には向かない職業』、エド・レイシー『さらばその歩むところに心せよ』を挙げる。

九月　活字と映像、それぞれの世界（講演録）　キネマ旬報（七九四号）

※長崎キネ旬友の会、第九回映画教室での講演から。

一九八一年（昭和五十六年）

八月　蒙古軍来たる（対談・川添昭二）　『歴史への招待15』（日本放送出版協会）

※一九八〇年五月のNHKテレビでの対談を収録。

十月　テレビ朝日「わが愛の城」（原作・野呂邦暢「落城記」、プロデューサー・向田邦子、脚本・柴英三郎、監督・原田隆司、主演・岸本加世子）三時間スペシャルドラマ放送。（午後八時～十時四十四分）　テレビ朝日１

二〇〇六年（平成十八年）

二月　ネコ（随筆）　諫早通信（七号）

二〇一八年（平成三十年）

五月　丘の家（小説）　『野呂邦暢小説集成９　夜の船』（文遊社）

名医（小説）　『野呂邦暢小説集成９　夜の船』（文遊社）

解纜のとき（小説）　『野呂邦暢小説集成９　夜の船』（文遊社）

※未完

未発表

上林さんを訪ねる（随筆）

堀立小屋の二人（随筆）

掲載誌不詳

水と犬と（随筆）

※『王国そして地図』に収録。

（作成　浅尾節子）

浅尾節子

一九四八年愛知生まれ。一九七四年、大妻女子大学大学院文学研究科修了。元都立高校国語科教諭。『野呂邦暢研究　作品年譜』（『大妻国文』第13号、一九八二年）、『野呂邦暢研究　作品年譜』（『大妻女子大学大学院文学研究科論集第５号、一九九五年）、『野呂邦暢　兵士の報酬　随筆コレクション１』（みすず書房、二〇一四年）編集協力、『野呂邦暢　小さな町にて　随筆コレクション２』（みすず書房、二〇一四年）編集協力、解題。

単行本書誌

〔単行本書誌〕

1　十一月　水晶

初版発行　一九七三（昭和四十八）年二月二十八日
発行所　冬樹社
収録作品「十一月」「水晶」「日常」「朝の光は……」「白桃」「日が沈むのを」「壁の絵」（付録解説・宮原昭夫「無私の視線」）
装幀　山口威一郎　函入
備考　文庫版　一九七七（昭和五十二）年一月　改題＝『壁の絵』（角川文庫）、解説・高橋英夫、カバー・司修

2　海辺の広い庭

初版発行　一九七三（昭和四十八）年三月十日
発行所　文藝春秋
収録作品「海辺の広い庭」「不意の客」「歩哨」「狙撃手」「或る男の故郷」（帯文・小川国夫「現代人の愁い」）
装画・装幀　村上芳正
備考　文庫版　一九七八（昭和五十三）年四月（角川文庫）　解説・川村二郎、カバー・司修

3　鳥たちの河口

初版発行　一九七三（昭和四十八）年九月三十日
発行所　文藝春秋
収録作品「鳥たちの河口」「四時間」「世界の終り」「ロバート」「棕櫚の葉を風にそよがせよ」
装幀　山口威一郎
備考　文庫版　一九七八（昭和五十三）年二月（集英社文庫）
解説・高橋英夫、カバー写真・秋山庄太郎、デザイン・後藤市三

4　草のつるぎ

初版発行　一九七四（昭和四十九）年四月五日
発行所　文藝春秋
収録作品「草のつるぎ」「砦の冬」
装幀　山口威一郎　口絵写真撮影　山川進治
備考　文庫版　一九七八（昭和五十三）年二月（文春文庫）　解説・丸山健二、カバー・司修

5　地峡の町にて

初版発行　一九七五（昭和五十）年五月（限定二〇〇部）
発行所　沖積舎
収録作品「地峡の町にて」（一〜二十五）
装幀　倉本修　布装夫婦函入　とじこみに倉本修のオリジナル銅版画　遊び紙に署名・識語・落款（No.1〜50は豪華版、総革装三方金。No.51〜200は背革平布装天金で、いずれも布装夫婦函入。ただし銅版画及び識語が異なる）
備考　本誌収録の二篇の詩（十六と十九）のうち、一篇（十六）は、同年十月刊行の詩集『夜の船』（鶴声居）収録の「夜の船」の原型。他一篇は本書が初出である。
一九七九（昭和五十四）年七月、『地峡の町にて』（沖積舎）刊行。装画・辻憲　装釘・田中淑恵　函入

6　夜の船（詩集）

初版発行　一九七五（昭和五十）年十月（豪華限定十二部）
発行所　鶴声居
収録作品「青春」「不知火」「陸橋」「赤毛の女」「覚醒」「戦士の門出」「死刑宣告」「十月の朝は……」「女へ㈠」「女へ㈡」「夜の船」
装幀　漆塗装表紙本体　木函入　全頁自筆詩稿（青インク）　見開き左頁に題と署名

野呂邦暢

備考　一九七八（昭和五十三）年九月、『夜の船　野呂邦暢詩集』（限定五〇〇部）（沖積舎）刊行。布装表紙本体　装幀装画・山口威一郎　函入

一九八〇（昭和五十五）年五月、『夜の船　野呂邦暢　山口威一郎　詩画集』（限定五〇部）（沖積舎）刊行。山口威一郎の銅版画（十一篇の詩に各々一点の銅版画）　自筆詩稿（「青春」の一部）と自筆原稿（「地峡の町にて」三の部分）の別紙二枚付　夫婦函入　外函付

初版の鶴声居版と、その後に刊行された沖積舎版では詩句の加筆や削除、入れ替え、タイトルの変更（一篇のみ）など、推敲が行われた。

7　一滴の夏

初版発行　一九七六（昭和五十一）年四月十日
発行所　文藝春秋
収録作品　「恋人」「隣人」「八月」「高く跳べ、パック」「鳩の首」「冬の皇帝」「一滴の夏」
装幀　山口威一郎
備考　文庫版　一九八〇（昭和五十五）年一月（集英社文庫）
解説・高橋英夫、カバー・矢吹申彦

8　諫早菖蒲日記

初版発行　一九七七（昭和五十二）年四月二十五日
発行所　文藝春秋
装幀　北沢知己　見返し地図　高野橋康
備考　雑誌発表から半年後に単行本化。この間に推敲が行われた。加筆分量は、原稿用紙およそ三十枚分、一二〇〇〇字。
文庫版　一九八五（昭和六十）年八月（文春文庫）「花火」収録。
解説・松本道介、カバー・北沢知己
二〇一〇（平成二十二）年五月、『諫早菖蒲日記』（梓書院）刊行。
荒木幸史（カバー絵）　いのうえしんぢ（装幀）

9　王国そして地図（随筆集）

初版発行　一九七七（昭和五十二）年七月二十五日
発行所　集英社
収録作品　一九六八（昭和四十三）年から一九七六（昭和五十一）年、新聞・雑誌等に発表された随筆八十一作品を収録。うち七十七作品は一九七三（昭和四十八）年以降に発表されたもの。
装幀　小松桂士朗
備考　収録作品中二十二作品が、初出時より改題。

10　失われた兵士たち　戦争文学試論

初版発行　一九七七（昭和五十二）年八月三十日
発行所　芙蓉書房
装幀　釣巻芳子（函・扉・本文挿絵）
備考　本書は雑誌『修親』に一九七五（昭和五十）年四月号から一九七七（昭和五十二）年三月号まで全二十四回にわたり連載された。『修親』は修親会連合（陸上自衛隊の幹部で構成する任意団体）の機関誌で一般には流通していない。連載中反響があり、また、終了後もしばらく読者からの投稿が『修親』の「朝礼台」（昭和五十年九月号より始まった読者の投稿欄）に散見する。著者は本文の中でとりあげてもいる。

単行本化にあたり新たに目次が設けられ、著者あとがき及び巻末に参考引用文献（一五六冊）が付された。（執筆以前、著者の手元には個人で蒐集した戦記五〇〇冊余あり）

連載終了から半年後に単行本化、この間に推敲が行われた。およその分量は、削除（主に引用文）が原稿用紙五枚強、加筆が八枚弱。

釣巻芳子による本文中の挿絵は、初出誌では連載一回ごとに二枚（第四回のみ一枚）、単行本には一回一枚。同一の挿絵とは限らず、

初出誌、単行本合わせて五十枚掲載がある。
　一九八一（昭和五十六）年八月、『新装版　失われた兵士たち』（芙蓉書房）刊行。表紙カバー・本文イラスト・釣巻芳子
　一九八三（昭和五十八）年八月、『新版　失われた兵士たち』（芙蓉書房）刊行。イラスト・長谷川泰男　本文イラスト・カバー・釣巻芳子
　二〇〇二（平成十四）年八月、『戦争文学試論』（芙蓉書房出版）刊行。「新装復刊に寄せて」（福川秀樹）　本文イラスト・カバー・釣巻芳子
　二〇一五（平成二十七）年六月、『失われた兵士たち』（文春学藝ライブラリー）刊行。解説・大澤信亮

11　ふたりの女
初版発行　一九七七（昭和五十二）年十二月十日
発行所　集英社
収録作品　「ふたりの女」「伏す男」「回廊の夜」「とらわれの冬」
装丁　永田力

12　文彦のたたかい
初版発行　一九七八（昭和五十三）年二月二十日
発行所　集英社（集英社文庫コバルトシリーズ）
収録作品　「文彦のたたかい」「うらぎり」「真夜中の声」「弘之のトランペット」「公園から帰る」
装丁　三谷明広　　カバー絵・カット　釣巻芳子
備考　「文彦のたたかい」の初出誌（『高二時代』）には、毎号、釣巻芳子による挿絵が三、四枚、最終回までに合計二十一枚掲載。また、文庫収録の際、目次に付された章題はない。
　「うらぎり」の初出誌（『小説ジュニア』）には、牧野鈴子による挿絵四枚掲載。
　「真夜中の声」の初出誌（『小説ジュニア』）には、奈良坂智子による挿絵（貼り絵）五枚掲載。
　「弘之のトランペット」の初出誌（『小説ジュニア』）には、谷俊彦による挿絵四枚掲載。
　「公園から帰る」の初出誌（『小説ジュニア』）には、小泉澄夫による挿絵三枚掲載。
　初出誌『小説ジュニア』の四作品は、文庫収録の際、目次に付された章題はそのまま同じである。

13　猟銃
初版発行　一九七八（昭和五十三）年十二月十日
発行所　集英社
収録作品　「五色の髭」「歯」「もうひとつの絵」「蟹」「朝の声」「部屋」「靴」「猟銃」
装丁　平野甲賀

14　水瓶座の少女
初版発行　一九七九（昭和五十四）年七月十四日
発行所　集英社（集英社文庫コバルトシリーズ）
装丁　三谷明広　　カバー絵・カット　牧村慶子
備考　初出誌（『高二時代』）には、毎号、釣巻芳子による挿絵が三枚ずつ、最終回までに合計三十六枚掲載。また、文庫収録の際、目次に付された章題はない。

15　愛についてのデッサン　佐古啓介の旅
初版発行　一九七九（昭和五十四）年七月二十五日
発行所　角川書店
収録作品　「燃える薔薇」「愛についてのデッサン」「若い沙漠」「ある風土記」「本盗人」「鶴」

装丁　司修
備考　二〇〇六（平成十八）年六月、『愛についてのデッサン　佐古啓介の旅』（みすず書房）刊行。解説・佐藤正午
二〇一七（平成二十九）年十月、韓国語版『사랑에 관한 데생』(Eveningbooks Publishers) 刊行。翻訳・ソン・テウク (Song, Tea Wook)

16　古い革張椅子（随筆集）
初版発行　一九七九（昭和五十四）年九月十日
発行所　集英社
収録作品　一九七四（昭和四十九）年から一九七八（昭和五十三）年、新聞・雑誌等に発表された随筆六十二作品を収録。うち五十九作品は一九七六（昭和五十一）年以降に発表されたもの。
装丁　三嶋典東　装画　香月泰男
備考　六十二作品のうち三十六作品は一九七六（昭和五十一）年四月から六月にかけて西日本新聞（夕刊）に五十回にわたり連載された随筆である。この三十六作品に第一章から第六章まで別媒体に発表した二十六作品をおりまぜながら収録。
収録一作品が初出時より改題（「夜行列車」＝改「少女」）

17　落城記
初版発行　一九八〇（昭和五十五）年七月五日
発行所　文藝春秋
収録作品　落城記「本作品の母体となった「落城記」は文學界昭和五十四年十月号に発表された。大はばの推敲、九十四枚の加筆原稿を得た本作品が脱稿したのは著者の死（昭和五十五年五月七日）の直前であった」（本書解題）
装幀　北沢知己
備考　文庫版　一九八四（昭和五十九）年七月（文春文庫）　解説・藤沢周平、カバー・北澤知己

18　丘の火
初版発行　一九八〇（昭和五十五）年九月三十日
発行所　文藝春秋
収録作品　丘の火「文學界昭和53年2月号より昭和55年4月号まで連載（うち昭和54年10月号は休載）なお、函、表紙、扉の著者名は自署を使用した」（本書解題）

19　小さな町にて（随筆集）
初版発行　一九八二（昭和五十七）年五月十日
発行所　文藝春秋
収録作品　第一部・小さな町にて
「週刊読書人」に一九七八（昭和五十三）年五月二十九日から一九七九（昭和五十四）年十月十五日まで、全六十回にわたり連載された随筆を発表順に収録。
第二部・詩人の故郷
伊東静雄の諫早　伊東静雄の周辺　伊東静雄の故郷　詩人の故郷
装幀　村上芳正

20　野呂邦暢・長谷川修往復書簡集
初版発行　一九九〇（平成二）年五月十三日
発行所　葦書房
収録作品　一九六六（昭和四十一）年から一九七八（昭和五十三）年まで、十三年間にわたり、とりかわされた書簡を収録（両家に現存する書簡のみ）。第一章から第九章まで、年代順に構成・編集、下段に「註」が施されている。
帯文・高樹のぶ子、巻末エッセイ・「二人の出会いと文学」中野章子、あとがき・田代俊一郎

装幀　毛利一枝

21　野呂邦暢　古本屋写真集

初版発行　二〇一五（平成二十七）年四月四日（限定五〇〇部）
発行所　盛林堂書房
デザイン　小山力也

豪華本・豆本

1　水晶（かながわ豆本・第十二集）

初版発行　一九七四（昭和四十九）年一月（限定八〇部及び版元家蔵本二〇部）
発行所　かながわ豆本の会
装幀　（限定八〇部）皮装表紙本体　紙たとう装帙入　木函入（表に著者毛筆による題・署名）
（限定二〇部）紙装表紙本体　紙函入

2　日が沈むのを

初版発行　一九七四（昭和四十九）年二月（限定一五〇〇部）
発行所　有光
備考　先駆文学館（静岡県藤枝市）設立者、小笠原淳の企画により、一周年記念版として刊行。

発行　一九七四（昭和四十九）年八月（限定一〇〇部）
発行所　ギャラリー吾八
装幀　横田稔（装画・カット）
署名・落款入　総皮装本体　二色刷銅版画一枚（横田稔）見返し仏国マーブル紙使用　布装函入（中）木函入（表に墨自筆による題・署名）
備考「この度の出版は藤枝の小笠原氏の依頼により野呂先生初めての限定本を装幀する事になり、高知の横田氏に協力を願った。」（刊行覚え書より）

3　十一月

初版発行　一九七四（昭和四十九）年十一月（限定十七部。うち家蔵著者本・刊者本、各一冊）
発行所　鶴声居
装幀　漆塗装表紙本体　木函入　全頁自筆原稿（青インク）左頁上に頁番号（1～23）著者名入（印刷）の原稿用紙使用
備考　本書は単行本（『十一月　水晶』一九七三年二月）刊行の翌年に製作。全頁にわたって推敲が行われた。

4　恋人

初版発行　一九七五（昭和五十）年十二月（限定十五部及び家蔵本二部）
発行所　鶴声居
装幀　漆塗装表紙本体　木函入　中表紙左頁に直筆　題・署名（青インク）全頁自筆原稿（青インク）左頁上に頁番号（1～22）著者名入（印刷）の原稿用紙使用
備考　本書は雑誌（『風景』一九七四年三月号）発表の翌年に製作。家蔵本も含め、全頁にわたって推敲が行われた。後に刊行された単行本及び文庫本（『一滴の夏』）は、初出誌と同じである。

5　冬の皇帝

初版発行　一九七五（昭和五十）年十二月（限定十五部、限定六〇部、試作特装限定三部を同時作製）

発行所　鶴声居
装幀　（限定十五部）漆塗装表紙本体　布装帙入
（限定六〇部）紙装表紙本体　布装帙入
（試作特装限定三部）布装表紙本体　布装帙入
とじこみにペン自筆原稿一枚（本書九頁の一部、五行分を抜粋、全十七行の詩形式、著者名入（印刷）の原稿用紙使用）毛筆色紙一枚（「荒地願望」署名・落款）山口威一郎エッチング二枚（試作特装三部は三枚）左頁下に頁番号（1〜42）
備考　いずれも限定本オリジナルのあとがき「歳月と失墜」付（原稿用紙十枚余）

6　ハンター

初版発行　一九七六（昭和五十一）年七月（限定十五部）
発行所　鶴声居
装幀　漆塗装表紙本体　布装帙入　全頁自筆原稿（青インク）見開き左頁に自筆による題・署名があり次頁左から本文　左頁上に頁番号（1〜25）
備考　本書は雑誌（『青春と読書』一九七四年三月号）発表の二年後に製作。全頁にわたって推敲が行われた。

7　飛ぶ少年（にいがた豆本・第四冊）

初版発行　一九七六（昭和五十一）年九月（限定八〇部及び家蔵本）
発行所　鶴声居
装幀　（限定五〇部）竹漆塗装表紙本体　木函入（赤と黒　各二〇部、木目　一〇部及び家蔵本）　とじこみに山口威一郎のオリジナル銅版画二点付。紙装帙入（家蔵本は木目柄の紙函入）
（限定三〇部）紙装表紙本体

8　鳥たちの河口

初版発行　一九七八（昭和五十三）年一月（限定八部及び家蔵本二部）
発行所　鶴声居
装幀　漆塗装表紙本体　紙装帙入　函入　全頁自筆原稿（青インク）左頁上に頁番号（1〜77）著者名入（印刷）の原稿用紙使用
備考　本書は単行本（『鳥たちの河口』一九七三年九月）刊行の四年後に製作。全頁にわたって推敲が行われた。

選集（没後刊行）

『野呂邦暢作品集』（文藝春秋）一九九五（平成七）年五月
『草のつるぎ　一滴の夏　野呂邦暢作品集』（講談社文芸文庫）二〇〇二（平成十四）年七月、二〇一六（平成二十八）年三月（Wide版）
『夕暮の緑の光　野呂邦暢随筆選』（みすず書房）二〇一〇（平成二十二）年五月
『白桃　野呂邦暢短篇選』（みすず書房）二〇一一（平成二十三）年五月
『野呂邦暢　兵士の報酬　随筆コレクション1』（みすず書房）二〇一四（平成二十六）年五月
『野呂邦暢　小さな町にて　随筆コレクション2』（みすず書房）二〇一四（平成二十六）年六月

アンソロジー、雑誌への再録（小説・詩）

（※初出順に記載）

「壁の絵」

二〇一二（平成二十四）年六月
『コレクション戦争と文学１　朝鮮戦争』（集英社）

「十一月」
一九六九（昭和四十四）年六月
『昭和44年版文学選集(34)』（日本文芸家協会編）（講談社）

「水晶」
一九八九（平成元）年八月
『昭和文学全集第三十二巻　中短編小説集』（小学館）
二〇〇六（平成十八）年七月
『短篇礼讃　忘れかけた名品』（大川渉編）（ちくま文庫）

「日が沈むのを」
二〇〇九（平成二十一）年七月
文芸誌『季刊文科　四十五号』（鳥影社）

「鳥たちの河口」
一九八〇（昭和五十五）年七月
『TRANSLATION』（ＡＳＩＡ社）英語訳「The Bird Marshes」（ルース・ウーズ・アドラー訳）
一九九四（平成六）年五月
『ふるさと文学館　第四九巻　長崎』（ぎょうせい）
二〇一五（平成二十七）年二月
『ベトナム姐ちゃん　日本文学一〇〇年の名作　第六巻』（池内紀・川本三郎・松田哲夫編）（新潮文庫）
二〇一七（平成二十九）年七月
『日本文学全集28　近現代作家集Ⅲ』（池澤夏樹編）（河出書房新社）

「草のつるぎ」
一九七四（昭和四十九）年二月
『文藝春秋』（五十二巻四号）
一九七六（昭和五十一）年
『70年代 芥川賞小説集』（玄岩社）韓国語訳「풀의 劍」（玄在勳訳）
一九八二（昭和五十七）年十一月
『芥川賞全集　第十巻』（文藝春秋）
二〇一二（平成二十四）年十月
『コレクション戦争と文学３　冷戦の時代』（集英社）

「恋人」
二〇〇一（平成十三）年八月
『戦後短篇小説再発見３　さまざまな恋愛』（講談社文芸文庫）
※二〇〇八（平成二十）年十一月、『Amours Anthologie de nouvelles japonaises contemporaines, tome3』（Éditions du Rocher）フランス語訳（Jean-Jacques Tschudin 訳）

「地峡の町にて（抄）」（二と九）
一九九三（平成五）年十月
『日本の名随筆　別巻32　散歩』（川本三郎編）（作品社）

「地峡の町にて（抄）」（十と二十）

一九七六（昭和五十一）年四月
文芸誌『叢〈くさむら〉第一號野呂邦暢特集』（沖積舎）

「陸橋」
一九七六（昭和五十一）年十月
文芸誌『乗合馬車四号』（九州工業高等学校国語科）
一九八〇（昭和五十五）年十二月
『長崎詩集'80』（長崎詩集刊行委員会）

「夜の船」
一九八〇（昭和五十五）年十二月
『長崎詩集'80』（長崎詩集刊行委員会）

「不知火」
一九七六（昭和五十一）年十月
文芸誌『乗合馬車四号』（九州工業高等学校国語科）
一九八六（昭和六十一）年九月
『郷土の名詩　西日本篇』（小海永二編）（大和書房）
一九九四（平成六）年五月
『ふるさと文学館　第四九巻　長崎』（ぎょうせい）

「剃刀」
一九七七（昭和五十二）年八月
『恐怖推理小説集　13の傑作ミステリー』（鮎川哲也編）（双葉新書）
一九八五（昭和六十）年十二月
『恐怖推理小説集』（鮎川哲也編）（双葉文庫）
※文庫収録にあたり新しく編集しなおす

「まさゆめ」
一九七七（昭和五十二）年八月
『復讐墓参　鉄道推理ベスト集成第3集』（鮎川哲也編）（徳間書店）
一九八三（昭和五十八）年六月
『レールは囁く　トラベルミステリー第5集』（鮎川哲也編）（徳間文庫）

「愛についてのデッサン　佐古啓介の旅(二)」
一九九五（平成七）年十一月
『恋愛小説名作館3』（関口苑生編）（講談社）

「不知火の梟雄　鍋島直茂」
二〇〇九（平成二十一）年六月
『戦国七人の軍師』（新人物文庫）

「若い沙漠　佐古啓介の旅(三)」
二〇一三（平成二十五）年十月
『古書ミステリー倶楽部』（光文社文庫）

「本盗人　佐古啓介の旅(五)」
一九八三（昭和五十八）年九月
『素敵な活字中毒者』（日本ペンクラブ編）（集英社文庫）
二〇〇五（平成十七）年五月
『書物愛　日本篇』（紀田順一郎編）（晶文社）

※二〇一四（平成二十六）年二月、文庫版『書物愛　日本篇』（紀田順一郎編）（東京創元社）

「ある殺人」
一九八〇（昭和五十五）年五月
『1980年版　推理小説年鑑　推理小説代表作選集』（日本推理作家協会編）（講談社）
一九八五（昭和六十）年三月
『殺しのパフォーマンス　ミステリー傑作選十五』（日本推理作家協会編）（講談社文庫）
一九九三（平成五）年八月
『前代未聞の推理小説集』（双葉文庫）

「水の中の絵馬」
一九八一（昭和五十六）年三月
『ザ・エンターテインメント1981』（日本文芸家協会編）（角川書店）

アンソロジー、雑誌への再録（随筆他）
（※初出順に記載）

「列車の客」
一九八八（昭和六十三）年十二月
『日本の名随筆74　客』（宇野信夫編）（作品社）

「日記について」＝（改）「日記という鏡」
一九七九（昭和五十四）年六月
『人生読本　日記』（河出書房新社）

「体験をいかに書くか」（対談・安岡章太郎）
一九八八（昭和六十三）年三月
『安岡章太郎対談集3　生活と発想』（読売新聞社）

「ある夏の日街角で」＝（改）「ある夏の日」
一九七七（昭和五十二）年十二月
『PACO』（MEM（エスペラント団体）の機関誌）エスペラント訳「Ĉe la stratangulo en iu somera tago」（ある夏の日）（三ツ石清訳）

「空から降って来た手紙」
一九七九（昭和五十四）年六月
『人生読本　手紙』（河出書房新社）

「靴屋の親子」
一九七九（昭和五十四）年三月
『いまたたずむ君に』（PHP研究所）

「列車が出るまで」
一九七九（昭和五十四）年十一月
『銀座点描』（池田彌三郎編）（日本書籍）

「カレーライス」
一九八〇（昭和五十五）年四月
『食通に捧げる本』（実業之日本社）

二〇〇六（平成十八）年四月
『カレーライス』（リブリオ出版）

「コーヒー談義」
二〇一七（平成二十九）年十月
『こぽこぽ、珈琲』（河出書房新社）

「伊佐早氏のゆくへ」
一九八七（昭和六十二）年六月
『日本随筆紀行第二十二巻　長崎』（作品社）

「題名のつけかた」
一九八〇（昭和五十五）年
『文学への招待』（一橋文芸教育振興会）

「南島譚」
二〇〇二（平成十四）年五月
『中島敦全集　別巻』（筑摩書房）

「古本の話」
一九八七（昭和六十二）年五月
『現代名作随筆百人撰』（日本随筆家協会）

「討入りの日　元禄十五年極月十五日払暁」
一九九九（平成十一）年三月
『忠臣蔵と日本の仇討』（中公文庫）

山口瞳『血族』（書評）
一九八二（昭和五十七）年二月
山口瞳『血族』（文春文庫）

「藁人形と釘　著者自評『猟銃』」
一九七九（昭和五十四）年十二月
『著者自評』（玄海出版）

「田舎司祭の日記」
二〇〇六（平成十八）年十二月
『キネマの文學誌』（齋藤愼爾編）（深夜叢書社）

小林信彦『つむじ曲りの世界地図』（解説）
一九八一（昭和五十六）年十二月
『別冊新評』（第五十九号）

小林信彦『夢の街　その他の街』（解説）
一九八一（昭和五十六）年十二月
『別冊新評』（第五十九号）

「微妙な記憶の個人差」
一九八五（昭和六十）年四月
『読書大全』（植田康夫編）（講談社）

（作成　浅尾節子）

初出一覧

地峡の町にて		『地峡の町にて』	一九七五年五月
夜の船		『夜の船』	一九七八年九月
海と河口		「環境論叢」	一九七九年一月
夕暮れ		「小説新潮」	一九七九年七月号
田原坂	一　遭遇	「活性」	一九八〇年三月号
	二　敗走	「活性」	一九八〇年四月号
	三　反転	「活性」	一九八〇年五月号
丘の家		未発表	
名医		未発表	
解纜のとき		未発表	

資料協力　江副章之介、著者御遺族、諫早市立諫早図書館

執筆者・監修者紹介

紀田順一郎

一九三五年、横浜市生まれ。評論家・作家。慶應義塾大学経済学部卒業。評論活動のほか、創作も手がける。『幻想と怪奇の時代』（松籟社）で二〇〇八年度日本推理作家協会賞および神奈川文化賞（文学）受賞。『紀田順一郎著作集』（三一書房）、『日記の虚実』（筑摩書房）、『幻島はるかなり』『蔵書一代』（松籟社）など著作多数。

中野章子

一九四六年、長崎市生まれ。エッセイスト。著書に『彷徨と回帰　野呂邦暢の文学世界』（西日本新聞社）、共著に『男たちの天地』『女たちの日月』（樹花舎）、共編に『野呂邦暢・長谷川修　往復書簡集』（葦書房）など。

豊田健次

一九三六年、東京生まれ。一九五九年早稲田大学文学部卒業、文藝春秋入社。「文學界・別冊文藝春秋」編集長、「オール讀物」編集長、「文春文庫」部長、出版局長、取締役・出版総局長を歴任。デビュー作から編集者として野呂邦暢を支え続けた。著書に『それぞれの芥川賞　直木賞』（文藝春秋）『文士のたたずまい』（ランダムハウス講談社）。

野呂邦暢小説集成　収録作品

第一巻　棕櫚の葉を風にそよがせよ

棕櫚の葉を風にそよがせよ　或る男の故郷　狙撃手　白桃　歩哨　ロバート　竹の宇宙船　世界の終り　十一月　ハンター　壁の絵
エッセイ　青来有一

第二巻　日が沈むのを

不意の客　朝の光は……　日常　水晶　赤い舟・黒い馬　日が沈むのを　柳の冠　四時間　鳥たちの河口　海辺の広い庭
エッセイ　宮原昭夫

第三巻　草のつるぎ

草のつるぎ　砦の冬　水辺の町—仔鼠　水辺の町—蟬　水辺の町—落石　水辺の町—蛇　水辺の町—再会　五色の髭　八月　隣人　恋人　一滴の夏
エッセイ　堀江敏幸

第四巻　冬の皇帝

飛ぶ少年　剃刀　冬の皇帝　高く跳べ、パック　穴　もうひとつの絵　鳩の首　蟹　失踪者　魔術師たち　回廊の夜　敵　まさゆめ　朝の声　歯　とらわれの冬
エッセイ　川本三郎

第五巻　諫早菖蒲日記・落城記

諫早菖蒲日記　花火　落城記　死人の首　筑前の白梅—立花誾千代姫　不知火の梟雄—鍋島直茂　平壌の雪
エッセイ　池内紀

第六巻　猟銃・愛についてのデッサン

ある殺人　伏す男　ふたりの女　縛られた男　部屋　靴　猟銃　まぼろしの御嶽　ぼくではない　彼　赤い鼻緒　馬　ドアの向う側　運転日報　天使　愛についてのデッサン—佐古啓介の旅—
エッセイ　福間健二

第七巻　水瓶座の少女

水瓶座の少女　文彦のたたかい　うらぎり　真夜中の声　弘之のトランペット　公園から帰る　島にて　顔　飛ぶ男　水のほとり　ドライヴィンにて　赤毛　神様の家　黒板　公園の少女
水の町の女　幼な友達　ホクロのある女　水の中の絵馬
エッセイ　坪内祐三

第八巻　丘の火

藁と火　青葉書房主人　廃園にて　足音　丘の火
エッセイ　陣野俊史

第九巻　夜の船

地峡の町にて　夜の船　海と河口　夕暮れ　田原坂　丘の家
名医　解纜のとき　年譜　著作年譜　単行本書誌
エッセイ　紀田順一郎

監修　豊田健次
全巻解説　中野章子
書容設計　羽良多平吉
企画・編集　文遊社編集部（久山めぐみ・山田高行）

・本小説集成は、現在確認されている全ての小説・詩を、単行本未収録作品、未発表・未完作品を含め集成したものです。
・単行本に収録された作品は、単行本を底本としました。著者の生前に再版・再刊されたものについては、確認された新しい版を底本としました（豪華本を除く）。単行本未収録作品は、初出紙誌にしたがいました。
・収録した作品の蒐集に関しては、長年にわたって書誌・単行本未収録作品を調査・研究されている浅尾節子氏の協力により行いました。

＊今日の人権意識に照らして不適切と思われる語句や表現については、
時代的背景と作品の価値をかんがみ、そのままとしました。

夜の船 野呂邦暢小説集成 9

2018 年 6 月 1 日初版第一刷発行

著者 : 野呂邦暢
発行者 : 山田健一
発行所 : 株式会社文遊社
東京都文京区本郷 4-9-1-402 〒 113-0033
TEL: 03-3815-7740 FAX: 03-3815-8716
郵便振替 : 00170-6-173020

書容設計 : 羽良多平吉 heiQuiti HARATA@EDiX+hQh, Pix-El Dorado
本文基本使用書体 : 本明朝小がな Pr5N-BOOK
印刷 : 中央精版印刷

乱丁本、落丁本は、お取り替えいたします。
定価は、カバーに表示してあります。

 ISBN 978-4-89257-099-5